【传世经典 文白对照】

太平广记

一

卷一至卷四七

〔宋〕李昉 等 编

高光 王小克 主编

中华书局

图书在版编目(CIP)数据

太平广记/(宋)李昉等编;高光,王小克主编.
—北京:中华书局,2021.10
(传世经典 文白对照)
ISBN 978-7-101-15374-3

Ⅰ.太… Ⅱ.①李…②高…③王… Ⅲ.笔记小说-
小说集-中国-北宋 Ⅳ.I242.1

中国版本图书馆 CIP 数据核字(2021)第 193109 号

书　名	太平广记(全十二册)	
编　者	〔宋〕李　昉 等	
主　编	高　光　王小克	
丛书名	传世经典　文白对照	
责任编辑	熊瑞敏　刘树林　刘胜利　王守青	
	胡香玉　肖帅帅　周梓翔　张舣方	
出版发行	中华书局	
	(北京市丰台区太平桥西里 38 号　100073)	
	http://www.zhbc.com.cn	
	Email:zhbc@zhbc.com.cn	
印　刷	北京瑞古冠中印刷厂	
版　次	2021 年 10 月北京第 1 版	
	2021 年 10 月北京第 1 次印刷	
规　格	开本/880×1230 毫米　1/32	
	印张 287　插页 24　字数 5490 千字	
印　数	1-8000 册	
国际书号	ISBN 978-7-101-15374-3	
定　价	690.00 元	

出版说明

《太平广记》是我国古代一部文言小说总集,全书五百卷,系宋太宗太平兴国年间,李昉等人奉诏取各种野史、传记、故事、小说等编集而成,与《太平御览》《文苑英华》《册府元龟》合称"宋四大书"。

李昉(925—996),字明远,深州饶阳(今河北饶阳)人。后汉乾祐年间进士及第,后周显德年间官至翰林学士。入宋,加中书舍人。太祖开宝年间,历任翰林学士、判吏部铨。太宗即位,加户部侍郎。太平兴国八年(983),擢参知政事,拜平章事,端拱元年(988)罢相。淳化二年(991)复相,淳化四年(993)复罢相。次年以特进、司空致仕。至道二年(996)去世,谥文正。《宋史》卷二百六十五有传,称其"为文章慕白居易,尤浅近易晓",有文集五十卷,今已佚。李昉先后主持编修《太平御览》《太平广记》《文苑英华》等书。

据《宋会要》,《太平广记》编纂始于太平兴国二年(977)三月,太平兴国三年(978)八月修成,历时不到一年半。据书前《太平广记表》,除李昉外,参与编修此书的还有吕文仲、吴淑、陈鄂、赵邻几、董淳、王克贞、张泊、宋白、徐铉、汤悦、李穆、扈蒙等十二人。据郭伯恭《宋四大书考》研究,编修诸人中,吕文仲、吴淑二人出力较多(吕文仲本传见《宋史》卷二百九十六,吴淑本传见《宋史》卷四百四十一)。

《太平广记》是按照小说题材的性质分类编纂的,全书共分为九十二个大类,部分类别下再分细目,凡一百五十余细目。各类别卷数不一,少者一卷,多者数十卷。其中卷数较多的依次为神仙五十五卷、鬼四十卷、报应三十三卷、神二十五卷、定数十六卷、女仙十五卷、畜兽十三卷、异僧十二卷、再生十二卷、草木

十二卷、征应十一卷、妖怪九卷、狐九卷、水族九卷、杂传记（收唐人单篇传奇）九卷、诙谐八卷、龙八卷、虎八卷、杂录八卷等。由此大略可见《太平广记》内容多为神仙鬼怪之故事。《太平广记》各篇后一般都注明出处（今本也有少量失注出处者），征引的书籍非常广泛。据书前《引用书目》统计有三百四十三种，然据民国间邓嗣禹《太平广记引得序》所云，《引用书目》中有而书中实无者十五种，《引用书目》中无而书中实有者一百四十七种，合计约四百七十五种。不过，正如陈尚君《宋元笔记述要》所说，由于《太平广记》中存在不少同书异名者（如《异闻集》，又叫《异闻记》《异闻录》），也存在同名异书者（如《后汉书》有多种，《志怪》亦有多种），且不同版本标注的出处也不一样，故引书种数实难作出精确统计。

《太平广记》保存了大量宋以前的文言小说，被《四库全书总目》称为"小说家之渊海也"，如唐传奇名篇《李娃传》《霍小玉传》《莺莺传》《长恨歌传》《柳毅传》《虬髯客传》等均收录其中，宋以后的戏曲小说创作也往往受其影响，如后世名剧《西厢记》《长生殿》即取材于前述的《莺莺传》《长恨歌传》，故历来受到古代小说研究者和爱好者的重视。由于《太平广记》所征引的古书多已亡佚，其所据又均为宋以前的古本，故在文献辑佚、校勘、辨伪等方面也具有重要价值。此外，《太平广记》在研究社会生活、民情风俗、文化思想方面也有一定的史料价值。

据研究，《太平广记》成书以后，流布不广，到明嘉靖四十五年（1566）谈恺据抄本重刻以后，才开始广为流传。此后较重要的版本尚有明隆庆万历间活字本、明万历间许自昌刻本（简称"许本"）、明沈与文野竹斋抄本（简称"明抄本"）、清陈鳣用宋本校过的许自昌刻本（简称"陈校本"）、清乾隆黄晟刻本（简称"黄本"）、清四库全书本等。1961年，中华书局出版了汪绍楹点校本《太平广记》，该本以谈恺刻本为底本，校以陈校本及明抄本，并参校许本、黄本，一直以来是学界的通行本。2020年，我们又以汪校本为底本，出版了一个简体横排标点本《太平广记》，受到广

大读者的欢迎。

简体横排本《太平广记》出版后，有读者提出，直接阅读《太平广记》原文仍有困难，希望我们能出版文白对照本。此次推出的"传世经典 文白对照"本《太平广记》，由高光、王小克等先生主编的《文白对照全译太平广记》精心修订而成。原文以简体横排本《太平广记》为底本，参考相关文献做了进一步校订；译文根据直译为主的原则做了全面修订，改正补充了原来的错译、漏译之处。有些直译不便理解的地方，也适当采取意译的办法，酌情增加补充文字、主语、宾语等，以求语意明确，情节完整，叙述流畅。少数通过译文仍不好理解的地方，则以括注的形式补充相关注释予以说明。《太平广记》中有不少诗歌，为保持原文神韵，本书一般不予翻译。还有少量缺字严重的篇目，因文意不明，也未予翻译。版式上，本书沿用了丛书独具特色的"左文右白"的排版方式，确保原文和相应的译文在同一个展开面上，一一对应，方便读者对照阅读。

我们致力于打造一部准确流畅的文白对照本《太平广记》，为广大读者提供一个好读易懂的《太平广记》读本。当然，由于《太平广记》涉及的内容非常广泛，翻译的难度很大，尽管我们尽了极大努力，但限于水平，书中的不当乃至谬误之处仍恐不少，敬请读者方家不吝赐教，以便我们不断修订完善。

中华书局编辑部
2021年9月

编委会

总　目

目录

第一册

太平广记

卷第一
神仙一

老　子　木　公　广成子　黄　安　孟　岐

老　子

　　老子者，名重耳，字伯阳，楚国苦县曲仁里人也。其母感大流星而有娠。虽受气天然，见于李家，犹以李为姓。或云，老子先天地生。或云，天之精魄，盖神灵之属。或云，母怀之七十二年乃生，生时，剖母左腋而出，生而白首，故谓之老子。或云，其母无夫，老子是母家之姓。或云，老子之母，适至李树下而生老子，生而能言，指李树曰："以此为我姓。"

　　或云，上三皇时为玄中法师，下三皇时为金阙帝君，伏羲时为郁华子，神农时为九灵老子，祝融时为广寿子，黄帝时为广成子，颛顼时为赤精子，帝喾时为禄图子，尧时为务成子，舜时为尹寿子，夏禹时为真行子，殷汤时为锡则子，文王时为文邑先生。一云，守藏史。或云，在越为范蠡，在齐为鸱夷子，在吴为陶朱公。皆见于群书，不出神仙正经，未可据也。

老 子

　　老子姓李，名重耳，字伯阳，是春秋时代楚国苦县曲仁里人。传说他的母亲有一次看见空中大流星飞过后就怀了身孕。虽然是禀受上界的神灵之气，但因降生在李家，所以老子还是姓了凡人的李氏。有人说，老子生于开天辟地之前。有人说，老子是天的精灵神魄，原本就是神灵一类。又有人说，老子的母亲怀了他七十二年才生他，出生的时候，是剖开左腋出来的，一出生就已白发苍苍，所以才名叫老子。有人说，老子的母亲没有丈夫，他是随母亲娘家而姓李的。也有人说，老子的母亲碰巧是在李树下生了老子，老子一出生就能说话，指着李树说："就用它作我的姓吧。"

　　还有人说，老子在上三皇时是玄中法师，下三皇时是金阙帝君，伏羲时是郁华子，神农时是九灵老子，祝融时是广寿子，黄帝时是广成子，颛顼时是赤精子，帝喾时是禄图子，尧时是务成子，舜时为尹寿子，夏禹时是真行子，商汤时是锡则子，周文王时是文邑先生。还有一种说法，说老子是周文王的守藏史。有的说，老子在越国就是范蠡，在齐国就是鸱夷子，在吴国就是陶朱公。这些传说在各种书籍中都有记载，但都不是出自正式的神仙经书，不能作为依据。

　　葛稚川云："洪以为老子若是天之精神，当无世不出，俯尊就卑，委逸就劳，背清澄而入臭浊，弃天官而受人爵也。夫有天地则有道术，道术之士，何时暂乏？是以伏羲以来，至于三代，显名道术，世世有之，何必常是一老子也。皆由晚学之徒，好奇尚异，苟欲推崇老子，故有此说。其实论之，老子盖得道之尤精者，非异类也。

　　"按《史记》云，老子之子名宗，事魏为将军，有功，封于段。至宗之子汪、汪之子言、言之玄孙瑕，仕于汉。瑕子解，为胶西王太傅，家于齐。则老子本神灵耳，浅见道士，欲以老子为神异，使后代学者从之，而不知此更使不信长生之可学也。何者？若谓老子是得道者，则人必勉力竞慕；若谓是神灵异类，则非可学也。

　　"或云：老子欲西度关，关令尹喜知其非常人也，从之问道。老子惊怪，故吐舌聃然，遂有'老聃'之号。亦不然也。今按《九变》及《元生十二化经》，老子未入关时，固已名聃矣。老子数易名字，非但一聃而已。所以尔者，按《九宫》及《三五经》及《元辰经》云：'人生各有厄会，到其时，若易名字，以随元气之变，则可以延年度厄。'今世有道者，亦多如此。老子在周，乃三百余年，二百年之中必有厄会非一，是以名稍多耳。

晋代葛洪曾说:"我认为老子如果真是上天的精灵神仙,就会世世代代都出现在人间,放弃他尊贵的身份而混迹于凡夫俗子之中,放弃神仙的安逸而专门从事人间辛劳的工作,背离清明高洁的神界而进入庸俗龌龊的人间,抛弃天界的官位而接受人间的封爵。自有天地以来就有道术,修炼道术的人,什么时候间断过呢?所以从伏羲以来,到夏、商、周三代,著名的道家世代都有,何必总是一个老子呢?这都是因为后来的一些学道的人们,喜欢奇闻异说,为了推崇老子而编造了那些离奇的说法罢了。实事求是地说,老子就是在研究道学上成果最突出的一个人,而绝不是什么神仙异类。

"根据《史记》上记载,老子的儿子叫李宗,在魏国做过将军,由于有功受封,封邑在段干。至于李宗的儿子是李汪,李汪的儿子是李言,李言的玄孙是李瑕,李瑕在汉朝做过官。李瑕的儿子李解,当过胶西王的太傅,家在齐国。老子本人十分聪慧机灵,所以有些浅薄的道士,想把老子描绘成神仙,好让后代人更崇拜他学习他,殊不知这样一来使得普通人更不相信长生不老是可以学习的。为什么呢?因为如果说老子只是个得了道的凡人,那么人们一定会努力学他;如果说老子本来就是神仙,人们就会认为那是不可学的了。

"有人说:老子要出关到西方去,守关的官员尹喜知道老子不是一般人,就向他请教道术。老子听了又惊又怪,竟吐出舌头来伸得老长,从此才有了'老聃'这个称号。其实这个说法也不对。根据《九变》及《元生十二化经》的记载,老子没进关时,已经有了'老聃'这个名号了。老子改过好几次名字,不仅是'聃'这个名字而已。他之所以改名,是根据《九宫》《三五经》《元辰经》上说的:'人这一生会有几次命运中的坎坷,每到这个时候,如果能改一下名字,以顺应运气的变化,就可以平安消灾延年益寿。'现在一些有道术的人,也常常这样做。老子在周朝活了三百多年,两百年的时间里必然会有多次的厄运坎坷,所以老子改名的次数也就稍微多了些。

"欲正定老子本末，故当以史书实录为主，并老仙经秘文，以相参审。其他若俗说，多虚妄。洪按《西升中胎》及《复命苞》及《珠韬玉机》《金篇内经》，皆云：'老子黄白色，美眉，广颡长耳，大目疏齿，方口厚唇；额有三五达理，日角月悬；鼻纯骨双柱，耳有三漏门；足蹈二五，手把十文。以周文王时为守藏史，至武王时为柱下史。时俗见其久寿，故号之为"老子"。'夫人受命，自有通神远见者，禀气与常人不同，应为道主，故能为天神所济，众仙所从。是以所出度世之法，九丹八石，金醴金液，次存玄素守一，思神历藏，行气炼形，消灾辟恶，治鬼养性，绝谷变化，厌胜教戒，役使鬼魅之法。凡九百三十卷，符书七十卷，皆《老子本起·中篇》所记者也，自有目录。其不在此数者，皆后之道士，私所增益，非真文也。老子恬淡无欲，专以长生为务者，故在周虽久，而名位不迁者，盖欲和光同尘。内实自然，道成乃去，盖仙人也。"

孔子尝往问礼，先使子贡观焉。子贡至，老子告之曰："子之师名丘，相从三年，而后可教焉。"孔子既见老子，老子告曰："良贾深藏若虚，君子盛德若愚。去子之骄气与多欲淫志，是皆无益于子也。"

孔子读书，老子见而问之曰："何书？"曰："《易》也，圣人亦读之。"老子曰："圣人读之可也，汝曷为读之？其要何说？"孔子曰："要在仁义。"老子曰："蚊虻噆肤，通夕不得眠。

"如果想准确地考证确定老子的生平，还是应该以史书上的正式的记载为主，并参考一些神仙的经传秘文。其他一些世俗的传说大都很荒诞，不可凭信。我查核《西升中胎》《复命苞》《珠韬玉机》《金篇内经》等典籍，都说：'老子皮色黄白，眉毛很美，额头宽阔，耳朵很长，眼睛很大，牙齿稀疏，四方大口，嘴唇很厚；他的额头有十五道皱纹，额角两端似有日月的形状；他鼻子很端正，有两根鼻骨，耳朵上有三个耳孔；他一步可跨一丈，双手上有十道贵人的纹路。周文王时，老子做守藏史，到武王时，他还担任柱下史。当时人们看他如此长寿，就称他为"老子"。'凡是受命于天的人，必然通达灵异之处，他的禀赋气质也与平常人不同，这样的人理所当然成为道家的首领，也能得到天神的佑助和神仙们的呵护。老子济助世人的法术有九种丹八种石，有金酒、金液等仙药；此外，以'玄而又玄，众妙之门'的玄学修养心性，运气炼形，消灾辟邪，清除鬼魅，并有不食五谷、超脱变化之法，有符咒教戒、驱使鬼魅之法。老子的道书共有九百三十卷，符书七十卷，都记载在《老子本起·中篇》中，有目录可查。凡不在其中的，都是后来的道士们私自增添的，并不是老子本人的著作。老子为人清心寡欲，专心致志于修炼长生之道，所以他在周朝虽然时间很久，但在官位上没有什么升迁，始终与世无争。他效法自然，道术修炼成功后就羽化而去，大约是成了仙人了。"

孔子曾经去向老子请教有关礼的学问，先派了他的学生子贡去拜见。子贡见到老子后，老子对子贡说："你的老师叫孔丘，他能跟随我三年，然后我才能教他。"孔子见了老子，老子对孔子说："善于经商的人虽然富有但却像什么也不拥有，德高的君子往往像个愚笨的人一样毫不外露。你应该尽快去掉你的骄气和过多的欲望志向，因为这些东西对你没有一点好处。"

孔子读书，老子看见就问他："读的是什么书？"孔子说："是《周易》，圣人也读它。"老子说："圣人读它可以，你为什么要读它呢？这本书的精髓是什么？"孔子说："精髓是宣扬仁义的。"老子说："如果有蚊虫叮咬皮肤，那么人就一整个晚上都睡不好了。

今仁义惨然而汨人心，乱莫大焉。夫鹄不日浴而白，乌不日染而黑，天之自高矣，地之自厚矣，日月自明矣，星辰固自列矣，草木固有区矣。夫子修道而趋，则以至矣，又何用仁义！若击鼓以求亡羊乎？夫子乃乱人之性也。"

老子问孔子曰："亦得道乎？"孔子曰："求二十七年而不得也。"老子曰："使道可献人，则人莫不献之其君；使道而可进人，则人莫不进之其亲矣；使道可告人，则人莫不告之兄弟矣；使道可传人，则人莫不传之其子矣。然而不可者，无他也，中无主而道不可居也。"

孔子曰："丘治《诗》《书》《礼》《乐》《易》《春秋》，诵先王之道，明周、召之迹，以干七十余君而不见用。甚矣，人之难说也。"老子曰："夫六艺，先王之陈迹也，岂其所陈哉？今子所修者，皆因陈迹也。迹者履之出，而迹岂异哉？"

孔子归，三日不谈。子贡怪而问之，孔子曰："吾见人之用意如飞鸟者，吾饰意以为弓弩射之，未尝不及而加之也；人之用意如麋鹿者，吾饰意以为走狗而逐之，未尝不衔而顿之也；人之用意如渊鱼者，吾饰意以为钩缗而投之，未尝不钓而制之也。至于龙，乘云气，游太清，吾不能逐也。今见老子，其犹龙乎？使吾口张而不能翕，舌出而不能缩，神错而不知其所居也。"

如今仁义令人糊涂而惑乱人心，没有比它造成的混乱大的了。那鸿鹄不用每天洗浴羽毛就自然雪白，乌鸦也不用每天染墨而自然漆黑，天自然高，地自然厚，日月自然放射光芒，星辰自然排到有序，草木自然有生长区域。你如果顺从自然存在的规律修道，就自然能够得道，仁义有什么用！那不正像敲着鼓去寻找丢失的羊一样吗？你是在破坏人的天性啊！"

老子又问孔子："你已经得道了吗？"孔子说："我求索了二十七年却并没有得道。"老子说："如果道是一种有形的东西可以拿来献人，那人们都会拿它献给君王；如果道可以送人，人们都会拿它送给父母亲；如果道可以说得清楚告诉别人，人们都会把它告诉自己的兄弟；如果道可以传给别人，那人们都会争着传给自己的子女了。然而上面说的那些都是不可能的，没有别的原因，那就是一个人心里没有对于道的正确认识，那道就绝不会来到他心中。"

孔子说："我研究《诗》《书》《礼》《乐》《易》《春秋》，讲说先王的治国之道，阐明周公、召公的成功之路，我以此谒见了七十多个国君，但都没得到任用。人真是太难被说服了！"老子说："六艺是先王的陈旧东西，你说那些又有什么用呢？你现在所修习的，也都是些陈陈相因的旧东西。'迹'就是人的鞋子留下的印迹，脚印和脚印，还能有什么不同吗？"

孔子从老子那儿回来，三天没有说话。子贡奇怪地询问原因，孔子说："我如果遇见有人的思想像飞鸟一样放达时，我可以整理我的论点作为弓箭去射他，没有不射到并制服他的；如果对方的思想像麋鹿一样奔驰无羁，我可以整理我的论点作为猎犬来追逐它，没有不咬到并制服他的；如果对方的思想像鱼一样遨游在理论的深渊中，我可以整理我的论点作为钓钩来捕捉他，没有不钓到并制服他的。然而如果对方的思想像龙一样，乘云驾雾，遨游于天际，我就没法追逐和捕捉他了。如今我见到老子，觉得他的思想境界就像遨游在天际的龙，使我干张嘴说不出话，舌头伸出去也缩不回来，心神不定而不知如何是好。"

　　阳子见于老子，老子告之曰："虎豹之文，猿猱之捷，所以致射也。"阳子曰："敢问明王之治。"老子曰："明王之治，功盖天下而以不自己，化被万物而使民不恃，其有德而不称其名，位乎不测而游乎无有者也。"

　　老子将去而西出关，以升昆仑。关令尹喜占风气，逆知当有神人来过，乃扫道四十里，见老子而知是也。老子在中国，都未有所授，知喜命应得道，乃停关中。老子有客徐甲，少赁于老子，约日雇百钱，计欠甲七百二十万钱。甲见老子出关游行，速索偿不可得，乃倩人作辞，诣关令，以言老子。而为作辞者，亦不知甲已随老子二百余年矣，唯计甲所应得直之多，许以女嫁甲。甲见女美，尤喜，遂通辞于尹喜。得辞大惊，乃见老子。老子问甲曰："汝久应死，吾昔赁汝，为官卑家贫，无有使役，故以太玄清生符与汝，所以至今日。汝何以言吾？吾语汝到安息国，固当以黄金计直还汝，汝何以不能忍？"乃使甲张口向地，其太玄真符立出于地，丹书文字如新，甲成一聚枯骨矣。喜知老子神人，能复使甲生，乃为甲叩头请命，乞为老子出钱还之。老子复以太玄符投之，甲立更生。喜即以钱二百万与甲，遗之而去。并执弟子之礼，具以长生之事授喜。喜又请教诫，老子语之五千言，喜退而书之，名曰《道德经》焉。尹喜行其道，亦得仙。

阳子见到老子,老子对他说:"虎豹由于身上有花纹,猿猴因为行动敏捷,所以才招人射杀。"阳子问:"请问英明君王的统治会是什么样子的。"老子说:"英明君王的统治,应该是他虽有盖世的功劳但不自以为是,他的教化施及万民但不要老百姓回报,他德行高尚但老百姓却并不歌颂他的名字,他居于极高的地位却将精神寄托在虚静之地。"

老子将要出关西去,登上昆仑山。守关的官员尹喜通过占卜预知会有神人从这里经过,就命人清扫了四十里道路迎接,一见老子就知道他是神仙。老子在中原一带都没有传授过什么,他知道尹喜命中注定应该得道,就在关中停留下来。老子有个仆人徐某,少年时就受雇于老子,约定每天付给他一百钱,至此时一共欠了他工钱七百二十万钱。徐某见老子出关远行,想尽快讨回自己的工钱又怕要不到,就请人写了状子告到尹喜那里,要起诉老子。替徐某写状子的人并不知道徐某已跟随老子二百多年了,只算计他应当得到的工钱很多,就答应把女儿嫁给徐某。徐某见那女子很美,更加高兴,就把告老子的状子递交给尹喜。尹喜看了状子大吃一惊,就去拜见老子。老子对徐某说:"你早就该死了,我当初雇你,是因为官小家穷,连个打杂的人都没有,所以也就把'太玄清生符'给了你,你才能一直活到今天。你为什么要告我呢?我当初曾答应你到了安息国,一定会用黄金计算你的工钱全数还给你,你为什么就等不及呢?"于是就让徐某面向地面张开嘴,只见那太玄真符立刻被吐了出来,符上的朱砂字迹还像刚写时一样,而徐某则顿时变成了一具枯骨。尹喜知道老子是神人,能让徐某复生,就为徐某磕头求情,并自愿替老子还清欠债。老子就又把那太玄真符扔回给徐某,徐某立刻就复活了。尹喜随即给了徐某二百万钱,把他打发走了。尹喜向老子执弟子之礼,老子就把长生之道都传授给了尹喜。尹喜又继续向老子请求教导训诫,老子就口述了五千字,尹喜回去后记了下来,命名为《道德经》。尹喜按照老子的教导去修行,果然也成了仙。

汉窦太后信老子之言,孝文帝及外戚诸窦皆不得不读,读之皆大得其益。故文景之世,天下谧然,而窦氏三世保其荣宠。太子太傅疏广父子,深达其意,知功成身退之义,同日弃官而归,散金布惠,保其清贵。及诸隐士,其遵老子之术者,皆外损荣华,内养生寿,无有颠沛于险世。其洪源长流所润,洋洋如此,岂非乾坤所定,万世之师表哉!故庄周之徒,莫不以老子为宗也。出《神仙传》。

木　公

木公,亦云东王父,亦云东王公。盖青阳之元气,百物之先也。冠三维之冠,服九色云霞之服,亦号玉皇君。居于云房之间,以紫云为盖,青云为城。仙童侍立,玉女散香。真僚仙官,巨亿万计,各有所职,皆禀其命,而朝奉翼卫。故男女得道者,名籍所隶焉。

昔汉初,小儿于道歌曰:"著青裙,入天门,揖金母,拜木公。"时人皆不识,唯张子房知之。乃再拜之曰:"此乃东王公之玉童也。盖言世人登仙,皆揖金母而拜木公焉。"

或云,居东极大荒中,有山焉,以青玉为室,深广数里。僚荐真仙时往谒,九灵金母一岁再游其宫,共校定男女真仙阶品功行以升降之,总其行籍,而上奏元始,中开玉晨,以禀命于老君也。天地劫历,阴阳代谢,由运兴废,阳九

汉代的窦太后崇尚老子的学说，汉文帝及窦氏家族人人都必须读老子的书，读后都获益匪浅。所以汉文帝、汉景帝在位时，天下安宁，而窦氏三代也保住了他们的富贵和皇帝的恩宠。太子太傅疏广叔侄，也深深理解老子的道义，懂得功成身退的道理，二人同一天辞官回家，把他们的财富散给了穷人，以保持自身的清高显贵。后来的那些隐士们，凡是遵从老子道术的，都是抛弃了外在世俗的荣华富贵，着力于内在养身修性，而没有在险恶的乱世遭遇颠沛坎坷。老子的学说和道术渊博深遂，润泽深远，这难道不是天地所定，值得后代万世师法学习的吗！所以庄周一派的门徒，也都把老子奉为他们的宗师了。出自《神仙传》。

木　公

木公，有些地方称他为东王父，或者称他为东王公。他大约产生于春天的元气中，是万物的始祖。木公头上戴着象征着天、地、人三界的帽子，穿着九色云霞制成的袍服，人们也称他为玉皇君。木公住在九霄云中，以紫云作他的车伞盖，以青云筑成他的城池。他的身边侍立着仙童和身上散发着异香的玉女。他所管辖的仙官有亿万名，都各有各的职务，恭谨地遵奉着他的圣命，朝拜护卫着他。所以人间男女中得道的人，都名列他所管辖的仙籍之中。

过去汉朝初年，有小孩在道旁唱道："著青裙，入天门，揖金母，拜木公。"当时人们都不明白是什么意思，只有张良知道。他就恭敬地向小孩下拜说："这是东王公身边的玉童。他说的就是人间能够成仙的人，都要向金母、木公叩拜啊。"

还有一种传说，在极东的大荒之中，有一座高山，木公就住在这山中用青玉盖的房子里，那房子的长和宽都有好几里。神界的仙人们时常到这里来朝拜木公，九灵金母也每年两次到这座宫里来，共同考查评定男女神仙们的品行功德，以决定他们的升降，并汇总他们的功绩，上奏给元始天尊，同时报给玉晨宫中的太上老君。天地的劫数，阴阳的交替，运行的兴衰，阳九天厄

百六,举善黜恶,靡不由之。或与一玉女,更投壶焉。每投一投十二百矣。设有人不出者,天为噎嘘;矣而脱悟不接者,天为之嗤。儒者记而详焉。

所谓"王"者,乃尊为贵上之称,非其氏族也。世人以"王父""王母"为姓,斯亦误矣。出《仙传拾遗》。

广成子

广成子者,古之仙人也。居崆峒之山,石室之中。黄帝闻而造焉,曰:"敢问至道之要。"广成子曰:"尔治天下,禽不待候而飞,草木不待黄而落,何足以语至道?"黄帝退而闲居三月,后往见之,膝行而前,再拜请问治身之道。广成子答曰:"至道之精,杳杳冥冥,无视无听。抱神以静,形将自正。必净必清,无劳尔形,无摇尔精,乃可长生。慎内闭外,多知为败。我守其一,以处其和,故千二百岁,而形未尝衰。得我道者上为皇,失吾道者下为土。将去汝入无穷之门,游无极之野,与日月参光,与天地为常。人其尽死,而我独存矣。"出《神仙传》。

黄 安

黄安,代郡人也。为代郡卒,云卑猥,不获处人间,执鞭。推荆读书,画地以记数,一夕地成池,时人谓安舌耕。

和百六地亏等灾难，以及惩恶扬善等具体事情，都是这样决定的。有时也用与一名玉女轮流投壶的方式来决定。每一局向壶中投枭形箭一千二百次。如果箭落入壶中不出来，天神就会开口大笑；如果枭形箭落在壶外边，天神就会撇着嘴讥笑。有些儒生对这些情况记述得很详细。

人们常说的"王"，是对贵人的一种尊称，并不代表神人的姓氏和宗族。人世间以"王父""王母"为姓，是完全错误的。出自《仙传拾遗》。

广成子

广成子是古代的一位神仙。他住在崆峒山的一个石屋里。黄帝听说后就去拜访他，说："请问修炼至高大道的要诀是什么？"广成子说："你所治理的天下，候鸟不到迁徙的季节就飞走，草木还没黄就凋落了，哪里够格谈论至高大道呢？"黄帝回去后避人独居三个月，然后又去见广成子，跪行到广成子面前，行再拜大礼求教修身的方法。广成子回答说："至高大道的最高境界，是心中一片空漠，什么也不去看，什么也不去听。凝神静修，你的肉体将自然端正。你的身体十分洁净，你的心神非常清爽，不使你的身体劳顿，不使你的精神分散，这样就可以长生。注重内心的修养，排除外界的干扰，知道过多的俗事会败坏你的真性。我能牢牢地专注于养性，保持心境平和，所以活了一千二百岁，而形体上没有一点衰老的迹象。得到我道术的可以成为君王，失去我道术的只能成为凡俗之辈。我将要离开你进入无穷之门，游于无边的原野，与日月同辉，与天地共存。凡人都将死去，而得我道的人却会长存于天地之间。"出自《神仙传》。

黄安

黄安是代郡人。他在代郡做郡卒，觉得太卑贱庸俗，不能和普通人在一起，就去持鞭驾车。放下马鞭就读书，还在地上划着记数，一晚上那块地划出一个坑，当时人们说黄安是"舌耕"。

年可八十余，强视若童子。常服朱砂，举体皆赤，冬不著衣。坐一龟，广长三尺，时人问此龟有几年矣，曰："昔伏羲始造网罟，得此龟以授吾，其龟背已平矣。此虫畏日月之光，二千年则一出头，我生，此虫已五出头矣。"行则负龟而趋，世人谓安万岁矣。出《洞冥记》。

孟　岐

孟岐，清河之逸人，年可七百岁。语及周初事，了然如目前。岐时侍周公升坛上，岐以手摩成王足。周公以玉笏与之，岐常宝执，每以衣裾拂拭。笏厚七分，今锐欲折。恒饵桂叶，闻汉武帝好仙，披草莱而来，武帝厚待之。后不知所之。出《洞冥记》。

黄安大约八十多岁的样子,眼力还像少年一样锐利。他经常服食朱砂,全身都是红色的,冬天也不穿衣服。他坐在一个三尺宽三尺长的大乌龟上,有人问他那龟有多少岁了,黄安说:"远古时伏羲刚造出了网,捕到了这个龟送给了我,现在这龟背让我骑得都磨平了。这个家伙怕日月的光亮,两千年才伸一次头出来,我生下来时,这只龟已经伸出过五次头了。"黄安要出门就背着乌龟走路,人们都说黄安已经活了一万年了。出自《洞冥记》。

孟 岐

孟岐是清河的一位隐居的高士,大约有七百岁了。他说起周朝初年的事,十分熟悉,就像昨天的事一样。他曾侍从着周公姬旦登上神坛,还用手摸过西周成王姬诵的脚。周公曾送给他一个玉制的笏板,他十分珍爱,经常用衣襟擦拭它。这只玉笏有七分厚,如今已被他擦拭到薄得都快断了。孟岐长期以桂叶当饭吃,他听说汉武帝爱好求仙问道,就离开草野之地去见他,汉武帝非常优厚地接待了他。后来孟岐就不知去向了。出自《洞冥记》。

卷第二
神仙二

周穆王　　燕昭王　　彭　祖　　魏伯阳

周穆王

周穆王名满，房后所生，昭王子也。昭王南巡不还，穆王乃立，时年五十矣。立五十四年，一百四岁。

王少好神仙之道，常欲使车辙马迹，遍于天下，以仿黄帝焉。乃乘八骏之马奔戎，使造父为御。得白狐玄貉，以祭于河宗。导车涉弱水，鱼鳖鼋鼍以为梁。遂登于舂山，又觞西王母于瑶池之上。王母谣曰："白云在天，道里悠远。山川间之，将子无死，尚能复来。"王答曰："余归东土，和洽诸夏，万民平均，吾顾见汝。"

比及三年，将复而野。又至于雷首、太行，遂入于宗周。时尹喜既通流沙，草栖于终南之阴，王追其旧迹，招隐士尹轨、杜冲，居于草栖之所，因号楼观。从诣焉。祭父自

周穆王

周穆王名字叫满,是房后生的,父亲是周昭王。昭王南巡时死在途中,穆王于是继位,当时已经五十岁了。他在位五十四年,活了一百零四岁。

穆王年轻时就喜欢修炼成仙的道术,想学黄帝那样乘车马游遍天下。于是他坐着八匹骏马拉的车奔赴西北戎族聚居的地方,让最有名的驭手造父为他驾车。在路上,穆王得到一只白狐狸一只黑貉子,用它们祭祀了河神。他的车走到据说连羽毛都浮不起来的弱水时,河里的鱼、龟、鳄鱼等自动为他搭起了桥让他的车通过。接着穆王登上了舂山,又在天界的瑶池上与西王母一起畅饮。在酒席上,西王母唱道:"天上飘着悠悠白云,道路漫长得无穷无尽。高山大河把我们阻隔,希望你能长生不老,以后我们还能重逢。"穆王说:"我回到东方故土以后,将使华夏各国都能和睦相处,使万民都过上平等富足的生活,到那时我会再来看望你。"

过了三年,穆王又出行于原野。到了雷首山和太行山,然后回到都城镐京。当时尹喜已经跋涉过流沙,在终南山北面搭草棚居住,周穆王也追随着他走过的路,请来了隐士尹轨、杜冲,住在草棚里,号称"楼观"。周穆王去那里拜见他们。后来祭父从

郑圃来谒，谏王以徐偃之乱。王乃返国，宗社复安。

王造昆仑时，饮蜂山石髓，食玉树之实，又登群玉山，西王母所居，皆得飞灵冲天之道。而示迹托形者，盖所以示民有终耳。况其饮琬琰之膏，进甜雪之味，素莲黑枣，碧藕白橘，皆神仙之物，得不延期长生乎？又云，西王母降穆王之宫，相与升云而去。出《仙传拾遗》。

燕昭王

燕昭王者，哙王之子也。及即位，好神仙之道。仙人甘需臣事之，为王述昆台登真之事，去嗜欲，撤声色，无思无为，可以致道。王行之既久，谷将子乘虚而集，告于王曰："西王母将降，观尔之所修，示尔以灵玄之要。"

后一年，王母果至。与王游燧林之下，说炎皇钻火之术。然绿桂膏以照夜，忽有飞蛾衔火，集王之宫，得圆丘砂珠，结而为佩。王登握日之台，得神鸟所衔洞光之珠，以消烦暑。

自是王母三降于燕宫，而昭王狥于攻取，不能遵甘需澄静之旨，王母亦不复至。甘需白："王母所设之馔，非人世所有，玉酒金醴，后期万祀，王既尝之，自当得道矣。但在虚疑纯白，保其遐龄耳。"甘需亦升天而去。

三十三年，王无疾而殂，形骨柔奕，香气盈庭。子惠王立矣。出《仙传拾遗》。

郑圉赶来拜见穆王，报告说徐偃造反作乱。穆王于是才回到国中平乱，使社稷再次安定。

穆王登昆仑山时，喝的是蜂山的石钟乳，吃的是玉树上的果实，又登上西王母居住的群玉山，全都得到了腾云飞升的道术。他之所以还以凡人的形象在世间出现，是想现身说道，告诉人们修炼的结果。何况穆王喝的是玉石的膏浆，吃的昆仑山上的甜雪，还有素莲、黑枣、碧藕、白橘等，都是神仙的食物，怎能不延年益寿长生不老呢？又有传说说，西王母曾降临到周穆王的宫中，两个人一块驾云飞升而去。出自《仙传拾遗》。

燕昭王

燕昭王是燕王哙的儿子。他即位以后，非常爱好修炼成仙的道术。仙人甘需以臣子的身份在朝中事奉燕昭王，常给他讲述登昆仑山修仙的事，告诉他要去掉心中的私欲，不接触女色和游乐，清心无为，才可以得道。燕昭王照甘需的要求实行了很久，仙人谷将子驾云来到燕昭王宫中，对他说："西王母将要降临，看看你修道的情况，指点你修炼的诀窍。"

过了一年，西王母果然降临。她和燕昭王一起在燧林游玩，跟他说起炎帝生火的道术。到了夜间，就点燃绿桂树的膏脂照明，这时突然有很多飞蛾口衔着火聚集到燕昭王宫中，得到了圆丘形的砂珠，燕昭王就把它们串成了佩饰。燕昭王登上捱日台，得到了神鸟衔来的洞光宝珠，这宝珠能消除暑天的炎热。

后来西王母又三次降临燕昭王宫，而燕昭王忙于攻城略地，没有遵照甘需当初说的话去静心修炼，王母就再也没来过。甘需说："西王母所设的酒宴，不是人世间的东西，那些玉酒金液，需要万年时间酿制来供神仙享用，大王既然吃了，自然会得道。只要静心凝神心无杂物，就会保持长生。"后来甘需也升天而去。

燕昭王三十三年，燕昭王无病而死，死时身体骨骼十分柔软，身上散发出的香气溢满于宫中。燕昭王死后，他的儿子惠王继位。出自《仙传拾遗》。

彭　祖

　　彭祖者,姓篯讳铿,帝颛顼之玄孙也。殷末已七百六十七岁,而不衰老。少好恬静,不恤世务,不营名誉,不饰车服,唯以养生治身为事。王闻之,以为大夫。常称疾闲居,不与政事。善于补导之术,服水桂、云母粉、麋角散,常有少容。然性沉重,终不自言有道,亦不作诡惑变化鬼怪之事。窈然无为,少周游,时还独行,人莫知其所诣,伺候竟不见也。有车马而常不乘,或数百日,或数十日,不持资粮,还家则衣食与人无异。

　　常闭气内息,从旦至中,乃危坐拭目,摩揃身体,舐唇咽唾,服气数十,乃起行言笑。其体中或瘦倦不安,便导引闭气,以攻所患。心存其体面九窍,五脏四肢,至于毛发,皆令具至。觉其气云行体中,故于鼻口中达十指末,寻即体和。王自往问讯,不告。致遗珍玩,前后数万金,而皆受之,以恤贫贱,无所留。

　　又采女者,亦少得道,知养性之方,年二百七十岁,视之如五六十岁。奉事之于掖庭,为立华屋紫阁,饰以金玉。乃令采女乘辎軿,往问道于彭祖。既至再拜,请问延年益寿之法,彭祖曰:"欲举形登天,上补仙官,当用金丹,

彭　祖

　　彭祖姓篯名铿，是远古时代颛顼帝的玄孙。到殷代末年时，彭祖已经七百六十七岁了，但一点也不显衰老。彭祖少年时就喜欢清静，对世上的事物没有兴趣，不追名逐利，不喜爱豪华的车马服饰，只把修身养性看成头等大事。殷王听说他的品德高洁，就请他出任大夫的官职。但彭祖常常以有病为借口，不参与公务。他非常精通滋补导引的方术，常服用水桂、云母粉、麋角散等，所以面容总像少年人那样年轻。然而彭祖的心性十分稳重，从来不说自己修炼得道的事，也不装神弄鬼来惑乱人心。他幽然独处，清静无为，很少到处周游，出行也是一个人独自走，人们不知道他到什么地方去，即便有意窥测观望也找不到他。彭祖有车有马但很少乘用，出门时常常不带路费和口粮，一走就是几十天甚至几百天，但回到家穿衣吃饭和普通人没什么不同。

　　平时他常常静坐屏气，心守丹田，从早晨一直到中午，都端端正正地坐着，用手轻轻揉双眼，轻轻按摩身体的各个部位，用舌头舐嘴唇吞咽唾液，呼吸吐纳几十次，然后起身才散步谈笑。如果他偶尔感到身体疲倦或不舒服，就运用导引闭气的方法来治体内的病患。让胸中所运的气散布到身体的各部位，不论是脸上的九窍、肺腑五脏、手足四肢以至于身上的毛发，都让气逐一走到。这时就会觉得气像云一样在身体中运行，从鼻子、嘴巴一直通到十指的末端，不一会儿就觉得通体十分舒畅了。殷王亲自去向彭祖请教，但彭祖不告诉他。殷王赏赐给彭祖的珍玩宝物前后有几万金，彭祖也都接受下来，但立刻就用它们去救济穷苦的人们，自己一点也不留。

　　还有位采女，也是从少年时就开始修道，了解养生的方法，已经二百七十岁了，看起来却像只有五六十岁。殷王把她供养在掖庭中，为她建造了华丽殿阁，用金玉进行装饰。于是殷王让采女乘上华贵的马车向彭祖求教修仙的要点。采女来到彭祖的住所之后，拜了两拜，向他请教延年益寿的方法，彭祖说："如果想要身体飞升进入天界，在仙界做仙官，就要常服金丹，

此九召太一,所以白日升天也。此道至大,非君王之所能为。其次当爱养精神,服药草,可以长生,但不能役使鬼神,乘虚飞行。身不知交接之道,纵服药,无益也。能养阴阳之意,可推之而得,但不思言耳,何足怪问也?吾遗腹而生,三岁而失母,遇犬戎之乱,流离西域,百有余年。加以少枯,丧四十九妻,失五十四子,数遭忧患,和气折伤。冷热肌肤不泽,荣卫焦枯,恐不度世。所闻浅薄,不足宣传。大宛山有青精先生者,传言千岁,色如童子,步行日过五百里,能终岁不食,亦能一日九食,真可问也。”

采女曰:“敢问青精先生是何仙人者也?”彭祖曰:“得道者耳,非仙人也。仙人者,或竦身入云,无翅而飞;或驾龙乘云,上造天阶;或化为鸟兽,游浮青云;或潜行江海,翱翔名山;或食元气,或茹芝草;或出入人间而人不识,或隐其身而莫之见。面生异骨,体有奇毛,率好深僻,不交俗流。然此等虽有不死之寿,去人情,远荣乐,有若雀化为蛤,雉化为蜃,失其本真,更守异气。余之愚心,未愿此已。入道当食甘旨,服轻丽,通阴阳,处官秩耳。骨节坚强,颜色和泽,老而不衰,延年久视,长在世间。寒温风湿不能伤,鬼神众精莫敢犯,五兵百虫不可近,嗔喜毁誉不为累,乃可贵耳。

九召、太一都是因为常服金丹才白日升天的。不过这是道术中最高的，不是殷王能做到的。其次就是要养精蓄神，服用药草，这样也可以长生，但是不能驱使鬼神、乘风飞行。如果本身不懂得阴阳交合的道理，就是吃药也没有效果。关于阴阳交合的原理，只能靠自己去推断体会，但不能用言语说清楚，哪里值得奇怪询问呢？我是遗腹子，三岁就死了母亲，又赶上了犬戎之乱，颠沛流离逃难到了西域，在那里呆了一百多年。我从少年就死了父母失去了依靠，以后又陆续死了四十九个妻子，失去了五十四个儿女，多次遭难，损伤了我的元气。冷热失调，我的肌肤都没有光泽，气血枯竭，恐怕活不太长久。加上我的所见所闻也很浅薄，实在没有什么可向别人宣扬的。大宛山里有一位青精先生，据说已经活了一千岁，面容仍然像个童子，一天能步行五百多里，能够整年不吃东西，也可以一天吃九顿饭，他才是可以求教修炼之术的人。"

采女问道："那么青精先生是位什么神仙呢？"彭祖说："他是个得道的人，不是什么仙人。凡是仙人，或者能够纵身入云，没有翅膀而能飞翔；或者能乘着龙驾着云直达天庭；或者能变化成鸟兽翱翔在云中；或者能畅游在江海，飞越穿行于名山大川之中；或者以天地之元气为食，或者吃仙药灵芝；或者出入于人世间而凡人看不出他们是神仙，或者隐藏起自己的身形使人看不见。仙人们脸上长有非凡的骨相，身上有奇异的毛，大多喜欢孤独自处，不与凡人交往。然而这些仙人虽然有长生不死的寿命，但他们避开人世情感，远离荣华快乐，就像鸟雀变成蛤蟆，山鸡变成海蜃，已经失去了真实本性，成为一种异类。以我愚笨的想法，是不愿意成为那种仙人的。修炼道术，就应该吃甘美的食物，穿轻柔华丽的衣服，精通男女阴阳交感的道理，能够为官受禄。修道的人应该骨骼健壮，面色和体肤十分有光泽，虽年老而不衰弱，不断延长寿命，永久留在人间。冷热风湿伤不着，鬼神精怪不敢犯，刀兵之灾和虫兽之害不能近身，别人的褒贬议论都毫不在乎，这些才是可贵的。

"人之受气,虽不知方术,但养之得宜,常至百二十岁。不及此者,伤也。小复晓道,可得二百四十岁。加之可至四百八十岁。尽其理者,可以不死,但不成仙人耳。养寿之道,但莫伤之而已。夫冬温夏凉,不失四时之和,所以适身也;美色淑姿,幽闲娱乐,不致思欲之惑,所以通神也;车服威仪,知足无求,所以一志也;八音五色,以悦视听,所以导心也。凡此皆以养寿,而不能斟酌之者,反以速患。

"古之至人,恐下才之子,不识事宜,流遁不还,故绝其源。故有上士别床,中士异被,服药百裹,不如独卧。五音使人耳聋,五味使人口爽。苟能节宣其宜适,抑扬其通塞者,不以减年,得其益也。凡此之类,譬犹水火,用之过当,反为害也。不知其经脉损伤,血气不足,内理空疏,髓脑不实,体已先病。故为外物所犯,因气寒酒色以发之耳,若本充实,岂有病也?

"夫远思强记伤人,忧喜悲哀伤人,喜乐过差,忿怒不解伤人,汲汲所愿伤人,阴阳不顺伤人。有所伤者数种,而独戒于房中,岂不惑哉?男女相成,犹天地相生也,所以神气导养,使人不失其和。天地得交接之道,故无终竟之限;人失交接之道,故有伤残之期。能避众伤之事,得阴阳之术,则不死之道也。天地昼分而夜合,一岁三百六十交,

"人受天地之气而生，即使不懂得修道的方术，但只要有适当的修养，就可以活到一百二十岁。没达到这个岁数的，就是伤害了生命。如果稍微懂点道术，就可活到二百四十岁。再要多懂些道术，就可以活四百八十岁。真正弄通了修炼的原理，就能长生不死了，只是不能成仙而已。延年益寿的道理，就是不要使身心受到伤害。冬天要温暖，夏天要凉爽，适应四季气候变化，使身体永远舒适；对美人女色和休闲娱乐都要适可而止，不要被贪欲所诱惑，使精神保持舒畅；对于做官时的车马仪仗服饰，都知足而不贪求，使志趣专一；音乐绘画使人赏心悦目，可以使心志得到引导。所有上面这些，都能养身益寿，而不能掌握这些分寸，反而会给自己招致伤害。

"古代的圣人，担心愚钝的人们，不掌握事情的分寸，沉浸在欲河中流连忘返，因而要断绝人欲之源。所以有些非常高洁的雅士们不与妻子同床，其次的一些士人们则不和妻子同被，就是吃上一百副药，也不如一个人独睡。音乐听得过多会使人耳聋，美味吃得过了头反而败坏人的口味。如果对一切都有所节制适可而止，正确地处理释放和控制欲望的关系，就不但不会减寿，还能够获得好处。人的这些欲念都和水、火一样，过分使用，必然要受害。人们常常不明白经脉受到了损伤，血气不足，肌肤腠理空虚，髓脑也不充实，是身体已经生病了。所以一旦受了外界的伤害，借助寒邪之气或酒色过度就会把病引发出来，如果身体本来充实，怎么会得病呢？

"思虑过多、用脑过度、忧伤过度、悲哀过度、兴奋过度、愤怒气恼不得纾解、过分企求、阴阳不能协调，这些情况都能伤人。伤害生命的事有好多种，唯独强调要警惕男女房中之事，难道不是一种很糊涂的做法吗？男女相配，犹如天地相生，可以导养神气，使人不致失去和谐。天和地遵循阴阳交接的规律就可以永无终极，人如果失去男女交接的和谐就会受到伤害。人如果能避开众多伤害而得到阴阳和谐之术，就懂得长生不死之道了。天与地是白天分开而晚上结合，一年就有三百六十次交接，

而精气和合，故能生产万物而不穷。人能则之，可以长存。次有服气，得其道则邪气不得入，治身之本要。其余吐纳导引之术，及念体中万神有含影守形之事一千七百余条，及四时首向、责己谢过、卧起早晏之法，皆非真道，可以教初学者，以正其身。

"人受精养体，服气炼形，则万神自守其真，不然者，则荣卫枯悴，万神自逝，悲思所留者也。人为道，不负其本而逐其末，告以至言而不能信，见约要之书，谓之轻浅，而不尽服诵，观夫《太清北神中经》之属，以此自疲，至死无益，不亦悲哉？

"又人苦多事，少能弃世独往，山居穴处者，以道教之，终不能行，是非仁人之意也，但知房中闭气，节其思虑，适饮食则得道也。吾先师初著《九都》《节解》《指教》《韬形》《隐守》《无为》《开明》《四极》《九灵》诸经，万三千首，为以示始涉门庭者。"

采女具受诸要以教王，王试之有验。

殷王传彭祖之术，屡欲秘之，乃下令国中，有传祖之道者诛之，又欲害祖以绝之。祖知之乃去，不知所之。其后七十余年，闻人于流沙之国西见之。王不常行彭祖之术，得寿三百岁，气力丁壮，如五十时。得郑女妖淫，王失道而殂。俗间言传彭祖之道杀人者，由于王禁之故也。

进而天的阳气和地的阴气融合在一起，才使得万物滋生无穷无尽。人如果能效法天道，就能够长存。其次就是吸食灵气的法术，得到这种法术的人，邪气就不能侵害他，这是修炼自身的根本所在。其他像吐纳导引，以及存念身中万神及含影守形等等的方法有一千七百多条，还有四季睡觉时头应朝哪个方向、经常检讨自己的过错、睡眠和起床的早晚等方法，都算不上修道的真谛，不过可以教那些初学修道的人端正身心而已。

"人禀受精气修养身体，运气炼身，那么身中万神各自安守本位，如果不能这样做，身体就会气血耗竭，万神也就自然离去，只剩下悲伤。人修道，如果不能找到最根本的道理而去舍本逐末，有得道的人指示妙道还不相信，见到简明扼要的书籍却说书上讲得太浅薄，不去认真阅读践行，常去读《太清北神中经》一类的书，把自己搞得很疲惫，这样的人到死也不会有什么收益的，不也是很可悲的事吗？

"还有，世俗的人尽管苦于世间俗事缠身，但又不甘心抛开尘世独自到山中去居住修行，这种人就是教给他修道的方法，他最终也不会去认真实行，因为他们没有仁人志士的那种真诚的心意，以为只要知道房中术、闭气法、节制思虑，调理好饮食就可以得道。我的先师曾写过《九都》《节解》《指教》《韬形》《隐守》《无为》《开明》《四极》《九灵》等经书，共有一万三千条，都是用来教导那些刚入门学道的人的。"

采女从彭祖那里学到了全部道的要点，回去后教给殷王，殷王试了很灵验。

殷王得到了彭祖的道术后，一直想秘而不宣，于是在国内下了命令，谁敢传扬彭祖的道术就杀头，还想杀害彭祖让他的道术失传。彭祖知道以后就离开了，也不知去了哪里。过了七十多年后，听说有人在流沙国的西部见到了他。殷王并不坚持修炼彭祖的道术，但也活了三百多岁，气力还像五十岁的人一样强壮。后来他得了一个妖冶的女子郑氏，终于失去了道行而死。民间流传说传播彭祖道术会被杀，就是因为殷王禁止的缘故。

后有黄山君者，修彭祖之术，数百岁犹有少容。彭祖既去，乃追论其言，以为《彭祖经》。出《神仙传》。

魏伯阳

魏伯阳者，吴人也，本高门之子，而性好道术。后与弟子三人，入山作神丹。丹成，知弟子心怀未尽，乃试之曰："丹虽成，然先宜与犬试之。若犬飞，然后人可服耳；若犬死，即不可服。"乃与犬食，犬即死。伯阳谓诸弟子曰："作丹唯恐不成，既今成而犬食之死，恐是未合神明之意，服之恐复如犬，为之奈何？"弟子曰："先生当服之否？"伯阳曰："吾背违世路，委家入山，不得道亦耻复还，死之与生，吾当服之。"乃服丹，入口即死。弟子顾视相谓曰："作丹以求长生，服之即死，当奈此何？"独一弟子曰："吾师非常人也，服此而死，得无意也？"因乃取丹服之，亦死。余二弟子相谓曰："所以得丹者，欲求长生者，今服之即死，焉用此为？不服此药，自可更得数十岁在世间也。"遂不服，乃共出山，欲为伯阳及死弟子求棺木。二子去后，伯阳即起，将所服丹内死弟子及白犬口中，皆起。弟子姓虞，遂皆仙去。道逢入山伐木人，乃作手书与乡里人，寄谢二弟子，乃始懊恨。

伯阳作《参同契五行相类》，凡三卷。其说是《周易》，其实假借爻象，以论作丹之意。而世之儒者，不知神丹之事，多作阴阳注之，殊失其旨矣。出《神仙传》。

后来有黄山君按照彭祖的道术修炼，几百岁了面貌仍似少年。彭祖离开后，他追述整理彭祖的言论，就成了《彭祖经》。出自《神仙传》。

魏伯阳

魏伯阳是吴国人，出身门第很高，但生性喜欢道术。后来，他带着三个弟子进山去炼丹。丹炼成以后，魏伯阳知道弟子心不太诚，就故意试验他们说："丹虽然炼成了，但最好还是先拿狗试一试。如果狗吃了丹以后飞升，那我们才能吃；如果狗吃了丹死了，那人就不能吃。"于是就把丹给狗吃，狗当时就死了。伯阳就对弟子们说："炼丹时唯恐炼不成功，现在炼成了，狗吃后却死了，我想恐怕是我们炼丹违背了神灵的意旨，如果我们吃了也会像狗一样死去，那可怎么办呢？"弟子说："先生吃不吃这丹呢？"伯阳说："我违背了世俗的常道，离家进山，没有得道，实在没脸再回去，不管是死是活，我都得把丹吃掉。"说罢就把丹服了下去，刚一吃完就死了。弟子们大眼瞪小眼，说："本来炼丹是为了长生不死，现在吃了丹却死了，这可怎么办呢？"只有一个弟子说："我们的老师不是平常人，吃丹后死了，会不会是故意的呢？"于是就拿丹吃下去，也立刻死了。剩下的两个弟子互相说："咱们炼丹就是为求长生，现在吃了丹就死，要这丹有什么用呢？不吃它，仍可以在世上活几十年。"于是他俩都没有服丹，一块出山，打算给伯阳和已死的弟子寻求棺材。两个弟子走后，伯阳就站起来了，把自己所服的丹放在那个死去的弟子和白狗的嘴里，弟子和狗都活了。这个弟子姓虞，和伯阳一同升仙而去。在路上他们看见一个上山砍柴的人，伯阳就写了封信让砍柴人捎给乡里人，也向两位弟子告别，两个弟子十分懊悔。

魏伯阳写了本书叫《参同契五行相类》，一共三卷。表面上是论述《周易》，其实是假借《周易》的八卦图象来论述炼丹的要领。后来的儒生们不懂得炼丹的事，把魏伯阳这部书当成论阳阴八卦的书来注解，这和书的原意就相去太远了。出自《神仙传》。

卷第三
神仙三

汉武帝

汉武帝

汉孝武皇帝,景帝子也。未生之时,景帝梦一赤彘从云中下,直入崇芳阁。景帝觉而坐阁下,果有赤龙如雾,来蔽户牖。宫内嫔御,望阁上有丹霞蓊蔚而起。霞灭,见赤龙盘回栋间。景帝召占者姚翁以问之。翁曰:"吉祥也。此阁必生命世之人,攘夷狄而获嘉瑞,为刘宗盛主也,然亦大妖。"景帝使王夫人移居崇芳阁,欲以顺姚翁之言也,乃改崇芳阁为猗兰殿。旬余,景帝梦神女捧日以授王夫人,夫人吞之,十四月而生武帝。景帝曰:"吾梦赤气化为赤龙,占者以为吉,可名之吉。"

至三岁,景帝抱于膝上,抚念之,知其心藏洞彻,试问:"儿乐为天子否?"对曰:"由天不由儿。愿每日居宫垣,

汉武帝

汉孝武皇帝刘彻,是汉景帝刘启的儿子。武帝出生前,景帝梦见一只红色的猪从云中降下来,一直进入宫内的崇芳阁。景帝一下子惊醒了,就到崇芳阁下坐下,果然见空中有一条红色的龙腾云驾雾,把崇芳阁的门窗都笼罩了。宫里的嫔妃们也看见崇芳阁上有红色的云霞蒸腾覆盖。红霞散去后,只见一条红色的龙在宫中的梁栋之间盘旋回转。景帝就召来一位叫姚翁的算卦人来询问,姚翁说:"这是大吉大利的预兆。这个崇芳阁里一定会出生一位主宰国家命运的人,他将会驱逐夷狄等异族而获得祥瑞,成为刘氏王朝兴盛时期的一位明主,然而这位明主也会生出很多奇闻怪事。"景帝让王夫人移居到崇芳阁,想以此顺应姚翁的话,于是把崇芳阁改名为猗兰殿。十多天后,景帝又梦见一位神女双手捧着太阳授给王夫人,王夫人就把太阳吞了下去,怀胎十四个月生下了武帝。景帝说:"我梦见红色的云气化为赤龙,占卜的人说是吉祥的预兆,这个孩子可以取名叫'吉'。"

武帝三岁时,景帝爱怜地把他抱在膝上,知道这孩子特别有灵气,就试着问:"孩子你愿不愿意当皇帝啊?"武帝回答说:"这事是由天定的,由不得我自己。但我愿意天天在皇宫里住着,

在陛下前戏弄，亦不敢逸豫，以失子道。"景帝闻而愕然，加敬而训之。他日复抱之几前，试问："儿悦习何书？为朕言之。"乃诵伏羲以来，群圣所录，阴阳诊候及龙图龟策数万言，无一字遗落。至七岁，圣彻过人，景帝令改名彻。

及即位，好神仙之道，常祷祈名山大川五岳，以求神仙。

元封元年正月甲子，登嵩山，起道宫。帝斋七日，祠讫乃还。至四月戊辰，帝闲居承华殿，东方朔、董仲君在侧。忽见一女子，著青衣，美丽非常，帝愕然问之，女对曰："我墉宫玉女王子登也。向为王母所使，从昆仑山来。"语帝曰："闻子轻四海之禄，寻道求生，降帝王之位，而屡祷山岳，勤哉有似可教者也。从今日清斋，不闲人事，至七月七日，王母暂来也。"帝下席跪诺。言讫，玉女忽然不知所在。帝问东方朔："此何人？"朔曰："是西王母紫兰宫玉女，常传使命，往来扶桑，出入灵州，交关常阳，传言玄都。阿母昔出配北烛仙人，近又召还，使领命禄，真灵官也。"帝于是登延灵之台，盛斋存道，其四方之事权，委于冢宰焉。

到七月七日，乃修除宫掖，设坐大殿。以紫罗荐地，燔百和之香，张云锦之帏，燃九光之灯，列玉门之枣，酌蒲萄之醴，宫监香果，为天宫之馔。帝乃盛服，立于阶下，敕端

在陛下面前玩耍，决不会放肆不恭而不尽做儿子的责任。"景帝听了这番话，心里更加惊奇，就特别注意对这孩子的教导培养。过了几天，景帝又把刘彻抱到几案前，试着问他："孩子你喜欢读什么书？可以详细地给我说一说。"刘彻就开始背诵从伏羲以来众多圣贤记录的，有关阴阳五行、养生修炼和龙图龟策等，背了几万字，没有遗漏一个字。到了七岁，景帝见他聪明透彻超过凡人，就给他改名叫刘彻。

刘彻登上帝位后，特别喜好神仙修炼的道术，经常到全国的名山大川和五岳去祈祷神灵，以求自己能得道成仙。

元封元年正月初一，武帝登上嵩山，兴建了一座道观。武帝斋戒了七天，祭祀之后才回宫。到四月戊辰那天，武帝在承华殿中闲坐，东方朔、董仲君在左右陪侍。忽然出现了一个非常美丽的青衣女子，武帝非常奇怪，问她是谁，女子说："我是墉城宫的玉女，叫王子登。一直服侍西王母，从昆仑山来。"她告诉武帝："听说你毫不看重富有四海的天子福禄，一心寻道求长生，放下帝王的高贵，多次到各处大山去祈祷，勉力追求，似乎是值得传授真道的。从今天起，请你静心斋戒，不要过问政务，到七月七日那天，王母会暂时降临。"武帝便离开座位下拜行礼，答应一定照玉女的指示去做。话刚说完，玉女就突然消失了。武帝问东方朔："这到底是什么人？"东方朔说："她就是西王母紫兰宫里的玉女，常常为西王母传达使命，来往于东海中的扶桑和西方的灵州之间，替天上的玄都宫向人世间传达使令。西王母过去曾将她许配给北烛仙人，最近又把她召回身边，让她掌管禄食运数，是一位真仙官。"于是武帝就登上专为迎接神仙而建筑的台馆，极为郑重地斋戒以积累道心，把朝中的政务委托给丞相处理。

到了七月七日那天，武帝下令把宫廷内外清扫一新，在大殿上为西王母专设了座位。铺上紫罗的地毯，燃起百和薰香，挂起云锦的帏帐，点起光芒四射的灯烛，摆上玉门进贡的甜枣，倒好西域的葡萄酒，陈设宫中的上等果品，作为接待天宫神仙的食品。武帝穿上华丽的礼服，恭敬地站在宫廷的玉阶下，并下令端

门之内，不得有妄窥者。内外寂谧，以候云驾。

到夜二更之后，忽见西南如白云起，郁然直来，径趋宫庭，须臾转近，闻云中箫鼓之声、人马之响。半食顷，王母至也。县投殿前，有似鸟集。或驾龙虎，或乘白麟，或乘白鹤，或乘轩车，或乘天马，群仙数千，光耀庭宇。

既至，从官不复知所在，唯见王母乘紫云之辇，驾九色斑龙。别有五十天仙，侧近鸾舆，皆长丈余，同执彩旄之节，佩金刚灵玺，戴天真之冠，咸住殿下。王母唯挟二侍女上殿，侍女年可十六七，服青绫之褂，容眸流盼，神姿清发，真美人也。

王母上殿东向坐，著黄金襜褕，文采鲜明，光仪淑穆。带灵飞大绶，腰佩分景之剑，头上太华髻，戴太真晨婴之冠，履玄璃凤文之舄。视之可年三十许，修短得中，天姿掩蔼，容颜绝世，真灵人也。下车登床，帝跪拜问寒暄毕立。因呼帝共坐，帝面南。

王母自设天厨，真妙非常：丰珍上果，芳华百味；紫芝萎蕤，芬芳填樏；清香之酒，非地上所有，香气殊绝，帝不能名也。又命侍女更索桃果。须臾，以玉盘盛仙桃七颗，大如鸭卵，形圆青色，以呈王母。母以四颗与帝，三颗自食。桃味甘美，口有盈味。帝食辄收其核，王母问帝，帝曰："欲种之。"母曰："此桃三千年一生实，中夏地薄，种之不生。"帝乃止。

门以内绝不准任何人偷看。宫廷内外一片寂静庄严的气氛,恭候着西王母的降临。

到晚上二更时分,忽然看见西南天空涌起阵阵白云,翻卷着直奔宫廷而来,很快就接近了,隐约还听见云中有箫鼓音乐和人喊马嘶的声音。约有半顿饭时间,西王母到了。群仙落在殿前,像飞鸟降落一样。有的乘龙骑虎,有的驾着白麒麟或白鹤,有的乘着华丽的车子或天马,共有好几千人,把宫廷映照得光彩耀眼。

王母降临后,随从的仙官很快就不见了,只看见王母乘坐着紫云缭绕的车子,拉车的是九色斑纹的龙。另外还有五十名天仙侍卫在车的周围,都身高一丈多,手执彩色的旌节仪仗,身上佩着金刚宝印,戴着神仙的高冠,整齐地站在宫殿前。王母被两名侍女搀扶着上了大殿,侍女看样子有十六七岁,穿着青绫长袍,眼光流注顾盼,神态清朗焕发,真是十足的美人。

王母上殿东向而坐,肩上披着黄金织成的大披肩,光彩照人,仪态端庄。衣上系着灵飞大绶带,腰间佩着名为"分景"的宝剑,头上梳的是太华髻,戴着太真晨婴冠,脚上穿着黑玉上刻有凤纹的鞋。王母看样子三十岁左右,身材高矮适中,容颜秀丽,美貌绝伦,真是位不折不扣的仙人。王母下了车辇坐在特为地设置的坐具上,武帝跪拜问候安康之后就站着。王母就招呼武帝一同坐下,武帝就面朝南坐下了。

王母自己摆出天宫的食品,美味绝伦:丰盛珍稀的仙果,色香味美各种各样;茂盛硕大的紫芝,芬芳四溢;还有那些散发着奇异香味的酒浆,都是人间所没有的,武帝也叫不出名字。宴会进行当中,王母又让侍女再去要桃子。不一会儿,侍女端来一个玉盘,盘中盛着七颗仙桃,像鸭蛋那么大,形状圆圆的,呈淡青色,呈送给王母。王母拿了四颗送给武帝,留下三颗自己吃。那桃子味道特别甘美,吃完后嘴里充满了香味。武帝把仙桃的桃核都留了起来,王母看见以后问他留桃核做什么,武帝说:"打算种它。"王母说:"这仙桃三千年才结一次果,人间的土地太贫瘠,种下也不会生长。"武帝这才停下来。

于坐上酒觞数遍，王母乃命诸侍女王子登弹八琅之璈，又命侍女董双成吹云和之笙，石公子击昆庭之金，许飞琼鼓震灵之簧，婉凌华拊五灵之石，范成君击湘阴之磬，段安香作九天之钧。于是众声澈朗，灵音骇空。又命法婴歌玄灵之曲。

歌毕，王母曰："夫欲修身，当营其气，《太仙真经》所谓行'益易'之道。'益'者益精；'易'者易形。能益能易，名上仙籍；不益不易，不离死厄。行益易者，谓常思'灵宝'也。'灵'者神也；'宝'者精也。子但爱精握固，闭气吞液，气化为血，血化为精，精化为神，神化为液，液化为骨。行之不倦，神精充溢。为之一年易气，二年易血，三年易精，四年易脉，五年易髓，六年易骨，七年易筋，八年易发，九年易形。形易则变化，变化则成道，成道则为仙人。吐纳六气，口中甘香。欲食灵芝，存得其味，微息揖吞，从心所适。气者水也，无所不成，至柔之物，通致神精矣。此元始天王在丹房之中所说微言，今敕侍笈玉女李庆孙，书录之以相付，子善录而修焉。"

于是王母言语既毕，啸命灵官，使驾龙严车欲去。帝下席叩头，请留殷勤，王母乃止。王母乃遣侍女郭密香与上元夫人相问云："王九光之母敬谢。比不相见，四千余年矣。天事劳我，致以愆面。刘彻好道，适来视之，见彻了了，

武帝和王母饮了几巡酒以后，王母就让身边的侍女王子登弹奏八琅璈，又让侍女董双成吹起云和笙，让石公子敲击昆庭钟，让许飞琼吹起震灵簧，让婉凌华敲击五灵石，让范成君敲击湘阴磬，让段安香奏出天宫中的音律。这些乐器奏出的音乐清朗动听，声震九天。王母又让法婴唱起了九天神灵的歌曲。

　　唱完后，王母说："如果要修炼道术，首先要着意练气，也就是《太仙真经》中所说的'益易'之道。所谓'益'，就是要有益于精；所谓'易'，就是要改变形体。修炼到既能益又能易，就可名列仙籍；如果不能益也不能易，就免不了一死。要达到既能益又能易，最根本的一条就是心中要常常想着'灵宝'。'灵'就是神，'宝'就是精。你应该珍惜精气、固守精气，闭气吞咽津液，气就可以化成血，血又化成精，精再化为神，神又化成津液，津液又能变成骨。这样循环往复修炼，就可以神气清爽精力充沛。这样修炼一年可以易气，两年可以易血，三年可以易精，四年可以易脉，五年可以易髓，六年可以易骨，七年可以易筋，八年可以易毛发，九年可以易形体。你达到了'形易'的程度后，就是发生了根本的变化，这变化就使你真正得到了道，得了道也就是真正成了神仙。那时你吐纳六气，嘴里就自然会有又甜又香的气味。吃灵芝时你要轻轻地吐气再轻轻地吞咽，这样做要随着心愿做得十分自如，灵芝的味道就能常留不消。气，本身就是水，构成什么都可以，也是最柔和的东西，它可以养精益神，使人精神通畅。这些都是元始天王在丹房里对我说过的修道秘诀，我现在让为我管理书箱的侍女李庆孙把这些秘诀都写下来送给你，希望你好好抄录秘诀去认真修炼。"

　　王母说完这些话之后，就命令仙官备好龙车，打算离开回天宫去。武帝就离开座位向王母磕头，再三请求她留下来，王母就留了下来。王母派侍女郭密香去问候上元夫人说："王九光的母亲特向您问安致敬。我们已经有四千多年没见面了。由于我在天宫的事务太忙，导致我们久久未曾会面。现在刘彻爱好修道之术，我恰好来看望一下他，觉得他的资质品性还算是不错的，

似可成进。然形慢神秽，脑血淫漏，五脏不淳，关胃彭亨，骨无津液，脉浮反升，肉多精少，瞳子不夷，‘三尸’狡乱，玄白失时。虽当语之以至道，殆恐非仙才也。吾久在人间，实为臭浊，然时复可游望，以写细念。庸主对坐，悒悒不乐，夫人可暂来否？若能屈驾，当停相须。”

帝见侍女下殿，俄失所在。须臾，郭侍女返，上元夫人又遣一侍女答问云：“阿环再拜，上问起居。远隔绛河，扰以官事，遂替颜色，近五千年。仰恋光润，情系无违。密香至，奉信承降尊于刘彻处。闻命之际，登当命驾，先被太帝君敕，使诣玄洲，校定天元。正尔暂住，如是当还，还便束带，愿暂少留。”帝因问王母：“不审上元何真也？”王母曰：“是三天上元之官，统领十万玉女名箓者也。”

俄而夫人至，亦闻云中箫鼓之声。既至，从官文武千余人，并是女子，年皆十八九许，形容明逸，多服青衣，光彩耀目，真灵官也。夫人年可二十余，天姿精耀，灵眸绝朗，服青霜之袍，云彩乱色，非锦非绣，不可名字。头作三角髻，余发散垂至腰，戴九云夜光之冠，曳六出火玉之佩，垂凤文林华之绥，腰流黄挥精之剑。上殿向王母拜，王母坐而止之，呼同坐，北向。

大概能修炼成功。然而刘彻的形体和精神都没有脱去凡俗的污垢，头脑中血液漏失，五脏不洁净，胃肠胀满，骨头中没有津液，脉搏也很浮躁，身体肥胖精血不足，两眼也没有神采，身体中有'三尸神'在作怪，黑白颠倒。虽然我对他讲了一些修道的真谛，但恐怕他不一定是成仙的材料。我在人间停留久了，人间实在太过污浊，然而有时也可以游览一下，来发抒幽微的情怀。与平庸的主人对坐，心里不太痛快，不知上元夫人您能否前来？若能屈驾前来，我就在刘彻的宫中停留一会儿等您。"

武帝看见侍女郭密香走下殿去，一下就不见了。但不到片刻，郭密香就回来了，上元夫人也派遣了一位侍女同来回报王母说："阿环再拜行礼，问候您安好。我和您远隔天河，加上公务也很忙，和您分别，将近五千年了。但我一直仰慕您的光辉，始终惦念着您。现在您派郭密香到我这里来，得知您现在屈尊降临在刘彻宫中。我接到您希望我也能去一趟的命令后，本想立刻出发，但因为之前接到了太帝君的令旨，让我到玄洲去校定天宫的历法。现在我在玄洲暂住，很快就回去，回去后我就整理衣冠来见您，希望您在刘彻那里稍作停留。"武帝就问王母："不知上元夫人是位什么神仙？"王母说："她是三天上元仙官，统管着天界里十万玉女的仙籍名录。"

不久上元夫人来了，也听见云中有箫鼓音乐的声音。来到之后，身边有一千多名文武侍从官员，都是女子，年纪都是十八九岁，容貌秀丽飘逸，大都穿着青色的衣服，光彩照人，真是名符其实的仙女啊。上元夫人大约二十多岁，更是美艳绝伦，双目清朗有神，穿着青色的袍服，上绣五彩祥云，袍子不是绸子也不是锦缎，说不出来是用什么做的。上元夫人头上挽着三角髻，剩下的秀发披散下垂到腰边，头上戴着九云夜光冠，佩戴着在火中烧炼过六次的玉佩，垂着编成凤纹花样的绶带，腰里挂着黄褐色能指挥神灵的宝剑。上元夫人上殿后要向王母行礼叩拜，王母在座位上让她免礼，并招呼上元夫人一起坐下，上元夫人就脸朝北坐下了。

　　夫人设厨，厨亦精珍，与王母所设者相似。王母敕帝曰："此真元之母，尊贵之神，汝当起拜。"帝拜问寒温，还坐。夫人笑曰："五浊之人，耽酒荣利，嗜味淫色，固其常也。且彻以天子之贵，其乱目者倍于凡焉。而复于华丽之墟，拔嗜欲之根，愿无为之事，良有志矣。"王母曰："所谓有心哉。"

　　夫人谓帝曰："汝好道乎？闻数招方术，祭山岳，祠灵神，祷河川，亦为勤矣。勤而不获，实有由也。汝胎性暴，胎性淫，胎性奢，胎性酷，胎性贼，五者恒舍于荣卫之中，五藏之内，虽获良针，固难愈也。暴则使气奔而攻神，是故神扰而气竭；淫则使精漏而魄疲，是故精竭而魂消；奢则使真离而魄秽，是故命逝而灵失；酷则使丧仁而自攻，是故失仁而眼乱；贼则使心斗而口干，是故内战而外绝。此五事者，皆是截身之刀锯，刳命之斧斤矣，虽复志好长生，不能遣兹五难，亦何为损性而自劳乎？然由是得此小益，以自知往尔。若从今已，舍尔五性，反诸柔善，明务察下，慈务矜冤，惠务济贫，赈务施劳，念务存孤，惜务及爱身，恒为阴德。救济死厄，旦夕孜孜。不泄精液，于是闭诸淫，养汝神，放诸奢，从至俭，勤斋戒，节饮食，绝五谷，去膻腥，鸣天鼓，饮

上元夫人陈设仙馔,也是仙珍美味,和王母所摆设的佳肴大致相同。这时王母就对武帝说:"这位就是真元之母上元夫人,是一位极尊贵的神,你应该向她叩拜。"武帝立刻起身向上元夫人叩头问安,然后又回到自己的座位。上元夫人笑着说:"充满着五种恶浊的凡人,必然贪酒好色,追名逐利,这本是人间习以为常的事。况且刘彻贵为天子,扰乱眼神的事物比普通老百姓加倍厉害。然而刘彻能在富丽华贵的宫中,想除掉贪嗜私欲的根子,愿意清静无为修身养性,实在是很有志气啊。"王母说:"这就是有诚心啊。"

上元夫人对武帝说:"你果真爱好道术吗?我听说你多次招纳道家的术士,到山岳去祭祀,向神灵祷告,向河神祈求,也算是很勤奋了。然而你这样勤奋却没有什么收获,其中是有原因的。你生来就性情暴躁、贪爱女色、铺张奢侈、待人冷酷、奸邪自私,这五种私欲长久停留在你的气血身体、五脏六腑里,就是再好的良药,也难以治好这些顽症。暴躁会使你心气浮躁从而破坏你心神的宁静,所以将导致你神思迷乱精气枯竭;淫乱会使你阳精消耗过度而灵魂萎顿,所以将导致你阳精枯竭灵魂消散;奢靡会使你真性离散而魂魄污浊,所以将导致你生命逝去灵魂消失;待人冷酷会使你丧失仁义自己伤害自己,所以将导致你失去仁义双目不清;而贪心自私使你用尽心计而口中没有津液,所以将导致你内心紧张而与外界隔绝。上面这五种情况,都像伤害身体的刀锯,又像残害性命的利斧,尽管你有志于长生,但若不清除这五种顽症,就是再刻苦修炼也是徒劳无功。这次如果能从我们这里得到一点教益,就能让你在修道之事上找到方向。你如果从此以后除掉你身上那五种劣根性,待人柔和善良,对下明察秋毫,以慈心平复民间的冤屈,以恩惠救助民间的饥寒,赈济劳苦的平民,体恤孤寡,真正怜惜关怀百姓的疾苦,总这样积累阴功阴德。及时救助那些死难困苦的人,从早到晚,孜孜不倦。不泄漏精液,杜绝淫乱,保养精神,放弃奢侈,一切从俭,经常斋戒,控制饮食,断绝五谷,不吃膻腥,上下牙齿相叩击,咽下

玉浆，荡华池，叩金梁。按而行之，当有异耳。今阿母迁天尊之重，下降于蟛蚰之窟，霄虚之灵，而诣狐鸟之俎。且阿母至诚，妙唱玄音，验其敬勖节度，明修所奉，比及百年，阿母必能致汝于玄都之墟，迎汝于昆阆之中，位以仙官，游于十方。信吾言矣，子励之哉；若不能尔，无所言矣。"

帝下席跪谢曰："臣受性凶顽，生长乱浊，面墙不启，无由开达。然贪生畏死，奉灵敬神。今日受教，此乃天也。彻戢圣命以为身范，是小丑之臣，当获生活，唯垂哀护，愿赐上元。"夫人使帝还坐。

王母谓夫人曰："卿之为戒，言甚急切，更使未解之人，畏于志意。"夫人曰："若其志道，将以身投饿虎，忘躯破灭，蹈火履水，固于一志，必无忧也；若其志道，则心凝真性。嫌惑之徒，不畏急言，急言之发，欲成其志耳。阿母既有念，必当赐以尸解之方耳。"王母曰："此子勤心已久，而不遇良师，遂欲毁其正志，当疑天下必无仙人。是故我发阆宫，暂舍尘浊，既欲坚其仙志，又欲令向化不惑也。今日相见，令人念之。至于尸解下方，吾甚不惜。后三年，吾必欲赐以成丹半剂，石象散一具，与之则彻不得复停。当今

口水，鼓荡舌下，叩击金梁。你照这些去做，自然就会有奇异的变化。现在王母枉屈天尊的尊贵身份，降临到你这像蝈蛄洞穴般的人世宫殿，以她凌霄宫中神仙的身份，来到你这像狐兔禽鸟般的窝中。王母的真谛要旨，高深玄妙，你就更应该恭敬地遵从她的教导来克制自己，坚持修炼，这样坚持一百年，王母一定能够让你进入玄都天界，在昆阆仙宫迎接你，到时你将能自由地游走于天地十方。相信我的话吧，好好勉励自己刻苦修炼；如果你不能做到这些，我就没有什么可说的了。"

武帝离开座位跪在地上拜谢道："我生性凶恶顽劣，生长在混乱污浊的人世间，就像面对着一堵墙似的，想修道也不得其门而入。由于我贪生怕死，才敬奉神灵。今天受到你们的点拨教导，这真是上天对我的特殊垂爱啊！我将接受您的教诲，作为我修身养性的规范，这样我这个区区小臣，应该也能获得长生，希望二位大仙能够多多怜爱佑护，给我能成仙进入上元天界的机会吧！"上元夫人让武帝回到座位上就坐。

王母对上元夫人说："你刚才对刘彻的教诲，话语似乎太过激切了，只怕会让他这样修道尚未入门的人，心理意志上产生畏惧。"上元夫人说："如果刘彻真有志于修道，就是把身体投喂给饿虎，即使忘却身体消灭肉身，赴汤蹈火，只要心志坚定，一心一意，必然也无需担心害怕；如果他真有志于修道，就会心志凝定于纯真天性。心中存有疑虑迷惑的人，不害怕激切的言词，我用激切的言词告诫他，是想成就他的志向罢了。王母您既然也有成全他的意思，何不把尸解的法术教给他呢？"王母说："刘彻这人用心修炼已经很久了，但一直没遇到良师指引，这就会打消他修道的愿望，认为并没有神仙存在。所以我才离开天宫，暂时降临到尘世，既是为了让他坚定修道的志向，也使他对得道成仙不再有一点疑惑。今天见到他以后，我很同情他的追求和向往。至于从凡人肉体中解脱出来的法术，我不会吝惜着不教给他。我打算三年后再赏赐给他半剂仙丹，再给他一付仙药'石象散'，他服下这些仙丹灵药以后，修炼的事就再也不会中断了。当前

匈奴未弥,边陲有事,何必令其仓卒舍天下之尊,而便入林岫? 但当问笃向之志,必卒何如。如其回改,吾方数来。"王母因拊帝背曰:"汝用上元夫人至言,必得长生,可不勖勉耶!"帝跪曰:"彻书之金简,以身模之焉。"

帝又见王母巾笈中有一卷书,盛以紫锦之囊。帝问:"此书是仙灵方耶? 不审其目,可得瞻盼否?"

王母出以示之曰:"此《五岳真形图》也,昨青城诸仙,就吾请求,今当过以付之。乃三天太上所出,文秘禁重,岂汝秽质所宜佩乎? 今且与汝《灵光生经》,可以通神劝心也。"帝下地叩头,固请不已。王母曰:"昔上皇清虚元年,三天太上道君,下观六合,瞻河海之长短,察丘山之高卑,立天柱而安于地理,植五岳而拟诸镇辅,贵昆陵以舍灵仙,尊蓬丘以馆真人,安水神于极阴之源,栖太帝于扶桑之墟。于是方丈之阜,为理命之室,沧浪海岛,养九老之堂。祖、瀛、玄、炎、长、元、流、生,凤麟、聚窟,各为洲名,并在沧流大海玄津之中。水则碧黑俱流,波则震荡群精。诸仙玉女,聚居沧溟,其名难测,其实分明。乃因山源之规矩,睹河岳之盘曲,陵回阜转,山高陇长,周旋透迤,形似书字,是故因象制名,定实之号。书形秘于玄台,而出为灵真之信,诸仙佩之,皆如传章,道士执之,经行山川,百神群灵,尊奉亲近。

匈奴之乱还没平息，边疆多事不太平，何必让他匆匆忙忙地扔下君王该做的事去深山中修道呢？现在须问他修道的志向能否坚持到底。如果他能改掉过去的毛病，那我以后会再来几次的。"说完就抚着武帝的背说："你如果按上元夫人刚才的指点去修炼，就一定可以得到长生，你怎么能不努力去做啊！"武帝立刻跪下说："上元夫人对我的教导，我将刻记在金版上，照着去身体力行。"

这时武帝又看见王母的书箱里有一卷书，包在紫色的锦袋里，就问道："这卷书是不是仙界的灵药秘方？不知道书名叫什么，能否让我看一看呢？"

王母就把那卷书拿给他看，说："这是《五岳真形图》，之前天界中青城的一些神仙曾向我请求看看这卷书，今天我打算给他们送过去。这卷书是三天太上道君的著作，在天界都是绝秘的经卷，你这人世中的凡夫俗子怎以可以看呢？我现在给你一卷《灵光生经》，你读后可以使心神通畅收敛凡心。"武帝下地磕头，再三请求准许他看看那卷《五岳真形图》。王母说："过去上帝清虚元年时，三天太上道君，下观天地四方，观测河流海洋的长短和山岳的高低，立起了天柱使大地稳定，安置了五岳山脉来模拟各处镇辅，还在昆仑山建了仙宫让仙人们居住，在蓬莱仙山建了馆舍让得道的真人住在一起，把水神安置在极阴的河流源头，把太帝安顿在扶桑国的山丘。于是方丈山成为修炼的洞府，沧浪岛成了仙人们的宫阙。祖洲、瀛洲、玄洲、炎洲、长洲、元洲、流洲、生洲、凤麟、聚窟等十个仙洲都起了名字，都在沧海之中。那海中的水是青绿色混着纯黑色，兴起的波涛震荡着水中的精灵。神仙玉女们聚居在大海之中，他们所住地方的名称难以确定，但那些地方的形状样貌却是十分明确的。三天太上道君又根据山脉的走势，看到河流的盘曲，山势回转，山高陇长，回旋绵延，形状像文字，因而根据山川的种种形象创制文字，确定实物的名号。这些文字秘藏在玄台，写出来就是神仙们交往的凭据，他们佩着这种道符，成为传授道术的宝物，道士们带着这些神符在名山大川云游时，就能得到众多神灵的接待和尊重。

汝虽不正,然数访仙泽,扣求不忘于道。欣子有心,今以相与。当深奉慎,如事君父。泄示凡夫,必祸及也。"

上元夫人语帝曰:"阿母今以琼笈妙韫,发紫台之文,赐汝八会之书。《五岳真形》,可谓至珍且贵,上帝之玄观矣。子自非受命合神,弗见此文矣。今虽得其《真形》,观其妙理,而无《五帝六甲左右灵飞之符》《太阴六丁通真逐灵玉女之箓》《太阳六戊招神天光策精之书》《左乙混沌东蒙之文》《右庚素收摄杀之律》《壬癸六遁隐地八术》《丙丁入火九赤班符》《六辛入金致黄水月华之法》《六己石精金光藏景化形之方》《子午卯酉八禀十诀六灵威仪》《丑辰未戌地真素诀长生紫书三五顺行》《寅申巳亥紫度炎光内视中方》,凡缺此十二事者,当何以召山灵,朝地神,摄总万精,驱策百鬼,束虎豹,役蛟龙乎?子所谓适知其一,未见其他也。"帝下席叩头曰:"彻下土浊民,不识清真,今日闻道,是生命会遇。圣母今当赐以《真形》,修以度世。夫人云今告彻,应须五帝《六甲》《六丁》《六符》致灵之术。既蒙启发,弘益无量,唯愿告诲,济臣饥渴,使已枯之木,蒙灵阳之润,焦炎之草,幸甘雨之溉,不敢多陈。"

帝启叩不已。王母又告夫人曰:"夫《真形》宝文,灵宫所贵,此子守求不已,誓以必得,故亏科禁,特以与之。然

你刘彻虽然还没有得到正道，但你能够几次求访神仙，孜孜不倦地追求道学的真谛。我很高兴你有求道的真诚之心，现在我把《五岳真形图》授给你。你要怀着最恭敬谨慎的心情来供奉它，像供奉君主和父亲一样。你如果把《五岳真形图》泄漏给世间的凡人，那就会给你招来大祸。"

上元夫人对武帝说："现在王母打开她的书箱，拿出紫台仙界的宝典，赐给你阐述最高教义之书。《五岳真形图》可以说是最珍贵最秘密的经典，是上帝亲自审阅过的。你如果不是命中注定与神仙有缘，是绝不可能见到它的。不过你虽然得到这《五岳真形图》，看到其中的妙理，却没有《五帝六甲左右灵飞之符》《太阴六丁通真逐灵玉女之箓》《太阳六戊招神天光策精之书》《左乙混沌东蒙之文》《右庚素牧摄杀之律》《壬癸六遁隐地八术》《丙丁火九赤班符》《六辛入金致黄水月华之法》《六己石精金光藏景化形之方》《子午卯酉八禀十诀六灵咸仪》《丑辰未戌地真素诀长生紫书三五顺行》《寅申巳亥紫度炎光内视中方》，缺少这十二件法宝，凭什么来召集山神，让地仙来朝见，集合万千神灵，驱逐百种鬼魅，制服虎豹驾驭蛟龙呢？所以说你得到《五岳真形图》，只不过知其一点，还是不知道道家的其他深奥的法术。"这时武帝离开座位伏地磕头说："我刘彻不过是下界的一个凡人小民，不懂得道家真谛，今天能得听到二位上仙传授的道术，这真是上天对我的垂顾。圣母今天赐给我《五岳真形图》，使我能够修炼脱离凡世。夫人刚才告诉我，还需要得到五帝六甲六丁六符等通神的法术。既然蒙夫人给了我启发，这已使我获益匪浅，唯一的愿望是能把真正的修炼法术也传授给我，以满足我对修道如饥似渴的愿望，使已经枯死的树木得到春日阳光的照耀重发枝芽，让焦黄的小草得到雨露的滋育重新生长复苏。这是我真心的愿望和乞求，不敢再多罗嗦了。"

说罢武帝就不断地磕头。王母又对上元夫人说："《五岳真形图》固然是我们天界最珍贵的宝物，刘彻这样真诚地苦苦求索，一定要得到，所以我破一次天界的禁例，特别传授给他。然而

五帝六甲，通真招神，此术眇邈，必须清洁至诚，殆非流浊所宜施行。吾今既赐彻以《真形》，夫人当授之以致灵之途矣。吾尝忆与夫人共登玄陇朔野，及曜真之山，视王子童、王子立就吾求请太上隐书。吾以三元秘言不可传泄于中仙，夫人时亦有言，见助于子童之言志矣。吾既难违来意，不独执惜。至于今日之事，有以相似。后造朱火丹陵，食灵瓜，味甚好，忆此未久，而已七千岁矣。夫人既以告彻篇目十二事毕，必当匠而成之，缘何令人主稽首请乞，叩头流血耶？"上元夫人曰："阿环不苟惜，向不持来耳。此是太虚群文真人赤童所出，传之既自有男女之限禁，又宜授得道者，恐彻下才，未应得此耳。"

王母色不平，乃曰："天禁漏泄，犯违明科，传必其人，授必知真者。夫人何向下才而说其灵飞之篇目乎？妄说则泄，泄而不传，是炫天道，此禁岂轻于传耶？别敕三官司直，推夫人之轻泄也。吾之《五岳真形》太宝，乃太上天皇所出，其文宝妙而为天仙之信，岂复应下授于刘彻耶？直以彻孜孜之心，数请川岳，勤修斋戒，以求神仙之应，志在度世，不遭明师，故吾等有以下眄之耳。至于教仙之术，不复限惜而弗传。夫人且有致灵之方，能独执之乎？吾今所以授彻《真形》文者，非谓其必能得道，欲使其精诚有验求仙之不惑，可以诱进向化之徒；又欲令悠悠者，知天地间有此灵真之事，足以却不信之狂夫耳，吾意在此也。此子性气淫暴，服精不纯，何能得成真仙，浮空参差十方乎？

五帝六甲可以通达招唤神灵，玄妙深邃，必须清洁至诚，不是凡夫俗子可以施行的。现在我已把《五岳真形图》赐给刘彻，夫人您也应把通神的法术传给他。我记得曾和您一同登上玄陇朔野，来到曜真山，您看到王子童和王子立求我传授太上秘书。当时我认为三元秘书不可以传授泄露给中仙，那时夫人您替他俩说情，说王子童是出于一片至诚之心。我难以违背您的心意，不能独自吝惜把持着不给。如今刘彻向我们求真经，也有点和当年王子童的事相似。后来咱们又到了朱火丹陵，吃了灵瓜，味道十分甘美，回想起来好像没多久，然而已经七千年了。夫人您既然已把那十二部真经的名目告诉刘彻，就应该培养成全他，何必让一个身为皇帝的人行叩首大礼乞求，把头都磕出了血呢？"上元夫人说："不是阿环我吝惜，是这次我没有带来。真经出于太虚群文真人赤童之手，传授时又要分别男女的界限，又只宜传给已经得道之人，恐怕刘彻才质低下，不应得到它。"

王母脸上流露出不平的神情说："天界禁律森严，不可违犯，道术必须传给该传的人，必须授给知道真谛的人。那夫人为什么刚才向才质低下的人讲述灵飞的篇目呢？随便谈论是泄露天机，泄漏了天机却不传授，就是炫耀天道，这哪里比真正传授法术的罪过轻呢？我将命令三官司直来追究你泄漏天机之罪哦。我的《五岳真形图》也是出自太上天皇之手，内容宝贵奇妙，是天仙的信物，哪里就应该传授给刘彻呢？只是因为刘彻求道的一片孜孜不倦的诚心，多次到高山大河祭告，经常斋戒，以求得到神仙回应，有超脱凡世的志向，却没有遇到高明的师傅，所以我才特别关怀他。以至于修炼成仙的法术，也不再顾忌禁令或不舍得传授。夫人您掌握着通神的法术，怎么能自己把持着呢？我今天将《五岳真形图》传授给刘彻，并不是认为他一定能得道成仙，而是使他的精诚得到回应，不再对求仙感到疑惑，以此诱导那些想学道的人们；也使众多凡人知道天地间确有神仙道术存在，足以击退那些不信神仙的狂妄之人，这才是我的本意。刘彻性情放纵粗暴，心性不纯，怎么能够修成真仙，遨游于天界十方呢？

勤而行之,适可度于不死耳。明科所云:'非长生难,闻道难也;非闻道难,行之难;非行之难也,终之难。'良匠能与人规矩,不能使人必巧也。何足隐之耶?"

夫人谢曰:"谨受命矣。但环昔蒙倒景君、无常先生二君,传灵飞之约,以四千年一传,女授女,不授男,太上科禁,已表于昭生之符矣。环受书以来,并贤大女即抱兰,凡传六十八女子,固不可授男也。伏见扶广山青真小童,受六甲灵飞于太甲中元,凡十二事,与环所授者同。青真是环入火弟子,所受六甲,未闻别授于人。彼男官也,今止敕取之,将以授彻也。先所以告篇目者,意是愍其有心,将欲坚其专气,令且广求。他日与之,亦欲以男授男,承科而行。使勤而方获,令知天真之珍贵耳,非徒苟执,炫泄天道。阿环主臣,愿不罪焉。阿母《真形》之贵,愍于勤志,亦已授之,可谓大不宜矣。"王母笑曰:"亦可恕乎?"

上元夫人即命侍女纪离容,径到扶广山,敕青真小童,出六甲左右灵飞致神之方十二事,当以授刘彻也。须臾侍女还,捧五色玉笈,凤文之蕴,以出六甲之文曰:"弟子何昌言:'向奉使绛河,摄南真七元君检校群龙猛兽之数,事毕授教。承阿母相邀诣刘彻家,不意天灵至尊,乃复下降于臭浊中也,不审起居比来何如? 侍女纪离容至云:尊母欲得金书秘字六甲灵飞左右策精之文十二事,欲授刘彻。

即使他刻苦修炼，也不过能达到不死的程度罢了。修道中人人皆知的道理说：'求长生并不算难，懂得修道的真谛才很难；懂得修道真谛也不算难，能够真正践行才算难；真正践行也不算难，坚持到底才是最难的。'好匠人只能把方法规矩教给徒弟，却不能保证徒弟一定能出息成巧匠。何必对刘彻保密呢？"

上元夫人道歉说："恭敬地接受您的命令。但我过去曾蒙倒景君和无常先生二位大仙告以传授灵飞真经的约定，四千年才能传授一次，女子只能传授给女子，不能传授给男子，这是最高的禁律，已明确写在昭生符上了。我接受真经以来，加上您的长女抱兰，一共传授了六十八个女子，没有传授给一个男子。我曾见过扶广山的青真小童，在太甲中元接受了六甲灵飞真经，一共是十二种，和我所接受的相同。青真小童是向我拜师修炼的弟子，他所接受的六甲灵飞真经，没听说向任何人传授过。他是男仙官，现在命人向他要来，就可以授给刘彻了。我先把十二种真经的篇目告诉刘彻，也是体念他求道的真心，使他的志向更加坚定，让他能更广泛地寻求道术的奥秘。日后把真经授给他，也是想让男子授给男子，严格按天界禁律行事。这样使刘彻通过勤奋才能有所获得，让他知道真经确实万分珍贵，并不是我偏狭吝惜，炫耀泄露天道。我们主仆非常惶恐，希望不要惩罚我。您的《五岳真形图》那么珍贵，因为怜悯他修道的志向，也授给了他，这种做法也不能算是很妥当呀。"王母笑着说："那也可以恕我无罪吧？"

这时上元夫人就命身边的侍女纪离容，专程到扶广山去找到青真小童，从他那里取来六甲左右灵飞致神的方术秘经十二种，以便传授给刘彻。不一会儿，侍女回来，捧着五色玉做的书箱，箱上刻绘着凤文，从书箱中拿出六甲真经说："您的弟子何昌说：'刚刚奉命到绛河公干，代南真七元君查点群龙和猛兽的数目，公事完毕后还在那传道。蒙您约我到刘彻家去，我真没想到您这样尊贵的天神，会下降到臭气污浊的人世去，不知您近来饮食起居怎么样？您的侍女纪离容对我说：您向我要那十二种六甲灵飞左右策精秘经，打算传授给刘彻。

辄封一通付信,曰:彻虽有心,实非仙才,讵宜以此传泄于行尸乎?昌近在帝处,见有上言者甚众,云山鬼哭于丛林,孤魂号于绝域;兴师旅而族有功,忘赏劳而刑士卒;纵横白骨,烦扰黔首,淫酷自恣。罪已彰于太上,怨已见于天气,嚣言互闻,必不得度世也。奉尊见敕,不敢违耳。'"王母叹曰:"言此子者诚多,然帝亦不必推也。夫好道慕仙者,精诚志念,斋戒思愆,辄除过一月;克己反善,奉敬真神,存真守一,行此一月,辄除过一年。彻念道累年,斋亦勤矣,累祷名山,愿求度脱,校计功过,殆已相掩。但今以去,勤修至诚,奉上元夫人之言,不宜复奢淫暴虐,使万兆劳残,冤魂穷鬼,有被掘之诉,流血之尸,忘功赏之辞耳。"

夫人乃下席起立,手执八色玉笈凤文之蕴,仰帝而祝曰:"九天浩洞,太上耀灵。神照玄寂,清虚朗明。登虚者妙,守气者生。至念道臻,寂感真诚。役神形辱,安精年荣。授彻灵飞,及此六丁。左右招神,天光策精。可以步虚,可以隐形。长生久视,还白留青。我传有四万之纪,授彻传在四十之龄。违犯泄漏,祸必族倾。反是天真,必沉幽冥。尔其慎祸,敢告刘生。尔师主是真青童小君,太上中黄道君之师真,元始十天王入室弟子也。姓延陵,名阳,字庇华,形有婴孩之貌,故仙宫以青真小童为号。其为器也,玉朗洞照,圣周万变,玄镜幽览。才为真俊,游于扶广。

我为此给您写了一封信,信中说:刘彻虽然有求道修炼的诚意,但他实在不是一个能修成仙的材料,怎么能把秘经传授给像他这样的行尸走肉呢?我最近在天帝那里,看到很多人上书控告刘彻,说被刘彻杀害的鬼魂在山林中哭号,孤独的冤魂在荒天野地里哀泣;刘彻大肆兴兵而族灭有功之臣,对士兵不但不体恤犒赏反而滥用刑罚;原野上到处白骨横陈,黎民百姓遭到严重搅扰,刘彻却更加残酷无情,自我放纵。他的这些罪恶已经上达天帝,天地间已充满了怨气,人们控诉喊冤的声音到处都能听见,像刘彻这样的人是绝不可能得道成仙的。只是遵奉您的旨意,我不敢违抗呀。'"王母叹息道:"控告刘彻的人的确不少,但天帝也不一定会问他的罪。凡是好道慕仙的人,只要下定决心,意志坚定,能斋戒净心,闭门思过,就可以减去一个月的罪恶;如果克服自己的缺点一心向善,恭敬地奉祀天神,心存道义,坚持一个月的修行,就可减去一年的罪恶。刘彻求道已经好几年了,斋戒也很勤奋,还多次到名山祭祀祈祷,希望得到超度解脱人世的烦恼,比较衡量一下,他的功德已经盖过了他的罪过。只要刘彻从今以后以至诚之心更加刻苦地修炼道术,一切都按上元夫人的教导去做,不要再淫逸暴虐,使千万黎民百姓受到伤害,不要再使人间的冤魂苦鬼,有被冤枉的控诉,也不要再使战死沙场的将士,得不到论功封赏。"

这时上元夫人就离座起立,手里捧着那个装有十二卷秘经的五彩缤纷刻有凤纹的玉制书匣,面向武帝念了一首祝辞:"九天浩洞,太上耀灵。神照玄寂,清虚朗明。登虚者妙,守气者生。至念道臻,寂感真诚。役神形辱,安精年荣。授彻灵飞,及此六丁。左右招神,天光策精。可以步虚,可以隐形。长生久视,还白留青。我传有四万之纪,授彻传在四十之龄。违犯泄漏,祸必族倾。反是天真,必沉幽冥。尔其慎祸,敢告刘生。尔师主是真青童小君,太上中黄道君之师真,元始十天王入室弟子也。姓延陵名阳,字庇华,形有婴孩之貌,故仙宫以青真小童为号。其为器也,玉朗洞照,圣周万变,玄镜幽览。才为真俊,游于扶广。

权此始运，馆于玄圃。治仙职分，子在师居，从尔所愿。不存所授，命必倾沦！"言毕，夫人一一手指所施用节度，以示帝焉。

凡十二事都毕，又告帝曰："夫五帝者，方面之天精，六甲六位之通灵，佩而尊之，可致长生。此书上帝封于玄景之台，子其宝秘焉。"王母曰："此三天太上之所撰，藏于紫陵之台，隐以灵坛之房，封以华琳之函，韫以兰茧之帛，约以紫罗之素，印以太帝之玺。受之者，四十年传一人；无其人，八十年可顿授二人。得道者四百年一传，得仙者四千年一传，得真者四万年一传，升太上者四十万年一传。非其人谓之泄天道；得其人不传，是谓蔽天宝；非限妄传，是谓轻天老；受而不敬，是谓慢天藻。泄、蔽、轻、慢四者，取死之刀斧，延祸之车乘也。泄者身死于道路，受上刑而骸裂；蔽者盲聋于来世，命凋枉而卒殁；轻者钟祸于父母，诣玄都而考罚；慢则暴终而堕恶道，弃疾于后世。此皆道之科禁，故以相戒，不可不慎也。"王母因授以《五岳真形图》，帝拜受俱毕。

夫人自弹云林之璈，歌《步玄》之曲。王母命侍女田四非，答歌。歌毕，乃告帝从者姓名，及冠带执佩物名，所以得知而纪焉。

至明旦，王母与上元夫人同乘而去，人马龙虎，导从音乐如初，而时云彩郁勃，尽为香气，极望西南，良久乃绝。

权此始运,馆于玄圃。治仙职分,子在师居,从尔所愿。不存所授,命必倾沦!"上元夫人念完了祝辞,就打开了那些秘经,用手一一指点讲解,告诉武帝在施行时的要点和应掌握的分寸。

把十二种经文都讲完后,上元夫人又对武帝说:"五帝,是各管一方的天神,六位六甲神,尊重他们,能使你长生。这十二种经书上帝封缄在玄景台,你千万要重视珍藏起来。"王母说:"这秘经是三天太上道君的著作,收藏在天宫的紫陵台,存放在灵坛的秘室,装在玉石的封套中,包着兰茧的锦绸,用紫罗素带扎着,上面还盖着太帝的玉玺大印。接受了这部秘经的人,四十年才能传给另一个人;如果没有可以传授的人选,那么八十年可以一次传授两个人。得道的四百年传一次,成仙的四千年传一次,成为仙中真人的四万年才传一次,升为太上君的四十万年才能传一次。传给不该传的人叫泄露天道,该传而不传的叫遮蔽天宝,不到时限胡乱传叫轻视天老,接受了秘经而不敬重的叫侮慢天藻。泄露、遮蔽、轻视、侮慢这四条,就像致命的刀斧、招祸的车驾。泄露天道的,会死在野外路旁,受到最重的刑罚而尸骸分裂;犯了遮蔽天宝罪的,将被罚下一辈子又瞎又聋,最后衰竭而死;犯了轻视天老罪的,会累到父母,被抓到天宫拷问用刑;犯了侮慢天藻罪的,将会暴死,死后还要落入地狱,把疾病留给子孙。这些都是传道的禁律,所以我提醒告诫你,不可以不谨慎!"王母于是也把《五岳真形图》也授给了武帝,武帝拜谢全部接受下来。

然后上元夫人就亲自弹奏云林的玉琴,唱起《步玄曲》。王母让她的侍女田四非回敬了上元夫人一首歌。唱完以后,王母就把自己侍从的姓名,以及穿戴佩用的东西的名称都一一告诉了武帝,所以后来得以知晓并记录下来。

天色将明时,王母和上元夫人一起乘车离去,随从的侍卫、车马、龙虎,开路的仪仗和音乐,都和她们来时一样,只见彩云密集,一片芬馨的气味,她们的行列一直往西南空中升去,过了很久才看不见了。

帝既见王母及上元夫人，乃信天下有神仙之事。其后帝以王母所授《五真图》《灵光经》，及上元夫人所授六甲灵飞十二事，自撰集为一卷，及诸经图，皆奉以黄金之箱，封以白玉之函，以珊瑚为轴，紫锦为囊，安著柏梁台上。数自斋洁朝拜，烧香洒扫，然后乃执省焉。

帝自受法，出入六年，意旨清畅，高韵自许，为神真见降，必当度世。恃此不修至德，更兴起台馆，劳弊万民，坑降杀服，远征夷狄，路盈怒叹，流血膏城，每事不从。

至太初元年，十一月乙酉，天火烧柏梁台，《真形图》、灵飞经录十二事、《灵光经》，及自撰所受，凡十四卷，并函并失。王母当知武帝既不从训，故火灾耳。

其后东方朔一旦乘龙飞去。同时众人，见从西北上冉冉，仰望良久，大雾覆之，不知所适。

至元狩二年二月，帝病，行幸屋西，憩五柞宫。丁卯，帝崩，入殡未央宫前殿；三月，葬茂陵。是夕，帝棺自动，而有声闻宫外，如此数遍，又有芳香异常。陵毕，坟埏间大雾，门柱坏，雾经一月许日。帝冢中先有一玉箱、一玉杖，此是西胡康渠王所献，帝甚爱之，故入梓宫中。其后四年，有人于扶风市中买得此二物。帝时左右侍人，有识此物，是先帝所珍玩者，因认以告。有司诘之，买者乃商人也，

武帝自从亲自见到王母和上元夫人之后,才相信天下真的有神仙存在。后来武帝把王母授给他的《五真图》《灵光经》,以及上元夫人授给他的十二种六甲灵飞真经合在一起,把自己所撰的得经的过程,编成了一卷,加上那真经的图像,一起装在一个黄金箱子里,经卷装入白玉的封套,用珊瑚作卷轴,以紫缎为书套,安放在柏梁台上。多次亲自斋戒沐浴向真经叩拜,焚香打扫,然后就按照真经上的要求去修炼。

汉武帝自从得到真经后,前后修行了六年,觉得心胸特别爽朗,自认为格调特别高雅,认为既然上界真仙都降临传授,自己一定能得道成仙。倚仗这些就不再修养自身品德,又大肆修建宫殿亭台,劳民伤财,残酷杀害投降的俘虏,远征讨伐四境的异族国家,以致黎民百姓怨怒冲天,血流成河尸骨如山,经常不听命令。

到了太初元年,十一月乙酉日,天火烧毁了柏梁台,存放供奉在那里的《真形图》、灵飞经录十二种和《灵光经》,以及武帝自己编撰的得到经书经过,一共十四卷,连同装经书的匣子一起都不见了。这应当是王母得知武帝不遵从教导,所以才让天火烧毁了柏梁台。

后来东方朔乘龙飞升而去。当时众人看见他从西北冉冉上升,大家都抬头看了很久,空中大雾弥漫,不知他去了什么地方。

到了元狩二年二月,汉武帝病重,走到盩厔县的西面,在五柞宫休息。丁卯这天,汉武帝刘彻驾崩,先在未央宫前殿入殓;三月葬在茂陵。这天晚上,武帝的棺材自己挪动起来,连宫外都听见了好几次棺材动的声音,并散出特别的香气。封陵以后,陵墓周围大雾弥天,陵寝的门柱断裂,大雾持续了一个多月。汉武帝的陵墓里原来有一个玉箱,一只玉杖,都是西胡的康渠王进献的,汉武帝生前很喜欢,所以随葬在他的陵墓中。过了四年,有人在扶风的市场买到了这两件东西。当时侍奉在汉武帝身边的人,有的认得这两件东西是先帝生前珍爱的玩物,就把这事报告官府。官府把买了那两件宝物的人抓来审问,买者说他是个商人,

从关外来，宿鄜市。其日，见一人于北车巷中，卖此二物，青布三十匹，钱九万，即售交度，实不知卖箱杖主姓名，事实如此。有司以闻，商人放还，诏以二物付太庙。

又帝崩时，遗诏以杂经三十余卷，常读玩之，使随身敛。到元康二年，河东功曹李友，入上党抱犊山采药，于岩室中得此经，盛以金箱，卷后题东观臣姓名，记月日，武帝时也。河东太守张纯，以经箱奏进。帝问武帝时左右侍臣，有典书中郎冉登，见经及箱，流涕对曰："此孝武皇帝殡殓时物也。臣当时以著梓宫中，不知何缘得出？"宣帝大怆然惊愕，以经付孝武帝庙中。按《九都龙真经》云："得仙之下者，皆先死，过太阴中炼尸骸，度地户，然后乃得尸解去耳。且先敛经杖，乃忽显出，货于市中，经见山室，自非神变幽妙，孰能如此者乎？"出《汉武内传》。

从关外来，住在街市上。那一天，看见一个人在北车胡同里卖这两件东西，要价是青布三十匹加九万钱，于是两个人成交，商人也不知道卖箱子和玉杖人的姓名，事实就是这样。官府问清楚以后，就把那商人放了，皇帝下诏把两件宝物送到太庙保存。

汉武帝驾崩前，遗诏说有各种经书三十多卷，是他经常阅读玩赏的，要求随葬。到元康二年，河东功曹李友，进入上党抱犊山采药，在一个岩洞里发现了这些经书，经书装在金箱里，经卷后面题写着东观大臣们的姓名，看上面记载的年月日，是汉武帝时期。河东太守张纯把这只装经卷的金箱交给汉宣帝。宣帝询问过去在武帝身边的大臣，有位典书中郎冉登，看见金箱和经书后，哭着向宣帝奏道："这是孝武皇帝随葬的东西啊。我当时亲手把它放在棺木里，不知什么原因它竟会出了帝陵呢？"宣帝听后大为惊愕，把经书送到汉武帝的庙里保存起来。据《九都龙真经》说："凡是修炼成最下等神仙的，都会先死去，然后被送到太阴那里烧炼尸体，从地狱之门超度出来，然后尸解，灵魂飞升。汉武帝先前随葬的玉杖和经卷忽然在世间出现，而且在街上被买卖，经书在山中岩洞被发现，如果不是上天神灵的玄妙神通变化，谁能做到这样呢？"出自《汉武内传》。

卷第四
神仙四

王子乔

王子乔者，周灵王太子也。好吹笙作凤凰鸣。游伊洛之间，道士浮丘公，接以上嵩山，三十余年。后求之于山，见桓良曰："告我家，七月七日待我于缑氏山头。"果乘白鹤，驻山岭，望之不到。举手谢时人，数日而去。后立祠于缑氏及嵩山。出《列仙传》。

凤　纲

凤纲者，渔阳人也。常采百草花，以水渍封泥之。自正月始，尽九月末止，埋之百日，煎九火。卒死者，以药内口中，皆立活。纲常服此药，至数百岁不老。后入地肺山中仙去。出《神仙传》。

王子乔

王子乔是周灵王的太子。平时喜欢吹笙，能吹出凤凰鸣叫的声音。有一次，他在河南的伊水和洛水之间漫游，被一个叫浮丘公的道士接到嵩山上，一住就是三十多年。后来人们到山里去找他，他见了桓良，说："请你转告我家里的人，七月七日那天在缑氏山上可以等到我。"到了那天，人们果然看见王子乔骑着一只白鹤停在山头，只能远远望见，无法接近。王子乔频频举手向人们致意，过了好几天才骑鹤飞去。后来人们为他在缑氏山和嵩山立了祠庙。出自《列仙传》。

凤　纲

凤纲是渔阳人。经常采集一百种草开的花，用水泡过以后再用泥封起来。从正月开始一直到九月末，埋在土里一百天，拿出来以后用火煎九次，制成了一种药。凡是猝死的人，只要把这种药放在嘴里，都能立刻活过来。凤纲平时经常吃这种药，到几百岁仍然一点不衰老。后来凤纲进了地肺山，在那里成仙而去。出自《神仙传》。

琴　高

琴高者，赵人也，以鼓琴为宋康王舍人。行涓、彭之术，浮游冀州涿郡间二百余年。后辞入涿水中取龙子，与弟子期之曰："皆洁斋，候于水旁，设祠屋。"果乘赤鲤来，坐祠中，且有万人观之。留一月余，复入水去。出《列仙传》。

鬼谷先生

鬼谷先生，晋平公时人，隐居鬼谷，因为其号。先生姓王名利，亦居清溪山中。苏秦、张仪，从之学纵横之术。二子欲驰骛诸侯之国，以智诈相倾夺，不可化以至道。夫至道玄微，非下才得造次而传。先生痛其道废绝，数对苏、张涕泣，然终不能瘳。苏、张学成别去，先生与一只履，化为犬，北引二子即日到秦矣。先生凝神守一，朴而不露。在人间数百岁，后不知所之。秦皇时，大宛中多枉死者横道，有鸟御草以覆死人面，遂活。有司上闻，始皇遣使赍草以问先生。先生曰："巨海之中有十洲，曰祖洲、瀛洲、玄洲、炎洲、长洲、元洲、流洲、光生洲、凤麟洲、聚窟洲，此草是祖洲不死草也。生在琼田中，亦名养神芝。其叶似菰，不丛生，一株可活千人耳。"出《仙传拾遗》。

琴　高

琴高是赵国人，因为有善于弹琴的技艺，在宋康王那做舍人。琴高修炼道家始祖涓、彭的法术，在冀州涿郡一带漫游了二百多年。后来告别说要进入涿水里去捕捉小龙，跟弟子们约定说："你们都沐浴斋戒，在涿水边的祠庙里等着我。"后来琴高果然骑着一条红色鲤鱼从河里游出来，然后坐在祠庙里，当时河边有上万人看见了他。琴高停留了一个多月，又进入涿水中离去了。出自《列仙传》。

鬼谷先生

鬼谷先生是春秋时代晋平公时人，因为隐居在鬼谷山中，就用鬼谷作他的名号。鬼谷先生原名叫王利，曾住在清溪山里。苏秦、张仪曾向鬼谷先生学习"合纵连横"的策略。他俩想在诸侯国之间纵横驰骋，用狡诈和智谋互相倾轧争夺，无法用至道来教化他们。因为至道是非常深奥玄妙的，对一般的平庸浅薄之辈是不能轻易传授的。鬼谷先生因为道学的荒废失传而十分悲痛，好几次对着苏秦、张仪哭泣流泪，但苏秦、张仪始终不开窍。后来他俩学成离开鬼谷先生，先生脱下一只鞋变成了一只狗，这狗带着苏、张二人向北走，当天就到了秦国。鬼谷先生专心致志地修道，为人朴实无华，从不锋芒外露。在世间活了好几百年，后来不知去了哪里。秦始皇在位时，西域的大宛国有很多含冤而死的人横卧在野外道旁，有一种鸟衔来了一种草，盖在死人脸上，死人就复活了。有关部门把这事报告给秦始皇，秦始皇就派人带着那种草去请教鬼谷先生。先生说："大海之中有十座仙洲，它们是祖洲、瀛洲、玄洲、炎洲、长洲、元洲、流洲、光生洲、凤麟洲、聚窟洲，这种草是祖洲的不死草。生长在琼玉的田地里，也叫养神芝。这种草的叶子像茭白，不是一丛丛地生长，一株不死草，就可以救活上千的人。"出自《仙传拾遗》。

萧 史

萧史不知得道年代，貌如二十许人。善吹箫作鸾凤之响。而琼姿炜烁，风神超迈，真天人也。混迹于世，时莫能知之。秦穆公有女弄玉，善吹箫，公以弄玉妻之。遂教弄玉作凤鸣。居十数年，吹箫似凤声，凤凰来止其屋。公为作凤台。夫妇止其上，不饮不食，不下数年。一旦，弄玉乘凤，萧史乘龙，升天而去。秦为作凤女祠，时闻箫声。今洪州西山绝顶，有萧史石仙坛石室，及岩屋真像存焉。莫知年代。出《神仙传拾遗》。

徐 福

徐福，字君房，不知何许人也。秦始皇时，大宛中多枉死者横道，数有乌衔草，覆死人面，皆登时活。有司奏闻始皇，始皇使使者赍此草，以问北郭鬼谷先生。云是东海中祖洲上不死之草，生琼田中，一名养神芝，其叶似菰，生不丛，一株可活千人。始皇于是谓可索得，因遣福及童男童女各三千人，乘楼船入海寻祖洲，不返，后不知所之。逮沈羲得道，黄老遣福为使者，乘白虎车，度世君司马生乘龙车，侍郎薄延之乘白鹿车，俱来迎羲而去。由是后人知福得道矣。

又唐开元中，有士人患半身枯黑，御医张尚容等不能知。其人聚族言曰："形体如是，宁可久耶？闻大海中有神仙，

萧　史

萧史这人不知道是什么时候得道的,看容貌像是二十来岁的人。他善于吹箫,而且能让箫发出鸾凤和鸣般的声音。萧史生得风度翩翩,潇洒英俊,真是天仙一般。但他却混迹在人世间,当时谁也不知道他是仙人。秦穆公有个女儿名叫弄玉,也很会吹箫,穆公就把她嫁给了萧史。于是萧史就教弄玉吹箫学凤的鸣声。过了十几年,弄玉吹出的箫声就和真凤凰的叫声一样,引得凤凰也飞来停在他们的屋子上。秦穆公专门为他们建造了一座凤凰台。萧史、弄玉就住在那里,不吃不喝,好几年都不下来。有一天,弄玉乘上凤,萧史骑着龙,两人双双升空而去。秦国的人后来建了凤女祠,祠里还能常常听到箫声。现在洪州西山顶上,还有一个石屋,里面有萧史的仙坛,还有萧史本人的图像。没人知道是哪朝哪代留下的。出自《神仙传拾遗》。

徐　福

徐福,字君房,不知道是什么地方的人。秦始皇时,西域大宛国有很多冤屈枉死的人横陈在野外道旁,多次有乌鸦衔来一种草盖在死人脸上,死者立刻就复活了。有关部门把这件事奏报给秦始皇,秦始皇就派人带着那种草到北城请教鬼谷先生。鬼谷子说那草是东海里祖洲上的不死草,长在琼玉的田地里,也叫养神芝,叶子像菱白,不成丛地生长,一株不死草就能救活上千人。秦始皇听后认为这种不死草一定可以找得到,就派徐福带着童男童女各三千人,乘着楼船出海去找祖洲,然而徐福出海后一去不回,也不知去了什么地方。后来沈羲得道成仙时,道家始祖黄帝和老子派徐福为使者来接,徐福当时乘白虎车,度世君司马生乘龙车,侍郎薄延之乘白鹿车,一起到人间来接沈羲离开。从此人们才知道徐福已经得道成仙了。

唐朝开元年间,有个士人得了个半身枯瘦变黑的怪病,御医张尚容等也不知道是什么病。病人把全家聚在一起商量说:"我已经病成这样了,难道还能活得久吗?我听说大海里有神仙,

正当求仙方，可愈此疾。"宗族留之不可，因与侍者，赍粮至登州大海侧，遇空舟，乃赍所携，挂帆随风。可行十余日，近一孤岛，岛上有数百人，如朝谒状。须臾至岸，岸侧有妇人洗药，因问彼皆何者。妇人指云："中心床坐，须鬓白者，徐君也。"又问徐君是谁。妇人云："君知秦始皇时徐福耶？"曰："知之。""此则是也。"顷之，众各散去，某遂登岸致谒，具语始末，求其医理。徐君曰："汝之疾，遇我即生。"初以美饭哺之，器物皆奇小，某嫌其薄。君云："能尽此，为再飧也，但恐不尽尔。"某连唉之，如数瓯物致饱。而饮亦以一小器盛酒，饮之致醉。翌日，以黑药数丸令食，食讫，痢黑汁数升，其疾乃愈。某求住奉事。徐君云："尔有禄位，未宜即留，当以东风相送，无愁归路遥也。"复与黄药一袋，云："此药善治一切病，还遇疾者，可以刀圭饮之。"某还，数日至登州，以药奏闻。时玄宗令有疾者服之，皆愈。出《仙传拾遗》及《广异记》。

王母使者

汉武帝天汉三年，帝巡东海，祠恒山，王母遣使献灵胶四两，吉光毛裘。武帝以付外库，不知胶、裘二物之妙也，

干脆我就去求仙方吧，也许能治好我的病呢。"家里人留不住他，只好给他派一个仆人，带上粮食来到登州的大海边上，正好看见海边有条空船，士人就带上行李上了船，张起船帆，随着风就走了。这人在海上漂流了十几天，靠近了一座孤岛，远远望见岛上有好几百人，好像正在朝拜一个什么人。一会儿就靠了岸，见岸边有个女人在洗药，就向那女人打听岛上那些人都是些什么人。那女人用手朝远处指了指说："你看那边在大床当中坐着的那个须发皆白的老翁，那就是徐先生。"士人又问徐先生是什么人。女人说："你听说过秦始皇时出海求仙的徐福吗？"士人说："知道。"女人说："他就是徐福。"过了一会儿，朝拜的人都散去了，士人就上前拜见徐福，详细说了自己的病情，请求徐福帮他治疗。徐福说："你得的这个病，遇到我就能活了。"徐福起初给士人一些很好吃的饭食，但盛饭的碗特别小，士人嫌碗小饭太少。徐福说："你能把碗中的饭吃完，我就再给你添，管你吃饱，只怕你连这小碗里的饭都吃不完呢。"士人就大口地吃饭，没吃几口，就像吃了好几大盆饭似的，很快就饱了。徐福又给他酒喝，酒杯也极小，刚喝一点儿就醉了。第二天，徐福又给士人几粒黑色药丸让他吃，吃下去以后，就便拉了好几升黑色的稀水，病就好了。士人请求在徐福这里做点事，徐福说："你是在人世间有官位的人，留在这儿不合适，我会让你乘着东风回去，你不用担心道路太远回不了家。"徐福给了他一袋黄色的药，并说："这药能治任何疾病，回去后遇见有病的人，可以用刀圭量着给病人喝一点。"士人就返回了，几天就到了登州，然后把药奏报给朝廷。当时唐玄宗下令把那药给有病的人吃，果然一吃病就治好了。出自《仙传拾遗》及《广异记》。

王母使者

汉武帝天汉三年，武帝到东海巡游，去恒山祭祀，西王母派了使者来献给武帝四两灵胶和一件吉光毛皮袍子。武帝把这两件礼物交给宫外的大库收存，并不知道灵胶和皮袍有什么妙用，

以为西国虽远,而贡者不奇,使者未遣之。帝幸华林苑,射虎兕,弩弦断,使者时随驾,因上言,请以胶一分,以口濡其胶,以续弩弦。帝惊曰:"此异物也。"乃使武士数人,对牵引之,终日不脱,胜未续时也。胶青色,如碧玉。吉光毛裘黄白,盖神马之类。裘入水终日不沉,入火不焦。帝悟,厚赂使者而遣去。集弦胶出自凤麟洲,洲在西海中,地面正方,皆一千五百里,四面皆弱水绕之。上多凤麟,数万为群。煮凤喙及麟角,合煎作胶,名之"集弦胶",一名"连金泥"。弓弩已断之弦,刀剑已断之铁,以胶连续,终不脱也。出《仙传拾遗》。

月支使者

汉延和三年春,武帝幸安定。西胡月支国王,遣使献香四两,大如雀卵,黑如桑椹。帝以香非中国所乏,以付外库。又献猛兽一头,形如五六十日犬子,大如狸,其毛黄色。国使将以呈帝,帝见使者抱之以入,其气秃悴,尤怪其所贡之非。问使者曰:"此小物,何谓猛兽?"使者对曰:"夫威加于百禽者,不必计其大小。是以神骐为巨象之王,凤凰为大鹏之宗,亦不在巨细也。臣国此去三十万里,常占东风入律,百旬不休;青云干吕,连月不散者,中国将有好

认为西方仙国虽然遥远，但送来的这两件礼物却没什么稀奇，对前来送礼的王母使者，也没有打发送走。后来有一次武帝到华林苑狩猎，用弓箭射虎和犀牛，弓弦突然断了，王母的使者当时正好在武帝身旁随侍，就对武帝说，请求拿一分王母献来的灵胶，用嘴把胶弄湿后，把断的弓弦接了起来。武帝惊讶地说："这真是一件奇物啊！"便让几个武士从两面使劲拽弓弦，拽一整天，弓弦也不断，比没断时还要结实。那灵胶呈青色，像碧玉一样闪光。那吉光皮袍是黄里透白的颜色，是用神马的皮毛做的。那皮袍放在水里不沉，放在火里也烧不焦。武帝这时明白两件礼品都是珍贵的宝物，就重赏了使者送他回去。那灵胶产自凤麟洲，洲在西方大海中，整个洲是个正方形，长宽都是一千五百里，四面都有连羽毛都浮不起的弱水环绕着。洲上有很多凤和独角宝马，好几万匹马群居在一起。把凤的嘴和独角马的角放在一起煎熬，就熬成了灵胶，起名叫"集弦胶"，又叫"连金泥"。弓弩断了的弦和折断了的刀剑只要用这胶一粘，立刻就接好了，而且永远不会再断裂了。出自《仙传拾遗》。

月支使者

汉代延和（疑为征和）三年春天，汉武帝驾临安定。西胡月支国国王派使者来进献了四两香料，大小像麻雀蛋，黑得像桑椹。汉武帝认为香料并不是中国缺少的珍品，就交给了外库。月支国使者又献了一头猛兽，像出生五六十天的狗，像狸猫那么大，毛是黄的。使者正准备将猛兽呈献给汉武帝，汉武帝见使者抱着它进来，发现它皮毛秃疏没精打采的，心里对这份不像样的贡品感到奇怪，就问使者："这么个小动物，哪里称得上猛兽啊？"使者回答说："能威震千禽百兽的动物，不必在意它体形的大小。所以独角的神马可以统领大象而称王，凤凰也可以镇住大鹏而为尊，可见大小不是最重要的。我们国家离这里三十万里，尝经观察到东风顺着一定的节律，连吹千日，高天云中也有合律的乐声，一连几个月都不散，知道中国将出现一位爱好

道之君矣。我国王将仰中土而慕道风,薄金玉而厚灵物。故搜奇蕴而索神香,步天林而请猛兽,乘肥车而济弱水,策骥足以度飞沙。契阔途径,艰苦蹊路,于今十三年矣。神香辟夭残之死疾,猛兽却百邪之魑魅。夫此二物者,实济众生之至要,助至化而升平。岂图陛下乃不知贵乎!是臣国占风之谬也。今日仰鉴天姿,乃非有道之君也。眼多视则贪恣,口多言则犯难,身多动则注贼,心多节则奢侈,未有用此四多而天下成治者也。"帝默然不平。帝乃使使者敕猛兽发声,试听之。使者乃指兽,令发一声,兽舐唇良久,忽如天雷霹雳之响。又作,两目如礴磹之炎光,久乃止。帝登时颠蹶,掩耳振动,不能自止。侍者及武士皆失仗。帝忌之,因以此兽付上林苑,令虎食之。虎见兽,皆相聚屈迹如也。帝恨使者言不逊,欲罪之。明日,失使者及猛兽所在。

至始元元年,京城大疫,死者太半,帝取月支神香烧之于城内,其死未三日者皆活。香气经三月不歇,帝信神香,乃秘录余香。一旦函检如故,而失神香也。此香出于聚窟洲人鸟山,山上多树,与枫树相似,而香闻数里,名为返魂树。亦能自作声,如群牛吼,闻之者心振神骇。伐其木根,

修道的君王。我们月支国国王一直仰慕中原而尊崇道术，所以轻视金玉而特别看重神灵宝物。因而在神奇隐蔽之所找到了这种神香，深入天林捕到了这只猛兽，为了进献宝物，我们不惜乘着骏马拉的车渡过弱水河，骑着骏马穿越大沙漠，长途跋涉，路上经历了无数艰难险阻，至今已整整十三年了。这神香能够救活将死的病人，这猛兽能让各种妖魔鬼怪退避。所以这两件宝物是救济百姓的最重要的东西，将助推政治教化达到升平的境界。哪知道皇帝陛下您竟不懂得这两件宝物的珍贵呢？大概是我们月支国占验风气的人预测错了吧。现在我拜见陛下，觉得您不是一位有道明君。眼睛看得多了会贪心不足，说话说多了会招惹是非，身体好动会招致伤害，心中的欲望多就会奢侈，没有听说过一个君王有这四多而能治理好天下的。"汉武帝听了这番话后，虽然没说话，但心里很不痛快。汉武帝又让使者命那猛兽叫一声听听看。使者就用手指着那兽让它叫一声，那兽伸出舌头舔了半天嘴唇，突然一声吼叫，声音大得像天空中打了一个响雷。接着又吼了一声，两只眼睛发出闪电般的白光，半天才停下来。汉武帝顿时被这猛兽的吼声吓得颠倒在地，两手捂住耳朵，不停地发抖，自己根本控制不住。在他身边的侍从和武士吓得连仪仗和刀枪都扔掉了。汉武帝忌惮这头怪兽，让人把它送到上林苑里喂老虎。然而老虎们一见这头怪兽，立刻吓得聚在一起连动都不敢动了。汉武帝忌恨月支使者在金銮殿上出言不逊，打算问他的罪。然而第二天，连使者带怪兽都不见了。

到了始元元年时，京城里大闹瘟疫，病死的人有一多半，皇帝就取来月支国进贡的神香在城里点燃，凡是死了不超过三天的人都活过来了。香气过了三个月还不散，这一下皇帝相信神香真是奇珍异宝，就把剩下的神香珍藏在一个盒子里。有一天打开来看，盒子还好好的，神香却不知怎么消失了。据说这种神香产自聚窟洲的人鸟山上，这座山中很多树，和枫树差不多，树散发出的香气能传到几里地之外，名叫返魂树。这种树本身能发出声音，就像牛群吼叫，让人听了心惊胆战。把这种树的根砍来，

于玉釜中煮取汁，更以微火熟煎之，如黑粞状，令可丸，名为惊精香，或名振灵丸，或名返生香，或名振檀香，或名却死香，一种六名。斯实灵物也。出《仙传拾遗》。

卫叔卿

卫叔卿者，中山人也。服云母得仙。汉仪凤二年，八月壬辰，孝武皇帝闲居殿上。忽有一人乘云车，驾白鹿，从天而下，来集殿前。其人年可三十许，色如童子，羽衣星冠。帝乃惊问曰："为谁？"答曰："吾中山卫叔卿也。"帝曰："子若是中山人，乃朕臣也，可前共语。"叔卿本意谒帝，谓帝好道，见之必加优礼。而帝今云是朕臣也，于是大失望，默然不应。忽焉不知所在。帝甚悔恨，即遣使者梁伯至中山，推求叔卿，不得见。但见其子名度世，即将还。帝问云："汝父今在何所？"对曰："臣父少好仙道，尝服药导引，不交世事，委家而去，已四十余年。云当入太华山也。"帝即遣使者与度世共之华山，求寻其父。

到山下欲上，辄火，不能上也。积数十日，度世谓使者曰："岂不欲令吾与他人俱往乎？"乃斋戒独上。未到其岭，于绝岩之下，望见其父与数人博戏于石上。紫云郁郁于其上，白玉为床，又有数仙童执幢节，立其后。度世望而载拜。叔卿曰："汝来何为？"度世曰："帝甚恨前日仓卒，不得

放在玉制的锅里熬煮后，把汁取出来，再用小火慢慢煎熬，一直煮成黑色软糖稀的样子，再把它制成药丸，名叫惊精香，也叫振灵丸，还叫返生香、振檀香、却死香，一共有六个名字。这种香确实是神灵的珍宝。出自《仙传拾遗》。

卫叔卿

卫叔卿是中山人。因为长期服用云母石而得道成仙。汉仪凤二年（汉武帝没有"仪凤"这个年号，原文有误）八月壬辰这天，汉武帝刘彻在殿上闲坐。忽然有一个人坐着白鹿拉的云车从天而降，来到殿前。那人有三十来岁，面貌像孩童般红润，穿着羽衣戴着道士的帽子。汉武帝惊讶地问："你是谁？"那人回答说："我是中山人卫叔卿。"汉武帝说："你如果真是中山人，那你就是我的臣民了，可以到我跟前来说话。"卫叔卿本来听说汉武帝喜好修道才来拜见，以为汉武帝看见他以后会对他特别优待尊重。如今一见面汉武帝就说自己是他的臣子，心里大失所望，就不再应声。一会儿就不知道哪去了。汉武帝很后悔，就派使者梁伯到中山，到处寻访卫叔卿，没找到。只找到了卫叔卿的儿子叫卫度世，使者就把卫度世带回来见汉武帝。汉武帝问他："你父亲现在什么地方？"卫度世说："我父亲从少年时就喜好修道求仙，曾服食丹药，修炼导引养生之术，从来不过问世间的事，离家出去，已经四十多年了。他曾说过，将来要进太华山去修炼。"汉武帝就又派了使者和卫度世一起到华山去找卫叔卿。

到了山下打算往山上爬，就有大火拦路，没法上去。等了几十天，大火也不熄灭，卫度世对使者说："我父亲大概是不愿让我和你一起上山吧。"于是卫度世就斋戒祈祷后独自上山去。还没走到山顶，在一座悬崖下面，看见他父亲卫叔卿正和几个人坐在山石上下围棋。只见他头顶紫色的云霞缭绕不绝，坐的是白玉石做的床，还有几个仙童打着伞盖拿着符节，站在他身后。卫度世向着父亲恭敬地拜了两拜。卫叔卿问道："你来做这里什么？"卫度世说："皇上非常遗憾前些日子和您见面太过仓促，没能

与父言语，今故遣使者梁伯，与度世共来，愿更得见父也。"叔卿曰："前为太上所遣，欲诫帝以大灾之期，及救危厄之法，国祚可延。而强梁自贵，不识真道，而反欲臣我，不足告语，是以去耳。今当与中黄太乙共定天元，吾终不复往耳。"度世曰："不审向与父并坐是谁也？"叔卿曰："洪崖先生、许由、巢父、火低公、飞黄子、王子晋、薛容耳。今世向大乱，天下无聊，后数百年间，土灭金亡。汝归，当取吾斋室西北隅大柱下玉函，函中有神素书，取而按方合服之，一年可能乘云而行。道成，来就吾于此。勿得为汉臣也，亦不复为语帝也。"

度世于是拜辞而去，下山见梁伯，不告所以。梁伯意度世必有所得，乃叩头于度世，求乞道术。先是度世与之共行，见伯情行温实，乃以语之。梁伯但不见柱下之神方耳。后掘得玉函，封以飞仙之香，取而饵服。乃五色云母，遂合药服之，与梁伯俱仙去。留其方与子，而世人多有得之者。出《神仙传》。

张　楷

张楷字公超，有道术，居华山谷中。能为五里雾，有玉诀金匮之学，坐在立亡之道。人学其术者，填门如市，故云雾市。今华山有张超谷焉。出《仙传拾遗》。

和您好好谈谈，所以如今派使者梁伯跟我一块来找您，希望能再见您一面。"卫叔卿说："上次是天帝派我去的，想告诫皇帝大灾来临的时间和消灾的办法，好使他的国运能够延长一些。可这个家伙十分傲慢自负，根本不懂得道学的真谛，反而让我向他称臣，不值得我告诉他，所以我才离开。现在我要去和中黄太乙神一同校定天界的历法，不会再去见他了！"卫度世又问道："不知道刚才和您坐在一起的都是谁呢？"卫叔卿说："他们是洪崖先生、许由、巢父、飞黄子、王子晋和薛容。现在人间将要大乱，天下无可依靠，以后几百年中土德和金德的王朝将相继灭亡。你回去以后，可以取出我藏在屋子西北角大柱子下的玉匣，匣里有天神写在绢上的经文，你按上面写的药方配药服用，一年后就可以驾云飞行。得道后还到这里来找我。不要到汉家朝廷中做大臣，这些事回去后也不必对皇帝说。"

于是卫度世拜别了父亲，下山后见到使者梁伯，什么也没告诉他。但梁伯心想卫度世上山后一定有所收获，就向卫度世磕头，请求把道术传给他。之前，卫度世和梁伯一同来华山时，见梁伯为人忠厚诚实，就把见到父亲的情形告诉了他。梁伯只是没见到柱子下面藏着的神仙药方。后来卫度世从家中柱子下挖出了玉匣，匣中封存着服后可以飞升成仙的神香，就取出来服用。原来这神香就是五彩的云母石，于是就配了药吃下去，与梁伯一同成仙飞升而去。卫度世把那仙方留给了他的儿子，世上也有不少人得到过那个仙方。出自《神仙传》。

张　楷

张楷字公超，会道家的方术，居住在华山的山谷里。张楷能作法兴起弥漫五里的大雾，还懂得治病的医道和坐立之间忽隐忽现的法术。向他学习道术的人使他家门庭若市，人们称他的府宅为"雾市"。现在华山还有一个张超谷。出自《仙传拾遗》。

阳翁伯

阳翁伯者,卢龙人也,事亲以孝。葬父母于无终山,山高八十里,其上无水。翁伯庐于墓侧,昼夜号恸,神明感之,出泉于其墓侧。因引水就官道,以济行人。尝有饮马者,以白石一升与之,令翁伯种之,当生美玉。果生白璧,长二尺者数双。一日,忽有青童乘虚而至,引翁伯至海上仙山,谒群仙,曰:"此种玉阳翁伯也。"一仙人曰:"汝以孝于亲,神真所感,昔以玉种与之,汝果能种之。汝当夫妇俱仙,今此宫即汝他日所居也。天帝将巡省于此,开礼玉十班,汝可致之。"言讫,使仙童与俱还。翁伯以礼玉十班,以授仙童。北平徐氏有女,翁伯欲求婚。徐氏谓媒者曰:"得白璧一双可矣。"翁伯以白璧五双,遂婿徐氏。数年,云龙下迎,夫妇俱升天。今谓其所居为玉田坊。翁伯仙去后,子孙立大石柱于田中,以纪其事。出《仙传拾遗》。

阳翁伯

　　阳翁伯是卢龙人,对双亲特别孝敬。父母死后埋葬在无终山,山有八十里高,上面没有水。阳翁伯在父母的坟旁盖了一间房守墓,夜以继日地伤心痛哭,感动了天神,天神在坟墓旁流出了一股清泉。他就把水引向官道,供行人取用。有一次,有一个来泉边饮马的人,送给阳翁伯一升白石子,让他种在地里,说会生出白玉。阳翁伯把石子种下以后,果然生出白玉石,其中二尺长的白璧就有好几双。有一天,忽然有一个仙童从天而降,带领阳翁伯来到海上仙山,让他拜见群仙,并介绍说:"这就是种玉的阳翁伯。"一位仙人说:"你因对待父母十分孝顺,感动了天神,所以把玉石的种子给了你,你果然种出了玉。你和你的妻子都应该成仙,现在这个宫就是你以后居住的地方。今后天帝会到这儿巡游视察,要用十块玉作为礼物,你可以把玉送来。"说罢,便让仙童和阳翁伯一起回去。阳翁伯把十块玉送给仙童。北平徐氏有个女儿,阳翁伯想向她求婚。徐氏对媒人说:"让翁伯给我一对白璧作聘礼就可以了。"翁伯给了徐氏五对白璧,就成了徐氏的女婿。过了几年,云中有龙降下来,阳翁伯夫妻就乘龙升天了。现在人们还把他们住的地方叫玉田坊。阳翁伯成仙以后,他的子孙在田中立了个大石柱子,用来记录他成仙的事。

出自《仙传拾遗》。

卷第五
神仙五

王次仲　墨　子　刘　政　孙　博　天门子
玉　子　茅　濛　沈　羲　陈安世

王次仲

　　王次仲者，古之神仙也。当周末战国之时，合纵连衡之际，居大夏小夏山。以为世之篆文，功多而用寡，难以速就。四海多事，笔扎所先，乃变篆籀之体为隶书。始皇既定天下，以其功利于人，征之入秦，不至。复命使召之，敕使者曰："吾削平六合，一统天下，孰敢不宾者！次仲一书生而逆天子之命，若不起，当杀之，持其首来，以正风俗，无肆其悍慢也。"诏使至山致命，次仲化为大鸟，振翼而飞。使者惊拜曰："无以复命，亦恐见杀，惟神人悯之。"鸟徘徊空中，故堕三翮，使者得之以进。始皇素好神仙之道，闻其变化，颇有悔恨。今谓之落翮山，在幽州界，乡里祠之不绝。出《仙传拾遗》。

王次仲

　　王次仲是古时的神仙。那时正是周朝末年战国时代,天下流行合纵连横之术,王次仲正住在大夏山小夏山中。他认为当时通行的篆书,写起来很费事而用处不广,难于快速写成。当时天下那么纷乱,事情繁杂,文书非常重要,王次仲就把篆书、籀书字改变为隶书。秦始皇统一天下之后,认为王次仲改革文字为统一大业立下了功勋,就请他到秦国来做官,但王次仲没去。秦始皇又派了使者去传诏让王次仲入秦,并对使者说:"我征服了各诸侯国,统一了天下,谁敢不臣服我!王次仲不过是一个书生,竟敢违抗天子的圣命!如果这次他再不来,就杀掉他,提他的头来见我,以纠正这种风俗,让这种人再不敢傲慢抗上!"使者到了山里见到王次仲,宣示了秦始皇的诏命,王次仲立刻变成一只大鸟振翅飞去。使者又惊又怕,下拜哀求说:"您这样做,我无法回去向皇上交差啊,恐怕也要被杀了,请大仙可怜可怜我吧!"那大鸟在空中盘旋了半天,故意落下三根翎毛,使者便拿着这三支羽毛回去向秦始皇复命。秦始皇向来爱好修道求仙的事,听使者说王次仲已经变成了神仙,挺悔恨的。如今王次仲变大鸟的地方叫落翮山,在古幽州地界内,老百姓一直在祭祀他。出自《仙传拾遗》。

墨 子

墨子者，名翟，宋人也，仕宋为大夫。外治经典，内修道术，著书十篇，号为墨子。世多学者，与儒家分途，务尚俭约，颇毁孔子。有公输般者，为楚造云梯之械以攻宋。墨子闻之，往诣楚。脚坏，裂裳裹足，七日七夜到。见公输般而说之曰："子为云梯以攻宋，宋何罪之有？余于地而不足于民，杀所不足而争所有余，不可谓智；宋无罪而攻之，不可谓仁；知而不争，不可谓忠；争而不得，不可谓强。"公输般曰："吾不可以已，言于王矣。"墨子见王曰："于今有人，舍其文轩，邻有一弊舆而欲窃之；舍其锦绣，邻有短褐而欲窃之；舍其粱肉，邻有糟糠而欲窃之，此为何若人也？"王曰："若然者，必有狂疾。"翟曰："楚有云梦之麋鹿，江汉之鱼龟，为天下富，宋无雉兔鲋鱼，犹粱肉与糟糠也；楚有杞梓豫章，宋无数丈之木，此犹锦绣之与短褐也。臣闻大王更议攻宋，有与此同。"王曰："善哉，然公输般已为云梯，谓必取宋。"于是见公输般。墨子解带为城，以牒为械，公输般乃设攻城之机。九变而墨子九拒之，公输之攻城械尽，而墨子之守有余也。公输般曰："吾知所以攻子矣，

墨 子

墨子名叫翟，是宋国人，在宋国做官，担任大夫之职。他平时既研习经典，也勤于修炼道术，曾写了十篇文章，号称墨子。世上有很多人学习他的理论，他的理论和儒家不同，提倡勤俭节约，对孔子的学说颇多批评。有位能工巧匠公输般为楚国造了攻城用的云梯，帮助楚国攻打宋国。墨子听说后，就急忙往楚国赶。路上脚磨破了，就从衣裳上撕下布来包上脚，赶了七天七夜终于到了楚国。墨子见了公输般后劝说道："你为楚国造了云梯攻打宋国，宋国有什么罪过呢？楚国土地广阔而人民稀少，杀害不够的人民而去夺取多余的地，这算不上是聪明的做法；宋国没有罪你却要去攻打它，这算不上是仁义的做法；你明明知道这种做法不对而不去劝告楚王和他争辩，这算不上是对楚王忠诚；争辩了却没有成功说服楚王，算不上是擅长游说。"公输般说："攻宋的事已经定了，由不得我，我已经对楚王说过了。"墨子就直接去见楚王，对楚王说："现在有一个人，扔掉自己华丽的马车不用，却要去偷邻居的一辆破车；放着自己的锦缎袍服不穿，却要去盗取邻居一件短布衫；放着自己家的大鱼大肉不吃，却要去偷邻居的粗糠野菜，大王您说这是个什么人呢？"楚王说："要真有这么个人，我看他一定是个疯子。"墨子说："楚国有云梦泽盛产的麋鹿，有长江汉水盛产的鱼龟，是天下最富足的国家，而宋国连山鸡、野兔和鲋鱼都没有，这就像大鱼大肉和粗糠野菜相比一样；楚国盛产杞树、梓树和豫章树，而宋国连几丈高的树都没有，这就像锦缎袍服和短布衫相比一样。我听说大王打算攻打宋国，这不和您说的那个疯子一样了吗？"楚王说："你说得很好，但是公输般已经为我造好了云梯，他说一定能攻下宋国。"于是墨子又要求公输般来见。墨子解下自己的衣带放在桌上当作是宋国的都城，又摘下头巾当作是宋国守城的武器，公输般就摆布他攻城的武器和战术。公输般攻城的战术变化了九次，都被墨子挡住了，公输般攻城的武器战法都用尽了，而墨子防守的策略还绰绰有余。公输般说："现在我已经知道攻破你的办法了，

吾不言。"墨子曰："吾知子所以攻我，我亦不言。"王问其故，墨子曰："公输之意，不过杀臣，谓宋莫能守耳。然臣之弟子禽滑釐等三百人，早已操臣守御之器，在宋城上而待楚寇矣。虽杀臣，不能绝也。"楚乃止，不复攻宋。

墨子年八十有二，乃叹曰："世事已可知，荣位非常保，将委流俗，以从赤松子游耳。"乃入周狄山，精思道法，想像神仙。于是数闻左右山间有诵书声者，墨子卧后，又有人来，以衣覆足。墨子乃伺之，忽见一人，乃起问之曰："君岂非山岳之灵气乎？将度世之神仙乎？愿且少留，诲以道要。"神人曰："知子有志好道，故来相候。子欲何求？"墨子曰："愿得长生，与天地相毕耳。"于是神人授以素书，朱英丸方，道灵教戒，五行变化，凡二十五篇，告墨子曰："子有仙骨，又聪明，得此便成，不复须师。"墨子拜受合作，遂得其验，乃撰集其要，以为《五行记》。乃得地仙，隐居以避战国。至汉武帝时，遣使者杨违，束帛加璧，以聘墨子，墨子不出。视其颜色，常如五十许人。周游五岳，不止一处。出《神仙传》。

刘　政

刘政者，沛人也。高才博物，学无不览。以为世之荣贵，乃须臾耳，不如学道，可得长生。乃绝进趋之路，求养生

但我不说。"墨子说:"我也知道你将用什么方法攻我,我也不说。"楚王问是怎么回事,墨子说:"公输般的意思是只要杀了我,宋国就守不住。可我的弟子禽滑釐等三百人,早就带着我布置的守城武器在宋国都城上等着楚国进攻了。就是杀了我,也无法让宋国的防御武器和战术断绝!"楚王只好停下来,不再攻打宋国。

墨子活到八十二岁那一年,自己感叹地说:"世间的事我已经看透了,一个人的福禄、荣誉和官位不是能长久保持的,我将离开纷杂的尘世,追随神仙赤松子去漫游!"后来墨子就进了周狄山,专心致志修炼道术,一心想得道成仙。这时他经常听到左右山间有读书的声音,他睡下以后,有一个人到他跟前来,拿衣服替他盖上脚。一天,墨子就故意等着,忽然发现有一个人,就起来问那人:"您莫不是这山岳中的神灵吗?又或者是度人脱世的神仙么?希望您能稍留一会儿,传授给我一些修道要诀!"那位神仙说:"我知道你诚心修道,所以特地来见你。你有什么要求呢?"墨子说:"我想长生不老,寿命和天地相同。"于是那位神仙就授给他写着修道要诀的绢书和用朱草配制药丸的秘方,以及道教的法则戒律和阴阳五行变化的经书,一共二十五篇,并对墨子说:"你本来就有仙风道骨,又聪慧通灵,得到这些东西后就能成仙,不需要再拜师学道了。"墨子拜谢接受了神仙的赏赐,并按经卷上的要求去合成制作,得到了具体的验证,就根据体会把那二十五篇经卷的要点编撰成书,就是《五行记》。墨子修成了地上的神仙,隐居起来避开了战国时代的纷争混乱。到了汉武帝时,皇帝派使者杨违带着白玉和锦缎去聘请墨子,墨子坚拒不出山。使者看墨子的容颜,仍然像五十来岁的人。墨子周游五岳之地,不固定住在一个地方。 出自《神仙传》。

刘 政

刘政是沛县人,才华横溢,博古通今,各种学问都有涉猎。他认为世上的荣华富贵都如过眼烟云,不如去学道,可以得到长生不老。于是他就自己断绝了求官的门路,求索研究养生修炼

之术。勤寻异闻，不远千里。苟有胜己，虽奴客必师事之。复治墨子《五行记》，兼服朱英丸，年百八十余岁，色如童子。能变化隐形，以一人分作百人，百人作千人，千人作万人。又能隐三军之众，使成一丛林木，亦能使成鸟兽。试取他人器物，易置其处，人不知觉。又能种五果，立使华实可食。坐致行厨，饭膳俱数百人。又能吹气为风，飞砂扬石。以手指屋宇山陵壶器，便欲颓坏；复指之，即还如故。又能化生美女之形，及作水火。又能一日之中，行数千里。能嘘水兴云，奋手起雾，聚土成山，刺地成渊。能忽老忽少，乍大乍小。入水不沾，步行水上，召江海中鱼鳖蛟龙鼋鼍，即皆登岸。又口吐五色之气，方广十里，直上连天。又能跃上，下去地数百丈。后去不知所在。出《神仙传》。

孙　博

孙博者，河东人也。有清才，能属文，著书百余篇，诵经数十万言。晚乃好道，治墨子之术。能令草木金石皆为火，光照数里；亦能使身成火，口中吐火，指大树生草则焦枯，更指还如故。又有人亡奴，藏匿军中者，捕之不得。博语奴主曰："吾为卿烧其营舍，奴必走出，卿但谛伺捉之。"于是博以一赤丸子，掷军门，须臾火起烛天，奴果走出，

的方术。勤于打听奇异的传说，即使相隔千里也不觉得远。只要遇到比自己强的人，那怕他是奴仆门客，也要向他拜师求教。他研究墨子的《五行记》，经常服用灵丹秘方朱英丸，活到一百八十多岁时，容貌还像个童子。他修炼得能变化和隐身，能把自己分成一百个人，再分成千人万人。他还能把千军万马隐藏起来，使他们变成一丛树木，也能把三军变成鸟兽。他可以把别人的东西拿过来或转移到别的地方而毫不被人发现。他还能种植各种果树，种子落地后马上就长大开花并结出能吃的果实。他不动地方就可以做饭炒菜，供几百个人用餐。他还能吹气成风，掀起飞砂走石。他只要用手一指，就能让指到的房屋、器具、山陵立刻崩塌毁坏；再一指，被毁坏的东西又可以立刻复原如初。他能凭空变出来美丽的女子，还能兴起水患和火灾。一天之内他可以奔走几千里，还能用嘴喷水变云，手一挥就生起弥天大雾，把土聚成山岳，把地钻成深潭。他能一会儿变成老人一会儿变成少年，一会儿身材高大无比一会儿又变得十分矮小。他涉水不湿鞋，能在水面上行走，能召集江河湖海中的鱼、龟鳖、蛟龙、癞头鼋、扬子鳄等，使它们都上岸聚集。他能够口吐五色云气覆盖十里地，云气直冲青天。他只要一跳，就可上天，离地好几百丈。后来也不知道他去了什么地方。出自《神仙传》。

孙　博

孙博是河东人，很有才华，善作文章，曾著书一百多篇，背诵经书几十万字。到晚年时孙博爱好道术，研究墨子的道术。他能让草木、金属、石头着起火来，燃烧的火光照亮好几里地；他自己也能起火燃烧，从嘴里喷出火来，用手一指大树草丛，立刻就将其变得焦黄枯死，再一指，大树和草丛就又恢复原状。有一次，有个人的奴仆逃跑后藏在军营里，抓不到他。孙博对奴仆的主人说："我可以为你发火焚烧营房，到时你的奴仆一定会从营房里跑出来，你就等着抓他吧。"于是孙博就把一枚红色丸子扔到军营门里，片刻之间就燃起烈火，火光冲天，那奴仆果然跑出营房，

乃得之。博乃复以一青丸子掷之，火即灭，屋舍百物，如故不损。博每作火有所烧，他人以水灌之，终不可灭，须臾自止之，方止。行水火中不沾灼，亦能使千百人从己蹈之，俱不沾灼。又与人往水上，布席而坐，饮食作乐，使众人舞于水上。又山间石壁，地上盘石，博入其中，渐见背及两耳，良久都没。又能吞刀剑数千枚，及壁中出入，如孔穴也。能引镜为刀，屈刀为镜，可积时不改，须博指之，乃复如故。后入林虑山，服神丹而仙去。出《神仙传》。

天门子

天门子者，姓王名纲，尤明补养之道。故其经曰："阳生立于寅，纯木之精；阴生立于申，纯金之精。天以木投金，无往不伤，故阴能疲阳也。阴人所以著脂粉者，法金之白也。是以真人道士，莫不留心注意，精其微妙，审其盛衰。我行青龙，彼行白虎，取彼朱雀，煎我玄武，不死之道也。又阴人之情也，每急于求阳，然而外自收抑，不肯请阳者，明金不为木屈也。阳性气刚燥，志节疏略。至于游宴，言和气柔，辞语卑下，明木之畏于金也。"天门子既行此道，

主人就抓到了他。孙博又将一枚黑色丸子扔进营门，火立刻就灭了，军营中的房舍和所有的东西像没着火时一样毫发无损。当孙博作法点火烧什么的时候，别人用水浇火，火始终不灭，必须过一阵由孙博发令让火停止燃烧，火才会熄灭。孙博在水里走身上不湿，在火里钻身上不燃，他还能让千百个人跟着他在水火中穿行，所有人都不沾水不被火烧。他能在水面上铺开席褥，请大家坐在上面饮酒作乐，还能让大家在水面上跳舞而不沉。孙博能钻进山间的石壁和地上的石板里去，起初还能看见石壁里有他的后背和两只耳朵，过了半天就消失在石壁里了。他还能吞下几千把刀剑，还能自由地出入于墙壁里，好像墙壁原来就有洞似的。他能把铜镜拉伸成刀剑，又能把刀剑团弄成镜子，变形之后会长期不变，需要他用手指一下，才能恢复原形。后来，孙博进到林虑山中，服用了神丹灵药，成仙而去。出自《神仙传》。

天门子

天门子原名叫王纲，非常精通阴阳互补互养的学问。他关于修炼的著作中说："阳刚之气产生于天亮前的寅时，是属阴阳五行中'木'的精华；而阴柔之气产生于申时，是阴阳五行中'金'的精华。上天把木投于金，木无不被金克伤，所以阴气能损伤阳气。女子属阴，她们在脸上涂脂抹粉，就是效法'金'那种耀眼的光彩。所以凡是修炼的道家真人，无不对女人的阴柔之气特别小心留神，研究阴阳相生相克的微妙道理，注意阴阳的盛衰变化。修道者仰仗于东方的青龙星，而女人则属于西方的白虎星，用南方属阴的朱雀星来镇服北方属阳的玄武星，这样才能得到长生不死的道术。此外，女人在情感上有强烈的欲望，常常急切地追求男人，但表面上又故作控制压抑，不肯主动表现出追求男人的欲望，表明金性的女子不肯向木性的男子屈服的姿态。男子性情刚烈暴躁，节操志气比较粗疏。平时在游玩宴饮时，男子对女人却又十分温柔和柔顺，低声下气地讨好女人，这说明木怕金、阳惧阴的道理。"天门子由于按这些道理去修身养性，

年二百八十岁，犹有童子之色。乃服珠醴得仙，入玄洲山去也。出《神仙传》。

玉 子

玉子者，姓韦名震，南郡人也。少好学众经，周幽王征之不出。乃叹曰："人生世间，日失一日，去生转远，去死转近。而但贪富贵，不知养性命，命尽气绝则死，位为王侯，金玉如山，何益于灰土乎？独有神仙度世，可以无穷耳。"乃师长桑子，具受众术，乃别造一家之法，著道书百余篇。其术以务魁为主，而精于五行之意，演其微妙，以养性治病，消灾散祸。能起飘风，发屋折木，作雷雨云雾。能以木瓦石为六畜龙虎立成，能分形为百千人。能涉江海，含水喷之，皆成珠玉，亦不变。或时闭气不息，举之不起，推之不动，屈之不曲，伸之不直，或百日数十日乃起。每与子弟行，各丸泥为马与之，皆令闭目，须臾成大马，乘之日行千里。又能吐气五色，起数丈。见飞鸟过，指之即堕。临渊投符，召鱼鳖之属，悉来上岸。能令弟子举眼见千里外物，亦不能久也。其务魁时，以器盛水，着两肘之间，嘘之，水上立有赤光，辉辉起一丈。以此水治病，病在内饮之，在外者洗之，皆立愈。后入崆峒山合丹，白日升天而去。出《神仙传》。

所以活到二百八十岁时面貌仍然像童子。后来他常服用珍珠泡的酒，终于得道成仙，进了玄洲山里去了。出自《神仙传》。

玉　子

　　玉子原名叫韦震，是南郡人。他少年时就爱读各种经书，周幽王曾召他做官，他不愿出山。他感叹说："人生在世上，过一天少一天，离生越来越远，离死却越来越近。有的人贪图荣华富贵，却不知道修身养性，大限临头就会气绝身亡，即使位居王侯，金玉珍宝聚敛如山，与尘土相比又好在哪里呢？只有得道成仙，脱离尘世，才可以使生命无穷无尽。"于是他拜长桑子为师，学习了各种道术，然后融汇贯通而自成一家，著书一百多篇。他的道术主要通过祈祷北斗魁星来施法，对阴阳五行的道理也研究得很透彻，并运用五行相生相克的奥秘来养性治病，消灾免祸。他能兴风掀翻屋顶折断树木，也能兴雷播雨散布云雾。他能把木头瓦石立刻变成活生生的龙、虎和牛、马、羊、狗、猪、鸡，还能把自己分成千百个人。他能在江海上行走，嘴里含着水喷出去就能变成珍珠，那些珍珠绝不会再变成水珠。有时他一闭气，可以不呼不吸，这时就举不起也推不动他，不能将他身子压弯，也不能将他身体拉直，一次闭气可以连续几十天一百多天纹丝不动。有时他和弟子们出行，他就把泥团成马，让弟子们闭上眼睛，泥马立刻变成高头大马，而且骑上就能日行千里。他还能口吐五色云气，云气有几丈高。看见空中的飞鸟，他用手一指，鸟儿就立刻掉下来。他在深潭里扔进一道神符，就能把鱼鳖之类全都召上岸来。他能让弟子们抬眼看见千里之外的东西，但看见的时间不能太长。每当他祈祷北斗魁星时，就用器皿盛上水，放在两肘之间，一吹气，水上立刻发出红色的光，光芒能升起一丈多高。用这施过法术的水治病，内脏的病喝它，外在的病用这水洗，都能马上治好。后来他进入崆峒山炼丹，白天升天成仙而去。出自《神仙传》。

茅濛

茅濛，字初成，咸阳南关人也，即东卿司命君盈之高祖也。濛性慈悯，好行阴德，廉静博学。逆睹周室将衰，不求进于诸侯。常叹人生若电流，出处宜及其时。于是师北郭鬼谷先生，受长生之术，神丹之方。后入华山，静斋绝尘，修道合药，乘龙驾云，白日升天。先是，其邑歌谣曰："神仙得者茅初成，驾龙上升入太清。时下玄洲戏赤城，继世而往在我盈。帝若学之腊嘉平。"秦始皇闻之，因改腊为"嘉平"。出《洞仙传》。

沈羲

沈羲者，吴郡人，学道于蜀中。但能消灾治病，救济百姓，不知服食药物。功德感天，天神识之。羲与妻贾共载，诣子妇卓孔宁家还，逢白鹿车一乘，青龙车一乘，白虎车一乘，从者皆数十骑，皆朱衣，仗矛带剑，辉赫满道。问羲曰："君是沈羲否？"羲愕然，不知何等，答曰："是也。何为问之？"骑人曰："羲有功于民，心不忘道，自少小以来，履行无过。寿命不长，年寿将尽。黄老今遣仙官来下迎之。侍郎薄延之，乘白鹿车是也；度世君司马生，青龙车是也；迎使者徐福，白虎车是也。"须臾，有三仙人，羽衣持节，以白玉简、青玉介、丹玉字，授羲，羲不能识。遂载羲升天。升天之时，道间锄耘人皆共见，不知何等。斯须大雾，雾解，失其所在，

茅濛

茅濛字初成，是咸阳南关人，是东岳上卿、司命真君茅盈的高祖。茅濛性情慈悲善良，平日常暗中积德行善，为人俭朴素净，博学多闻。他预见周朝将越来越衰败，所以从来不到诸侯那里求官做。他常常感慨于人生转眼即逝，要抓住适当的时机自己处理好自身的事。于是他拜北城鬼谷子为师，跟他学习长生之术和仙丹秘方。后来他又进入华山，远离尘世静心修炼，修道炼丹，后来乘龙驾云，白日成仙升天。在他成仙之前，他的家乡就流传着一首歌谣："神仙得者茅初成，驾龙上升入太清。时下玄洲戏赤城，继世而往在我盈。帝若学之腊嘉平。"秦始皇听说后，就把腊月改名叫"嘉平"了。出自《洞仙传》。

沈羲

沈羲是吴郡人，曾在蜀中学道。他平日只知道消除灾祸，救治病人，救济百姓，不懂得服药求仙。他的功德感动了上天，天神记住了他。有一次，沈羲和妻子贾氏一同乘车到儿媳卓孔宁家串门，回来的路上，遇见分别用白鹿、青龙和白虎驾的三辆车，每辆车后都有几十个骑马的随从，那些随从都穿着红袍，拿着长矛挂着刀剑，辉煌显赫，堵塞了道路。这些人问沈羲："您是沈羲先生吗？"沈羲非常吃惊，不知他们是什么人，忙回答说："我是沈羲。不知你们问我有什么事？"骑马的人说："你为老百姓立下功劳，心不忘道，从你小时候到现在也没有犯过什么过错。但你的寿命并不长，现在寿数快到头了。如今黄帝、老子派了仙官到人间来迎接你。乘白鹿车的是侍郎薄延之，乘青龙车的是度世君司马生，乘白虎车的是迎接你的使者徐福。"不一会儿，那三位神仙穿着羽衣持着旌节来到沈羲面前，把一只白玉板、一块刻在青玉上的证书和一块刻着字的红玉授给沈羲，沈羲不认识那些东西是什么。三位神仙就用车载着沈羲夫妇升天而去。他们升天之时，在田地里耕作的人都看见了，不知道是怎么回事。当时天上突然大雾弥漫，等雾散之后，就不知他们到哪里去了，

但见羲所乘车牛，在田食苗。或有识是羲车牛，以语羲家。弟子恐是邪鬼将羲藏山谷间，乃分布于百里之内，求之不得。

四百余年，忽还乡里，推求得数世孙，名怀喜。怀喜告曰："闻先人说，家有先人仙去，久不归也。"留数十日，说初上天时，云不得见帝，但见老君东向而坐。左右敕羲不得谢，但默坐而已。宫殿郁郁如云气，五色玄黄，不可名状。侍者数百人，多女少男。庭中有珠玉之树，众芝丛生，龙虎成群，游戏其间，闻琅琅如铜铁之声，不知何等。四壁熠熠，有符书着之。老君身形略长一丈，披发文衣，身体有光耀。须臾，数玉女持金按玉杯，来赐羲曰："此是神丹，饮者不死。夫妻各一杯，寿万岁。"乃告言：饮服毕，拜而勿谢。服药后，赐枣二枚，大如鸡子，脯五寸，遗羲曰："暂还人间，治百姓疾病。如欲上来，书此符，悬之竿杪，吾当迎汝。"乃以一符及仙方一首赐羲。羲奄忽如寐，已在地上。多得其符验也。出《神仙传》。

陈安世

陈安世，京兆人也，为权叔本家佣赁。禀性慈仁，行见禽兽，常下道避之，不欲惊之，不践生虫，未尝杀物。年十三四，叔本好道思神，有二仙人，托为书生，从叔本游，以观试之。而叔本不觉其仙人也，久而意转怠。叔本在内，方作美食，

只看见沈羲曾坐过的牛车在路上停着，驾车的牛在田里吃禾苗。有的人认识那车和牛是沈羲的，就跑去报告了沈羲家。沈羲的弟子担心是鬼怪把沈羲抓到山谷里藏起来了，就在周围百里以内到处寻找，但没找到。

过了四百多年，沈羲突然回来了，找到了他好几代之后的孙子，名叫沈怀喜。怀喜对沈羲说："我听祖上说家中有先人成了仙，很久没回来。"沈羲在家住了几十天，据他说刚升天时并没见到天帝，只看见太上老君面向东坐着。左右的人告诉沈羲不必称谢，只默默坐着。宫殿里云雾笼罩，不时涌起五色云或黄色黑色的云，说不清是怎么回事。老君周围有好几百人侍从，女的多男的少。宫殿院中有结着珠玉的树，到处生长着灵芝仙草，有很多龙虎在周围游戏，还听到叮叮当当的铜铁撞击的声音，也不知是怎么回事。殿内四边墙上闪闪发光，上面写着神符。太上老君有一丈来高，披着长发，穿着有花纹的衣服，身体也闪闪发光。不一会儿，有几名玉女用金盘端着玉杯来赏赐沈羲说："这玉杯里是神丹，喝了可以长生。你们夫妻一人一杯，可以活一万年。"玉女还告诉沈羲喝完后行个礼，但不用感谢。服了仙丹后又赐给两枚枣子，像鸡蛋那么大，又赏给他一条五寸长的肉干，对他说："你暂且回到人间，给百姓治病。如果想到天上来，可以照这符写一道符，挂在你家门外高竿上，我会去接你。"说罢把一张符和一张仙方给了沈羲。沈羲忽然昏昏睡去，醒时已在地上了。后来他多次使用那仙符都非常灵验。出自《神仙传》。

陈安世

陈安世是京城人，被权叔本家所雇佣。陈安世为人慈善厚道，走路时如果遇见禽兽，他就躲到道旁，不惊动它们，从来不踩死一只小虫，也从不杀生。陈安世十三岁时，他的主人权叔本非常爱好修道成仙的事，有两位神仙假托为书生，跟叔本交游以考察他。但叔本不知道这两位书生是神仙，时间长了，叔本心里待二位书生就有些怠慢了。有一次，叔本在家里吃美味的食物，

而二仙复来诣门,问安世曰:"叔本在否?"答曰:"在耳。"入白叔本,叔本即欲出,其妇引还而止曰:"饿书生辈,复欲来饱腹耳。"于是叔本使安世出答言不在。二人曰:"前者云在,旋言不在,何也?"答曰:"大家君教我云耳。"二人善其诚实,乃谓:"叔本勤苦有年,今适值我二人,而乃懈怠,是其不遇,几成而败。"乃问安世曰:"汝好游戏耶?"答曰:"不好也。"又曰:"汝好道乎?"答曰:"好,而无由知之。"二人曰:"汝审好道,明日早会道北大树下。"安世承言,早往期处,到日西,不见一人,乃起欲去,曰:"书生定欺我耳。"二人已在其侧,呼曰:"安世汝来何晚也?"答曰:"早来,但不见君耳。"二人曰:"吾端坐在汝边耳。"频三期之,而安世辄早至。知可教,乃以药二丸与安世,诫之曰:"汝归,勿复饮食,别止于一处。"安世承诫,二人常来往其处。叔本怪之曰:"安世处空室,何得有人语?"往辄不见。叔本曰:"向闻多人语声,今不见一人,何也?"答曰:"我独语耳。"叔本见安世不复食,但饮水,止息别位,疑非常人,自知失贤,乃叹曰:"夫道尊德贵,不在年齿。父母生我,然非师则莫能使我长生。先闻道者,即为师矣。"乃执弟子之礼,朝夕拜事之,为之洒扫。安世道成,白日升天。临去,遂以要道术授叔本,叔本后亦仙去矣。出《神仙传》。

两个书生来到门外，问陈安世："叔本在不在家？"安世说："在家。"就进去告诉叔本，叔本打算出门去迎接两位书生，他老婆一把拉住他说："两个饿急了的书生，又要来咱家饱餐一顿罢了！"于是叔本就让安世出门去对书生说自己不在家。两位书生说："你刚才说他在家，现在又说不在，这是怎么回事呢？"陈安世说："是主人让我这样说的。"两位书生赞赏安世的诚实，就说："权叔本这人修道多年，也很勤奋，恰逢我们两人来考察他，他却懈怠了，这是他自己错过了得道的机会，快要成功时却失败了。"接着又问陈安世："你贪玩吗？"安世说："我不爱玩。"又问："你喜欢修道吗？"安世说："我爱好道术，但是不知道该怎么做。"两位书生说："你如果真的爱好道术，明天早晨在路北的大树下等我们。"安世记住了，第二天很早就到大树下等着，一直等到太阳落山，也不见一个人来，就打算回去，说："书生一定是欺骗我呢。"没想到两个书生突然出现在他身边，喊他说："你怎么来得这么晚呀？"安世说："我早就来了，一直没看见你们呀！"两个书生说："我们早就端坐在你身边了。"两位书生约了安世三次，安世三次都是早早就来等着。二书生知道安世可以受教了，就给了他两枚药丸，并告诫说："你回去以后，不要再吃饭，睡觉也独自睡在另一个地方。"安世遵照二书生的话做了，二书生就常到安世住处来。权叔本奇怪地说："安世一个人住在空屋子里，怎么常听见他和别人说话的声音呢？"进到屋里，却不见有什么人。就问安世道："我刚才听见你屋里有好几个人说话，现在却看不见有人，是怎么回事呢？"安世回答说："是我在自言自语。"叔本发现安世不再吃饭，只喝水，而且独自住在别处，疑心他不是个平凡的人，自己知道错过了贤士，就感叹地说："一个人有无道德修行不在年纪大小。父母生了我，但没有师长的指点我就不可能得道长生。先得到道术的，就是我的老师。"于是叔本就给安世当徒弟，每天向安世跪拜求教，为安世打扫房间。后来安世修炼成功，白日升天成了仙。临升天之前，安世把修道的秘诀传授给叔本，叔本也得道成仙，升天而去。出自《神仙传》。

卷第六
神仙六

张子房　　东方朔　　王　乔　　周隐遥　　刘　商

张子房

张子房，名良，韩国人也，避地于南阳，徙居于沛，后为沛国人焉。童幼时，过下邳圯桥，风雪方甚，遇一老叟，着乌巾，黄单衣。坠履于桥下，目子房曰："孺子为我取之。"子房无倦色，下桥取履以进。老叟引足以纳之，子房神意愈恭。叟笑曰："孺子可教也。明旦来此，当有所教。"子房昧爽至，叟已在矣。曰："期而后至，未可传道。"如是者三，子房先至，亦无倦怠。老叟喜，以书授之曰："读此当为帝王师。若复求吾，乃谷城山下黄石也。"子房读其书，能应机权变，佐汉祖定天下。后人谓其书为《黄石公书》。修之于身，能炼气绝粒，轻身羽化。与绮里季、东园公、甪里先生、夏黄公，为云霞之交。

张子房

张良字子房,韩国人,因为逃避战乱来到南阳,后来又搬到沛地,就算是沛国人了。张良童年时,有一次到下邳,经过圯桥,当时是风雪正猛的冬天,他遇见一个老人,系着黑头巾,穿着黄单衣。老人故意把自己的鞋掉到桥下,看着张良说:"小家伙,到桥下帮我鞋捡回来!"张良没有丝毫不情愿的表情,跑到桥下把鞋捡上来送给老人。老人伸着脚让张良给穿上,张良神情更加恭敬。老人笑着说:"你这孩子可以做我的学生了。明天早上你还到这儿来,我将会教给你一些东西。"张良天不亮就赶到桥上,见老人已经坐在那里了。老人说:"你比我来得晚,今天不能教你道术。"这样让张良来了三次,张良终于比老人先来到桥上,而且毫无厌倦怠慢的神色。这次老人高兴了,送给张良一部书并说:"你读通了这部书就能给帝王当老师了。以后如果再找我,我是谷城山下的那块黄石。"张良回去后钻研那本书,懂得在不同形势下随机应变,后来他辅佐汉高祖刘邦统一了天下。后代把老人给他的那部书称为《黄石公书》。按照这部书中的教导去修养自身,可以修炼气功,不用吃饭,使身子像羽毛般轻捷。张良和当时著名的隐士绮里季、东园公、甪里先生、夏黄公,成为修心学道的好朋友。

汉初，遇四五小儿路上群戏，一儿曰："着青裙，入天门，揖金母，拜木公。"时人莫知之，子房知之，往拜之曰："此东王公之玉童也。所谓金母者，西王母也；木公者，东王公也。此二元尊，乃阴阳之父母，天地之本源，化生万灵，育养群品。木公为男仙之主，金母为女仙之宗。长生飞化之士，升天之初，先觐金母，后谒木公，然后升三清，朝太上矣。此歌乃玉童教世人拜王公而揖王母也。"子房佐汉，封留侯，为大司徒，解形于世，葬于龙首原。赤眉之乱，人发其墓，但见黄石枕，化而飞去，若流星焉。不见其尸形衣冠，得素书一篇及兵略数章。子房登仙，位为太玄童子，常从老君于太清之中。其孙道陵得道，朝昆仑之夕，子房往焉。出《仙传拾遗》。

东方朔

东方朔，小名曼倩。父张氏，名夷，字少平，母田氏。夷年二百岁，颜若童子。朔生三日而田氏死，死时汉景帝三年也。邻母拾朔养之，时东方始明，因以姓焉。年三岁，天下秘识，一览暗诵于口，恒指挥天上空中独语。邻母忽失朔，累月暂归，母笞之。后复去，经年乃归。母见之大惊曰："汝行经年一归，何以慰吾？"朔曰："儿暂之紫泥之海，有紫水污衣，仍过虞泉湔浣，朝发中还，何言经年乎？"母又问曰："汝悉经何国？"朔曰："儿湔衣竟，暂息冥都崇台，一寤眠，王公啖儿以丹栗霞浆，儿食之既多，饱闷几死，乃饮

汉代初年，张良有一次遇见四五个小孩在道边玩耍，一个小孩唱着一首童谣道："着青裙，入天门，揖金母，拜木公。"当时的人不明白这歌谣的意思，但张良一听就懂了，就向那孩子行拜礼说："我知道你就是东王公的玉童。你唱的金母就是西王母，木公就是东王公。这两位天尊是阴阳的父母，天地的本源，化生了万物生灵，养育了各种事物。东王公是男仙的主宰，西王母是女仙的首领。修道成仙的人，刚升天后先拜见西王母，后拜见东王公，然后才能升入三清仙界，朝见太上道君。那歌谣就是玉童让世上的人礼拜东王公和西王母的。"张良辅佐汉室，被封为留侯，任大司徒，死后葬在龙首原。汉末赤眉起义时，张良的墓被掘开，只见棺木中一个黄石枕头突然腾空飞去，像流星一样一闪即逝。棺木中根本没有张良的尸骨和衣帽，只有写在素绢上的一篇文章和几段论述兵法的文字。张良成仙以后，做了太玄童子，常跟随太上老君在天界遨游。他的孙子张道陵也得了道，朝拜昆仑山时，张良去看望了他。出自《仙传拾遗》。

东方朔

东方朔的小名叫曼倩。父亲叫张夷，字少平，母亲是田氏。父亲张夷活到二百岁时，面貌仍像儿童。东方朔出生三天后，母亲田氏就死了，当时是汉景帝三年。一邻家妇女抱养了东方朔，这时东方刚刚发白，所以就用"东方"作他的姓。东方朔三岁时，天下任何经书秘文，只要看一遍就能背诵出来，还常常指着空中自言自语。有一次，养母忽然发现东方朔不见了，过了几个月才回来，养母就鞭打了他一顿。后来东方朔又出走了，过了一年才回来。养母看见他大吃一惊说："你走了一年，让我怎么放心呢？"东方朔说："孩儿不过到紫泥海玩了一天，海里的紫水弄脏了我的衣服，我又到虞泉洗了洗，早上去中午就回来了，怎么说我去了一年呢？"养母就问："你都去过哪些国家？"东方朔说："我洗完衣服，在冥间的崇台休息，睡了一小觉，冥间的王公给我吃红色的栗子，喝玉露琼浆，我喝多了以后，撑得要死，就又给我喝了

玄天黄露半合。即醒，还遇一苍虎息于路，初儿骑虎而还，打捶过痛，虎啮儿脚伤。"母便悲嗟，乃裂青布裳裹之。朔复去家万里，见一枯树，脱布挂树，布化为龙，因名其地为"布龙泽"。朔以元封中，游鸿濛之泽，忽遇母采桑于白海之滨。俄而有黄眉翁，指母以语朔曰："昔为我妻，托形为太白之精。今汝亦此星之精也。吾却食吞气，已九十余年，目中童子，皆有青光，能见幽隐之物。三千年一返骨洗髓，二千年一剥皮伐毛，吾生来已三洗髓五伐毛矣。"

朔既长，仕汉武帝为太中大夫。武帝暮年，好仙术，与朔狎昵。一日谓朔曰："朕欲使爱幸者不老，可乎？"朔曰："臣能之。"帝曰："服何药？"曰："东北地有芝草，西南有春生之鱼。"帝曰："何知之？"曰："三足乌欲下地食此草，羲和以手掩乌目，不许下，畏其食此草也。鸟兽食此，即美闷不能动。"问曰："子何知之？"朔曰："小儿时掘井，陷落井下，数十年无所托。有人引臣往取此草，乃隔红泉不得渡。其人与臣一只履，臣乃乘履泛泉，得而食之。其国人皆织珠玉为篑，要臣入云軷之幕，设玄琨雕枕，刻镂为日月云雷之状，亦曰'镂空枕'，亦曰'玄雕枕'。又荐蚬毫之珍褥，以百蚬之毫织为褥。此毫褥而冷，常以夏日舒之，因名'柔毫水藻之褥'。臣举手拭之，恐水湿席，定视乃光也。"其后武帝

半杯玄天黄露。我醒后，回来的路上遇见了一只黑色的老虎，就骑上它往回走，因为我着急赶路，把那老虎打得太痛，老虎把我的脚都咬伤了。"养母一听就伤心悲叹，撕下青衣裙上的一块布给东方朔包扎脚伤。后来东方朔又出走，离家一万里，看见一株枯死的树，就把养母裹在他脚上的布挂在了树上，那布立刻化成了一条龙，后人就把那地方叫"布龙泽"。汉武帝元封年间，东方朔到鸿濛之泽边游玩，忽然看见他的母亲田氏在白海边上采桑叶。不久有一个黄眉毛老人指着他母亲对东方朔说："她从前是我的妻子，是太白星神转生到世上。现在，你也是太白星的精灵了。我不吃五谷吞气修炼，已经九十多年，我两只眼睛的瞳孔里可以射出青光，能看见阴暗地方隐藏的东西。我三千年换一次骨骼和骨髓，两千年褪一次皮除一次毛发，我出生以来已经三次换骨五次脱皮了。"

东方朔长大后，在汉武帝朝中任太中大夫。汉武帝晚年时，爱好成仙之术，和东方朔很亲近。一天他对东方朔说："我想让我喜欢的人长生不老，能不能做到呢？"东方朔说："我能使陛下做到。"汉武帝问："需要服什么药呢？"东方朔说："东北地方有灵芝草，西南地方有春生的鱼。"武帝问："你怎么知道的？"东方朔说："三足乌曾下地想吃这种芝草，羲和氏用手捂住了三足乌的眼睛，不准它飞下来，怕它吃灵芝草。鸟兽如果吃了灵芝草，就会麻木得不会动了。"武帝又问："你怎么知道的呢？"东方朔说："我小时候挖井，不小心摔到井底下，几十年无所依托。有个人就领着我去拿灵芝草，但隔着一条红水河渡不过去。那人脱下一只鞋给我，我就把鞋当作船，乘着它过了河，摘到灵芝草吃了。那个国里的人都用珍珠白玉串成席子，邀我进入云霞织成的帐幕里，让我躺在墨玉雕成的枕头上，枕头上刻着日月云雷的图案，名叫'镂空枕'，也叫'玄雕枕'。又给我铺上眠毛做的贵重的褥子，是用一百只眠的毛织成的。这种褥子很凉，常常是夏天才铺它，所以名叫'柔毫水藻褥'。我用手摸了摸，以为是水把褥子弄湿了，仔细一看，才知道褥子上是一层光。"后来有一次汉武帝

寝于灵光殿,召朔于青绮窗绨纨幕下,问朔曰:"汉年运火德统,以何精何瑞为祥?"朔对曰:"臣常游昊然之墟,在长安之东,过扶桑七万里,有云山。山顶有井,云从井中出。若土德则黄云,火德则赤云,金德则白云,水德则黑云。"帝深信之。

太初二年,朔从西那邪国还,得声风木十枝,以献帝。长九尺,大如指。此木出因洹之水,则《禹贡》所谓"因桓是来",即其源也,出甜波,上有紫燕黄鹄集其间,实如细珠,风吹珠如玉声,因以为名。帝以枝遍赐群臣,年百岁者颁赐。此人有疾,枝则有汗,将死者枝则折。昔老聃在周二千七百年,此枝未汗;洪崖先生,尧时年已三千岁,此枝亦未一折。帝乃赐朔,朔曰:"臣见此枝三遍枯死,死而复生,何翅汗折而已? 语曰:'年未半,枝忽汗。'此木五千岁一湿,万岁一枯也。"帝以为然。

又天汉二年,帝升苍龙馆,思仙术,召诸方士,言远国遐乡之事。唯朔下席操笔疏曰:"臣游北极,至镜火山,日月所不照,有龙衔火,以照山四极。亦有园囿池苑,皆植异草木。有明茎草,如金灯,折为烛,照见鬼物形。仙人宁封,尝以此草然于夜,朝见腹内外有光,亦名'洞腹草'。帝剉此草为苏,以涂明云之观,夜坐此观,即不加烛,亦名'照魅草'。采以籍足,则入水不沉。"

在灵光殿休息，把东方朔召到寝宫绮窗的丝绸帐前，问他道："汉朝在五行德运是火德，那么，依你看我们应该把哪种精灵祥瑞作为吉兆呢？"东方朔说："我曾游览过昊然之墟，在长安东面，离扶桑国还有七万里，那里有个云山。云山顶上有一口井，云都是从那井里升起来的。如果帝王是土德，井中就升起黄云；是火德，就升起红云；是金德，就升起白云；是水德，就升起黑云。"武帝听后很信服。

太初二年，东方朔从西那邪国回来，带来十枝声风木献给武帝。这种树枝有九尺长，手指那么粗。这种声风木产自因洹河边，《尚书·禹贡》中所记的"因桓是来"，即是它的源头，它的河水很甜，树上面聚集飞翔着紫燕和黄鹄等鸟类，结的果实像小珍珠，风一吹就发出珠玉般的声音，所以叫声风木。武帝把声风木的树枝赏给大臣们，只有年过百岁的大臣才赏。如果这位大臣得了病，树枝自己就会渗出水珠，如果这位大臣快死了，树枝自己就会折断。从前老子在周朝活了二千七百岁，那树枝从来没有渗出过水珠；还有仙人洪崖先生在尧帝时已经三千岁了，树枝也没折断过。武帝就赏给东方朔一枝声风木，东方朔说："我已经看见这树枝枯死了三次，但又死而复活了，岂止是渗水出汗和折断呢？俗语说：'年寿不到一半，树枝忽然出汗。'这种树五千年渗一次汗珠，一万年才枯一次。"武帝认为确实如此。

天汉二年，武帝移住苍龙馆，非常渴望得道成仙，就召集了诸多懂道术的方士，让他们讲述远方国家的奇闻异事。只有东方朔离开坐位写了一道奏章呈给武帝说："我曾去过北极的镜火山，那里太阳月亮都照不到，只有龙口衔着灯烛照亮山的四极。山上也有园林池塘，种植了很多奇花异树。有一种明茎草，长得像金灯，把这种草折下来点燃，能照见鬼魅。有位神仙叫宵封，曾在夜晚点燃了一根这种草，早上就看见腹中内外有光可见，所以叫它'洞腹草'。如果陛下把这种草割下来剁碎做成染料，涂在明云观的墙上，夜里坐在观内就不用点灯了，所以这种草也叫'照魅草'。如果把这种草垫在脚下，就能入水不沉没。"

朔又尝东游吉云之地,得神马一匹,高九尺。帝问朔何兽,曰:"王母乘云光辇,以适东王公之舍,税此马于芝田,东王公怒,弃此马于清津天岸。臣至王公坛,因骑而反,绕日三匝,此马入汉关,关门犹未掩。臣于马上睡,不觉还至。"帝曰:"其名云何?"朔曰:"因事为名,名'步景驹'。"朔曰:"自驭之如驽马蹇驴耳。"朔曰:"臣有吉云草千顷,种于九景山东,二千年一花,明年应生,臣走往刈之,以秣马,马立不饥。"朔曰:"臣至东极,过吉云之泽。"帝曰:"何为吉云?"曰:"其国常以云气占凶吉,若有喜庆之事,则满室云起,五色照人。着于草树,皆成五色露,露味皆甘。"帝曰:"吉云五露可得否?"曰:"臣负吉云草以备马食,此立可得,日可三二往。"乃东走,至夕而还,得玄白青黄露,盛以青琉璃,各受五合,授帝。帝遍赐群臣,其得之者,老者皆少,疾者皆除也。又武帝常见彗星,朔折"指星木"以授帝,帝指彗星,应时星没,时人莫之测也。朔又善啸,每曼声长啸,辄尘落漫飞。

朔未死时,谓同舍郎曰:"天下人无能知朔,知朔者唯太王公耳。"朔卒后,武帝得此语,即召太王公问之曰:"尔知东方朔乎?"公对曰:"不知。""公何所能?"曰:"颇善星历。"帝问:"诸星皆具在否?"曰:"诸星具,独不见岁星十八年,

东方朔还曾经往东游历到吉云那个地方，得到一匹神马，有九尺高。武帝问这是个什么神兽，东方朔说："当初西王母乘坐着云光宝车去看望东王公，把驾车的马解开，它到东王公的灵芝田里，东王公大怒，把马赶到天河岸边。正好我那时去朝拜东王公，就骑着那匹马往回走，那马绕着太阳转了三圈，然后奔向汉关，当时关门还没闭。我在马上睡了一觉，不知不觉就回到了家。"武帝问："这马叫什么名字？"东方朔回答："因为这事取名叫'步影驹'。"并说："这马来到世间后，我再骑它时，却和劣马笨驴一样。我种了一千顷的吉云草，草地在九景山的东边，两千年开一次花，明年就到时候了，我去把那草割来喂马，马就不会再饿了。"东方朔又说："我曾到过东方的极地，路过吉云之泽。"武帝问："什么叫吉云？"东方朔说："那里常用云的颜色来预卜吉凶，如果将要有吉庆的事，满屋就会升起五色祥云，光彩照人。这五色吉云如果落在花草树木上，就会变成五色露珠，露珠的味道十分甘甜。"武帝问："这吉云和五色露你能弄些来吗？"东方朔说："我带上吉云草作马的草料，骑上马去立即就可以弄来，一天可以来回两三趟呢。"于是东方朔就骑上神马往东走，晚上就赶回来了，弄来了黑、白、青、黄四种颜色的露水，装在青色的琉璃杯中，每种都有五盒的量，献给武帝。武帝把五色露赏给大臣们，受到赏赐的大臣们喝下露水后，老人都变成了少年，有病的都立刻痊愈了。汉武帝有一次看见天空出现了彗星，东方朔就折了一根"指星木"给武帝，武帝拿它向天上一指，彗星立刻就消失了，当时的人都不知道是怎么回事。东方朔善于高声长啸，每当他长啸时，就会震得尘土漫天飞舞。

　　东方朔还没有去世的时候，曾对和他一起做官的朋友说："天下人谁也不了解我东方朔，了解我的只有太王公罢了。"东方朔去世之后，武帝听说了这番话，就召来太王公问他："你了解东方朔吗？"太王公说："我不了解。"武帝问："你有什么特长呢？"太王公说："我对星象历法比较有研究。"武帝问他："天上的星宿全都在吗？"回答说："诸天星宿都在，只有岁星消失了十八年，

今复见耳。"帝仰天叹曰："东方朔生在朕傍十八年,而不知是岁星哉。"惨然不乐。其余事迹,多散在别卷,此不备载。出《洞冥记》及《朔别传》。

王 乔

王乔,河东人也,汉显宗时为叶令,有神术,每月朔望,常诣京朝。帝怪其来数,而不见车骑,密令太史伺望之。言临至,必有双凫从东南飞来。于是候凫至,举罗张之,但得一舄焉,乃四年时所赐尚书官属履也。每当朝时,叶县门下鼓,不击自鸣,闻于京师。后天忽下玉棺于庭前,吏人推排,终不摇动。乔曰："天帝欲召我耶?"乃沐浴服饵,卧棺中,盖便立复。宿昔乃葬城东,土自成坟。其夕,县中牛羊皆流汗喘乏,人莫知之。百姓为立庙,号"叶君祠",祷无不应,远近尊崇。帝诏迎取其鼓,置都亭下,略无复声。或云:"即古仙人王乔也,示变化之迹于世耳。"出《仙传拾遗》。

周隐遥

周隐遥,洞庭山道士,自云甪里先生之孙,山上有其祖甪里庙甪里村。言其数世得道,尝居焦山中,学太阴炼形之道,死于崖窟中。嘱其弟子曰："检视我尸,勿令他物所犯。六年后,若再生,当以衣裳衣我。"弟子视之,初则臭秽

现在又出现了。"武帝仰天叹息说："东方朔在我身边十八年，我竟然不知道他就是岁星啊！"心里感到非常难过。东方朔其余的事在别的书中都有记载，这里就不全写了。出自《洞冥记》及《东方朔别传》。

王　乔

王乔是河东人，汉明帝时任叶县县令，有仙人的道术，每个月的初一十五就到京城朝见皇帝。皇帝因为他进京太勤而奇怪，而且他每次来时也不见车马，就密令太史官偷偷察看。太史官察看后向皇帝奏报说，王乔每次到京城来时，准有一对野鸭子从东南方飞来。皇帝就派人等野鸭子再飞来时张网捕捉，结果网里捕到的是一双鞋子，这鞋还是汉明帝四年时赏给尚书官员的那双鞋。每次王乔来朝见时，叶县县衙门前的堂鼓就会不敲自响，鼓声可以传到京城。后来有一天，忽然从空中降下一具玉石棺材，停在庭院里，县衙的官员们一起推挪那口玉棺，玉棺一点也不动。王乔就说："这是天帝要召我去了吗？"于是就洗了澡吃了药，自己躺进玉棺中，棺盖就自动盖上了。夜里大家把玉棺埋在城东，泥土自动堆成了坟墓。这天夜里，叶县的牛羊都流汗气喘，不知是怎么回事。百姓为他立了庙，号称"叶君祠"，祈祷求告无不灵验，远近的人都很信服崇敬。皇帝让人把堂鼓迎进京城，放在城外都亭中，鼓却再也没响过。有人说："他就是古时的仙人王乔，来向世人显示神仙变化的神迹而已。"出自《仙传拾遗》。

周隐遥

周隐遥是洞庭山中的一位道士，自称是角里先生的孙子，洞庭山上有他祖先的角里庙和角里村。他说他已经连着好几世都得了道，曾住在焦山里，学太阴修炼解脱肉身的道术，死在山洞里。死前他嘱咐弟子说："要好好看守我的尸体，不要让别的什么东西伤害侵犯。如果我六年后能够复活，就给我穿好衣裳。"他的弟子们就看守着他的尸体，刚开始尸体渐渐发臭腐烂，

虫坏，唯五脏不变，依言闭护之。至六年往看，乃身全却生。弟子备汤沐，以新衣衣之。发鬓而黑，髭粗而直，若兽鬣焉。十六年又死如前，更七年复生。如此三度，已四十年余，近八十岁，状貌如三十许人。隋炀帝闻之，征至东都，颁赐丰厚，恩礼隆异。而恳乞归山，寻还本郡。贞观中，召至长安，于内殿安置，问修习之道。对曰："臣所修者，匹夫之志，功不及物，利唯一身。帝王修道，一言之利，万国蒙福。得道之效，速于人臣。区区所学，非九重万乘之所修也。"恳求归山，寻亦遂其所适。出《仙传拾遗》。

刘　商

刘商者，中山靖王之后。举孝廉，历官合淝令。而笃好无为清简之道，方术服炼之门，五金八石，所难致者，必力而求之。人有方疏，未合炼施效者，必资其药石，给其炉鼎，助使成之，未尝有所觊觎也。因泛舟苕霅间，遂卜居武康上强山下。有樵童药叟，虽常草木之药，诣门而售者，亦答以善价。一旦，樵夫鬻樵，有术一把，商亦厚价致之。其庭庑之下，篱落之间，草木诸药，已堆积矣。忽闲步杖策，逍遥田亩蹊隧之傍，聊自怡适，闻蘘林间，有人相与言曰：

被蛆虫咬坏,只有五脏一点也没变,于是就遵照他生前的嘱咐细心照看。到了第六年再去看时,果然身体完整而复活了。弟子们给他洗了澡,换上新衣服。这时他的头发又密又黑,胡子又粗又直,就像野兽的鬃毛一样。过了十六年,周隐遥又像上次一样死了,过了七年又复活了。这样死而复生三次,已经过去四十多年,周隐遥也快八十岁了,但容貌仍像三十多岁的人。隋炀帝听说后,召他到东都洛阳,给了他丰厚的赏赐,对他十分尊重,礼遇不同寻常。但周隐遥却向炀帝恳求让他归山,不久他回到了家乡。唐贞观年间,皇帝又把他召到长安,安置在内殿,向他请教修道的方术。他回答说:"我修炼的那点道术,只是为了个人的意愿,功德不能施及外物,只对自身有益。帝王所修的道,一句话就可以使万国得福。帝王修道的功效,实在比臣民要快得多啊。我那一点点道术,不是您这身居皇宫的万乘之尊要修习的。"周隐遥再三恳求放他归山,不久皇帝就顺应了他的心愿,让他回山修道去了。出自《仙传拾遗》。

刘 商

刘商是中山靖王的后代,曾被举荐为孝廉,做过合淝县令。他爱好清静无为的道家学说,热心于服药修炼的方术,金、银、铜、铁、锡这五金和炼丹用的丹砂、雄黄、雌黄、空青、硫黄、云母、戎盐、硝石这八种石料,难于找到的,他都想尽方法去搜寻齐全。如果有人得到炼丹的秘方却没法实验炼制时,刘商就慷慨地把自己收集的药石原料送给他,并送给他炼丹用的炉和鼎,帮助他炼成,从没想过要从中得什么好处。后来刘商坐船在苕溪和霅水之间漫游,选择定居在武康的上强山下。那些砍柴的少年或采药的老人,即使是寻常的草药,只要他们上门来卖,刘商都会给个好价钱买下来。有一天,一个砍柴的来向刘商卖柴,手上还拿着一把白术草药,刘商也花高价买了下来。其实刘商的院子里各种草药已堆了很大一堆了。这天他拄着拐杖在野外田间小路上很悠闲地散步,正自得其乐,忽然听见丛林里有人谈话说:

"中山刘商,今日已赐真术矣,盖阴功笃好之所感乎。"窥
林中,杳无人迹。奔归取术,修而服之。月余,齿发益盛,
貌如婴童;举步轻速,可及驰马;登涉云岩,无复困惫。又
月余,坐知四方之事,验若符契,乃入上强洞中。咸通初,
有酒家以樵叟稍异,尽礼接之。累月复一至,因谓酒家曰:
"我中山刘商也,夙攻水墨,愿留一图,以酬见待之厚。"使
备缯素,而约以再来。一日果至酒家,援毫运思,顷刻而千
山万水,非世工之所及。将去,谓酒家曰:"我祖淮南王,
今为九海总司,居列真之任,授我以南溟都水之秩,旬日远
别,不复来矣。"如是十许日,天色晴霁,香风瑞云,弥布山
谷,樵者见空中骑乘,飞举南去。 出《仙传拾遗》。

"中山人刘商,今天神已经把神药白术赐给他了,这是由于他长期积累阴功和专心修道的意志感动了神吧!"刘商仔细察看树林,没发现一个人影。刘商跑回家去拿出那把白术,结合自己的修炼服用。过了一个多月,牙齿更结实了,头发更密了,面容变得像孩童;走路又轻又快,可以赶上奔跑的马;攀登高入云端的山峰,也不再觉得疲惫。又过了一个多月,不出门就知道天下的事,非常灵验,就进了上强山的石洞里继续修炼。咸通初年,有一个卖酒人看见一个打柴老人不同于凡人,就以厚礼接待了老人。老人过了几个月又到酒店来,对卖酒人说:"我是中山人刘商,一向就练习过画水墨画,今天来是想给你留一幅画,以酬谢你对我的隆重款待。"刘商让卖酒人准备一块画画用的白绸布,并约好了日子来画画。这天,刘商果然来到酒家,拿起笔来构思了一会儿,顷刻之间就在这布上画出了千山万水,那水平不是世俗的工匠所能达到的。临走时,他对酒家说:"我的祖先是汉代淮南王刘安,他现在任九海总司的官职,是仙界的职位,他任命我担任南溟都水的职务,过十几天我就要远别,不能再来看你了。"过了十几天,天空晴朗无云,山谷中吹拂着香风,飘荡着祥云,砍柴的人看见空中有马车,飞升向南去了。出自《仙传拾遗》。

卷第七
神仙七

白石先生　　皇初平　　王　远　　伯山甫　　马鸣生
李八百　　　李　阿

白石先生

　　白石先生者，中黄丈人弟子也，至彭祖时，已二千岁余矣。不肯修升天之道，但取不死而已，不失人间之乐。其所据行者，正以交接之道为主，而金液之药为上也。初以居贫，不能得药，乃养羊牧猪，十数年间，约衣节用，置货万金，乃大买药服之。常煮白石为粮，因就白石山居，时人故号曰"白石先生"。亦食脯饮酒，亦食谷食。日行三四百里，视之色如四十许人。性好朝拜事神，好读《幽经》及《太素传》。彭祖问之曰："何不服升天之药？"答曰："天上复能乐比人间乎？但莫使老死耳。天上多至尊，相奉事，更苦于人间。"故时人呼白石先生为"隐遁仙人"，以其不汲汲于升天为仙官，亦犹不求闻达者也。出《神仙传》。

白石先生

白石先生是中黄丈人的弟子，到彭祖在世时，白石先生已活了两千多岁了。他并不热衷于得道升天，只是希望长生不死就可以了，所以对人间的享乐都不放弃。他最注重的修行方法，就是男女交合之事，经常服用的药只有用金石炼成的丹液。起初由于非常贫穷，没有钱买药，他就养羊喂猪，经过十几年节衣缩食，积攒了万金，就开始大量买药服用。他还经常煮白石当饭吃，还顺便靠近白石山住，所以当时人们都称他为"白石先生"。但他也吃肉喝酒，也吃五谷杂粮。他一天可以走三四百里，看着就像四十多岁的人。他喜好朝拜神仙，爱读《幽经》和《太素传》。有一次彭祖问白石先生："你为什么不服用可以成仙升天的药呢？"白石先生回答说："天上能有人间这么多的欢乐吗？我只求不老不死就满足了。再说天上有那么多的神仙，我去侍奉他们，比在人间可辛苦多了。"所以当时人们都称白石先生为"隐遁仙人"，因为他并不苦苦追求升天当仙官，正如在世人不追求功名利禄。出自《神仙传》。

皇初平

皇初平者，丹溪人也。年十五，家使牧羊，有道士见其良谨，便将至金华山石室中。四十余年，不复念家。其兄初起，行山寻索初平，历年不得。后见市中有一道士，初起召问之曰："吾有弟名初平，因令牧羊，失之四十余年，莫知死生所在，愿道君为占之。"道士曰："金华山中有一牧羊儿，姓皇，字初平，是卿弟非疑。"初起闻之，即随道士去，求弟遂得，相见悲喜。语毕，问初平羊何在，曰："近在山东耳。"初起往视之，不见，但见白石而还，谓初平曰："山东无羊也。"初平曰："羊在耳，兄但自不见之。"初平与初起俱往看之。初平乃叱曰："羊起。"于是白石皆变为羊数万头。初起曰："弟独得仙道如此，吾可学乎？"初平曰："唯好道，便可得之耳。"初起便弃妻子留住，就初平学。共服松脂茯苓，至五百岁，能坐在立亡，行于日中无影，而有童子之色。后乃俱还乡里，亲族死终略尽，乃复还去。初平改字为赤松子，初起改字为鲁班。其后服此药得仙者数十人。出《神仙传》。

王 远

王远，字方平，东海人也。举孝廉，除郎中，稍加中散大夫。学通五经，尤明天文图谶河洛之要，逆知天下盛衰之期，九州吉凶，如观之掌握。后弃官，入山修道。道成，汉孝桓帝闻之，连征不出。使郡国逼载，以诣京师，远低头闭口，不答诏。乃题宫门扇板四百余字，皆说方来之事。

皇初平

皇初平是丹溪人。十五岁时，家里让他出去放羊，有个道士看他善良恭顺，就把他带到金华山的山洞中。一去就是四十多年，他也不再想家。他的哥哥叫皇初起，进山去寻找他，找了好几年也没找到。后来皇初起在街上看见一个道士，就向他打听说："我有个弟弟叫皇初平，家里让他放羊，已经走失四十多年了，没有人知道他的死活，也不知他在什么地方，恳求道长给算一算。"道士说："金华山中有一个放羊的小孩，姓皇字初平，肯定就是你的弟弟了。"初起听后就跟着道士，到金华山里找到了弟弟，兄弟相见悲喜交加。寒暄完后，初起就问初平那羊都哪去了，初平说："就在东边山坡上。"初起就到东边山坡上去找，没看见羊，只看见一堆白石头，就回来对初平说："东山坡上没见有羊啊。"初平说："羊就在那儿，只是哥哥你看不见罢了。"初平就领哥哥一起来到东山坡看羊。初平吆喝了一声："羊快起来！"只见那些白石头一下子变成了几万头羊。初起说："弟弟你已经得了仙道，我能学成吗？"初平说："只要你诚心修道，就能学成。"初起就抛弃了妻子儿女留下来住，跟着弟弟学道。和他一起服用松脂和茯苓，活到了五百岁，修炼得能在坐立之间忽隐忽现，在大白天走路却没有影子，面容也像孩童一样。后来兄弟俩一起回乡，见亲族都已死光了，就又回了山。初平改名赤松子，初起改名叫鲁班。后来服他们的药成仙的有好几十人。出自《神仙传》。

王　远

王远，字方平，是东海人。曾被举荐为孝廉，任过郎中，后来升任为中散大夫。熟读五经，尤其精通天文、图谶预言、河图洛书的要义，可以预知天下盛衰的期限，对于九州的吉凶祸福，他都了如指掌。后来他辞去官职，进山修道。修成得道后，汉桓帝听说了他，几次征召他，他都不出山。桓帝又派地方官强迫他上车，拉到京城，见了桓帝后，王远始终低头闭嘴，桓帝问话，也不回答。后来他在宫门上题了四百多字，说的都是未来的事。

帝恶之,使削去。外字适去,内字复见,墨皆彻板里,削之愈分明。

远无子孙,乡里人累世相传供养之。同郡太尉陈耽,为远营道室,旦夕朝拜之,但乞福,未言学道也。远在陈家四十余年,陈家曾无疾病死丧,奴婢皆然。六畜繁息,田桑倍获。远忽语陈耽曰:"吾期运当去,不得久停,明日日中当发。"至时远死,耽知其仙去,不敢下着地,但悲啼叹息曰:"先生舍我,我将何怙?"具棺器烧香,就床衣装之。至三日夜,忽失其尸,衣冠不解,如蛇蜕耳。远卒后百余日,耽亦卒。或谓耽得远之道化去;或曰,知耽将终,故委之而去也。

初,远欲东入括苍山,过吴,住胥门蔡经家。蔡经者,小民耳,而骨相当仙。远知之,故住其家。遂语经曰:"汝生命应得度世,欲取汝以补官僚耳。然少不知道,今气少肉多,不得上去,当为尸解,如从狗窦中过耳。"于是告以要言,乃委经而去。经后忽身体发热如火,欲得冷水灌之。举家汲水灌之,如沃焦石。如此三日,销耗骨立,乃入室,以被自覆,忽然失之。视其被内,唯有皮,头足具如蝉蜕也。去十余年,忽还家,容色少壮,鬓发鬒黑。语家人曰:

桓帝对此十分生气,命人把宫门上的字用刀削去。可门板表面上的字刚削掉,里面的字又显了出来,因为字的墨已渗透到门板里面了,越削越清楚。

　　王远没有后代,他家乡的人世代相传供养他。同郡有个太尉叫陈耽,专门为王远建了一座修道的屋子,并早晚向他行礼叩拜,只说是向他祈福,并没说想跟他学道。王远在陈耽家住了四十多年,陈家没有一个人生病或死亡,连奴仆婢女都平安无恙。陈家始终六畜兴旺,庄稼丰收。有一天王远突然对陈耽说:"我的阳寿到了,不能再在你这里久留,明天中午我就走了。"到第二天中午王远果然死了,陈耽知道王远已经升仙而去,不敢把他的尸体放在地上,只是悲痛地哭道:"先生扔下我走了,今后我还能依靠谁呢?"就做了棺材,烧上香烛,用床单包起他的尸体。到第三天晚上,尸体忽然不见了,但他的衣服并没有解开,像蛇蜕皮一样留在床上。王远死后一百多天,陈耽也死了。有人说陈耽得到王远的道术也成仙飞升了;也有人说王远知道陈耽快死了,所以才离开他先走了。

　　当初,王远曾打算往东去括苍山,经过吴郡,住在苏州西门的蔡经家。蔡经是个普通老百姓,然而从骨相上看可以成仙。王远知道这事,所以住在他家。王远对蔡经说:"你命中该得道成仙,上天打算选你去补充仙官的缺额。由于你从年轻时就不懂修炼道术,所以你现在精气少而身子肥胖,不可能成仙飞升,要从肉体中解脱出来才能成仙,肉身的解脱不过像从狗洞中钻出去一样罢了。"于是王远就把解脱肉体的要领传授给蔡经,然后就离他而去了。后来蔡经突然身体变得像火一样发热,要求家里人用冷水来浇他。全家就都打来水向他身上浇,像浇一块烧焦的石头。这样浇了三天水,蔡经就只剩下一副骨头架子了,然后蔡经就跑进屋里床上躺下,他用被子把自己完全蒙上,忽然就不见了。揭开被子里面一看,只剩下全身的皮,从头到脚像蝉蜕下的皮一样。蔡经离开家十几年后,突然又回到家里,容貌像青年一样,身体强壮,头发胡须又密又黑。蔡经对家里人说:

"七月七日，王君当来，其日可多作饮食，以供从官。"至其日，经家乃借瓮器，作饮食百余斛，罗列布置庭下。是日，王君果来。未至，先闻金鼓箫管人马之声，比近皆惊，莫知所在。及至经舍，举家皆见远。冠远游冠，朱衣，虎头鞶囊，五色绶，带剑，黄色少髭，长短中形人也。乘羽车，驾五龙，龙各异色，前后麾节，幡旗导从，威仪奕奕，如大将军也。有十二伍伯，皆以腊封其口，鼓吹皆乘龙，从天而下，悬集于庭。从官皆长丈余，不从道衢。既至，从官皆隐，不知所在，唯独见远坐耳。

须臾，引见经父母兄弟，因遣人召麻姑，亦莫知麻姑是何人也。言曰："王方平敬报，久不到民间，今来在此，想姑能暂来语否？"须臾信还，不见其使，但闻信语曰："麻姑载拜。不相见忽已五百余年，尊卑有序，拜敬无阶。烦信承来在彼，食顷即到。先受命当按行蓬莱，今便暂往，如是当还，还便亲觐，愿未即去。"如此两时，闻麻姑来，来时亦先闻人马声。既至，从官半于远也。麻姑至，蔡经亦举家见之。是好女子，年可十八九许，于顶上作髻，余发散垂至腰。衣有文采，又非锦绮，光彩耀目，不可名状，皆世之所无也。入拜远，远为之起立。坐定，各进行厨，皆金盘玉杯

"七月七日，王先生要到咱家来，那天要多做些饭菜，好招待他的随从官员们。"到了七月七日那天，蔡经家借了不少炊具，做了上百斛粮食的饭，摆放在院子里。那天，王远果然来了。王远还没来到时，先听见了敲锣打鼓吹奏箫管的音乐声和人喊马嘶声，周围邻居们都十分惊恐，没有人知道仙人究竟在哪里。等王远来到蔡经家，家人们全看见了他。只见他头戴远游冠，穿着大红袍服，腰带上挂着虎头形的装绶带用的皮包，系着五色的绶带，挂着宝剑，脸呈黄色，有少量髭须，是个中等身材的人。他乘着有翠羽伞盖的车，车由五条龙拉着，龙的颜色各异，车的前后都是手执旗幡旌节的仪仗侍从，威风凛凛像个大将军一样。有十二个差役在前面开道，他们的嘴都用蜡封着，吹吹打打的乐队人员都骑着龙，从天而降，停在庭院上空。随从官员全都身高一丈多，都不在道路上行走。王远到了以后，所有的随从仪仗就立刻不见了，只有王远独自坐在那里。

过了片刻，王远召见了蔡经的父母兄弟，然后又派人请麻姑到这儿来，大家都不知道麻姑是什么人。去请麻姑的人说："王方平恭敬地向您禀报，很久不到人间来了，现在来了这儿，不知您能不能赏光来一趟一起叙叙话。"不一会儿信使就回来了，看不见使者，只听见他说："麻姑向您再拜行礼了。我们不相见一晃已经五百多年了，只因我们地位身份不同，无由表达对对方的尊重敬仰。先烦信使捎信回去，我一顿饭工夫就到。我已接受了使命要到蓬莱去视察，如今得先去一趟，但很快就会回来，回来后我就马上去拜见你，希望你不要马上离开人间。"这样过了两个时辰，就听说麻姑到了，来时也是先听见人马声。等到了以后，发现麻姑的随从仪仗只有王远的一半多。麻姑到了以后，蔡经领着全家上前拜见。只见麻姑是个十八九岁的美貌女子，头顶上挽了个发髻，剩下的头发都披散下来垂到腰间。衣服上有美丽的图案，但不是绸缎，却光彩照人，不知该怎么描述，反正是世上没有的。麻姑进屋拜见王远，王远忙站起来还礼。两人坐好以后，双方带来的厨师把各种佳肴呈送上来，食具都是金杯玉盘，

无限也,肴膳多是诸花,而香气达于内外。擘脯而食之,云麟脯。麻姑自说云:"接侍以来,已见东海三为桑田。向到蓬莱,又水浅于往日会时略半耳,岂将复为陵陆乎?"远叹曰:"圣人皆言海中行复扬尘也。"麻姑欲见蔡经母及妇等,时经弟妇新产数日,姑见知之,曰:"噫,且立勿前。"即求少许米来,得米掷之堕地,谓以米祛其秽也。视其米皆成丹砂,远笑曰:"姑故年少也,吾老矣,不喜复作如此狡狯变化也。"远谓经家人曰:"吾欲赐汝辈美酒,此酒方出天厨,其味醇酽,非俗人所宜饮,饮之或能烂肠,今当以水和之,汝辈勿怪也。"乃以斗水,合升酒搅之,以赐经家人,人饮一升许,皆醉。良久酒尽,远遣左右曰:"不足复还取也。"以千钱与余杭姥,乞酤酒。须臾信还,得一油囊酒,五斗许。使传余杭姥答言:"恐地上酒不中尊饮耳。"麻姑手爪似鸟,经见之,心中念曰:"背大痒时,得此爪以爬背,当佳也。"远已知经心中所言,即使人牵经鞭之,谓曰:"麻姑神人也,汝何忽谓其爪可爬背耶?"但见鞭着经背,亦莫见有人持鞭者。远告经曰:"吾鞭不可妄得也。"

经比舍有姓陈者,失其名,尝罢县尉,闻经家有神人,乃诣门叩头,求乞拜见,于是远使引前与语。此人便欲从驱使,比于蔡经。远曰:"君且向日而立。"远从后观之,

不计其数,菜肴大都是各种花,散发的香气充溢了屋子内外。切开盘里的肉干吃,说是麒麟肉做的肉干。这时麻姑对王远说:"我从上次接待你以来,已经看见东海三次变成桑园田野了。刚才我到蓬莱去,看见蓬莱岛周围的水,比我们上次相会时又浅了大约一半,是不是蓬莱仙洲也要变成陆地了呢?"王远感叹地说:"怪不得圣人也都说过,海里马上又将扬起灰尘了!"麻姑想见见蔡经的母亲和妻子等,当时蔡经的弟媳刚生孩子没几天,麻姑一看就知道她刚生完孩子,立刻说:"哎哟,你先站住,不要往前来。"说着要了一点米来,拿到米后就撒在地上,说米能除掉产妇身上不洁的东西。再一看,洒在地上的米已变成了丹砂,王远笑着说:"看来麻姑还是年轻啊,我老了,早就不喜欢做这些变来变去的法术。"王远又对蔡经家的人说:"我想赏给你们一些美酒,这酒是刚从天上的酒库里带来的,味道非常醇厚,世间人喝不太合适,如果就这样喝下去,肠子可能会烂掉,现在必须往酒里兑些水,你们不要觉得奇怪。"说罢就用一斗水兑了一升酒赐给蔡经的家人,每人喝了一升多就醉了。过了很久,酒喝光了,王远对左右侍候的人说:"酒不够了就再去拿。"就派人拿了一千钱到余杭城的一个老太太那里去买酒。不一会儿,派去买酒的人就回来了,买来了一油袋子的酒,有五斗多。余杭城的老太太捎话给王远说:"只怕人间的酒你们喝不惯吧。"麻姑的手生得像鸟的爪子,蔡经看见就心里暗想:"后背发痒时,用她那爪子挠一挠背,大概会挺舒服吧。"王远即刻就知道蔡经心里的想法了,就让随从把蔡经抓来抽了一顿鞭子,斥责蔡经道:"麻姑是神仙,你怎么竟敢妄想用她的爪子为你抓背挠痒呢?"只见鞭子抽打在蔡经身上,却看不见拿鞭子的人。打完了,王远对蔡经说:"我的鞭子也不是随便什么人就能挨上的。"

　　蔡经有个姓陈的邻居,不知道叫什么名,是个被罢免的县尉,听说蔡经家来了神仙,就登门磕头请求拜见,于是王远让人领着他上前交谈。陈某希望王远将他收留在身边当差,和蔡经一样。王远说:"你姑且面朝太阳站着。"王远从后面观察他,

曰:"噫,君心邪不正,终未可教以仙道,当授君地上主者之职司。"临去,以一符并一传,著以小箱中,与陈尉,告言:"此不能令君度世,止能存君本寿,自出百岁向上。可以禳灾治病者,命未终及无罪者,君以符到其家,便愈矣。若邪鬼血食作祟祸者,便带此符,以传敕吏,遣其鬼。君心中亦当知其轻重,临时以意治之。"陈以此符治病有效,事之者数百家。寿一百一十岁而死。死后子弟行其符,不复验矣。

远去后,经家所作饮食,数百斛皆尽,亦不见有人饮食也。经父母私问经曰:"王君是何神人,复居何处?"经曰:"常在昆仑山,往来罗浮、括苍等山,山上皆有宫室。主天曹事,一日之中,与天上相反覆者十数过。地上五岳生死之事,皆先来告王君。王君出,或不尽将百官从行,唯乘一黄麟,将十数侍人。每行常见山林在下,去地常数百丈,所到则山海之神皆来奉迎拜谒。"其后数十年,经复暂归家,远有书与陈尉,其书廓落,大而不工。先是人无知方平名远者,因此乃知之。陈尉家于今世世存录王君手书,并符传于小箱中。出《神仙传》。

伯山甫

伯山甫者,雍州人也。入华山中,精思服食,时时归乡里省亲,如此二百年不老。到人家,即数人先世以来善恶功过,有如临见。又知方来吉凶,言无不效。其外甥女年老

说:"哎呀,你这个人心术不正,我不能教给你成仙得道之术,应当让你做地上主宰者手下的官员。"陈某临走时,王远将一张符和一块写着经文的板子,装在一个小箱子里,交给陈某,嘱咐说:"这些东西并不能让你得道超世,只能让你活到本该活到的岁数,那自然是一百岁以上。那些生病有灾的,那些寿命未尽或没有什么罪过不该死的人,你可以拿着这符到他们家去,他们就全好了。如果有谁家有邪鬼作祟的,你也可以拿着这仙符,把阴曹的官吏传了来,让他把鬼带回去。你也要根据所遇到的具体情况,见机而行地使用这符。"陈某用这符来消灾治病很有效,因而侍奉他的有好几百家人。陈某活到一百一十岁才去世。他死后他的弟子又拿他的符来用,就不再灵验了。

王远离开蔡经家以后,蔡家院子里摆放的那几百斛饭食都吃光了,但当时并没有看见有人吃。蔡经的父母私下问蔡经说:"王远是位什么神?住在哪里?"蔡经说:"他经常住在昆仑山,往来于罗浮山、括苍山等各山,每个山上都有他的宫室。他主管天曹的事,每天在天地间往返十几次。地上五岳主管的人间生死之事,都要先来报告给王远。他出行时,有时并不带着百官全部随行,只骑着一头黄色麒麟,带十几个侍从。每次出行都看见山林在他下面,离地常好几百丈,所到之处山海之神都来迎接拜见。"几十年后,蔡经又回了次家,王远让他带信给陈某,信很疏朗,字大而不工整。此前,没有人知道王方平就是王远,由于这信才知道。陈某家到现在还世代保存着王远当年亲笔写的信和那仙符,收藏在王远当初给的那个小箱子里。出自《神仙传》。

伯山甫

伯山甫是雍州人。曾经进入华山之中,专心致志地修道,服食仙药,也常常回到家乡去探望亲人,这样活了二百岁还不显老。伯山甫每次到别人家去时,就历数这家人祖祖辈辈的善恶和功过,说的好像都是他亲眼见过似的。他还可以预知别人未来的吉凶福祸,说出来的预言没有不灵验的。伯山甫的外甥女年老

多病，乃以药与之。女时年已八十，转还少，色如桃花。汉武遣使者行河东，忽见城西有一女子，笞一老翁，俯首跪受杖。使者怪问之，女曰："此翁乃妾子也。昔吾舅氏伯山甫，以神药教妾，妾教子服之，不肯，今遂衰老，行不及妾，故杖之。"使者问女及子年几，答曰："妾已二百三十岁，儿八十矣。"后入华山去。出《神仙传》。

马鸣生

马鸣生者，临淄人也，本姓和，字君贤。少为县吏，捕贼，为贼所伤，当时暂死，忽遇神人以药救之，便活。鸣生无以报之，遂弃职随神。初但欲治金疮方耳，后知有长生之道，乃久随之，为负笈，西之女几山，北到玄丘，南至庐江，周游天下，勤苦历年。及受《太阳神丹经》三卷归，入山合药服之，不乐升天，但服半剂，为地仙，恒居人间。不过三年，辄易其处，时人不知是仙人也。架屋舍，畜仆坐车马，并与俗人皆同。如此展转，经历九州，五百余年，人多识之，悉怪其不老。后乃白日升天而去。出《神仙传》。

李八百

李八百，蜀人也，莫知其名。历世见之，时人计其年八百岁，因以为号。或隐山林，或出市廛。知汉中唐公昉

又多病,他就给了她一些药。外甥女当时已经八十岁了,服下药以后,立刻变得年轻了,面色像桃花一样艳丽。有一次,汉武帝派使者巡行河东,忽然看见城西有一个女子用鞭子抽打一个老头,老头老老实实地低着头跪着挨打。使者十分奇怪,就上去问怎么回事,那女子说:"这老头是我儿子哩。从前我的舅舅伯山甫给了我一些仙药,我叫我儿子吃,他不肯吃,现在就老成这样,走路连我都不如,所以我才打他。"使者问那女子和他儿子都是多大岁数,女子回答说:"我已经二百三十岁了,儿子才八十岁。"后来这女子也进了华山修道去了。出自《神仙传》。

马鸣生

马鸣生是临淄人,原来姓和,字君贤。他年轻时当过县衙里的小官,因为捕捉强盗,被强盗所伤,一下死了,忽然遇见一个神仙用药救他,便活过来了。马鸣生觉得无法报答神仙救命之恩,就丢掉官职跟着神仙去了。一开始他只想得到医治刀枪伤口的药方,后来知道神仙还有长生的方术,就长期跟随着神仙,为他挑着书箱,往西到过女几山,往北到过玄丘,往南到过庐江,和仙一起周游天下,辛勤劳苦地侍奉神仙很多年。等到接受了神仙给的三卷《太阳神丹经》回家后,他就进山按经书上说的方法配了药服用,因为不愿升天成仙,只吃了半副药就成为地上的神仙,可以永远住在人世。不到三年,他就搬一个地方住,所以人们都不知道他是神仙。他也修造房舍,也有仆人和车马,和世俗之人完全一样。他就这样不断地换地方住,走遍了九州,过了五百多年,有些人认识他,见他总也不老,都觉得十分奇怪。后来他终于大白天成仙升天而去。出自《神仙传》。

李八百

李八百是蜀地人,没有人知道他叫什么名字。由于好几代人都见过他,当时人推算他已活了八百岁,所以叫他李八百。他有时隐居在山林里,有时又到城镇里来。他听说汉中的唐公昉

有志,不遇明师,欲教授之。乃先往试之,为作客佣赁者,公昉不知也。八百驱使用意,异于他客,公昉爱异之。八百乃伪病困,当欲死,公昉即为迎医合药,费数十万钱,不以为损,忧念之意,形于颜色。八百又转作恶疮,周遍身体,脓血臭恶,不可忍近。公昉为之流涕曰:"卿为吾家使者,勤苦历年,常得笃疾,吾取医欲令卿愈,无所吝惜。而犹不愈,当如卿何!"八百曰:"吾疮不愈,须人舐之当可。"公昉乃使三婢,三婢为舐之。八百又曰:"婢舐不愈,若得君为舐之,即当愈耳。"公昉即舐。复言无益,欲公昉妇舐之最佳。又复令妇舐之。八百又告曰:"吾疮乃欲差,当得三十斛美酒,浴身当愈。"公昉即为具酒,着大器中。八百即起,入酒中浴,疮即愈,体如凝脂,亦无余痕。乃告公昉曰:"吾是仙人也,子有志,故此相试。子真可教也,今当授子度世之诀。"乃使公昉夫妻,并舐疮三婢,以其浴酒自浴,即皆更少,颜色美悦。以丹经一卷授公昉。公昉入云台山中作药,药成,服之仙去。出《神仙传》。

李 阿

李阿者,蜀人,传世见之不老。常乞于成都市,所得复散赐与贫穷者。夜去朝还,市人莫知所止。或往问事,

有志于修道，但没有高明的老师指点，就打算把修炼的方术教给他。李八百打算先考验考验唐公昉，就假装成外地人到唐公昉家受雇当仆人，唐公昉不知道李八百的真实身份。李八百办事非常用心，不同于其他的仆人，唐公昉特别喜欢他，对待他和别的仆人不同。李八百有一次装病，而且病得要死，唐公昉就给他请医生抓药诊治，花费了几十万钱，也不觉得浪费，而且为李八百的病情忧虑担心，脸色十分愁苦。李八百又让自己生了恶疮，全身都是，又是脓又是血，发出很大的臭味，使人不忍心接近。唐公昉哭着说："你到我家来当仆人，辛苦了好几年，现在又得了这样重的病，我请医生来给你治病，花多少钱也不吝惜。可是你的病总也不好，叫我怎么办啊！"李八百说："我的疮治不好，需要人舔才能好。"唐公昉就派了三个丫环给李八百舔恶疮。李八百又说："丫环舔还是好不了，如果你给我舔，我的疮就能好了。"唐公昉就用嘴给他舔疮。但李八百又说，还是没有用，如果能让唐公昉夫人舔就最好了。唐公昉就让妻子给他舔疮。李八百又说："我的疮要想完全治好，必须用几十斗的酒洗澡才行。"于是唐公昉就买了几十斗酒，装在一个大桶里。李八百就起床进入酒桶中洗澡，全身的疮果然立刻好了，而且皮肤白得像凝固的油脂，没有留下一点疤痕。这时李八百才告诉唐公昉说："我是神仙，听说你有志于修道，所以才故意来考验你。看来你是可以受教了，现在我要传授给你成仙的秘诀。"李八百就让唐公昉夫妇以及三个给他舔过疮的丫环都用他洗过澡的酒洗浴，他们立刻都变得更加年轻，而且脸色都很漂亮喜悦。然后李八百又授给唐公昉一本炼丹的经书。唐公昉就进入云台山中炼制丹药，服用之后成仙升天而去。出自《神仙传》。

李 阿

　　李阿是蜀人，好几代人都见他不老。李阿常常在成都街上乞讨，讨来的东西又都散给了穷人。他晚上离开成都，第二天早上又回来，人们不知道他住在什么地方。有人去找李阿问事，

阿无所言。但占阿颜色，若颜色欣然，则事皆吉；若容貌惨戚，则事皆凶；若阿含笑者，则有大庆；微叹者，则有深忧。如此候之，未尝不审也。有古强者，疑阿异人，常亲事之，试随阿还，所宿乃在青城山中。强后复欲随阿去，然身未知道，恐有虎狼，私持其父大刀。阿见而怒强曰："汝随我行，那畏虎也！"取强刀以击石，刀折坏。强忧刀败。至旦随出，阿问强曰："汝愁刀败也？"强言实恐父怪怒。阿则取刀，左手击地，刀复如故。强随阿还成都，未至，道逢人奔车，阿以脚置其车下，轹脚皆折，阿即死。强怖，守视之。须臾阿起，以手抚脚，而复如常。强年十八，见阿年五十许，强年八十余，而阿犹然不异。后语人被昆仑山召，当去，遂不复还也。出《神仙传》。

李阿从来不回答。但只要看他脸上的表情也就明白了，如果李阿脸上露出高兴的样子，那么问的事就是吉利的；如果李阿满脸愁容，那么问的事就有凶险；如果李阿听后微笑，就一定有大喜事；如果李阿轻轻叹口气，那问事的人一定会有很大的愁事。通过这样来预测吉凶，结果没有不准的。有个叫古强的人，怀疑李阿不是凡人，就经常侍候李阿，并试着跟李阿走，才知道他住在青城山里。后来古强打算跟李阿去山中修道，但自己没有道术，怕遇见山中虎狼，就偷偷带上他父亲的一把大刀。李阿看见后很生气地对古强说："你和我一同走，还用害怕老虎吗？"说罢夺过刀摔在石头上，刀一下就断了。古强见刀坏了，心里很发愁。第二天早上古强跟着李阿出山时，李阿问道："你是不是为刀坏了而发愁？"古强说实在是怕回去后父亲生气责怪。李阿就取来断了的刀，左手在地上敲了一下，刀就又恢复原状了。古强跟着李阿回成都时，还没到成都，在路上遇见一辆飞奔的马车，李阿把脚放在车轮下，结果车轮把脚都压断了，李阿立即就死了。古强吓坏了，看守着李阿的尸体。不久，李阿突然翻身爬了起来，用手揉了揉压断的脚，脚立刻完好如初。古强十八岁时，看见李阿是五十来岁的样子，等古强八十多岁时，李阿仍然是老样子，没什么变化。后来李阿对人说昆仑山的神仙召他，应当要去，于是就再也没回来。出《神仙传》。

卷第八
神仙八

刘　安　　阴长生　　张道陵

刘　安

汉淮南王刘安者,汉高帝之孙也。其父厉王长,得罪徙蜀,道死。文帝哀之,而裂其地,尽以封长子,故安得封淮南王。时诸王子贵侈,莫不以声色游猎犬马为事,唯安独折节下士,笃好儒学,兼占候方术,养士数千人,皆天下俊士。作内书二十二篇,又中篇八章,言神仙黄白之事,名为《鸿宝》。《万毕》三章,论变化之道,凡十万言。武帝以安辩博有才,属为诸父,甚重尊之。特诏及报书,常使司马相如等共定草。乃遣使,召安入朝。尝诏使为《离骚经》,旦受诏,食时便成,奏之。安每宴见,谈说得失,乃献诸赋颂,晨入夜出。乃天下道书及方术之士,不远千里,卑辞重币请致之。

刘　安

　　汉代的淮南王刘安是汉高帝的孙子。他的父亲厉王刘长，因为犯了罪，被流放到蜀中，死在半路。汉文帝可怜刘长，就重新分割刘长的封地，全部封给了刘长的儿子们，所以刘安才被封为淮南王。当时诸侯王的王子们都娇贵奢侈，没有不沉迷于游玩狩猎和美酒女色之中的，只有刘安屈己待人，礼贤下士，喜爱研究儒家学说，还精通算卦和修道的方术，招纳了几千名有才学的门客，都是天下的俊才名士。刘安写了内书二十二篇，又有中篇八章，论述神仙修行和用黄金白银炼丹之事，合称为《鸿宝》。另有《万毕》三章，论述阴阳变化的学说，一共有十万字。汉武帝见刘安博学多才，能言善辩，并且辈份是他的叔父，对他十分敬重。汉武帝给刘安下诏或写批复的文稿，都让司马相如等共同酌斟定稿。于是特地派遣使者，召刘安来京朝见。有一次武帝让刘安写一篇解释屈原《离骚》的文章，刘安早上接到皇命，到吃早饭时就写成了，奏报给皇帝。皇帝常常在宴席上召见刘安，一起议论朝政的得失，刘安于是献上新作的赋、颂等文章，常常早上进宫，直到夜晚才出宫。刘安一直在搜集天下论述道学的书，收纳懂得修道的方士，即使远在千里之外，也要派人带着重金、说着谦卑的话去把人请来。

　　于是乃有八公诣门，皆须眉皓白。门吏先密以白王，王使阍人自以意难问之曰："我王上欲求延年长生不老之道，中欲得博物精义入妙之大儒，下欲得勇敢武力扛鼎暴虎横行之壮士。今先生年已耆矣，似无驻衰之术，又无贲、育之气，岂能究于《三坟》《五典》《八索》《九丘》，钩深致远，穷理尽性乎？三者既乏，余不敢通。"八公笑曰："我闻王尊礼贤士，吐握不倦，苟有一介之善，莫不毕至。古人贵九九之好，养鸣吠之技，诚欲市马骨以致骐骥，师郭生以招群英。吾年虽鄙陋，不合所求，故远致其身，且欲一见王，虽使无益，亦岂有损，何以年老而逆见嫌耶？王必若见年少则谓之有道，皓首则谓之庸叟，恐非发石采玉、探渊索珠之谓也。薄吾老，今则少矣。"言未竟，八公皆变为童子，年可十四五，角髻青丝，色如桃花。门吏大惊，走以白王。

　　王闻之，足不履，跣而迎登思仙之台。张锦帐象床，烧百和之香，进金玉之几，执弟子之礼，北面叩首而言曰："安以凡才，少好道德，羁镶事务，沉沦流俗，不能遣累，负笈山林。

于是就有八位老人一起来见刘安，他们一个个都须眉雪白。门官先偷偷报告了刘安，刘安让门官故意用自己的意思习难那八位老人说："我们淮南王求的上等贤人要懂得延年益寿长生不老的道术，中等贤人是要上知天文下知地理并精通儒家学术的大学问家，下等贤人是要十分英武、力能扛鼎、打虎擒豹的勇士。我看八位老先生年纪这样大，好像没有长生不老之术，也没有勇士孟贲、夏育那么大的力气，难道还会对《三坟》《五典》《八索》《九丘》这些古代经典有什么深刻的研究，穷尽道理，究极性命之学吗？上面说的三种才能你们都不具备，我可不敢向淮南王通报你们求见的事。"八位老人笑着说："我们听说淮南王特别尊重贤德的人，像周公一样，为了接待客人，吃饭时三次吐出食物，洗浴时三次拧干了头发，毫不倦怠，所以凡是有一技之长的人，都来投奔淮南王。古代的王侯像齐桓公善待会背九九乘法口诀的人，孟尝君奉养会学鸡鸣狗叫的人，这都是想通过重金买马骨的方式来买到真正的千里马，想像燕昭王那样通过礼遇郭隗来招揽天下英杰。我们虽然年纪很大，不合乎淮南王的要求，但我们从很远的地方来投奔他，希望见一见淮南王，即使对他没有什么好处，难道还会对他有什么不利？为什么因为我们老就觉得我们讨嫌呢？如果大王认为年轻人才有学问懂得道术，白发老者都是平庸无能的糟老头子，那可缺乏开掘顽石寻找美玉、潜入深潭寻找明珠的决心和诚意了。不是嫌我们老吗？那我们就变得年轻些吧。"话音没落，八个老人都变成了童子，年纪只有十四五岁，扎着牛角发髻，头发漆黑，面容像桃花般红润。门官大吃一惊，赶快跑进去向刘安报告。

　　刘安听说后，连鞋都没穿，光着脚就出来迎接，把那八个人接到思仙台上。挂起了锦绣帐幕，摆好了象牙床座，烧上百和香，进献可以倚靠的金玉小桌，像弟子拜师那样面朝北向八人磕头说："我刘安是个才具平庸的人，但从小就爱好修身养性的事，然而由于日常的繁琐事务缠住身子，一直在俗世中沉沦，始终没能摆脱这些累赘，背上书箱到山林中去向得道的仙师们求教。

然夙夜饥渴,思愿神明,沐浴滓浊,精诚浅薄,怀情不畅,邈若云汉。不期厚幸,道君降屈,是安禄命当蒙拔擢,喜惧屏营,不知所措。唯愿道君哀而教之,则螟蛉假翼于鸿鹄,可冲天矣。"八童子乃复为老人,告王曰:"余虽复浅识,备为先学。闻王好士,故来相从,未审王意有何所欲?吾一人能坐致风雨,立起云雾,画地为江河,撮土为山岳;一人能崩高山,塞深泉,收束虎豹,召致蛟龙,使役鬼神;一人能分形易貌,坐存立亡,隐蔽六军,白日为瞑;一人能乘云步虚,越海凌波,出入无间,呼吸千里;一人能入火不灼,入水不濡,矵射不中,冬冻不寒,夏曝不汗;一人能千变万化,恣意所为,禽兽草木,万物立成,移山驻流,行宫易室;一人能煎泥成金,凝铅为银,水炼八石,飞腾流珠,乘云驾龙,浮于太清之上。在王所欲。"

安乃日夕朝拜,供进酒脯,各试其向所言,千变万化,种种异术,无有不效。遂授《玉丹经》三十六卷,药成,未及服。而太子迁好剑,自以人莫及也。于时郎中雷被,召与之戏,而被误中迁,迁大怒,被怖,恐为迁所杀,乃求击匈奴以赎罪,安闻不听。被大惧,乃上书于天子云:"汉法,诸侯

然而我日夜思念神灵的真心如饥似渴，希望有朝一日能洗掉身上的污浊，也许我修炼的诚心不够厚重，我的心愿一直难以实现，神灵像云汉一样离我非常遥远。万万没想到今天我能得到这样大的幸运，道君屈尊降临我的寒舍，这是我刘安命中该得到神灵的提点，使我又喜又惊，惶恐不已，不知道该怎么办才好。只愿各位道君可怜我这个凡俗的人，把修炼的要点传授给我，使我这个像蚑蛲一样的小虫能够借大雁的翅膀高飞入云。"八个童子于是又变成老人，对刘安说："我们的道术也很浅薄，但毕竟比你先学了道。听说你喜欢结交有识之士，所以特地来跟随你，不知您究竟有什么愿望和要求？我们八个人中，第一个能呼风唤雨喷云吐雾，在地上划一下就产生江河，把土聚起来就可堆成高山；第二个人能让高山崩塌，把深泉填成平地，驯服虎豹，召唤蛟龙，驱使鬼神为自己效力；第三个人能分身变化相貌，坐立之间时隐时现，使千军万马立刻隐去不见，把白天变成黑夜；第四个人能腾云驾雾，飞越江河湖海，随意遨游在天地任何地方，呼吸之间便能到千里之外；第五个能入火不怕烧，入水不被弄湿，刀箭无法伤害，冬天不怕冻，夏天日晒不出汗；第六个能千变万化，随心所欲，能立刻变出禽兽草木等万事万物，能让山搬家，让河不流，让宫殿随意挪动；第七个能把泥土熬成金子，把铅水凝炼成银子，用水把云母、硝石等八种石料炼成仙丹，能让飞起的水花变成珍珠，能骑着龙驾着云在天上浮游。看您想学什么。"

刘安就日夜朝拜八位老人，用酒肉款待他们，并逐一试验他们之前所说的本领，结果他们各自施展神异的法术，千变万化，没有一个不灵验的。后来八位老人传授给刘安《玉丹经》三十六卷，刘安按着经书上说的方法把仙丹炼成了，但没有来得及服用。那时淮南王刘安的太子刘迁爱好舞剑，自认为剑法无人能及。有一次，他让当时任郎中的雷被和他一起舞剑，雷被一时失手，误伤了刘迁，刘迁翻脸大怒，雷被也很恐惧，怕刘迁杀他，就要求带兵讨伐匈奴来赎罪，刘安听说后不同意。雷被十分害怕，就上书给皇帝说："按照汉朝的法律规定，如果诸侯中有人

壅阏不与击匈奴，其罪入死，安合当诛。"武帝素重王，不咎，但削安二县耳。安怒被，被恐死。与伍被素为交亲，伍被曾以奸私得罪于安，安怒之未发，二人恐为安所诛，乃共诬告，称安谋反。天子使宗正持节治之，八公谓安曰："可以去矣，此乃是天之发遣王。王若无此事，日复一日，未能去世也。"八公使安登山大祭，埋金地中，即白日升天。八公与安所踏山上石，皆陷成迹，至今人马迹犹存。八公告安曰："夫有藉之人，被人诬告者，其诬人当即死灭，伍被等今当复诛矣。"于是宗正以失安所在，推问，云王仙去矣。天子怅然，乃讽使廷尉张汤，奏伍被，云为画计，乃诛二被九族，一如八公之言也。汉史秘之，不言安得神仙之道，恐后世人主，当废万机，而竞求于安道，乃言安得罪后自杀，非得仙也。按左吴记云，安临去，欲诛二被，八公谏曰："不可，仙去不欲害行虫，况于人乎？"安乃止。又问八公曰："可得将素所交亲俱至彼，便遣还否？"公曰："何不得尔，但不得过五人。"安即以左吴、王眷、傅生等五人，至玄洲，便遣还。吴记具说云，安未得上天，遇诸仙伯，安少习尊贵，稀为卑下之礼，坐起不恭，语声高亮，或误称"寡人"。于是仙伯主者奏安云："不敬，应斥遣去。"八公为之谢过，

压制部下，不允许部下去讨伐匈奴的，该判死罪，刘安应该处死。"汉武帝向来器重刘安，没追究这事，只是把刘安的封地削去了两个县。刘安更加恼怒雷被，雷被也总怕刘安杀他。雷被和伍被一向就是好朋友，伍被曾经因为通奸的事得罪了刘安，刘安忍着没有发作，雷被和伍被怕被刘安杀掉，就一起向武帝诬告，说刘安要造反。武帝就派了管皇室宗族事务的宗正官带着天子符节去查办，这时八公就对刘安说："你可以离开尘世了，这是上天让你脱离世俗的机会。你如果没有这件被诬告谋反的事，一天天混下去，是很难脱离凡俗的。"八公让刘安登上高山向神灵祭告，并把金子埋在地里，然后刘安就白日升天成仙了。八公和刘安登山时踩过的石头上都留下了很深的脚印，到现在人马的足迹还留在山上。八公对刘安说："凡是有仙籍的人被人诬告，那诬告者也会被处死，所以伍被、雷被现在也该被处死了。"宗正官来查刘安被告谋反的案子，发现刘安不见了，一打听，大家说刘安成仙了。武帝听说后心里很不好受，就授意朝中管刑狱的廷尉张汤，让他以策划阴谋的罪名参奏伍被，于是就杀了伍被和雷被，并灭了他们家九族，与八公的预言完全一致。汉朝的史书中对于刘安成仙得道的事故意隐瞒没有记载，怕以后当皇帝的都不理朝政，竞相去学习刘安以便成仙，只记载说刘安因为被诬告谋反而自杀，而不是成了仙。按照左吴的记载，说刘安成仙要离去时，打算杀掉雷被、伍被，八公劝告说："不能这样做，成仙的人连一只小虫都不害，何况是人呢？"刘安就没杀雷被与伍被。刘安又问八公："能不能把我的亲朋好友都带到仙界去一趟再让他们回来呢？"八公说："有什么不可以呢，但不能超过五个人。"于是刘安就带着左吴、王眷、傅生等五个人去了仙界的玄洲，到达以后又打发他们回来了。后来左吴的文章中记述说，刘安还没到仙境时就遇见了几位仙伯，但由于刘安从小就养尊处优，很少对人卑躬屈膝地行礼，行为举止不够恭敬，说话声音很大，有时不注意还自称"寡人"。结果仙伯中的主事者就参奏说："刘安对仙官大不敬，应该把他赶回人间。"多亏了八公为刘安解释开脱，

乃见赦，谪守都厕三年。后为散仙人，不得处职，但得不死而已。

武帝闻左吴等随王仙去更还，乃诏之，亲问其由，吴具以对。帝大懊恨，乃叹曰："使朕得为淮南王者，视天下如脱屣耳。"遂便招募贤士，亦冀遇八公，不能得，而为公孙卿、栾大等所欺。意犹不已，庶获其真者，以安仙去分明，方知天下实有神仙也。时人传八公、安临去时，余药器置在中庭，鸡犬舐啄之，尽得升天，故鸡鸣天上，犬吠云中也。出《神仙传》。

阴长生

阴长生者，新野人也，汉皇后之亲属。少生富贵之门，而不好荣贵，唯专务道术。闻马鸣生得度世之道，乃寻求之，遂得相见，便执奴仆之役，亲运履之劳。鸣生不教其度世之法，但日夕别与之高谈，论当世之事，治农田之业，如此十余年，长生不懈。同时共事鸣生者十二人，皆悉归去，唯长生执礼弥肃。鸣生告之曰："子真能得道矣。"乃将入青城山中，煮黄土为金以示之，立坛西面，乃以《太清神丹经》授之，鸣生别去。长生乃归，合之丹成，服半剂，不尽，即升天。乃大作黄金十数万斤，以布惠天下贫乏，不问识与不识者。周行天下，与妻子相随，一门皆寿而不老。在民间三百余年，后于平都山东，白日升天而去。著书九篇，云：

才免了刘安大不敬的罪，但仍罚他看管天都城中的厕所三年。三年期满后，只允许刘安当一个散仙，不得在仙界担任官职，只是能够长生不死而已。

后来汉武帝听说左吴等五人随刘安去了仙界后又回来了，就召见左吴等人，亲自询问他们详细情况，左吴把详情说了。武帝非常懊丧悔恨，叹息说："我要是像淮南王那样，放弃天下对我来说也不过像脱鞋一样。"从此汉武帝就招贤纳士，希望也能招来八公那样的仙人，但始终没有仙人光临，反而被公孙卿、栾大等人欺骗。然而武帝仍不甘心，还是希望能找到真仙人，因为刘安成仙之事如此明确，让他知道天下真有神仙。当时人传说刘安和八公升天时，剩下的仙药器皿放在院里，鸡狗吃后也都升了天，所以天上也有鸡鸣狗叫的声音。出自《神仙传》。

阴长生

阴长生是新野人，他是汉朝皇后的亲属。他虽然从小生在富贵人家，却不贪恋荣华富贵，专门喜好研究道家的方术。他听说马鸣生掌握了成仙的道术，就去找他，相见之后，就给马鸣生当仆人，亲自给他干脱鞋扫地的工作。然而马鸣生并不传授他成仙的道术，只是一天到晚和他高谈阔论，谈论当世的俗事，经营种田的事业，就这样过了十多年，阴长生也没有懈怠之意。和阴长生一块来向马鸣生学道的十二个人，全部回去了，只有阴长生对马鸣生执弟子之礼更加恭敬。马鸣生告诉阴长生说："你才是真正能够得道的人啊！"于是就带着他进了青城山，把黄土熬成黄金给他看，马鸣生站在神坛上，面朝西，把一部《太清神丹经》传授给阴长生，然后就告别走了。阴长生回来后，照经卷上的办法炼成了仙丹，只吃了半剂，还没吃完，就可以升天了。后来阴长生又用泥土炼出了十几万斤黄金，用这些金子救济天下穷苦的人，不管认识不认识的人都给。后来阴长生又带着妻子周游天下，他一家老小都长寿不老。阴长生在世间住了三百来年，最后在平都山的东面白日升天而去。阴长生著书九篇，其中说：

“上古仙者多矣，不可尽论，但汉兴以来，得仙者四十五人，连余为六矣。二十人尸解，余并白日升天。”抱朴子曰：“洪闻谚书有之曰：‘子不夜行，则安知道上有夜行人？’今不得仙者，亦安知天下山林间不有学道得仙者？阴君已服神药，未尽升天，然方以类聚，同声相应，便自与仙人相集。寻索闻见，故知此近世诸仙人数耳。而俗民谓为不然，以己所不闻，则谓无有，不亦悲哉。夫草泽间士，以隐逸得志，以经籍自娱，不耀文采，不扬声名，不修求进，不营闻达，人犹不能识之，况仙人亦何急急令闻达朝阙之徒知其所云为哉。”

阴君自叙云：“汉延光元年，新野山北子，受仙君神丹要诀：‘道成去世，付之名山。如有得者，列为真人。行乎去来，何为俗闻？不死之要，道在神丹。行气导引，俯仰屈伸，服食草木，可得延年，不能度世，以至乎仙。子欲闻道，此是要言。积学所致，无为合神。上士为之，勉力加勤。下愚大笑，以为不然。能知神丹，久视长安。’”

于是阴君裂黄素，写丹经一通，封一文石之函，置嵩高山。一通黄栌之简，漆书之，封以青玉之函，置太华山。一通黄金之简，刻而书之，封以白银之函，置蜀绥山。一封缣书，合为十篇，付弟子，使世世当有所传付。又著诗三篇，

"古代的神仙非常多,不能详细介绍,但从汉代以来,成仙的只有四十五人,加上我是四十六名。其中二十人是把肉身留在人间灵魂升了天,其余的都是大白天连魂魄带肉体一块升天成仙。"抱朴子葛洪说:"我听说谚语中有这样的说法,'如果人们夜晚不走路,怎么会知道路上有走夜路的人呢?'不成仙,又怎么能知道天下山林中不会有修道成仙的人呢?现在阴先生服了仙丹,虽未曾升天,但正所谓同声相应同气相求,物以类聚人以群分,他自然而然地要和仙人相聚。根据日常与仙人相处的见闻,自然就知道近代成仙者的人数了。那些世上的凡夫俗子们却不以为然,因为他们没见过神仙就认为世上没有神仙,这不也很可悲吗?有些民间的高洁之士,以隐居为志趣,通过研究经书典籍来愉悦自己,从不夸耀自己的学问,也从不追求名利,不求入仕为官飞黄腾达,人们尚且都不知道他们,更何况那些成仙得道的人,又何必让世上那些汲汲于追求功名利禄的人知道自己在做什么呢。"

阴长生自己也说:"汉延光元年,新野山北子接受了仙君传授的炼仙丹的秘诀:'得道脱离俗世之际,把这要诀留在名山。如果有谁能够得到,就将名列真人之中。成仙之人来去自由,怎么可能为世俗之人所知。不死的要诀,在于服用神丹。练习呼吸吐纳的气功,俯仰屈伸以锻炼身体,服用草药,也可以延年益寿,但绝不能脱离尘世,成为神仙。你如果想要修道,这是最根本的一条。要长期地学习道术,清净无为合乎大道。真心修道的人,自然刻苦勤奋。那些愚昧的人则大声嘲笑,以为不是这样。只要能得到仙丹灵药,就可以长生安康。'"

于是阴长生就撕了一块黄绸子,在绸子上写了一部丹经,将其装进一个有花纹的玉石匣子里,放在嵩高山上。又在一块黄栌木板上用漆写了一部丹经,装在青玉做的匣子里,放在太华山上。又在一块金板上刻了一部丹经,装进白银做的匣子里,放在蜀中绥山上。还有写在丝绢上的一段经文,合起来一共十篇,交给了弟子,让他们世世代代传下去。阴长生还写了三首诗,

以示将来。其一曰："惟余之先，佐命唐虞。爰逮汉世，紫艾重纡。余独好道，而为匹夫。高尚素志，不仕王侯。贪生得生，亦又何求。超迹苍霄，乘龙驾浮。青云承翼，与我为仇。入火不灼，蹈波不濡。逍遥太极，何虑何忧。傲戏仙都，顾愍群愚。年命之逝，如彼川流，奄忽未几，泥土为俦。奔驰索死，不肯暂休。"其二章曰："余之圣师，体道之真。升降变化，乔、松为邻。唯余同学，十有二人。寒苦求道，历二十年。中多怠堕，志行不坚。痛乎诸子，命也自天。天不妄授，道必归贤。身没幽壤，何时可还？嗟尔将来，勤加精研。勿为流俗，富贵所牵。神道一成，升彼九天。寿同三光，何但亿千。"其三章曰："惟余束发，少好道德。弃家随师，东西南北。委放五浊，避世自匿。三十余年，名山之侧。寒不遑衣，饥不暇食。思不敢归，劳不敢息。奉事圣师，承欢悦色。面垢足胝，乃见褒饰。遂受要诀，恩深不测。妻子延年，咸享无极。黄白已成，货财千亿。使役鬼神，玉女侍侧。今得度世，神丹之力。"阴君处民间百七十年，色如女子，白日升天而去。出《神仙传》。

张道陵

张道陵者，沛国人也，本太学书生，博通五经。晚乃叹曰："此无益于年命。"遂学长生之道，得黄帝九鼎丹法，欲合之。用药皆糜费钱帛，陵家素贫，欲治生，营田牧畜，非己所长，乃不就。闻蜀人多纯厚，易可教化，且多名山，乃与弟子入蜀，住鹄鸣山，著作道书二十四篇，乃精思炼志。忽有天人下，千乘万骑，金车羽盖，骖龙驾虎，不可胜数。或自称柱下史，或称东海小童。乃授陵以新出正一明威之道，

留给未来的人看。第一首说："惟余之先,佐命唐虞。爰逮汉世,紫艾重纤。余独好道,而为匹夫。高尚素志,不仕王侯。贪生得生,亦又何求。超迹苍霄,乘龙驾浮。青云承翼,与我为仇。入火不灼,蹈波不濡。逍遥太极,何虑何忧。傲戏仙都,顾愍群愚。年命之逝,如彼川流。奄忽未几,泥土为俦。奔驰索死,不肯暂休。"第二首诗说:"余之圣师,体道之真。升降变化,乔、松为邻。唯余同学,十有二人。寒苦求道,历二十年。中多怠堕,志行不坚。痛乎诸子,命也自天。天不妄授,道必归贤。身没幽壤,何时可还?嗟尔将来,勤加精研。勿为流俗,富贵所牵。神道一成,升彼九天。寿同三光,何但亿千。"第三首诗说:"惟余束发,少好道德。弃家随师,东西南北。委放五浊,避世自匿。三十余年,名山之侧。寒不遑衣,饥不暇食。思不敢归,劳不敢息。奉事圣师,承欢悦色。面垢足胝,乃见褒饰。遂受要诀,恩深不测。妻子延年,咸享无极。黄白已成,货财千亿。使役鬼神,玉女侍侧。今得度世,神丹之力。"阴长生在人间活了一百七十岁,容貌就像个年轻的女子,后来在大白天成仙飞升进了仙界。出自《神仙传》。

张道陵

张道陵是沛国人,原本是太学中的书生,精通五经。后来他感叹地说:"这些学问对延年益寿没有一点用处啊!"于是就开始学习研究长生之道,得到了黄帝的九鼎炼丹秘方,就想照着秘方试验炼丹。但炼丹的药石非常费钱,张道陵家一向很穷,想要致富,但种田放牧又不是他的长项,于是未能炼成丹药。他听说蜀人民性淳朴,容易接受教化,而且那里名山很多,就带着弟子去了蜀中,住在鹄鸣山,写了二十四篇论述道术的文章,于是开始苦苦思索修炼心志。有一天,忽然有许多神仙从天而降,只见成千上万的车马,车身是金制的,车盖上装饰着羽毛,驾车的都是龙虎,数都数不过来。神仙中有的自称是柱下史,有的自称是东海小童。于是将新出正一明威之道传授给张道陵,

陵受之，能治病，于是百姓翕然奉事之，以为师，弟子户至数万。即立祭酒，分领其户，有如官长。并立条制，使诸弟子随事轮出米绢、器物、纸笔、樵薪什物等，领人修复道路，不修复者，皆使疾病。县有应治桥道，于是百姓斩草除溷，无所不为，皆出其意。而愚者不知是陵所造，将为此文从天上下也。陵又欲以廉耻治人，不喜施刑罚，乃立条制：使有疾病者，皆疏记生身已来所犯之罪，乃手书投水中，与神明共盟约，不得复犯法，当以身死为约。于是百姓计念，邂逅疾病，辄当首过，一则得愈，二使羞惭，不敢重犯，且畏天地而改。从此之后，所违犯者，皆改为善矣。

陵乃多得财物，以市其药，合丹。丹成，服半剂，不愿即升天也，乃能分形作数十人。其所居门前水池，陵常乘舟戏其中，而诸道士宾客，往来盈庭巷。座上常有一陵，与宾客对谈，共食饮，而真陵故在池中也。其治病事，皆采取玄素，但改易其大较，转其首尾，而大途犹同归也。行气服食，故用仙法，亦无以易。故陵语诸人曰："尔辈多俗态未除，不能弃世，正可得吾行气导引房中之事，或可得服食草木数百岁之方耳。"其有九鼎大要，唯付王长。而后合有一人从东方来，当得之。此人必以正月七日日中到，其说长短形状。至时果有赵昇者，从东方来。生平未相见，

张道陵学成之后，能给人治病，于是百姓们都来侍奉他，拜他为师，弟子达几万户。于是设立了祭酒的官职，分别管理弟子们，像政府的长官一样。他还建立制度，让弟子们按照需要轮流交纳米粮、丝织品、器具、纸笔、柴草等东西，带人修整道路，不参加修路的懒惰弟子，张道陵就让他们生病。县里本来就有很多桥梁道路需要修复，这时百姓们清除路上的野草，清挖堵塞的河道，什么都做，都出自张道陵的授意。有些愚昧的人不知道这些事是张道陵授意干的，还以为是上天的旨意呢。张道陵还想唤起人们的廉耻心，以此来管理众人，他不愿意动用刑罚，就立了一种制度：凡是有疾病的人，都要把自己有生以来犯过的罪过亲手写在纸上，然后扔到水里，向天神发誓，以后永不再犯，再犯就必死。于是百姓们心里都想着，犯了罪的就会生病，生病时就要把自己的罪过都交代出来，一是为了使病能痊愈，二是由此产生羞愧心，不敢再犯，而且因为惧怕天地神灵而改过自新。从此以后，凡是犯过罪的，都改恶向善了。

张道陵因此得了很多财物，用来买炼丹用的材料，开始炼丹。丹炼成后，张道陵只服了半副，因为他不愿意立即升天，这时他已经可以用分身术把自己分成几十个人了。张道陵所住的房子门前有个水池，他常乘船在水中游玩，而他的道友和宾客多得挤满了庭院和街巷。他就分出一个自己坐在席上，和宾客们谈话，一起吃饭喝酒，而他的真身还在池中船上游玩。张道陵治病，大多是采用黑白阴阳相生相克的原理，根据具体病情对药方进行调整，但大体还是和仙人传授的药方相一致。呼吸吐纳，服食丹药，本来用的就是仙法，也没有什么改变。他常对人们说："你们大都不能摒除俗态，放弃世俗，所以更需要用我的炼气、锻炼、男女房中之术，也许可以得到让人活到几百岁的草木药方。"张道陵有一个最重要的秘方，只传授给王长一个人。他还说应该有一个从东方来的人，这人也合该得到秘方。这个人必在正月初七的中午到达，张道陵事先就说了这人的面貌身材。到了那个时间，果然有个叫赵昇的人从东方来。生平从未见过张道陵，

其形貌一如陵所说。

　　陵乃七度试昇，皆过，乃受昇丹经。七试者：第一试，昇到门不为通，使人骂辱，四十余日，露宿不去，乃纳之。第二试，使昇于草中守黍驱兽，暮遣美女非常，托言远行，过寄宿，与昇接床。明日又称脚痛不去，遂留数日。亦复调戏，昇终不失正。第三试，昇行道，忽见遗金三十瓶，昇乃走过不取。第四，令昇入山采薪，三虎交前，咬昇衣服，唯不伤身。昇不恐，颜色不变，谓虎曰："我道士耳，少年不为非，故不远千里，来事神师，求长生之道，汝何以尔也？岂非山鬼使汝来试我乎？"须臾，虎乃起去。第五试，昇于市买十余匹绢，付直讫，而绢主诬之，云未得。昇乃脱己衣，买绢而偿之，殊无吝色。第六试，昇守田谷，有一人往叩头乞食，衣裳破弊，面目尘垢，身体疮脓，臭秽可憎。昇怆然，为之动容，解衣衣之，以私粮设食，又以私米遗之。第七试，陵将诸弟子，登云台绝岩之上，下有一桃树，如人臂，傍生石壁，下临不测之渊，桃大有实。陵谓诸弟子曰："有人能得此桃实，当告以道要。"于时伏而窥之者三百余人，股战流汗，无敢久临视之者，莫不却退而还，谢不能得。昇一人乃曰："神之所护，何险之有？圣师在此，终不使吾死

然而他的形貌身材和张道陵事先说的完全一样。

　　张道陵就考验了赵昇七次，都通过后，才把丹经传授给赵昇。七次考验分别是：第一次考验，赵昇来到张道陵的门口以后，门人不给通报，并辱骂赵昇，骂了四十多天，赵昇就在门外露宿了四十多天，没有离开，张道陵才让他进门。第二次考验是让赵昇在田里看守庄稼驱赶野兽，到了晚上，张道陵派了个非常美丽的女子，假装是走远路的旅客，要求在赵昇这儿过夜，并和赵昇挨着床睡觉。第二天那美女又假装脚痛赖着不走，赵昇只好留她住了几天。那女子又挑逗勾引赵昇，但赵昇始终行为端正不受诱惑。第三次考验，赵昇在路上走时，突然看见路上别人遗失的三十瓶金子，赵昇从旁边走过，并不拿金子。第四次考验，让赵昇进山砍柴，三只老虎一起来到赵昇面前，撕扯他的衣服，但不伤他的身体。赵昇并不害怕，脸不变色心不跳，还对老虎说："我是个学道的人，从小就没做过坏事，所以不远千里来拜师学道，求长生不老之术，你们为什么要这样呢？莫非是山神派你们来考验我的吗？"过了片刻，三只老虎就离去了。第五次考验，让赵昇在街上买了十几匹绢绸，付完钱以后，卖绢的老板却诬蔑赵昇，说他没有付钱。赵昇就脱下自己的衣服卖掉，用钱买来了绢绸还给那老板，一点也没有生气怨恨。第六次考验是派赵昇去看守粮仓，有一个人去向赵昇磕头讨饭，那人破衣烂衫，面目肮脏，全身长满了脓疮，又腥又臭，令人讨厌。赵昇看见后十分可怜他，脸色露出感动的神色，他脱下自己的衣服给那人穿，用自己的粮食为那人做了饭，还把自己的粮食送了一些给那人。第七次考验，张道陵带着弟子们登上悬崖绝壁，下面有一棵桃树，像人的胳膊那样，长在石壁上，桃树下面是万丈深渊，桃树上结着很大的桃子。张道陵对弟子们说："谁能摘下那桃子，我就把修道的秘诀传授给他。"这时有三百来个弟子都趴在崖边看那桃树，个个吓得双腿战栗汗流浃背，没有敢长时间看那桃树的，最后都吓得退了回去，谢罪说不敢去摘那桃子。只有赵昇一个人说："有神灵保佑，有什么危险呢？何况有仙师在这里，他一定不会让我摔死

于谷中耳。师有教者,必是此桃有可得之理故耳。"乃从上自掷,投树上,足不蹉跌,取桃实满怀。而石壁险峻,无所攀缘,不能得返。于是乃以桃一一掷上,正得二百二颗。陵得而分赐诸弟子各一,陵自食,留一以待昇。陵乃以手引昇,众视之,见陵臂加长三二丈,引昇,昇忽然来还。乃以向所留桃与之。昇食桃毕,陵乃临谷上,戏笑而言曰:"赵昇心自正,能投树上,足不蹉跌。吾今欲自试投下,当应得大桃也。"众人皆谏,唯昇与王长嘿然。陵遂投空,不落桃上,失陵所在。四方皆仰,上则连天,下则无底,往无道路,莫不惊叹悲涕。唯昇、长二人,良久乃相谓曰:"师则父也,自投于不测之崖,吾何以自安!"乃俱投身而下,正堕陵前。见陵坐局脚床斗帐中,见昇、长二人笑曰:"吾知汝来。"乃授二人道毕,三日乃还。归治旧舍,诸弟子惊悲不息。后陵与昇、长三人,皆白日冲天而去。众弟子仰视之,久而乃没于云霄也。初,陵入蜀山,合丹半剂,虽未冲举,已成地仙。故欲化作七试,以度赵昇,乃知其志也。出《神仙传》。

在山谷里。既然是仙师让摘这桃子，说明这桃子一定能够摘到的。"说罢，赵昇纵身一跳，落在桃树上，身子都没有打晃，摘下一大抱桃子。然而石壁非常陡峭，无法攀登回到崖上去。于是赵昇就在下面把摘到的桃子一个一个地扔了上去，一共是二百零二个桃子。张道陵把桃子给弟子们每人分了一个，自己吃了一个，给赵昇留了一个等他上来。于是张道陵用手去牵赵昇，大家亲眼看见张道陵的手臂突然加长了两三丈，伸到桃树上去拉赵昇，赵昇一下子就上来了。张道陵把刚才留的桃子给了赵昇。赵昇吃完以后，张道陵就站在悬崖边上，笑着说："赵昇因为心术端正，才能跳到桃树上，连身子都不晃。现在我自己也想跳下去，一定能摘到最大的桃子。"弟子们都劝张道陵不要跳，只有王长和赵昇不说话。张道陵就往下一跳，却没有落在桃树上，不知落到什么地方去了。仰视四面都是看不见顶的高山峻岭，山顶高入云天，往下看是没有底的深谷，连道路都没有，弟子们这时都吓得哭了起来。只有赵昇和王长冷静了一会儿议论道："老师就像我们的父亲一样，现在他跳进了万丈深谷，我们这样活着也于心不安啊！"说罢两个人一齐跳下了悬崖，正好落在张道陵的面前。只见张道陵盘腿坐在一个很小的帐中床上，他见到赵昇和王长，就笑着说："我知道你俩会来的。"接着就向他俩传授了修道的秘诀，三天后才一同返回。回到家中时，弟子们都惊讶悲叹不已。后来，张道陵和赵昇、王长三个人都是大白天成仙飞升入云。弟子们仰着头看，过了很久，他们才消失在云天之中。当初，张道陵进入蜀山之中，炼成了仙丹后，只吃了半副，虽然没有升天，但已成为地上的神仙。他不急着升天，就是为了对赵昇作七次考验以便超度他，考验其修道的心志。出自《神仙传》。

卷第九
神仙九

李少君　　孔元方　　王　烈　　焦　先　　孙　登
吕文敬　　沈　建

李少君

李少君者,齐人也。汉武帝招募方士。少君于安期先生得神丹炉火之方,家贫,不能办药,谓弟子曰:"老将至矣,而财不足,虽躬耕力作,不足以致办。今天子好道,欲往见之,求为合药,可得恣意。"乃以方上帝,云:"丹砂可成黄金,金成服之升仙。臣常游海上,见安期先生,食枣大如瓜。"天子甚尊敬之,赐遗无数。少君尝与武安侯饮食,座中有一老人,年九十余,少君问其名,乃言曾与老人祖父游夜,见小儿从其祖父,吾故识之。时一座尽惊。又少君见武帝有故铜器,因识之曰:"齐桓公常陈此器于寝座。"帝按言观其刻字,果齐之故器也,因知少君是数百岁人矣。视之如五十许人,面色肌肤,甚有光泽,口齿如童子。

李少君

　　李少君是齐地人。汉武帝因喜好道术招募天下懂道术的方士。李少君在安期先生那里得到了炼丹的秘方，但由于家里穷，买不起炼丹用的材料，就对弟子们说："我就要老了，但财产不够，就是再卖力气地种田，也凑不够买药炼丹的钱。听说当今天子爱好道术，我想去朝见他，请求为皇帝炼制丹药，这样就能实现心愿了。"于是李少君把安期先生的炼丹秘方献给汉武帝说："丹砂可以炼出金丹，吃了金丹就能成仙。我曾经在海上漫游，遇见了仙人安期先生，吃过一种像瓜一样大的枣子。"汉武帝对李少君非常尊重，赏给他无数财物。李少君曾经和武安侯一起宴饮，在座的有一位九十多岁的老人，李少君问那位老人的姓名，然后说，我曾经和他的祖父一起夜里游玩宴饮过，看见过一个小孩跟他祖父在一起，所以我才认识他。当时在座的人听了李少君这番话都感到很惊奇。有一次，李少君看见汉武帝有一件旧铜器，就对武帝说："春秋时齐桓公曾把它摆在自己的床头。"汉武帝听李少君这么一说，就细看铜器上刻的字，果然是春秋时齐国的旧铜器，从而知道李少君已活了几百岁了。但李少君看上去只有五十来岁，脸色红润皮肤很有光泽，牙齿像少年人那样整齐。

王公贵人，闻其能令人不死，莫不仰慕，所遗金钱山积。少君乃密作神丹，丹成，谓帝曰："陛下不能绝骄奢，遣声色，杀伐不止，喜怒不胜，万里有不归之魂，市曹有流血之刑，神丹大道，未可得成。"乃以少药方与帝，少君便称疾。是夜，帝梦与少君俱上嵩高山，半道，有使者乘龙持节云中来，言太乙请少君。帝遂觉，即使人问少君消息，且告近臣曰："朕昨梦少君舍朕去。"少君乃病困，帝往视之，并使人受其方，事未竟而卒。帝曰："少君不死，故化去耳。"及敛，忽失尸所在，中表衣悉不解，如蝉蜕也。帝犹增叹，恨求少君不勤也。

初，少君与朝议郎董仲躬相亲爱。仲躬宿有疾，体枯气少。少君乃与其成药二剂，并其方，用戊巳之草、后土脂、黄精根、兽沉肪、先蓁之根、百卉花酿，亥月上旬，合煎铜器中，使童子沐浴洁净，调其汤火，使合成鸡子，三枚为程。服尽一剂，身体便轻；服三剂，齿落更生；五剂，年寿长而不复倾。仲躬为人刚直，博学五经，然不达道术，笑世人服药学道，频上书谏武帝，以为人生则命，衰老有常，非道术所能延。意虽见其有异，将为天性，非术所致，得药竟不服，又不问其方。少君去后数月，仲躬病甚。常闻武帝说前梦，恨惜少君，仲躬忆少君所留药。试服之，未半，乃身体轻壮，其病顿愈；服尽，气力如年少时，乃信有长生不死

王公贵族们听说李少君能使人长生不死，都对他万分敬仰，给他送的金钱堆积如山。李少君就悄悄用钱买药炼丹，丹炼成后，对武帝说："陛下如果不能除掉骄奢淫逸的恶习，遣散身边歌姬舞女、绝色美人，仍然到处征战讨伐，喜怒无常，使荒野常有冤魂流落，让街市里常见流血重刑，那就绝不能炼成仙丹修成大道。"李少君把自己不会衰老的秘方给了汉武帝，然后就假称自己生了病告辞。这天夜里，汉武帝梦见和李少君一起登嵩高山，半路上有个神仙骑着龙拿着旌节从云中降下来，说太乙真人请李少君去。汉武帝惊醒了，立刻派人打听李少君的情况，并且告诉亲近的大臣说："我昨夜梦见李少君离我而去了！"李少君于是便病重，武帝前往探视，并派人去接受记录李少君的秘方，还没说完就死了。武帝说："李少君不会死，他是登了仙界了！"李少君刚要入殓时，尸体忽然不见了，衣服连扣子都没解开，就像蝉蜕壳一样。汉武帝更加感叹，遗憾自己没有向李少君殷勤地求教道术。

当初，李少君和朝议郎董仲躬交往亲密。董仲躬一向有病，身体消瘦气血不足。李少君就给了他两副药和药方，让他用戊巳年间生长的草、当地出产的油脂、野生姜的根、野兽的脂膏、秋天先枯死的根、春天百花的膏汁，在十二月上旬把上述药料合放在铜器中熬，让一个童子沐浴得十分洁净，让他看好火候，把熬好的膏再制成鸡蛋大的药丸，三九一个疗程。吃完一副药，身子就会非常轻快；吃完三副，旧牙就会脱掉生出新牙；吃完五副后，就可以长寿不老了。董仲躬为人刚强正直，精通五经，但不了解道术，还经常嘲笑服丹药学道术的人，多次上书劝阻汉武帝，认为人寿天定，衰老是正常的，不是学道术就能长生不老的。董仲躬虽然看到李少君有些特异之处，但认为那是天赋异禀，并非修炼方术的结果，拿了药也不服用，也不向李少君请教药方。李少君走后几个月，董仲躬就病重了。他曾听汉武帝说梦见李少君成仙而去非常遗憾后悔，就想起了李少君给他的药。试着服用那药，吃了不到一半，就觉得身轻体壮，病立刻好了；吃完之后，就觉得像年轻时那样精力充沛，这时才相信真的有长生不死

之道。解官，行求道士，问其方，竟不能悉晓。仲躬唯得发不白，形容盛甚，年八十余乃死。嘱其子道生曰："我少得少君方药，初不信，事后得力，无能解之，怀恨于黄泉矣。汝可行求人间方术之事，解其方意，长服此药，必度世也。"

时有文成将军，亦得少君术。事武帝，帝后遣使诛之，文成谓使者曰："为吾谢帝，不能忍少日而败大事乎？帝好自爱，后三十年，求我于成山，方共事，不相怨也。"使者还，具言之。帝令发其棺视之，无所见，唯有竹筒一枚。帝疑其弟子窃其尸而藏之，乃收捕，检问其迹，帝乃大悔诛文成。后复征诸方士，更于甘泉祀太乙，又别设一座祀文成，帝亲执礼焉。原缺出处，查出《神仙传》。

孔元方

孔元方，许昌人也。常服松脂、茯苓、松实等药，老而益少，容如四十许人。郄元节、左元放，皆为亲友，俱弃五经当世之人事，专修道术。元方仁慈，恶衣蔬食，饮酒不过一升，年有七十余岁。道家或请元方会同饮酒，次至元方，元方作一令，以杖拄地，乃手把杖倒竖，头在下，足在上，以一手持杯倒饮，人莫能为也。元方有妻子，不畜余财，颇种五谷。时失火，诸人并来救之，出屋下衣粮床几，元方都不救，唯箕踞篱下视火。其妻促使元方助收物，元方笑曰：

的道术。于是董仲躬就辞去了官职，前去向道士们求教，询问仙方，但得不到正确圆满的回答。后来他只能做到头发不白，样貌看起来很年轻力壮，活到八十多岁才去世。死前叮嘱他的儿子董道生说："我曾得到李少君的仙药，起初不相信，后来服药见效，却不能了解药方及炼制方法，只有怀恨于九泉之下了。你要寻找人间懂得道术的人，了解丹方，常服丹药，就能离世成仙了。"

当时还有个文成将军，也得到了李少君传授的方术。文成将军事奉汉武帝，后来武帝派使者去杀他，文成将军对使者说："请替我向皇上谢罪，他为什么不能忍耐几天而败坏大事呢？请皇上自己保重，三十年后到成山去找我，那时再一起合作，不要互相怨恨了。"使者杀了文成将军以后，回来向汉武帝详细报告了文成将军的话。武帝听后命人打开文成将军的棺材，发现什么都没有，只有一个竹筒。武帝怀疑是文成将军的弟子偷走他的尸体藏起来了，就收捕他的弟子，拷问文成将军的行迹，结果十分后悔杀了文成将军。后来武帝又征召方士，又在甘泉祀奉太乙真人，又另外设了一个神位祀奉文成将军，由武帝都是亲自祭祀行礼。原缺出处，经查出自《神仙传》。

孔元方

孔元方是许昌人。他经常服用松脂、茯苓、松籽等药，越老却越显得年轻，容貌像四十多岁的人。郗元节、左元放都是他的好朋友，他们都放弃了五经学问及当世的人事，专门修炼道术。孔元方为人善良仁慈，粗衣素食，喝酒从不超过一升，当时有七十多岁。有一次，几位道士请孔元方一起喝酒，轮到元方干杯时，元方行了个酒令：一只手抓着拐杖，头朝下脚朝上倒立着，用另一只手拿着酒杯倒着喝酒，结果别人都不能像他这样喝酒。孔元方有妻有子，但从不积存多余的钱财，只是很下力气地种田。有一次，孔元方家里失火了，人们都来帮忙救火，从屋里往外抢救衣物粮食家具，但孔元方却不往外抢救东西，反而撒开腿坐在篱笆前看火。他的妻子催他赶快抢救财物，孔元方笑道：

"何用惜此。"又凿水边岸,作一窟室,方广丈余,元方入其中断谷,或一月两月,乃复还,家人亦不得往来。窟前有一柏树,生道后棘草间,委曲隐蔽。弟子有急,欲诣元方窟室者,皆莫能知。后东方有一少年,姓冯名遇,好道,伺候元方,便寻窟室得见。曰:"人皆来,不能见我,汝得见,似可教也。"乃以素书二卷授之曰:"此道之要言也,四十年得传一人。世无其人,不得以年限足故妄授。若四十年无所授者,即八十年而有二人可授者,即顿接二人。可授不授为'闭天道';不可授而授为'泄天道',皆殃及子孙。我已得所传,吾其去矣。"乃委妻子入西岳。后五十余年,暂还乡里,时人尚有识之者。出《神仙传》。

王　烈

王烈者,字长休,邯郸人也。常服黄精及铅,年三百三十八岁,犹有少容。登山历险,行步如飞。少时本太学书生,学无不览,常以人谈论五经百家之言,无不该博。中散大夫谯国嵇叔夜,甚敬爱之,数数就学,共入山游戏采药。后烈独之太行山中,忽闻山东崩圮,殷殷如雷声。烈不知何等,往视之,乃见山破石裂数百丈,两畔皆是青石,石中有一穴口,经阔尺许,中有青泥流出如髓。烈取泥试丸之,须臾成石,如投热蜡之状,随手坚凝。气如粳米饭,嚼之亦

"这些有什么可惜的!"孔元方又在河边岸上凿了一个一丈见方的洞窟,然后钻进洞窟里,不吃不喝,有时一两个月才出来,家里的人他也不让到洞窟里来。洞窟前有一棵柏树,长在大道后面的荆棘草丛里,遮挡着那个洞窟。有时弟子有急事想找孔元方那个洞窟,都没有人知道在哪里。后来从东方来了一个少年,名叫冯遇,爱好道术,想跟随孔元方学道,一来就找到了孔元方的那个洞窟。孔元方说:"别人来都找不到我,你却一来就找到了我,看来你是值得我传授道术的人。"孔元方就把两卷写在白布上的经文给了冯遇,并对他说:"这上面写的是修道的要点,四十年才可以传授一个人。如果世人没有合适的人选,那也不能因为年限到了胡乱传授。如果四十年到了还找不到值得传授的人,等到了八十年有两个人可传授,就可以传给两个人。遇到了可传道的人而不传,就犯了'闭天道'的罪;遇到不该传道的人却传了,就犯了'泄天道'的罪,这两种罪都会连累子孙。现在我已把道术的精要传给了你,我就可以离去了。"于是他就扔下妻子儿女进了西岳华山。五十多年后,孔元方回过一次故乡,当时的人还有认识他的。出自《神仙传》。

王 烈

王烈,字长休,邯郸人。他经常服用野生姜和铅,活到三百三十八岁时,面貌还很年轻。他攀登险峻的山峰时,健步如飞。王烈青年时曾是太学中的书生,涉猎广博,常和人们议论五经和诸子百家的著作,非常博学多才。时任中散大夫的谯国人嵇康很敬重王烈,常常向他请教,并和他一起进山游玩采药。后来王烈独自进了太行山,有一天他忽然听见山的东部发生了山崩,隆隆的轰鸣声好像打雷。王烈不知道是怎么回事,就赶去看,只见大山崩塌了几百丈,两面都是青石,石中有一个洞,直径一尺左右,洞里不断流出像骨髓般的青泥。王烈试着把那泥团成了圆球,不一会儿圆球就成了石头,好像把热蜡团成球那样,随手就变得坚硬凝固了。那泥丸散发出一股粳米饭般的香气,嚼着也

然。烈合数丸如桃大，用携少许归，乃与叔夜曰："吾得异物。"叔夜甚喜，取而视之，已成青石，击之铮铮如铜声。叔夜即与烈往视之，断山以复如故。烈入河东抱犊山中，见一石室，室中白石架，架上有素书两卷。烈取读，莫识其文字，不敢取去，却着架上。暗书得数十字形体，以示康，康尽识其字。烈喜，乃与康共往读之。至其道径，了了分明，比及，又失其石室所在。烈私语弟子曰："叔夜未合得道故也。"又按《神仙经》云，神山五百年辄开，其中石髓出，得而服之，寿与天相毕。烈前得者必是也。

河东闻喜人多累世奉事烈者。晋永宁年中，出洛下，游诸处，与人共戏斗射。烈挽二石弓，射百步，十发矢，九破的。一年复去，又张子道者，年九十余，拜烈，烈平坐受之。座人怪之，子道曰："我年八九岁时见，颜色与今无异，吾今老矣，烈犹有少容。"后莫知所之。出《神仙传》。

焦　先

焦先者，字孝然，河东人也，年一百七十岁。常食白石，以分与人，熟煮如芋食之。日日入山伐薪以施人，先自村头一家起，周而复始。负薪以置人门外，人见之，铺席与坐，为设食，先便坐，亦不与人语。负薪来，如不见人，便私置于门间，便去，连年如此。及魏受禅，居河之湄，结草为庵，

有粳米饭的味道。王烈就团了几个像桃子大小的泥丸，带了少量回来，对嵇康说："我得到了一件奇特的东西。"嵇康很高兴，拿出来一看，泥丸已变成青石丸了，敲起来"咝咝"响，像铜器的声音。嵇康就同王烈到山崩处去看，那崩塌的山却恢复了原来的样子。后来王烈又进了河东的抱犊山里，看见一个石窟，里面有个白石架子，架上有两卷写在白布上的经文。王烈拿来看，不认识上面的字，不敢把经卷拿走，又放回白石架上。但他照着经卷上的字记下来几十个字，回来给嵇康看，那些字嵇康全都认识。王烈十分高兴，就带着嵇康一起到山中石窟去读经。去的路都记得清清楚楚，但走到那里，却怎么也找不到石窟了。王烈后来私下里对弟子说："这是因为嵇康不该得道的缘故。"按照《神仙经》里的说法，神山五百年裂开一次，其中会流出来石髓，如果能服用石髓，就可以和天地一样活得长久。王烈先前得的石丸，肯定就是石髓了。

河东闻喜的人，大都世世代代祀奉王烈。晋代永宁年间，王烈出现在洛阳城，游历各处，和人比赛射箭。王烈用的是需要二石力量才能拉开的弓，在百步的距离射靶，十箭九中。一年以后王烈离开，有一个九十多岁的老者名叫张子道，恭敬地向他下拜，王烈坐着受礼，一动不动。同座的人很奇怪，张子道说："我七八岁时见他，他就是现在这副容貌，现在我老了，他仍是一副少年的面孔。"后来人们不知道王烈去了哪里。出自《神仙传》。

焦　先

焦先，字孝然，河东人，已经活了一百七十岁。经常服食白石，并把白石分给别人，像煮芋头那样煮熟了吃。焦先还天天进山砍柴，然后把柴分给别人，先从村头第一家开始依次给，周而复始。焦先每次把柴禾背到人家的门外放下，主人看见后，就铺设席子让焦先坐，给他摆上饭食，焦先就坐下，也不和主人说话。如果把柴禾背来而主人不在，就私下把柴禾放到门外，转身就走，多年如此。魏文帝接受禅位之后，焦先在河边盖了一间茅草屋，

独止其中。不设床席，以草褥衬坐，其身垢污，浊如泥潦。或数日一食，行不由径，不与女人交游。衣弊，则卖薪以买故衣着之，冬夏单衣。太守董经，因往视之，又不肯语，经益以为贤。彼遭野火烧其庵，人往视之，见先危坐庵下不动，火过庵烬，先方徐徐而起，衣物悉不焦灼。又更作庵，天忽大雪，人屋多坏，先庵倒。人往，不见所在，恐已冻死，乃共拆庵求之，见先熟卧于雪下，颜色赫然，气息休休，如盛暑醉卧之状。人知其异，多欲从学道，先曰："我无道也。"或忽老忽少，如此二百余岁，后与人别去，不知所适。所请者竟不得一言也。出《神仙传》。

孙 登

孙登者，不知何许人也。恒止山间，穴地而坐，弹琴读《易》。冬夏单衣，天大寒，人视之，辄被发自覆身，发长丈余。又雅容非常，历世见之，颜色如故。市中乞得钱物，转乞贫下，更无余资，亦不见食。时杨骏为太傅，使传迎之，问讯不答。骏遗以一布袍，亦受之。出门，就人借刀断袍，上下异处，置于骏门下，又复斫碎之。时人谓为狂，后乃知骏当诛斩，故为其象也。骏录之，不放去，登乃卒死。骏给棺，埋之于振桥。后数日，有人见登在董马坡，因寄书与洛下故人。嵇叔夜有迈世之志，曾诣登，登不与语。叔夜乃

自己一个人住在里面。屋子里不放床，只铺着草垫子，满身都是泥污，像在泥里打了滚似的。有时他几天才吃一顿饭，走路不走小路捷径，也不和女人来往。衣服破了，就卖买了柴买件旧衣服穿上，不论冬夏都是一身单衣。当时的太守董经听说后就来拜访焦先，焦先却不肯跟他谈话，董经更觉得焦先是大贤人。后来焦先的茅草屋被野火烧毁，人们跑去看，只见焦先端坐在火中，草屋烧成灰烬之后，焦先才慢慢站起来，连身上的衣服都没烧着。后来焦先又盖了一座茅草屋，忽然下了一场大雪，别人的房子都被大雪压坏了，焦先的茅草房也倒了。人们去看，没看见焦先，怕焦先已经冻死了，就一起扒开茅草房寻找，只见焦先躺在雪底下熟睡，面色红润，呼吸均匀，像在炎夏喝醉了熟睡一样。人们才知道焦先不是凡人，很多人想和他学道。焦先说："我不会什么道术啊。"焦先一会儿老，一会儿又很年轻，这样活了二百多岁，后来就离开大家走了，也不知去了什么地方。那些向他请教道术的人，连一句话也没从他那里得到。出自《神仙传》。

孙　登

孙登不知是什么地方人，常常住在山中，在地上挖个洞窟坐着，弹琴、读《周易》。他冬夏都穿单衣，寒冬腊月，人们见他将头发披盖在身上御寒，头发有一丈多长。孙登的面容不同寻常，几代人看见他，都是老样子。他在街上乞讨得到的财物，转手就给了穷人，自己一点也不留，也不见他吃饭。当时当太傅的杨骏派使者乘车去迎接孙登，但问他什么他都不回答。杨骏赠给孙登一件布袍子，孙登也接受了。但一出门就向人借了把刀，把袍子割成上下两半，扔到杨骏的门前，又把袍子用刀剁碎。当时人们都说孙登是疯子，后来才知道这是说杨骏将会因犯罪被斩首，所以孙登这样做来预示。当时杨骏就把孙登抓了起来，不放他走，结果孙登突然就死了。杨骏给了一口棺木，把孙登埋在振桥。几天后，人们却在董马坡看见了孙登，就捎信给洛阳的朋友。嵇康有修道的志向，曾向孙登请教，孙登不跟他说话。嵇康就

扣难之，而登弹琴自若。久之，叔夜退，登曰："少年才优而识寡，劣于保身，其能免乎？"俄而叔夜竟陷大辟。叔夜善弹琴，于是登弹一弦之琴，以成音曲。叔夜乃叹息绝思也。出《神仙传》。

吕文敬

吕恭，字文敬，少好服食。将一奴一婢，于太行山中采药。忽见三人在谷中，问恭曰："子好长生乎，乃勤苦艰险如是耶？"恭曰："实好长生，而不遇良方，故采服此药，冀有微益耳。"一人曰："我姓吕字文起。"次一人曰："我姓孙字文阳。"次一人曰："我姓王字文上。"三人皆太清太和府仙人也，时来采药，当以成新学者。"公既与我同姓，又字得吾半支，此是公命当应常生也。若能随我采药，语公不死之方。"恭即拜曰："有幸得遇仙人，但恐暗塞多罪，不足教授耳。若见采收，是更生之愿也。"即随仙人去二日，乃授恭秘方一首，因遣恭去曰："可视乡里。"恭即拜辞，三人语恭曰："公来二日，人间已二百年矣。"恭归家，但见空宅，子孙无复一人也。乃见乡里数世后人赵辅者，问："吕恭家人皆何所在？"辅曰："君从何来，乃问此久远人也。吾昔闻先人说云，昔有吕恭者，持奴婢入太行山采药，遂不复还，以为虎狼所食，已二百余年矣。恭有数世子孙吕习者，居在城东十数里，作道士，民多奉事之。推求易得耳。"恭承辅

提出一些问题故意诘难他,但孙登仍然神色自若地弹琴。过了很久,嵇康只好走了,孙登说:"嵇康这人年轻有才,但见识太少,不善于保护自身,能免于被害吗?"过了不久,嵇康果然犯了罪被斩首。嵇康很善于弹琴,孙登却能弹一根弦的琴,而且也能弹成完整的乐曲。嵇康对孙登的琴技感叹佩服,觉得不可思议。出自《神仙传》。

吕文敬

吕恭字文敬,青年时就喜好养生服药。有一次他带着一个仆人一个婢女,进太行山中采药。忽然在山谷中遇到了三个人,他们问吕恭:"你是不是喜好长生之术啊,这样不辞劳苦地爬山越岭?"吕恭说:"我确实是喜好长生之术,但一直没遇到好的药方,只好采些草药服用,希望多少有点益处。"三人中的一个说:"我姓吕字文起。"另一个说:"我姓孙字文阳。"第三个人说:"我姓王字文上。"三个人都是天界太和府里的神仙,当时也来这里采药,正该成全那些新学道的人。吕文起对吕恭说:"你既然和我同姓,名字中也有一个字'文'跟我相同,这说明你命中应该得到长生。你如果能跟着我采药,我就告诉你长生不老药的仙方。"吕恭立刻跪拜说:"今天我有幸遇见仙人,惟恐自己糊涂愚笨,不值得您传授啊。如果仙人能收留点化,正是我再生的心愿啊。"吕恭就跟着仙人采了两天药,仙人授给他一个仙药秘方,让他离去,说:"回老家去看看吧。"吕恭向三位仙人拜别,三位仙人说:"你跟我们采了两天药,世上已过了二百年了。"吕恭回到家乡,见自己家中只剩下一座空房子,一个子孙后代都没了。后来遇见同乡几世后的一个后代,名叫赵辅,就问:"吕恭家的后代都在哪里?"赵辅说:"先生是从哪儿来的呢?竟向我问这么久远的事。我曾听前辈说,当年有个吕恭带着一仆一婢进太行山采药,再也没回来,可能是让虎狼吃掉了,至今已二百多年。听说吕恭有个几世后的孙子叫吕习,住在城东十几里的地方,是位道士,老百姓都尊奉他。去打听一下,很容易找到的。"吕恭按赵辅

言，到习家，扣门问讯。奴出，问公从何来，恭曰："此是我家，我昔随仙人去，至今二百余年。"习闻之惊喜，跣出拜曰："仙人来归，悲喜不能自胜。"公因以神方授习而去。习已年八十，服之即还少壮，至二百岁，乃入山中，子孙世世不复老死。出《神仙传》。

沈　建

沈建，丹阳人也，世为长吏。建独好道，不肯仕宦，学导引服食之术，还年却老之法。又能治病，病无轻重，治之即愈，奉事之者数百家。建尝欲远行，寄一婢三奴、驴一头、羊十口，各与药一丸，语主人曰："但累屋，不烦饮食也。"便去。主人大怪之曰："此客所寄十五口，不留寸资，当若之何？"建去后，主人饮奴婢，奴婢闻食气，皆逆吐不用；以草饲驴羊，驴羊避去不食，或欲抵触，主人大惊愕。百余日，奴婢体貌光泽，胜食之时，驴羊皆肥如饲。建去三年乃还，各以药一丸与奴婢驴羊，乃饮食如故。建遂断谷不食，轻举飞行，或去或还，如此三百余年，乃绝迹不知所之也。出《神仙传》。

的话找到吕习家，敲门打听。仆人开门问他从哪来，吕恭说："这是我家，我当年随仙人采药，至今已二百多年了。"吕习听说后，又惊又喜，光着脚跑出来跪拜说："仙祖今天回来，真让我又悲又喜，难以克制自己的情绪啊！"吕恭就把仙方传授给吕习，然后就走了。吕习当时已八十岁，服药后立刻变得年轻，活到二百岁时也进了山，他的子孙后代也不再老死。出自《神仙传》。

沈　建

　　沈建是丹阳人，世代都做长吏。唯独沈建喜好道术，不肯做官，学习修炼服药的方术和返老还童的办法。他还会医术，病人不管病情轻重，经他一治就好，因而有好几百家人侍奉他。有一次沈建要出远门，就把一名男仆、三名婢女、一头驴、十只羊寄存在某人家里，他给男女仆人和驴、羊各吃了一枚药丸，然后对那家主人说："只要占用你的房子，不用给他们吃的。"说罢就走了。那家主人觉得非常奇怪，说："在我家连人加牲口寄存了十五口，却一个钱也不留，这要怎么办才好呢？"沈建走后，主人给仆人们吃饭，但他们一闻饭的气味就呕吐，根本不吃；拿草喂驴和羊，驴、羊都走开不吃，还对主人又顶又踢，让主人觉得十分奇怪惊讶。虽然一百多天不吃饭，但仆人们面容红润气色极好，比吃饭还要健康，驴和羊也是膘肥体壮，像精心喂养一般。沈建三年后回来，又给奴仆和驴、羊各吃下一枚药丸，他们才又开始正常的饮食。但沈建却从此不再饮食，飞升成仙，他时来时去，这样过了三百多年，才不见了踪迹，不知去了何处。出自《神仙传》。

卷第十
神仙十

河上公　　刘　根　　李仲甫　　李意期　　王　兴
赵　瞿　　王　遥

河上公

　　河上公者,莫知其姓字。汉文帝时,公结草为庵于河之滨。帝读老子经,颇好之,敕诸王及大臣皆诵之。有所不解数事,时人莫能道之。闻时皆称河上公解老子经义旨,乃使赍所不决之事以问。公曰:"道尊德贵,非可遥问也。"帝即幸其庵,躬问之。帝曰:"普天之下,莫非王土;率土之滨,莫非王臣。域中'四大',王居其一。子虽有道,犹朕民也,不能自屈,何乃高乎?"公即抚掌坐跃,冉冉在虚空中,去地数丈,俯仰而答曰:"余上不至天,中不累人,下不居地,何民臣之有?"帝乃下车稽首曰:"朕以不德,忝统先业,才小任大,忧于不堪。虽治世事而心敬道,直以暗昧,

河上公

　　河上公这个人，没有人知道他的姓名。汉文帝在位的时候，他在河边盖了茅草房子。当时汉文帝非常喜欢读老子的《道德经》，并命令王侯大臣们都要诵读。但《道德经》中汉文帝有几个地方弄不懂，当时谁也讲不明白。后来文帝听当时人们都说河上公非常理解老子书中的深奥涵义，就派人带着那几个不懂的问题向河上公请教。河上公说："道德的学问非常尊贵，怎么能这样远远地派人来求教呢？"于是文帝驾临河上公的草房，亲自向河上公求教。文帝说："《诗经》上说：'普天之下，无处不是君王的国土；国界之内，无人不是君王的臣民。'老子也说过：'道大、天大、地大、王亦大。'这就是说，君王也是'四大'之一。你虽然懂得道学，但也是我的臣民嘛，为什么不能委屈下自己，反而还这么高傲呢？"河上公就拍着手坐着跃起，慢慢悬在空中，离地有好几丈，向上看看，又向下看看，然后对汉文帝说："我上不着天，下不着地，中间又不牵累人世的事，怎么能算你的臣民呢？"文帝这才下车向河上公跪拜说："我实在是无德无才，勉强继承帝业当了皇帝，能力太小而责任事大，常常担心不能胜任。虽然身在皇位日理万机，但心中更敬仰的是道术，只是自己无知蒙昧，

多所不了，唯愿道君有以教之。"公乃授素书二卷与帝曰："熟研之，此经所疑皆了，不事多言也。余注此经以来，一千七百余年，凡传三人，连子四矣，勿以示非其人。"言毕，失其所在。须臾，云雾晦冥，天地泯合。帝甚贵之。论者以为文帝好老子之言，世不能尽通，故神人特下教之。而恐汉文心未至信，故示神变。所谓圣人无常心，以百姓心为心耶。出《神仙传》。

刘 根

刘根者，字君安，京兆长安人也。少明五经，以汉孝成皇帝绥和二年，举孝廉，除郎中。后弃世学道，入嵩高山石室，硚嵘峻绝之上，直下五千余丈。冬夏不衣，身毛长一二尺，其颜色如十四五岁人，深目，多须鬓，皆黄，长三四寸。每与坐，或时忽然变著高冠玄衣，人不觉换之时。衡府君自说，先祖与根同岁者，至王莽时，频使使者请根，根不肯往。衡府君使府掾王珍问起居，根不答。再令功曹赵公，往山达敬，根唯言谢府君，更无他言。

后颍川太守高府君到官，郡民大疫，死者过半，太守家大小悉得病。高府君复遣珍往求根，请消除疫气之术。珍叩头述府君之言，根教言于太岁宫气上，掘地深三尺，以沙着其中，及酒沃之。君依言，病者悉愈，疫气寻绝，

对道学的精义有很多不懂的地方,唯望道君您对我多加指点教诲。"河上公就把两卷写在白布上的经书授给汉文帝,并对文帝说:"回去后好好研究这两卷书,经中的疑难问题就都解决了,不必再多说什么了。我这两卷注解经书的著作,写成已经一千七百多年了,只传了三个人,算上你才四个人,希望千万不要把它给不合适的人看!"说罢就突然不见了。片刻之间,只见云雾蒸腾,天地一片迷茫。文帝后来十分珍视那两卷经书。有些人认为,因为文帝喜欢研究老子的学说,然而当世人不能完全弄懂,所以上天特派了河上公下凡来教授。又怕文帝不能坚信,才显圣变化给文帝看。这就是所谓圣人没有固定的心意,而是以百姓的心为心吧。出自《神仙传》。

刘　根

　　刘根字君安,是京城长安人。年轻时就精通五经,汉成帝绥和二年,刘根被举荐为孝廉,被任命为郎中。后来刘根离世学道,住进嵩山的一个石洞中,石洞在悬崖绝壁上,有五千多丈高。刘根冬夏都不穿衣服,身上长出一二尺长的毛,面貌像十四五岁的人,眼眶很深,脸上多有胡须,都是黄色的,有三四寸长。每当他和人面对面坐着,忽然就变成穿黑袍戴高帽的装束,人们却不知道他什么时候换的衣服。据衡太守自己说,他的先祖是和刘根同岁的人,在西汉王莽时,多次派人去请刘根,刘根不肯前往。衡太守派他的下属王珍去向刘根问候致意,刘根也没有答话。太守又派姓赵的功曹去山里向刘根表达敬意,刘根只说谢谢太守,再也没别的话了。

　　后来颍川太守高府君到任后,郡里发生了瘟疫,老百姓病死了一多半,高太守家大小也都得了瘟疫。高太守又派王珍到山里去求刘根,请他传授消除瘟疫的方术。王珍向刘根磕头后说了太守的请求,刘根就告诉王珍,回去后让太守在太岁当年所在的方位上,挖地三尺,把沙子填进去,然后洒上酒。太守按照刘根的办法做了,果然得瘟疫的病人都好了,瘟疫不久也断绝了,

每用有效。后太守张府君，以根为妖，遣吏召根，拟戮之。一府共谏府君，府君不解。如是诸吏达根，欲令根去，根不听。府君使至，请根。根曰："张府君欲吾何为耶？间当至耳。若不去，恐诸君招咎，谓卿等不敢来呼我也。"根是日至府，时宾客满座，府君使五十余人，持刀杖绳索而立，根颜色不怍。府君烈声问根曰："若有何道术也？"答曰："唯唯。"府君曰："能召鬼乎？"曰："能。"府君曰："既能，即可捉鬼至厅前，不尔，当大戮。"根曰："召鬼至易见耳。"借笔砚及奏按，铮铮然作铜铁之声，闻于外。又长啸，啸音非常清亮，闻者莫不肃然，众客震悚。须臾，厅上南壁忽开数丈，见兵甲四五百人。传呼赤衣兵数十人，赍刀剑，将一车，直从坏壁中入来，又坏壁复如故。根敕下车上鬼，其赤衣便乃发车上披。见下有一老翁老姥，大绳反缚囚之，悬头厅前。府君熟视之，乃其亡父母也。府君惊愕流涕，不知所措。鬼乃责府君曰："我生之时，汝官未达，不得汝禄养。我死，汝何为犯神仙尊官，使我被收，困辱如此，汝何面目以立人间？"府君下阶叩头，向根伏罪受死，请求放赦先人。根敕五百兵将囚出，散遣之。车出去南壁开，后车过，壁复如故。既失车所在，根亦隐去。府君惆怅恍惚，状若发狂，妻登时死，良久乃苏。云："见府君家先捉者，大怒，言汝何故犯神仙

后来每次一闹瘟疫,用刘根的方法都有效。后来有位张太守认为刘根是妖道,派人召见刘根,打算杀掉他。合府的人都劝阻张太守,但张太守不听。于是有些官员偷偷告诉刘根,想让他逃走,刘根不听。张太守派的人找到刘根,请他到太守府去。刘根问道:"张太守想找我做什么呢? 一会儿我就到了。如果不去,恐怕会牵累各位,太守会说你们不敢来叫我去见他呢。"刘根当天就到了太守府,当时府中宾客满堂,张太守派了五十多人拿着刀棍绳子站在堂上,但刘根神色一点也不害怕。张太守厉声问刘根道:"你有什么道术吗?"刘根说:"有的有的。"太守问:"你能把鬼召来吗?"刘根说:"能召来。"太守说:"既然能,你就给我捉一个鬼到厅前来,不然,我就宰了你!"刘根说:"召个鬼来很容易看到啊。"说罢借了笔砚和批阅公文的桌子,只听得大厅中响起了铮铮的铜铁撞击声,声音一直传到外面。刘根又大声呼啸,声音非常清亮,听的人都十分惊恐,宾客们都听得不敢出声。顷刻间只见大厅的南墙突然裂开了好几丈,涌进来四五百名穿甲戴盔的士兵。刘根又传呼来几十个穿红衣的兵,带着刀剑,推着一辆车,直接从坏了的墙进了大厅,然后那面墙又恢复了原状。刘根就命令把车上的鬼弄下车,红衣兵就打开车上的布帘子。见帘子下有一对老头老太太,都是用粗绳反手绑着,垂头站在大厅前。张太守定睛细看,没想到竟是自己死去的父母! 张太守又惊又怕,痛哭流涕,不知该怎么办才好。他父母的鬼魂就斥责张太守说:"我们活着的时候,你官小薪俸薄,没有很好地供养我们。我们已经死了,你为什么还要触怒神仙,害我们被抓,遭受这样的羞辱,你还有什么脸面活在人世啊!"张太守赶快下了庭阶磕头,向刘根认罪受死,只求赦免他的父母。于是刘根命令那五百名兵士把两个老人带出去,遣散他们。车出去时,南面的墙就裂开了,车过去后,墙又恢复原状。车消失了之后,刘根也不见了。张太守这时仍是精神恍惚,样子像是发了疯,他的老婆当时立刻就昏死了,过了很久才又活了过来。她说:"我刚刚看见您家先人被抓了,非常生气,责问我们为何要冒犯神界

尊官,使我见收,今当来杀汝。"其后一月,府君夫妇男皆卒。

　　府掾王珍,数得见,数承颜色欢然时,伏地叩头,请问根学仙时本末。根曰:"吾昔入山精思,无所不到。后如华阴山,见一人乘白鹿车,从者十余人,左右玉女四人,执采旄之节,皆年十五六。余载拜稽首,求乞一言。神人乃告余曰:'尔闻有韩众否?'答曰:'实闻有之。'神人曰:'我是也。'余乃自陈曰:'某少好道,而不遇明师。颇习方书,按而为之,多不验,岂根命相不应度世也?有幸今日得遇大神,是根宿昔梦想之愿,愿见哀怜,赐其要诀。'神未肯告余,余乃流涕自搏,重请。神人曰:'坐,吾将告汝,汝有仙骨,故得见吾耳。汝今髓不满,血不暖,气少脑减,筋息肉沮,故服药行气,不得其力。必欲长生,且先治病,十二年,乃可服仙药耳。夫仙道有升天蹑云者,有游行五岳者,有服食不死者,有尸解而仙者。凡修仙道,要在服药,药有上下,仙有数品。不知房中之事,及行气导引并神药者,亦不能仙也。药之上者,有九转还丹、太乙金液,服之皆立登天,不积日月矣。其次,有云母、雄黄之属,虽不即乘云驾龙,亦可役使鬼神,变化长生。次乃草木诸药,能治百病,补虚驻颜,断谷益气,不能使人不死也。上可数百岁,下即全其所禀而已。不足久赖也。'余顿首曰:'今日蒙教,乃天也。'神人曰:'必欲长生,先去三尸。三尸去,即志意定、

仙官，害他们被抓，现在他们要杀掉你了。"一个月之后，张太守夫妇和他们的儿子都死了。

府掾王珍曾见过刘根好多次，几次趁着刘根高兴的时候，就趴在地上磕头，请刘根说说他学道成仙的经过。刘根说："当年我进山学道，没有不去的地方。后来我进了华阴山，遇见一个人乘着白鹿车，带着十几名侍从，左右有四个玉女，拿着旄尾装饰的彩旗仪仗，都是十五六岁。我向神仙叩头施礼，求他点化我一下。神人对我说：'你听说过韩众吗？'我说：'确实听说过有这人。'神人说：'我就是韩众。'我就对神人说：'我从小爱好学道，但未遇明师指点。我读了不少记载仙方的书，也按照书上的指点去做，但都不灵验，难道是我刘根命中不该得道成仙吗？今天我有幸遇到了大仙，这是我一辈子的梦想，望大仙可怜可怜我，赐我修道要诀吧！'但神人还不肯告诉我，我就痛哭流涕，自己打自己的脸，再次恳求，神人这时才说：'坐下吧，我来告诉你，你有仙骨，所以才能遇见我。但现在你仙骨中的骨髓还不饱满，血不够热，精气不足，头脑迟钝，筋松肉懈，所以就算服了仙药，修炼气功，也没有效力。你真想求长生之道，得先治病，十二年后才可以服用仙药。在各种成仙得道的人中，有的能升天登云，有的能巡行五岳，有的能服仙药不死，有的能把肉身留在人间灵魂升天。凡是修仙得道的，最重要的是服用仙药，药分上下品，仙也有好几等。不懂房中之术，不懂得运气导引修行和服用仙药的方法，也成不了仙。仙药中的上品有九转还丹、太乙金液，服用后可以立刻升天，不用日积月累地修炼。其次的药有云母、雄黄之类，吃了虽然不能立即乘龙驾云，也能够驱使鬼神，变化自身，长生不老。再其次的就是各种草木药，能够疗百病，弥补虚弱使人青春长驻，不吃五谷而养精益气，但不能使人长生不死。服草药最多能使人活几百岁，最少也能保你活够你的寿数。所以要想得道不能依赖服草药。'我向神人磕头说：'今天得蒙您的指点，真是天意啊！'神人说：'要想长生，首先要除掉人身上色欲、爱欲、贪欲这三尸。除掉三尸以后，修道的意志才能坚定，

嗜欲除也。'乃以神方五篇见授,云:'伏尸常以月望晦朔上天,白人罪过,司命夺人算,使人不寿。人身中神,欲得人生,而尸欲得人死,人死则神散,无形之中而成鬼。祭祀之则得歆飨,故欲人死也。梦与恶人斗争,此乃尸与神相战也。'余乃从其言,合服之,遂以得仙。"

珍又每见根书符了,有所呼召,似人来取。或数闻推问,有人答对,及闻鞭挞之声,而悉不见其形,及地上时时有血,莫测其端也。根乃教珍守一行气存神,坐三纲六纪,谢过上名之法。根后入鸡头山仙去。出《神仙传》。

李仲甫

李仲甫者,丰邑中益里人也。少学道于王君,服水丹有效,兼行遁甲,能步诀隐形,年百余岁,转少。初隐百日,一年复见形,后遂长隐。但闻其声,与人对语,饮食如常,但不可见。有书生姓张,从学隐形术,仲甫言:"卿性褊急,未中教。"然守之不止,费用数十万,以供酒食,殊无所得。张患之,乃怀匕首往。先与仲甫语毕,因依其声所在,腾足而上,拔匕首,左右刺斫。仲甫已在床上,笑曰:"天下乃有汝辈愚人,道学未得,而欲杀之。我宁得杀耶?我真能死汝。但恕其顽愚,不足间耳。"使人取一犬来,置书生前曰:"视我能杀犬否?"犬适至,头已堕地,腹已破。乃叱书生曰:"我能使卿如犬行矣。"书生下地叩头乃止,遂赦之。仲甫

人世的欲念才能除尽。'神人说罢授给我五篇神药仙方，并告诫我说：'伏尸常会在初一、十五的夜里上天控告人的罪过，司命星神常常夺去人的寿数，使人短命。人身体里的神想让人活，而人身体里的三尸要让人死，人一死，身体里的神就散去了，无形中就成了鬼。凡是祭祀的东西都让鬼享用了，所以鬼愿意让人死。如果梦见和坏人搏斗，那么是人体中的神灵和三尸在搏斗。'我就依照大仙的教导服用仙药，所以才能成仙。"

王珍又常常看见刘根写下一道符之后，对空召唤，好像有人来把符取走。又曾多次听见刘根审案，和人对话问答，还听见鞭打的声音，但看不见有人出现，但见地上时时有血迹，不知道是怎么回事。后来刘根教给王珍专一运气守神的方法，坚守三纲六纪的规范，以及谢过上名的方法。刘根后来进入鸡头山成仙而去。出自《神仙传》。

李仲甫

李仲甫是丰邑中益里人。少年时就跟王君学道，服用水丹很有效，会遁地入土行走的方术，还会推算的秘诀和隐身法，活到一百多岁后变得十分年轻。起初能隐身一百日，一年后又现了形，后来修炼得能长期隐身。别人只能听见他的声音，和人对话、饮食都和平常人一样，但看不见他本人。有个姓张的书生，跟着李仲甫学隐身术，李仲甫说："你性子太急，不适合教。"但张生死缠着李仲甫，花了好几十万供奉李仲甫酒食，但什么也没学到。张生怀恨在心，就怀揣匕首前去找李仲甫。他先是和隐身的李仲甫谈话，然后顺着李仲甫出声的位置，跳起来用匕首又刺又砍。一看，李仲甫已经躺在床上了，笑着说："天下竟有你这样的蠢材，道没学成就要杀老师。你能杀得了我吗？我可真能让你死。但念你愚蠢顽劣，不和你一般见识。"说罢叫人牵来一条狗到张生面前，说："你看我能不能杀了这条狗。"狗刚牵来，狗头就落了地，肚子也被破开了。李仲甫斥责张生说："我能让你跟这条狗下场一样！"张生不断磕头求饶，李仲甫才放了他。李仲甫

有相识人,居相去五百余里,常以张罗自业。一旦张罗,得一鸟,视之乃仲甫也,语毕别去。是日,仲甫已复至家。在民间三百余年,后入西岳山去,不复还也。出《神仙传》。

李意期

李意期者,本蜀人,传世见之,汉文帝时人也。无妻息。人欲远行速至者,意期以符与之,并丹书两腋下,则千里皆不尽日而还。或说四方国土,宫观市鄽,人未曾见,闻说者意不解。意期则为撮土作之,但盈寸,其中物皆是,须臾消灭。或行不知所之,一年许复还。于是乞食得物,即度与贫人。于城都角中,作土窟居之,冬夏单衣,饮少酒,食脯及枣栗。刘玄德欲伐吴,报关羽之死,使迎意期。意期到,甚敬之,问其伐吴吉凶。意期不答,而求纸,画作兵马器仗十数万,乃一一裂坏之,曰:"咄。"又画作一大人,掘地埋之,乃径还去。备不悦,果为吴军所败,十余万众,才数百人得还,甲器军资略尽。玄德忿怒,遂卒于永安宫。意期少言,人有所问,略不对答。蜀人有忧患,往问之,凶吉自有常候,但占其颜色。若欢悦则善,惨戚则恶。后入琅琊山中,不复见出也。出《神仙传》。

王 兴

王兴者,阳城人也,居壶谷中,乃凡民也,不知书,无学

有个认识的人，住在离他五百里远的地方，以张网捕鸟为业。有一天这人张网捕到了一只鸟，一看鸟却变成了李仲甫，和他谈了一阵话就告别走了。当天，李仲甫就又到了家。仲甫在民间生活了三百多年，后来进了西岳山中，再也没回来。出自《神仙传》。

李意期

李意期原来是蜀人，好几代人都见过他，是汉文帝时的人。他没有妻子儿女。如果有人走远路又想快速到达，意期就写一道符给他，并在他腋下写几个朱砂字，这人就可以日行千里，不到一天就赶回来。有时李意期给人讲述四方外国的奇闻轶事，说起那里的城市宫殿街道，由于听的人没见过，就有点听不明白。李意期就用手捏了土作成异国城市宫殿的模型，虽然只有一寸大小，但模型里的一切都像真的一样，片刻间就消失了。有时不知道李意期去了哪里，一年多后又回来了。他常常在街上乞讨食物和东西，转手就给了穷人。他在城墙脚下挖了个洞住在里面，冬夏都是一身单衣，平时只喝一点酒，吃些干肉和枣子、栗子。三国时，刘备为了替关羽报仇，打算攻打东吴，就派人把李意期接来。李意期到了之后，刘备非常敬重他，向他请教攻打东吴吉凶如何。李意期不回答，只是要了一张纸，在纸上画了武器兵马十几万，然后把纸撕得粉碎，然后说了声"咄！"接着又画了一个很大的人，把这张画挖土埋入地下，就径直扬长而去了。刘备当时很不高兴，后来果然被东吴打败，十几万人只逃回几百人，武器辎重丢得精光。刘备也又气又恼，最后病死在永安宫。李意期很少说话，别人问什么，他从不回答。蜀地人有什么忧患的事去问他，只要看他的表情就能预知吉凶。如果李意期神色愉快就是吉，面色愁闷就是凶。后来他进了琅琊山，再也没见他出来。出自《神仙传》。

王 兴

王兴是阳城人，住在壶谷，是个普通老百姓，不认字，也没有学

道意。汉武上嵩山,登大愚石室,起道宫,使董仲舒、东方朔等,斋洁思神。至夜,忽见有仙人,长二丈,耳出头巅,垂下至肩。武帝礼而问之,仙人曰:"吾九嶷之神也,闻中岳石上菖蒲,一寸九节,可以服之长生,故来采耳。"忽然失神人所在。帝顾侍臣曰:"彼非复学道服食者,必中岳之神以喻朕耳。"为之采菖蒲服之。经二年,帝觉闷不快,遂止。时从官多服,然莫能持久。唯王兴闻仙人教武帝服菖蒲,乃采服之不息,遂得长生。邻里老少,皆云世世见之,竟不知所之。出《神仙传》。

赵 瞿

赵瞿者,字子荣,上党人也。得癞病,重,垂死。或告其家云:"当及生弃之,若死于家,则世世子孙相蛀耳。"家人为作一年粮,送置山中,恐虎狼害之,从外以木寨之。瞿悲伤自恨,昼夜啼泣。如此百余日,夜中,忽见石室前有三人,问瞿何人。瞿度深山穷林之中,非人所行之处,必是神灵。乃自陈乞,叩头求哀。其人行诸寨中,有如云气,了无所碍。问瞿:"必欲愈病,当服药,能否?"瞿曰:"无状多罪,婴此恶疾,已见疏弃,死在旦夕。若刖足割鼻而可活,犹所甚愿,况服药岂不能也。"神人乃以松子、松柏脂各五升赐之,告瞿曰:"此不但愈病,当长生耳。服半可愈,愈即勿废。"瞿服之未尽,病愈,身体强健,乃归家,家人谓是鬼。

道的想法。汉武帝上嵩山学道，登上大愚石窟，修建了道宫，让董仲舒、东方朔吃素沐浴，静修思神。到了这天夜里，忽然来了个神仙，身材有两丈高，两只耳朵上面高过头顶，下面垂到肩上。汉武帝施礼后问是哪路尊神，仙人说："我是九嶷山神，听说中岳嵩山的岩石上生长一种菖蒲，一寸有九节，服后可以长生，所以来采一些。"说完忽然就不见了。武帝扭头对身边的侍臣说："那位神仙绝不是为学道来采药的，肯定是嵩山之神暗示我呢。"于是武帝让人采了菖蒲服用。服了两年，觉得气闷不痛快，就停止服用了。当时跟随汉武帝的人也多服用菖蒲，但都没坚持下去。只有王兴听说神仙教武帝服用菖蒲后，就坚持不断服用，终于得到长生。乡邻老少，都说世世代代都见他活着，后来不知去了什么地方。出自《神仙传》。

赵瞿

赵瞿字子荣，上党人。他得了癞病，病情严重，快要死了。有人对他的家人说："趁还有口气，把他丢到外面去吧，如果死在家里，怕后代子孙会因传染而得癞病。"家里人就给他准备了一年的粮食，把他送到山里的石洞里，怕他被虎狼伤害，就用木栅栏把石洞围了起来。赵瞿十分悲痛，为自己伤心，昼夜哭泣。过了一百多天后，有天夜里忽然发现石洞前来了三个人，问他是什么人。赵瞿暗想，这深山老林里平常人是不会来的，一定是神仙。就诉说了自己的悲惨处境，叩头乞求神仙怜悯。那三个神人就像云似地飘进石洞，洞外的栅栏一点也不碍事。他们说："你一定想把病治好，就得服点药，行不行？"赵瞿说："我必是今生罪孽深重，才得了这么重的病，甚至连家人都抛弃了我，早晚必死无疑了。现在只要能活，就是砍掉我的腿，割掉我的鼻子，我也心甘情愿，服药有什么不可以呢。"仙人就给了他松子和松、柏脂各五升，并告诉赵瞿说："吃了这药不但可以治好病，还能长生不老。吃一半病就能好，病好后不要停下不吃了。"赵瞿还没吃完，病果然好了，身体也十分健壮，就回了家，家人以为他是鬼。

具说其由,乃喜。遂更服之二年,颜色转少,肌肤光泽,走如飞鸟。年七十余,食雉兔,皆嚼其骨,能负重,更不疲极。年百七十,夜卧,忽见屋间光有如镜者,以问左右,云不见。后一日,一室内尽明,能夜书文。再见面上有二人,长三尺,乃美女也,甚端正,但小耳,戏其鼻上。如此二女稍长大,至如人,不复在面上,出在前侧,常闻琴瑟之声,欣然欢乐。在人间三百余年,常如童子颜色,入山不知所之。出《神仙传》。

王　遥

王遥者,字伯辽,鄱阳人也,有妻无子。颇能治病,病无不愈者。亦不祭祀,不用符水针药,其行治病,但以八尺布帕,敷坐于地,不饮不食,须臾病愈,便起去。其有邪魅作祸者,遥画地作狱,因召呼之,皆见其形,入在狱中,或狐狸鼍蛇之类,乃斩而燔烧之,病者即愈。遥有竹箧,长数寸,有一弟子姓钱,随遥数十年,未尝见遥开之。一夜,大雨晦暝,遥使钱以九节杖担此箧,将钱出,冒雨而行,遥及弟子衣皆不湿。所行道非所曾经,又常有两炬火导前。约行三十里许,登小山,入石室,室中有二人。遥既至,取弟子所担箧发之,中有五舌竹簧三枚。遥自鼓一枚,以二枚与室中二人,并坐鼓之。良久,遥辞去,收三簧,皆纳箧中,使钱担之。室中二人出送,语遥曰:“卿当早来,何为久在俗间?”

后来听了他讲述了神仙赐药的经过，家里人大喜。赵瞿又继续服了两年药，面容变得十分年轻，皮肤也变得十分有光泽，走起路来像飞鸟般轻捷。到了七十多岁时，吃山鸡野兔连骨头都能嚼碎，还能背负很重的东西，一点也不觉得累。活到一百七十岁时，有天夜里睡下后，忽然看见屋里有个东西像镜子般发光，问左右的人，都说没看见。过了一天，就发现夜间全屋通明，能在晚上写字。又发现脸上有两个小人，都有三尺长，是非常端庄的美女，只是太小了，在他鼻子上戏耍。后来两个美女渐渐长大，长到和正常人一样了，不再在他鼻子上玩，而是在他身边，常常弹琴鼓瑟给他听，使他非常快活。赵瞿在人间呆了三百多年，仍然面如少年，后来进山，不知去了什么地方。出自《神仙传》。

王　遥

王遥字伯辽，鄱阳人，有妻子但没有儿女。他很会治病，病人经他医治没有不痊愈的。他治病不用祭祀鬼神，也不用符咒神水，扎针吃药，治病时只用八尺长的大手巾铺在地上坐着，也不吃也不喝，不一会儿得病的人就好了，他便起身就走。那些有鬼怪作妖的人家，他就远远地画出一块地来作监狱，并招呼鬼怪，鬼怪立刻现了原形，进入他画的狱中，有时是些狐狸、乌龟、蛇之类，把它们斩杀之后再烧掉，病人就好了。王遥有一个小竹箱子，几寸长，他有位姓钱的弟子，跟了他几十年也没见他打开过竹箱。有一天夜里忽然下起大雨，天昏地暗，王遥让钱某用九节杖挑着小竹箱，带着钱某冒雨出行，王遥和弟子的衣服都没有被雨淋湿。他们走的是从未走过的路，前面总有两个火把照着引路。走了约三十多里路，他们登上一座小山，进入一个石洞，洞里已经有了两个人。王遥进洞之后，就打开弟子挑的那个小竹箱，里面有三枝五个簧片的竹笙。王遥自己拿了一枝吹起来，又把其余两枝给了石洞里的那两个人，一起坐着吹奏。吹奏了很久，王遥把笙都收起来装进竹箱，仍旧让钱某挑着。那两个人送出来，对王遥说："希望你快点回来，何必在人间长久停留呢？"

遥答曰：“我如是当来也。”遥还家百日，天复雨，遥夜忽大治装。遥先有葛单衣及葛布巾，已五十余年未尝着，此夜皆取着之。其妻即问曰：“欲舍我去乎？”遥曰：“暂行耳。”妻曰：“当将钱去不？”遥曰：“独去耳。”妻即泣涕曰：“为且复少留。”遥曰：“如是还耳。”因自担箧而去之，遂不复还。后三十余年，弟子见遥在马蹄山中，颜色更少，盖地仙也。

出《神仙传》。按目录，此下应尚有《陈永伯》一篇，今佚。

王遥说:"我遇到这样的时候会回来的。"王遥回家住了一百天,天又下起雨来,王遥就在夜里收拾行装。他原来有一套葛布衣和头巾,已经五十多年没穿了,这晚都拿出来穿在身上。他的妻子问他:"你要抛下我走了吗?"王遥说:"我只是暂时离开一下。"妻子又问:"带你的弟子钱生去吗?"王遥说:"我自己独自去。"妻子哭着说:"再留一段日子吧!"王遥说:"很快就回来。"然后就自己挑着小竹箱走了,一走就再也没回来。三十多年后,他的弟子看见他在马蹄山里,容貌更年轻了,原来他已经成了一位人间的神仙。 出自《神仙传》。按照《太平广记》原先的目录,这下面应该还有一篇《陈永伯》,现在已经亡佚了。

卷第十一
神仙十一

泰山老父　巫　炎　刘　凭　栾　巴　左　慈
大茅君

泰山老父

　　泰山老父者,莫知姓字。汉武帝东巡狩,见老翁锄于道傍,头上白光高数尺,怪而问之。老人状如五十许人,面有童子之色,肌肤光华,不与俗同。帝问有何道术。对曰:"臣年八十五时,衰老垂死,头白齿落。遇有道者,教臣绝谷,但服术饮水。并作神枕,枕中有三十二物。其三十二物中,有二十四物以当二十四气,八毒以应八风。臣行之,转老为少,黑发更生,齿落复出,日行三百里。臣今一百八十岁矣。"帝受其方,赐玉帛。老父后入岱山中,每十年五年,时还乡里。三百余年,乃不复还。出《神仙传》。

巫　炎

　　巫炎字子都,北海人也,汉驸马都尉。武帝出,见子都于渭桥,其头上郁郁紫气高丈余。帝召问之:"君年几何?

泰山老父

泰山有位老人，没有人知道他的姓名。汉武帝刘彻在东方巡视时，看见一个老人在道旁锄地，头上有几尺高的白光，觉得奇怪，就去问他话。老人看上去有五十多岁，但面色红润像童子，皮肤也很有光泽，与凡人不同。武帝问老人有什么道术。老人回答说："我八十五岁那年，衰老得快要死了，头发白了牙也掉了。这时我遇见一个得道的人，让我不吃五谷，只吃白术喝水。他还给我做了个有神力的枕头，枕头里装着三十二件东西。这三十二件东西中，有二十四件顺应二十四个节气，另有八种毒物，抵挡八方来的邪风。我照此修行，就由老变少，黑发再生，掉了的牙又长出来了，每天能走三百里路。我现在一百八十岁了。"武帝要来他的药方，赏赐给老人玉帛。老人后来进了泰山，隔十年五年回乡一次。三百多年后就再也没回来。出自《神仙传》。

巫 炎

巫炎字子都，北海郡人，曾经担任过汉朝的驸马都尉。有一次，汉武帝出巡，在渭桥上看见了巫炎，只见他头顶有浓郁的紫气，高达一丈多。武帝就把巫炎召到面前，问："你有多大年纪？

所得何术,而有异气乎?"对曰:"臣年已百三十八岁,亦无所得。"将行,诏东方朔,使相此君有何道术。朔对曰:"此君有阴道之术。"武帝屏左右而问之。子都对曰:"臣年六十五时,苦腰痛脚冷,不能自温。口干舌苦,渗涕出,百节四肢疼痛,又痹不能久立。得此道以来,七十三年,今有子二十六人。身体虽勇,无所疾患,气力乃如壮时,无所忧患。"帝曰:"卿不仁,有道而不闻于朕,非忠臣也。"子都对曰:"臣诚知此道为真,然阴阳之事,宫中之利,臣子之所难言。又行之皆逆人情,能为之者少,故不敢以闻。"帝曰:"勿谢,戏君耳。"遂受其法。子都年二百岁,服饵水银,白日升天。武帝颇行其法,不能尽用之,然得寿最长于先帝也。出《神仙传》。

刘　凭

刘凭者,沛人也,有军功,封寿光金乡侯。学道于稷丘子,常服石桂英及中岳石硫黄,年三百余岁而有少容,尤长于禁气。尝到长安,诸贾人闻凭有道,乃往拜见之。乞得侍从,求见祐护。凭曰:"可耳。"又有百余人随凭行,并有杂货,约直万金。乃于山中逢贼数百人,拔刃张弓,四合围之。凭语贼曰:"汝辈作人,当念温良。若不能展才布德,居官食禄,当勤身苦体。夫何有觍面目,豺狼其心,相教贼道,危人利己。此是伏尸都市,肉飧乌鸢之法。汝等弓箭,当何所用?"于是贼射诸客,箭皆反着其身。须臾之间,大风

修炼什么道术,怎么会头上冒出仙人的紫气?"巫炎说:"我已经
一百三十八岁,并没得过什么道术。"说完就要走,武帝又把东方
朔召来,让他看看巫炎有什么道术。东方朔回答说:"这个人懂
得男女的房事秘术。"武帝就让左右回避,向巫炎请教。巫炎说:
"臣六十五岁时,苦于腰疼脚凉,身体不暖,口干舌苦,鼻涕不断,
四肢关节疼痛,腿部麻痹不能久站。自从得了房事秘术,又活了
七十三年,现在已生了二十六个儿子。身体强壮,从不得病,气
力像年轻时一样,从来没有愁事。"武帝说:"你真不够仁义,有道
术却不传给我,不是个忠臣。"巫炎回答说:"我的确知道我得的
道术是真的,但男女阴阳交接的事,宫中自有利害,做臣民的很
难向皇上进言。况且我的这种道术,实行起来都是些违反常情
的办法,能按照我的方术实行的人太少了,所以也不敢把这种方
术奏闻皇上。"武帝说:"你不用告罪,我刚才是开玩笑。"于是武帝
学习了巫炎传授的房中之术。巫炎二百岁时,服用水银,大白天里
升天成仙。汉武帝照着巫炎的方术实行了不少,但没能都用上,仍
然比以往的帝王寿命长很多。出自《神仙传》。

刘 凭

　　刘凭是沛县人,由于有军功,被封为寿光金乡侯。他跟着稷
丘子学道,经常服用石桂英和中岳嵩山的石硫黄,年纪已经三百
多岁了,可面貌还像少年人,尤其擅长闭气的功夫。他曾经到过
长安,长安的很多商人听说他有道术,都去拜见他。有的请求随
他学道,请他祐护。刘凭说:"可以。"结果有一百多人跟着他走,
还带着各种东西,价值万金。他们一行走到山里时,遇见了几百
名强盗,强盗们拔刀张弓从四面包围上来。刘凭对强盗们说:
"你们做人,应该想着温和善良。如果没有做官的才学品德,就
该出力气种田做工。现在你们披着人皮,怀着狼心,白日抢劫,
害人利己。这样做只能使你们变成一具具死尸去喂乌鸦老鹰。
你们手里的弓箭能有什么用处呢?"强盗们大怒,用弓箭射刘凭他
们,结果箭都掉转头去射中了他们自己。片刻之间,起了大风,

折木,飞沙扬尘。凭大呼曰:"小物辈敢尔,天兵从头刺杀先造意者。"凭言绝,而众兵一时顿地,反手背上,不能复动,张口短气欲死。其中首帅三人,即鼻中出血,头裂而死。余者或能语曰:"乞放余生,改恶为善。"于是诸客或斫杀者,凭禁止之,乃责之曰:"本拟尽杀汝,犹复不忍。今赦汝,犹敢为贼乎?"皆乞命曰:"便当易行,不敢复耳。"凭乃敕天兵赦之,遂各能奔走去。

尝有居人妻病邪魅,累年不愈。凭乃敕之,其家宅傍有泉水,水自竭,中有一蛟枯死。又有古庙,庙间有树,树上常有光。人止其下,多遇暴死,禽鸟不敢巢其枝。凭乃敕之,盛夏树便枯死,有大蛇长七八丈,悬其间而死,后不复为患。凭有姑子,与人争地,俱在太守坐。姑子少党,而敌家多亲助,为之言者四五十人。凭反覆良久,忽然大怒曰:"汝辈敢尔。"应声有雷电霹雳,赤光照耀满屋。于是敌人之党,一时顿地,无所复知。太守甚怖,为之跪谢曰:"愿君侯少宽威灵,当为理断,终不使差失。"日移数丈,诸人乃能起。汉孝武帝闻之,诏征而试之,曰:"殿下有怪,辄有数十人,绛衣,披发持烛,相随走马,可效否?"凭曰:"此小鬼耳。"至夜,帝伪令人作之。凭于殿上,以符掷之,皆面抢地,以火淬口无气。帝大惊曰:"非此鬼也,朕以相试耳!"

刮断了树木,扬起漫天尘沙。刘凭大叫道:"你们这些畜牲竟如此胡作非为,天兵们给我先把那些主谋头目杀掉!"刘凭话音刚落,就见强盗们一个个都倒在地上,双手被反绑在背后,一点也动不了,都张着大嘴急促地喘气,像要憋死了。其中的三个头目鼻子流血脑袋开裂,当场就死了。剩下的强盗中有那还能说话的求饶说:"请放我们一条生路,今后一定改恶向善。"这时和刘凭一起的客商中有人想把强盗们砍死,被刘凭制止了,刘凭斥责强盗们说:"本来该把你们全杀掉,但又不太忍心。现在我放了你们,你们还敢再做强盗吗?"强盗们都哀求饶命说:"今后一定改行,决不再做强盗。"刘凭就命令天兵赦免了他们,强盗们就赶快逃散了。

曾经有个人的妻子被妖邪缠住,多年治不好。刘凭就用道术让那家人旁边的泉水干涸,结果发现一只蛟渴死在泉坑里。又有一座古庙,庙里有棵大树,树上常常发出奇光。人停在树下,常常突然死去,鸟儿也不敢在树枝上做巢。刘凭又施了道术,那树在盛夏时就干枯而死,有一条七八丈长的大蛇挂在树上死去,后来这棵树再也不害人了。刘凭有个姑母的儿子,因为土地纠纷被抓进太守府。姑家亲友太少,而对手家中亲友很多,有四五十人在公堂上替对手作证说好话。刘凭和他们争论了很久,忽然大怒说:"你们竟敢这样嚣张吗?!"话音未落,忽然空中电闪雷鸣,满屋闪动着红光。对手的同党亲友们顿时被吓倒在地,不省人事。太守也吓坏了,跪下来道歉说:"求您别再大显神威,我一定秉公而断,决不会有差错。"过了很久,倒在地上的人们才能站起来。汉武帝听说后,传诏让刘凭进宫,想试试他的道术,就对他说:"殿中有怪事,常常有几十个人,穿着绛红色的衣服,披着长发手持蜡烛,在大殿里骑着马转悠,你能制服他们吗?"刘凭说:"这不过是一群小鬼而已。"到了夜里,皇帝命人扮成妖怪在大殿上转悠。刘凭来到殿上,画了一道仙符投出去,那些伪装的"妖怪"立刻都摔在地上,用灯一照,都断气了。皇帝大惊失色地说:"他们不是鬼,是我让他们装鬼来试验你的呀!"

乃解之。后入太白山中,数十年复归乡里,颜色更少。出《神仙传》。

栾 巴

栾巴者,蜀郡成都人也。少而好道,不修俗事。时太守躬诣巴,请屈为功曹,待以师友之礼。巴到,太守曰:"闻功曹有道,宁可试见一奇乎?"巴曰:"唯。"即平坐,却入壁中去,冉冉如云气之状。须臾,失巴所在。壁外人见化成一虎,人并惊。虎径还功曹舍,人往视虎,虎乃巴成也。后举孝廉,除郎中,迁豫章太守。庐山庙有神,能于帐中共外人语,饮酒,空中投杯。人往乞福。能使江湖之中,分风举帆,行各相逢。巴至郡,往庙中,便失神所在。巴曰:"庙鬼诈为天官,损百姓日久,罪当治之。以事付功曹,巴自行捕逐。若不时讨,恐其后游行天下,所在血食,枉病良民。"责以重祷,乃下所在,推问山川社稷,求鬼踪迹。此鬼于是走至齐郡,化为书生,善谈五经,太守即以女妻之。巴知其所在,上表请解郡守往捕,其鬼不出。巴谓太守:"贤婿非人也,是老鬼诈为庙神。今走至此,故来取之。"太守召之不出。巴曰:"出之甚易。"请太守笔砚设案,巴乃作符。符成长啸,空中忽有人将符去,亦不见人形,一坐皆惊。符至,

刘凭就让那些人都复活了。后来刘凭进了太白山,几十年后又回了故乡,容貌却更年轻了。出自《神仙传》。

栾 巴

　　栾巴是蜀郡成都人,年轻时就爱好道术,不关心世间俗事。当时的太守很恭敬地来见栾巴,请他屈就功曹的职务,太守以老师、朋友的礼仪对待栾巴。栾巴到任以后,有一天太守对栾巴说:"我听说你有道术,能不能让我看见一件神奇的事呢?"栾巴说:"可以。"说罢就端坐着退进墙壁里去了,墙上缓缓升起一团云气。过一会儿,就看不见栾巴了。墙外的人则看见墙里跑出一只老虎,人们全都吓坏了。只见那老虎一直跑回栾巴的房间,人们跑去看老虎时,才发现老虎原来是栾巴变的。后来栾巴被举荐为孝廉,被任命为郎中,又升任为豫章郡的太守。当时庐山庙里有个神,能在帐子里面和外面的人谈话,喝酒时只见空中出现酒杯。人们都去庙中向这个神祈求赐福。这神能在江湖中兴起风来鼓动船帆,使分开走的船聚在一起。栾巴到任后,就到庙里去,那神就不在了。栾巴说:"这是一个鬼怪来到庙里冒充天上的仙官,在这祸害百姓这么久,应该治他的罪。郡里的政务暂时交给功曹办理,我栾巴亲自去追捕这小鬼。如果不及时除掉这个鬼怪,只怕他以后到处流窜,到处吃人供奉的祭品,白白祸害良民百姓。"于是栾巴在神坛上诚心地祷告天神,请求示下那鬼所在的地方,遍问天下的山川神灵,搜寻鬼怪的踪迹。那鬼怪就逃到齐郡,变成一个书生,善于谈论五经,齐郡的太守就把女儿嫁给了他。栾巴知道了这个鬼怪所在的地方,就写了公文请太守去抓捕那个鬼怪,那鬼吓得不敢露面。栾巴就对太守说:"你的女婿不是人,是个冒充庙神的鬼。现在他逃到你家,所以我来抓他。"太守叫他女婿出来,那鬼躲着不出来。栾巴说:"要他出来很容易。"就让太守准备了笔砚和书桌,栾巴用笔写了一道符咒。写完符后栾巴仰天长啸,空中忽然有人把符拿走,也看不见是谁拿走的,在场的人都十分惊讶。那道符来到书生面前,

书生向妇涕泣曰："去必死矣。"须臾,书生自赍符来至庭,见巴不敢前。巴叱曰："老鬼何不复尔形。"应声即便为一狸,叩头乞活。巴敕杀之,皆见空中刀下,狸头堕地。太守女已生一儿,复化为狸,亦杀之。

巴去还豫章,郡多鬼,又多独足鬼,为百姓病。巴到后,更无此患,妖邪一时消灭。后征为尚书郎。正旦大会,巴后到,有酒容。赐百官酒,又不饮而西南向噀之。有司奏巴不敬。诏问巴,巴曰："臣乡里以臣能治鬼护病,生为臣立庙。今旦有耆老,皆来臣庙中享,臣不能早委之,是以有酒容。臣适见成都市上火,臣故漱酒为尔救之,非敢不敬。当请诏问,虚诏抵罪。"乃发驿书问成都。已奏言:"正旦食后失火,须臾,有大雨三阵,从东北来,火乃止,雨着人皆作酒气。"后一旦,忽大风雨,天地晦冥,对坐不相见,因失巴所在。寻闻巴还成都,与亲故别,称不更还。老幼皆于庙中送之,云去时亦风雨晦冥,莫知去处也。出《神仙传》。

左　慈

左慈字元放,庐江人也。明五经,兼通星气,见汉祚将衰,天下乱起,乃叹曰:"值此衰乱,官高者危,财多者死。当世荣华,不足贪也。"乃学道,尤明六甲,能役使鬼神,坐

书生向他妻子哭泣说:"我这一去非死不可了!"片刻间,书生自己拿着符来到院里,看见栾巴就不敢上前了。栾巴大喊一声:"老鬼还不现出原形来吗?"书生应声变成一只狸猫,不断地叩头求栾巴饶命。栾巴就命令把狸猫杀掉,只见空中落下一把刀,把狸猫的头砍落在地上。太守的女儿已经生了个儿子,这时也变成一只狸猫,栾巴也把它杀掉了。

栾巴离开返回豫章郡以后,郡里也在闹鬼,大多是独脚鬼,祸害百姓。栾巴一回本郡,郡里的鬼就都吓跑了,再也没有妖魔作怪。后来栾巴被皇帝征召为尚书郎。正月初一,宫中大设筵席,栾巴比别人到得晚,却已有些醉意。皇帝在宴会上赐给文武百官御酒,栾巴不喝,把酒向西南方向喷了出去。有关部门官员向皇帝上奏说栾巴对皇上不敬。皇帝就召栾巴询问,栾巴说:"臣的家乡因为臣能除鬼治病,为臣立了生祠祝福。今天早上有几位德高望重的老者到臣的庙中来约臣喝酒,臣实在不能推脱,所以有点喝醉了。臣刚才看见西南方千里外的成都街上发生了火灾,就喷了一口酒救火,绝不是对皇上不敬。皇上如果不信,就下诏询问成都是否失火,如果不是,臣愿抵罪。"于是皇帝下诏让驿使到成都查问。后来成都方面奏报说:"正月初一早饭后失火,不一会儿从东北方向来了三场大雨,火就灭了,雨落到人身上发出一股酒气。"后来有一天忽然风雨大作,天昏地暗,对面坐着也看不见人,栾巴就不知去了何处。不久听说栾巴回到了成都,和亲朋好友告别,说以后不再回来了。家乡的男女老少都到他的生祠中送他,说他离去时也是风雨交加天地昏暗,没有人知道他去了哪里。出自《神仙传》。

左 慈

左慈字元放,庐江人。他精通五经,也懂得占星术,预见汉朝的气运衰落,天下将要大乱,就感叹说:"在这乱世中,官位高的危险,钱财多的更容易死。世间的荣华富贵不值得贪恋啊!"于是左慈开始学道,尤其精通奇门遁甲,能够驱使鬼神,坐着

致行厨。精思于天柱山中，得石室中《九丹金液经》，能变化万端，不可胜记。魏曹公闻而召之，闭一石室中，使人守视，断谷期年，乃出之，颜色如故。曹公自谓生民无不食道，而慈乃如是，必左道也，欲杀之。慈已知，求乞骸骨。曹公曰："何以忽尔？"对曰："欲见杀，故求去耳。"公曰："无有此意，公却高其志，不苟相留也。"乃为设酒，曰："今当远旷，乞分杯饮酒。"公曰："善。"是时天寒，温酒尚热，慈拔道簪以挠酒，须臾，道簪都尽，如人磨墨。初，公闻慈求分杯饮酒，谓当使公先饮，以与慈耳，而拔道簪以画，杯酒中断，其间相去数寸。即饮半，半与公。公不善之，未即为饮，慈乞尽自饮之。饮毕，以杯掷屋栋，杯悬摇动，似飞鸟俯仰之状，若欲落而不落，举坐莫不视杯，良久乃坠，既而已失慈矣。寻问之，还其所居。曹公遂益欲杀慈，试其能免死否。乃敕收慈，慈走入群羊中，而追者不分，乃数本羊，果余一口，乃知是慈化为羊也。追者语主人意，欲得见先生，暂还无怯也。俄而有大羊前跪而曰："为审尔否？"吏相谓曰："此跪羊，慈也。"欲收之。于是群羊咸向吏言曰："为审尔否？"由是吏亦不复知慈所在，乃止。后有知慈处者，告公，公又遣吏收之，得慈。慈非不能隐，故示其神化耳。于是

变出美味佳肴。他在天柱山精修苦炼道术,在一个石洞中得到一部《九丹金液经》,学会了使自己变化万端的法术,多得记也记不过来。魏武帝曹操听说后,把左慈召了去,关在一个石屋里,派人监视,一年没给他饭吃,然后才把他放出来,见他仍是原来的模样。曹操认为世上的人没有不吃饭的道理,左慈竟然能够这样一年不吃饭,一定是妖邪的旁门左道,想要杀掉他。左慈知道曹操要杀他,就向曹操请求放他一条老命,让他回家。曹操说:"为什么突然要走呢?"左慈说:"你要杀我,所以我请求你放我走。"曹操说:"我没有这个意思,既然你有高洁的志向,我就不强留你了。"曹操为左慈设酒宴饯行,左慈说:"我就要远行了,请求和您分杯喝酒。"曹操说:"好。"当时天气很冷,温好的酒还有点烫,左慈拔下头上的道簪搅和酒,片刻间道簪都溶入酒中了,就像磨墨时墨溶入水中一样。一开始,曹操见左慈要求喝"分杯酒",以为是自己先喝半杯然后再给左慈喝自己剩的半杯,没想到左慈先用道簪把自己的酒杯划了一下,酒杯就分成了两半,两半中都有酒,相隔着好几寸。左慈先喝了一半,把另一半杯子给了曹操。曹操不太高兴,没有马上喝,左慈就向曹操要过来自己都喝了。喝完把杯子往房梁上一扔,杯子在房梁上悬空摇动,像一只鸟上下翻飞的姿势,要落又不落,宴席上的客人都抬头看那酒杯,过了很久杯子才落下来,但左慈也不见了。一打听,说左慈已回了他自己的住处。这一来曹操更想杀掉左慈,想试试左慈能不能逃过一死。曹操下令逮捕左慈,左慈钻进羊群中,追捕他的人分不清,就查羊的原数,果然多出了一只,知道左慈变成了羊。追捕的人就传达曹操的意思,说曹操只是想见见左慈,请左慈不要害怕。这时有一只大羊走上前跪着说:"你说的是真的吗?"追捕的人互相说:"这跪着的羊一定就是左慈了!"就想把这羊抓走。但这时所有的羊都跪下说:"你说的是真的吗?"这样追捕的人又弄不清哪只羊是左慈了,只好拉倒。后来有知道左慈去处的人密告给曹操,曹操又派人去抓,一抓就抓到了。其实并不是左慈不能隐遁脱逃,是故意要让曹操见识一下他的变化之术。于是

受执入狱。狱吏欲拷掠之，户中有一慈，户外亦有一慈，不知孰是。公闻而愈恶之，使引出市杀之。须臾，忽失慈所在，乃闭市门而索。或不识慈者，问其状，言眇一目，著青葛巾青单衣，见此人便收之。及尔，一市中人皆眇目，著葛巾青衣，卒不能分。公令普逐之，如见便杀。后有人见知，便斩以献公，公大喜，及至视之，乃一束茅，验其尸，亦亡处所。

后有人从荆州来，见慈。刺史刘表，亦以慈为惑众，拟收害之。表出耀兵，慈意知欲见其术，乃徐徐去，因又诣表云："有薄礼，愿以饷军。"表曰："道人单侨，吾军人众，安能为济乎？"慈重道之，表使视之，有酒一斗，器盛，脯一束，而十人共举不胜。慈乃自出取之，以刀削脯投地，请百人奉酒及脯，以赐兵士。酒三杯，脯一片，食之如常脯味，凡万余人，皆周足，而器中酒如故，脯亦不尽，坐上又有宾客千人，皆得大醉。表乃大惊，无复害慈之意。数日，乃委表去，入东吴。有徐堕者，有道术，居丹徒，慈过之。堕门下有宾客，车牛六七乘，欺慈云："徐公不在。"慈知客欺之，便去。客即见牛在杨树杪行，适上树即不见，下即复见行树上。又车毂皆生荆棘，长一尺，斫之不断，推之不动。客大惧，即报徐公，有一老翁眇目，吾见其不急之人，因欺之云

左慈让人把他绑上投入监狱。典狱官打算拷问左慈,却发现屋里有个左慈,屋外也有个左慈,不知哪一个是真左慈。曹操听说后更加讨厌左慈,就命令把左慈绑到刑场杀掉。可没多久,左慈突然就消失了,于是命令紧闭城门大肆搜捕。有些搜捕者说不认识左慈,官员就告诉说左慈一只眼是瞎的,穿着青葛布衣,扎着青葛布头巾,见到这样的人就抓。不一会儿,全城的人都变成了瞎一只眼穿青葛布衣扎青葛巾的人,谁也无法分辨哪个是左慈。曹操就下令扩大搜捕的范围,只要抓住就杀掉。后来有人见到了左慈,就杀了献给曹操,曹操大喜,等尸体运到一看,竟是一捆茅草,再到杀左慈的地方找尸体,已经不见了。

后来有人从荆州来,说在荆州看见了左慈。当时荆州刺史刘表也认为左慈是个惑乱人心的妖道,打算将他抓住杀掉。刘表带着兵马出来炫耀,左慈知道刘表是想看看他有什么道术,就慢步走开,后来又找到刘表说:"我有些微薄的礼物想犒劳你的军队。"刘表说:"你这个道士孤身一人,我的人马这么多,你能犒劳得过来吗?"左慈又重说了一遍,刘表就派人去看是什么礼物,见只有一斗酒,用酒器装着,还有一小扎肉干,但十个人抬也没抬动。左慈就自己出去把酒肉拿来,把肉一片片削落在地上,请一百个人拿酒和干肉分发给士兵。每个士兵三杯酒,一片肉干,肉干吃起来和平常的味道一样,一万多士兵都吃饱喝足,但酒器中的酒一点也没少,肉干也没吃光,刘表席上另外一千多个宾客也都喝得大醉。刘表大吃一惊,打消了杀害左慈的念头。几天后,左慈离开刘表走了,来到了东吴。有个有道术的人叫徐堕,住在丹徒,左慈就去登门拜访。徐堕门前有六七个宾客,还停着六七辆牛车,宾客骗左慈说:"徐公不在家。"左慈知道宾客骗他,就告辞走了。左慈走后,宾客们就看见牛车在杨树梢上走,爬到树上再看,牛车却不见了;下了树,就又见牛车又在树上走。还有的牛车轮子中心的圆孔里长出了一尺长的荆棘,砍都砍不断,推车又推不动。宾客们大惊失色,急忙跑去报告徐堕,说有一个瞎了一只眼的老头来访,我们见他是个凡俗之辈,就欺骗他说

公不在，去后须臾，牛皆如此，不知何等意。公曰："咄咄，此是左公过我，汝曹那得欺之，急追可及。"诸客分布逐之，及慈，罗布叩头谢之。慈意解，即遣还去。及至，车牛等各复如故。慈见吴主孙讨逆，复欲杀之。后出游，请慈俱行，使慈行于马前，欲自后刺杀之。慈在马前，着木履，挂一竹杖，徐徐而行，讨逆着鞭策马，操兵逐之，终不能及。讨逆知其有术，乃止。后慈以意告葛仙公，言当入霍山，合九转丹，遂乃仙去。出《神仙传》。

大茅君

大茅君盈，南至句曲之山。汉元寿二年，八月己酉，南岳真人赤君、西城王君及诸青童并从王母降于盈室。顷之，天皇大帝遣绣衣使者冷广、子期赐盈神玺玉章，大微帝君遣三天左宫御史管修条赐盈八龙锦与紫羽华衣，太上大道君遣协晨大夫叔门赐盈金虎真符流金之铃，金阙圣君命太极真人、正一止玄、王郎、王忠、鲍丘等赐盈以四节咽胎流明神芝。四使者授讫，使盈食芝佩玺，服衣玉冠，带符握铃而立。四使者告盈曰："食四节隐芝者，位为真卿；食金阙玉芝者，位为司命；食流明金英者，位为司禄；食长曜双飞者，位为司命真伯；食夜光洞草者，总主在左御史之任。子尽食之矣，寿齐天地，位为司命上真、东岳上卿，统吴越之神仙，综江左之山源矣。"言毕，使者俱去。五帝君各以方面车服降于其庭，传太帝之命，赐紫玉之版，黄金刻书九锡之文，拜盈为东岳上卿、司命真君、太元真人，事毕俱去。

您不在，老头走后不久，牛和车就发生了这种怪事，不知是怎么回事。徐堕一听说："啊呀，这是左慈先生来拜访我，你们怎么能骗他呢！快点追也许能赶得上。"于是宾客们分散开去追，追上左慈后都向他磕头谢罪。左慈消了气，就让客人们回去。他们回去一看，牛和车都恢复了原样。左慈拜见了吴主讨逆将军孙策，孙策也想杀左慈。后来有一次出游，孙策请左慈一起去，让左慈走在马的前面，想从后面刺杀他。左慈穿着木鞋拿着竹杖在马前慢慢地走，孙策在后面快马加鞭，手持兵器追赶，却总也追不上，这才知道左慈有道术，不敢再杀他。后来左慈告诉葛仙公说他要进霍山炼九转丹，后来终于成仙而去。出自《神仙传》。

大茅君

大茅君，名叫盈，曾南行到句曲山。汉哀帝元寿二年八月己酉这天，南岳真人赤君、西城王君和诸多的仙童跟随着西王母降临到茅盈家。不一会儿，天皇大帝派了绣衣使者冷广、子期赐给茅盈一枚神玺玉制图章，大微帝君派任三天左官御史的管修条赐给茅盈八龙锦缎和紫羽做的华丽衣裳，太上大道君派任协晨大夫的叔门赐给茅盈金虎符和流金铃，金阙圣君命太极真人、正一止玄、王郎、王忠、鲍丘等赐给茅盈一只四节咽胎流明神芝。四位大神的使者授赏之后，让茅盈吃了灵芝，佩戴上玉玺，穿上紫羽绣衣戴上玉符，带上金虎真符握着金铃站好。使者们告诉茅盈："吃了四节灵芝的，官位就是真卿；吃了金阙玉芝的，官位就是司命；吃了流明金英的，官位就是司禄；吃了长曜双飞的，官位就是司命真伯；吃了夜光洞草的，就会长期担任左御史。现在上面说的这些你都吃了，你将寿比天地，官位是司命上真兼东岳上卿，统领吴越的神仙，管辖江左的山脉河流。"说罢，使者们都走了。五帝君又把大茅君应该穿的各种官服和应该乘用的车马降在他院中，并传达太帝的命令，赐给茅盈紫玉笏板和刻着君王赏给大臣九种器物文书的金板，任命茅盈为东岳上卿、司命真君和太元真人，事情结束后就都走了。

　　王母及盈师西城王君，为盈设天厨醑宴，歌玄灵之曲。宴罢，王母携王君及盈，省顾盈之二弟，各授道要。王母命上元夫人授茅固、茅衷《太霄隐书》《丹景道精》等四部宝经。王母执《太霄隐书》，命侍女张灵子执交信之盟，以授于盈、固及衷。事讫，西王母升天而去。其后紫虚元君、魏华存夫人请斋于阳洛之山隐元之台，西王母与金阙圣君降于台中，乘八景之舆，同诣清虚上宫，传《玉清隐书》四卷，以授华存。是时三元夫人冯双珠、紫阳左仙公石路成、太极高仙伯、延盖公子、西城真人、王方平、太虚真人、南岳真人、赤松子、桐柏真人王乔等三十余真，各歌太极阴歌之曲。王母为之歌曰："驾我八景舆，欻然入玉清。龙群拂霄上，虎旃摽朱兵。逍遥玄津际，万流无暂停。哀此去留会，劫尽天地倾。当寻无中景，不死亦不生。体彼自然道，寂观合太冥。南岳拟贞干，玉英耀颖精。有任靡其事，虚心自受灵。嘉会降河曲，相与乐未央。"王母歌毕，三元夫人答歌亦毕，王母及三元夫人、紫阳左公、太极仙伯、清灵王君乃携南岳魏华存同去。东南行，俱诣天台霍山，过句曲之金坛，宴太元真人茅升申于华易洞天，留华存于霍山洞宫玉宇之下，众真皆从王母升还龟台矣。出《集仙传》。

西王母和茅盈的仙师西城王君为茅盈摆下天宫厨房做的美味佳肴和茅盈一同宴饮，席间还有仙人唱天宫的仙曲。宴会结束后，王母带着王君和茅盈看望茅盈的两个弟弟，向他俩传授了修炼道术的秘诀。王母命上元夫人授给茅盈的弟弟茅固、茅衷《太霄隐书》《丹景道精》等四部宝经。王母手拿着《太霄隐书》，命侍女张灵子拿着表明学道决心的盟约授给茅盈弟兄三人。事情办完之后，西王母升天而去。后来，紫虚元君和魏华存夫人在阳洛山上的隐元台设下素宴，西王母和金阙圣君又降临到隐元台，他们乘着八景仙车一同到清虚上宫，把《玉清隐书》四卷授给魏华存夫人。当时，三元夫人冯双珠、紫阳左仙公石路成、太极高仙伯、延盖公子、西城真人、王方平、太虚真人、南岳真人、赤松子、桐柏真人王乔等三十多位大仙都分别唱了太极阴歌之曲。西王母也唱道："驾我八景舆，欻然入玉清。龙群拂霄上，虎旆拂朱兵。逍遥玄津际，万流无暂停。哀此去留会，劫尽天地倾。当寻无中景，不死亦不生。体彼自然道，寂欢合太冥。南岳拟贞干，玉英耀颖精。有任靡其事，虚心自受灵。嘉会降河曲，相与乐未央。"西王母唱完后，三元夫人也答唱了一首，结束后王母和三元夫人、紫阳左公、太极仙伯、清灵王君这些仙人就带着南岳的魏华存夫人一同离开。他们向东南走去，一起到了天台山、霍山，经过句曲山的金坛时，在华易洞天宴请了太元真人茅升中，把魏华存夫人留在霍山洞宫的玉宇下面，众位神仙就都跟着王母驾云返回龟台去了。出自《集仙传》。

卷第十二
神仙十二

壶　公　　蓟子训　　董　奉　　李常在

壶　公

　　壶公者,不知其姓名也。今世所有召军符、召鬼神治病玉府符,凡二十余卷,皆出自公,故总名"壶公符"。时汝南有费长房者,为市掾,忽见公从远方来,入市卖药。人莫识之,卖药口不二价,治病皆愈。语买人曰:"服此药必吐某物,某日当愈。"事无不效。其钱日收数万,便施与市中贫乏饥冻者,唯留三五十。常悬一空壶于屋上,日入之后,公跳入壶中,人莫能见,唯长房楼上见之,知非常人也。长房乃日日自扫公座前地,及供馔物,公受而不辞。如此积久,长房尤不懈,亦不敢有所求。公知长房笃信,谓房曰:"至暮无人时更来。"长房如其言即往,公语房曰:"见我跳入壶中时,卿便可效我跳,自当得入。"长房依言,果不觉已入。入后不复是壶,唯见仙宫世界,楼观重门阁道,公左右

壶　公

　　壶公这位仙人,不知他凡间的姓名叫什么。当今世上所有的召军符和召鬼神治病的玉府符共二十多卷,都出自壶公之手,所以统称为"壶公符"。当时汝南有个管市场的小官叫费长房,忽然看见壶公从远方来到街上卖药。人们都不认识壶公,他卖药不许还价,他的药服后不管什么病都能治好。壶公总是嘱咐买药人说:"服了药之后会吐出什么东西,哪一天病会好。"他说的话每一次都会应验。壶公每天卖药都能挣好几万钱,然后他就把钱施舍给街上那些饥寒贫穷的人,只留下三五十个钱。经常把一个空壶挂在屋顶上,太阳落山之后,他就跳进壶里,这事谁也没发现,只有费长房在楼上看见了,由此而知壶公不是凡人。费长房就天天清扫壶公坐席前的地面,供给壶公吃的东西,壶公欣然接受,并不推辞。日子长了,费长房仍坚持不懈地照常扫地供食,也不敢对壶公有所请求。壶公看出来费长房心地很虔诚,就对他说:"到晚上没人的时候你再到我这儿来吧。"费长房就按壶公说的,晚上来到壶公家里,壶公对他说:"你看我跳进壶里时,你也和我一样跳,自然能够进去。"费长房照他的话一跳,果然不知不觉地已在壶中了。进去后才发现那不是壶,而是进入了一个神仙的世界,只见楼台殿阁林立,千门万户,还看见壶公身边

侍者数十人。公语房曰："我仙人也，昔处天曹，以公事不勤见责，因谪人间耳。卿可教，故得见我。"长房下座顿首曰："肉人无知，积罪却厚，幸谬见哀悯，犹入剖棺布气，生枯起朽。但恐臭秽顽弊，不任驱使。若见哀怜，百生之厚幸也。"公曰："审尔大佳，勿语人也。"公后诣长房于楼上曰："我有少酒，相就饮之。"酒在楼下，长房使人取之，不能举益，至数十人莫能得上。乃白公，公乃下，以一指提上。与房共饮之，酒器如拳许大，饮之至暮不竭。告长房曰："我某日当去，卿能去乎？"房曰："欲去之心，不可复言，欲使亲眷不觉知去，当有何计？"公曰："易耳。"乃取一青竹杖与房，戒之曰："卿以竹归家，便可称病，以此竹杖置卿所卧处，默然便来。"房如公言，去后，家人见房已死，尸在床。乃向竹杖耳，乃哭泣葬之。

房诣公，恍惚不知何所，公乃留房于群虎中，虎磨牙张口欲噬房，房不惧。明日，又内于石室中，头上有一方石，广数丈，以茅绚悬之，又诸蛇来啮绳，绳即欲断，而长房自若。公至，抚之曰："子可教矣。"又令长房啖屎，兼蛆长寸许，异常臭恶。房难之，公乃叹谢遣之曰："子不得仙道也，赐子为地上主者，可得寿数百岁。"为传封符一卷付之，曰："带此可主诸鬼神，常称使者，可以治病消灾。"房忧不得到

带着好几十个随从。壶公对费长房说："我是神仙，当年在天界因为处理公务不够勤勉，受到上界的责备，所以被贬到人间。你有道根可以受教，所以才能看见我。"费长房立刻离座下拜磕头说："我这俗人凡胎十分愚昧，积下了很多罪孽，幸亏得到您的怜悯关怀，这就像劈开棺木给死尸送去仙气，使枯朽的的尸骨起死回生。我只怕自己愚笨顽劣，不能为大仙效力。如蒙大仙垂爱指引点化，真是我百世难遇的大幸啊！"壶公说："我看你这人很不错，但你千万不许泄露天机。"壶公后来到楼上去看费长房，对他说："我这里有点酒，咱们俩喝几杯吧。"壶公的酒在楼下装在一个酒坛里，费长房就让人到楼下取来，但几十个人也抬不动那坛子。只好来告诉壶公，壶公下楼去，用一个手指就把酒坛子拎到楼上来了。两个人对饮，酒器只有拳头大，但喝到天黑也没喝完。壶公告诉费长房："我不久要回仙界了，你愿意和我同去吗？"费长房说："我想走的心，不必重申了，不过我想让家里人不要发现我出走，有没有什么办法呢？"壶公说："这很简单。"他就给了费长房一支青竹杖，告诫他说："你拿这支竹杖归家后，就对家人说你病了，然后把竹杖放在你的床上，然后悄悄到我这里来。"费长房按照壶公的话做了，离开家后，家里人见费长房已死在床上了。其实床上的尸首就是壶公的那支竹杖，家人痛哭后就把费长房埋葬了。

费长房跟着壶公，恍恍惚惚不知到了什么地方，壶公故意把他放在一群虎中，老虎张牙舞爪要吃掉他，他也没害怕。第二天，壶公又把费长房关在一个石屋里，头顶上用草绳吊着一块几丈宽的大石头，又让几条蛇咬那草绳，绳眼看要断了，费长房仍泰然自若。壶公来到石屋看见这情景，就抚着他说："你可以受教学道了。"后来壶公又让费长房吃屎，屎里还有一寸多长的蛆，又臭又脏。费长房觉得为难，壶公就叹息着打发他回去，对他说："看来你还是得不了仙道啊，我让你当地仙吧，可以活好几百岁。"说罢给了他一卷封着的符，说："你有了这符就能驱使鬼神，长期当天神的使者，还可以治病消灾。"费长房担心到不了

家，公以一竹杖与之曰："但骑此，得到家耳。"房骑竹杖辞去，忽如睡觉，已到家。家人谓是鬼，具述前事，乃发棺视之，唯一竹杖，方信之。房所骑竹杖，弃葛陂中，视之乃青龙耳。初去至归谓一日，推问家人，已一年矣。房乃行符，收鬼治病，无不愈者。每与人同坐共语，常呵责嗔怒，问其故，曰："嗔鬼耳。"

时汝南有鬼怪，岁辄数来郡中，来时从骑如太守，入府打鼓，周行内外，尔乃还去，甚以为患。房因诣府厅事，正值此鬼来到府门前。府君驰入，独留房。鬼知之，不敢前，房大叫呼曰："便捉前鬼来。"乃下车伏庭前，叩头乞曰改过。房呵之曰："汝死老鬼，不念温良，无故导从，唐突官府，自知合死否？急复真形。"鬼须臾成大鳖，如车轮，头长丈余。房又令复人形。房以一札符付之，令送与葛陂君，鬼叩头流涕，持札去。使人追视之，乃见符札立陂边，鬼以头绕树而死。房后到东海，东海大旱三年。谓请雨者曰："东海神君前来淫葛陂夫人，吾系之，辞状不测，脱然忘之，遂致久旱，吾今当赦之，令其行雨。"即便有大雨。房有神术，能缩地脉，千里存在，目前宛然，放之复舒如旧也。出《神仙传》。

蓟子训

蓟子训者，齐人也，少尝仕州郡，举孝廉，除郎中。又从军，除驸马都尉。人莫知其有道。在乡里时，唯行信让，

家,壶公又给他一支竹杖,说:"只要骑着它就可以到家了。"费长房骑上竹杖辞别离开,忽然像大梦初醒,一看已经在家里了。家里以为他是鬼,他就详细讲述了经过,家人去墓地打开棺材一看,里面只有一支竹杖,这才相信了他的话。费长房骑回来的那支竹杖扔在草滩,一看原来是一条青龙。费长房说他从离家到回来只是一天的事,家里人一算,已是一年了。费长房就用符收鬼治病,没有治不好的。有时他和人们坐着谈话,忽然就大声呵斥起来,客人奇怪地问怎么回事,他说:"刚才是呵斥鬼呢。"

当时汝南有个鬼怪,每年都到郡里来几次,来时带着骑马的随从,好像太守一样,进到太守府内敲动堂鼓,在府内外转悠,然后再离开,这事很令人忧虑。费长房便来到太守府大厅里,正好那鬼怪也来到府门前。太守跑进内堂,把费长房单独留在大厅里。那鬼知道后不敢进府,费长房就大喊一声:"把那鬼给我抓起来。"鬼吓得赶快下车趴在大厅前,不停地磕头乞求,保证改过。费长房喝斥道:"你这个该死的老鬼,不老老实实呆在阴曹,竟敢带着随从冒犯官府,自己知道该死吗?还不快现出原形来?"鬼马上变成了一只大乌龟,身子有车轮大,头有一丈多长。费长房又让它恢复人形,交给鬼一道札符,命他把符送交葛陂君,鬼流着泪磕头,拿着札符离去。费长房派人在后面看,只见札符立在草滩边,鬼把头缠在树上死了。费长房后来到了东海郡,东海郡已经三年大旱。费长房对求雨的人们说:"东海神君之前来奸淫葛陂君的夫人,被我扣押了,因为没有核查他的口供,我也忙得忘记了处理,结果造成这里久旱,现在我立刻放掉他让他马上行雨。"接着果然下起了大雨。费长房有神术能把大地缩成一小块,千里之远的情景就在眼前,放开就又恢复原状了。出自《神仙传》。

蓟子训

蓟子训是齐人,青年时代曾在州郡衙门里做过官,后来被举荐为孝廉,被任命为郎中。后来他又从军,被任命为驸马都尉。人们都不知道他有道术。他在家乡时,行事方面十分讲究信义和礼让,

与人从事。如此三百余年，颜色不老，人怪之。好事者追随之，不见其所常服药物也。性好清澹，常闲居读《易》，小小作文，皆有意义。见比屋抱婴儿，训求抱之，失手堕地，儿即死。邻家素尊敬子训，不敢有悲哀之色，乃埋瘗之。后二十余日，子训往问之曰："复思儿否？"邻曰："小儿相命，应不合成人，死已积日，不能复思也。"子训因出外，抱儿还其家。其家谓是死，不敢受。子训曰："但取之无苦，故是汝本儿也。"儿识其母，见而欣笑，欲母取之，抱，犹疑不信。子训既去，夫妇共往视所埋儿，棺中唯有一泥儿，长六七寸。此儿遂得长成。

诸老人须发毕白者，子训但与之对坐共语，宿昔之间，明旦皆黑矣。京师贵人闻之，莫不虚心谒见，无缘致之。有年少与子训邻居，为太学生。诸贵人作计，共呼太学生谓之曰："子勤苦读书，欲规富贵。但召得子训来，使汝可不劳而得矣。"生许诺，便归事子训，洒扫供侍左右数百日。子训知意，谓生曰："卿非学道，焉能如此？"生尚讳之，子训曰："汝何不以实对，妄为虚饰，吾已具知卿意。诸贵人欲见我，我岂以一行之劳，而使卿不获荣位乎？汝可还京，吾某日当往。"生甚喜，辞至京，与贵人具说某日子训当到。至期未发，生父母来诣子训。子训曰："汝恐吾忘，使汝儿

经常帮人办事。这样活到三百多岁仍不显老，人们觉得十分奇怪。有些好事的人追随在他周围，却并没发现他服用什么长寿药物。他的性情爱好清淡，闲时经常研读《易经》，或写些短小的文章，都有很深含义。有一次，蓟子训见邻居抱着一个小孩，就要来抱一下，没想到一失手把孩子掉在地上摔死了。邻居平常十分尊重蓟子训，没有太多地表露出悲痛，就把孩子埋了。过了二十多天，蓟子训问邻居："还想不想孩子呢？"邻居说："这孩子大概命中注定不该长大成人，死了这么多天，不再想他了。"蓟子训就到外面去，把那孩子抱了回来。邻居以为是死孩子，不敢要。蓟子训说："只管接，别担心，这就是你原来的孩子。"孩子认识母亲，见到母亲就开心地笑了，想要母亲抱他，母亲抱起之后，还不敢相信。蓟子训走后，邻居夫妇到坟地打开孩子的棺材看，只见棺中是一个泥娃娃，六七寸长。后来这孩子便顺利地长大成人。

有一些须发全白的老人，蓟子训只是跟他们一起坐着谈话，过了一宿这些人的须发都变黑了。京城的达官贵人听说蓟子训有道术，都虚心前来拜见，但很少能见到他本人。有个蓟子训少年时的邻居当时是太学里的学生。达官贵人们就设计一起把他找来说："你发奋读书，就是为了求得富贵功名。只要你能把蓟子训为我们请来，我们可以让你毫不费力地得到富贵功名。"书生答应了，就回到家乡，专门侍奉蓟子训，为他打扫庭院跑腿效劳，连续干了好几百天。蓟子训知道书生的用意，就对书生说："你并不打算学道，为什么要这样卖力气侍奉我呢？"书生吞吞吐吐地不说实话，蓟子训就直截了当地说："你为什么不说实话而要妄加掩饰呢，我已经知道你的意思了。那些贵人想见我一面才让你来，我怎么能因为害怕去京城一行的劳累而误了你的功名前程呢？你回京城去吧，我某天一定到京城。"书生很高兴，辞别蓟子训回到京城，告诉贵人们蓟子训某天会来京城见他们。到了约定的那天，蓟子训并没动身去京城，书生的父母很着急，跑来找蓟子训，蓟子训说："你们是怕我忘了去京城的事，使你儿子

失信不仕邪？吾今食后即发。"半日乃行二千里。既至，生急往拜迎，子训问曰："谁欲见我？"生曰："欲见先生者甚多，不敢枉屈，但知先生所至，当自来也。"子训曰："吾千里不倦，岂惜寸步乎？欲见者，语之令各绝宾客，吾明日当各诣宅。"生如言告诸贵人，各自绝客洒扫，至时子训果来。凡二十三家，各有一子训。诸朝士各谓子训先到其家，明日至朝，各问子训何时到宅，二十三人所见皆同时，所服饰颜貌无异，唯所言语，随主人意答，乃不同也。京师大惊异，其神变如此。诸贵人并欲诣子训，子训谓生曰："诸贵人谓我重瞳八采，故欲见我。今见我矣，我亦无所能论道，吾去矣。"适出门，诸贵人冠盖塞路而来。生具言适去矣，东陌上乘骡者是也。各走马逐之不及，如此半日，相去常一里许，终不能及，遂各罢还。

子训至陈公家，言曰："吾明日中时当去。"陈公问远近行乎，曰："不复更还也。"陈公以葛布单衣一送之。至时，子训乃死，尸僵，手足交胸上，不可得伸，状如屈铁，尸作五香之芳气，达于巷陌，其气甚异。乃殡之棺中。未得出，棺中嚘然作雷霆之音，光照宅宇。坐人顿伏良久，视其棺盖，乃分裂飞于空中，棺中无人，但遗一只履而已。须臾，闻陌上有人马箫鼓之声，径东而去，乃不复见。子训去后，陌上数十里，芳香百余日不歇也。出《神仙传》。

在贵人面前由于失信而得不到官位吧？我吃了饭就出发。"结果蓟子训半天工夫就走了二千里路。到了京城后，书生急忙前往迎接，蓟子训问书生："都有谁要见我？"书生说："想和先生见面的人太多了，他们不敢请先生屈尊光临，只要知道您到了，定会自己来见您的。"蓟子训说："几千里地我都不嫌劳累，现在走几步路怕什么？你可以告诉那些想见我的人，让他们谢绝自己家中的宾客，我明天会到他们各家登门拜访的。"书生把蓟子训的话告诉贵人们，他们都把家里打扫干净，谢绝了宾客，到了约定时间，蓟子训果然登门。一共二十三家，每家都来了一位蓟子训。每位贵人都说蓟子训先到自己家，第二天上朝后，他们互相问蓟子训什么时候登的门，这才知道二十三家同时来了个蓟子训，服饰相貌一点也不差，只是说的话随着主人的问答而不相同。这一下京城里都觉得非常惊讶，惊叹蓟子训的分身术如此神妙。后来贵人们又想一同来拜访蓟子训，蓟子训对书生说："那些贵人们都说我眼里有四个黑眼珠八种颜色，所以想见见我。现在已经见到我了，我也没有什么本事谈论道术，现在该走满了。"蓟子训刚走，贵人们就乘车骑马来见蓟子训，把街道都塞了。书生告诉贵人们蓟子训刚走，东边小路上骑骡子的那人就是。于是贵人们立刻骑马去追赶蓟子训，可追了半天却总是距蓟子训的骡子一里来地，怎么追也追不上，只好各自回来了。

蓟子训走到陈公家说："我明天中午就走了。"陈公问他走多远，他说："不再回来了。"陈公送了一套葛布单衣给蓟子训。到了第二天中午，蓟子训就死了，尸体僵硬，手脚都叠放在胸上不能伸直，好像一件弯曲的铁器，尸体散发出很浓的香气，香味很怪，弥漫到街巷中。于是把他装殓入棺。还没等出殡，棺木中突然发出雷霆般的轰鸣，闪光把屋子庭院都照得透亮。守灵的人吓得趴在地上好半天，再看棺材，盖子已经裂开飞到空中，棺木中没有尸体，只剩下一只鞋子罢了。过了不久就听见路上有人喊马嘶和箫鼓乐声，一直往东而去，就再也看不见了。蓟子训走后，路上几十里都飘着香气，一百多天仍然不散。出自《神仙传》。

董 奉

董奉者，字君异，候官人也。吴先主时，有少年为奉本县长，见奉年四十余，不知其道，罢官去。后五十余年，复为他职，得经候官，诸故吏人皆老，而奉颜貌一如往日。问言："君得道邪？吾昔见君如此，吾今已皓首，而君转少，何也？"奉曰："偶然耳。"又杜燮为交州刺史，得毒病死，死已三日，奉时在彼，乃往，与药三丸，内在口中，以水灌之，使人捧举其头，摇而消之。须臾，手足似动，颜色渐还，半日乃能起坐，后四日乃能语。云："死时奄忽如梦，见有十数乌衣人来，收燮上车去，入大赤门，径以付狱中。狱各一户，户才容一人。以燮内一户中，乃以土从外封塞之，不复见外光。忽闻户外人言云：'太乙遣使来召杜燮。'又闻除其户土，良久引出。见有车马赤盖，三人共坐车上，一人持节，呼燮上车。将还至门而觉，燮遂活。"因起谢曰："甚蒙大恩，何以报效？"乃为奉起楼于庭中。奉不食他物，唯啖脯枣，饮少酒，燮一日三度设之。奉每来饮食，或如飞鸟，腾空来坐，食了飞去，人每不觉。如是一年余，辞燮去。燮涕泣留之不住，燮问："欲何所之？莫要大船否？"奉曰："不用船，唯要一棺器耳。"燮即为具之。至明日日中时，奉死，燮以其棺殡埋之。七日后，有人从容昌来，奉见嘱云："为谢燮，好自爱理。"燮闻之，乃启殡发棺视之，唯存一帛。

董　奉

董奉字君异，候官县人。吴先主时，有一个年轻人任候官县的长官，见董奉当时有四十来岁，他不知道董奉有道术，后来这位长官罢官走了。五十多年后，这位长官又担任了另外的职务，经过候官县，见当年的同事都老了，而董奉的容貌还和五十年前一样。他就问董奉："你是不是得了道呢？我当年看见你是这样，现在我已白发苍苍，可你却比当年还年轻，这是怎么回事？"董奉回答说："这是偶然的事罢了。"交州刺史杜燮得了暴病死去，已经停尸三天，正好董奉在交州，听说后就前去看望，把三个药丸放在杜燮嘴里，又给灌了些水，让人把死者的头捧起来摇动着让药丸溶化。不一会儿，杜燮的手脚就像能动了，脸上渐渐有了活人的颜色，半天后就能坐起来，四天后就能说话了。杜燮说："我刚死的时候就像在梦中，看见来了十几个穿乌衣的人把我抓上车去，进了一个大红门，直接把我塞进了监狱。监狱里都是小单间，一间里只能住一个人。他们把我塞进一个小单间里，用土把门封上，就看不见一点外面的光亮了。我忽然听见门外有人说：'太乙真人派人来召杜燮。'又听见有人挖开门外封的泥土，过了很久才把我弄出来。这时我看见有一辆支着红伞盖的马车，车上坐着三个人，有一个人拿着符节，招呼我上车。车要送到家门口时我醒了，就复活了。"杜燮向董奉跪拜说："承蒙您救命大恩，我该怎样报效呢？"于是他就给董奉在院里盖了一座楼侍奉他。董奉不吃别的东西，只吃干肉和枣，还喝一点酒，杜燮就一天三次供奉食物。董奉每次进食都像鸟一样腾空来到座位，吃完了就飞走，别人常常无所察觉。这样过了一年多，董奉辞别杜燮离去。杜燮哭着挽留也留不住，就问："您要去什么地方？要一艘大船吗？"董奉说："我不要船，只要一具棺木就行了。"杜燮就为他准备了一具棺木。到第二天中午，董奉就死了，杜燮就用那棺木把他装殓后埋葬了。七天后，有个从容昌来的人捎话给杜燮，说董奉托他对杜燮说："为我感谢杜燮，多多保重。"杜燮听说后，就到墓地打开棺材，见里面只有一块绸子。

一面画作人形,一面丹书作符。

后还豫章庐山下居,有一人中有疠疾,垂死,载以诣奉,叩头求哀之。奉使病人坐一房中,以五重布巾盖之,使勿动。病者云:"初闻一物来舐身,痛不可忍,无处不匝。量此舌广一尺许,气息如牛,不知何物也。良久物去。"奉乃往池中,以水浴之,遣去,告云:"不久当愈,勿当风。"十数日,病者身赤无皮,甚痛,得水浴,痛即止。二十日,皮生即愈,身如凝脂。

后忽大旱,县令丁士彦议曰:"闻董君有道,当能致雨。"乃自赍酒脯见奉,陈大旱之意。奉曰:"雨易得耳。"因视屋曰:"贫道屋皆见天,恐雨至何堪。"令解其意,曰:"先生但致雨,当为立架好屋。"明日,士彦自将人吏百余辈,运竹木,起屋立成。方聚土作泥,拟数里取水。奉曰:"不须尔,暮当大雨。"乃止。至暮即大雨,高下皆平,方民大悦。

奉居山不种田,日为人治病,亦不取钱。重病愈者,使栽杏五株,轻者一株。如此数年,计得十万余株,郁然成林。乃使山中百禽群兽,游戏其下,卒不生草,常如芸治也。后杏子大熟,于林中作一草仓,示时人曰:"欲买杏者,不须报奉,但将谷一器置仓中,即自往取一器杏去。"常有人置谷来少,而取杏去多者,林中群虎出吼逐之,大怖,急挈杏走,路傍倾覆,至家量杏,一如谷多少。

绸子的一面画着个人形，另一面用朱砂画了道符。

后来董奉回到豫章庐山下住，有一个人得了热病，快死了，用车拉着来见董奉，叩头乞求董奉救命。董奉让病人坐在一间屋子里，用五层布单子蒙上他，让他别动。病人说："起初觉得一个什么动物舔他身子的每一个地方，使他疼痛难忍。这个东西的舌头好像有一尺多宽，喘气像牛一样粗，不知是个什么东西。过了很久那东西走了。"董奉就让病人前往水池中，用水给他洗澡，然后就让他回家，还告诉病人说："不久就会好，注意不要受风。"十几天后，病人身上的皮全脱掉了，全身通红十分疼痛，只有洗澡才能止痛。二十天后，病人身上长出新皮，病也好了，皮肤十分光滑，像凝固的油脂。

后来当地忽然大旱，县令丁士彦和官员们议论说："听说董奉有道术，应该能降雨。"就亲自带了酒肉礼物拜见董奉，说了旱情。董奉说："下雨很容易啊！"说着抬头看看自己的屋顶说："贫道的屋子都露天了，我担心真来了雨我可怎么办。"县令明白他的意思，就说："先生只要能行雨，我保证马上给你盖新房子。"第二天，县令自己带着官员民工一百多人，运来了竹子木材，屋架很快立起来了。正准备和泥，打算到几里外去运水。董奉说："不必了，今晚将有大雨。"他们就没去运水。到了晚上果然下起了大雨，水把高处低处的田地都灌平了，老百姓都非常高兴。

董奉住在山里不种田，天天给人治病，但也不取分文。得了重病经他治好的，就让患者栽五棵杏树，病轻的治好后栽一棵。这样过了几年，就栽了十万多棵杏树，成了一大片杏林。他就让山中的鸟兽都在杏林中嬉戏，树下不生杂草，像是专门把草锄尽了一样。后来杏子全成熟了，他就在杏林里用茅草盖了一间仓房，并告诉当时的人们："想要买杏的不用告诉他，只要拿一罐粮食倒进仓房，就可以自己直接装一罐杏子走。"曾经有个人拿了很少的粮食，却装了很多的杏，这时杏林里的一群老虎突然吼叫着追着他跑，那人非常害怕，捧着装杏的罐子急忙往回跑，一路上罐里的杏子掉出去不少，到家一数，剩下的杏正好和送去的粮食一样多。

或有人偷杏者,虎逐之到家,啮至死。家人知其偷杏,乃送还奉,叩头谢过,乃却使活。奉每年货杏得谷,旋以赈救贫乏,供给行旅不逮者,岁二万余斛。县令有女,为精邪所魅,医疗不效,乃投奉治之,若得女愈,当以侍巾栉。奉然之,即召得一白鼍,长数丈,陆行诣病者门,奉使侍者斩之,女病即愈。奉遂纳女为妻,久无儿息。奉每出行,妻不能独住,乃乞一女养之。年十余岁,奉一日竦身入云中去。妻与女犹存其宅,卖杏取给,有欺之者,虎还逐之。奉在人间三百余年乃去,颜状如三十时人也。出《神仙传》。

李常在

李常在者,蜀郡人也。少治道术,百姓累世奉事。计其年,已四五百岁而不老,常如五十许人。治病,困者三日,微者一日愈。在家有二男一女,皆已嫁娶,乃去。去时从其弟子曾家孔家,各请一小儿,年皆十七八。家亦不知常在欲何去,即遣送之。常在以青竹杖度二儿,遣归置其家所卧之处,径还,勿与家人语。二子承教,以杖归家。家人了不见儿去,后乃各见死在床上。二家哀泣,殡埋之。百余日,弟子从郫县逢常在,将此二儿俱行,二儿与弟子泣语良久,各附书到。二家发棺视之,唯青竹杖耳,

有时有人来偷杏,老虎就一直追到偷杏人的家中把他咬死。死者家的人知道是因为偷了杏,就赶快把杏拿来还给董奉,并磕头认罪,董奉就让死者复活。董奉每年把卖杏得来的粮食全部用来救济贫困的人和在外赶路缺少路费的人,一年散发出去的粮食达两万多斛。县令有个女儿被鬼缠住,医治无效,就前往求董奉救治,并说如果治好了就把女儿嫁给董奉为妻。董奉答应了,就施法召来了一条几丈长的白鳄鱼,鳄鱼自己在地上一直爬到县令家门口,董奉就让随从的人把鳄鱼杀死,县令女儿的病就好了。于是董奉就娶了县令的女儿为妻,但很久没有儿女。董奉经常外出,妻子一人在家很孤单,就收养了一个女孩。女孩长到十几岁后,有一天董奉腾空升入云中成仙而去了。他的妻子和养女仍然住在家里,靠卖杏维持生活,有敢欺骗她们母女的,老虎仍旧会追咬他。董奉在人间三百多年才离去,容貌仍像三十岁的人。出自《神仙传》。

李常在

李常在是蜀郡人,年轻时就研究道术,好几代百姓都侍奉着他。计算他的年龄,已有四五百岁了,但从不见老,样貌一直都像五十多岁的人。他经常给人治病,症状严重的三天治好,症状轻的一天就痊愈了。他家中有两儿一女,都已经娶妻嫁人,然后他就离家出走了。他走时带着他弟子曾某和孔某的两个儿子,都是十七八岁。曾、孔两家也不知道李常在要去什么地方,就把两个孩子给李常在送去了。李常在交给两个孩子两支青竹杖,用竹杖来度脱他们,让他们先各回自己的家,把青竹杖放在自己的床上,然后就直接回来,不要跟家里人交谈。两个孩子按照李常在的指示,拿着竹杖回了家。家里人看见孩子一直没走,后来才发现各自死在床上。两家人都悲伤痛哭,把孩子埋葬了。一百多天后,李常在的弟子在郫县遇见李常在带着那两个死去的孩子一同走,两个孩子和常在的弟子哭着谈了很久,并各自给家里捎了信。孔、曾两家打开棺材,见里面只有一支青竹杖,

乃知非死。后三十余年，居地肺山，更娶妇。常在先妇儿乃往寻求之。未至十日，常在谓后妻曰："吾儿欲来见寻，吾当去，可将金饼与之。"及至，求父所在，妇以金与之。儿曰："父舍我去数十年，日夜思恋，闻父在此，故自远来觐省，不求财也。"乃止。三十日父不还，儿乃欺其母曰："父不还，我去矣。"至外，藏于草间。常在还语妇曰："此儿诈言如是，当还。汝语之，汝长不复须我，我在法不复与汝相见。"乃去。少顷儿果来，母语之如此。儿自知不复见其父，乃泣涕而去。后七十余年，常在忽去。弟子见在虎寿山下居，复娶妻。有父子，世世见之如故，故号之曰"常在"。出《神仙传》。

这才知道儿子没有死。三十多年后，李常在住进地肺山中，又娶了一房妻室。他前妻的儿子就出门去找李常在。李常在儿子来之前十天就对后妻说："我儿子要来找我，我得出去躲一躲，他来以后，你把这金饼给他吧。"儿子到了以后，问后娘父亲去了哪里，后娘就把金饼给了他。儿子说："我父亲扔下我出走好几十年了，我日夜想念他，听说他在这里，我才千里迢迢来看望他，并不是来找他要钱的。"于是就住下了。过了一个月，李常在还没回来，儿子就骗他后娘说："我父亲不回来，我就回去了。"儿子出去后藏在草丛里。李常在回来对后妻说："我儿子故意这样说谎骗你，他还会回来的。他回来后你就对他说，他已长大成人，不需要我抚养照料了，我一心修炼道术，不会再见他。"李常在向后妻交待完就去了。不大一会儿，儿子果然又回来了，后妻就把李常在的话转告给他。儿子知道再也见不到父亲了，就哭着走了。七十多年后，李常在又离家出走。他的弟子见他在虎寿山下住，又娶了妻。当地人父子几代都看见他，总是老样子，所以称他为"常在"。出自《神仙传》。

卷第十三
神仙十三

茅　君　　孔安国　　尹　轨　　介　象　　苏仙公
成仙公　　郭　璞　　尹　思

茅　君

　　茅君者,幽州人。学道于齐,二十年道成归家。父母见之大怒曰:"汝不孝,不亲供养,寻求妖妄,流走四方。"欲笞之,茅君长跪谢曰:"某受命上天,当应得道,事不两遂。远违供养,虽曰多无益,今乃能使家门平安,父母寿考。其道已成,不可鞭辱,恐非小故。"父怒不已,操杖向之。适欲举杖,杖即摧成数十段,皆飞,如弓激矢,中壁壁穿,中柱柱陷,父乃止。茅君曰:"向所言正虑如此,邂逅中伤人耳。"父曰:"汝言得道。能起死人否?"茅君曰:"死人罪重恶积,不可得生。横伤短折,即可起耳。"父使为之有验。茅君弟在宦至二千石,当之官,乡里送者数百人,茅君亦在座。乃曰:"余虽不作二千石,亦当有神灵之职,某月某日当之官。"

茅　君

　　茅君是幽州人。在齐地学道，学了二十年终于学成回家。回家以后，父母看见他大怒说："你这个不孝的东西，不好好侍奉我们，跑出去四处漂泊学什么鬼道术！"说着就要鞭打茅君，茅君挺直了身子跪着赔罪说："儿子受了上天之命，应该得道，学道和孝顺父母难以兼顾。虽然儿子远离膝下没能供养二老，很长时间没让您受益，但如今儿子学成道术，就能使全家平安，使父母长寿。现在我已得道，不能再受你们的鞭打了，如果再鞭打我，恐怕会出大事的！"他父亲越听越来气，拿起拐杖就要打。可是刚要举起拐杖来，拐杖就断成了好几十节向四方飞去，像射出的很多箭头，射穿了墙壁，射进了房柱，他父亲吓得只好住手。茅君说："我刚才说的怕出大事就是说的这个，怕无意中伤到别人。"他父亲问他："你说得了道，那你能让死人复活吗？"茅君说："死人一生积累的罪孽深重，不可能复活。如果遭横祸而死或短寿夭折的，我可以让他复活。"他父亲不太相信，让茅君验证一下。茅君的弟弟刚被任命为年俸两千石的官，赴任时好几百乡亲欢送，茅君也在场。他说："我虽然没有在人间当上年俸两千石的官，但却会在仙界获得官职，某月某日，我也要到仙界去上任做官的。"

宾客皆曰："愿奉送。"茅君曰："顾肯送，诚君甚厚意。但当空来，不须有所损费，吾当有以供待之。"

至期，宾客并至，大作宴会，皆青缣帐幄，下铺重白毡，奇馔异果，芬芳罗列，妓女音乐，金石俱奏，声震天地，闻于数里。随从千余人，莫不醉饱。及迎官来，文官则朱衣素带数百人，武官则甲兵旌旗，器仗耀日，结营数里。茅君与父母亲族辞别，乃登羽盖车而去。麾幡翁郁，骖虬驾虎，飞禽翔兽，跃覆其上，流云彩霞，霏霏绕其左右。去家十余里，忽然不见。远近为之立庙奉事之。茅君在帐中，与人言语，其出入，或发人马，或化为白鹤。人有病者，往请福，常煮鸡子十枚，以内帐中。须臾，一一掷出还之。归破之，若其中黄者，病人当愈；若有土者，即不愈。常以此为候。出《神仙传》。

孔安国

孔安国者，鲁人也。常行气服铅丹，年三百岁，色如童子。隐潜山，弟子随之数百人。每断谷入室，一年半复出，益少。其不入室，则饮食如常，与世人无异。安国为人沉重，尤宝惜道要，不肯轻传。其奉事者五六年，审其为人志性，乃传之。有陈伯者，安乐人也。求事安国，安国以为弟子。留三年，知其执信，乃谓之曰："吾亦少更勤苦，寻求

宾客们都说："我们到时一定欢送。"茅君说："如果真送我，我太感谢你们的盛情了。但我要求你们送我时不要破费，一定要空着手来，我会有东西招待你们。"

到了茅公说的那天，宾客们都来了，茅公大摆宴席，搭起了青布帐幕，地下铺着很厚的白毡子，席上罗列着珍奇的果品佳肴，发出阵阵的芳香气味，美女乐队，奏起了金石之乐，声震天地，传到几里之外。在座的一千多人，无不酒足饭饱。后来，迎接茅公到仙界上任的官员们到了，文官都是大红袍腰系白玉带，共有好几百名，武官们都顶盔贯甲，旌旗飘扬，刀枪闪光，扎下了几里的营帐。茅君和父母乡亲们告别，登上了一辆有羽毛伞盖的车子离去。旗幡蔽日，龙虎驾车，各种能飞的鸟兽在车上翻飞腾跃，流云彩霞，缭绕左右。欢迎的大队人马离家十多里以后就忽然消失了。从此以后，远近的百姓建了座庙供奉茅公。茅公常常在庙中神座帐后和人对话，他每次来去，有时带着人马，有时则变成一只白鹤飞来飞去。有些生了病的人去请茅公赐福诊治，常常煮十个鸡蛋，放进茅公的神帐里。不一会儿，鸡蛋就被茅公一个个扔出来。把鸡蛋带回去后打开看，如果鸡蛋里面是黄色的，病人就能痊愈；如果鸡蛋里面有泥土，病就不能好了。人们常常用这种办法来预测吉凶祸福。出自《神仙传》。

孔安国

孔安国是鲁地人，经常练运气闭气，服用铅炼的丹药，活到三百岁，面容还像儿童。他隐居在潜山之中，追随他的弟子有好几百。他常常绝食后关在屋里修身养性，一年半后才出屋，却变得更年轻了。如果不入室修炼，就和平常人一样进食，与世人没有什么不同之处。孔安国为人老成持重，尤其非常珍惜道术的要诀，不肯轻易传授给别人。侍奉过他五六年的弟子，如果考察发现其品格志向都很好，才把道术传授给他。有个叫陈伯的，是安乐人。他请求侍奉孔安国，安国就收他为弟子。考察了三年，看他学道的志向坚定，就对他说："我从小就历经艰辛，寻求

道术，无所不至，遂不能得神丹八石登天之法。唯受地仙之方，适可以不死。而昔事海滨渔父，渔父者，故越相范蠡也。乃易姓名隐，以避凶世。哀我有志，授我秘方服饵之法，以得度世。则大伍、司诚、子期、姜伯、涂山，皆千岁之后更少壮。吾受道以来，服药三百余年，以其一方授崔仲卿，卿年八十四，服来已三十三年矣，视其肌体气力甚健，须发不白，口齿完坚。子往与相见事之。"陈伯遂往事之，受其方，亦度世不老。又有张合妻，年五十，服之反如二十许人，一县怪之，八十六生一男。又教数人，皆四百岁，后入山去。亦有不度世者，由于房中之术故也。出《神仙传》。

尹 轨

尹轨者，字公度，太原人也。博学五经，尤明天文星气，河洛谶纬，无不精微。晚乃学道，常服黄精华，日三合，计年数百岁。其言天下盛衰，安危吉凶，未尝不效。腰佩漆竹筒十数枚，中皆有药，言可辟兵疫。常与人一丸，令佩之。会世大乱，乡里多罹其难，唯此家免厄。又大疫时，或得粒许大涂门，则一家不病。弟子黄理，居陆浑山中。患虎暴，公度使其断木为柱，去家五里，四方各埋一柱，公度即印封之，虎即绝迹，到五里辄还。有怪鸟止屋上者，以白

道术，什么地方都去过了，但仍没有得到神丹八石登天的方术。只得到了可成地仙的方术，只能不死而已。我过去曾拜一位海边的渔翁为师，这渔翁就是春秋末期越国的宰相范蠡。他改姓埋名隐居海边，以躲开乱世。他可怜我有志修道，传授给我服用丹药的秘方，使我能超脱人世。就是像大伍、司诚、子期、姜伯、涂山这些人，都是活到千岁以上，而且越来越年轻。我得道以来，服药三百多年，曾给过崔仲卿一个仙方，当时他八十四岁，已经服药三十三年了，我看他现在身体强壮精力充沛，头发胡须都不白，牙齿也很完整牢固。你可以去找崔仲卿向他学道。"于是陈伯就去侍奉崔仲卿，得到了他的仙方，结果也得以长生不老。还有一个张合的妻子，她已经五十岁了，服了崔仲卿的药后，反而像是二十多岁的人，八十六岁时又生了个儿子。孔安国又传授了几个人，都活到四百岁，后来都进山继续修炼去了。也有吃了仙药仍不能得道成仙的，那是由于他们夫妻房事没有节制的缘故。出自《神仙传》。

尹 轨

尹轨字公度，太原人。他精通五经，尤其擅长天文星象、河图洛书、神秘预言方面的学问。晚年他专心学道，经常服用黄精粉，每天服三盒，已经活了几百岁。他常常预言天下的兴盛或衰亡，别人的安危吉凶，没有不灵验的。尹轨平时腰里挂着十几个上了漆的小竹筒，里面全装的药，据说他的药可以使人免受兵祸和瘟疫之灾。有一次他给人一丸，让那人把药带在身上。当时世道很乱，那人的乡亲都遭到了祸事，只有那人免除了祸患。瘟疫流行时，如果能把尹轨的药一小粒涂在门上，那么全家都不会被传染上瘟疫。他有个弟子叫黄理，住在陆浑山中。黄理担心有老虎为害，尹轨让他把树锯成柱子，在离家五里的地方，在东西南北四方各埋一根木柱，埋好后，尹度在柱子上打上封印，从此老虎便绝迹了，老虎总是走到离埋柱子的地方五里之外就退回去了。有只怪鸟落在一户人家屋上，这家人将这事告诉了

公度，公度为书一符，着鸟所鸣处。至夕，鸟伏死符下。或有人遭丧，当葬而贫，汲汲无以办。公度过省之，孝子遂说其孤苦，公度为之怆然，令求一片铅。公度入荆山，架小屋，于炉火中销铅，以所带药如米大，投铅中搅之，乃成好银。与之，告曰："吾念汝贫困，不能营葬，故以拯救。慎勿多言也。"有人负官钱百万，身见收缚。公度于富人借数千钱与之，令致锡，得百两。复销之，以药方寸匕投之，成金，还官。后到太和山中仙去也。出《神仙传》。

介　象

　　介象者，字元则，会稽人也。学通五经，博览一家之言，能属文，后学道入东山。善度世禁气之术，能于茅上燃火煮鸡而不燋；令一里内人家炊不熟，鸡犬三日不鸣不吠；令一市人皆坐不能起，隐形变化为草木鸟兽。闻有《五丹经》，周旋天下寻求之。不得其师，乃入山精思，冀遇神仙。惫极卧石上，有一虎往舐象额，象寤见虎，乃谓之曰："天使汝来侍卫我，汝且停；若山神使汝试我，即疾去。"虎乃去。象入山，谷上有石子，紫色，光绿甚好，大如鸡子，不可称数，乃取两枚。谷深不能前，乃还。于山中见一美女，年十五六许，颜色非常，被服五彩，盖神仙也。象乞长生之方，女曰："子可送手中物着故处，乃可。汝未应取此物，吾故

尹轨，尹轨就给他们写了一道符，让那家人把符贴在怪鸟叫的地方。到了晚上，那怪鸟就死在符下。有一家死了人，要下葬了，却由于太穷没法办理。尹轨前去这家看望，孝子向他哭诉家中的困境，尹轨心里很难过，就让孝子找了一小块铅来。尹轨带着铅进了荆山，在山中搭了个小屋，在小屋中生起炉火把铅熔化，然后把自己所带的药弄了米粒大的一点投进铅水里，搅了一阵，铅就变成了好银子。尹轨把银子送给那孝子，并对他说："我可怜你家里太穷不能治丧，所以帮你一把。你千万不要对别人说我用铅炼银的事！"有个人欠了官府百万钱，自己都要被抓了。尹轨就从富人那里借了几千钱给那人，让他买来一百两锡。尹轨把这一百两锡用火熔化了，然后把一方寸那么大的一匙药投进去，锡就变成了一百两黄金，让他还给了官府。后来尹轨进了太和山成仙而去。出自《神仙传》。

介　象

介象字元则，会稽人。他精通五经，博览一家学派的学说，文章也写得好，后来进入东山学道。他擅长闭气术，得到了成仙的秘诀；他能点起茅草火煮鸡肉，鸡肉熟了茅草却没烧焦；他能施法让一里内的人家全都做不熟饭，让家家户户的鸡狗都三天不叫唤；他还能让全城的人都坐着动不了，隐身变成草木鸟兽。他听说有部《五丹经》，就遍游天下去寻找。他学道一直没遇到仙师，就自己进山苦苦修炼，希望能遇见神仙。有一次累极了躺在山石上，有只老虎来舐他的额头，他惊醒后看见老虎，对它说："如果是天帝让你来保护我，你就留在我身边；如果是山神让你来考验我的胆量，你就快滚吧！"老虎就跑掉了。介象进山后，看见山谷中有种石头，紫色的，光彩夺目，鸡蛋大小，多得数不清，就拣了两枚。因为山谷太深不能再往前走，就回来了。他在山里遇见一个十五六岁的美女，容貌十分秀丽，穿着五彩的衣服，原来她是位神仙。介象向仙女请教长生之道，仙女说："你要把你手里的东西放回原处才行。因为你不应该得到那东西，所以我

止待汝。"象送石还,见女子在前处,语象曰:"汝血食之气未尽,断谷三年更来,吾止此。"

象归,断谷三年复往,见此女故在前处。乃以《还丹经》一首投象,告之曰:"得此便得仙,勿复他为也。"乃辞归。象常住弟子骆廷雅舍,帷下屏床中,有数生论《左传》义,不平。象傍闻之不能忍,乃忿然为决。书生知非常人,密表荐于吴主。象知之欲去,曰:"恐官事拘束我耳。"廷雅固留。吴王征至武昌,甚尊敬之,称为"介君"。诏令立宅,供帐皆是绮绣,遗黄金千镒。从象学隐形之术,试还后宫,出入闺闼,莫有见者。如此幻法,种种变化,不可胜数。后告言病,帝遣左右姬侍以美梨一奁赐象。象食之,须臾便死,帝埋葬之。以日中时死,晡时已至建业,所赐梨付苑吏种之。吏后以表闻,先主即发棺视之,唯一符耳。帝思之,与立庙,时时躬往祭之。常有白鹤来集座上,迟回复去。后弟子见在盖竹山中,颜色转少。出《神仙传》。

苏仙公

苏仙公者,桂阳人也,汉文帝时得道。先生早丧所怙,乡中以仁孝闻。宅在郡城东北,出入往来,不避燥湿。至于食物,不惮精粗。先生家贫,常自牧牛,与里中小儿,更日为牛郎。先生牧之,牛则徘徊侧近,不驱自归。余小儿

才在这里等你。"介象就把那两块石头送回山谷，回来后见仙女还站在原处等他，仙女对他说："你身上凡人的气味还没脱尽，回去绝食三年后再来，我仍在这里等你。"

介象回家后，三年没吃五谷，然后又进了山，见那仙女果然还在原地站着。仙女把一篇《还丹经》给了他，告诉他说："你得了这篇仙经就能成仙了，不要再去求什么别的仙经道术了。"介象就辞别仙女回去了。介象有一次住在弟子骆廷雅的家里，听到他帐外屏风后面的床榻上有几个书生在讨论《左传》里的经义问题，争论得不分高下，谁也不服谁。介象在旁边听得很生气，就忍不住为他们的争论作了结论。书生们看出介象不是一般人，就偷偷上表密奏给吴王。介象知道后打算躲出去，说："我只怕做官公务缠身太拘束了。"骆廷雅苦苦挽留才留住了介象。吴王把介象召到武昌，对他非常尊重，尊称他为"介君"。吴王下诏给他盖了府宅，宅子里的帐幕都是绸缎锦绣，送给他上千镒黄金。吴王跟介象学会了隐形术，出入宫殿和嫔妃的内宫，人们都看不见他。介象的这些变化的方术不可胜数。后来介象说自己有病要求回去，吴王就让左右的侍从宫女送给介象一筐非常好的梨。介象吃了梨，立刻就死了，吴王就把他埋葬了。介象是中午时死的，下午却到了建业，还把吴王赐的梨核交给管园林的官员种下。这官员后来向吴王奏明此事，吴王立即打开棺材，发现里面只有一张符。吴王想念他，为他立了庙，时常亲自去祭祀。常有白鹤飞落在庙中神座上，盘旋后飞走。后来他的弟子见他在盖竹山中，容貌更年轻了。出自《神仙传》。

苏仙公

苏仙公是桂阳人，汉文帝时得道。他早年丧父，在乡亲中以仁义孝敬闻名。他家住桂阳城东北，每天奔波劳累，无论天气是干燥还是潮湿。吃饭也从不计较饭菜是精美还是粗淡。他家里穷，经常自己放牛，和邻居孩子轮流当牧童。苏仙公放牛时，牛都在他身边徘徊，到了晚上不用驱赶牛群就自己回家。其他小牧童

牧牛，牛则四散，跨冈越岨。诸儿问曰："尔何术也？"先生曰："非汝辈所知。"常乘一鹿。先生常与母共食，母曰："食无鲊，他日可往市买也。"先生于是以箸插饭中，携钱而去，斯须即以鲊至。母食去毕，母曰："何处买来？"对曰："便县市也。"母曰："便县去此百二十里，道途径岨，往来遽至，汝欺我也！"欲杖之。先生跪曰："买鲊之时，见舅在市，与我语云，明日来此。请待舅至，以验虚实。"母遂宽之。明晓，舅果到，云昨见先生便县市买鲊。母即惊骇，方知其神异。

先生曾持一竹杖，时人谓曰："苏生竹杖，固是龙也。"数岁之后，先生洒扫门庭，修饰墙宇。友人曰："有何邀迎？"答曰："仙侣当降。"俄顷之间，乃见天西北隅，紫云氤氲，有数十白鹤，飞翔其中，翩翩然降于苏氏之门，皆化为少年，仪形端美，如十八九岁人，怡然轻举。先生敛容逢迎，乃跪白母曰："某受命当仙，被召有期，仪卫已至，当违色养，即便拜辞。"母子歔欷。母曰："汝去之后，使我如何存活？"先生曰："明年天下疾疫，庭中井水，檐边橘树，可以代养，井水一升，橘叶一枚，可疗一人。兼封一柜留之，有所阙乏，可以扣柜言之，所须当至，慎勿开也。"言毕即出门，踟蹰顾望，耸身入云，紫云捧足，群鹤翱翔，遂升云汉而去。来年，果有疾疫，远近悉求母疗之，皆以水及橘叶，

放牛时，牛就四处乱跑，跑到山岗或峡谷里去。孩子们问苏仙公："你有什么神术吗？"先生说："这不是你们能懂的。"先生常骑着一头鹿。有一次他和母亲一起吃饭，母亲说："没有鲊鱼吃，改天你到街上买几条吧。"先生听后立刻把筷子插在饭上，拿着钱走了，不一会儿就把鲊鱼买来了。他母亲吃完了饭，问："是从哪儿买来的鱼？"先生说："是在便县街上买的。"母亲说："咱家离县城一百二十里远，还尽是险峻的小路，你这么快就去了又回来，怎么可能呢？你不是骗我吧？"说完就要用棍子打他。先生跪下说："我买鱼时在街上碰见了舅舅，他说明天要到咱家来。等明天舅舅来了，就可以验证我说的是不是实话了。"母亲就放了他。第二天早上，舅舅果然到家来了，说昨天看见先生在县城街上买鲊鱼。母亲听后又惊奇又害怕，才知道儿子是神人。

先生曾拿着一个竹杖，当时的人都说："苏仙公的竹杖其实是一条龙。"几年之后，苏仙公有一天清扫门庭院落，修理房子和院墙。有朋友问："这是要请什么人来做客？"苏仙公回答说："有神仙朋友要降临了。"过了不久，只见天空西北角下紫云翻滚，有几十只白鹤在云中飞翔，然后翩翩然降落在苏家门前，然后都变成了俊美的少年，仪态端庄俊美，都像是十八九岁，神态自若，举止很有风度。苏仙公很郑重地上前迎接，然后跪着对母亲说："儿子受天命当成仙而去，被征召的时间已到，接我的仪仗队伍已经来了，我就要离开，不能再供养母亲了，就此拜别！"母子二人都悲伤哭泣起来。母亲说："你走之后，让我怎么活啊！"先生说："明年天下将发生瘟疫，咱家院里的井水和房子旁的桔树都能替儿子养活母亲，母亲只要打一升井水摘一片桔叶，就能救活一个得瘟疫的人。我还给母亲留了一个封好的柜子，如果缺什么东西，您只要敲敲柜子告诉它，它就可以把您要的东西给您送来，千万别打开这个柜子。"说完就出了大门，几次徘徊回头看母亲，然后耸身腾空入云而去，只见他脚踏紫云，鹤群在他左右翻飞，一直升上天空消失了。第二年果然发生了瘟疫，远近的病人都来求苏仙公的母亲治病，母亲就用井水和桔叶给他们治疗，

无不愈者。有所阙乏，即扣柜，所须即至。三年之后，母心疑，因即开之，见双白鹤飞去。自后扣之，无复有应。

母年百余岁，一旦无疾而终。乡人共葬之，如世人之礼。葬后，忽见州东北牛脾山，紫云盖上，有号哭之声，咸知苏君之神也。郡守乡人，皆就山吊慰，但闻哭声，不见其形。郡守乡人，苦请相见，空中答曰："出俗日久，形貌殊凡，若当露见，诚恐惊怪。"固请不已，即出半面，示一手，皆有细毛，异常人也。因请郡守乡人曰："远劳见慰，途径险阻，可从直路而还，不须回顾。"言毕，即见桥亘岭傍，直至郡城。行次，有一官吏辄回顾，遂失桥所，堕落江滨，乃见一赤龙于脚下，宛转而去。先生哭处，有桂竹两枝，无风自扫，其地恒净。三年之后，无复哭声，因见白马常在岭上，遂改牛脾山为白马岭。自后有白鹤来止郡城东北楼上，人或挟弹弹之，鹤以瓜攫楼板，似漆书云："城郭是，人民非，三百甲子一来归，吾是苏君弹何为？"至今修道之人，每至甲子日，焚香礼于仙公之故第也。出《神仙传》。

又一说云：苏耽者，桂阳人也，少以至孝著称，母食欲得鱼羹，耽出湖州市买，去家一千四百里，俄顷便返。耽叔父为州吏，于市见耽，因书还家，家人大惊。耽后白母，

没有治不好的。如果缺什么东西，母亲就敲柜子，所要的东西立刻就会到。三年之后，母亲因为心中疑惑好奇，就把柜子打开了，只见两只白鹤从柜子里飞走了。以后再敲柜子，就不灵了。

母亲活了一百多岁，有一天没什么病就去世了。乡亲们一起按世俗的礼仪把她埋葬了。埋葬以后，忽然看见州东北方的牛脾山头被紫云覆盖，云中传出号哭的声音，人们都知道这是苏仙公在哭他的母亲。郡里的太守和乡亲们就都来到山下祭祀凭吊，但是只听见苏仙公的哭声，看不见他本人。郡太守、乡亲们就苦苦请求和苏仙公见上一面，只听苏仙公在云中说："我脱离人间很久了，已经不是在人世时的模样，如果现形相见，怕你们会害怕的。"乡亲们还是苦苦哀求，苏仙公就露出半边脸一只手，脸上和手上都长满了细毛，的确和凡人不一样。苏仙公就对太守和乡亲们说："有劳你们走了这么远的山路来慰问我，山路崎岖，回去可以走直路，但千万不要回头看。"话音刚落，只见一座大桥从山中延伸出来，一直通到郡城，人们就从桥上往城里走。人们都走到城门口之后，有一个官员在桥上回头看了一下，那大桥突然坠落在江边消失了，同时见一条赤龙在人们脚下盘旋腾空而去。苏仙公哭母亲的地方长出两枝桂竹，就是没风桂竹也俯下来不断地拂扫地面，使地面长久保持洁净。三年之后，云中再也听不见苏仙公的哭声了，但常看见一只白马立在山头，大家就把牛脾山改名为白马岭了。后来有一只白鹤飞来，停在郡城东北的城楼上，有人用弹弓打那白鹤，白鹤就用爪子抓楼上的横匾，爪子的印迹好像是漆写下的字，说的是："城还是旧城，人已不是原来的人了，我一万八千年回来看一次，我是苏仙公，你为什么要用弹弓打我呢？"至今凡是修道的人每到六十年甲子这一天，都要到苏仙公的故居烧香礼拜。出自《神仙传》。

还有一种传说，说苏耽是桂阳人，少年时便以特别孝顺闻名，有一次，他母亲想喝鱼汤，苏耽就到湖州街上去买，那里离家一千四百里，立刻就回来了。他的叔父是州里的官员，在湖州街上遇见了他，就写信告诉他家，家里人大惊。后来苏耽告诉母亲，

耽受命应仙,方违远供养,以两盘留家中。若须食,扣小盘;欲得钱帛,扣大盘,是所须皆立至。乡里共怪其如此,白官,遣吏检盘无物,而耽母用之如神。先是,耽初去时云:"今年大疫,死者略半,家中井水,饮之无恙。"果如所言,阖门元吉。母年百余岁终,闻山上有人哭声,服除乃止。百姓为之立祠。出《洞神传》。

成仙公

成仙公者,讳武丁,桂阳临武乌里人也。后汉时年十三,身长七尺。为县小吏,有异姿,少言大度,不附人,人谓之痴。少有经学,不授于师,但有自然之性。时先被使京,还过长沙郡,投邮舍不及,遂宿于野树下,忽闻树上人语云:"向长沙市药。"平旦视之,乃二白鹤,仙公异之,遂往市。见二人罩白伞,相从而行。先生遂呼之设食。食讫便去,曾不顾谢。先生乃随之行数里,二人顾见先生,语曰:"子有何求而随不止?"先生曰:"仆少出陋贱,闻君有济生之术,是以侍从耳。"二人相向而笑,遂出玉函,看素书,果有武丁姓名,于是与药二丸,令服之。二人语先生曰:"君当得地仙。"遂令还家。明照万物,兽声鸟鸣,悉能解之。先生到家后,县使送饷府君。府君周昕,有知人之鉴,见先生,呼曰:"汝何姓名也?"对曰:"姓成名武丁,县司小吏。"府君异之,乃留在左右。久之,署为文学主簿。

说他命中注定要成仙升天,不能亲自供养,走时留下两个盘子。母亲要吃饭就敲小盘,要用钱就敲大盘,所要的都应声而至。乡亲们都觉得十分奇怪,就报告了官府,官府派人验看,盘子里什么也没有,只有苏耽的母亲用它才好使。当初,苏耽走前对母亲:"今年要有大瘟疫,要死一半人,家里的井水,喝了就不会得病。"后来果然像苏耽预言的那样,全家平安地度过了瘟灾。苏耽的母亲一百多岁去世,人们听见山上有人的哭声,直到服丧期满后,哭声才停。后来百姓们为苏耽修建了祠庙。出自《洞神传》。

成仙公

成仙公名叫武丁,是桂阳郡临武县乌里人。后汉时他十三岁,身高七尺。他当时在县衙当个小官吏,容貌不凡,心胸宽广,沉默寡言,也从不依附什么有势力的人,常被人看作傻子。他少年时就对儒家经典有研究,没有经老师指点过,但由于天性聪慧而无师自通。有一次他被派到京城出差,回来后经过长沙郡时,没赶上到驿站住宿,就在野外一棵树下休息,忽然听见树上有人说:"到长沙买药去。"到了早晨,他抬头一看,只见树上有两只白鹤,心里很奇怪,就到长沙街上去了。在街上他看见两个人打着白伞一起走。成仙公就请他俩吃饭。吃完了饭,那两个人就走了,连谢都不道一声。成仙公就跟着他俩走了几里地,两个人回头看见仙公,就问:"你一直跟着我们,是有什么要求吗?"仙公说:"我是个很卑陋的人,听说你们有道术,所以才追随你们。"两个人相视一笑,就拿出一个玉石匣子中的绢书翻看,见上面果然有仙公武丁的名字,于是就给了他两枚药丸,让他吃下去。那两人对仙公说:"你应该得道成为地仙。"然后就让他回家。从此仙公能洞悉世间万物的奥秘,连野兽的吼叫和鸟儿的鸣声他都能听懂。仙公到家以后,县里让他给府君送礼品。府君名叫周昕,特别能识别人才,看见仙公就问:"你姓甚名谁啊?"仙公回答说:"姓成名武丁,在县里当小吏。"府君很赏识他,就把他留在身边。过了一段时间,又任命他当文学主簿。

尝与众共坐，闻群雀鸣而笑之。众问其故，答曰："市东车翻覆米，群雀相呼往食。"遣视之，信然也。时郡中寮吏豪族，皆怪不应引寒小之人，以乱职位。府君曰："此非卿辈知也。"经旬日，乃与先生居阁直。至年初元会之日，三百余人，令先生行酒。酒巡遍讫，先生忽以杯酒向东南噀之，众客愕然怪之。府君曰："必有所以。"因问其故。先生曰："临武县火，以此救之。"众客皆笑。明日司仪上事，称武丁不敬，即遣使往临武县验之。县人张济上书，称："元日庆集饮酒，晡时火忽延烧厅事，从西北起。时天气清澄，南风极烈。见阵云自西北直耸而上，径止县，大雨，火即灭，雨中皆有酒气。"众疑异之，乃知先生盖非凡人也。后府君令先生出郡城西，立宅居止，只有母一小弟及两小儿。

比及二年，先生告病，四宿而殒，府君自临殡之。经两日，犹未成服，先生友人从临武来，于武昌冈上，逢先生乘白骡西行。友人问曰："日将暮，何所之也？"答曰："暂往迷溪，斯须却返。我去，向来忘大刀在户侧，履在鸡栖上，可过语家人收之。"友人至其家，闻哭声，大惊曰："吾向来于武昌冈逢先生共语，云暂至迷溪，斯须当返，令过语家人，收刀并履，何得尔乎？"其家人云："刀履并入棺中，那应在外？"即以此事往启府君。府君遂令发棺视之，不复见尸，

有一次成仙公和同僚们在一起坐着闲谈，听见一群麻雀叫，仙公就笑了起来。大家问他笑什么，他说："东街有辆车翻了，车上的米洒了一地，麻雀们互相招呼要到那里去吃米呢。"派人到东街一看，果然像仙公说的一样。当时郡府中有些出身豪门的官员，责怪府君不该任用仙公这样出身微贱的人，扰乱了官场秩序。府君说："这不是你们能知道的事。"过了十几天，府君干脆把仙公请到自己的府宅同住。到了元旦官员们团拜宴会的那天，三百多人聚会宴饮，让仙公依次斟酒。酒斟完一遍之后，仙公忽然喝了一杯酒向东南方向喷去，满座人都惊讶地责怪他。只有府君说："他这样做一定是有原因的。"就问仙公怎么回事。仙公说："临武县城失火了，我喷酒是为了救火。"宾客们都嘲笑他。第二天司仪官向上司报告，说仙公在宴会上的行为是大不敬，府君就派人到临武县去调查。结果临武县的张济上书说："正月初一县府举办节日宴会，下午三点多钟县衙忽然起了大火，火从西北方向烧起。当时天气很好，南风很猛。忽然看见西北天空涌起阵阵乌云，径直向县城卷来，接着下起了大雨，火就被浇灭了，雨水中散发出阵阵酒气。"大家更加惊奇了，这才知道成仙公不是凡人。后来府君给成仙公在郡城西盖了府宅，请他搬进去住，只有他母亲、弟弟和两个孩子住在一起。

　　这样过了两年，仙公向府君告病，四天后就死了，府君亲自主持了他的入殓仪式。两天后，还没有举行穿孝服的仪式，仙公的朋友从临武到郡里来，说他在武昌的山冈上遇见成仙公骑着白骡子往西走。他问仙公："天快黑了，你要去哪里？"仙公说："我到迷溪去一趟，很快就回来。我走时把大刀忘在了我家门旁，还有一双鞋放在鸡架上，你回去给我家里人捎信让他们收好。"朋友来到仙公家，听到一片哭声，大吃一惊说："我刚在武昌冈上和仙公相遇，一起交谈，他说他暂时到迷溪去一趟，很快就回来，还让我告诉家里把他的刀和鞋收起来，怎么能说他死了呢？"家里人说："刀和鞋都在他棺材里，哪是在外面呢？"他们把这事报告给府君。府君就下令打开棺材查看，发现尸首不见了，

棺中唯一青竹杖，长七尺许，方知先生托形仙去。时人谓先生乘骡于武昌冈，乃改为骡冈，在郡西十里也。出《神仙传》。

郭　璞

郭璞字景纯，河东人也。周识博闻，有出世之道鉴，天文地理，龟书龙图，爻象谶纬，安墓卜宅，莫不穷微。善测人鬼之情状。李弘范《翰林·明道》，论景纯善于遥寄，缀文之士，皆同宗之。

晋中兴，王导受其成旨，以建国社稷。璞尽规矩制度，仰范太微星辰，俯则河洛黄图，夫帝王之作，必有天人之助者矣。王敦镇南州，欲谋大逆，乃召璞为佐。时明帝年十五，一夕集朝士，问太史：“王敦果得天下邪？”史臣曰：“王敦致天子，非能得天下。”明帝遂单骑微行，直入姑熟城。敦正与璞食，璞久之不白敦。敦惊曰：“吾今同议定大计，卿何不即言？”璞曰：“向见日月星辰之精灵，五岳四海之神祇，皆为道从翌卫，下官震悸失守，不即得白将军。”敦使闻，谓是小奚戏马。检定非也，遣三十骑追，不及。敦曰：“吾昨夜梦在石头城外江中，扶犁而耕，占之。”璞曰：“大江扶犁耕，亦自不成反，反亦无所成。”敦怒谓璞曰：“卿命尽几何？”璞曰：“下官命尽今日。”敦诛璞。江水暴上市。璞尸

棺木中只有一支青竹，长七尺多，这才知道成仙公是脱离肉身升仙了。当时人们就把他骑骡走过的武昌冈改名叫骡冈，骡冈就在郡城西面十里的地方。出自《神仙传》。

郭　璞

郭璞字景纯，河东郡人。他见识很广，博学多闻，懂得超脱尘世的道学真谛，对于天文地理、上古时神龟背上六十五个字的"洛书"与龙马从黄河中负出的"河图"、占卜卦象、预言未来的谶纬、给阴宅和阳宅看风水定位置等方面的学问，没有不精通的。他还善于观测人鬼的情状。李弘范在《翰林·明道》篇中评论说，郭璞写诗寄托深远，写文章的人都以他为宗师。

晋代中兴时，丞相王导接受了他的学说，作为建立国家社稷坛庙的指导。郭璞确定坛庙的规矩制度，上则模仿天上的星辰，下则效法河图洛书，认为帝王的大业兴起，必须有天神的佑助。王敦当时镇守南州要地，想要造反，就召郭璞辅佐他。当时晋明帝才十五岁，有一天晚上，明帝召集了朝臣们，问太史说："你看王敦造反能得天下吗？"太史说："王敦只是能要挟天子，并不能得天下。"于是明帝骑上一匹马，换了平民衣服，一个人径直进了姑熟城。当时王敦正和郭璞一起吃饭，郭璞始终一言不发。王敦惊讶地问："我请你来是和你一起商定夺取天下的大计，你怎么总不说话？"郭璞说："我刚刚看见天上的日月星辰的精灵和地上五岳四海的神仙都侍卫着一个人进了姑熟城，我十分震惊，魂不守舍，所以没能及时和你说话。"王敦就让郭璞告诉他是怎么回事，郭璞就说是有个小奴仆在姑熟街上跑马嬉耍。王敦认为郭璞说的绝不是这个意思，就派了三十名骑兵去追，到底没追上。王敦又问郭璞："我昨夜做了个梦，梦见我在石头城外的江中扶犁耕田，请你算一算是吉是凶。"郭璞说："在江里耕田，意思是造不成反，即使造反了也不会成。"王敦大怒，又问郭璞："你算算你什么时候死？"郭璞说："我算过了，今天我就会死！"王敦就杀了郭璞。郭璞刚被杀，江水就暴涨进了街市。郭璞的尸体

出城南坑，见璞家载棺器及送终之具，已在坑侧，两松树间上有鹊巢，璞逆报家书所言也。谓伍伯曰："吾年十三时，于栅塘脱袍与汝，吾命应在汝手中，可用吾刀。"伍伯感昔念惠，衔涕行法。殡后三日，南州市人，见璞货其平生服饰，与相识共语，非但一人。敦不信，开棺无尸。璞得兵解之道，今为水仙伯。注《山海经》《夏小正》《尔雅》《方言》，著《游仙诗》《江赋》《卜繇》《客傲》《洞林云》。《晋书》有传。出《神仙传》。

尹　思

尹思者，字小龙，安定人也。晋元康五年正月十五夜，坐屋中，遣儿视月中有异物否。儿曰："今年当大水，中有一人被蓑带剑。"思目视之曰："将有乱卒至。"儿曰："何以知之？"曰："月中人乃带甲仗矛。当大乱三十年，复当小清耳。"后果如其言。出《神仙传》。

被冲到城南一个坑内，只见他家中早已在坑旁准备好了棺木和送终的用品，坑旁有两棵松树，树上有个鹊鸟的窝，这些都是郭璞事先就写信告诉了家里的。郭璞被杀前对行刑的刽子手说："我十三岁那年，在栅塘脱下袍子送给你，那时我就知道我的命该当送在你手里，只是请你用我的刀杀我吧。"刽子手感念过去郭璞对他的恩惠，含着泪行了刑。郭璞埋葬后三天，南州街上的人看见他在卖自己过去穿的衣服，并和认识的人交谈，不止一个人见到了郭璞。王敦听说后不相信，打开郭璞的棺材一看，里面根本没有尸首。这是因为郭璞借兵解成仙去了，现在郭璞当了水仙伯。他注解过《山海经》《夏小正》《尔雅》《方言》，他的著作有《游仙诗》《江赋》《卜繇》《客傲》《洞林云》等。《晋书》中有他的传记。出自《神仙传》。

尹　思

　　尹思字小龙，安定人。晋代元康五年正月十五的夜晚，尹思坐在屋里，让他的儿子出去看看月亮里有没有不正常的东西。儿子看后对他说："今年会发大水，月亮里有一个披着蓑衣佩着宝剑的人。"尹思看了看月亮说："今年将有乱兵祸害百姓。"儿子问："您怎么知道的呢？"他说："月亮里的那个人披着铠甲执着长矛。天下将会大乱三十年，然后才能稍稍太平一些。"后来果然像尹思说的那样。出自《神仙传》。

卷第十四
神仙十四

刘子南

刘子南者,乃汉冠军将军武威太守也。从道士尹公,受务成子萤火丸,辟疾病疫气、百鬼虎狼、虺蛇蜂虿诸毒,及五兵白刃、贼盗凶害。用雄黄各二两,萤火鬼、箭蒺藜各一两,铁槌柄烧令焦黑、锻灶中灰、殳羊角各一分半,研如粉面,以鸡子黄并丹雄鸡冠血,丸如杏仁大者。以三角绛囊盛五丸,常带左臂上,从军者系腰中,居家悬户上,辟盗贼诸毒物。子南合而佩之。

永平十二年,于武威邑界遇虏,大战败绩,余众奔溃,独为寇所围。矢下如雨,未至子南马数尺,矢辄堕地,终不能中伤。虏以为神人也,乃解围而去。子南以教其子及兄弟为军者,皆未尝被伤,喜得其验,传世宝之。汉末,青牛道士封君达得之,以传安定皇甫隆,隆授魏武帝,乃稍传于人间。

刘子南

刘子南是汉朝的冠军将军、武威太守。他跟道士尹公学道，学会了务成子萤火丸的制法，能避开疾病疫疠、虎狼鬼怪、毒蛇蜂蝎等各种毒物，以及各种兵器的刀伤和盗贼的侵害。药丸的制法是用雄黄、雌黄各二两；萤火虫、箭蒺藜各一两；用铁槌的柄把它们烧成焦炭；再用炼铁炉中的灰和黑色的羊角各一分半，加在一起研成粉状，用鸡蛋黄和红鸡冠子上的血调和后，做成杏仁大小的药丸。用三角形的红布袋装进五个药丸，平时常戴在左臂上，当兵的就系在腰间，住家就挂在门上，就可以避开盗贼和各种毒物。刘子南制好了药丸，就经常佩带在身上。

东汉明帝永平十二年，刘子南带兵在武威郡边界遇到胡人侵犯，一场大战后刘子南兵败，他的部队被击溃四处逃散，他一个人被敌人围困。敌人射来的箭像雨一样密，但到离刘子南的战马几尺远的地方箭就纷纷落地，始终不能射伤他。胡人以为他是神人，就解围撤兵而去。刘子南把萤光丸教授给他在军队中的儿子和兄弟，他们也同样没受过伤，都为药丸的灵验而高兴，当成传世珍宝。汉代末年，青牛道士封君达得了这药方，就传给了安定的皇甫隆，皇甫隆传给了魏武帝，才渐渐传到百姓中。

一名"冠军丸"，亦名"武威丸"，今载在《千金翼》中。出《神仙感遇传》。

郭 文

郭文字文举，洛阳人也，《晋书》有传。隐余杭天柱山，或居大璧岩。太和真人曾降其室，授以冲真之道。晦迹潜形，世所不知。有虎张口至石室前，若有所告。文举以手探虎喉中得骨，去之。明日，虎衔一死鹿致石室之外。自此虎常驯扰于左右，亦可抚而牵之。文举出山，虎必随焉，虽在城市众人之中，虎俯首随行，不敢肆暴，如犬羊耳，或以书策致其背上，亦负而行。文尝采木实竹叶，以货盐米，置于筐中，虎负而随之。晋帝闻之，征诣阙下，问曰："先生驯虎有术邪？"对曰："自然耳。人无害兽之心，兽无伤人之意，何必术为？抚我则后，虎犹民也；虐我则仇，民犹虎也。理民与驯虎，亦何异哉？"帝高其言，拜官不就，归隐鳌亭山，得道而去。后人于其卧床席下，得蒉叶，书金雄诗、金雌记，其言皆当时谶词。其蜕如蛇也。出《神仙拾遗》。

嵩山叟

嵩山叟，晋时人也。世说云，嵩山北有大穴，莫测其深浅，百姓每岁游观其上，叟尝误堕穴中，同辈冀其傥不死，

这种药丸也叫"冠军丸",又叫"武威丸",如今记载在《千金翼方》中。出自《神仙感遇传》。

郭　文

郭文字文举,洛阳人,《晋书》中有他的传记。他隐居在余杭的天柱山,有时住在大璧岩。太和真人曾降临到他的石屋,教给他冲真之道。从此郭文更加行踪隐秘,生活在世人所不知的地方。曾有一只老虎张着嘴来到他的石屋前,好像有什么话要告诉他。郭文就把手伸到老虎的喉中,掏出卡在里头的一块骨头,老虎就走了。第二天,那只老虎叼来一只死鹿放在郭文的石屋前。从此这虎就常常驯服地跟随在郭文身旁,郭文可以随意抚摸它牵着它走。郭文如果出山,老虎一定跟着他,就是来到城里街上的人群中,老虎也是低头跟着郭文走,从来不露凶相,就像狗或羊一样,有时郭文把刻写了文字的竹简放在老虎背上,老虎就驮着走。郭文曾经采了山果竹叶,用来换取盐米,便将它们装在筐里,让老虎驮着随他上街。皇上听说后,把他召进宫来,问:"先生驯服老虎有什么法术吗?"郭文回答说:"我只是顺应着自然的规律而已。人没有害兽之心,兽也就不会有伤人之意,何必用什么法术呢?你抚爱老百姓,就是万民之主,老虎和老百姓是一样的;你虐待百姓,百姓就以你为仇敌,老百姓也就是老虎啊。治理百性和驯服猛虎,有什么不同呢?"皇上认为郭文的话说得非常好,想让他在朝中做官,但他推辞不干,回到鳌亭山隐居,后来得道仙去。后来有人在他的床席下发现了一些小蒲叶,蒲叶上写的是金雄诗、金雌记,都是当时的一些预言。郭文成仙后在家里还留下了衣物,就像蛇蜕的皮一样。出自《神仙拾遗》。

嵩山叟

嵩山老翁,是晋朝时的人。世人传说,嵩山的北边有个大洞,没有人知道那洞有多深,老百姓每年都到嵩山上游玩,有一次这个老翁失足掉进了洞里,洞上面同游的人希望他不至于摔死,

投食于穴。堕者得而食之,巡穴而行,十许日,忽旷然见明,有草屋一区。中有二仙对棋,局下有数杯白饮,堕者告以饥渴,棋者与之饮。饮毕,气力十倍。棋者曰:"汝欲留此否?"答不愿停。棋者教云:"从此西行数十步,有大井,井中多怪异,慎勿畏之,必投身井中,自当得出。若饥,可取井中物食之。"如其言入井,中多蛟龙,然见曳辄避其路,于是随井而行。井中物如青泥而香美,食了不饥。半年许,乃出蜀青城山,因得归洛下。问张举,举曰:"此仙馆丈夫,所饮者玉浆,所食者龙穴石髓。子其得仙者乎?"遂寻洞却往,不知所之。《玄中记》云,蜀郡青城山有洞穴,分为三道,西北通昆仑。《茅君传》云,青城是第五洞九仙宝室之天,周回二千里,十洞天之一也,入山十里得至焉。出《神仙拾遗》。

许真君

许真君名逊,字敬之,本汝南人也。祖琰,父肃,世慕至道。东晋尚书郎迈,散骑常侍护军长史穆,皆真君之族子也。真君弱冠,师大洞君吴猛,传《三清法要》。乡举孝廉,拜蜀旌阳令,寻以晋室荼乱,弃官东归。因与吴君同游江左,会王敦作乱。真君乃假为符竹,求谒于敦,盖将欲止敦之暴,以存晋室也。一日,真君与郭璞同候于敦,敦蓄怒以见之,谓真君曰:"孤昨得一梦,拟请先生圆之,可乎?"真

就往洞里扔了些吃的东西。洞底的老翁吃了些东西，就顺着洞往里走，走了十几天，忽然前面变得宽敞明亮，有一间草屋。屋里有两个仙人对坐着下棋，棋枰旁有几杯白饮料，老翁对仙人说他又渴又饿，仙人就把那饮料给他喝。老翁喝完后，觉得浑身增长了十倍的力气。下棋的仙人问老翁："你愿意留下来吗？"老翁说不愿意留在这里。仙人告诉老翁说："从这儿往西走几十步，有口大井，井里有很多怪物，你别害怕，一定要跳到井里去，自然能出去的。如果你饿了，可以吃井里的东西。"老翁按照仙人的话跳进了井中，井里有很多蛟龙，但看见老翁后，都给他让路，于是老翁就顺着井往前走。井里到处都是黑泥一样的东西，但气味很芬芳，吃了以后就一点也不饿了。老翁走了半年多，出来便是蜀地的青城山，然后就回到了洛阳。老翁问张举是怎么回事，张举说："你遇到的那两个人是仙馆丈夫，你所喝的是玉浆，所吃的井中黑泥就是龙穴石髓。你大概是得了仙道了吧？"于是又去找那个洞，打算再去找仙人，然而再也找不到那洞了。《玄中记》里说，蜀郡青城山中有个洞穴，里面有三条路，西北的一条路通往昆仑山。《茅君传》中说，青城山洞是第五洞，是九仙宝室的天界，周围两千里，是天界的十大洞天之一，进山十里就能找到那个洞。出自《神仙拾遗》。

许真君

　　许真君名许逊，字敬之，原本是汝南人。他祖父许琰，父亲许肃，世代都爱慕道术。东晋的尚书郎许迈，散骑长侍、护军长史许穆，都是真君的同族。真君二十岁左右时，拜大洞君吴猛为师，吴猛传授给他修道的《三清法要》。后来他被乡里举荐为孝廉，被任命为蜀郡旌阳令，不久由于晋朝朝政混乱，真君辞官向东回家。因而和吴君一同到江左游历，正赶上王敦造反。真君就故意写了一道假符去求见王敦，想要制止王敦造反，以维护晋朝皇室。这天，许真君和郭璞一起等候见王敦，王敦忍着怒气对真君说："我昨晚做了一个梦，想请先生给我圆一圆，怎么样？"真

君曰："请大将军具述。"敦曰："孤梦将一木，上破其天，孤禅帝位，果十全乎？"许君曰："此梦固非得吉。"敦曰："请问其说。"真君曰："木上破天，是未字也，明公未可妄动，晋祚固未衰耳。"王敦怒，因令郭璞筮之。卦成，景纯曰："无成。"又问其寿，璞曰："明公若起事，祸将不久；若住武昌，寿不可测。"敦大怒，又问曰："卿寿几何？"璞曰："余寿尽今日。"敦怒，令武士执璞出，将赴刑焉。是时，二真君方与敦饮酒，许君掷杯梁上，飞绕梁间。敦等举目看杯，许君坐中隐身。于是南出晋关，抵庐江口，因召船师，载往钟陵。是时，船师曰："我虽有此船，且无人力乘驾，无由载君。"真君曰："汝但以船载我，我当自与行船。"仍谓船师曰："汝宜入船，闭门深隐，若闻船行疾速，不得辄有潜窥。"于是腾舟离水，凌空入云。真君谈论端坐，顷刻之间，已抵庐山金阙洞之西北紫霄峰顶。真君意欲暂过洞中，龙行既低，其船拽拨林木，戛剌响骇，其声异常，舟师不免偷目潜窥。二龙知人见之，峰顶委舟而去。真君谓船师曰："汝违吾教，惊触二龙，委弃此船万仞峰顶。吾缘贪与众真除荡妖害，暂须离此，游涉江湖。汝既失船，徒返人世，汝可隐此紫霄峰上，游览匡庐。"示之以服饵灵草之门，指之以遁迹地仙之术。由是舟师之船底，遗迹尚存。

君说："请将军具体说说做了个什么梦。"王敦说："我梦见自己持着一根木杆捅破了天，我接替晋朝称帝，这事果真万无一失了吗？"许真君说："我看这梦并不吉利。"王敦说："你给我讲讲怎么个不吉利？"许真君说："'木'往上刺破了天，这是个'未'字，说明您不能轻举妄动，因为晋朝的气数本来就没有衰落呢。"王敦大怒，又命郭璞算卦。郭璞算完卦后对王敦说："你做皇帝的事成不了。"王敦让郭璞算一算他的寿数，郭璞说："你要起兵篡位，不久将大祸临头；如果仍留在武昌，就会长寿。"王敦大怒，故意问郭璞："你看你有多长的寿命呢？"郭璞说："我的死期就是今天了。"王敦大怒，当即就让武士把郭璞拉出去绑赴刑场。当时，两位真君正和王敦一块喝酒，许真君突然把酒杯扔到房梁上，酒杯绕着房梁转来转去。当王敦等人抬头看酒杯时，许真君就隐身离去了。他向南出了晋关，抵达庐江口，就高呼船工，想搭船到钟陵。这时，船工说："我虽然有船，但没人驾船，所以没有办法载你。"许真君说："你只要让我上船，我自己驾船。"许真君上船后又对船工说："你最好呆在船舱里，关上舱门不要出来，如果你觉得船走得太快，千万不要向外偷看。"于是许真君施起法术，船就离了水面，腾空而起，在空中飞行。许真君在船上端坐着谈笑，片刻之间，船已到了庐山金阙洞西北的紫霄山山顶。许真君打算在金阙洞暂留片刻，载着船的两条龙就往低处飞，这就使得船撞击着山上的林木，发出震耳的声音，这奇怪的声音惊动了船舱中的船工，船工就向外面偷看了一眼。这时那两条龙发现被人偷看，就把船搁置在山顶后飞走了。许真君对船工说："你不听我的话向外偷看，惊动了那两条龙，把船搁在这万仞高的山顶上了。现在我因为要和几位真君一块去清除妖魔，需要暂时离开这里，到江河湖海去巡游。你失去了船，单独回到人世也没意思，可以在这紫霄峰上隐居下来，游览一下庐山。"又告诉了他服食灵草的方法和遁迹隐身的地仙方术。到现在那条船的痕迹还留在庐山紫霄峰上。

后于豫章遇一少年,容仪修整,自称慎郎。许君与之谈话,知非人类,指顾之间,少年告去。真君谓门人曰:"适来年少,乃是蛟蜃之精,吾念江西累为洪水所害,若非翦戮,恐致逃遁。"蜃精知真君识之,潜于龙沙洲北,化为黄牛。真君以道眼遥观,谓弟子施大王曰:"彼之精怪,化作黄牛,我今化其身为黑牛,仍以手巾挂膊,将以认之。汝见牛奔斗,当以剑截彼。"真君乃化身而去。俄顷,果见黑牛奔趁黄牛而来,大王以剑挥牛,中其左股,因投入城西井中。许君所化黑牛,趁后亦入井内,其蜃精复从此井奔走,径归潭州,却化为人。

先是,蜃精化为美少年,聪明爽隽,而又富于宝货。知潭州刺史贾玉有女端丽,欲求贵婿以匹之。蜃精乃广用财宝,赂遗贾公亲近,遂获为伉俪焉。自后与妻于衙署后院而居,每至春夏之间,常求旅游江湖,归则珍宝财货,数余万计,贾使君之亲姻僮仆,莫不赖之而成豪富。至是,蜃精一身空归,且云被盗所伤。举家叹惋之际,典客者报云,有道流姓许字敬之,求见使君,贾公遽见之。真君谓贾公曰:"闻君有贵婿,略请见之。"贾公乃命慎即出与道流相见。慎郎怖畏,托疾潜藏。真君厉声而言曰:"此是江湖害物,蛟蜃老魅,焉敢遁形!"于是蜃精复变本形,宛转堂下,寻为吏兵所杀。真君又令将其二子出,以水噀之,即化为小蜃。妻贾氏,几欲变身,父母恳真君,遂与神符救疗。仍令穿其宅下丈余,已旁亘无际矣。真君

后来,许真君在豫章遇见一个风度翩翩的少年,少年自称名叫慎郎。许真君和他谈话后,看出他不是凡人,转眼间,那少年就告辞离去了。真君对看门的说:"刚才来的那个少年,是个蛟蜃变的妖精,我考虑到江西连年闹洪水,就是它在兴妖作怪,这次我如果不除掉它,怕它又逃脱了。"那蜃精知道真君识破了它,就逃到龙沙洲北边,变成一头黄牛。真君用他的道眼向远处一看,就对弟子施大王说:"那个妖怪化成了黄牛,我现在变成一头黑牛,并在我手臂上绑一条手巾以便辨认。你如果看见牛狂奔打斗,就用剑截住它。"说罢真君就化身离去。不一会儿,果然看见黑牛赶着黄牛狂奔而来,施大王用剑砍黄牛,砍中了它的左腿,一头栽进了城西一口井里。许真君变的黑牛随后也追进了井里,那蜃精又从井里逃了出来,一气跑到了潭州,又变成了人。

　　当初这蜃精变成一个翩翩美少年,聪明俊秀,而且非常富有。他知道潭州刺史贾玉有一个端庄美丽的女儿,正想要找一个高贵的女婿。蜃精用了很多财宝贿赂贾玉身边的人,于是成功地与贾玉的女儿结为夫妻。婚后夫妻在衙署的后院住,每年一到了春夏之间,蜃精就要求让他到江河去旅行,回来就带回各种珍宝财物,数以万计,贾玉的亲戚和奴仆都靠他成了大富翁。然而这一次,蜃精却两手空空回来了,还说自己遇上强盗,被刺伤了腿。正在全家悲叹惋惜时,负责接待宾客的人报告说有一个叫许敬之的道士求见刺史,贾玉赶快接见了许真君。真君对贾玉说:"我听说你有位贵婿,能不能让我见见他?"贾玉就让那个自称慎郎的女婿出来和道士相见。慎郎害怕,假称有病躲了起来。这时许真君厉声说道:"你这个江河里的害人精,蛟蜃变成的老妖怪,还不快现出你的原形来!"蜃精立刻现出了原形,在堂前蠕动,不久便被刺史的卫士杀死了。许真君又让蜃精的两个儿子出来,用水一喷,两个儿子立刻变成了小蜃。刺史的女儿贾氏也几乎要变成了蜃,她的父母恳求许真君相救,真君就给了她一道神符救治。然后,真君让贾玉挖开他房子的地基,挖下去一丈,就发现地下已被那蜃精掏成了一个无边的大坑了。许真君

谓贾玉曰："汝家骨肉几为鱼鳖也，今须速移，不得暂停。"贾玉仓皇徙居，俄顷之间，官舍崩没，白浪腾涌。即今旧迹宛然在焉。真君以东晋孝武帝太康二年八月一日，于洪州西山，举家四十二口，拔宅上升而去。唯有石函、药臼各一所，车毂一具，与真君所御锦帐，复自云中堕于故宅，乡人因于其地置游帷观焉。出《十二真君传》。

吴真君

吴真君名猛，字世云，家于豫章武宁县。七岁，事父母以孝闻，夏寝卧不驱蚊蚋，盖恐其去而噬其亲也。及长，事南海太守鲍靖，因语至道，将游钟陵。江波浩淼，猛不假舟楫，以白羽扇画水而渡，观者奇之。猛有道术，忽一日狂风暴起，猛乃书符掷于屋上，有一青鸟衔符而去，须臾风定。人或问之，答曰："南湖有遭此风者，其中二道人呼天求救，故以此拯焉。"后人访寻，果如所述。时武宁县令干庆死，三日未殡，猛往哭之，因云："令长固未合死，今吾当为上天讼之。"猛遂卧庆尸旁，数日俱还。时方盛暑，尸枢坏烂，其魂恶，不欲复入，猛强排之，乃复重苏。庆弟晋著作郎宝，感其兄及睹亡父殉妾复生，因撰《搜神记》，备行于世。猛后于西平乘白鹿宝车，冲虚而去。出《十二真君传》。

对贾玉说:"你全家都快要变成鱼鳖了,现在必须立即搬家,不可停留。"贾玉连忙搬家,片刻之间,官署房屋就崩塌了,白浪翻涌而起。现在那里还保留着遗迹。东晋孝武帝太康二年八月一日这天,在洪州西山上,许真君的住宅突然腾空而起,他全家四十二口都成了仙。只有一个石匣、一个药白、一副车轮和真君用过的锦帐从云中落到他的故居,当地人就在故居建了座游帷观。

<small>出自《十二真君传》。</small>

吴真君

吴真君叫吴猛,字世云,家住豫章武宁县。他七岁时就以孝敬父母闻名于乡里,夏天睡觉时他不驱赶蚊虫,因为他怕把蚊虫赶去咬他的父母。长大后,吴猛在南海太守鲍靖手下做事,后来谈及至妙之道,准备前往钟陵游览。当他来到江边时,只见江波浩荡,他不用乘船渡江,只用手中的白羽扇划着江水就渡过了长江,看见的人都大为惊奇。吴猛有道术,有一天忽然刮起了狂风,吴猛就写了一道符扔到房顶,立刻有一只青鸟叼着符飞去,一会儿风就停了。有人问他是怎么回事,他说:"南湖中遭了这风暴,有两个道士呼喊上天乞求救助,所以我才写了符救他们。"后来人们去访查,事实果然像他说的这样。当时武宁县的县令干庆死了,三天没有出殡,吴猛前往哭吊,说:"县令本来不该死,我要向上天申诉。"吴猛就躺在干庆的尸体旁,过了几天,吴猛带着县令的魂灵一起回来了。当时正是盛夏,干庆的尸体已经腐烂发臭,干庆的魂魄十分讨厌自己的尸体,不愿再进入自己的肉身,吴猛强迫把干庆的魂魄按到他自己尸体上,干庆才复活过来。干庆的弟弟干宝,是晋朝的著作郎,因为他的哥哥死后复活,给他父亲殉葬的小妾也死后复活,所以十分有感触,就写了著名的《搜神记》,这部书一直流传在世。吴猛后来在西平乘着白鹿宝车,升天成仙而去。<small>出自《十二真君传》。</small>

万宝常

万宝常,不知何许人也。生而聪颖,妙达钟律,遍工八音。常于野中遇十许人,车服鲜丽,麾幢森列,如有所待,宝常趋避之。此人使人召至前曰:"上帝以子天授音律之性,将传八音于季末之世,救将坏之乐。然正始之声,子未备知也,使钧天之官,以示子玄微之要。"命坐而教以历代之乐,理乱之音,靡不周述,宝常毕记之。良久,群仙凌空而去。宝常还家,已五日矣。自此,人间之乐,无不精究。尝与人同食之际,言及声律,时无乐器,宝常以食器杂物,以箸扣之,品其高下,宫商毕备,谐作丝竹,大为时人所赏。历周洎隋,落拓不仕。

开皇初,沛国公郑译,定乐成,奏之,文帝召宝常,问其可否。常曰:"此亡国之音,哀怨浮散,非正雅之声。"极言其不可。诏令宝常创造乐器,而其声率下,不与旧同。又云:"世有周礼旋宫之义,自汉魏以来,知音者皆不能通之。宝常创之,人皆哂笑。"于是试令为之,应手成曲,众咸嗟异。由是损益乐器,不可胜纪。然其声雅澹,不合于俗,人皆不好,卒寝而不行。宝常听太常之乐,泣谓人曰:"淫厉而哀,天下不久相杀尽。"当时海内晏安,天下全盛,人闻其

万宝常

　　万宝常,不知道是什么地方的人。他生来就十分聪明,富有音乐天才,对各种乐器都很擅长。他曾经在野外遇到了十几个人,他们服装华丽车马豪华,各种旗帜仪仗排列整齐,好像在等待什么人,宝常一看,赶紧躲了起来。但是那群人中的头儿却让人把他叫到面前说:"天帝见你有音乐天才,打算在这末世将八音演奏技法传授给你,以挽救濒临消亡的音乐。然而正宗的八音演奏你根本就没听过,所以我让天界的乐官把八音的要诀告诉你。"然后仙人就让他坐下,把历代的正宗音乐、治乱的声乐教给他,无一不细致地讲述,宝常把仙人的教导全都记了下来。过了很久,那些仙人就凌空升入云中了。宝常回到家后,发现已经过了五天。从这以后,对于人间的音乐,宝常没有不精通的。有时他和人一起吃饭时谈起了音乐,当时手头没有乐器,宝常就用筷子敲打手边的碗碟餐具和各种杂物,品评所演奏乐曲水平的高低,发现"宫、商、角、徵、羽"五音俱全,其和谐动听不亚于一支丝竹俱全的乐队,让大家十分赞赏。从南北朝的北周到隋朝,宝常都放浪不羁没有做官。

　　隋文帝开皇初年,沛国公郑译修订编定了宫廷音乐,上奏给皇帝,文帝召见宝常,问他郑译修订的音乐是否可行。宝常说:"这音乐是亡国之音,旋律哀怨软绵无力,不是正宗的宫廷音乐。"极力反对使用这种音乐。文帝就下诏让宝常创制乐器,但它们声音都很低沉,与之前的乐器不同。当时宝常又说:"世上本有按《周礼》创作的《旋宫》乐曲,但从汉、魏以来,连懂音乐的人都不懂这种乐曲了。我曾经创作过,但人们都嘲笑我。"于是文帝又让宝常试着演奏一下《旋宫》曲,宝常当场就演奏出来,人们都十分惊奇。宝常对乐器的改革创新做了很大贡献,记也记不完。但宝常创作的乐曲十分淡雅,不合世俗的口味,人们都不爱听,所以大部分没有得到流行。每当他听到太常寺演奏音乐时,就会哭着对人说:"这种哀伤淫靡的音乐,预示着天下不久就要相互残害殆尽。"当时天下太平,处处歌舞升平,人们听宝常

言,大为不尔。及大业之末,卒验其事。是时郑译、何妥、卢贲、苏道、萧吉、王令言皆能于雅乐,安马驹、曾妙达、王长通、敦金乐等能作新声,皆心服宝常,言其天假矣。宝常无子,尝谓其友曰:"吾不堪,病则孤矣。"因病,妻窃其财物而逃,几至饿殍。忽一夕,先所遇神仙来降其家曰:"汝舍九天之高逸,念下土之尘爱,沦没于兹,限将毕矣。须记得云亭宫之会乎?"宝常憪然,良久乃悟。他日,谓邻人曰:"吾偶自仙宫谪于人世,即将去矣。"旬日,不知所之。出《仙传拾遗》。

李　筌

李筌号达观子,居少室山。好神仙之道,常历名山,博采方术。至嵩山虎口岩,得黄帝《阴符经》本,绢素书,朱漆轴,缄以玉匣,题云:"大魏真君二年七月七日,上清道士寇谦之,藏诸名山,用传同好。"其本糜烂,筌抄读数千遍,竟不晓其义理。因入秦,至骊山下,逢一老母,鬓髻当顶,余发半垂,弊衣扶杖,神状甚异,路傍见遗火烧树,因自语曰:"火生于木,祸发必克。"筌惊而问之曰:"此黄帝《阴符》上文,母何得而言之?"母曰:"吾授此符,已三元六周甲子矣,少年从何而得之?"筌稽首载拜,具告所得。母曰:"少年颧骨贯于生门,命轮齐于日角,血脉未减,心影不偏,性贤而好法,神勇而乐至,真是吾弟子也。然四十五当有大厄。"

这样说，都非常不以为然。到了隋炀帝大业末年，天下大乱，终于验证了宝常的预言。当时郑译、何妥、卢贲、苏道、萧吉、王令言等人都能创作演奏高雅的音乐，安马驹、曾妙达、王长通、敦金乐等人都能创作新潮乐曲，这些人都真心佩服宝常，说他的音乐才能是上天赋予的。万宝常没有儿子，常对朋友说："我要完蛋了，病了只怕连个侍候我的人都没有啊。"后来宝常得了病，他老婆卷了他的财物跑了，他几乎要饿死。有天晚上，宝常早年在野外遇见的神仙降临到他家，神仙说："你舍弃天宫的安逸舒适，怀念人间的尘俗之爱，在凡间沉沦至此，如今期限到了。你还记得天界的云亭宫盛会吗？"宝常一时有些发懵，过了很久才想起来。第二天他对邻居说："我本来是神仙，偶然被贬谪到人间，就要回天上去了。"过了十天，人们就不知他哪里去了。出自《仙传拾遗》。

李筌

李筌道号叫达观子，隐居在少室山中。他喜好神仙道术，经常游历名山，广泛搜集修炼的方术。在嵩山的虎口岩得到了黄帝的《阴符经》，经是写在白绢上的，卷在红漆轴上，装在玉匣之中，经卷上题字写的是"大魏真君二年七月七日，上清道士寇谦之藏在名山里，传给同好道术的人"。那书已破烂不堪，李筌把它抄读了几千遍，还是不懂其中的义理。后来李筌到秦地，来到骊山下，遇见一个老妇，见她把头发挽在头顶，剩下的头发披散在肩上，穿着破衣拄着拐杖，神态相貌不同于凡人，老妇看见道旁有火烧树枝，就自言自语地说："火生于木，祸发必克！"李筌听见后吃惊地问老妇说："这是黄帝《阴符经》上的话，你怎么知道？"老妇人回答说："我传授《阴符经》，已经过了三元（每元三千六百年）六周（每周一百八十年）甲子了，你这个年轻人从哪儿得到的呢？"李筌便磕头下拜，说了他在嵩山得到《阴符经》的事。老妇说："我看你的颧骨穿过生门穴位，两眼和额头相齐，血脉充沛，心房端正，性情善良而爱好法术，精神振奋而喜欢参与活动，真是我的一名好弟子，然而你四十五岁时会有一个大灾厄。"

因出丹书符一通，贯于杖端，令筌跪而吞之。曰："天地相保。"于是坐于石上，与筌说《阴符》之义，曰："此符凡三百言，一百言演道，一百言演术，一百言演法，上有神仙抱一之道，中有富国安民之法，下有强兵战胜之术，皆内出心机，外合人事。观其精微，《黄庭》《内景》不足以为玄；鉴其至要，经传子史不足以为文，孙、吴、韩、白不足以为奇。非有道之士，不可使闻之。故至人用之得其道，君子用之得其术，常人用之得其殃，职分不同也。如传同好，必清斋而授之。有本者为师，受书者为弟子，不得以富贵为重，贫贱为轻，违者夺纪二十。本命日诵七遍，益心机，加年寿。每年七月七日，写一本藏名山石岩中，得加算。"久之，母曰："已晡时矣，吾有麦饭，相与为食。"袖中出一瓠，令筌谷中取水。水既满矣，瓠忽重百余斤，力不能制，而沉泉中。及还，已失老母，但留麦饭数升于石上而已。筌有将略，作《太白阴符》十卷；有相业，著《中台志》十卷。时为李林甫所排，位不显，竟入名山访道，不知所终。出《神仙感遇传》。

说罢拿出朱砂写了一张符，挂在拐杖上，让李筌跪下，把符吞进肚里。老妇说："天地将会保佑你。"说罢就坐在一块石头上，给李筌讲述《阴符经》的深奥含意，老妇说："这部经共三百字，一百个字讲解道，一百个字讲解术，一百个字讲解法，上有修仙守一之道，中有富国安民的方法，下有用兵取胜的战术，这些都是靠内在的心领神会与外在的事物发展相符合。如果能掌握这部书的精微之处，那《黄庭经》《内景经》也算不得玄奥；如果能借鉴这部经书的要点，那经传诸子史记等都算不上好文章，孙武、吴起、韩信、白起等大军事家的用兵也不算奇妙了。这部《阴符经》，不是有道的人，不能让他看见。所以说圣贤掌握了它可以学到治天下的大道，君子掌握了它可以学到方术，而常人用它只能招来灾祸，这是由于他们的职责不相同。如果要把这卷经传给同样好道的人，必须清心斋戒之后才能传授。有这本经的就是老师，接受了传授的就是弟子，不能对富贵的人就特别看重，对贫贱的人就特别轻视，谁违反了这个传授《阴符经》的规则，就会损寿二十年。在你本命年的生日那天读七遍《阴符经》，可以增长心机，也可以增加寿数。每年的七月七日，要抄写一部《阴符经》藏到名山的石洞中，也可以增加寿数。"过了很久，老妇又说："已经下午了，我有些麦饭，咱俩一起吃吧。"说罢老妇从袖子里拿出一个葫芦，让李筌到山谷里弄些水来。水装满后，葫芦忽然有一百多斤重，李筌拿不起来，葫芦就沉到泉水里去了。等李筌回来，老妇已经不见了，只见石头上留着几升麦饭。李筌有大将的才学胆略，曾写有《太白阴符》十卷，他也是个当宰相的人才，还著有《中台志》十卷。但被当时的奸相李林甫排斥，始终没有得到很高的官位，最后李筌进入名山访道，不知道去了什么地方。出自《神仙感遇传》。

卷第十五
神仙十五

道士王纂　真白先生　桓　闿　兰　公　阮　基

道士王纂

　　道士王纂者，金坛人也，居马迹山。常以阴功救物，仁逮蠢类。值西晋之末，中原乱离，饥馑既臻，疫疠乃作，时有毒瘴，殒毙者多，闾里凋荒，死亡枕藉。纂于静室，飞章告玄，三夕之中，继之以泣。至第三夜，有光如昼，照其家庭，即有瑞风景云，纷郁空际，俄而异香天乐，下集庭中，介金执锐之士三千余人，罗列若有所候。顷之，珠幢宝幡、霓旌羽节、红旗锦旆各二，相对前引，幢居其前，节最居后。又四青童执花捧香，二侍女捧案，地舒锦席，前立巨屏，左右龙虎将军，侍从官将，各二十许人，立屏两面，若有备卫焉。复有金甲大将军二十六人，神五十人，次龙虎二君之外，班列肃如也。须臾，笙簧骇空，自北而至，五色奇光，灼烁艳逸。一人佩剑持版而前，告纂曰："太上道君至矣。"于是，百宝大座，自空而下，太上大道君，侍二真人、二天帝。

道士王纂

　　道士王纂是金坛人，住在马迹山中。平时喜好积阴德救助生灵，仁德施及动物。当时正值西晋末年，中原大乱，饥荒遍地，瘟疫流行，时而有有毒的瘴气弥漫，病死了很多人，乡里十室九空，到处都是病饿而死的尸体。王纂在自己修身的静室写了奏章向天神告急，整整哭了三天三夜。到了第三天夜里，突然有一道如同白昼的光，将其家中全都照亮了，接着吹来了阵阵祥瑞的风，空中彩云翻卷，不一会儿，伴着阵阵仙乐传来奇异的香气，有三千多穿着铠甲手持兵器的武士降临会集于王纂家的院子里，排列整齐，好像在迎候什么贵人。不久，只见珠幢宝幡、彩旗羽节、红旗锦旆各两套，在前面并排开路，珠幢排在最前，羽节排在最后。又有四位仙童举着花捧着香，两个侍女捧着香案，地上铺着锦绣的地毯，堂前立着巨大的屏风，左右龙虎将军和侍卫军官各二十多人，站在屏风两边，好像在护卫着谁。接着又有穿金色铠甲的大将军二十六人，神仙五十人，站在龙虎二将军的外侧，站班排列完毕，队伍十分肃穆。不一会儿，震天的鼓乐声，从北边传来，云中散发出五彩奇光，光彩眩目。这时一个腰佩宝剑手持笏版的神走上前来，告诉王纂说："太上道君到了！"于是百宝大座从天空中降落下来，太上道君由两位真人、两位天帝陪侍着。

在座之上，道君五色莲花，二真二帝立侍焉。纂拜手迎谒，跪伏于地。

道君曰："子愍念生民，形于章真，刲心投血，感动幽冥。地司列言，吾得以鉴躬于子矣。"纂匍匐礼谢竟，道君告曰："夫一阴一阳，化育万物，而五行为之用。五行互有相胜，各有盛衰，代谢推迁，间不容息，是以生生不停，气气相续。亿劫已来，未始暂辍也。得其生者，合于纯阳，升于天而仙；得其死者，沦于至阴，在地而为鬼。鬼物之中，自有优劣强弱，刚柔善恶，与人世无异。玉皇天尊，虑鬼神之肆横害于人也，常命五帝三官，检制部御之，律令刑章，罔不明备。然而季世之民，浇伪者众，淳源既散，妖诈萌生。不忠于君，不孝于亲，违三纲五常之教，自投死地。由于六天故气，魔鬼之徒，与历代已来，将败军死，聚结为党，亦戕害生民。驾雨乘风，因衰伺隙，为种种病，中伤极多。亦有不终天年，罹其夭枉者。昔于杜阳宫出《神咒经》，授真人唐平，使其流布，以救于物，民间有之。世人见王翦、白起之名，谓为虚诞。此盖从来将领者，生为兵统，死为鬼帅，有功者迁为阴官。残害者犹居魔属，乘五行败气，为瘵为瘵。然以阳为惮，以神咒服之，自当弭戢矣。今以《神化》《神咒》二经，复授于子，按而行之，以拯护万民也。"即命侍童，披九光之韫，以《神化经》及《三五大斋之诀》，授之于纂，曰："勉而勤之，阴功克成，真阶可冀也！"言讫，千乘万骑，

百宝大座上,太上道君盘腿坐在五色莲花上,两位真人两位天帝侍立在他两旁。王纂赶快迎上去参见,跪倒在地上。

太上道君说:"你体恤百姓疾苦,写了奏章上达天界,奏章中字字血泪,感动了鬼神。由于地神的建议,我才亲自来见一见你。"王纂伏在地上拜谢太上道君的降临,完事后道君说:"一阴一阳相生相克才化育出世间万物,这里面全靠着木、金、土、水、火这五行在起作用。五行之间互相克胜,各有盛衰,新陈代谢,推移变迁一刻也不休止,所以万物才能生生不息,不断延续下去。经过了亿万个劫数,万物的生长始终没有停止过。凡是长生的,都是由于合乎纯阳之气数,才会升天成仙;凡是死了的都沉沦到阴界,在地下做鬼。就是在鬼物中也有好坏强弱、刚柔善恶的不同,和人世没有差别。玉皇天尊担心鬼神肆意伤害人类,常常派五帝三官巡视检查鬼神的行为,制定了很完备的刑律规章来约束鬼神。然而生逢末世的人中,心术不正的人很多,忠厚善良的古风被败坏,奸诈和妖邪就萌生了。这些人对君王不忠,对双亲不孝,违背了三纲五常的古训,自己作孽找死。通过六天旧气,妖魔鬼怪之徒,与历代战败战死的将军士兵的鬼魂,聚集结党,也残害人民。他们驾雨乘风,趁着世风衰败的间隙,制造各种瘟疫疾病,伤害的人非常多。也有很多不能终其天年而中途夭亡者。从前我在杜阳宫曾把《神咒经》传授给得道的真人唐平,让他将其流布人间,救助苍生,民间还有这部经。世间人听说秦将白起、王翦死后还显灵救人,认为是瞎说。其实向来那些活着当统帅的人死后在阴间也是鬼帅,他们中间有功的在阴间也能升官。那些残害百姓的败将鬼魂就属于妖魔一类了,他们乘着阴阳五行中的败气制造各种大小疾病。然而他们毕竟害怕阳气,只要用神咒制服了他们,他们就不能再兴妖作怪了。现在我把《神化》《神咒》两卷经书再次授给你,你按照经文去做,就可以拯救万民了。"道君当即命令侍童打开闪耀九彩光芒的宝藏,将《神化经》和《三五大斋之诀》传授给王纂,并对他说:"继续勤奋地修炼,不断积累阴功,你大有成仙的希望!"说完后,只见千乘万骑

西北而举，升还上清矣。纂按经品斋科，行于江表，疫毒镇弭，生灵乂康。自晋及兹，蒙其福者，不可胜纪焉。出《神仙感遇传》。

真白先生

真白先生陶君，讳弘景，字通明，吴荆州牧濬七世孙，丹阳人也。母初娠，梦青龙出怀，并二天人降，手执香炉。觉语左右，言当孕男子，非凡人，多恐无后。及生，标异，幼而聪识，长而博达，因读《神仙传》，有乘云驭龙之志。年十七，与江敩、褚炫、刘俊，为宋朝"昇明四友"。仕齐，历诸王侍读。年二十余，稍服食，后就兴世观主孙先生咨禀经法，精行道要，殆通幽洞微。转奉朝请，乃拜表解职。答诏优叹，赐与甚厚。公卿祖之于征虏亭，供帐甚盛，咸云宋齐已来，未有斯事。遂入茅山，又得杨许真书。遂登岩告静，自称"华阳隐居"，书疏亦以此代姓名。至明帝时，议欲迎往蒋山，恳辞得止。然敕命饷赍，恒为繁极。乃造三层楼栖止，身居其上，弟子居中，接宾于下，令一小竖传度而已。潜光隐耀，内修秘密，深诚所诣，远属灵人，可谓感而遂通矣。身长七尺八寸，为性圆通谦谨，心如明镜，遇物便了。深慕张良之为人，率性轻虚，飘飘然颇有云间兴。其

向西北方向腾空而起，返回天界去了。王纂按照经文上的要求斋戒，然后按照经符在长江以南地区施法救助百姓，瘟疫很快被镇服消灭，百姓得以安康。从晋朝以来到现在，受到那两卷仙经保佑的人，记都记不过来。出自《神仙感遇传》。

真白先生

真白先生陶君，名弘景，字通明，是吴荆州牧陶浚的七世孙，丹阳人。他的母亲刚怀上他时，就梦见一条青龙从她怀中出来，同时有两个神仙从天而降，手里拿着香炉。他母亲睡醒后对身边的人说，怀的一定是个男孩，而且不会是凡人，恐怕还是等于没有后代。孩子生下以后，果然和平常人不同，自小就特别聪明，长大后博学多闻，因为读了《神仙传》而萌生了乘龙驾云的志向。先生十七岁时，和江敩、褚炫、刘俊，并称为南朝宋代的"昇明四友"。在齐代做官时，历任诸王侍读。二十多岁时，开始服食仙药，后来在兴世观的观主孙先生门下学习道经和法术，研究道学的奥秘，达到了洞察人间一切大小事物的境界。后来转任奉朝请，先生就上表请求辞职。皇帝降诏表示很惋惜，给了他很多的赏赐。公卿大臣们在征房亭为先生送行，宴会很丰盛，人们都说南朝宋、齐以来，从没有过这样的盛事。真白先生进入茅山修道，又得到了杨主、许迈的真经。于是他登上山峰与人世隔绝，自称"华阳稳居"，写信著书也用"华阳隐居"为代称。到明帝时，朝臣们商议打算迎他到蒋山，真白先生再三辞谢才算作罢。但是皇室给他的俸禄和赏赐比以前更丰厚了。于是他在茅山中建了一座三层楼，真白先生住在上层，弟子住中层，下层用于接待宾客，派一名小僮给他当传达事情的仆人。从此真白先生更加深居简出，收敛自己一切外在的神采，专门修炼心性，他修道的深切诚心，始终连通着远在天上的神灵，真可谓人神相互通达感应了。真白先生身高七尺八寸，性格圆融通达，谦逊谨慎，心如明镜般清明，任何事情都一遇上便能看透。他非常美慕张良的为人，认为张良秉性轻灵虚静，颇有云中神仙的气度。真白先生

所通者,皆得于心,非傍识所能及。长于诠正谬伪,地理历算,文不空发,成即为体。造浑天仪,转之,与天相会。其撰《真诰》《隐诀》,注《老子》等书,二百余卷。至永元三年,深藏向晦。

及梁武帝革命,议国号未定,先生乃引诸谶记,定"梁"应运之符。又择交禅日,灵验昭著。敕使入山,宣旨酬谢。帝既早与之交游,自此后动静必报。先生既得秘旨妙诀,以为神丹可成,恒苦无药,帝给之。又手敕咨迓,先生因画二牛:一散放于水间;一著金笼,一人执绳,以杖驱之。帝笑曰:"此人无所不作,欲效曳尾龟,岂可致邪?"其时每有大事,无不已前陈奏,时人谓之"山中宰相"。以大同初,献二刀,一名"善胜",一名"成胜",为佳宝。梁武初未知道教,先生渐悟之,后诣张天师道裕,建立玄坛三百所,皆先生之资也。梁帝《金楼子》云:"予于隐士重陶真白,士大夫重周弘正。其于义理,精博无穷,亦一时名士也。"先生尝作诗云:"夷甫任散诞,平叔坐谭空。不信昭阳殿,化作单于宫。"其时人皆谈空理,不习武事,侯景之难,亦如所言。

先生以大同二年丙辰岁三月壬寅朔十二日癸丑告化,

对道术的精通全靠心领神会，不是靠别的学识所能达到的。他尤其擅长纠正各种谬论伪说，对于地理、历法、算学等门类的学问，都不随便写文章，写出来往往就形成体系规范。他制造的浑天仪，运转起来和天体的运转完全符合。他撰写的有关道学研究的《真诰》《隐诀》等著作，以及注解《老子》的书共有二百多卷。到了永元三年时，更加潜心修炼。

梁武帝谋取皇位后，和大臣们商讨定国号的事，一直没有统一的意见，真白先生就引用各种预言的谶记，建议将国号定为"梁"，因为这个国号上应天运。先生又为梁武帝卜算出禅位的日子，也十分吉利灵验。梁武帝即位后，派使臣进山，向先生宣读了感谢他辅佐的圣旨。梁武帝早就和真白先生交往，从此以后，更是有事必然报知先生。先生早就得到了炼制仙丹的秘方，认为仙丹一定可以炼成，但苦于一直找不到炼丹要用的金、石等药料，梁武帝就供给他需要的药料。梁武帝有一次写了一封亲笔信请真白先生入朝做官，先生就画了两头牛，一头散放在水间自由自在，另一头戴着黄金笼头，被人用绳子牵着，用棍子赶着走。梁武帝看后笑道："这人真是个什么都能干好的人才，但他硬要学在泥水中自在摇尾巴的乌龟，怎么可能请动他出山做官呢？"但当时朝中的每件大事，真白先生无不事先向梁武帝陈奏意见，所以当时人们都称他为"山中宰相"。梁武帝大同初年，先生向皇帝献了两口宝刀，一口叫"善胜"，一口叫"成胜"，都是珍宝。梁武帝并不懂道教，先生逐渐启发点化他，后来梁武帝访问张道裕张天师，建立了道观三百所，都是先生的意见起了作用。梁帝在《金楼子》中曾说过："隐士中我最看重真白先生，士大夫中我最看重周弘正。他们对于义理，博学精通，也是当代的名士啊！"真白先生曾作过一首诗说："夷甫任散诞，平叔坐谭空。不信昭阳殿，化作单于宫。"这是先生在告诫当时的士大夫们都爱空谈，不注重学习军事，后来的侯景之乱，就验证了真白先生的预言。

真白先生在梁武帝大同二年丙辰岁三月十二日癸丑去世，

时年八十一，颜色不变，屈伸如常，室中香气，积日不散。以其月十四日，窆于雷平山，同轩辕之葬衣冠，如子乔之藏剑焉，比于兹日，可得符焉。诏追赠中散大夫，谥"贞白先生"，仍敕舍人监护。马枢《得道传》云："受蓬莱都水监，弟子数百人。有先得道者，唯王远知、陆逸冲、桓清远，嗣先生之德焉。"唐天宝元年，追赠金紫光禄大夫、太保，梁郡陵王萧纶为碑铭焉。出《神仙感遇传》。

桓 闿

桓闿者，不知何许人也，事华阳陶先生，为执役之士，辛勤十余年。性常谨默沉静，奉役之外，无所营为。一旦，有二青童白鹤，自空而下，集隐居庭中。隐居欣然临轩接之，青童曰："太上命求桓先生耳。"隐居默然，心计门人无姓桓者，命求之，乃执役桓君耳。问其所修何道而致此，桓君曰："修默朝之道积年，亲朝太帝九年矣，乃有今日之召。"将升天，陶君欲师之，桓固执谦卑，不获请。陶君曰："某行教修道，勤亦至矣，得非有过，而淹延在世乎？愿为访之，他日相告。"于是桓君服天衣，驾白鹤，升天而去。三日，密降陶君之室言曰："君之阴功著矣，所修本草，以虻虫水蛭辈为药，功虽及人，而害于物命。以此一纪之后，当解形

当时八十一岁，死时脸色像活着一样没有变化，四肢依然像平常一样能屈能伸，室内的香气好几天不散。三月十四日，在雷平山给他建了衣冠冢，就像轩辕黄帝墓中埋葬衣冠、王子乔墓中埋葬剑和鞋一样，到了这一天，这种下葬方式算得到了印证。皇帝下诏，追赠他为中散大夫，还赐给他"贞白先生"的谥号，并派人监办他的丧礼。马枢在《得道传》里说："真白先生成仙后被天界任命为蓬莱仙洲的都水监，有好几百弟子。弟子中有些是得道的如王远之、陆逸冲、桓清远等人，都继承了真白先生的高尚的道德节操。"唐代天宝元年，唐玄宗追赠他为金紫光禄大夫、太保，梁郡陵王萧纶为他撰写了墓志铭。出自《神仙感遇传》。

桓 闿

桓闿，不知道是什么地方的人，拜华阳陶先生为师，充当干杂务活的人，辛辛苦苦地干了十几年。他性格十分沉静谨慎，干完杂活之余，就别无所求了。有一天，有两个仙童骑着白鹤从天而降，落到了陶先生的院子里。陶先生非常高兴地到门口迎接，但是骑鹤的仙童却说："太上老君命我们来见桓先生。"陶先生一时说不出话来，心里暗想自己的门人中也没有一个姓桓的呀，就让左右找一找，结果还真找到了，原来是在他家干杂活的桓闿。于是就问他修炼什么道术达到了这个程度，桓闿说："我修炼的是默默养性朝神的道术，已经好多年了，而且我亲自到天界朝见太帝也有九年了，所以今天神仙才会来召我。"桓闿正要升天而去，陶先生想拜他为师，桓闿坚称自己水平低，没有答应他的请求。陶先生说："我信道教，并认真修道，也够勤奋的了，难道是因为我有什么罪过才让我一直滞留在人间吗？请你替我在天界查访一下，以后告诉我。"于是桓闿穿上天仙的衣服，骑着一只白鹤升天而去。三天后，桓闿秘密降临到陶先生的屋里对他说："你积累的阴功已经很卓著了，但是你所著的本草药方中，把虻虫、水蛭等昆虫当成药物，这样的药虽然对人类有益，但你犯了杀生害命的罪。从现在起，十二年之后，你将脱离你的肉体

去世，署蓬莱都水监耳。"言讫乃去。陶君复以草木之药可代物命者，著《别行本草》三卷，以赎其过焉。后果解形得道。出《神仙感遇传》。

兰　公

兖州曲阜县高平乡九原里，有至人兰公。家族百余口，精专孝行，感动乾坤，忽有斗中真人，下降兰公之舍，自称孝悌王。云："居日中为仙王，月中为明王，斗中为孝悌王。夫孝至于天，日月为之明；孝至于地，万物为之生；孝至于民，王道为之成。且其三才肇分，始于三气，三气者，玉清三天也。玉清境是元始太圣真王治化也；太清者，玄道流行，虚无自然，玉皇所治也。吾于上清已下，托化人间，示陈孝悌之教。后晋代尝有真仙许逊，传吾孝道之宗，是为众仙之长。"因付兰公至道秘旨。于是兰公获斯妙诀，颖悟真机，默辨往由，顾知前事。

因与里人共出郊野，忽睹古冢三所，乃云："此是吾三仙解化之坟，请民报官，令移冢旁之路，勿令人物践蹋。"吏乃讯于兰公，此言以何验实。公曰："第一冢者，昔有真人骸骨，今乃已得复形，是为地仙，长生久视。第二冢见有仙衣一对，道经一函，复有一人，方如醉卧，发之良久，乃能话谈，此以太阴炼形，绵养真气耳。第三冢有玉液丹，服之，白日便当冲蔿。"于时官吏与兰公对开三冢，其所明验，一一并同。兰公乃诣冢间，躬取仙衣挂体，又取金丹服之，招

去世，担任蓬莱都水监。"说罢就走了。后来陶先生以草药代替了昆虫，又写了《别行本草》三卷来赎罪。以后他果然脱离肉体得道成仙。出自《神仙感遇传》。

兰　公

兖州曲阜县高平乡九原里，有一位贤人兰公。他的家族有一百多口，但兰公以他特别孝顺的品行感动了天地，忽然有位斗中真人降临到兰公家，自称是孝悌王。他说："住在太阳里的叫仙王，住在月亮里的叫明王，住在北斗里的叫孝悌王。孝行感动了上天，日月都为之大放光明；孝行在地上传扬，可以使万物滋生；孝行在民间发扬光大，王道就可以实现。而且天、地、人这'三才'的划分是根据玄气、元气、始气这'三气'，而三气就是清微天、禹余天、大赤天这'玉清三天'。玉清境，是元始太圣真王所治理管辖的仙境，而'太清三天'，则是玄道流行，虚无自然，由玉皇大帝治理的仙境。我从上清仙界降临到人间，就是为了宣传和弘扬孝悌之道。后来，晋代曾有一位得道的真仙许逊，由于传扬了我的孝悌之道，成为众仙的首座。"于是，斗中真人向兰公传授了道术的秘诀宗旨。兰公得此修道的秘诀，领悟了天机，能够重见过去往事，预知未来吉凶。

有一次兰公和乡亲们一起到野外，忽然看见三座古坟，兰公就说："这里是三仙解脱肉体得道成仙的坟，请各位报告官府，把这三座坟旁的道路挪走，以免被人或动物践踏。"官府的人来问兰公，这话用什么来验证。兰公说："第一座坟里，过去曾埋着一位真人的尸骨，现在真人已成为地仙，得以长生永不衰老。第二座坟里现在埋着两件仙衣，一函道经，还有一个人好像喝醉后还在沉睡，如果把这人挖出来，过一段时间他就能说话，这是他在进行太阴炼形，绵养真气。第三座坟中有玉液丹，如果凡人喝下，大白天就能升天成仙。"于是官府的人就当兰公的面打开了三座坟，结果坟内的情形和兰公说的完全符合。兰公就来到坟前，亲手拿起仙衣穿在身上，又取了坟中的玉液丹吞服下去，招呼

邀卧冢二真人,同共耸身而轻举。官吏悔谢,虔恳拜陈,启问兰公,何时下降。公曰:"我自此,每十日一至于斯,更逾数年,百日一降。施行孝道,宜准玄科,接济樊笼,符臻至道。"自尔,吴都十五童子,丹阳三岁灵孩,泊于兰公,并是仙之化现也。所传孝道之秘法,别有宝经一帙,金丹一合,铜符铁券,得之者唯高明大使许真君焉。出《十二真君传》。

阮 基

阮基者,河内人也。以周武帝建德七年,因射熊入王屋山东北,见一道士坐松树下,神状奇异。基遂舍弓矢,稽首起居已。师命基曰:"可暂往观中眺望。"岩间忽有一童子,引基到观门。台殿严丽,皆饰以金玉;土地清净,皆绀碧琉璃;行树端直,绿叶朱实,清风时起,锵然有声。基于门下观览,心神惶怖,载拜请退,即至师所。师笑曰:"汝不敢进邪?"基曰:"凡夫肉人,不识大道,忽于今日,得睹天堂,情诚喜悦,不能自胜。愿师弘慈,济基沉溺。"师曰:"汝积罪人也,先身微缘,今得遇我。汝命将尽,其奈之何?"基闻,不胜惶竦,叩头千百,求乞生津。师遂令基舍恶从善,誓弃弓矢,乃授基《智惠上品十戒》,兼为设蔬食。食讫令去。基载拜奉辞,师曰:"汝命绝之时,吾将度汝。"

其年冬,基得暴病而卒,唯左手一指尚暖。家人不即葬之,三日而活,久能言。言云:初见黄衣使者二人,执文书,

邀请躺在坟里的两位真人，一起耸身升入云天了。官府派来的人十分懊丧，跪在地上虔诚地奏陈，并问兰公什么时候回来。兰公说："以后我每十天来一次，几年后百日来一次。施行孝道，要以道法为准则，接济困苦的人，以求符合大道。"从那时起，吴都十五岁的男孩和丹阳三岁的聪明儿童常成为兰公的化身，都是神仙显形。他所传授的孝道秘法以及一卷宝经、一盒金丹，还有铜符、铁券，只有高明大使许真君得到了。出自《十二真君传》。

阮　基

阮基是河内人。北周武帝建德七年时，阮基因为射熊进了王屋山的东北边，看见一个道士坐在松树下，外貌神态很不凡。阮基就扔掉弓箭，向道士跪拜问候。道士对阮基说："你可以先到我的道观中眺望远处。"这时山岩中忽然来了一个童子，领着阮基来到道观的门前。只见道观里的楼台殿堂庄严华丽，都镶着金玉；地面很干净，铺着碧蓝的琉璃；道旁是成行的树木，树叶苍翠，结着鲜红的果实，阵阵清风吹得树木摇动发出金属般的声音。阮基站在门前观看，心里很惶恐，向童子拜了两拜，请求告退，随即回到了道士那里。道士笑着说："你不敢进道观里去吗？"阮基说："我是个凡夫俗子，不懂得大道，今天忽然看见了天堂，万分欣喜，不能自已。只愿仙师指点迷津，救济我这个沉沦于世俗之中的凡人。"道士说："你是个罪孽深重的人，由于你的前身和我有缘分，才得遇见我。你的阳寿快要到头了，你打算怎么办呢？"阮基听了这话，更加惶恐，不断向道士磕头，乞求给他指一条生路。道士就让他改恶从善，要他发誓从此扔掉弓箭，不再杀生害命，然后传授给他《智惠上品十戒》，并给他安排了素食让他吃。吃完后，道士让他回去。阮基再三拜谢，向道士告别，道士说："你临终之际，我会来超度你的。"

这年冬天，阮基得急病突然死亡，但左手有一个指头还是暖的。家里人没有马上葬他，三天后阮基又复活了，过了很久才能说话。据他说：刚死时，看见两个穿黄衣的使者手里握着公文，

引基去，忽至一处，状如台府，至屏门，使者引入。见大厅上有官人隐隐，阶前小吏数十人，皆执簿书，或青或黑。有一吏执黑簿，谓基曰："汝积罪深厚，应入地狱。"基闻，仓卒惶怖，莫知何言。良久思之，忽忆圣师，心中作念："初别之时，言'临命绝时，必来度汝'，今日危困，幸垂救济。"须臾，天西北瑞云忽起，云车冉冉，自空而下，直至阶前，去地丈余而止。乃见圣师在车中坐，冥官见之，皆稽首作礼。圣师曰："我有弟子在此，故来度之。"乃取经一卷付基，基载拜跪受，题云《太上救苦经》。令基读之一遍，冥官皆稽首受命听讫。谓基曰："可去，勿住此，深勤精进，后更与汝相见。"言讫，失师所在，唯觉香气氛氲久之。乃见一黄衣使者，引基至家，唯闻家号泣之声，基乃还活。凝坐良久，追忆梦中经，不遗一字。乃慎持念，遂抄录传于世。复辞亲友，入王屋山，莫知所在。出《神仙感遇传》。

领着他走,忽然来到了一个地方,样子有点像官府,使者领他进了门。看见大厅上隐隐约约有位官人,台阶前有好几十个小吏,每人手里都拿着簿书,有的簿书是青色的,有的是黑色的。这时有个官员手里拿着黑色簿书对他说:"你罪孽深重,该入地狱!"他听说后,十分惊慌恐惧,不知该怎么回答。想了很久,忽然想起那位仙师,就心里默默祈求说:"当初我和仙师辞别时,仙师曾说'等你临死之时,一定会来超度你',现在我眼看要入地狱了,仙师快来救我啊!"果然不一会儿,西北天边涌起祥云,一辆云车从空中慢慢降下来,直到大厅阶前,悬停在离地一丈多的地方。只见他遇到的那位仙师在车里坐着,地府里的官员们见了他都要磕头行礼。仙师对地府的官员们说:"我有位弟子在这里,我是来超度他的。"说罢拿了一卷经授给阮基,阮基忙跪下接了过来,见经上题名是《太上救苦经》。仙师让阮基把这卷经念一遍,阮基就念了,那些地府里的官员都恭敬地低着头听阮基念完。仙师对阮基说:"你可以走了,不要在这儿停留,以后要刻苦修道,我还会和你相见的。"说完,仙师就突然不见了,只留下很浓重的香气久久不散。这时有一个黄衣使者把阮基领到他家门口,只听见家里一片哭声,阮基就复活了。复活后,阮基坐在那里长时间地回忆梦中得到的那卷经文,竟一字不漏地默写下来了。以后阮基就天天持念经书,经文也被抄录流传开来。后来阮基辞别亲友,进入王屋山修道,没有人知道他在什么地方。出自《神仙感遇传》。

卷第十六
神仙十六

杜子春　　张　老

杜子春

　　杜子春者,盖周隋间人。少落拓,不事家产,然以志气闲旷,纵酒闲游。资产荡尽,投于亲故,皆以不事事见弃。方冬,衣破腹空,徒行长安中,日晚未食,彷徨不知所往。于东市西门,饥寒之色可掬,仰天长吁。有一老人策杖于前,问曰:"君子何叹?"春言其心,且愤其亲戚之疏薄也,感激之气,发于颜色。老人曰:"几缗则丰用?"子春曰:"三五万则可以活矣。"老人曰:"未也。"更言之:"十万。"曰:"未也。"乃言:"百万。"亦曰:"未也。"曰:"三百万。"乃曰:"可矣。"于是袖出一缗曰:"给子今夕,明日午时,候子于西市波斯邸,慎无后期。"及时子春往,老人果与钱三百万,不告姓名而去。子春既富,荡心复炽,自以为终身不复羁旅也。乘肥衣轻,会酒徒,征丝管,歌舞于倡楼,不复以治生为意。

杜子春

　　杜子春是北周和隋朝之间的人。少年时放浪不羁,没心思经营家业,心志很高,把一切看得很淡,每天纵酒闲游。把家产花光后去投奔亲友,但亲友们都认为他是个不务正业的人,拒绝收留他。当时正是冬天,他衣衫破烂腹中空空,徒步在长安街上游荡,天快黑了,还没吃上饭,徘徊着不知该去哪里。他走到东市的西门,饥寒交迫,满脸愁容,不由得仰天长叹。这时有位老人拄着拐杖来到他面前,问:"先生为什么叹息?"杜子春就诉说了他的心情,怨恨亲友们对他如此凉薄,越说越愤慨,脸色十分激动。老人问他:"你需要多少钱才够花销呢?"杜子春说:"我若有三五万钱就可以维持生活了。"老人说:"不够吧!"杜子春改口说:"十万。"老人说:"还不够。"杜子春就说:"那么,一百万足够了。"老人还说:"不够。"杜子春说:"那就三百万。"老人说:"这还差不多。"老人就从袖子里掏出一串钱说:"今晚先给你这些,明天中午我在西市的波斯客栈等你,你可别来晚了啊。"第二天中午杜子春如期前往,老人果然给了他三百万钱,没告诉他姓名就走了。杜子春富有之后,就又浪荡起来,自认为终生都不会再受穷了。从此他乘肥马穿轻裘,每天和酒友们一起狂饮,叫来乐队给他奏乐开心,在花街柳巷鬼混,不再把生计放在心上。

一二年间，稍稍而尽，衣服车马，易贵从贱，去马而驴，去驴而徒，倏忽如初。既而复无计，自叹于市门。发声而老人到，握其手曰："君复如此，奇哉。吾将复济子，几缗方可？"子春惭不应。老人因逼之，子春愧谢而已。老人曰："明日午时，来前期处。"子春忍愧而往，得钱一千万。未受之初，愤发，以为从此谋身治生，石季伦、猗顿小竖耳。钱既入手，心又翻然，纵适之情，又却如故。

不一二年间，贫过旧日。复遇老人于故处，子春不胜其愧，掩面而走。老人牵裾止之，又曰："嗟乎拙谋也。"因与三千万，曰："此而不瘳，则子贫在膏肓矣。"子春曰："吾落拓邪游，生涯罄尽，亲戚豪族，无相顾者，独此叟三给我，我何以当之？"因谓老人曰："吾得此，人间之事可以立，孤孀可以衣食，于名教复圆矣。感叟深惠，立事之后，唯叟所使。"老人曰："吾心也！子治生毕，来岁中元，见我于老君双桧下。"子春以孤孀多寓淮南，遂转资扬州，买良田百顷，郭中起甲第，要路置邸百余间，悉召孤孀，分居第中。婚嫁甥侄，迁袝族亲，恩者煦之，仇者复之。

既毕事，及期而往。老人者方啸于二桧之阴，遂与登华

只一二年的工夫，就把老人给他的钱慢慢花完了，衣服车马只能换成越来越低贱的，把马换成驴，后来驴也没了只好徒步，转眼间又像他当初刚到长安时那样了。结果又无计可施，在市门仰天长叹起来。刚一长叹，那位老人就又出现在他面前，拉着他的手说："你怎么又弄到这个地步了？真怪啊。我还要帮助你，你说吧，要多少钱？"杜子春羞愧难当，不好意思回答。老人再三逼问，杜子春只是惭愧地赔礼。老人说："明天中午，你还到从前我约见你的地方去吧。"第二天杜子春忍着羞愧去了，老人这次给了他一千万。杜子春没接钱之时，就再三立志，说这次一定要努力发家致富，让石崇、猗顿这些古时候的大富翁和他相比，都只算个小角色。可等钱一到手，杜子春的心又变了，又开始像从前一样纵情玩乐挥霍无度了。

　　不到一二年间，他又变得两手空空，比之前还穷。这时，他又在长安街上那个老地方见到了老人，杜子春非常羞愧，就用手捂着脸准备逃走。老人却一把抓住他的衣袖说："咳，你真是笨啊！"然后又给了他三千万，说："这次你要还不改过自新，你就永远受穷吧！"杜子春心说："我一生放荡挥霍，把自己弄成了穷光蛋，亲戚朋友豪家大族，谁也不理睬我，唯独这位老人三次给我巨款，我该怎样做才对得起他呢？"于是他就对老人说："我得到您这笔钱，应该能够完成人间之事了，还可以周济天下孤儿寡母，以此圆满完成人伦名教要求我做的事。我深深感激您老人家对我的恩惠，等我完成人间之事后，您让我干什么都行。"老人说："这正是我对你的期望啊！你有了成就以后，明年七月十五中元节时，到老君庙前那两棵桧树下见我。"杜子春知道孤儿寡母大多流落在淮南，就把钱带到扬州，买了一百顷良田，在城中盖了府宅，在重要的路口建了一百多间房子，遍召孤儿寡母分住在各个府宅里。对于他自己家族里的亲戚，不分近亲和远亲，过去对他有恩的都给以报答，有仇的也都进行了报复。

　　完成了自己的心愿后，杜子春按期来到了老君庙前。那老人正在两棵桧树的树阴下长啸，见到杜子春后，就领他登上华

山云台峰。入四十里余，见一处，室屋严洁，非常人居。彩云遥覆，惊鹤飞翔其上。有正堂，中有药炉，高九尺余，紫焰光发，灼焕窗户。玉女九人，环炉而立；青龙白虎，分据前后。其时日将暮，老人者，不复俗衣，乃黄冠缝帔士也。持白石三丸，酒一卮，遗子春，令速食之讫。取一虎皮，铺于内西壁，东向而坐，戒曰："慎勿语。虽尊神恶鬼夜叉，猛兽地狱，及君之亲属，为所困缚万苦，皆非真实。但当不动不语，宜安心莫惧，终无所苦。当一心念吾所言。"言讫而去。子春视庭，唯一巨瓮，满中贮水而已。

道士适去，旌旗戈甲，千乘万骑，遍满崖谷，呵叱之声，震动天地。有一人称大将军，身长丈余，人马皆着金甲，光芒射人。亲卫数百人，皆杖剑张弓，直入堂前，呵曰："汝是何人？敢不避大将军。"左右竦剑而前，逼问姓名，又问作何物，皆不对。问者大怒，摧斩争射之声如雷，竟不应。将军者极怒而去。俄而猛虎毒龙，狻猊狮子，蝮蝎万计，哮吼拏攫而争前欲搏噬，或跳过其上，子春神色不动。有顷而散。既而大雨滂澍，雷电晦暝，火轮走其左右，电光掣其前后，目不得开。须臾，庭际水深丈余，流电吼雷，势若山川开破，不可制止。瞬息之间，波及坐下，子春端坐不顾。

山云台峰。进山四十多里后，看到一个地方，那里的房屋严整干净，看样子不是凡人住的。彩云在上空缭绕，仙鹤绕屋顶飞翔。屋子的正堂中间有一个炼丹药的炉子，有九尺多高，炉内紫光闪耀，照亮了门窗。有九个玉女环绕着炉子侍立着，炉子前后有青龙、白虎看守着。当时天快黑了，再看那老人，身上穿的已不是凡间的衣服，而是穿着黄道袍戴着黄道冠的仙师了。仙师拿着三个白石丸和一杯酒给了杜子春，让他赶快吃下去。仙师又拿了一张虎皮铺在内屋西墙下，面朝东坐下，告诫杜子春道："你千万不要出声。这里出现的大神、恶鬼、夜叉或者地狱、猛兽，以及你的亲属们被绑着受刑遭罪，这一切都不是真事。你只管不要动不说话，安心别害怕，最终绝不会对你有什么伤害。要一心想着我这些嘱咐！"仙师说完就走了。杜子春向院里看，只有一个大瓮，其中装满了水罢了。

道士刚走，杜子春就看见旌旗飘飘，戈矛闪闪，满山满谷都是士兵，千乘万骑蜂拥而来，人喊马嘶，震天动地。有一个人自称大将军，身高一丈多，他本人和他的马都披着金铠甲，光芒耀眼。大将军的卫士有好几百人，都举着剑张着弓，径直来到屋前，大声呵斥杜子春说："你是什么人？怎么大将军到了竟敢不回避！"有些卫士还提剑上前逼问杜子春的姓名，还问他在做什么，他都一声也不吭。见他不出声，卫士们大怒，争着斩杀射死他的叫喊声像雷声一样大，杜子春仍是不出声。最后，那个大将军只好怒气冲冲地带着队伍走了。过了片刻，又来了一群群的猛虎、毒龙、狮子，成千上万的蝮蛇和毒蝎，都咆哮着，张牙舞爪地争着扑向杜子春，想要打他或咬他，有的还从他的头顶跳过，杜子春仍是不动声色。过了一会儿，这些毒蛇猛兽也都散去了。这时突然大雨滂沱，雷电交加，天昏地暗，接着又有大火轮燃烧着在他左右滚动，电光在身前身后闪耀，亮得眼睛都睁不开。片刻之间，院子里水深一丈多，空中电光闪闪雷声隆隆，情形就像山峰崩塌河水奔流，势不可挡。一眨眼的工夫，滚滚波涛就涌到杜子春的座位前了，他仍端坐着，连眼皮也不眨一下。

　　未顷而将军者复来，引牛头狱卒，奇貌鬼神，将大镬汤而置子春前，长枪两叉，四面周匝，传命曰："肯言姓名即放，不肯言，即当心取叉置之镬中。"又不应。因执其妻来，拽于阶下，指曰："言姓名免之。"又不应。及鞭捶流血，或射或斫，或煮或烧，苦不可忍。其妻号哭曰："诚为陋拙，有辱君子，然幸得执巾栉，奉事十余年矣。今为尊鬼所执，不胜其苦！不敢望君匍匐拜乞，但得公一言，即全性命矣。人谁无情，君乃忍惜一言？"雨泪庭中，且咒且骂，春终不顾。将军且曰："吾不能毒汝妻耶！"令取锉碓，从脚寸寸锉之。妻叫哭愈急，竟不顾之。将军曰："此贼妖术已成，不可使久在世间。"敕左右斩之。

　　斩讫，魂魄被领见阎罗王。曰："此乃云台峰妖民乎？捉付狱中。"于是镕铜铁杖、碓捣硙磨、火坑镬汤、刀山剑树之苦，无不备尝。然心念道士之言，亦似可忍，竟不呻吟。狱卒告受罪毕。王曰："此人阴贼，不合得作男，宜令作女人。"配生宋州单父县丞王劝家。生而多病，针灸药医，略无停日。亦尝坠火堕床，痛苦不齐，终不失声。俄而长大，容色绝代，而口无声，其家目为哑女。亲戚狎者，侮之万端，终不能对。

不一会儿，那位大将军又来了，领着一群地狱中的牛头狱卒和相貌狰狞的厉鬼，将一口装满滚水的大锅放在杜子春面前，鬼怪们手执长矛和两股铁叉，站在大锅四周，命令道："说出你的姓名，就放了你，如果不说，就用铁叉插进你的胸口，把你放在锅里煮！"杜子春仍不说话。这时鬼怪们又把他的妻子抓来绑在台阶下，指着他妻子向杜子春说："说出你的姓名，就放了她。"杜子春还是不做声。于是鬼怪们用鞭子打得他的妻子满身流血，还用刀砍她，用箭射她，一会儿烧，一会儿煮，百般折磨，难以忍受。他妻子向杜子春哭号道："我虽然又丑又笨，配不上你，但我毕竟给你做了十几年妻子了。现在我被鬼抓来这样折磨，实在受不了啦！我不敢指望你向他们跪下求情，只要你说一句话，我就能活命了。人谁能无情，夫君你就这样舍不得说句话吗？"他妻子边哭边喊又咒又骂，杜子春始终不理不睬。那位大将军说："我难道没有更毒辣的手段对付你老婆吗！"说着命人抬来了锉碓，从脚上开始一寸寸地锉他的妻子。妻子的哭声更加急切，杜子春还是连看也不看。大将军说："这个家伙有妖术，不能让他在世上久呆！"于是命令左右侍从把杜子春斩了。

　　斩完之后，他的魂魄被带着去见阎王。阎王一见杜子春就说："这不是云台峰的那个妖民吗？给我把他打入地狱里去！"于是杜子春受尽了下熔炉铁打、入石碓石磨、进火坑汤锅、上刀山剑树等所有的地狱酷刑。然而由于他心里牢记着那位仙师的叮嘱，咬着牙都挺过来了，连叫都不叫一声。后来，地狱的鬼卒向阎王报告，说所有的刑罚都给杜子春用完了。阎王说："这个家伙阴险毒恶，不该让他当男人，下辈子让他做女人！"于是让杜子春投胎转世到宋州单父县的县丞王劝家。杜子春转世后生下来就多病，扎针吃药一天没断过。还掉进火里摔到床下，受了无数的苦，但杜子春始终不出声。转眼间杜子春长成了一个容貌绝代的女子，但就是不说话，家里都认为她是个哑女。亲戚中有些人对她百般调戏侮辱，杜子春终究一声不吭。

同乡有进士卢珪者，闻其容而慕之，因媒氏求焉。其家以哑辞之。卢曰："苟为妻而贤，何用言矣？亦足以戒长舌之妇。"乃许之。卢生备六礼，亲迎为妻。数年，恩情甚笃，生一男，仅二岁，聪慧无敌。卢抱儿与之言，不应，多方引之，终无辞。卢大怒曰："昔贾大夫之妻鄙其夫才，不笑，然观其射雉，尚释其憾。今吾陋不及贾，而文艺非徒射雉也，而竟不言！大丈夫为妻所鄙，安用其子？"乃持两足，以头扑于石上，应手而碎，血溅数步。子春爱生于心，忽忘其约，不觉失声云："噫……"噫声未息，身坐故处，道士者亦在其前。

初五更矣，见其紫焰穿屋上，大火起四合，屋室俱焚。道士叹曰："错大误余乃如是。"因提其发，投水瓮中，未顷火息。道士前曰："吾子之心，喜怒哀惧恶欲皆忘矣，所未臻者爱而已。向使子无噫声，吾之药成，子亦上仙矣。嗟乎，仙才之难得也！吾药可重炼，而子之身犹为世界所容矣，勉之哉。"遥指路使归。子春强登基观焉，其炉已坏，中有铁柱，大如臂，长数尺，道士脱衣，以刀子削之。子春既归，愧其忘誓，复自效以谢其过。行至云台峰，绝无人迹，叹恨而归。出《续玄怪录》。

县丞的同乡有个考中了进士的人叫卢珪，听说县丞的女儿容貌很美，就很倾慕，通过媒人去县丞家提亲。县丞家以是哑女为由拒绝。卢生说："妻子只要贤惠就好，不会说话又有什么关系呢？正好警戒那些长舌妇。"县丞就答应了婚事。卢生按照规矩完成了六礼，亲自迎娶为妻。两个人过了几年，感情非常好，生了一个男孩，孩子已经两岁了，十分聪明。卢生抱着孩子和她说话，她不回答，想尽办法逗她也不说话。卢生大怒说："古时贾大夫的妻子瞧不起她丈夫的才能，始终不笑，但后来妻子看见贾大夫射中了山鸡，尚且消除了心中愤恨。如今我不像贾大夫那样鄙陋，而我的文艺才能更不是射山鸡那种事能比的，可是你却不屑于跟我说话！大丈夫被妻子瞧不起，还要她的儿子做什么！"说着就抓起男孩的两腿，把孩子的头摔在石头上，顿时脑浆迸裂，鲜血溅出好几步远。杜子春爱子心切，一时忘了仙师的嘱咐，不觉失声喊道："啊呀！……"喊声还没落，就发现他自己又坐在云台峰的那间道观中，仙师也在他的面前。

这时刚到五更时分，突然紫色的火焰窜上了屋梁，转眼间四面烈火熊熊，把屋子烧毁了。仙师叹息说："你这个穷酸小子，可把我坑苦了！"就提着杜子春的头发扔进水瓮里，不久火就灭了。仙师说："在你的心里，喜、怒、哀、惧、恶、欲都忘掉了，只有爱你还没忘记。如果刚才你不出声，我的仙丹就能炼成，你也就能成为上仙了。可叹啊，仙才真是太难得了！我的仙丹可以再炼，但你却还得回到人间去，以后继续勤奋地修道吧！"说完向远方指了路让他回去。临走时，杜子春登上烧毁的房基，看见那炼丹炉已坏了，当中有个铁柱子，有手臂那么粗，好几尺长，那仙师正脱了衣服，用刀子削那铁柱子。杜子春回到家后，非常悔恨自己忘了对仙师发的誓，想回去找到仙师为他效力以补偿自己的过失。来到云台峰之后，什么也没找到，只好怀着惋惜悔恨的心情回去了。出自《续玄怪录》。

张　老

　　张老者，扬州六合县园叟也。其邻有韦恕者，梁天监中，自扬州曹掾秩满而来。有长女既笄，召里中媒媪，令访良婿。张老闻之喜，而候媒于韦门。媪出，张老固延入，且备酒食。酒阑，谓媪曰："闻韦氏有女将适人，求良才于媪，有之乎？"曰："然。"曰："某诚衰迈，灌园之业，亦可衣食。幸为求之，事成厚谢。"媪大骂而去。他日又邀媪，媪曰："叟何不自度，岂有衣冠子女，肯嫁园叟耶？此家诚贫，士大夫家之敌者不少，顾叟非匹。吾安能为叟一杯酒，乃取辱于韦氏？"叟固曰："强为吾一言之，言不从，即吾命也。"媪不得已，冒责而入言之。韦氏大怒曰："媪以我贫，轻我乃如是？且韦家焉有此事。况园叟何人，敢发此议！叟固不足责，媪何无别之甚耶？"媪曰："诚非所宜言，为叟所逼，不得不达其意。"韦怒曰："为吾报之，令日内得五百缗则可。"媪出，以告张老。乃曰："诺。"未几，车载纳于韦氏。诸韦大惊曰："前言戏之耳，且此翁为园，何以致此？吾度其必无而言之。今不移时而钱到，当如之何？"乃使人潜候其女，女亦不恨，乃曰："此固命乎。"遂许焉。

张 老

　　张老,是扬州六合县的一个种菜园子的老头。他有个邻居叫韦恕,梁武帝天监年间在扬州当曹掾,任满后回到六合县。韦恕的大女儿到了出嫁的年龄了,召集来了乡里的媒婆,请她们给女儿选个好女婿。种园子的张老听说后非常高兴,就跑到韦恕家门口等媒人。媒婆走出韦家以后,张老就坚持把她请到自己家里,还备了好酒好菜招待。酒快喝完时,张老对媒婆说:"我听说韦恕家有女儿要出嫁,托你帮忙找个好女婿,有这事吗?"媒婆说:"是有这事。"张老说:"我虽然确实年老体衰了,但我种菜园子还能够保证丰衣足食。请你替我到韦家保媒求亲,如果能办成,我会重谢你的。"媒婆听后,把张老臭骂了一顿愤愤而去。过了几天,张老又约请媒婆,媒婆嘲笑他说:"你这个老家伙怎么这样不自量?哪有官宦人家的女子愿意嫁给一个种菜园的老头子的?韦家是穷了点儿,但门当户对的官宦人家也不在少数,实在是跟你不配对啊。我怎么能为了你的一杯酒就到韦家自取其辱呢?"张老仍坚持求媒婆说:"求你勉强替我到韦家提一提吧,他们不同意我的求婚,我也就认命了。"媒婆经不住张老苦求,冒着挨骂的风险去韦家提了这事。韦恕一听果然大怒说:"你这个媒婆看我穷就敢这样小看我吗?况且我们韦家从来没有过这种事!那种园子的老东西算什么人?竟敢动这种念头!那老头我不屑于去骂他,可你这样也太不懂眉眼高低了吧?"媒婆赶忙赔罪说:"这事的确不像话,我也是被张老苦求逼得没法子,才不得不来传达他的意思。"韦恕怒气冲冲地:"你替我转告那老家伙,如果他一天之内给我送来五百吊钱,就可以!"媒婆就出了韦家,将这要求告诉了张老。张老说:"行。"不一会儿,就用车拉着钱送到韦家。韦恕的族人们大惊说:"之前那是句玩笑话,况且他是个种菜的老头,哪里有这么多钱呢?我猜他一定没有,所以才这么说。现在他这么快就把钱送来了,该怎么办呢?"就让人偷偷问女儿,女儿也不怨恨,就说:"也许是我命该如此吧!"于是韦恕同意了这门亲事。

　　张老既取韦氏，园业不废，负秽镬地，鬻蔬不辍。其妻躬执爨濯，了无怍色，亲戚恶之，亦不能止。数年，中外之有识者责恕曰："君家诚贫，乡里岂无贫子弟，奈何以女妻园叟？既弃之，何不令远去也？"他日恕致酒，召女及张老。酒酣，微露其意。张老起曰："所以不即去者，恐有留念。今既相厌，去亦何难。某王屋山下有一小庄，明旦且归耳。"天将曙，来别韦氏："他岁相思，可令大兄往天坛山南相访。"遂令妻骑驴戴笠，张老策杖相随而去。绝无消息。

　　后数年，恕念其女，以为蓬头垢面，不可识也，令其男义方访之。到天坛南，适遇一昆仑奴，驾黄牛耕田，问曰："此有张老家庄否？"昆仑投杖拜曰："大郎子何久不来？庄去此甚近，某当前引。"遂与俱东去。初上一山，山下有水，过水连绵凡十余处，景色渐异，不与人间同。忽下一山，其水北朱户甲第，楼阁参差，花木繁荣，烟云鲜媚，鸾鹤孔雀，徊翔其间，歌管廖亮耳目。昆仑指曰："此张家庄也。"韦惊骇莫测。俄而及门，门有紫衣人吏，拜引入厅中。铺陈之华，目所未睹，异香氤氲，遍满崖谷。忽闻珠佩之声渐近，二青衣出曰："阿郎来此。"次见十数青衣，容色绝代，相对而行，若有所引。俄见一人，戴远游冠，衣朱绡，曳朱履，徐出门。

张老娶了韦氏后,继续种菜,挑粪锄草,每天卖菜。韦氏天天做饭洗衣,一点也不怕别人笑话,亲戚们虽然讨厌她疏远她,她仍然一如既往。过了几年,韦氏家族内外的一些有识之士责备韦恕说:"你们家虽然穷,但乡里有的是贫家子弟,为什么要把女儿嫁给一个种菜的老头子呢?既然你把女儿嫁出去不要了,为什么不干脆让她到远处去呢?"过了几天,韦恕备了酒饭把女儿和张老叫到家里。在喝到半醉时,韦恕微微透露出想让他们搬到远处去的意思。张老听后站起来说:"我们婚后没有马上搬走,是怕你想念。现在既然讨厌我们,我们就搬走吧,这有什么困难呢?我在王屋山的山下有个小庄园,明天早上我们就回那儿去。"第二天黎明时,张老到韦恕家辞行,并对韦恕说:"以后如果想念你女儿,可以让大哥到天坛山南找我们。"然后让韦氏戴上竹笠骑上驴子,张老拿着鞭子赶着驴一同走了。走后就再也没有消息。

过了几年,韦恕想念女儿,以为她一定会弄得蓬头垢面,恐怕都认不出来了,就让他的儿子韦义方去找她。韦义方来到天坛山南,正好遇见一个昆仑奴在赶着黄牛耕田,就问道:"这里有一个张老家的庄园吗?"那昆仑奴立刻扔下鞭子跪拜说:"大少爷怎么这么久不来啊?庄园离这很近,我给您带路。"说罢领着韦义方往东走。一开始上了一座山,山下有河,一连过了十几处河,景色渐渐变了,和人间大不相同。然后又下了一座山,在山下的河北岸下有一座大红门的府宅,宅中楼阁林立,花木繁茂,彩云缭绕,有很多凤凰、仙鹤和孔雀在楼阁间飞翔,从里面传出嘹亮动听的歌声和音乐。昆仑奴指着府宅说:"这就是张家庄园。"韦义方又惊又怕,不知道是怎么回事。不一会儿来到府宅门前,门上有个穿紫袍的小吏领着韦义方进了一个大厅。大厅里陈设十分华丽,韦义方从来没见过,阵阵奇异的香味飘满了山谷。忽然听到女子走路时珠佩摇动的声音,两个穿青衣的女子走来说:"大少爷到了!"接着又有十几个穿青衣的女子,都是绝色美女,一对一对地走出来,好像在引导什么贵人。然后就看见一个人戴着远游冠,穿着大红袍,脚穿红靴子,慢慢地走出门来。

一青衣引韦前拜。仪状伟然,容色芳嫩,细视之,乃张老也。言曰:"人世劳苦,若在火中,身未清凉,愁焰又炽,而无斯须泰时。兄久客寄,何以自娱?贤妹略梳头,即当奉见。"因揖令坐。未几,一青衣来曰:"娘子已梳头毕。"遂引入,见妹于堂前。其堂沉香为梁,玳瑁帖门,碧玉窗,珍珠箔,阶砌皆冷滑碧色,不辨其物。其妹服饰之盛,世间未见。略叙寒暄,问尊长而已,意甚卤莽。有顷进馔,精美芳馨,不可名状。

食讫,馆韦于内厅。明日方曙,张老与韦生坐,忽有一青衣,附耳而语。张老笑曰:"宅中有客,安得暮归?"因曰:"小妹暂欲游蓬莱山,贤妹亦当去,然未暮即归。兄但憩此。"张老揖而入。俄而五云起于庭中,鸾凤飞翔,丝竹并作,张老及妹,各乘一凤,余从乘鹤者十数人,渐上空中,正东而去,望之已没,犹隐隐闻音乐之声。韦君在后,小青衣供侍甚谨。迨暮,稍闻笙篁之音,候忽复到。及下于庭,张老与妻见韦曰:"独居大寂寞,然此地神仙之府,非俗人得游。以兄宿命,合得到此,然亦不可久居,明日当奉别耳。"及时,妹复出别兄,殷勤传语父母而已。张老曰:"人世邈远,不及作书,奉金二十镒。"并与一故席帽曰:"兄若无钱,可于扬州北邸卖药王老家,取一千万,持此为信。"

一个青衣女子领着韦义方上前拜见。韦义方见那人仪表堂堂，容貌很年轻，再仔细一看，竟是张老。张老对韦义方说："人世间辛苦劳累，如在火海之中，身心尚未清净，就又有忧愁烦恼来纠缠，没有一刻太平消闲的时候。大哥你长期在人世客居，又有什么乐趣呢？你的妹妹正在梳头，马上就来拜见你。"张老便揖请韦义方稍坐片刻。不一会儿，一个青衣女子来报告说："娘子已梳完头了。"就把韦义方领了进去，在堂前会见他妹妹。韦义方见妹妹的屋子里，房梁是沉香木做的，门是玳瑁做的，窗户是碧玉做的，帘子是珍珠做的，台阶是由一种又凉又滑的绿色东西铺成的，不知道是什么物品。再看妹妹的服饰十分华贵，世上从未见过。韦义方见到妹妹后，互相简单问候了几句，妹妹又问了问家里长辈的情况而已，情意很冷淡粗疏。不一会儿摆上酒宴，美味佳肴精美芳香，好得没法形容。

饭后，请韦义方到内厅歇息。第二天天刚亮时，张老来看韦义方，和他共坐闲谈，忽然有一个侍女走来，附在张老耳边说了几句话。张老笑道："我府里有客，怎么能晚回来呢？"转而对韦义方说："我的妹妹想去蓬莱仙山游玩，你妹妹也该去，天不黑就会回来的。兄长你可以在这里休息。"张老向韦义方作了个揖，就走到里面去了。片刻间五色彩云弥漫在庭院里，鸾凤飞翔，乐声阵阵，张老和妻子韦氏各自乘着一只凤，还有十几个骑仙鹤的随从，渐渐升空向东飞去，人已经看不见了，还能隐隐约约听到音乐声。韦义方在后厅呆着，小侍女照顾得很周到。等到傍晚时，听到远处有音乐声，转眼间张老和妻子就到了。等回到前厅，两人一同见过韦义方后说："把你一个人留在府里，一定觉得寂寞吧？然而这里是神仙的府第，世间的俗人是不能来的。虽然兄长你命中该到这儿来一次，但也不能久留，明天你就该告别了。"第二天，张老的妻子来和哥哥告别，再三请哥哥回家后替她问候父母。张老对韦义方说："人世遥远，我也来不及写信了，请你捎回去二十镒金子吧。"又给了韦义方一顶旧草帽，说："兄长今后如果缺钱用，可以到扬州北城卖药的王老家去取一千万钱，拿着这顶旧草帽去做凭证。"

遂别，复令昆仑奴送出。却到天坛，昆仑奴拜别而去。

韦自荷金而归，其家惊讶，问之，或以为神仙，或以为妖妄，不知所谓。五六年间金尽，欲取王老钱，复疑其妄。或曰："取尔许钱，不持一字，此帽安足信？"既而困极，其家强逼之曰："必不得钱，亦何伤？"乃往扬州，入北邸，而王老者方当肆陈药。韦前曰："叟何姓？"曰："姓王。"韦曰："张老令取钱一千万，持此帽为信。"王曰："钱即实有，席帽是乎？"韦曰："叟可验之，岂不识耶？"王老未语，有小女出青布帏中曰："张老常过，令缝帽顶，其时无皂线，以红线缝之。线色手踪，皆可自验。"因取看之，果是也。遂得载钱而归，乃信真神仙也。

其家又思女，复遣义方往天坛南寻之。到即千山万水，不复有路。时逢樵人，亦无知张老庄者，悲思浩然而归。举家以为仙俗路殊，无相见期。又寻王老，亦去矣。后数年，义方偶游扬州，闲行北邸前，忽见张家昆仑奴前曰："大郎家中何如？娘子虽不得归，如日侍左右，家中事无巨细，莫不知之。"因出怀金十斤以奉曰："娘子令送与大郎君，阿郎与王老会饮于此酒家，大郎且坐，昆仑当入报。"义方坐于酒旗下，日暮不见出，乃入观之，饮者满坐，坐上并无二老，

于是双方告别，张老又让昆仑奴送他出山。送到天坛后，昆仑奴也拜别回去了。

韦义方自己背着金子回到家后，家人十分惊讶，问他怎么回事，有的说张老是神仙，有的说他是妖魔，不知道究竟是怎么回事。五六年后，带回的金子用光了，就打算到卖药的王老那儿去取钱，但又怀疑当初张老骗他。有人说："取那么多钱，连个字据都没有，一顶旧草帽怎么能作为凭据呢？"后来家里太困难了，家里人就逼着韦义方去王老那儿试试，说："就是取不来钱，又有什么损失呢？"于是韦义方就去了扬州，到了北城的馆舍，见王老正在店里卖药。韦义方上前说："老人家贵姓？"回答说："姓王。"韦义方说："张老让我来取一千万钱，他说把这顶草帽给你就行。"王老说："钱确实有，不知帽子对不对？"韦义方说："您老人家可以验一验草帽，难道您不认识它吗？"王老还没说话，这时有一个少女掀开青布帘走出来说："张老曾有一次到这里来，让我给他缝帽子，当时没有黑线，就用红线缝上了。线的颜色和缝的针脚，我都能认出来。"说完把草帽拿过来看，果然是张老的草帽。韦义方就用车把钱拉回家，全家这才相信张老真是神仙。

后来韦家人又想念女儿，打发韦义方前往天坛山南去找。韦义方到了以后，只见千山万水，再也找不到他走过的路。碰见打柴的人，也不知道张老的庄园，韦义方心里又难受又思念，只好回来了。全家都认为仙俗有别，没有相见之期了。又去找王老，王老也走了。几年后，韦义方偶然到扬州去，在北城馆舍一带闲逛，忽然遇见张老家的昆仑奴迎上前来说："大少爷家这些年还好吗？我家娘子虽然不能回去，但她就像天天在娘家侍奉父母一样，对家里的大事小情，无不一清二楚。"说着从怀里掏出十斤金子交给韦义方说："娘子让我把这金子送给您，我家主人现在正和王老在这个酒馆里喝酒，请大少爷稍坐片刻，我进去禀报。"韦义方坐在酒店外的酒旗下，一直等到天黑也不见张老出来，就进酒馆里去找，只见酒客满座，根本没有张老和王老，

亦无昆仑。取金视之，乃真金也，惊叹而归。又以供数年之食，后不复知张老所在。出《续玄怪录》。

昆仑奴也不见了。韦义方拿出金子来看，金子倒是真的，又惊讶又感叹地回家了。昆仑奴送来的金子又供韦家用了好几年，后来，就再也不知道张老在什么地方了。出自《续玄怪录》。

卷第十七
神仙十七

裴　谌　　卢李二生　　薛　肇

裴　谌

　　裴谌、王敬伯、梁芳，约为方外之友。隋大业中，相与入白鹿山学道。谓黄白可成，不死之药可致。云飞羽化，无非积学。辛勤采练，手足胼胝，十数年间。无何，梁芳死。敬伯谓谌曰："吾所以去国忘家，耳绝丝竹，口厌肥豢，目弃奇色，去华屋而乐茆斋，贱欢娱而贵寂寞者，岂非觊乘云驾鹤，游戏蓬壶。纵其不成，亦望长生，寿毕天地耳。今仙海无涯，长生未致，辛勤于云山之外，不免就死。敬伯所乐，将下山乘肥衣轻，听歌玩色，游于京洛。意足然后求达，建功立事，以荣耀人寰。纵不能憩三山，饮瑶池，骖龙衣霞，歌鸾舞凤，与仙官为侣，且腰金拖紫，图形凌烟，厕卿大夫之间，何如哉！子盍归乎？无空死深山。"谌曰："吾乃梦醒者，不复低迷。"敬伯遂归，谌留之不得。

裴 谌

　　裴谌、王敬伯、李芳三个人结为超脱世俗的好友。隋炀帝大业年间，三人一起进白鹿山学道。他们认为炼制金银的方术一定可以成功，长生不老的仙药一定能得到。至于腾云驾雾、羽化成仙的功夫，只要坚持修炼总能成功。他们辛勤地采药炼制，手脚都磨起了老茧，就这样过了十几年。不久，梁芳死了。王敬伯对裴谌说："咱们之所以背井离乡，不听美妙的音乐，不吃美味的佳肴，不看美丽的女色，离开华美的府第住进茅屋，以享乐为耻而自甘寂寞，难道不是为了有朝一日能骑鹤驾云到蓬莱仙宫去游玩吗？就算成不了仙，也希望能长生不老，与天地同寿。如今仙境还摸不到边，长生也做不到，如果继续在这云山之外苦熬，只能死在山中了。我所乐意的是下山去乘肥马穿轻裘，欣赏音乐亲近美女，游遍京洛胜地。玩够了再去追求功名，建功立业，以求在世间显身扬名。纵然不能饮宴于天宫瑶池，乘着天马神龙，以云霞为衣，听凤歌看鸾舞，与神仙为伴，但是能在人世上身穿紫袍腰系金带，在凌烟阁上留下画像，跻身卿大夫之列，怎么样呢？咱们为什么不回去呢？不要白白死在这空山里！"裴谌说："我早已是看破红尘如梦的觉醒者，怎么可能再留恋世俗呢？"王敬伯就回去了，裴谌怎么挽留也没用。

时唐贞观初,以旧籍调授左武卫骑曹参军。大将军赵胐妻之以女,数年间,迁大理廷评,衣绯。奉使淮南,舟行过高邮,制使之行,呵叱风生,舟船不敢动。时天微雨,忽有一渔舟突过,中有老人,衣蓑戴笠,鼓棹而去,其疾如风。敬伯以为吾乃制使,威振远近,此渔父敢突过。试视之,乃谌也,遂令追之。因请维舟,延之坐内,握手慰之曰:"兄久居深山,抛掷名宦,而无成到此极也。夫风不可系,影不可捕。古人倦夜长,尚秉烛游,况少年白昼而掷之乎?敬伯自出山数年,今廷尉评事矣。昨者推狱平允,乃天锡命服。淮南疑狱,今谳于有司,上择详明吏覆讯之,敬伯预其选,故有是行。虽未可言宦达,比之山叟,自谓差胜。兄甘劳苦,竟如曩日,奇哉奇哉。今何所须,当以奉给。"谌曰:"吾侪野人,心近云鹤,未可以腐鼠吓也。吾沉子浮,鱼鸟各适,何必矜炫也?夫人世之所须者,吾当给尔,子何以赠我?吾与山中之友,市药于广陵,亦有息肩之地。青园桥东,有数里樱桃园,园北车门,即吾宅也。子公事少隙,当寻我于此。"遂翛然而去。

敬伯到广陵十余日,事少闲,思谌言,因出寻之。果有车门,试问之,乃裴宅也。人引以入,初尚荒凉,移步愈佳。

当时是唐太宗贞观初年，王敬伯因旧职调任为左武卫骑曹参军。大将军赵胐将自己的女儿嫁给他，几年间他就升任为大理廷评，穿上了红袍。有一次他奉命出使淮南，坐船经过高邮，他作为朝廷的特派使者出行，仪仗森严，威风十足，江上的民船都躲着不敢走。当时天下着小雨，忽然有一条小渔舟出现在官家船队前面，船上有一位老人，头戴斗笠身披蓑衣，划着桨很快地驶过船队，像一阵疾风。王敬伯心想我是朝廷派出的使臣，威振远近，怎么这个渔夫敢如此放肆？仔细一看，那渔夫竟是裴谌，于是赶快下令开船追上去。于是请裴谌把船系好，请他到船舱内坐下，握着裴谌的手慰问说："老兄久居深山之中，抛开世上的功名利禄，却一事无成到如此地步。修道之事，就如系风捕影，是不可能的。古人讨厌夜晚太长，尚且拿着烛火游玩享乐，何况青春年少白白浪费岁月呢？我出山后才几年，现在就做到了廷尉评事。前段时间由于我办案公正受到朝廷赞赏，天子特赐我穿红袍。最近淮南有一件疑案一直定不了案，案情上报到大理寺，皇上命令选派一个精明干练的官员到淮南复审疑案，我被选中，所以才有这次淮南之行。我现在虽然还算不上飞黄腾达，但比起山中的老翁，自认为还是要强得多。裴兄你却甘心劳苦，像从前那样，真是奇怪啊！不知裴兄需要什么东西，我一定满足你的要求。"裴谌说："我这种山野平民，心已近似闲云野鹤，是无法用腐烂死鼠般的官位富贵来吓唬的。我像鱼一样在江里游，你像鸟一样在天上飞，鱼鸟各有各的乐趣，你何必向我炫耀你那些浮名微利呢？人世间所需要的东西，我都能给你，你能送我什么呢？我和山里的朋友一同到广陵卖药，也有个歇脚的地方。在青园桥的东边，有一个几里宽的樱桃园，园北有个行车的门，那就是我家。你公务之余如果有空，可以去那里找我。"裴谌说完，就潇洒地离去了。

　　王敬伯到广陵十几天后，事情稍微空闲了些，想起了裴谌的话，就去找那个樱桃园。果然有个车门，一打听，果然是裴家。看门人领着王敬伯往里走，起初周围挺荒凉，越走景色越好。

行数百步，方及大门，楼阁重复，花木鲜秀，似非人境。烟翠葱笼，景色妍媚，不可形状，香风飒来，神清气爽，飘飘然有凌云之意，不复以使车为重，视其身若腐鼠，视其徒若蝼蚁。既而稍闻剑佩之声，二青衣出曰："裴郎来。"俄有一人，衣冠伟然，仪貌奇丽。敬伯前拜，视之乃谌也。裴慰之曰："尘界仕宦，久食腥膻，愁欲之火，焰于心中，负之而行，固甚劳困。"遂揖以入，坐于中堂。窗户栋梁，饰以异宝，屏帐皆画云鹤。有顷，四青衣捧碧玉台盘而至，器物珍异，皆非人世所有；香醪嘉馔，目所未窥。

既而日将暮，命其促席，燃九光之灯，光华满坐。女乐二十人，皆绝代之色，列坐其前。裴顾小黄头曰："王评事者，吾山中之友，道情不固，弃吾下山，别近十年，才为廷尉。属今俗心已就，须俗妓以乐之。顾伶家女无足召者，当召士大夫之女已适人者。如近无姝丽，五千里内，皆可择之。"小黄头唯唯而去。诸妓调碧玉筝，调未谐，而黄头已复命，引一妓自西阶登，拜裴席前。裴指曰："参评事。"敬伯答拜。细视之，乃敬伯妻赵氏。而敬伯惊讶不敢言，妻亦甚骇，目之不已。遂令坐玉阶下，一青衣捧玳瑁筝授之。赵素所善也，因令与坐妓合曲以送酒。敬伯坐间，取一殷色朱李投之，赵顾敬伯，潜系于衣带。妓奏之曲，赵皆

走了几百步后，才到了一个大门，门内楼阁重重，花草繁茂，好像不是凡人住的地方。其中绿意盎然，如烟雾笼罩，景色无比秀丽，无法形容，阵阵香风袭人，令人神清气爽，飘飘然好像身在云中，王敬伯这时也不再觉得奉命出使有什么重要，认为自己的肉体像只死老鼠一样卑贱，看他那些同僚也像蚂蚁一样卑微了。不一会儿，听见轻微的佩剑撞击的声音，两个青衣女子出来说："裴郎来了。"只见一个衣冠华贵仪表堂堂的人来到面前，王敬伯上前下拜，抬头一看，竟是裴谌。裴谌安慰王敬伯说："你长期在人间做官，长期吃腥膻的鱼肉，忧愁贪欲像火一样烧心，背着这么沉重的包袱，自然很劳苦。"于是裴谌揖请王敬伯进去，坐在中堂。只见门窗屋梁都装饰着奇珍异宝，屏风帐幕上都画着仙鹤。不一会儿，四个青衣女子捧着碧玉台盘进来，食器都珍贵奇异，不是人间的东西，摆上来的美酒佳肴也从来没见过。

不久天快黑了，裴谌请王敬伯入席，在室内点起了九光之灯，照得室中光彩满座。又叫来了二十个奏乐的女子，一个个都是绝色佳人，列坐在王敬伯面前。裴谌回头告诉管家说："王敬伯是我山中的朋友，由于修道的意志不坚，抛弃我下了山，我们离别快十年了，他才做到廷尉。如今他的心已经完全归于凡俗了，所以需要世间的妓女来让他取乐。我看花街柳巷的那些女子没有值得召请的，应当召请官宦人家已嫁人的女子。如果近处没有美貌的，在五千里之内为他请一个也行。"管家答应着出去了。那些奏乐女子就给碧玉筝调弦，弦还没调好，管家就已经来复命了，领着一个女子从西阶上来，向裴谌下拜。裴谌指着王敬伯说："快拜见王评事。"王敬伯也连忙向那女子还礼。仔细一看，竟是自己的妻子赵氏。王敬伯大吃一惊，但没敢说什么，他妻子也很惊恐，不断地看他。裴谌让赵氏坐在玉石台阶下，一名侍女捧着一架玳瑁镶嵌的筝给了她。赵氏平时就很会弹筝，裴谌就让她和那些女子一起合奏以助酒兴。王敬伯坐在席间时，从盘子里拿了一枚深色的红李子扔给妻子赵氏，赵氏回头看了看敬伯，把李子偷放在衣带里。那些女子演奏的曲子，赵氏都

不能逐，裴乃令随赵所奏，时时停之，以呈其曲。其歌虽非云韶九奏之乐，而清亮宛转，酬献极欢。天将曙，裴召前黄头曰："送赵夫人。"且谓曰："此堂乃九天画堂，常人不到。吾昔与王为方外之交，怜其为俗所迷，自投汤火，以智自烧，以明自贼，将沉浮于生死海中，求岸不得。故命于此，一以醒之。今日之会，诚再难得。亦夫人宿命，乃得暂游。云山万重，复往劳苦，无辞也。"赵拜而去。裴谓敬伯曰："评公使车留此一宿，得无惊郡将乎？宜且就馆。未赴阙闲时，访我可也。尘路遐远，万愁攻人，努力自爱。"敬伯拜谢而去。

复五日将还，潜诣取别。其门不复有宅，乃荒凉之地，烟草极目，惆怅而返。及京奏事毕，将归私第，诸赵竞怒曰："女子诚陋，不足以奉事君子，然已辱厚礼，亦宜敬之，夫上以承先祖，下以继后事，岂苟而已哉。奈何以妖术致之万里，而娱人之视听乎？朱李尚在，其言足征，何讳乎！"敬伯尽言之，且曰："当此之时，敬伯亦自不测。此盖裴之道成矣，以此相炫也。"其妻亦记得裴言，遂不复责。吁，神仙之变化，诚如此乎？将幻者鹜术以致惑乎？固非常智之所及。且夫雀为蛤，雉为蜃，人为虎，腐草为萤，蜣螂为蝉，鲲为鹏，万物之变化，书传之记者，不可以智达，况耳目之外乎？ 出《续玄怪录》。

跟不上，裴谌就叫她们随着赵氏演奏，并常常让其余的女子停下演奏以显出赵氏的独奏。乐曲虽然不是《云门大卷》和《韶乐》那种古代名曲，但旋律十分清亮，宛转动听，宾主敬酒酬答十分欢快。到天快亮时，裴谌召来管家说："送赵夫人回去。"还对赵氏说："这个厅堂是九天画堂，凡人是不能来的。但我过去和王敬伯是修道的朋友，可怜他被世俗的荣华迷了心窍，自己甘心赴汤蹈火，聪明反被聪明误，从此将在生生死死的苦海中沉浮，找不到彼岸。所以请他到这里来，想让他开窍醒悟。今天一见之后，将来很难重逢。也是夫人你命中有缘，能到这里一游。你来时已越过万重云山，十分辛苦，也就不要怕了。"赵氏就拜别裴谌离去。裴谌又对王敬伯说："你公务在身却在这里住了一宿，恐怕会惊扰郡里的官员吧？你暂且先回你的驿馆吧。在你没有回京复命前，还可以再来看我。尘世上的路漫长遥远，各种忧愁烦恼都在伤人，望你多多珍重吧。"王敬伯也拜谢辞别而去。

又过了五天，王敬伯要回京了，就偷偷又去找裴谌，想向他辞行。结果发现那门内再也没有裴谌的华贵府邸，只是一块荒地，满目都是野草，敬伯心中十分惆怅地回去了。王敬伯到京城复命之后，回到自己的私宅时，妻子赵氏全家都怒气冲冲找他理论，说："我家女儿尽管丑陋，配不上你，但既然行了大礼和你成婚，你就应该敬重她，这样才能上以继承祖业，下以传继后代，难道是可以乱来的吗？可是你为什么用妖术把她弄到万里之外，让她当乐伎给外人取乐呢？那颗红李子还在，她说得也有根有据，你还想隐瞒吗？"王敬伯只好说了全部详情，并说："在那个时候，自己也自身难保。看来是裴谌已经得道成仙，故意显示道术给我看看的。"妻子赵氏也记得裴谌当时说的那些话，就不再责骂王敬伯了。唉，神仙的变化真就像这样吗？还是只是会幻术的人卖弄技艺来迷惑人呢？这不是平常人能理解的。书上记载着雀可以变蛤、野鸡变蜃、人变虎、腐草变萤火虫、屎壳螂变蝉、大鱼变鹏，万物变化，书传中的记载，人们的智慧尚且无法理解，更何况人们耳闻目睹之外的神异事件呢？出自《续玄怪录》。

卢李二生

昔有卢李二生,隐居太白山读书,兼习吐纳道引之术。一旦,李生告归曰:"某不能甘此寒苦,且浪迹江湖。"诀别而去。后李生知橘子园,人吏隐欺,欠折官钱数万贯,羁縻不得东归,贫甚。偶过扬州阿使桥,逢一人,草跻布衫,视之乃卢生。生昔号二舅,李生与语,哀其褴缕。卢生大骂曰:"我贫贱何畏?公不作好,弃身凡弊之所,又有欠负,且被囚拘,尚有面目以相见乎?"李生厚谢,二舅笑曰:"居处不远,明日即将奉迎。"

至旦,果有一仆者,驰骏足来云:"二舅遣迎郎君。"既去,马疾如风,过城南数十里,路侧朱门斜开,二舅出迎。星冠霞帔,容貌光泽,侍婢数十人,与桥下仪状全别。邀李生中堂宴馔,名花异木,若在云霄。又累呈药物,皆殊美。既夜,引李生入北亭命酌,曰:"兼与公求得佐酒者,颇善箜篌。"须臾,红烛引一女子至,容色极艳,新声甚嘉。李生视箜篌上,有朱字一行云:"天际识归舟,云间辨江树。"罢酒,二舅曰:"莫愿作婚姻否?此人名家,质貌若此。"李生曰:"某安敢?"二舅许为成之,又曰:"公所欠官钱多少?"曰:"二万贯。"乃与一拄杖曰:"将此于波斯店取钱,可从此学道,无自秽身陷盐铁也。"才晓,前马至,

卢李二生

从前有两个书生，一个姓李一个姓卢，隐居在太白山读书，兼学养生健体的呼吸吐纳导引之术。有一天，李生向卢生告别回去，说："我实在不甘于过这样清苦的修道生活，我将要去浪迹江湖了。"然后就辞别下山了。后来李生受命管理一个橘子园，由于受到人们的欺瞒和官吏的压迫，李生欠了官钱好几万贯，被欠债拖累得不能往东回家，十分贫困。有一天，李生偶尔经过扬州的阿使桥时，遇见一个人，穿着布衫草鞋，一看原来是卢生。卢生曾经号称二舅，李生便同他谈话，并对他的衣衫破旧表示同情怜悯。卢生却大骂道："我穷有什么可怕的？不像你那样不往好道走，陷身于凡尘俗世之中，又弄得一屁股债，将要被囚禁拘押，你有什么脸面见我！"李生郑重向卢生谢罪，卢生才笑着说："我的住处不远，明天我派人接你到家玩玩。"

到了第二天早上，果然有个仆人骑着一匹骏马来说："我家老爷派我来接您。"李生上了马，马快如飞，出了城南又跑了几十里，路旁一所府第的大红门开了，卢生出来迎接李生。只见他头戴缀有星饰的高冠，身穿绣着云霞的袍子，容光焕发，身边有几十个仆人婢女簇拥着，和在阿使桥下遇见时样子完全不一样。卢生让李生到堂屋里饮宴，屋子周围都是奇花异草，好像在仙境一般。又连续呈上来一些药物，味道都特别甘美。到了晚上，卢生领着李生到北面的一个亭子里喝酒，并说："还给你找了个陪酒助兴的，比较擅长演奏箜篌。"不一会儿，有人举着红烛领来一个女子，容貌极其艳丽，演奏的箜篌新曲也很好听。李生看箜篌上有一行红字："天际识归舟，云间辨江树。"喝完酒，卢生说："你想不想和弹箜篌的女子成婚？她是大家闺秀，姿容就是这样。"李生说："我怎敢有这个念头呢？"卢生许诺为他成就这桩婚事，又问："你欠官府多少钱？"李生说："两万贯。"卢生就给了李生一根拐杖，说："你拿着这个拐杖到城内一家波斯人开的商店里去取钱还债吧，从今以后希望你能继续学习道术，不要再陷到经商的泥潭里去了。"天刚亮，仆人就牵着之前接李生的马又来了，

二舅令李生去，送出门。波斯见拄杖，惊曰："此卢二舅拄杖，何以得之？"依言付钱，遂得无事。

其年，往汴州，行军陆长源以女嫁之。既婚，颇类卢二舅北亭子所睹者。复解箜篌，果有朱书字，视之，"天际"之诗两句也。李生具说扬州城南卢二舅亭中筵宴之事。妻曰："少年兄弟戏书此。昨梦见使者云'仙官追'，一如公所言也。"李生叹讶，却寻二舅之居，唯见荒草，不复睹亭台也。出《逸史》。

薛 肇

薛肇，不知何许人也，与进士崔宇，于庐山读书。同志四人，二人业未成而去。崔宇勤苦，寻已擢第。唯肇独以修道为务，不知师匠何人。数年之间，已得神仙之道。

庐山下有患风劳者，积年医药不效，尸居候时而已。肇过其门，憩树阴下，因语及疾者，肇欲视之。既见曰："此甚易耳，可以愈也。"留丹一粒，小于粒米，谓疾者所亲曰："明晨掐半粒，水吞之，自当有应。未愈，三日外更服半粒也。"其家自以久疾求医，所费巨万，尚未致愈，疾者柴立，仅存余喘，岂此半粟而能救耶？明日试服之，疾者已起，洎午能饮食，策杖而行。如此三日，充盛康壮。又服半粒，即神气迈逸，肌肤如玉，髭发青鬓，状可二十岁许人。月余，

卢生让李生骑上马回家，送他出了门。李生拿着那拐杖去了波斯商店，店主一看就惊奇地说："这不是卢二舅的拐杖吗？你是从哪儿拿来的？"李生说了详情，波斯人就照付了钱，李生拿钱去还了账，得到了人身自由。

那年李生去了汴州，行军陆长源把女儿嫁给了他。婚后一看，妻子非常像卢生当初在北亭上叫来弹箜篌的那个女子。妻子也会演奏箜篌，而且妻子的箜篌上果然有一行红字，仔细一看正是那两句诗。李生就对妻子详细说了在扬州城南去卢生家做客宴饮的事。妻子说："箜篌上的字是我的小弟弟刻着玩的。之前我梦见天上的使者对我说'仙官让我去'，情景和你说的完全一样。"李生又惊又叹，再去找卢生的住处，只见荒草一地，再也看不见亭台等建筑了。出自《逸史》。

薛 肇

薛肇，不知道是什么地方人，和进士崔宇一同在庐山读书。一同读书的四个人，有两个人学业未成就离开了。崔宇读书很勤奋，不久就考中进士了。只有薛肇专心致志地学习道术，但不知是哪位老师在指点他。苦修了几年之后，薛肇居然就修成了神仙的道术。

当时庐山下有个患邪风病的人，多年医治无效，躺着只是等死罢了。薛肇经过他家门口，在树阴下歇息，听他家人说起病人的事，就想要进去看看。看过病人以后，他说："这病没什么，完全能好。"然后留下一粒丹药，比米还小，对病人的亲属说："明天早晨掐半粒，用水吞服，就能见效。如果还不好，三天后再吃半粒。"他家人认为病人病了这么久，一直寻医问药，花费了上万的钱，仍没治好，现在病人已经骨瘦如柴，只剩下一口气，哪是这半粒粟米大的药能救的呢？第二天试着给病人吃了半粒，病人立刻就能起来了，到了中午，就能吃饭了，还能挂拐杖走路。三天后病人就十分强壮。又吃下了那半粒，就变得神色飘逸，皮肤像白玉一样，头发又黑又亮，样子像二十多岁的人。一个多月后，

肇复来曰："子有骨箓,值吾此药,不唯愈疾,兼可得道矣。"乃授其所修之要,此人遂登五老峰,访洞府而去。

崔宇既及第,寻授东畿尉,赴任,过三乡驿,忽逢薛肇,下马叙旧,见肇颜貌风尘,颇有哀嗟之色。宇自以擢第拜官,扬扬矜负。会话久之,日已晡矣,薛谓崔曰:"贫居不远,难于相逢,过所居宵话,可乎?"崔许之。随薛而行,仆乘皆留店中。初入一小径,甚荒梗,行一二里间,田畴花木,皆异凡境。良久已及,高楼大门,殿阁森沉,若王者所理,崔心惊异之。薛先入,有数十人拥接升殿。然后召崔升阶,与坐款话。久之,谓崔曰:"子有好官,未可此住,但一宵话旧可尔。"促令召乐开筵。顷刻,即于别殿宴乐。更无诸客,唯崔薛二人。女乐四十余辈,拜坐奏乐。选女妓十辈同饮。有一箜篌妓,最为姝颖,崔与并坐。崔见箜篌上有十字云:"天际识归舟,云间辨江树。"崔默记之。席散,薛问崔坐中所悦,以箜篌者对。薛曰:"他日与君,今且未可。"及明,与崔送别,遗金三十斤,送至官路,惨别而去。

崔至官月余,求婚得柳氏。常疑曾识而不记其处。暇日,命取箜篌理曲。崔见十字书在焉,问其故,云:"某时患热疾,梦中见使人追云:'西城大仙陈溪薛君有客,五百里

薛肇又来到这里,对那人说:"你的骨相带着仙气,所以能碰上我的药,吃了不仅能治好病,还能得道。"于是薛肇就把自己修道的要义告诉他,那人就登上五老峰去寻访神仙洞府了。

崔宇考中进士后,不久就被任命为东畿县尉,赴任时经过三乡驿,忽然遇见了薛肇,便下马叙旧,崔宇见薛肇满面风尘,言谈中流露出同情怜悯的神色。崔宇觉得自己考中进士并当了官,颇有些洋洋自得的神气。谈了半天,已是下午了,薛肇对崔宇说:"我那个破陋的家离这不远,咱们相逢不易,就到我家去畅叙一宿,你看行吗?"崔宇同意了。就跟着薛肇走,把他的车马仆从都留在客店里。一开始走过一条小路,路两边很荒凉,走出一二里后,发现周边的田地花木都不同于人间。又走了很久,来到一所府宅,高楼大门,院里楼阁殿宇,严整深邃,就像是王侯的府邸,崔宇心里十分惊奇。薛肇先进了门,然后有几十个人簇拥着将他迎上了一个大殿。然后薛肇就召崔宇登上台阶,和他坐着谈话。谈了很久,薛肇对崔宇说:"你公务在身,不可能在我这里久住,我们叙一晚上旧就可以了。"下令召来乐伎,开席饮宴。不一会儿,又请崔宇来到另一个殿堂里饮酒作乐。席上没有别人,只有薛、崔两个人。四十多个乐队女子来了,行礼拜过后,列坐在殿上奏乐。薛肇从中选了十个女子来陪酒。其中有个弹箜篌的女子,姿容最为俊美,崔宇和那女子挨着坐。崔宇看见她的箜篌上刻着十个字:"天际识归舟,云间辨江树。"就默默地记在心里。筵席散后,薛肇问崔宇喜欢哪一个女子,崔宇就说喜欢弹箜篌的那个。薛肇说:"以后可以把她嫁给你,现在还不行。"第二天黎明时,薛肇送别崔宇,赠给他三十斤金子,把他送到官道上,依依惜别而去。

崔宇上任一个多月后,和一位姓柳的女子结了婚。婚后,崔宇总觉得在哪儿见过柳氏,但想不起来。有一天空闲时,崔宇让柳氏取来箜篌为他弹上一曲。崔宇一眼看见箜篌上有那十个字,问柳氏是怎么回事,柳氏说:"我有一次得了怪病,梦见有位使者来找我,说:'西城的大仙陈溪薛君那儿有客人,命五百里

内解音声处女尽追。'可四十余人,因随去。与薛及客崔少府同饮一夕,觉来疾已愈。薛君即神仙也,崔少府风貌,与君无异。"各话其事,大为惊骇,方知薛已得道尔。出《仙传拾遗》。

内懂音乐的处女都要去。'一共有四十多人，我就跟使者去了。
与薛大仙和一位姓崔的少府饮酒奏乐玩了一夜，等我醒来时，病
已经好了。薛君当然是那位神仙了，而崔少府的相貌神态，和夫
君你一模一样。"于是崔宇也说了那天的情景，夫妻俩十分惊奇，
这才知道薛肇果然已经得道成仙了。出自《仙传拾遗》。

卷第十八
神仙十八

柳归舜　　元藏几　　文广通　　杨伯丑　　刘法师

柳归舜

　　吴兴柳归舜，隋开皇二十年，自江南抵巴陵，大风吹至君山下，因维舟登岸。寻小径，不觉行四五里，兴酣，逾越溪涧，不由径路。忽道傍有一大石，表里洞彻，圆而砥平，周匝六七亩。其外尽生翠竹，圆大如盎，高百余尺，叶曳白云，森罗映天。清风徐吹，戛为丝竹音。石中央又生一树，高百尺，条干偃阴为五色，翠叶如盘，花径尺余，色深碧，蕊深红，异香成烟，著物霏霏。有鹦鹉数千，丹嘴翠衣，尾长二三尺，翱翔其间，相呼姓字，音旨清越，有名"武游郎"者，有名"阿苏儿"者，有名"武仙郎"者，有名"自在先生"者，有名"踏莲露"者，有名"凤花台"者，有名"戴蝉儿"者，有名"多花子"者。

　　或有唱歌者曰："吾此曲是汉武钩弋夫人常所唱，词曰：'戴蝉儿，分明传与君王语。建章殿里未得归，朱箔金缸双凤舞。'"名阿苏儿者曰："我忆阿娇深宫下泪，唱曰：'昔请司马相如为作《长门赋》，徒使费百金，君王终不

柳归舜

　　吴兴人柳归舜,隋文帝开皇二十年时,从江南乘船去巴陵,江上起了大风,把船吹到洞庭湖的君山下面,只好拴船登岸。他顺着小路不知不觉走了四五里,兴致很高,跨过小溪山涧,也不顺着路走了。忽见道旁有一块大石头,整个石头都透明铮亮,又圆又平,方圆六七亩大小。石外都长满了翠绿的竹子,像盆口那么粗,有一百多尺高,树叶仿佛触到了云彩,郁郁森森映着蓝天。清风徐徐吹过,竹林中响起丝竹般动听的声音。大石的中央长着一棵树,有一百尺高,枝干是彩色的,树叶有盘子那样大,花的直径有一尺多宽,花瓣深绿色,花蕊是深红色的,花中飘出奇异的香气笼罩着周围,如烟似雾。树上有好几千只鹦鹉,都是红嘴绿毛,尾巴长达二三尺长,在那里上下翻飞,互相叫着彼此的姓名,声音非常清脆,有名叫"武游郎"的,有名叫"阿苏儿"的,有叫"武仙郎"的,有叫"自在先生"的,还有名叫"踏莲露""凤花台""戴蝉儿""多花子"的。

　　有只唱歌的鹦鹉说:"我这歌是汉武帝时的钩弋夫人常唱的,歌词是:'戴蝉儿,分明传与君王语。建章殿里未得归,朱箔金缸双凤舞。'"名叫阿苏儿的鹦鹉说:"我记得阿娇曾在深宫落泪,唱道:'昔请司马相如为作《长门赋》,徒使费百金,君王终不

顾。'"又有诵司马相如《大人赋》者曰:"吾初学赋时,为赵昭仪抽七宝钗横鞭,余痛不彻,今日诵得,还是终身一艺。"名武游郎者言:"余昔见汉武帝,乘郁金楫,泛积翠池,自吹紫玉笛,音韵朗畅。帝意欢适,李夫人歌以随,歌曰:'顾鄙贱,奉恩私。愿吾君,万岁期。'"

又名武仙郎者问归舜曰:"君何姓氏行第?"归舜曰:"姓柳,第十二。"曰:"柳十二自何处来?"归舜曰:"吾将至巴陵,遭风泊舟,兴酣至此耳。"武仙郎曰:"柳十二官,偶因遭风,得臻异境,此所谓因病致妍耳。然下官禽鸟,不能致力生人,为足下转达桂家三十娘子。"因遥呼曰:"阿春,此间有客。"即有紫云数片,自西南飞来,去地丈余,云气渐散,遂见珠楼翠幕,重槛飞楹,周匝石际。一青衣自户出,年始十三四,身衣珠翠,颜甚姝美,谓归舜曰:"三十娘子使阿春传语郎君,贫居僻远,劳此检校,不知朝来食否?请垂略坐,以具蔬馔。"即有捧水精床出者,归舜再让而坐。

阿春因教凤花台鸟:"何不看客?三十娘子以黄郎不在,不敢接对郎君。汝若等闲,似前度受捶。"有一鹦鹉即飞至曰:"吾乃凤花台也。近有一篇,君能听乎?"归舜曰:"平生所好,实契所愿。"凤花台乃曰:"吾昨过蓬莱玉楼,因有一章诗曰:'露接朝阳生,海波翻水晶。玉楼瞰寥廓,天地相照明。此时下栖止,投迹依旧楹。顾余复何忝,日侍群仙行。'"归舜曰:"丽则丽矣,足下师乃谁人?"凤花台曰:

顾。'"这时又有只背诵司马相如《大人赋》的鹦鹉说:"我当初学这首赋时,被赵昭仪用头上的七宝钗狠抽了一顿,当时把我痛坏了,但如今我还是背出来了,成了我平生的一件绝活儿。"名叫武游郎的鹦鹉说:"我当年见过汉武帝,他乘着郁金船在宫中的积翠池里泛游,自己吹起了紫玉笛,吹出的笛声十分动听。武帝十分高兴,李夫人就伴着笛子唱起了歌,歌词是:'顾鄙贱,奉恩私。愿吾君,万岁期。'"

这时叫武仙郎的那只鹦鹉问柳归舜:"你贵姓? 排行第几?"柳归舜说:"我姓柳,排行十二。"鹦鹉说:"柳十二郎从哪里来?"柳归舜说:"我要去巴陵,遇到大风船靠了岸,一时高兴走到了这里。"武仙郎就说:"柳十二郎因偶然遇风得以来到这仙境,这真可谓因祸得福了。然而我只是一只鸟,不能为你效什么力,不过我可以为你转达桂家三十娘子。"说完就向远处喊道:"阿春,来客人了!"空中立刻就有几团紫色的云从西南飞来,离地面一丈多高时,云气渐渐散去,露出了垂着绿帘幕的红楼,只见栏干重重,飞檐穿天,整个楼建在那块大石上。这时一个青衣女子从楼门里走出来,年纪刚十三四岁,身穿缀有珠翠的衣服,容貌美丽,对柳归舜说:"我家三十娘子让我转告郎君,寒舍太偏僻了,劳你来一趟这么辛苦劳累,不知郎君从早晨到现在用饭了吗? 请先稍坐,立刻给你准备饭菜。"接着就有女子捧着水晶做的坐榻出来,柳归舜谦让了两次就坐下了。

这时那位阿春姑娘就对叫凤花台的鹦鹉说:"你为什么不好好接待客人呢? 三十娘子因为黄郎不在家,不便出来接待客人。你们如果怠慢了客人,就又要像上次那样挨打了!"这时立刻有一个鹦鹉飞到柳生面前说:"我就是凤花台。最近我写了一首诗,不知您愿不愿意听一下?"柳归舜说:"我平生最喜欢诗,当然愿意听。"凤花台就说:"我昨天飞过蓬莱仙洲上的玉楼,因而作了一首诗:'露接朝阳生,海波翻水晶。玉楼瞰寥廓,天地相照明。此时下栖止,投迹依旧楹。顾余复何忝,日侍群仙行。'"柳归舜说:"这首诗美是真美啊,谁是你作诗的老师呢?"凤花台说:

"仆在王丹左右,一千余岁,杜兰香教我真箓,东方朔授我秘诀。汉武帝求太中大夫,遂在石渠署见扬雄、王褒等赋颂,始晓箓论。王莽之乱,方得还吴。后为朱然所得,转遗陆逊,复见机、云制作,方学缀篇什。机、云被戮,便至于此,殊不知近日谁为宗匠。"归舜曰:"薛道衡、江总也。"因诵数篇示之。凤花台曰:"近代非不靡丽,殊少骨气。"俄而阿春捧赤玉盘,珍羞万品,目所不识,甘香裂鼻。

饮食讫,忽有二道士自空飞下,顾见归舜曰:"大难得,与鹦鹉相对。君非柳十二乎?君船以风便,索君甚急,何不促回?"因投一尺绮曰:"以此掩眼,即去矣。"归舜从之,忽如身飞,却坠巴陵,达舟所。舟人欲发,问之,失归舜已三日矣。后却至此,泊舟寻访,不复再见也。出《续玄怪录》。

元藏幾

处士元藏幾,自言后魏清河孝王之孙也。隋炀帝时,官任奉信郎。大业九年,为过海使判官。无何,风浪坏船,黑雾四合,同济者皆不免,而藏幾独为破木所载,殆经半月,忽达于洲岛间。洲人问其从来,则瞥然具以事告。洲人曰:"此沧洲,去中国已数万里。"乃出菖蒲花桃花酒饮之,而神气清爽。其洲方千里,花木常如二月,地土宜五谷,人多不死。出凤凰、孔雀、灵牛、神马之属;更产分蒂

"我在王丹身旁一千多年，杜兰香教给我修道的秘文，东方朔传给我道术的秘诀。当时汉武帝想给朝里选拔太中大夫，就在石渠署召见扬雄、王褒等文人，命他们作赋和颂，我才从他们那里学到了箴论。到王莽之乱时，我才回到吴地。后来被朱然抓到，又把我转赠给陆逊，从他那儿我又见识了陆机、陆云写文章，便也学着写文章。后来陆机、陆云被杀，我才来到了这里，我不知道当代在文章方面谁是宗师。"柳归舜说："当代的文章宗师是薛道衡和江总。"接着就背诵了几篇。凤花台说："近代的文章不是不华丽，只是太缺少风骨。"不一会儿，阿春捧着一只红玉盘，里面装着各种珍馐美味，都是从没见过的，只觉芳香扑鼻。

柳归舜吃完后，忽然有两名道士从空中飞下来，看见柳归舜后说："你可真不简单，能和鹦鹉对读文章。你是不是柳十二郎？你的船因为风已顺了马上要开，正急着到处找你呢，你还不赶快回去！"说罢扔给他一块一尺长的绸子说："用它蒙上眼睛，你就走！"柳归舜蒙上眼，立刻觉得身子飞了起来，一下就落在巴陵，到了船所在的地方。船夫正要出发，一问，才知道已经三天找不到柳归舜了。后来柳归舜又来到这里，停舟靠岸再去找那个地方，却再也看不到了。出自《续玄怪录》。

元藏几

元藏几是一位处士，自称是后魏清河孝王的孙子。隋炀帝时，他官拜奉信郎。隋炀帝大业九年，担任出海使者的判官。不久，航行中遇到风暴，船被撞坏，空中黑雾四合，同船渡海的人都落海淹死，只有元藏几抱着块破木头在海上漂流，历经半个月，忽然漂到了一个群岛上。岛上的人问他从哪儿来，他就头昏眼花地讲了海上遇难的经过。岛上的人说："这里是仙岛沧洲，离中国好几万里。"他们就拿出菖蒲花和桃花酿的酒给元藏几喝，喝了这酒立刻感到神清气爽。这沧洲方圆有一千里，岛上花草树木总像阳春二月那样繁茂，土地肥沃五谷丰登，岛上的人多长生不死。这里出产凤凰、孔雀、灵牛、神马等珍奇的动物；还出产分蒂

瓜,长二尺,其色如椹,一颗二蒂;有碧枣丹栗,皆大如梨。其洲人多衣缝掖衣,戴远游冠,与之话中国事,则历历如在目前。所居或金阙银台,玉楼紫阁,奏《箫韶》之乐,饮香露之醑。洲上有久视之山,山下出澄水泉,其泉阔一百步,亦谓之流渠,虽投之金石,终不沉没,故洲人以瓦铁为船舫。更有金池,方十数里,水石泥沙,皆如金色。其中有四足鱼,今刑部卢员外寻云:"金义岭有池如盆,其中有鱼皆四足。"又有金莲花,洲人研之如泥,以间彩绘,光辉焕烂,与真无异,但不能拒火而已。更有金茎花,如蝶,每微风至,则摇荡如飞,妇人竞采之以为首饰,且有语曰:"不戴金茎花,不得在仙家。"更以强木造船,其上多饰珠玉,以为游戏。强木,不沉木也。方一尺,重八百斤,巨石缒之,终不没。

藏幾淹留既久,忽念中国,洲人遂制凌风舸以送焉。激水如箭,不旬即达于东莱。问其国,乃皇唐也;询其年号,即贞元也。访其乡里,榛芜也;追其子孙,疏属也。有隋大业元年至贞元年末,已二百年矣。有二鸟,大类黄鹂,每翔翥空中,藏幾呼之即至,或令衔珠,或令受人语。乃谓之"转言鸟",出沧州也。

藏幾工诗好酒,混俗无拘检,十数年间,遍游江表,人莫之知。而赵归真常与藏幾弟子九华道士叶通微相遇,求得其实,归真以藏幾之异备奏上。上令谒者赍手诏急征。

瓜，瓜长二尺，颜色像桑椹一样，一只瓜上有两个瓜蒂；还出产绿枣红栗，都像梨子那么大。岛上的人大都穿宽袖单衣，戴远游冠，他们和元藏幾谈起中国的事，一件一件就像发生在眼前一样。岛上人住的大都是金碧辉煌、装饰华丽的楼阁，演奏《箫韶》那样典雅的音乐，喝用香露酿造的酒。洲上有一座久视山，山上有一泓清水泉，泉有一百步宽，人们也称它为流渠，把金子、玉石扔进泉水也不沉，所以这里的人用瓦铁造船。还有一个金池，方圆十几里，池里的水石泥沙都呈金色。池里生长一种四脚鱼，正如刑部员外郎卢寻说："金义岭有一个像水盆的池子，里面的鱼都有四只脚。"洲上还有一种金莲花，岛上人把这种莲花碾碎成泥，用来画画儿，光辉灿烂，和真金一样，只是怕火烧。还有一种金茎花，花像蝴蝶，每当微风吹来，花儿摇动如飞，女人们都抢着采这种花做首饰，岛上有句俗话说："不戴金茎花，不得在仙家。"岛上人还用强木造船，船上装饰了很多珍珠宝玉，主要用来游乐。所谓强木，就是不沉的木头。一尺见方的一块强木就有八百斤重，下面吊块大石头，它也不沉没。

元藏幾在这沧洲岛上停留了很久，忽然十分想念中国，岛上人就为他制造了一艘凌风船，送他回中国。那船在海上像箭一样破浪前行，不到十天就到了东莱郡。元藏幾问这是什么国，回答说是大唐，再问年号，说是贞元。他回到故乡，见自己的家已是一片长满野草的荒地，寻访他的子孙，只有一些远亲了。从隋朝大业元年他离开到唐贞元末年他回来，已经过去了二百年。元藏幾回来后，常有两个像黄鹂的鸟在他家上空飞，他一叫，鸟就落下来，或者让它口衔珠子赠人，或者让它代为传话，这鸟都能做到。他就把这种鸟称为"转言鸟"，产自沧洲。

元藏幾善作诗，又好喝酒，在世俗中自在逍遥毫无拘束，十几年间游遍了长江以南的地区，人们都不了解他。后来，有个赵归真曾与元藏幾的弟子、九华山道士叶通微相遇，赵归真从叶通微那儿得知了元藏幾的真实情况，便向皇帝奏报了元藏幾身上的异事。皇帝令使者带着他的亲笔诏书紧急征召元藏幾进宫。

及至中路，忽然亡去。谒者惶恐，即上疏具言其故，上览疏咨嗟曰："朕不如明皇帝，以降异人。"后有人见藏幾泛小舟于海上。至今江表道流，大传其事焉。出《杜阳编》。

文广通

文广通者，辰溪县滕村人也。县属辰州，溯州一百里，北岸次有滕村，广通居焉，本汉辰陵县。《武陵记》云：广通以宋元嘉二十六年，见有野猪食其稼，因举弩射中之。流血而走，寻血踪，越十余里，入一穴中。行三百许步，豁然明晓，忽见数百家居止，莫测其由来，视所射猪，已归村人圈中。俄有一叟出门云："汝非射吾猪者乎？"文曰："猪来犯仆，非仆犯猪。"翁曰："牵牛蹊人之田，信有罪矣。而夺之牛者，罪又重矣。"文因稽首谢过。翁云："过而知改，是无过矣。此猪前缘，应有其报，君无谢焉。"翁呼文通至厅上，见十数书生，皆冠章甫之冠，服缝掖之衣，有博士，独一榻面南谈《老子》。又见西斋有十人相对，弹一弦琴，而五声自韵。有童子酌酒，呼令设客。文饮半酣，四体怡然，因尔辞退。观其墟陌人事，不异外间，觉其清虚独远，自是胜地，徘徊欲住。翁乃遣小儿送之，令坚关门，勿复令外人来也。文与小儿行，问其始末，答曰："彼诸贤避夏桀难来此，因学道得仙。独榻座谈《老子》者，昔河上公也。仆汉时山

元藏几走到半路上，突然不见了。使者非常惶恐，连忙把这情形写成奏疏奏报皇上，皇上看了奏疏后感叹地说："朕不如明皇帝（指唐玄宗李隆基），能够让异人降临。"后来有人看见元藏几驾一叶小舟在海上漂流。至今江南一带学道的人们还在传说着元藏几的事迹。出自《杜阳编》。

文广通

　　文广通是辰溪县滕村人。这个县归辰州管，从辰州乘船逆流而上走一百里，北岸有个滕村，文广通家就住在那里，原本是汉朝的辰陵县。《武陵记》中说：南朝宋文帝元嘉二十六年，文广通看见有头野猪吃他家的庄稼，就用箭射中了野猪。野猪流着血逃走，文广通顺着血迹追出去十几里，进入一个洞中。在洞里走了三百来步，忽然周围大亮，眼前出现了几百家房舍，不知道是个什么地方，再看他射的野猪，已经跑进村里人的猪圈里了。不一会儿有个老翁走出门来问："你就是射我猪的人吧？"文广通说："猪吃我的庄稼，并不是我无故射它。"老翁说："牵着牛踩别人的庄稼是不对，但因为这就把人家的牛抢走，就更不对了。"文广通向老翁叩头赔礼。老翁说："有了错知道改，就不算错了。这头猪命中该得这样的报应，你就不必赔罪了。"老翁把文广通请到屋里，只见屋里有十几个书生，都戴着章甫冠，穿着宽袖单衣，有位博士独自面朝南坐在一个卧榻上讲授《老子》。又见西屋有十个人对坐着，弹奏只有一根弦的琴，却五音俱全，十分动听。这时有位童子上来斟了酒，说用来待客。文广通喝得半醉，身体十分舒坦，就辞谢退出了。他观察外边路上的行人，和外界没什么不同，只觉得这里环境幽美清静，远离俗世，真是个难得的好地方，就打算留在这里不走了。老翁派了个小孩送文广通出去，并嘱咐他关好大门，不要让外人进来。文广通和小孩一同走路时，问他这里到底是什么地方，那小孩说："屋里的那些人都是圣贤，他们当初为逃避夏桀的残酷统治来到这里，因学道而成了神仙。独坐榻上讲授《老子》者，就是河上公。我是汉代山

阳王辅嗣,至此请问《老子》滞义。仆自扫门已来,于兹十纪,始蒙召进,得预门人,犹未深受要诀,只令守门。"至洞口,分别殷勤,自言相见未期。文通自所入处,见所用弩皆已朽断。初谓少顷,已十二年矣。文通家已成丧讫,闻其归,乃举村惊疑。明日,与村人寻其穴口,唯见巨石塞之,烧凿不可为攻焉。出《神仙感遇传》。

杨伯丑

杨伯丑,冯翊武乡人,好读《易》,隐于华山。隋开皇初,文帝搜访逸隐,闻其有道,征至京师。见公卿不为礼,人无贵贱,皆汝之,人不能测。帝赐衣,着至朝堂,舍之而去。常被发佯狂,游行市里,形体垢秽,未尝栉沐。亦开肆卖卜,卦无不中。有人失马,诣伯丑卜之,伯丑方为太子所召,在途遇之,立为作卦,曰:"可于西市东壁南第三店,为我买鱼作鲙。"如其言,诣所指店中,果有人牵所失马而至,遂擒之。何妥尝与论《易》,闻妥之言,笑曰:"何用郑玄、王弼之言乎?"于是别理辨答,思理玄妙,大异先儒之旨。论者谓其有玄机,因问其所学,曰:"太华之下,金天洞中,我曾受羲皇所教之《易》,与大道玄同,理穷众妙,岂可与世儒常谈,而测神仙之旨乎?"数年复归华山上,后世世有人见之。出《仙传拾遗》。

阳人王辅嗣，到这里是为向河上公请教《老子》中的一些疑难问题。我在他门下当扫地仆人，一直干了一百二十年，才让我当了及门弟子，至今还没有传授道经的要诀，只是让我守门。"走到洞口时，文广通和那小孩依依不舍地告别，说估计今后再也不会相见了。文广通在进来的地方发现射野猪的弓箭都朽烂了。他开始认为在洞中只呆了一会儿，世上却已过了十二年。他家早已给他办了丧事，听说他回来，全村人都又惊讶又疑惑。第二天，他和村里人去找那个洞口，只见大石堵住了洞口，用火烧或用锥子凿都打不开了。出自《神仙感遇传》。

杨伯丑

杨伯丑是冯翊武乡人，喜欢研究《易经》，隐居在华山。隋文帝开皇初年，文帝访察隐居的贤人，听说杨伯丑懂道术，就把他请到京城。杨伯丑见到王公大臣们从不行礼，不论贵贱，他都是"你呀""你呀"地称呼，人们也莫测他的高深。皇帝赏给杨伯丑一件衣服，他穿着来到朝堂上，然后脱下扔在那里就走了。杨伯丑经常披散着头发疯疯癫癫在街市上游逛，满身污垢，却从不洗澡。他还摆了个卦摊，算的卦非常灵验。有人丢了马，来找杨伯丑算卦，杨伯丑正好被太子召见，在路上遇上了丢马的人，立刻给他算了一卦，说："你要在西街东墙南边的第三家店铺里，给我买鱼做菜。"丢马的人按他的话去了那家店里，果然有人牵着他丢的马进了店，便当场抓住了偷马的人。何妥曾和他谈论《易经》，他听了何妥的话后，笑着说："哪里用得着郑玄和王弼的那一套理论呢？"于是就用自己的独到见解讲解辨答《易经》中的疑难，谈得十分玄妙深刻，论点和过去的儒家学者大不相同。一些研究者认为杨伯丑真正掌握了《易》学的真谛，就问他在哪里学的，杨伯丑说："我在太华山下的金天洞中蒙受上皇伏羲教授《易经》，与大道的玄机相通，他的理论穷尽各种玄妙，哪里能用世俗儒生的一般理解来推测神仙的意旨呢？"几年之后，杨伯丑又回了华山，后来世世有人见过他。出自《仙传拾遗》。

刘法师

唐贞观中,华阴云台观有刘法师者,炼气绝粒,迨二十年。每三元设斋,则见一人,衣缝掖,面羸瘦,来居末坐,斋毕而去。如此者十余年,而衣服颜色不改。法师异而问之,对曰:"余姓张,名公弼,住莲花峰东隅。"法师意此处无人之境,请同往。公弼怡然许之曰:"此中甚乐,师能便住,亦当无闷。"法师遂随公弼行。三二十里,扳萝攀葛,才有鸟径。其崖谷崄绝,虽猿狖不能过也,而公弼履之若夷途。法师从行,亦无难。遂至一石壁,削成,高直千余仞,下临无底之谷。一径阔数寸,法师与公弼,侧足而立。公弼乃以指扣石壁,中有人问曰:"为谁?"对曰:"某。"遂划然开一门,门中有天地日月。公弼将入,法师随公弼亦入。其人乃怒谓公弼曰:"何故引外人来?"其人因阖门,则又成石壁矣。公弼曰:"此非他人,乃云台刘法师也,与余久故,故请此来。何见拒之深也?"又开门,纳公弼及法师。公弼曰:"法师此来甚饥,君可丰食遣之。"其人遂问法师便住否,法师请以后期。其人遂取一盂水,以肘后青囊中刀圭粉和之以饮法师,其味甚甘香,饮毕而饥渴之想顿除矣。公弼曰:"余昨云山中甚乐,君盍为戏,令法师观之?"其人乃以水噀东谷中,俄有苍龙白象各一,对舞,舞甚妙;威凤彩鸾各一,

刘法师

　　唐太宗贞观年间，华阴的云台观有一位刘法师，修炼道家气功，可以不用吃饭，已经快二十年了。他每到正月、七月、十月的十五这天设素斋时，就会有一个穿宽袖单衣面容黑瘦的人前来，坐在最末的座位上，吃完了斋就走。十多年间这个人总是准时来吃斋饭，衣服容貌也没有什么变化。刘法师觉得很奇怪，就问那人的来历，那人说："我叫张公弼，住在莲花峰的东山凹里。"刘法师心想那里是个人迹不到的地方，就让张公弼带他同去看看。张公弼很高兴地答应说："我那里很好玩，你去了就是住下来，应该也不会觉得烦闷。"刘法师就随着张公弼走了。走了二三十里地就没有路了，只好抓着藤条攀着葛萝勉强走，只有鸟儿飞的路。那悬崖绝壁十分陡峭，就是猿猴怕也难以越过，但张公弼就像走在平坦大道上一样轻松。刘法师跟着他走，竟也一点都不觉得难。后来两个人来到一面石壁前，那石壁像刀削的一样陡峭，有一千多仞高，下面是无底深谷。石壁前只有一条几寸宽的小路，刘法师与张公弼侧着脚才能站得下。这时张公弼用手指敲了敲石壁，只听石壁中有人问："是谁？"回答说："是张公弼。"然后壁上突然开了一扇门，门里能看到天地日月。张公弼往门里走，刘法师也要跟进去。开门的人怒气冲冲地问张公弼："你为什么领个外人来？"说着就把门关上，又成了一面石壁。张公弼说："他不是外人，是云台观的刘法师，我的老朋友，所以我才请他来。何必把他拒之门外呢？"于是门又开了，让他俩进去。张公弼说："刘法师已经很饿了，请给他准备一顿丰盛的饭菜吧。"那开门人问刘法师是否要住下？刘法师说以后再来住。那人就端来一碗水，从胳膊后面一个青布袋里用匙舀出一点药粉和在水里，让刘法师喝下去，刘法师觉得那味道特别香甜，喝完之后立刻就不渴也不饿了。张公弼对那人说："我昨天对刘法师说这里很好玩，你何不变个戏法让他看看呢？"那人就把一口水喷到东面山谷里，片刻间就有一只青龙和一只白象出现在空中，相对着跳起了舞蹈，舞姿非常美妙；接着又有一对凤和鸾

对歌,歌甚清。顷之,公弼送法师回。师却顾,唯见青崖丹壑,向之歌舞,一无所睹矣。及去观将近,公弼乃辞。法师至观,处置事毕,却寻公弼。则步步险阻,杳不可阶。法师痛恨前者不住,号天叫地,遂成腰疾。公弼更不复至矣。出《续玄怪录》。

对歌,歌声清亮动听。过了一会儿,张公弼就送刘法师回去。刘法师回头再看,只见仍是悬崖峭壁,刚才的一切都荡然无存了。到了离云台观不远的地方,张公弼就告辞了。刘法师回到云台观,把一些事处理完,又去寻找张公弼。然而然只觉得步步险阻,完全没法走了。刘法师万分悔恨当初没有留在石壁中,一想起来就呼天号地,因此得了腰痛病。张公弼从此也再没到云台观来过。出自《续玄怪录》。

卷第十九
神仙十九

马　周　　李林甫　　郭子仪　　韩　滉

马　周

　　马周者,华山素灵宫仙官也。唐氏将受命,太上敕之下佐于国。而沉缅于酒,汩没风尘间二十年,栖旅困馁,所向拘碍,几为磕仆。闻袁天纲自蜀入秦,善于相术,因诣之,以决休咎。天纲目之良久曰:"五神奔散,尸居旦夕耳,何相之有邪!"周大惊,问以禳制之术,天纲曰:"可自此东直而行,当有老叟骑牛者。不得迫而与语,但随其行,此灾可除矣。"周如言而行,未出都门,果有老叟,骑牛出城,默随其后。缭绕村径,登一大山。周随至山顶,叟顾见之,下牛,坐于树下,与语曰:"太上命汝辅佐圣孙,创业拯世,何为昏沉于酒,自掇困饿,五神已散,正气凋沦,旦夕将死,而不修省邪?"周亦憬然未晓。叟曰:"汝本素灵宫仙官,

马　周

　　马周是华山素灵宫的一位仙官。唐代李氏将要受天命取代隋朝时，太上派马周到人间辅佐唐朝皇室治理国家。马周到了人间后，却天天沉缅于饮酒，二十年都默默无闻地混迹于俗人中，一度落魄江湖，饥寒交加，做什么事情都不顺心，差点就要倒地而亡了。马周听说袁天纲从蜀中到秦地来了，据说他善于看相，就去见他，求他看看自己的将来是凶是吉。袁天纲看了马周很久，然后说："你的五神已经离你而去，生命已危在旦夕了，哪里还有什么相可看哪！"马周一听大惊失色，连忙问有什么可以消灾祈福的办法。袁天纲说："你可以从这里一直向东走，应该会看见一个骑牛的老人。你不要靠近他和他说话，跟着他走就行，这样你的灾祸就可以消除了。"马周按照袁天纲的话做，没走出城门，果然看见一个老头，骑着牛出城，就默默地跟在后面。出城顺着弯弯曲曲的村路走，登上一座大山。马周跟着老人爬上山顶后，老人回头看见了马周，就下了牛坐在树下，然后跟他说："太上老君命你下凡辅佐圣主，创建基业，拯救世人，为什么你却成了个酒鬼，混到饥寒交迫的地步，现在你五神已散，正气消尽，已经死在旦夕，你还不好好反省悔改吗？"马周仍然发懵，不知老人说的什么意思。老人接着点化他说："你本来是天上素灵宫的仙官，

今太华仙王,使人召汝。"即引入宫阙,经历宫门数重,至大殿之前,羽卫森肃,若帝王所居。趋至帘前,有宣言责之者,以其受命不恭,堕废所委,使还其旧署,自责省愆。

　　叟与所使数人,送于东庑之外别院中,室宇宏丽,视其门,则姓名存焉。启钥而入,炉火鼎器,床榻茵席,宛如近所栖止,沉吟思之,未能了悟。忽有五人,服五方之衣,长大奇伟,立于前曰:"我皆先生五脏之神也。先生酣酒流荡,浊辱于身,我等久归此矣。但闭目,将复于神室也。"周瞑目顷之,忽觉心智明悟,并忆前事,二十余年,若旬日之间耳。复扃镭所居,出仙王之庭,稽首谢过,再禀其命。来诣长安,明日复谒天纲。天纲惊曰:"子何所遇邪?已有瘳矣。六十日当一日九迁,百日位至丞相,勉自爱也!"如是,贞观中,敕文武官各贡理国之策,周之所贡,意出人表,是日拜拾遗、监察御史里行。自此累居大任,入相中书令数年。一旦群仙降其室曰:"佐国功成,可以退矣,太乙征命,无复留也。"翌日无疾而终,谥曰"忠公"。其所著功业,匡赞国政,扬历品秩,国史有传,此不备书。出《神仙拾遗》。

现在华山的仙王派人召你去。"说罢就领他进了一座宫城，经过好几道宫门，来到大殿前，只见侍卫肃立，警戒森严，好像是帝王所住的地方。他快步走到大殿的门帘前，有一个官员宣读王命责备他，因为他接受命令后不恭敬，有辱使命，让他返回原来的官署，反省自己的罪过。

老人和其他几名使者就把马周送到王宫东面外的一个别院中，那里屋宇恢宏壮丽，一看门上，还写着自己的名字。马周用钥匙打开门锁进了屋子，看见屋里的炉火鼎器和床榻枕席都像是自己近时用过的，沉思了很久，仍不明白是怎么回事。这时突然来了五个人，穿着东、西、南、北、中五方的衣服，一个个身材魁伟，站在马周面前说："我们就是你的五脏之神。你在人世上沉迷饮酒到处游荡，玷污了你的身子，所以我们久已离开你回到这里来了。请你现在闭上眼睛，我们就可以再回到你的五脏中了。"马周闭上眼睛，忽然觉得心神清爽，大彻大悟，并且记起了往事，二十多年以来的事，都像十天前的事一样。于是他锁上了自己的屋子，再次来到仙王的大殿，叩头谢罪，并向仙王再次请求受命到人间去。马周又从天界来到长安，第二天再次去拜见袁天纲。袁天纲惊奇地说："你遇到什么了？你的病已经好了！从现在起，六十天后你将会一天之内多次晋升官职，一百天后你将当上丞相，希望你要珍重自爱啊！"后来事情果然是这样，贞观年间，唐太宗下诏命文武百官进献治国的良策，马周所献的国策，出人意料之外，当天就被任命为拾遗、监察御史里行。从此马周多次得到重要的任命，并当了好几年中书令。有一天，一群神仙降临到马周家，对他说："你辅佐大唐有功，已完成了上天给你的使命，现在可以告退了，太乙命你立刻返回天宫，不要在人间停留了。"第二天，马周没生病就突然死了，谥号是"忠公"。马周在人间所建立的功业，辅佐皇帝治理国家，历任的官职品级，国史中已有传记，这里就不详细记述了。出自《神仙拾遗》。

李林甫

唐右丞相李林甫，年二十，尚未读书。在东都，好游猎打毬，驰逐鹰狗。每于城下槐坛下，骑驴击，略无休日。既惫舍驴，以两手返据地歇。一日，有道士甚丑陋，见李公踞地，徐言曰："此有何乐，郎君如此爱也？"李怒顾曰："关足下何事？"道士去，明日又复言之。李公幼聪悟，意其异人，乃摄衣起谢。道士曰："郎君虽善此，然忽有颠坠之苦，则悔不可及。"李公请自此修谨，不复为也。道士笑曰："与郎君后三日五更，会于此。"曰："诺。"及往，道士已先至，曰："为约何后？"李乃谢之。曰："更三日复来。"李公夜半往，良久道士至。甚喜，谈笑极洽，且曰："某行世间五百年，见郎君一人，已列仙籍，合白日升天。如不欲，则二十年宰相，重权在己。郎君且归，熟思之，后三日五更，复会于此。"李公回计之曰："我是宗室，少豪侠，二十年宰相，重权在己，安可以白日升天易之乎？"计已决矣，及期往白。道士嗟叹咄吒，如不自持，曰："五百始见一人，可惜可惜。"李公悔，欲复之。道士曰："不可也，神明知矣。"与之叙别曰："二十年宰相，生杀权在己，威振天下。然慎勿行阴贼，当为阴德，广救拔人，无枉杀人。如此则三百年后，白日上升矣。官禄已至，可使入京。"李公匍匐泣拜，道士握手与别。

李林甫

唐玄宗时的右丞相李林甫，二十岁时还没有读书。他在东都洛阳时，特别爱好狩猎和打马球，架鹰养狗，驰骋游乐。他常常在城里的槐坛下骑驴打球，没有一天不去。有时骑驴打球累了，就撇开驴，两手反撑在地上歇息。有一天，有个十分丑陋的道士，见李林甫蹲在地上，慢条斯理地说："骑驴打球有什么乐趣，值得你这样沉迷呢？"李林甫怒冲冲地瞪了道士一眼说："关你什么事？！"道士就走了，第二天道士又对李林甫说那两句话。李林甫从小就聪明过人，猜想这道士不是个平凡的人，立即整理好衣服，起身向道士致歉。道士说："郎君你虽然很会骑驴打球，可一旦从驴背上掉下来摔坏了，就后悔莫及了！"李林甫向道士表示自己从此往后会谨慎小心，不再骑驴打球了。道士听后笑着说："三天后的五更时，我在这里等你相会。"李林甫说："好。"到了那天约定的时间，李林甫到时，道士已经先在那里了。道士说："你怎么来晚了？"李林甫忙陪罪。道士说："三天后五更再来。"到了那天，李林甫半夜就赶到约定的地点，过了很久道士才来。这次道士很高兴，和李林甫谈笑风生，非常融洽，并说："我在人世已经五百年了，现在只有你一个人名列仙籍，应当白日升天成仙。如果你不愿意成仙，也可以当二十年的唐朝宰相，大权在握。你今天先回去，认真考虑一下，三天后的五更时你再到这里来吧。"李林甫回去以后心里盘算说："我本身就是皇族，从小就豪放侠义，能当二十年宰相，大权在握，怎么能用白日升天成仙来交换呢？"李林甫打定主意之后，到了约定时间，前去将自己的决定告诉道士。道士又叹又骂，似乎控制不住自己，说："五百年才有你这么一个人，真是太可惜了！"李林甫后悔了，要求再换过来。道士说："不行了，上天神灵已经知道你想当宰相的心愿了。"临别时道士告诫李林甫说："你可以当二十年宰相，掌握着生杀大权，威振天下。然而你千万不要暗藏坏心要阴谋害人，要多积阴德，多救人，少杀人。这样，三百年后你就能白日升天成仙了。现在你的官运已经来了，可以进京了。"李林甫哭着伏在地上叩拜，道士和他握手告别。

　　时李公堂叔为库部郎中，在京，遂诣。叔父以其纵荡，不甚记录之，颇惊曰："汝何得至此？"曰："某知向前之过，今故候觐，请改节读书，愿受鞭棰。"库部甚异之，亦未令就学，每有宾客，遣监杯盘之饰，无不修洁。或谓曰："汝为吾著某事。"虽雪深没踝，亦不去也。库部益亲怜之，言于班行，知者甚众。自后以荫叙，累官至赞善大夫，不十年，遂为相矣。权巧深密，能伺上旨，恩顾隆洽，独当衡轴，人情所畏，非臣下矣。数年后，自固益切，大起大狱，诛杀异己，冤死相继，都忘道士槐坛之言戒也。时李公之门，将有趋谒者，必望之而步，不敢乘马。忽一日方午，有人扣门，吏惊候之，见一道士甚枯瘦，曰："愿报相公。"闻者呵而逐之外，吏又鞭缚送于府，道士微笑而去。明日日中复至，门者乘间而白。李公曰："吾不记识，汝试为通。"及道士入，李公见之，醒然而悟，乃槐坛所睹也，惭悸之极，若无所措。却思二十年之事，今已至矣，所承教戒，曾不暂行。中心如疾，乃拜。道士迎笑曰："相公安否？当时之请，并不见从，遣相公行阴德，今枉杀人，上天甚明，谴谪可畏，如何？"李公

当时，李林甫的堂叔当库部郎中，在京城，李林甫就去找他。堂叔因为李林甫一向放纵浪荡，没怎么把他放在心上，颇为惊讶地问道："你怎么跑到京城来了？"李林甫说："侄儿知道以前错了，所以如今来拜见堂叔，就是决心从此改邪归正好好读书，情愿受堂叔的鞭打督促。"堂叔感到非常奇怪，但他没让他读书，每当有宾客来临，便派李林甫监管杯盘餐具之事，没有一次弄得不整洁的。有时堂叔对李林甫说："你帮我去办件事。"即使是冒着没过脚踝的大雪，李林甫也毫不推辞去把事办成。堂叔越来越亲信喜爱他，上朝时也常常和同朝的大臣们说起他这个能干的侄子，因而知道李林甫的人很多。后来李林甫以先世的余荫而被叙用，累次升迁后任赞善大夫，不到十年，就当上了宰相。李林甫胸有城府，很懂得玩弄权术，能暗中体察皇帝意图，所以深得皇上的恩宠，成为朝中大权独揽的重臣，人们都非常害怕他，已经超越人臣之分了。几年后，李林甫为了使自己的地位更加巩固，就排除异己，制造大案株连了很多人，连续不断有被冤屈害死的人，完全忘记那位丑道士在槐林的告诫了。当时，想要到李林甫门下拜谒的人，必须在离他府邸很远的地方就下马步行，不敢骑马。突然有一天接近中午时，有人敲了李林甫家的门，门官非常吃惊地开了门，见是一个容貌干瘦的道士，说："希望通报一下相公。"门官大声呵斥着把道士赶了出去，还把他鞭打了一顿绑着送到官府，那道士只是微笑着走了。等到第二天中午，道士又来了，门官只好找机会报告了李林甫。李林甫说："我不记得曾认识过什么道士，你让他来见见我吧。"等道士进来后，李林甫看见他，才突然想起这道士正是在槐坛曾告诫过他的那个人，顿时感到又怕又愧，不知所措。回想能当二十年宰相的事，如今已经到期了，而道士当初的告诫，自己却一点也没有实行。想到这里，李林甫心中就像突然生了大病似的，立即向道士下拜。道士迎面笑着说："相公安好吗？当初我对你的告诫你一点也没听从，让相公你多积阴德，如今反而枉杀了很多人，上天是非常明智的，上天的惩罚也是可怕的，现在怎么办呢？"李林甫

但搕额而已。道士留宿,李公尽除仆使,处于中堂,各居一榻。道士唯少食茶果,余无所进。

至夜深,李公曰:"昔奉教言,尚有升天之挈,今复遂否?"道士曰:"缘相公所行,不合其道,有所审责,又三百年。更六百年,乃如约矣。"李公曰:"某人间之数将满,既有罪遣,后当如何?"道士曰:"莫要知否?亦可一行。"李公降榻拜谢。曰:"相公安神静虑,万想俱遣,兀如枯株,即可俱也。"良久,李公曰:"某都无念虑矣。"乃下招曰:"可同往。"李公不觉,便随道士去,大门及春明门到辄自开,李公援道士衣而过。渐行十数里,李公素贵,尤不善行,困苦颇甚。道士亦自知之,曰:"莫思歇否?"乃相与坐于路隅。逡巡,以数节竹授李公曰:"可乘此,至地方止,慎不得开眼。"李公遂跨之,腾空而上,觉身泛大海,但闻风水之声。食顷止,见大郭邑。介士数百,罗列城门,道士至,皆迎拜,兼拜李公。约一里,到一府署。又入门,复有甲士,升阶至大殿。帐榻华侈,李公困,欲就帐卧。道士惊,牵起曰:"未可,恐不可回耳,此是相公身后之所处也。"曰:"审如是,某亦不恨。"道士笑曰:"兹介癣鳞之属,其间苦事亦不少。"遂却与李公出大门,复以竹杖授之,一如来时之状。入其宅,登堂,见身瞑坐于床上。道士乃呼曰:"相公相公。"李公遂觉,

只是不断地磕头。道士留下来住宿,李林甫把仆人全部都打发走,让道士住在堂屋中,他和道士各睡一张床。道士只吃少量的茶水果品,其余什么也不吃。

夜深时,李林甫问道士说:"当年承蒙教诲,说我有上天成仙的缘分,现在我还有这种可能吗?"道士说:"由于你在人间的所作所为,不合乎大道,有所贬责,折去你三百年仙缘。如今要六百年后,你才能成仙。"李林甫说:"我的寿数快满了,既然我有这么深的罪孽惩罚,以后怎么样呢?"道士说:"你想知道今后的事吗?那跟我走一趟吧。"李林甫忙下床拜谢。道士说:"你坐在那里凝神静心,排除所有的杂念,就像一棵无知无觉已枯死的树,那样就能随我一同上路了。"过了很久,李林甫说:"我现在已经什么杂念都没有了。"道士就下床招呼道:"咱们可以一起走了。"李林甫不知不觉就跟着道士走,李林甫家大门和长安城东的春明门都自动打开,李林甫拽着道士的衣服跟着走。走了十几里以后,李林甫长期养尊处优,尤其不善于走路,累得很。道士也知道,就问他说:"是不是想歇一会儿?"然后两人就坐在路边。过了一会,道士给了李林甫一根竹竿,说:"骑上它,到了地方就自然会停下,但路上千万不要睁眼!"李林甫跨上竹竿,立刻觉得身子腾空而起,感觉在飞越大海,只听见水声和风声。过了一顿饭时间终于停了下来,见到了一个大都城。城门前排列着好几百士兵,见道士到来,都行礼迎接,也向李林甫行礼。进城走了一里多,来到一座府门前。进了大门,里边也都有士兵侍卫,两人登上台阶上了大殿。殿里设着华丽的床帐,李林甫忽然觉得很困乏,想上床睡下。道士惊慌地把他拉起来说:"不可,你要一睡怕就回不到人间了,因为这里是你死后才能来的地方。"李林甫说:"如果这里真是我死后的归宿,我死也无怨了。"道士笑着说:"这里也会有小病小灾,里面的苦事也不少。"道士就跟李林甫出了大门,又把竹竿拿给他骑,跟来的时候完全一样。李林甫回到自己人间的家,进了门来到堂屋,见自己的肉体闭着双眼坐在床上。这时道士喊道:"相公相公!"李林甫就醒了过来,

涕泗交流,稽首陈谢。明日别去,李公厚以金帛赠之,俱无所受,但挥手而已,曰:"勉旃!六百年后,方复见相公。"遂出门而逝,不知所在。先是安禄山常养道术士,每语之曰:"我对天子,亦不恐惧,唯见李相公,若无地自容,何也?"术士曰:"公有阴兵五百,皆有铜头铁额,常在左右,何以如此?某安得见之?"禄山乃奏请宰相宴于己宅,密遣术士于帘间窥伺。退曰:"奇也,某初见李相公,有一青衣童子,捧香炉而入,仆射侍卫,铜头铁额之类,皆穿屋逾墙,奔逆而走。某亦不知其故也,当是仙官暂谪在人间耳。"出《逸史》。

郭子仪

郭子仪,华州人也。初从军沙塞间,因入京催军食,回至银州十数里,日暮,忽风砂陡暗,行李不得,遂入道傍空屋中,籍地将宿。既夜,忽见左右皆有赤光,仰视空中,见辁辀车绣屋中,有一美女,坐床垂足,自天而下,俯视。子仪拜祝云:"今七月七日,必是织女降临,愿赐长寿富贵。"女笑曰:"大富贵,亦寿考。"言讫,冉冉升天,犹正视子仪,良久而隐。子仪后立功贵盛,威望烜赫。大历初,镇河中,疾甚,三军忧惧。子仪请御医及幕宾王延昌、孙宿、赵惠伯、严郢等曰:"吾此疾自知未到衰殒。"因话所遇之事,众称贺忻悦。其后拜太尉、尚书令、尚父,年九十而薨。出《神仙感遇传》。

哭着向道士磕头拜谢。道士第二天告别李林甫，李林甫送他大量金银绸缎，道士一律不要，只是挥挥手说："好自为之吧！六百年后我才能再见到你。"说罢就出门走了，不知去了哪里。此前，安禄山曾养了几个道士，他曾问道士们说："我见了皇上都不害怕，只有看见李相公，就会觉得无地自容，这是为什么呢？"道士说："你有五百个阴兵保护，这些阴兵个个铜头铁额，常在你身边，你怎么会怕李林甫呢？能不能设法让我们见见李林甫？"安禄山就故意请李林甫到自己府中赴宴，让道士在帘后偷偷观察。李林甫走后，道士对安禄山说："太奇怪了，我看见李林甫刚来时，他前面有个穿青衣的童子捧着香炉进来，您的那些阴兵都被吓得穿屋跳墙而逃。我也不知道是怎么回事，大概李林甫是暂时被贬在人间的神仙吧！"出自《逸史》。

郭子仪

郭子仪是华州人，起初在沙漠边塞当兵驻防，有一次因为到京城催军粮，走到离银州十几里的地方时，天色已晚，忽然起了风暴，刮得飞砂走石，天昏地暗，没法向前走了，就躲进道边一间空屋里，打了地铺，准备住下。入夜之后，忽然房子左右都是一片红光，抬头看，只见空中有一辆华丽的车子，车上的锦绣围帐中有一个美丽的女子，垂腿坐在床上，从天而降，那美女正俯身向下看。郭子仪急忙跪拜祝告说："今天是七月初七，您一定是天上的织女降临，请赐给我富贵和长寿吧！"仙女笑着说："你将会大富大贵，也能享长寿。"说罢，车子又慢慢升上天空，那仙女一直看着郭子仪，很久才消失。后来郭子仪由于战功而大富大贵，声名显赫。唐代宗大历初年，郭子仪镇守河中时，得了重病，三军部下都十分忧虑。郭子仪请来御医和幕僚王延昌、孙宿、赵惠伯、严郢等人，对他们说："我自己知道这次生病决不会致死。"接着他就把在银州遇见织女的事说了，大家这才高兴起来，向他祝贺。后来他官做到太尉、尚书令，被尊称为"尚父"，活到九十岁才去世。出自《神仙感遇传》。

韩　滉

　　唐宰相韩滉，廉问浙西，颇强悍自负，常有不轨之志。一旦有商客李顺，泊船于京口堰下，夜深碇断，漂船不知所止。及明，泊一山下。风波稍定，上岸寻求。微有鸟径，行五六里，见一人乌巾，岸帻古服，与常有异。相引登山，诣一宫阙，台阁华丽，迨非人间。入门数重，庭除甚广。望殿遥拜，有人自帘中出，语之曰："欲寓金陵韩公一书，无讶相劳也。"则出书一函，拜而受之。赞者引出门，送至舟所。因问赞者曰："此为何处也？恐韩公诘问，又是何人致书？"答曰："此东海广桑山也，是鲁国宣父仲尼，得道为真官，理于此山。韩公即仲由也，性强自恃。夫子恐其掇刑网，致书以谕之。"言讫别去。李顺却还舟中，有一使者戒舟中人曰："安坐，勿惊惧，不得顾船外，逡巡则达旧所。若违此戒，必致倾覆。"舟中人皆如其言，不敢顾视。舟行如飞，顷之，复在京口堰下，不知所行几千万里也。既而诣衙，投所得之书。韩公发函视之，古文九字，皆科斗之书，了不可识。诘问其由，深以为异，拘絷李顺，以为妖妄，欲加严刑。复博访能篆籀之人数辈，皆不能辨。有一客疣眉古服，自诣宾位，言善识古文。韩公见，以书示之。客捧书于顶，

韩滉

　　唐德宗时任宰相的韩滉，担任浙西观察使时，为人刚强自负，常有图谋不轨的心思。有一天，一个叫李顺的客商把船停靠在京口的水坝下，夜深时用于拴住固定船身的大石的绳子断了，船在江上漂流，不知停在哪里。天亮后，船停泊在一座山下。这时风波初定，李顺就舍舟登岸探路。他顺着一条非常狭窄难走的小路走了五六里地，遇见一个系着黑头巾的人，那人把头巾推起露出前额，身穿古人的衣服，和常人很不同。那人领着李顺登上一座山，来到一座宫殿前，楼台殿阁十分华丽，不像是人间之地。进了好几道宫门，里面的庭院十分宽阔。远远望着大殿行拜礼后，有个人从大殿的帘子里走出来对李顺说："打算请你给金陵的韩滉捎一封信，请不要见怪，麻烦你了！"说罢拿出一封信，李顺便下拜收下了信。领他来的那人又带他出门，把他送回到船上。李顺问那领路的人说："这里是什么地方？怕韩滉问我，我该说是谁给他捎的信呢？"领路人说："这里是东海的仙岛广桑山，当年鲁国的孔子得道成了天界的仙官，就由他管辖治理这广桑岛。韩滉，就是他的弟子子路转世，为人刚强自负。夫子怕他在人间犯罪落入法网，所以给他捎封信去教导他。"说罢领路人就告辞走了。李顺刚回到船里，就有一个仙界派来的使者警告船里的人们说："好好坐着，不要害怕，千万不要往船外看，一会儿就会回到原来的地方。如果谁不听劝告往外看，船马上就会翻！"船里的人都牢记那使者的话，谁也不敢往外看。船好像是在空中飞行，片刻之间就到了京口水坝下面，也不知道走了几千几万里。李顺找到韩滉的府衙，把那封信交给了韩滉。韩滉打开信一看，信上只有九个字，都是古代的蝌蚪文，根本不认识。问李顺这信是从哪里得来的，韩滉觉得非常奇怪，就把李顺抓了起来，认为他是妖言惑众，想对他严刑拷问。韩滉又广泛请教那些懂得篆文籀书的人，也都不认得那几个字。这时有一个眉间长瘊子身穿古代衣服的人来到韩滉门上做客，自称善于认古字。韩滉接见了他，把那封信给他看。那人看完了信，立刻把信举过头顶，

再拜贺曰："此孔宣父之书,乃夏禹科斗文也,文曰:'告韩滉,谨臣节,勿妄动。'"公异礼加敬,客出门,不知所止。韩惨然默坐,良久了然,自忆广桑之事,以为非远,厚礼遣谢李顺。自是恭黜谦谨,克保终始焉。出《神仙感遇传》。

向韩滉叩拜祝贺道："这是宣父孔子的信，字是夏禹时代的蝌蚪文。这九个字是：'告韩滉，谨臣节，勿妄动。'"韩滉对那客人倍加礼敬，客人出门之后，就不知去了哪里。韩滉心情惨淡默默地坐在那里，过了很久终于恍然大悟，想起了自己在广桑岛上当神仙的事，认为那并不遥远，于是用厚礼重谢送走了李顺。从此韩滉更加谦恭谨慎，最后得以善终。出自《神仙感遇传》。

卷第二十
神仙二十

阴隐客　　谭　宜　　王可交　　杨通幽

阴隐客

唐神龙元年,房州竹山县百姓阴隐客,家富。庄后穿井二年,已浚一千余尺而无水,隐客穿凿之志不辍。二年外一月余,工人忽闻地中鸡犬鸟雀声,更凿数尺,傍通一石穴,工人乃入穴探之。初数十步无所见,但扪壁傍行。俄转有如日月之光,遂下,其穴下连一山峰,工人乃下山,正立而视,则别一天地日月世界。其山傍向万仞,千岩万壑,莫非灵景。石尽碧琉璃色,每岩壑中,皆有金银宫阙。有大树,身如竹有节,叶如芭蕉,又有紫花如盘。五色蛱蝶,翅大如扇,翔舞花间。五色鸟大如鹤,翱翔树杪。每岩中有清泉一眼,色如镜;白泉一眼,白如乳。工人渐下至宫阙所,欲入询问。行至阙前,见牌上署曰:“天桂山宫。”以银字书之。门两阁内,各有一人惊出。各长五尺余,童颜如玉,

阴隐客

唐中宗神龙元年时，房州竹山县有个百姓叫阴隐客，家里很富裕。他在自家庄园的后面打了两年井，凿下去一千多尺仍然没有水，但他仍坚持不懈地往下凿。又打了一个多月，打井的工人忽然听见地下有鸡鸣狗叫和鸟雀的叫声，再往下凿了几尺，井壁上出现了一个石洞，工人就从洞口钻进去探视。起初几十步没看见什么，只是摸着石壁侧着身子向前走。不久一拐弯，突然看见了像日月一样的光亮，工人就接着走下去，石洞尽头连着一座山峰，工人就下了山，站直了身子一看，竟是另一个世界，别有天地和日月。那山峰的一侧有万仞高，千山万谷无不是仙界的景致。山中的岩石都是碧蓝的琉璃色，每道山谷中都有金银建成的宫殿。山中还有些大树，树干像竹子似的有节，树叶像芭蕉叶，开着盘子一样大的紫花。还有很多五色蝴蝶，翅膀像扇子一样大，在花间飞来飞去。还有像仙鹤一样大的五色鸟在树梢间飞翔。每条峡谷中都有一眼清泉，泉水明澈如镜；还有一眼白泉，泉水像乳一样白。工人慢慢下来走到一座宫殿前，想进去打听一下这是什么地方。走到宫门前，发现门牌上写着"天桂山宫"四字，字是银色的。这时，宫门内两间阁房里各跑出来一个人，神色很吃惊。这两个人都五尺多高，面貌像童子般莹润如玉，

衣服轻细，如白雾绿烟，绛唇皓齿，须发如青丝，首冠金冠而跣足。顾谓工人曰："汝胡为至此？"工人具陈本末。言未毕，门中有数十人出云："怪有昏浊气。"令责守门者。二人惶惧而言曰："有外界工人，不意而到，询问途次，所以未奏。"须臾，有绯衣一人传敕曰："敕门吏礼而遣之。"工人拜谢未毕，门人曰："汝已至此，何不求游览毕而返？"工人曰："向者未敢，傥赐从容，乞乘便言之。"门人遂通一玉简入，旋而玉简却出，门人执之，引工人行至清泉眼，令洗浴及浣衣服，又至白泉眼，令盥漱之。味如乳，甘美甚，连饮数掬，似醉而饱。遂为门人引下山。每至宫阙，只得于门外，而不许入。

如是经行半日，至山趾，有一国城，皆是金银珉玉为宫室城楼，以玉字题云："梯仙国。"工人询于门人曰："此国何如？"门人曰："此皆诸仙初得仙者，关送此国，修行七十万日，然后得至诸天，或玉京、蓬莱、昆阆、姑射。然方得仙宫职位，主箓主印，飞行自在。"工人曰："既是仙国，何在吾国之下界？"门人曰："吾此国是下界之上仙国也，汝国之上，还有仙国如吾国，亦曰'梯仙国'，一无所异。"言毕，谓工人曰："卿可归矣。"遂却上山，寻旧路，又令饮白泉数掬。临至山顶求穴，门人曰："汝来此虽顷刻，人间已数十年矣，却出旧穴，应不可矣。待吾奏请通天关钥匙送卿归。"工人拜谢。须臾，门人携金印及玉简，又引工人别路而上。

他们穿的衣服非常轻柔，像是白雾绿烟织成的，红唇白齿，头发胡子像青丝一样光泽稠密，头上戴着金冠，但却光着脚。他俩问工人："你到这儿来做什么？"工人就说了他来的经过。还没说完，宫门中又出来好几十人，都说："奇怪这里有一股混浊的气味。"并责备守卫宫门的人。两个守门人惶恐地说："有个外界的工人，无意中来到这儿，正在问路，所以没有奏报。"不一会儿，有个穿红衣的人来传令说："命门官以礼相待，送他离开。"工人还没拜谢完，门官就说："你既然已经来了，为什么不请求在这里游览一下再回去呢？"工人说："刚才不敢，如果您愿行方便的话，恳求您替我请求一下吧。"门官就往宫门里递进去一块玉版，很快玉版就退了出来，门官拿到玉版后，就领工人到一眼清泉前，让他洗了澡并洗了衣服，然后又领他到一眼白泉边让他洗脸漱口。工人漱口时，觉得那白泉水的味道像奶，十分甜美，就用手捧水喝了好几口，感觉像醉了又很饱。于是便被门官领着下了山。到各个宫殿游览时，都只准在门口，不许进去。

　　这样走了半天，来到山脚下，见有一座都城，城中的宫殿城楼都是用金银或美玉建造的，城门上用玉石镶嵌着三个大字"梯仙国"。工人问门官："梯仙国是怎么回事？"门官说："凡是刚成仙的人就送进这梯仙国中，然后在这里继续修行七十万天，才能升入天宫，或者去玉京、蓬莱仙洲、昆仑阆苑、姑射山等仙境。然后才能得到仙界的官位，掌管符命和官印，在天界自由飞翔。"工人又问道："这里既然是仙国，怎么会在我们人世上国家的下面呢？"门官说："我们这里只是下界的上仙国，你们国家的上面，还有一个和这里一样的仙国，也叫'梯仙国'，和这里毫无差别。"说完后，又对工人说："你可以回去了。"然后又领他上山，找到来时的路，又让他喝了几捧白泉里的水。到了山顶，工人找他来时的那个洞穴，门官说："你到这里虽然只有一会儿，但人间已过去好几十年了，从原先那个洞出去，恐怕不行了。等我奏请为你要来通天关的钥匙，然后送你回去。"工人连忙拜谢。不一会儿，门官拿着金印和玉版回来，领着工人从另外一条路走上去。

至一大门，势侔楼阁，门有数人，俯伏而候。门人示金印，读玉简，划然开门。门人引工人上，才入门，为风云拥而去，因无所睹，唯闻门人云："好去，为吾致意于赤城贞伯。"须臾云开，已在房州北三十里孤星山顶洞中。出后，询阴隐客家，时人云："已三四世矣。"开井之由，皆不能知。工人自寻其路，唯见一巨坑，乃崩井之所为也。时贞元七年矣。工人寻觅家人，了不知处。自后不乐人间，遂不食五谷，信足而行。数年后，有人于剑阁鸡冠山侧近逢之，后莫知所在。出《博异志》。

谭　宜

谭宜者，陵州民叔皮子也，开元末年生。生而有异，堕地能言。数岁之中，身逾六尺，髭鬓风骨，不与常儿同。不饮不食，行及奔马。二十余岁，忽失所在，远近异之，以为神人也。至是父母思念，乡里追立庙以祀之。大历元年丙午，忽然到家，即霞冠羽衣，真仙流也。白父母曰："儿为仙官，不当久有人世。虽父母忆念，又不宜作此祠庙，恐物所凭，妄作威福，以害于人，请为毁之。庙基之下，昔藏黄金甚多，撤庙之后，凿地取金，可以分济贫民，散遣乡里矣。"言讫，腾空而去。如其言，毁庙掘地，皆得金焉。所掘之处，灵泉涌出，澄澈异常，积雨不加，至旱不减。郡邑祷祝，

走到一个大门前,那门像楼阁一样有气势,门前有几个人,跪在地上迎候。门官出示了金印,读了玉版上写的命令,门就自动打开了。门官领着工人向门里走,刚一进门,工人就觉得身子像被风云卷走了,一时什么也看不见了,只听得门官在身后喊:"祝你一路平安,替我问候赤城的贞伯!"不一会儿,风住云开,工人发现自己已经在房州北三十里孤星山顶的一个洞中。他出洞以后,就去寻找阴隐客家,当时的人告诉他说:"已经过去三四代了。"当初打井的缘由,大家都不知道。工人就自己寻找当初打井的地方,找到原地,只见一个很大的深坑,是那井崩塌造成的。这时已是唐德宗贞元七年了。工人找自己的家人,根本就找不到了。从此以后,工人再也不愿在人世停留,就不再吃五谷,随意漫游。几年后,有人在剑阁的鸡冠山附近遇见过他,后来就没人知道他的去处了。出自《博异志》。

谭　宜

　　谭宜是陵州人谭叔皮的儿子,唐玄宗开元末年出生。他一出生就和别人不一样,生下来就会说话。才几岁就长了六尺多高,胡须鬓发,骨骼风度,都与平常的儿童不同。他不吃不喝,走路能追上奔跑的马。谭宜二十多岁时,忽然失踪了,远近的人都觉得十分惊奇,认为他是个神仙。这时他父母十分想念他,乡亲们建了一座庙来祭祀他。唐代宗大历元年,谭宜突然回到家中,穿着羽毛做的衣服,戴着绣有云霞图案的帽子,一看就是一位神仙。他对父母说:"儿子是一名仙官,不能在人世久留。虽然父母想念儿子,但乡亲们不该为我建庙,只怕庙宇被妖魔鬼怪占据后,作威作福祸害乡亲们,所以请乡亲们把庙宇拆除吧。庙基的地下过去埋藏着不少黄金,拆除庙宇之后请把金子挖出来,可以用来救济穷人,分给乡亲们。"说罢,就腾空飞去了。于是乡亲们按照他的话拆除了庙宇,果然在庙基下挖出了金子,大家都分到了。所挖的地方涌出一汪灵泉,泉水非常清澈,下雨后泉水不涨,大旱时泉水也不落。郡城里的人到这口灵泉前祈祷求福,

必有灵应，因名"谭子池"，亦谓之"天池"。进士周郭藩，为诗以记其事曰："澄水一百步，世名谭子池。余诘陵阳叟，此池当因谁？父老谓余说，本郡谭叔皮。开元末年中，生子字阿宜。坠地便能语，九岁多须眉。不饮亦不食，未尝言渴饥。十五能行走，快马不能追。二十入山林，一去无还期。父母忆念深，乡间为立祠。大历元年春，此儿忽来归。头冠簪凤凰，身着霓裳衣。普遍拯疲俗，丁宁告亲知。余为神仙官，下界不可祈。恐为妖魅假，不如早平夷。此有黄金藏，镇在兹庙基。发掘散生聚，可以救贫赢。金出继灵泉，湛若清琉璃。泓澄表符瑞，水旱无竭时。言讫辞冲虚，杳霭上玄微。凡情留不得，攀望众号悲。寻禀神仙诫，彻庙劂开窥。果获无穷宝，均融沾困危。巨源出岭顶，喷涌世间稀。异境流千古，终年福四维。"出《仙传拾遗》。

王可交

王可交，苏州昆山人也，以耕钓自业，居于松江南赵屯村。年三十余，莫知有真道。常取大鱼，自喜以槌击杀，煮之，捣蒜韭以食，常谓乐无以及。一旦棹渔舟，方击楫高歌入江，行数里间，忽见一彩画花舫，漾于中流。有道士七人，皆年少，玉冠霞帔，服色各异，侍从十余人，总角云鬟。又四人黄衣乘舫，一人呼可交以姓名，方惊异，不觉渔舟已近舫侧。一道士令总角引可交上舫，见七人面前，各有青玉盘酒器果子，皆莹彻有光，可交莫识。又有女妓十余人，悉持乐器。可交远立于筵末，遍拜。七人共视可交，一人曰："好骨相，合仙，生于凡贱，眉间已灸破矣。"一人曰："与酒吃。"

都十分灵验，于是大家就把这口灵泉称为"谭子池"，也叫"天池"。有位叫周郭藩的进士写了一首诗来记述这件事："澄水一百步，世名谭子池。余诘陵阳叟，此池当因谁？父老为余说，本郡谭叔皮。开元末年中，生子字阿宜。坠地便能语，九岁多须眉。不饮亦不食，未尝言渴饥。十五能行走，快马不能追。二十入山林，一去无还期。父母忆念深，乡间为立祠。大历元年春，此儿忽来归。头冠簪凤凰，身着霓裳衣。普遍拯疲俗，丁宁告亲知。余为神仙官，下界不可祈。恐为妖魅假，不如早平夷。此有黄金藏，镇在兹庙基。发掘散生聚，可以救贫羸。金出继灵泉，湛若清琉璃。泓澄表符瑞，水旱无竭时。言讫辞冲虚，杳霭上玄微。凡情留不得，攀望众号悲。寻禀神仙诚，彻庙剧开窥。果获无穷宝，均融沾困危。巨源出岭顶，喷涌世间稀。异境流千古，终年福四维。"出自《仙传拾遗》。

王可交

　　王可交是苏州昆山人，靠种田打渔为生，住在松江南岸的赵屯村。三十多岁了，不知道有修道成仙的事。每次他钓到大鱼，喜欢自己用木槌把大鱼打死，炖熟，然后蘸上蒜泥韭酱吃，常说世上再没比吃炖鱼更快乐的事了。一天，他划着渔船，敲着船桨，高唱着渔歌走进江里，走了几里地，忽然看见一条彩船在江中漂荡。船里坐着七位道士，都很年轻，戴着镶嵌着宝玉的帽子，披着绣有云霞图形的帔肩，服色各不相同，周围有十几个侍从都是童男童女，男童头上梳两个抓髻，女童头发梳成云鬟样式。船上还有四个穿黄衣的人，其中一人喊了王可交的名字，王可交正在惊讶中，不知不觉间自己的船已经自动靠近道士的彩船旁了。一个道士让小童领着王可交上了彩船，只见七位道士的面前都摆着青玉盘酒器果子，酒器餐具都透明闪光，王可交都不认识。还有十几个乐妓，都手拿各种乐器站在一旁。王可交站在筵席末位，向道士们一一行礼。七位道士都仔细打量王可交，一位道士说："此人骨相很好，应该成仙，只是他生在人世，由于生病针灸，把眉间刺破了。"另一个道士说："给他些酒喝吧。"

侍者泻酒,而樽中酒再三泻之不出,侍者具以告。道士曰:"酒是灵物,必得入口,当换其骨。泻之不出,亦乃命也。"一人又曰:"与栗吃。"俄一人于筵上取二栗,付侍者与可交,令便吃。视之,其栗青赤,光如枣,长二寸许,啮之有皮,非人间之栗,肉脆而甘如饴,久之食方尽。一人曰:"王可交已见之矣,可令去。"命一黄衣送上岸。于船边觅所乘渔舟不见,黄衣曰:"不必渔舟,但合眼自到。"于是合眼,若风水林木浩浩之声。令开眼,已到,失黄衣所在,但见峰峦重叠,松柏参天,坐于草中石上。及望见有门楼,人出入。俄顷采樵者并僧十余人到,问可交何人,可交具以前事对。又问何日离家,可交曰:"今日早离家。"又问今日是何日,对是三月三日。樵者与僧惊:"今日是九月九,去三月三日已半年余。"可交问地是何所,僧曰:"此是天台山瀑布寺前也。"又问此去华亭多少地,僧曰:"水陆千余里。"可交自讶不已。乃为僧邀归寺,设食,可交但言饱,不喜闻食气,唯饮水耳。众僧审问,极异之,乃以状白唐兴县,以达台州,以闻。越州廉使王讽素奉道,召之见,极以为非常之事,神仙变化不可测也。可交身长七尺余,仪貌殊异,言语清爽。讽叹曰:"此诚真仙人也。"又以同姓,益敬之,饰以道服。而遣人至苏州,以诘其实。具言三月三日,可交

一名侍者就来倒酒,但酒樽中的酒怎么倒也倒不出来,侍者就报告给道士。道士说:"这酒是仙酒,他要喝的话,必须把凡人的骨头换掉。酒倒不出来,正说明他命中不该喝仙酒。"又一个道士说:"让他吃栗子吧。"一位道士就从酒桌上拿了两个栗子,递给侍者,让侍者交给王可交,让他即刻就吃。王可交看那栗子是黑红色的,像枣子那样光滑,有二寸多长,一啃有皮,不像人间的栗子,栗肉很脆,又像糖一样甘甜,吃了好久才把两个栗子吃完。这时一个道士说:"王可交已经和我们见过面了,让他回去吧。"说罢就让一个穿黄衣的人把王可交送到岸上。王可交在彩船边找不到自己来时坐的渔船,黄衣人说:"不用坐渔船,你一闭上眼睛就到了。"于是王可交就闭上眼睛,立刻觉得耳边响起呼呼的风水林木之声。黄衣人让他睁开眼,就已经到了,黄衣人不知道哪里去了,四周是重重山峰和参天的松柏,自己坐在草丛中的一块大石头上。他望见不远处有一个高大的门楼,有人在门楼中进进出出。不一会儿,有打柴的樵夫与和尚一共十多人来到王可交面前,问他是什么人,他就把之前的事详细说了。那些人又问他哪天离开家的,他说:"今天早上离开家的。"那些人问王可交今天是几月几日,王可交说是三月三日。那些人大吃一惊说:"今天是九月初九,离三月初三已经半年多了!"王可交又问这里是什么地方,和尚说:"这里是天台山的瀑布寺前。"王可交又问这里离华亭多远,和尚说:"水路陆路加在一起一千多里。"王可交自己惊讶不已。于是他被那和尚请到庙里去了,为他摆了饭菜,王可交只说肚子饱饱的,不喜欢闻到食物的气味,只是喝水而已。和尚们都围着他问长问短,觉得他十分奇异,就把这事报告了唐兴县并上报给台州。越州的廉使王沨向来尊奉道教,就召见了王可交,认为这是一件非常奇异的事,觉得神仙的变化是难以测度的。王可交身材七尺多高,仪表和一般人很不同,谈吐也很清新爽利。王沨感叹地说:"这真是位神仙啊!"又因为王可交和自己同姓,就对他更加敬重,并让他穿上道士的服装。还派人到苏州去调查核实王可交的事。人们都说三月初三王可交

乘渔舟入江不归，家人寻得渔舫，谓堕江死，漉之无迹，妻子以招魂葬讫。王沨具以表闻，诏甚称异。

后可交却归乡里，备话历历，及与乡人到江上，指所逢花船之处依然。可交食栗后，已绝谷，动静若有神助。不复耕钓，乃挈妻子往四明山。二十余年，复出明州卖药，使人沽酒，得钱但施于人。时言药则壶公所授，酒则余杭阿母。相传药极去疾，酒甚醉人。明州里巷，皆言王仙人药酒，世间不及。道俗多图其形像，有患痁及邪魅者，图于其侧即愈。后三十余年，却入四明山，不复出，今人时有见之者。出《续神仙传》。

杨通幽

杨通幽，本名什伍，广汉什邡人。幼遇道士，教以檄召之术，受三皇天文，役命鬼神，无不立应。驱毒厉，剪氛邪，禳水旱，致风雨，是皆能之。而木讷疏傲，不拘于俗。其术数变异，远近称之。

玄宗幸蜀，自马嵬之后，属念贵妃，往往辍食忘寐。近侍之臣，密令求访方士，冀少安圣虑。或云："杨什伍有考召之法。"征至行朝。上问其事，对曰："虽天上地下，冥寞之中，鬼神之内，皆可历而求之。"上大悦，于内置场，以行其术。是夕奏曰："已于九地之下，鬼神之中，遍加搜访，

坐着渔船到江中去再也没回来，他家的人只找到了他的渔船，以为他一定是落入江中淹死了，到处也打捞不到他的尸体，他的妻儿只好用招魂的仪式给他办了丧事。王沨详细地向皇帝上表报告了这件事，皇上也下诏称叹此事奇异。

后来王可交回到他的家乡，把一切经过都对乡亲们说了，并领着人们到江上看他遇见彩船和仙人的地方。王可交自从吃了神仙给的栗子后，就再也不吃饭了，一举一动都像有神在佑护帮助。他不再种田打渔，带着妻子进了四明山。二十多年后，王可交又出山到明州卖药，让人帮着卖酒，得了钱全都布施给穷人。当时，人们都说王可交卖的药是壶公给的，酒则是余杭阿母的。相传那药治病最灵，酒一喝就醉。明州的大街小巷里，都说王仙人的药酒，世间的都不如。道士俗人多有画王可交画像的，有得了疾病或家里闹邪的，在旁边放上一张王可交的画像，立刻就能好。三十多年之后，王可交又进了四明山，从此再也没出来，现在还有人见过他。出自《续神仙传》。

杨通幽

杨通幽，本名叫杨什伍，是广汉郡什邡县人。他小时候遇见过一个道士，教给他召鬼神的法术，授给他三皇的天书，用这天书召唤鬼神，鬼神立刻就到。他驱除瘟疫，消灭邪气，消除水旱天灾，呼风唤雨，都能做到。杨什伍为人古板孤傲，不随凡俗。他的道术千变万化，远近都称赞。

唐玄宗李隆基驾幸蜀地，自从马嵬兵变之后，非常思念杨贵妃，常常吃不下饭，睡不着觉。于是唐明皇身边的一些近臣就密令求访道术高明的方士，希望能多少缓解一下皇上的痛苦思念。有人说："杨什伍有召聚驱使鬼神的法术。"就把他召到了唐玄宗的行宫中。玄宗问杨什伍有什么道术，回答说："不管是天上地下，仙界地府，还是鬼神之中，我都能找到她！"唐玄宗非常高兴，命令在宫内设了道场神坛，让杨什伍施法。当天夜里，杨什伍就向唐明皇奏报说："我已经在阴曹地府九泉之下找遍了，

不知其所。"上曰："妃子当不坠于鬼神之伍矣。"二日夜，又奏曰："九天之上，星辰日月之间，虚空杳冥之际，亦遍寻访而不知其处。"上悄然不怿曰："未归天，复何之矣？"炷香冥烛，弥加恳至。三日夜，又奏曰："于人寰之中，山川岳渎祠庙之内，十洲三岛江海之间，亦遍求访，莫知其所。后于东海之上，蓬莱之顶，南宫西庑，有群仙所居，上元女仙太真者，即贵妃也。谓什伍曰：'我太上侍女，隶上元宫。圣上太阳朱宫真人，偶以宿缘世念，其愿颇重，圣上降居于世，我谪于人间，以为侍卫耳。此后一纪，自当相见，愿善保圣体，无复意念也。'乃取开元中所赐金钗钿合各半，玉龟子一，寄以为信，曰：'圣上见此，自当醒忆矣。'言讫流涕而别。"什伍以此物进之，上潸然良久。乃曰："师升天入地，通幽达冥，真得道神仙之士也。"手笔赐名"通幽"，赐物千段，金银各千两，良田五千亩，紫霞帔、白玉简，特加礼异。

暇日问其所受之道，曰："臣师乃西城王君青城真人，昔于后城山中，教以召命之术曰：'可以辅赞太平之君，然后方得飞升之道。'戒以护气希言，目不妄视，绝声利，远嚣尘，则可以凌三界，登太清矣。"又问升天入地，何门而往，何所为碍。曰："得道之人，入火不蒸，入水不濡，蹑虚如履实，触实如蹈虚。虽九地之厚，巨海之广，八极之远，万方

没有找到贵妃娘娘的踪迹。"唐玄宗说："爱妃绝不会落到阴曹与鬼魂们为伍的。"第二天夜晚，杨什伍又奏报说："我去了九重天界，在虚空浩瀚的天空和日月星辰之间遍加寻访，仍然没找到贵妃娘娘。"唐玄宗沉默了半天，不高兴地说："也没去天上，那又能去哪里呢?"然后就熄了灯烛点起香火，更加诚恳地祈求杨贵妃能降临。第三天夜里，杨什伍又奏报说："我又找遍了人间的河流山川寺庙道观，还去了十洲三岛及江海之间，遍加寻访，仍然没有找到贵妃娘娘。后来，我来到东海的蓬莱山顶，南宫西屋，有群仙居住的地方，有一位上元女仙名叫太真，就是贵妃娘娘。她对我说：'我现在是太上的侍女，隶属于上元宫。陛下本来是太阳朱宫的神仙，由于他有了很重的凡念，才让他下凡到人世，我也被贬到人间侍奉他。十二年后，我们就会相见，希望陛下多多珍重，保养圣体，不要再思念我了。'说罢，贵妃娘娘就拿出陛下在开元年间赐给她的金钗和钿盒各一半，还有一只玉制的小龟作为凭据，说：'陛下见了这几件东西，自然就会醒悟想起往事了。'然后，她就流着泪和我告别了。"杨什伍把杨贵妃让他捎的那几样东西进献给唐玄宗，玄宗睹物伤情，饮泣了很久。唐玄宗对杨什伍说："道长你能够升天入地，和仙界冥府相通，真是一位道术高明的仙师啊!"当时就提笔赐名为"通幽"，赐给他上千种宝物，金银各一千两，良田五千亩，还赐给他紫霞图样的帔肩和白玉笏版，对他优礼有加。

后来唐玄宗在闲暇时问杨什伍跟谁学的道术，杨什伍说："我的老师是西城王君青城真人，当年他在后城山里教给我召唤鬼神的法术，并说：'可以用来辅助太平盛世的皇帝，然后你才能飞升成仙。'老师还告诫我要注重养气，少说话，眼睛不要乱看，杜绝对名利的追求，远离世间凡俗，说这样就可以超出于三界之上，升入太清仙境了。"唐玄宗又问他升天入地有什么途径，怕什么东西阻碍。杨什伍说："得了仙道的人，在火中不怕烧，进水里不湿衣，脚踏虚空就像踩在实地上，脚踏实地又像踏在虚空中。不管多么厚的土地，多么宽的海洋，八极那么遥远，万方

之大，应念倏忽，何所拘滞乎？所以然者，形与道合。道无不在，毫芒之细，万物之众，道皆居之。"上善其对。居数载，乃登后城山，茸静室于其顶，时还其家。门人言天真累降于静室。一旦与群真俱去。出《仙传拾遗》。

那么广大，我一念之间就能出入其间，有什么拘束阻滞的呢？我之所以能这样，是因为我的形体和道完全融合在一起了。道无处不在，从毫毛麦芒那么细微的东西，到世间万物，全都有道在其中。"唐玄宗非常赞赏他的回答。过了几年，杨什伍就上了后城山，在山顶上修了一间修炼道术的静室，也常常回家看看。他的弟子说神仙常常降临他的静室指导他修炼。后来有一天，杨什伍和一群神仙一同离开了。出自《仙传拾遗》。

卷第二十一
神仙二十一

孙思邈　　司马承祯　　尹　君

孙思邈

孙思邈，雍州华原人也。七岁就学，日诵千余言。弱冠，善谈庄老及百家之说，亦好释典。洛阳总管独孤信，见而叹曰："此圣童也，但恨其器大识小，难为用也。"后周宣帝时，思邈以王室多故，遂隐居太白山。隋文帝辅政，征为国子博士，称疾不起。常谓所亲曰："过是五十年，当有圣人出，吾方助之以济人。"及唐太宗即位，召诣京师，嗟其容色甚少，谓曰："故知有道者诚可尊重，羡门、广成，岂虚言哉。"将授以爵位，固辞不受。唐显庆四年，高宗召见，拜谏议大夫，又固辞不受。上元元年，辞疾请归，特赐良马及鄱阳公主邑司以居焉。当时名士，如宋之问、孟诜、卢照邻等，皆执师弟之礼以事焉。

思邈尝从幸九成宫。照邻病，留在其宅，时庭前有大梨树，照邻为之赋。其序曰："癸酉之岁，余卧疾长安德坊之官舍，户老云，是鄱阳公主邑司。昔公主未嫁而卒，故

孙思邈

　　孙思邈是雍州华原人。七岁上学，每天能熟读一千多字。他快二十岁时，喜欢谈论庄、老及百家的学说，也喜欢佛经。洛阳总管独孤信，见了他之后便感叹地说："这是一个圣童，只怕他器量大见识少，很难任用。"后周宣帝的时候，孙思邈因为朝廷多有变故，就隐居到太白山里。隋文帝辅政的时候，征召他做国子博士，他称病不起。他常常对亲近的人说："再过五十年，应当有一个圣人出世，那时候我才能帮他救济世人。"等到唐太宗即位时，征召他到京城，慨叹他的模样很年轻，对他说："我因此知道有道术的人实在应当受到尊重，羡门、广成等神人确实不是虚传。"唐太宗准备授给他爵位，他坚决推辞，不肯接受。唐显庆四年，高宗召见他，任命他做谏议大夫，他又坚决推辞不接受。上元元年，他托病请求回乡，皇帝特地赐好马给他，并且把鄱阳公主的府邸赐给他居住。当时的名士，像宋之问、孟诜、卢照邻等，都用弟子对待老师的礼节对待他。

　　孙思邈有一次随皇帝一起去了九成宫。卢照邻病了，住在他家，当时院子里有棵大梨树，卢照邻就为梨树写了篇赋。赋的序言说："癸酉这年，我卧病在长安光德坊的官舍里，这里的老人说，这是鄱阳公主的府邸。从前鄱阳公主没出嫁就死了，所以

其邑废。时有处士孙思邈,道洽古今,学殚数术。高谈正一,则古之蒙庄子;深入不二,则今之维摩诘。至于推步甲乙,度量乾坤,则洛下闳、安期先生之俦也。自云开皇辛酉岁生,年九十三矣。察之乡里,咸云数百岁。又共话周齐间事,历历如目见。以此参之,不啻百岁人矣。然犹视听不衰,神彩甚茂,可谓古之聪明博达不死者也。时照邻有盛名,而染恶疾,嗟禀受之不同,昧遐夭之殊致。因问思邈曰:'名医愈疾,其道如何?'对曰:'吾闻善言天者,必质于人;善言人者,必本于天。天有四时五行,寒暑迭代。其转运也,和而为雨,怒而为风,凝而为霜雪,张而为虹霓。此天地之常数也。人有四肢五脏,一觉一寐,呼吸吐纳,循而为往来,流而为荣卫,彰而为气色,发而为音声。此人之常数也。阳用其精,阴用其形,天人之所同也。及其失也,蒸则生热,否则生寒,结而为疣赘,陷而为痈疽,奔而为喘乏,竭而为焦枯,诊发乎面,变动乎形。推此以及天地,则亦如之。故五纬盈缩,星辰失度,日月错行,彗孛流飞,此天地之危诊也;寒暑不时,此天地之蒸否也;石立土踊,此天地之疣赘也;山崩地陷,此天地之痈疽也;奔风暴雨,此天地之喘乏也;雨泽不时,川源涸竭,此天地之焦枯也。良医导之以药石,救之以针剂;圣人和之以道德,辅之以政事。故体有可愈之疾,天地有可消之灾。'又曰:'胆欲大而心欲小,智欲圆而行欲方。《诗》曰"如临深渊,如履薄冰",谓

她的城邑一直荒废着。当时有一位处士叫孙思邈，他通晓古今，精通各种数术。他谈论起道家的正一之道，就像古代的蒙县庄子；深通佛家的不二之学，就像当今的维摩诘。至于推算天文历法量度天地，则可以与洛下闳、安期先生相提并论。他自己说生于开皇辛酉年，已经九十三岁了。到乡间打听他，人们都说他已经几百岁了。另外，他和人们一起谈论北周、北齐之间的事时，记得清清楚楚，就像亲眼见过一样。通过这些来验证，他应该不止一百岁了。然而他的耳不聋，眼不花，神采奕奕，可以说是古代的聪明博学长寿之人了。当时我很有名气，得了重病，嗟叹每个人的禀赋不同，不知道人长寿短命如此悬殊。于是就问孙思邈：'名医治病，它的方法是怎样的呢？'孙思邈回答说：'我听说善于谈论天的人，一定要在人事上验证；善于谈论人的人，一定要以天道为依据。天有四时的变化，五行的运转，寒暑交替。它的运转，和气就下雨，发怒就刮风，凝结就是霜雪，张扬就是虹霓。这是天地的规律。人有四肢和五脏，有醒有睡，有呼有吸，循环往复，流动就形成人体的血气循环，表现出来就呈现为人的气色，发出来就成了人的声音。这是人体的规律。阳运用的是精神，阴运用的是形体，这是天和人相同的地方。等到失去这种正常规律，热气上升则生热，不然就生寒，凝结就成为肉瘤，凹陷就成为痈疽，一跑就会喘息疲乏，血气耗尽就会脸色焦枯，病情呈现在表面，病变会导致形体变化。把这种道理类推到天地方面，也是这样的。所以，金、木、水、火、土，五大行星有盈有缩，星辰运行失去了常度，日月的运行出现错乱，彗星离开轨道飞行，这是天地的大病；寒暑不正常，这是天地的热气上升与否的表现；岩石泥土耸起，这是天地的肉瘤；山崩地陷，这是天地的痈疽；狂风暴雨，这是天地的喘息疲乏；雨露润泽不及时，江河干涸，这是天地的焦枯。良医治病，用药石疏导，用针剂救助；圣人济世，用道德调和，用政事辅助。所以，人身上有可以治好的病痛，天地间有可以消除的灾祸。'他又说：'胆子要大而用心要细，心智要圆活而行为要方正。《诗经》说"如临深渊，如履薄冰"，说的

小心也；"赳赳武夫，公侯干城"，谓大胆也；"不为利回，不为义疚"，行之方也；"见机而作，不俟终日"，智之圆也。'其文学也，颖出如是；其道术也，不可胜纪焉。"

初魏徵等受诏修齐、梁、周、隋等五代史，恐有遗漏，屡访于思邈，口以传授，有如目睹。东台侍郎孙处约，尝将其五子俊、儆、俊、侑、佺，以谒思邈。思邈曰："俊当先贵，侑当晚达，佺最居重位，祸在执兵。"后皆如其言。太子詹事卢齐卿，自幼时请问人伦之事，思邈曰："汝后五十年，位登方伯，吾孙当为属吏，可自保也。"齐卿后为徐州刺史，思邈孙溥，果为徐州萧县丞。邈初谓齐卿言时，溥犹未生，而预知其事。凡诸异迹，多如此焉。永淳元年卒。遗令薄葬，不藏冥器，不奠生牢。经月余，颜貌不改。举尸就木，空衣而已，时人异之。自注《老子》《庄子》，撰《千金方》三十卷、《福禄论》三十卷、《摄生真箓》《枕中素书》《会三教论》各一卷。

开元中，复有人见隐于终南山，与宣律师相接，每来往参请宗旨。时大旱，西域僧请于昆明池结坛祈雨，诏有司备香灯。凡七日，缩水数尺。忽有老人夜诣宣律师求救曰："弟子昆明池龙也，无雨时久，匪由弟子。胡僧利弟子脑将为药，欺天子言祈雨，命在旦夕，乞和尚法力救护。"宣公辞曰："贫道持律而已，可求孙先生。"老人因至，思邈谓曰："我知昆明龙宫有仙方三十首，若能示予，予将救汝。"老人曰："此方上帝不许妄传，今急矣，固无所吝。"有顷，

是小心;"赳赳武夫,公侯干城",说的是大胆;"不为利回,不为义疚",这是说行为的方正;"见机而作,不俟终日",这是说心智的圆活。'他的文辞,如此超拔突出;他的道术也记不过来。"

当初魏徵等人受命编修齐、梁、周、隋等五代史,恐怕有遗漏,多次向孙思邈请教,他用口传授,就像亲眼所见一样。东台侍郎孙处约,曾经带着五个儿子孙俊、孙儆、孙俊、孙侑、孙佺去拜见孙思邈。孙思邈说:"孙俊将会首先显贵;孙侑将会显达得较晚;孙佺的地位最高,灾祸出在执掌兵权上。"后来情况都和他说的一样。太子詹事卢齐卿,小时候向孙思邈请教人伦的事情,孙思邈说:"你今后五十年,地位可达到一方诸侯之长,我的孙子会成为你属下的官吏,你应当自己保重才是。"卢齐卿后来做了徐州刺史,孙思邈的孙子孙溥,果然做了徐州萧县的县丞。孙思邈当初对卢齐卿说这话的时候,孙溥还没有出生,就预先知道了他的事情。他的各种奇异的事情,大多如此。永淳元年,孙思邈去世。死前遗命要薄葬,不要在墓中埋藏殉葬品,不要用活着的牛羊祭奠。死后一个多月,他的脸色没变。抬起他的尸体往棺材里装的时候,只剩下空空的衣服而已,当时的人都感到奇怪。他亲自注释了《老子》《庄子》,撰写了《千金方》三十卷、《福禄论》三十卷、《摄生真箓》《枕中素书》《会三教论》各一卷。

开元年间,又有人发现孙思邈隐居在终南山,与宣律师相来往,宣律师常常来来往往地向他参学请教佛教宗旨。当时天大旱,有一个西域的僧人请求在昆明池筑坛求雨,皇上下诏让有关部门准备香灯。一共七天,昆明池的水位降下去几尺。忽然有一位老人夜里到宣律师那里求救,说:"我是昆明池里的龙,天很久不下雨,并不是因为我。一个胡僧要用我的脑子做药,欺骗天子说求雨,我的命危在旦夕,请和尚用法力救助保护我。"宣公推辞说:"贫僧持守戒律罢了,你可以去求孙思邈先生。"老人于是来到孙思邈这里,孙思邈说:"我知道昆明池龙宫里有三十个神仙药方,如果能让我看看,我就救你。"老人说:"这些药方上帝不准随便外传,现在情况紧急,我当然不会吝惜!"过了一会儿,

捧方而至。思邈曰："尔但还,无虑胡僧也。"自是池水忽涨,数日溢岸,胡僧羞恚而死。又尝有神仙降,谓思邈曰："尔所著《千金方》,济人之功,亦已广矣。而以物命为药,害物亦多,必为尸解之仙,不得白日轻举矣。昔真人桓闿谓陶贞白事亦如之,固吾子所知也。"其后思邈取草木之药,以代虻虫水蛭之命。作《千金方翼》三十篇,每篇有龙宫仙方一首,行之于世。

及玄宗避羯胡之乱,西幸蜀。既至蜀,梦一叟须鬓尽白,衣黄襦,再拜于前,已而奏曰："臣孙思邈也,庐于峨眉山有年矣。今闻銮驾幸成都,臣故候谒。"玄宗曰:"我熟识先生名久矣。今先生不远而至,亦将有所求乎?"思邈对曰:"臣隐居云泉,好饵金石药,闻此地出雄黄,愿以八十两为赐。脱遂臣请,幸降使赍至峨眉山。"玄宗诺之,悸然而寤,即诏寺臣陈忠盛,挈雄黄八十两,往峨眉宣赐思邈。忠盛既奉诏,入峨眉,至屏风岭,见一叟貌甚俊古,衣黄襦,立于岭下。谓忠盛曰:"汝非天子使乎? 我即孙思邈也。"忠盛曰:"上命以雄黄赐先生。"其叟偻而受,既而曰:"吾蒙天子赐雄黄,今有表谢,属山居无翰墨,天使命笔札传写以进也。"忠盛即召吏执牍染翰。叟指一石曰:"表本在石上,君可录焉。"忠盛目其石,果有朱字百余,实表本也,遂誊写其字。写毕,视其叟与石,俱亡见矣。于是具以其事闻于玄宗。玄宗因问忠盛,叟之貌与梦者果同,由是益奇之。自是或隐或见。

咸通末,山下民家,有儿十余岁,不食荤血,父母以其好善,使于白水僧院为童子。忽有游客称孙处士,周游院中讫,

老人捧着药方来了。孙思邈说:"你只管回去,不用担心胡僧。"
从此池水忽然暴涨,几天便漫上岸来,胡僧羞愧愤怒而死。另
外,曾经有个神仙从天而降,对孙思邈说:"你所著的《千金方》,
济人的功效也很广大了。但是用生物做药,残害的生物也太多
了,你必定只能通过尸解的方式成仙,不能白天升天成仙了。从
前,真人桓闿说陶贞白的事情也是这样,这是你本来就知道的。"
此后孙思邈采用草木做药,以代替虻虫、水蛭等生物。作《千金
方翼》三十篇,每篇有龙宫仙方一个,流行于世。

　　后来唐玄宗躲避安史之乱,向西逃往蜀地。到达蜀地后,他
梦见一位老汉须发皆白,穿黄色衣服,在他面前拜了两拜,然后
奏道:"我是孙思邈,在峨嵋山居住多年了。现在听说皇上驾临
成都,所以我在这里迎候拜谒。"唐玄宗说:"我熟知先生您的名
字很久了,现在您不怕道路遥远来到这里,也是有所求吗?"孙思
邈回答说:"我隐居在云泉之间,喜欢吃金石之药,听说此地出产
雄黄,希望赐给我八十两。如果能满足我的要求,请派使者带到
峨嵋山来。"唐玄宗答应了,心中惊悸而醒,立即诏命侍臣陈忠盛
带八十两雄黄,到峨嵋山去赐给孙思邈。陈忠盛奉诏之后来到峨
嵋山,走到屏风岭,遇见一个容貌很俊秀古朴的老头,穿黄色衣
服站在岭下。老头对陈忠盛说:"你是天子的使者吗? 我就是孙
思邈。"陈忠盛说:"皇上让我把雄黄赐给你。"那老头躬身接受,
然后说:"我承蒙天子赏赐雄黄,现在有表章致谢,但山中没有笔
墨,请您执笔转抄送进宫中。"陈忠盛立即让官吏拿来纸笔蘸墨。
老头指着一块石头说:"表章在那石头上,您可以抄录下来。"陈
忠盛看那石块,果然有一百多个红字,确实是表章,于是就把那些
字抄录下来。抄完之后,再看老头和石头,就都不见了。于是陈
忠盛把这事详细地上奏唐玄宗。唐玄宗于是问陈忠盛,老头的相
貌果然与梦中的一样,因此更感惊奇。从此,孙思邈时隐时现。

　　咸通末年,峨嵋山下有一户人家,家里有个十几岁的男孩,
从来不吃荤腥食物,父母认为他喜欢行善,就让他到白水僧院做
了童子。忽然有一位游客,自称是孙处士,在院中游览一圈之后,

袖中出汤末以授童子,曰:"为我如茶法煎来。"处士呷少许,以余汤与之,觉汤极美,愿赐一碗。处士曰:"此汤为汝来耳。"即以末方寸匕,更令煎吃。因与同侣话之,出门,处士已去矣,童子亦乘空而飞。众方惊异,顾视煎汤铫子,已成金矣。其后亦时有人见思邈者。出《仙传拾遗》及《宣室志》。

司马承祯

司马承祯,字子微。博学能文,攻篆迥为一体,号曰"金剪刀书"。隐于天台山玉霄峰,自号"白云子",有服饵之术。则天累征之不起。睿宗雅尚道教,屡加尊异,承祯方赴召。睿宗问阴阳术数之事,承祯对曰:"《老子》经云:'损之又损,以至于无为。'且心目所见知,每损之尚未能已,岂复攻乎异端而增智虑哉?"睿宗曰:"理身无为,则清高矣;理国无为,如之何?"对曰:"国犹身也。老子曰:'留心于淡,合气于漠,顺物自然,乃无私焉,而天下理。'《易》曰:'圣人者与天地合其德。'是知天不言而信,无为而成。无为之旨,理国之要。"睿宗深赏异,留之欲加宠位,固辞。无何告归山。乃赐宝琴花帔以遣之。公卿多赋诗以送,常侍徐彦伯,撮其美者三十余篇,为制序,名曰《白云记》,见传于世。时卢藏用早隐终南山,后登朝,居要官。见承祯将还天台,藏用指终南谓之曰:"此中大有佳处,何必在天台?"承祯徐对曰:"以仆所观,乃仕途之捷径耳。"藏用有惭色。

从袖中取出一包汤药碎末交给童子，说："为我像烹茶那样煎好。"煎好之后，处士喝了一些，把剩下的汤汁给了童子，童子觉得汤汁的味道极美，希望赐给他一碗。处士说："这药就是为你来的！"就给了他一小勺药沫，让他煎着吃。于是童子便向同伴们说了这事，出门一看，处士已离去了，童子也乘空飞起来。众人正在惊异，回头一看那煎药的锅子，已变成金的了。这以后也时常有人见到孙思邈。出自《仙传拾遗》及《宣室志》。

司马承祯

司马承祯，字子微。博学多才，善写文章，他精习篆书，自成一体，号称"金剪刀书"。他隐居在天台山玉霄峰，自号"白云子"，有服用丹药的道术。武则天多次征召他，他都不来。唐睿宗崇尚道教，对他屡次给予特别的尊敬，他才应召赴京。唐睿宗向他问起阴阳术数的事，他回答说："《老子》上说：'损之又损，以至于无为。'心中想到的，眼里看到的事物，常常削弱欲望尚且不能做到不想不看，难道还要再钻研异端而增加心智上的思虑吗？"睿宗说："以无为的方法治理自身，可以算得上是清高；用无为的方法治理国家，怎么办呢？"他回答说："国家就像人身一样。《老子》上说：'留心于淡，合气于漠，顺物自然，乃无私焉，而天下理。'《易经》上说：'圣人者与天地合其德。'因此知道天不必说话就有信誉，不须作为就能成功。无为的要旨就是治理国家的要旨。"睿宗对他的见解深表赞赏和惊异，要把他留在宫中，封他做大官，他坚决推辞。不久他告辞回山。皇上就赐给他宝琴和花披肩，派人送他。很多公卿都作诗送他，常侍徐彦伯挑选了其中三十多首最好的编成一个集子，还为诗集写了序言，命名为《白云记》，如今流传于世。当时有一个叫卢藏用的人，他早年隐居在终南山，后来登上朝廷，身居显要职位。他见司马承祯要回天台山，就用手指着终南山对司马承祯说："这终南山里就有不少好地方，何必非回天台山呢？"司马承祯不慌不忙地说："依我所见，终南山是当官的捷径而已。"卢藏用听后满脸羞惭。

玄宗有天下，深好道术，累征承祯到京，留于内殿，颇加礼敬，问以延年度世之事，承祯隐而微言。玄宗亦传而秘之，故人莫得知也。由是玄宗理国四十余年，虽禄山犯关，銮舆幸蜀，及为上皇，回，又七年，方始晏驾。诚由天数，岂非道力之助延长耶！初玄宗登封太岳回，问承祯："五岳何神主之？"对曰："岳者山之巨，能出云雨，潜储神仙，国之望者为之；然山林之神也，亦有仙官主之。"于是诏五岳于山顶列置仙官庙，自承祯始也。又蜀女真谢自然泛海，将诣蓬莱求师。船为风飘，到一山，见道人指言："天台山司马承祯，名在丹台，身居赤城，此真良师也。蓬莱隔弱水三十万里，非舟楫可行，非飞仙无以到。"自然乃回求承祯受度，后白日上升而去。承祯居山，修行勤苦，年一百余岁，童颜轻健，若三十许人。有弟子七十余人，一旦告弟子曰："吾自居玉霄峰，东望蓬莱，常有真灵降驾。今为东海青童君、东华君所召，必须去人间。"俄顷气绝，若蝉蜕然解化矣。弟子葬其衣冠尔。原未注出处，查出《大唐新语》。

尹　君

唐故尚书李公选镇北门时，有道士尹君者，隐晋山，不食粟，常饵柏叶，虽发尽白，而容状若童子，往往独游城市。里中有老父年八十余者，顾谓人曰："吾孩提时，尝见李翁言，李翁吾外祖也。且曰：'我年七岁，已识尹君矣，迨今七十

唐玄宗继位统治天下之后，也深深爱好道术，多次征召司马承祯到京城，请他到内殿，对他非常礼貌尊重，向他请教延长寿命超脱尘世的事，司马承祯讲得很隐秘。唐玄宗也秘密地记录收藏，所以世人无法得知他们谈话的内容。从此，唐玄宗治理国家四十多年，虽然经历安禄山侵犯潼关，避难去到蜀地，等到作为太上皇回到京城，又过了七年才死去。他的死固然是因为天数，难道不也是道力帮助他延长了寿命吗？当初，唐玄宗登封太岳回来，问司马承祯："五岳是什么神主宰的？"司马承祯说："岳是山中最大的，能兴起云雨，能潜藏各种神仙，国中有声望的人管理它，但是山林之神，也是有仙官主管的。"皇帝于是诏令在五岳山顶上修建仙官庙，这种仙官庙，就是从司马承祯进言后开始有的。另外，有一位蜀地的女真人谢自然，她乘船过海，要到蓬莱去求师。船被风刮，来到一座山前，见到一位道人，指点她说："天台山的司马承祯，名在丹台，身居赤城，他是真正的良师。蓬莱离弱水三十万里，不是坐船可去的，不是飞天的神仙是无法到达的。"谢自然就回去求司马承祯，受到超度，于是后来她得道成仙，飞升而去。司马承祯久居深山，勤修苦行，活到一百多岁，面色还像儿童那样红润，步履仍很轻快，好像三十多岁的人。他有七十多位弟子，一天早晨，他告诉弟子们说："我自从居住玉霄峰，向东望蓬莱，常常有真仙驾临。现在我受到东海青童君、东华君的召请，必须离开人间。"不一会儿他就咽气了，像蝉蜕那样脱离肉体成仙而去了。弟子们只好埋葬了他的衣服帽子。原本未注出处，据查出自《大唐新语》。

尹君

唐朝原尚书李公诜镇守北门时，有一位叫尹君的道士在晋山隐居，他不吃粮食，常吃柏树叶，虽然头发全白了，但是脸色和儿童一样，常常单独到城中游逛。乡里中有一位八十多岁的老汉，回头对周围人说："我小的时候，曾听李老汉说过，李老汉就是我的外祖父。他说：'我七岁那年，就认识尹君，到现在七十

余年,而尹君容状如旧,得非神仙乎?吾且老,自度能几何为人间人;汝方壮,当志尹君之容状。'自是及今,七十余岁矣,而尹君曾无老色,岂非以千百岁为瞬息耶?"北门从事冯翊严公绶,好奇者,慕尹之得道,每旬休,即驱驾而诣焉。其后严公自军司马为北门帅,遂迎尹君至府庭,馆于公署,终日与同席。常有异香自肌中发,公益重之。公有女弟学浮图氏,尝曰:"佛氏与黄老固殊致。"且怒其兄与道士游。后一日,密以堇斟致汤中,命尹君饮之。尹君既饮,惊而起曰:"吾其死乎!"俄吐出一物甚坚,有异香发其中。公命剖而视之,真麝脐也。自是尹君貌衰齿堕,其夕卒于馆中。严公既知女弟之所为也,怒且甚,即命部将治其丧。后二日,葬尹君于汾水西二十里。明年秋,有照圣观道士朱太虚,因投龙至晋山,忽遇尹君在山中。太虚惊而问曰:"师何为至此耶?"尹君笑曰:"吾去岁在北门,有人以堇斟饮我者,我故示之以死,然则堇斟安能败吾真耶!"言讫,忽亡所见。太虚窃异其事,及归,具白严公。曰:"吾闻仙人不死,脱有死者,乃尸解也,不然何变异之如是耶?"将命发其墓以验之,然虑惑于人,遂止其事。出《宣室志》。

多年了，而尹君的模样和过去一样，他大概是神仙吧？我要老了，自己估计在人世上也活不了几年了；你正年轻，应当记住尹君的容颜。'从那时到现在，又过了七十多年了，而尹君竟没有一点衰老的表现，难道他是把千百年当作一瞬间吗？"北门从事冯翊人严公绶是个好奇的人，敬慕尹君是得道的人，常常在休假日驱车到尹君那里去拜访。后来，严公绶从军司马升任北门帅，就把尹君接到府中，住在公署，整天与他坐在一起。严公绶发现常常有一种异香从尹君的肌肉中散发出来，就更加敬重他。严公绶有一个妹妹，学佛教，曾说："佛教与道教根本不同！"而且她对哥哥与道上交往很生气。后来有一天，她秘密把苦堇放在汤里，让尹君喝。尹君喝完之后，吃惊地站起来说："我大概要死了！"不一会儿，他吐出一块很硬的东西，那东西里面散发出一种奇异的香味。严公绶让人剖开一看，原来是一块麝香。从此尹君容颜衰老，牙齿脱落，那天晚上便死在严公绶的公馆中。严公绶知道妹妹的所作所为之后，非常生气，立即让部下为尹君办理丧事。过了两天，把尹君葬在汾水西边二十里的地方。第二年秋天，有一位照圣观的道士朱太虚，到晋山去投放一条龙，忽然在山中遇见尹君。朱太虚吃惊地问道："仙师为什么到了这里？"尹君说："去年我在北门，有人把苦堇放在汤里让我喝，我故意装死给他们看，可是，堇汤怎么能败坏我的真功呢？"说完，就忽然不见了。朱太虚心里感到奇怪，等回到北门，详细向严公绶作了汇报。严公绶说："我听说仙人是死不了的，如果有死的，也只不过是脱离肉体罢了，不然怎么会有这种怪事呢？"他想让人打开坟墓检验一下，但是担心那样会让人迷惑，就停了下来。出自《宣室志》。

卷第二十二
神仙二十二

罗公远　　仆仆先生　　蓝采和

罗公远

罗公远，本鄂州人也。刺史春设，观者倾郡。有一白衣人，长丈余，貌甚异，随群众而至，门卫者皆怪之。俄有小童傍过，叱曰："汝何故离本处，惊怖官司耶？不速去！"其人遂摄衣而走。吏乃擒小童至宴所，具白于刺史。刺史问其姓名，云："姓罗，名公远，自幼好道术。适见守江龙上岸看，某趣令回。"刺史不信，曰："须令我见本形。"曰："请俟后日。"至期，于水滨作一小坑，深才一尺，去岸丈余，引水入。刺史与郡人并看。逡巡，有鱼白色，长五六寸，随流而至，腾跃渐大，青烟如线，起自坎中。少顷，黑气满空，咫尺不辨。公远曰："可以上津亭矣。"未至，电光注雨如泻，须臾即定。见一大白龙于江心，头与云连，食顷方灭。时玄宗酷好仙术，刺史具表其事以进。

罗公远

罗公远本是鄂州人。鄂州刺史春天设宴,全郡的人都来观看。有一个一丈多高的穿白衣服的人,相貌非常奇特,也随着人群前来参加,守门的人都觉得他很奇怪。不一会儿,有一个小童从那人身旁经过,呵斥道:"你为什么离开你该呆的地方,跑到这来惊吓官吏们呢?还不赶快离开!"那人就提着衣服跑了。官吏就把那个小童捉住,送到举行宴会的地方,详细向刺史报告了事情经过。刺史问小童的姓名,小童说:"姓罗,名公远,从小喜好道术。刚才发现守江龙上岸来看热闹,我急忙赶来让他回去。"刺史不信,说:"必须让我看到他的原形我才相信。"罗公远说:"请等到后天。"到了第三天,他在水边挖了一个小坑,才一尺深,离岸一丈多远,他把水引到坑里来。刺史和郡中的人都来观看。没过多久,有一条白色的鱼,长五六寸,随着水流来到,慢慢飞腾变大,有一缕线一样的青烟从坑中升起。再过一会儿,只见黑气满天,咫尺之间也看不清东西。罗公远说:"大家可以到津亭上去了。"大家还没走到津亭,忽然雷电大作,大雨如泻,霎时又平息下来。只见一条大白龙出现在江心,头和云相连接,一顿饭的功夫才消失。那时玄宗非常喜欢仙术,刺史把这事详细写成奏疏送往京城。

时玄宗与张果、叶法善棋。二人见之大笑曰："村童事亦何解。"乃各握棋子十数枚，问曰："此有何物？"曰："空手。"及开果无，并在公远处，方大骇异。令与张、叶等齿坐。剑南有果初进，名为日熟子。张与叶以术取，每过午必至。其日，暨夜都不到，相顾而语曰："莫是罗君否？"时天寒围炉，公远笑，于火中素树一箸，及此除之，遂至。叶诘使者，云欲到京，焰火亘天，无路可过；适火歇，方得度。从此众皆敬伏。

开元中，中秋望夜，时玄宗于宫中玩月。公远奏曰："陛下莫要至月中看否？"乃取拄杖，向空掷之，化为大桥，其色如银，请玄宗同登。约行数十里，精光夺目，寒色侵人，遂至大城阙。公远曰："此月宫也。"见仙女数百，皆素练宽衣，舞于广庭。玄宗问曰："此何曲也？"曰："《霓裳羽衣》也。"玄宗密记其声调，遂回。却顾其桥，随步而灭。且召伶官，依其声调作《霓裳羽衣曲》。时武惠妃尤信金刚三藏，玄宗幸功德院，忽苦背痒。公远折竹枝，化七宝如意以进。玄宗大悦，顾谓三藏曰："上人能致此乎？"曰："此幻化耳。臣为陛下取真物。"乃袖中出七宝如意以进。公远所进者，即时化为竹枝耳。

及玄宗幸东洛，武妃同行，在上阳宫麟趾殿。方将修殿，其庭有大方梁数丈，经六七尺。时公远、叶尊师、金刚三藏，皆侍从焉。玄宗谓叶尊师曰："吾方闲闷，可试小法以为乐也。师试为朕举此方木。"叶受诏作法，方木一头揭

当时唐玄宗正在和张果、叶法善下棋。张、叶二人见了罗公远大笑道："小小村童知道什么!"二人就各握了十几枚棋子,问道:"这手里有什么东西?"罗公远说:"都是空手。"等张开手一看,果然什么也没有,棋子都到了罗公远那里,二人这才感到很惊异。皇上让罗公远与张、叶二人平起平坐。剑南有一种果子,刚刚开始进贡,名叫日熟子。张果与叶法善用法术运取,每天一过正午必然送到。那一天,直到天黑都没送到,张、叶二人互相看着说:"恐怕是罗公远捣鬼?"当时天冷,大家围着火炉,罗公远一笑,火中原先插着一根筷子,到这时拔掉它,日熟子就送来了。叶法善盘问使者,使者说,要到京的时候,焰火连天,无路可过,刚才火停了,才能过来。从此,众人都尊敬佩服他。

开元年间,八月十五的晚上,当时唐玄宗在宫中赏月。罗公远奏道:"陛下想不想到月中看看呢?"于是就拿起手杖,向空中扔去,手杖变成一座大桥,桥是银色的,罗公远请玄宗一块登上大桥。大约走了几十里,便觉精光耀眼,寒气侵人,来到了一座大城阙下。罗公远说:"这就是月宫。"只见几百位仙女,都穿白绢宽袖衣服,在广场上跳舞。玄宗问道:"这是什么乐曲?"罗公远说:"是《霓裳羽衣曲》。"玄宗暗中记下那乐曲的声调,于是就回来了。回头看那桥,随着脚步渐渐消失。玄宗召来乐官,按照他记下来的声调谱成了《霓裳羽衣曲》。当时武惠妃尤其相信金刚三藏,玄宗来到功德院,忽然因为背发痒而感到难受。罗公远折了一根竹枝,把它变成一个七宝如意送给玄宗。玄宗很高兴,看着金刚三藏说:"你能达到这种程度吗?"金刚三藏说:"这个是别的东西变的,我给陛下取真的来。"于是从袖子里取出一个七宝如意交给皇上。罗公远进献的那个,当时就变成了竹枝。

等到玄宗游幸东都洛阳,武惠妃同行,住在上阳宫麟趾殿。当时正要修殿,那院中有一根几丈长的大方梁,直径六七尺。当时罗公远、叶法善、金刚三藏,都侍候跟随在玄宗左右。玄宗对叶法善说:"我正闲闷,你们可以演示一些小法术来取乐哦。法师试着为我举起这根方木吧!"叶法善受皇命作法,方木一头抬起来

数尺,而一头不起。玄宗曰:"师之神力,何其失耶!"叶曰:
"三藏使金刚善神,众压一头,故不举。"时玄宗奉道,武妃
宗释,武妃颇有悦色,三藏亦阴心自欢,惟公远低头微哂。
玄宗谓三藏曰:"师神咒有功,叶不能及,可为朕咒法善入
澡瓶乎?"三藏受诏置瓶,使法善敷座而坐,遂咒法大佛顶
真言,未终遍,叶身欻欻就瓶;不三二遍,叶举至瓶嘴;遍
讫,拂然而入瓶。玄宗不悦,良久谓三藏曰:"师之功力,当
得自在,既使其入,能为出乎?"三藏曰:"是僧之本法也。"
即咒之。诵佛顶真言数遍,叶都不出。玄宗曰:"朕之法
师,今为三藏所咒而没,不得见矣。"武妃失色,三藏大惧。
玄宗谓公远曰:"将若之何得法善旋矣?"公远笑曰:"法善
不远。"良久,高力士奏曰:"叶尊师入。"玄宗大惊曰:"铜瓶
在此,自何所来!"引入问之,对曰:"宁王邀臣吃饭,面奏的
不放。臣适宁王家食讫而来,不因一咒,何以去也?"玄宗
大笑,武妃、三藏皆贺。

已而使叶设法箓。于是取三藏金襕袈裟摺之,以盆覆
之。叶禹步叩齿,绕三匝曰:"太上老君摄去。"盆下袈裟之
缕,随色皆摄,各为一聚。三藏曰:"惜哉金襕,至毁如此!"
玄宗曰:"可正乎?"叶曰:"可。"又覆之,咒曰:"太上老君
正之。"启之,袈裟如故。叶又取三藏钵,烧之烘赤,手捧以
合三藏头,失声而走。玄宗大笑。公远曰:"陛下以为乐,
乃道之末法也,叶师何用逞之?"玄宗曰:"师不能为朕作一
术,以欢朕耶?"公远曰:"请更问三藏法术何如。"三藏曰:

几尺,而另一头却不起来。玄宗说:"法师的神力,为什么丧失了呢?"叶法善说:"三藏让金刚善神一起压在一头,所以抬不起来。"当时玄宗信奉道教,武惠妃信仰佛教,武惠妃很高兴,三藏也暗自高兴,只有罗公远低头露出一丝讥讽的微笑。玄宗对金刚三藏说:"你的神咒很有功力,叶法善比不上你,你能用咒语把叶法善弄到澡瓶里去吗?"三藏得到皇上的命令,放好澡瓶,让叶法善在座位上坐好,就开始念"法大佛顶真言"咒语,还没念完一遍,叶法善的身体就快速靠近瓶子;不到两三遍,叶法善的身体就上到了瓶口;念完咒语,叶法善轻轻地进到瓶中。玄宗很不高兴,许久才对三藏说:"你的功力,应该能自由自在,既然能让他进去,还能让他出来吗?"三藏说:"这是我基本的法术。"于是就念咒,念"佛顶真言"念了好几遍,叶法善都不出来。唐玄宗说:"我的法师,现在被三藏咒没了,看不到了!"武惠妃大惊失色,三藏也很恐慌。唐玄宗对罗公远说:"要怎么办才能让叶法善回来呢?"罗公远说:"叶法善离此不远。"过了很久,高力士奏报说:"叶尊师进来了!"唐玄宗大惊道:"铜瓶在这里,他是从哪儿来的?"领他进来询问,叶法善回答说:"宁王请我吃饭,我如面奏,您一定不肯放我去。我刚在宁王家吃完饭而来,不借他这一咒,我怎么能去呢?"玄宗大笑,武惠妃和三藏都表示祝贺。

　　然后让叶法善展示道家符咒。于是叶法善拿三藏的金襕袈裟折起来,把它用一个盆扣上。叶法善像大禹一样跛行,叩动牙齿,绕盆三圈,说:"太上老君拽去!"盆下袈裟的丝线,随着不同的颜色,各被拽成一堆一堆的。三藏说:"可惜这件金襕袈裟了,毁坏到这种程度!"玄宗说:"可以恢复吗?"叶法善说:"可以。"他又用盆把那袈裟扣上,念咒道:"太上老君恢复它!"打开一看,袈裟果然又变得像原来一样了。叶法善又取来三藏的钵子,把它烧得通红,用手捧着往三藏头上戴,三藏吓得失声而逃。玄宗大笑。罗公远说:"陛下觉得这个好玩,其实这只是道术中的末流法术,叶法师何必显示它!"玄宗说:"你不能为我作一个法术,让我高兴高兴吗?"罗公远说:"请再问问三藏有什么法术。"三藏说:

"贫道请收固袈裟,试令罗公取,取不得则罗公输,取得则僧输。"于是令就道场院为之。三藏结坛焚香,自于坛上跏趺作法,取袈裟贮之银合,又安数重木函,皆有封锁,置于坛上。玄宗与武妃、叶公,皆见中有一重菩萨,外有一重金甲神人,外以一重金刚围之,贤圣比肩,环绕甚严。三藏观守,目不暂舍。公远坐绳床,言笑自若。玄宗与叶公皆视之。数食顷,玄宗曰:"何太迟迟,得无劳乎!"公远曰:"臣斗力,安敢自炫其能!但在陛下使三藏启观耳。"令开函取袈裟,虽封锁依然,中已空矣。玄宗大笑。公远奏曰:"请令人于臣院内,敕弟子开柜取来。"即令中使取之,须臾袈裟至。玄宗问之,公远曰:"菩萨力士,圣之中者,甲兵诸神,道之小者,皆可功参上界;至于太上至真之妙,非术士所知。适使玉清神女取之,则菩萨金刚不见其形,取若坦途,何碍之有。"玄宗大悦,赏赉无数。而叶公、三藏然后伏焉。

时玄宗欲学隐遁之术,对曰:"陛下玉书金格,以简于九清矣。真人降化,保国安人,诚宜习唐、虞之无为,继文、景之俭约,却宝剑而不御,弃名马而不乘,岂可以万乘之尊,四海之贵,宗庙之重,社稷之大,而轻狗小术,为戏玩之事乎?若尽臣术,必怀玺入人家,困于鱼服矣。"玄宗怒,骂之。遂走入殿柱中,数玄宗之过。玄宗愈怒,易柱破之,复入玉碣中。又易碣,破之为数十片,悉有公远之形。玄宗谢之,乃如故。玄宗后又坚学隐形之术,强之不已,

"我把袈裟收放牢固，试让罗公来取，如果不能取走那就是罗公输了；如果能取走，则是我输了。"于是皇上让他们在道场院做这事。三藏筑坛烧香，亲自坐在坛上作法，把袈裟存放在一个银盒子里，又把银盒子装进几层木匣子里，每层都上了锁，放在坛上。玄宗和武惠妃、叶法善，都看到里面有一重菩萨，外面有一重金甲神人，再外面还有一重金刚力士围守着，贤才圣人肩并着肩，包围得很严密。三藏看守在那里，眼睛一刻也不离开。罗公远坐在绳床上，谈笑自若。玄宗和叶法善都看着他。几顿饭的时间过去了，玄宗说："为什么这么慢呢？难道是太劳累了吗？"罗公远说："我斗法力，怎么敢自己显示能耐呢？陛下只要让三藏打开看看就知道了。"玄宗让三藏打开匣子取出袈裟，虽然外面仍旧锁着，但里边已经空了。玄宗大笑。罗公远奏道："请派人到我的院内，让弟子开柜拿来。"玄宗立即派中使去取，不一会儿，袈裟就取来了。玄宗问这是怎么回事，罗公远说："菩萨、力士，是圣贤中一般的；甲兵、诸神，是道术之中较小的，都有可以参与上界的功力；至于太上至真的奥妙，不是术士所能知道的。刚才我让玉清神女去取，那么菩萨和金刚也都看不到她的形迹，去取就像走在平路上，能有什么障碍呢？"玄宗非常高兴，赏赐无数。从此以后，叶法善、三藏也都很佩服罗公远。

当时玄宗要学隐遁之术，罗公远回答说："陛下玉书金格已经记录在九清了。你是真人下凡，为的是保国安民，实在应该学习唐尧虞舜的无为而治，继承文帝景帝俭朴节约的作风，放弃宝剑不佩带，放弃名马不乘坐。怎么能不顾万乘的尊位、四海的富贵及如此重大的宗庙社稷，而轻率地去学习小道，做游戏玩耍的事呢？如果您学完我的道术，必将揣着玉玺走进别人家，在微服出游时受困。"玄宗大怒，骂他。于是他就跑进殿柱子里，数落玄宗的过错。玄宗更怒，就换了一根柱子，把原来那根殿柱打破，他又进到柱脚石中。玄宗又下令换了柱脚石，把换下来的柱脚石砸碎成几十片，每片都有罗公远的形迹。玄宗向他道歉，才恢复正常。玄宗后来又硬要学隐形之术，不断强迫罗公远教他，

因而教焉。然托身隐，常有不尽，或露裾带，或见影迹，玄宗怒斩之。

其后数岁，中使辅仙玉，奉使入蜀，见公远于黑水道中，披云霞衲帔，策杖徐行。仙玉策马追之，常去十余步，竟莫能及。仙玉呼曰："天师云水适意，岂不念内殿相识耶！"公远方伫立顾之。仙玉下马拜谒讫，从行数里。官道侧俯临长溪，旁有巨石，相与渡溪据石而坐。谓仙玉曰："吾栖息林泉，以修真为务。自晋咸和年入蜀，访师诸山，久晦名迹。闻天子好道崇玄，乃舍烟霞放旷之乐，冒尘世腥膻之路，混迹鸡鹜之群，窥阅蜉蝣之境，不以为倦者，盖欲以至道之贵，俯教于人主耳。圣上延我于别殿，遽以灵药为索，我告以人间之腑脏，荤血充积，三田未虚，六气未洁，请俟他日以授之，以十年为限。不能守此诫约，加我以丹颈之戮，一何遑遽哉！然得道之人，与道气混合，岂可以世俗兵刃水火，害于我哉！但念主上列丹华之籍，有玉京交契之旧，躬欲度之，眷眷之情，不能已已。"因袖中出书一缄，谓仙玉曰："可以此上闻，云我姓维，名厶退，静真先生弟子也，上必寤焉。"言罢而去。仍以蜀当归为寄，遂失所在。

仙玉还京师，以事及所寄之缄奏焉。玄宗览书，惘然不怿。仙玉出，公远已至，因即引谒。玄宗曰："先生何改名姓耶？"对曰："陛下尝去臣头，固改之耳。罗（羅）字去头，维字也；公字去头，厶字也；远（遠）字去头，退字也。"玄宗稽首陈过，愿舍其尤。公远欣然曰："盖戏之耳。夫得

因而罗公远只好教他。然而玄宗隐身，总有没隐藏好的地方，有时露出裙带，有时露出影子，玄宗非常生气，就把罗公远杀了。

此后过了几年，中使辅仙玉奉使进入蜀地，在黑水道上看见了罗公远，他披着绣有云霞图案的衣帔，挂着手杖慢慢行走。仙玉策马追赶，常常只离他十几步，却总不能追上他。仙玉喊道："罗天师周游四方，十分快意，难道不想念在宫中相识的朋友吗？"罗公远这才站住回头看着仙玉。仙玉下马拜谒之后，二人一起走了几里。官道旁边有一条长长的溪流，溪旁有一块巨石，二人一起渡过溪流，坐到巨石上。罗公远对仙玉说："我栖息在山野之中，把修炼本性当作主要任务。自从东晋咸和年间进入蜀地，在各大山之中访师求教，长期隐藏姓名和踪迹。听说皇上喜欢道教崇尚玄学，我就舍弃了山间美景和行动自由的乐趣，冲入尘世间腥膻恶臭的道路中，与一群鸡鸭般的人呆在一起，窥视蜉蝣般小人物的境界，我之所以不知疲倦地这样做，是想用最崇高的道理教导皇帝罢了。皇上把我迎到别殿，急忙向我索要灵药，我告诉他，人间的脏腑，充满荤血，三田还不空虚，六气也不清洁，请等到以后再给，以十年为期限。但是他不守信用，砍了我的脑袋，多么可怕呀！然而得道成仙的人，早已与道气混合在一起，怎么能用世俗的兵刃水火来加害我呢？我只是考虑到他毕竟名列仙籍，在仙界又与我有一段旧交，所以想亲自度他脱世，这拳拳深情，一直不能了却。"于是，罗公远从袖中取出一封书信，对仙玉说："可以把这信交给皇上，就说我姓维，名厶遐，是静真先生的弟子，皇上一定会明白的。"说完就离去了。他还把蜀地的当归让仙玉捎给皇帝，于是就不见了。

辅仙玉回到京城，把事情和托寄的信全部奏报给玄宗。玄宗看了信，闷闷不乐。辅仙玉刚退出去，罗公远就已到了，便领他去见皇上。玄宗说："先生为什么要改换姓名呢？"罗公远回答说："陛下曾经砍去我的头，所以才改。罗（羅）字去了头，是维字；公字去了头，是厶字；远（遠）字去了头，是遐字。"玄宗磕头认了错，希望原谅他的罪过。罗公远高兴地说："开个玩笑而已！得

神仙之道者，劫运之灾，阳九之数，天地沦毁，尚不能害，况兵刃之属，那能为害也？"异日，玄宗复以长生为请。对曰："经有之焉，我命在我，匪由于他。当先内求而外得也。刳心灭智，草衣木食，非至尊所能。"因以《三峰歌》八首以进焉，其大旨乃玄素黄赤之使，还婴溯流之事。玄宗行之逾年，而神逸气旺，春秋愈高，而精力不惫。岁余，公远去，不知所之。天宝末，玄宗幸蜀，又于剑门奉迎銮辂，卫至成都，拂衣而去。及玄宗自蜀还京，方悟蜀当归之寄矣。出《神仙感遇传》及《仙传拾遗》《逸史》等书。

仆仆先生

仆仆先生，不知何许人也，自云姓仆名仆，莫知其所由来，家于光州乐安县黄土山。凡三十余年，精思，饵杏丹，衣服饮食如常人，卖药为业。开元三年，前无棣县令王滔寓居黄土山下，先生过之。滔命男弁为主，善待之，先生因授以杏丹术。时弁舅吴明珪为光州别驾，弁在珪舍。顷之，先生乘云而度，人吏数万皆睹之。弁乃仰告曰："先生教弁丹术未成，奈何舍我而去？"时先生乘云而度，已十五过矣，人莫测。及弁与言，观者皆愕，或以告刺史李休光。休光召明珪而诘之曰："子之甥乃与妖者友，子当执。"其舅因令弁往召之。弁至舍而先生至，具以状白。先生曰："余道者，

道成仙的人，即使是劫运的灾难，阳九的厄运，天塌地陷之类，尚且无法伤害我们，何况兵刃之类，怎么能害得了我呢?"过了几天，玄宗又向罗公远求救长生不老之术，罗公远回答说："经书里有这样的说法，我的生命在我自己，并非由他人决定。应当先做好内部的自我修养，再来求得外在的收获。消除内心的杂念，穿草衣吃树叶，不是至高地位的人所能做到的。"于是他把八首《三峰歌》献给唐玄宗，大旨说的是阴阳黄赤的运用，返老还童之类的内容。唐玄宗按照要求去做，一年多以后，神情飘逸，精气旺盛，年龄越来越大，精力却不减。一年多以后，罗公远离去，不知道去了什么地方。天宝末年，玄宗游幸蜀地避难，罗公远又在剑门迎接皇驾，护送到成都，然后拂衣而去。等到玄宗从蜀地回京城，才明白他给自己送来蜀地当归的意思。出自《神仙感遇传》及《仙传拾遗》《逸史》等书。

仆仆先生

仆仆先生，不知道是什么地方的人，自称姓仆名仆，没有人知道他从哪里来，家住在光州乐安县黄土山。三十多年来，他一直精心修炼，吃杏丹，穿衣吃饭与平常人一样，以卖药为业。开元三年，原无棣县县令王滔住在黄土山下，仆仆先生前去拜访他。王滔让儿子王弁以主人的身份很好地款待了仆仆先生，仆仆先生因而把杏丹术传授给了王弁。那时王弁的舅舅吴明珪是光州别驾，王弁住在吴明珪家里。不一会儿，仆仆先生乘着云朵而过，官吏百姓上万人都看到了。王弁仰头对仆仆先生说："先生教我杏丹术还没有教成，为什么弃我而去呢?"那时仆仆先生乘着云朵已经走过十五次了，人们都不知道是怎么回事。等到王弁与他说话时，见到的人都很惊愕，有人把这事报告给刺史李休光。李休光把吴明珪叫来问他说："你的外甥居然和妖人交朋友，你应该把他抓起来。"王弁的舅勇于是就让王弁去把仆仆先生找来。王弁去到仆仆先生家中时，仆仆先生也回到了家中，王弁详细地说明了事情的经过。仆仆先生说："我是个学道之人，

不欲与官人相遇。"弁曰:"彼致礼,便当化之,如妄动失节,当威之,使心伏于道,不亦可乎!"先生曰:"善。"乃诣休光府。休光踞见,且诟曰:"若仙当遂往矣,今去而复来,妖也。"先生曰:"麻姑、蔡经、王方平、孔申、二茅之属,问道于余,余说之未毕,故止,非他也。"休光愈怒,叱左右执之。龙虎见于侧,先生乘之而去。去地丈余,玄云四合,斯须雷电大至,碎庭槐十余株,府舍皆震坏。观者无不奔溃,休光惧而走,失头巾。直吏收头巾,引妻子跣出府,因徙宅焉。休光以状闻,玄宗乃诏改乐安县为仙居县,就先生所居舍置仙堂观,以黄土村为仙堂村,县尉严正诲护营筑焉,度王弁为观主,兼谏议大夫,号通真先生。弁因饵杏丹却老,至大历十四年,凡六十六岁,而状可四十余,筋力称是。

其后果州女子谢自然,白日上升。当自然学道时,神仙频降。有姓崔者,亦云名崔,有姓杜者,亦云名杜,其诸姓亦尔,则与仆仆先生姓名相类矣。无乃神仙降于人间,不欲以姓名行于时俗乎?后有人于义阳郊行者,日暮不达前村,忽见道旁草舍,因往投宿。室中惟一老人,问客所以,答曰:"天阴日短,至此昏黑,欲求一宿。"老人云:"宿即不妨,但无食耳。"久之,客苦饥甚。老人与药数丸,食之便饱,既明辞去。及其还也,忽见老人乘五色云,去地数十丈。客便遽礼,望之渐远。客至安陆,多为人说之,县官以

不想和当官的接触。"王弁说:"他们对你有礼貌,你就感化他们;他们如果失礼妄动,就给他们点威风看看,让他们对道家心服口服,不也很好吗?"仆仆先生说:"也好。"于是就来到李休光府中。李休光没有站起来接见他,而且还骂他说:"你如果是神仙,就应当立即离去了,现在去而复返,一定是妖怪!"仆仆先生说:"麻姑、蔡经、王方平、孔申、二茅等人,都向我请教道术,我没有讲完,所以停了下来,不是因为别的。"李休光更生气,喝令左右把他拿下。这时候有龙虎出现在仆仆先生身边,他骑上去就离地而去。离地一丈多高的时候,黑云四起,顷刻间雷电大作,击碎院子里的十几棵槐树,房子全都震坏了。围观的人没有不奔逃的,李休光吓得赶紧逃跑,头巾都跑丢了。他让一个小官为他收起头巾,自己领着妻子儿女光着脚跑出府门,因此搬家到别处去住了。李休光把这件事写成奏章报给皇上,唐玄宗就下令改称乐安县为仙居县,在仆仆先生住的地方建了仙堂观,把黄土村改为仙堂村,让县尉严正诲看护营造建筑的过程,让王弁做仙堂观观主兼谏议大夫,号称通真先生。王弁因为服用杏丹,延缓了衰老,到大历十四年,他已经六十六岁,而面貌还像四十多岁,力气也和四十多岁的人相当。

　　这以后果州有一位叫谢自然的女子,白日里升天成仙。当年谢自然学习道术的时候,众神仙频频降临。有一个姓崔的,也说名字叫崔;有一个姓杜的,也说名字叫杜,其他各种姓氏的仙人也这样,这就和仆仆先生的姓名类似了。莫非神仙来到人间,不想把姓名留传在世间吗?后来有一个在义阳郊外走路的人,天晚了还没走到前村,忽见道旁有一所草房,就前去投宿。屋里只有一位老人,问他来干什么,他回答说:"天阴,白天的时间又短,走到这儿天就黑了,想借住一宿。"老人说:"借宿无妨,只是没有吃的东西。"过了很久,这个投宿的客人饿得难受。老人就送给他几丸药,吃了就饱了,天亮后就离去了。等到他回来时,忽然看到老人驾着五色的云朵,离地几十丈。他便急忙下拜行礼,望着老人渐渐飘远。这人来到安陆,多次向人们说起这事,县官以

为惑众，系而诘之。客云："实见神仙。"然无以自免，乃向空祝曰："仙公何事见，今受不测之罪。"言讫，有五色云自北方来，老人在云中坐，客方见释。县官再拜，问其姓氏，老人曰："仆仆野人也，有何名姓。"州司画图奏闻，敕令于草屋之所，立仆仆先生庙，今见在。出《异闻集》及《广异记》。

蓝采和

蓝采和，不知何许人也。常衣破蓝衫，六铐黑木腰带，阔三寸余。一脚着靴，一脚跣行。夏则衫内加絮，冬则卧于雪中，气出如蒸。每行歌于城市乞索，持大拍板，长三尺余，常醉踏歌，老少皆随看之。机捷谐谑，人问，应声答之，笑皆绝倒。似狂非狂，行则振靴唱踏歌："踏歌蓝采和，世界能几何。红颜一春树，流年一掷梭。古人混混去不返，今人纷纷来更多。朝骑鸾凤到碧落，暮见苍田生白波。长景明晖在空际，金银宫阙高嵯峨。"歌词极多，率皆仙意，人莫之测。但以钱与之，以长绳穿，拖地行，或散失，亦不回顾。或见贫人，即与之，及与酒家。周游天下，人有为儿童时至及斑白见之，颜状如故。后踏歌于濠梁间酒楼，乘醉，有云鹤笙箫声，忽然轻举于云中，掷下靴衫腰带拍板，冉冉而去。出《续神仙传》。

为他是妖言惑众，把他捉去盘问。那人说："确实是看过神仙。"但是他没有办法让自己脱罪，就向空中祷告说："老神仙因为什么事让我看见了，如今让我受这意外的罪呢！"说完，有五色的云朵从北方飘来，老人就坐在那云中，那人这才被释放。县官向老人拜了两拜，问老人的姓名，老人说："我是仆仆野人，哪有什么姓名！"州中有关部门画图把这事报到皇帝那里，皇帝下令在那草屋的附近，建起了一座仆仆先生庙，这庙如今还在。出自《异闻集》及《广异记》。

蓝采和

蓝采和，不知是什么地方的人。他经常穿着一件破旧的蓝布衫，腰带上有六块黑色的木质装饰物，腰带有三寸多宽。他一只脚穿着靴子，另一只脚光着走路。夏天，他就在单衣里加上棉絮；冬天，他就卧在雪地上，呼出的气像蒸出的气一样。他经常在城市里唱着歌乞讨，手里拿着一副三尺多长的大拍板，常常是醉着踏歌，老老少少都跟在他后边看。他机智敏捷，善于说些诙谐有趣的笑话，别人问他什么，他应声就答，逗得人们捧腹大笑。他似狂非狂，走路时就踢踏着靴子唱踏歌："踏歌蓝采和，世界能几何？红颜一春树，流年一掷梭。古人混混去不返，今人纷纷来更多。朝骑鸾凤到碧落，暮见苍田生白波。长景明晖在空际，金银宫阙高嵯峨。"歌词很多，大体都是看破红尘的仙意，人们不能明白它的意思。只要有人给他钱，他就用长绳穿起来，拖在地上走路，有时拖丢了，他也不回头看。有时候看到穷人，他就把钱送给人家，有时也送给酒家。他周游天下，有的人从儿童时直到头发花白时都见过他，见他脸色形貌始终一个样。后来他在濠梁一带的一家酒楼上踏歌，趁着醉意，有云鹤笙箫的声音传来，他忽然轻轻挺身升入云中，把靴子、衣衫、腰带、拍板全扔下来，冉冉地飘飞而去。出自《续神仙传》。

卷第二十三
神仙二十三

王远知　　益州老父　　崔　生　　冯　俊　　吕　生
张李二公

王远知

　　道士王远知,本琅琊人也。父昙选,除扬州刺史。远知母,驾部郎中丁超女也。常梦彩云灵凤集其身上,因而有娠。又闻腹中声。沙门宝诰对昙选曰:"生子当为神仙宗伯。"远知少聪敏,博综群书。初入茅山,师事陶弘景,传其道法。及隋炀帝为晋王,镇扬州,起玉清玄坛,邀远知主之,使王子相、柳顾言相次召之。远知遂来谒见,斯须而须发变白。晋王惧而遣之,少选又复其旧。唐高祖之龙潜,远知尝密陈符命。武德中,秦王世民与幕属房玄龄微服以谒远知,远知迎谓曰:"此中有圣人,得非秦王乎?"太宗因以实告。远知曰:"方作太平天子,愿自爱也。"太宗登极,将加重位,固请归山。贞观九年,润州茅山置太平观,并度二七人,降玺书慰勉之。后谓弟子潘师正曰:"见仙格,

王远知

道士王远知,本是琅琊人。他父亲王昙选,任扬州刺史。他母亲是驾部郎中丁超的女儿。他母亲曾梦见彩云灵凤聚集在她身上,于是就怀了孕。她还听到自己肚子里有声音。宝诰和尚对王昙选说:"你这个儿子出生之后,将成为神仙的长官。"王远知从小聪明机敏,博览群书。刚开始进了茅山,师从陶弘景,继承了陶弘景的道法。等到隋炀帝为晋王镇守扬州时,建起了一座玉清玄坛,邀请王远知去主持,先后派王子相、柳顾言去请他。王远知于是就来拜见隋炀帝,他的头发胡须片刻之间就变白了。隋炀帝害怕了,就打发他回去,不久他便又和从前一样了。唐高祖未称帝时,王远知曾秘密地向他陈述他该当皇帝的祥瑞征兆。武德年间,秦王李世民与他的幕僚房玄龄装扮成普通人去拜见王远知,王远知迎接时对他们说:"你们二人当中有一位圣人,大概是秦王吧?"唐太宗于是把实情告诉了他。王远知说:"你将要做太平天子,希望你自己保重。"唐太宗登基以后,要封他做大官,他坚决请求回山。贞观九年,皇帝在润州茅山建了一座太平观,并让十四人出家成为他的弟子,唐太宗还颁下诏书安慰勉励他。后来他对弟子潘师正说:"我见过仙人的法规,

以吾小时误损一童子吻，不得白日升天。今见召为少室山伯，将行在即。"翌日，沐浴加冠衣，焚香而卒，年一百二十六岁，谥曰"升玄先生"云。出《谈宾录》。

益州老父

唐则天末年，益州有一老父，携一药壶于城中卖药，得钱即转济贫乏。自常不食，时即饮净水。如此经岁余，百姓赖之，有疾得药者，无不愈。时或自游江岸，凝眸永日；又或登高引领，不语竟日。每遇有识者，必告之曰："夫人一身，便如一国也。人之心，即帝王也；傍列脏腑，即内辅也；外张九窍，则外臣。故心有病则内外不可救之，又何异君乱于上，臣下不可正之哉！但凡欲身之无病，必须先正其心，不使乱求，不使狂思，不使嗜欲，不使迷惑，则心先无病。心先无病，则内辅之脏腑，虽有病不难疗也；外之九窍，亦无由受病矣。况药亦有君臣，有佐有使，苟或攻其病，君先臣次，然后用佐用使，自然合其宜。如以佐之药用之以使，使之药用之以佐，小不当其用，必自乱也，又何能攻人之病哉！此又象国家治人也。老夫用药，常以此为念。每遇人一身，君不君，臣不臣，使九窍之邪，悉纳其病，以至于良医自逃，名药不效，犹不知治身之病后时矣。悲夫！士君子记之。"忽一日独诣锦川，解衣净浴，探壶中，惟选一丸药，自吞之，谓众人曰："老夫罪已满矣，今却归

因为我小时候误伤了一个儿童的嘴唇，不能大白天升天为仙，现在被征召为少室山的长官，马上就要出发了。"第二天，他沐浴过后，换了衣服帽子，焚香死去，享年一百二十六岁，谥号为"升玄先生"。出自《谈宾录》。

益州老父

　　唐朝武则天当朝的末年，益州有一个老头，经常带着一把药壶在城里卖药，赚了钱就转而用来救济贫困的人。他自己平常不吃东西，时常只喝一点清水。如此过了一年多，百姓们都很依赖他，凡是有病买了他的药的，没有治不好的。有时他独自在江边游玩，终日凝神远望；有时又登高远望，一整天不说一句话。每当遇到有见识的人，他一定告诉人家说："人的整个身体，就像一个国家。人的心就是帝王；心旁边排列的脏腑，就是宫内的辅臣；身体表面的九窍，就是宫外的臣子了。所以，心脏有了病，内外都不能救它，这又和国君在上面胡作非为，臣下不能改正他有什么两样呢？所以要想让身体没有病，必须先端正他的心，不让心有胡乱的追求，不让心有狂妄的思想，不让心有过分的欲望，不让心迷乱糊涂，那么，心首先就会没有病。心首先没有病，那么，作为心脏之宫内辅臣的脏腑，即使有了病也不难医治；体外的九窍，也就没有得病的缘由了。况且药也有'君''臣'之分，还有'佐'有'使'。如果治病，要先使用'君'药，后使用'臣'药，然后使用'佐'药和'使'药，自然是恰当的。如果把'佐'药当作'使'药用，把'使'药当'佐'药用，稍微有点不按其功用去用药，必然会扰乱药效，又怎么能治好人的病呢？这又像国家治理百姓。我用药，常常这样考虑。每当遇到有人的身体，心起不到心的作用，脏腑起不到脏腑的作用，致使九窍全都不正，全都受病，以至于让好医生都自己吓跑了，好药也起不了作用，还不知道自己治病治晚了。可悲啊！士人君子们一定要记住！"忽然有一天，他独自到锦川去，脱了衣服洗净了身子，伸手到药壶里，只选了一丸药，自己吞了，对众人说："我的罪期已经满了，现在要回到

岛上。"俄化一白鹤飞去。衣与药壶,并没于水,永寻不见。
出《潇湘录》。

崔 生

进士崔伟,尝游青城山。乘驴歇鞍,收放无仆使。驴走,趁不及。约行二十余里,至一洞口,已昏黑,驴复走入。崔生畏惧兼困,遂寝。及晓,觉洞中微明,遂入去。又十里,出洞门,望见草树岩壑,悉非人间所有。金城绛阙,披甲者数百,见生呵问。答曰:"尘俗贱士,愿谒仙翁。"守吏趋报,良久召见。一人居玉殿,披羽衣,身可长丈余,鬓发皓素,侍女满侧,皆有所执。延生上殿,与语甚喜,留宿,酒馔备极珍丰。明日谓生曰:"此非人世,乃仙府也。驴走益远,予之奉邀。某惟一女,愿事君子。此亦冥数前定,不可免也。"生拜谢。顾左右,令将青合来,取药两丸,与生服讫。觉腑脏清莹,逡巡摩搔,皮若蝉蜕,视镜,如婴孩之貌。至夕,有霓旌羽盖,仙乐步虚,与妻相见。真人空际,皆以崔郎为戏。每朔望,仙伯乘鹤,上朝蕊宫,云:"某阶品尚以卑末,得在天真之列。"必与崔生别,翩翩于云汉之内。

岁余,嬉游侠乐无所比,因问曰:"某血属要与一诀,非有恋著也,请略暂回。"仙翁曰:"不得淹留,谴罪极大。"与

仙岛上去了。"顷刻间他就变成一只白鹤飞走了。衣服和药壶全都沉没到水里，永远也找不到了。出自《潇湘录》。

崔　生

　　进士崔伟，曾到青城山去游历。他骑着驴，卸鞍休息，收驴放驴都没有仆人看管。驴跑了，他去追赶那驴，追不上。大约追了二十多里，走到一个洞口，天已经黑了，驴又跑进洞中。他又怕又困，就睡下了。等到天亮后，他觉得洞中略微明亮了些，就走了进去。又走了十里，走出一个洞门，看见的草树岩窒，全不是人间所有的。有一座金色的城池，城池门楼是红色的，城门前有好几百披甲的武士，见了崔伟就斥问他是谁。崔伟回答说："我是尘俗间的普通百姓，想拜见这里的仙翁。"守门的官吏跑进去报告，过了很久才传话召见他。玉殿上有一个人，穿羽毛衣服，身材有一丈多高，鬓发雪白，两边站满了侍女，侍女们各自手中都拿着些东西。崔伟被请到殿上，那人和他交谈得很高兴，留他过夜，用极珍贵丰盛的酒菜款待他。第二天，那人对崔伟说："这里不是人间，而是仙府。你的驴跑得这么远，是我特意用这来邀请你。我只有一个女儿，希望嫁给你为妻。这也是命中注定的，不能避免。"崔伟立即下拜。那人看了看左右，让人拿来一个青盒子，取出两丸药来，让崔伟服下。崔伟吃完就觉得腑脏清爽，过一会儿挠一下身上，发现自己的皮肤像蝉蜕一样脱落下来，一照镜子，发现自己的容貌像婴孩一般。到了晚上，崔伟在霓虹旌旗、羽毛车盖的簇拥下，在悦耳的仙乐和仙人诵经的步虚声中，与妻子相见。仙人们在空中都和崔伟开玩笑。每月的初一、十五，仙伯骑着仙鹤，上天蕊宫去朝拜。仙伯对崔伟说："我的阶级品位还很卑微，得以留在天上神仙的行列中。"一定要和崔伟告别，翩翩翻飞进云汉之中。

　　一年多以后，崔伟嬉游玩乐，快乐无比，于是他问："我有些亲属要去告别一下，并不是有什么留恋的东西，请允许我暂时回去一下。"仙翁说："不能久留。不然，将受到重罚。"仙翁给了

符一道,云:"恐遭祸患,此可隐形,然慎不得游宫禁中。"临别,更与符一道云:"甚急即开。"却令取所乘驴付之。到京都,试往人家,皆不见,便入苑囿大内。会剑南进太真妃生日锦绣,乃窃其尤者以玩。上曰:"昼日贼无计至此。"乃召罗公远作法讫,持朱书照之寝殿户外,后果得,具本末。上不信,令笞死。忽记先翁临行之符,遽发,公远与捉者皆僵仆。良久能起,即启玄宗曰:"此已居上界,杀之必不得;假使得之,臣辈便受祸,亦非国家之福。"玄宗乃释之,亲召与语曰:"汝莫妄居。"遂令百人具兵仗,同卫士同送,且觇其故。却至洞口,复见金城绛阙。仙伯严侍卫,出门呼曰:"崔郎不记吾言,几至颠踬。"崔生拜讫将前,送者亦欲随至。仙翁以杖画成涧,深阔各数丈。令召崔生妻至,掷一领巾过,作五色彩桥,遣生登,随步即灭。既度,崔生回首曰:"即如此可以归矣。"须臾云雾四起,咫尺不见,唯闻鸾鹤笙歌之声,半日方散。遥望,惟空山而已,不复有物也。
出《逸史》。

冯　俊

唐贞元初,广陵人冯俊,以佣工资生。多力而愚直,故易售。常遇一道士,于市买药,置一囊,重百余斤,募能独负者,当倍酬其直。俊乃请行,至六合,约酬一千文,至彼

他一道符，说："怕你遇上祸患，这道符可以隐形，但是千万不要到皇宫中去。"临别的时候，仙翁又给他一道符，说："特别危急的时候就打开它。"回头让人把崔伟骑的驴交给他。崔伟回到京城，试验着走进人家，谁也看不见他，于是他就走进皇宫苑囿之中。正碰上剑南给杨贵妃生日进贡的锦绣，就偷了最好的玩赏。皇上说："大白天贼是没法进来的！"于是就请罗公远作法，然后拿着朱笔写的符咒到寝殿门外照了一番，果然把他捉住了，他详细地陈述了事情的本末。皇上不信，下令打死他。他忽然想起仙翁临别的时候给他的那道符，急忙把它打开，罗公远和捉他的人都倒在地上。罗公远他们过了很久才起来，罗公远对唐玄宗说："这人已经是上界的仙人，杀他一定杀不了，假使杀了他，我们就要遭到灾祸，而且这也不是国家的福气。"唐玄宗于是就把崔伟放了，亲自召见他，对他说："你不要随便乱走。"于是就命令上百人拿着兵器，同卫士一起送他，而且侦察他究竟要到什么地方去。他回到洞口，又见到那金色的城池，红色的城门。仙伯让侍卫严阵以待，出门叫道："崔郎不记住我的话，差点栽了跟头！"崔伟下拜之后，想走上前去，送他的人也想跟着他过去。仙翁用手杖在地上一画，画出一道深涧，有几丈宽，几丈深。然后让崔伟的妻子出来，抛过去一条领巾，化作一座五彩大桥，让崔伟上桥，桥随着他的脚步消失。过去之后，崔伟回头说："就这样了，大家可以回去了。"片刻之间，云雾四起，咫尺之间就看不清东西，只能听到鸾鹤笙歌的声音，半天才散。远远一望，只剩一座空山罢了，不再有什么东西。出自《逸史》。

冯　俊

　　唐朝贞元初年，广陵有个叫冯俊的人，以出卖劳动力为生。他力气大，而且性情憨厚耿直，所以很容易找到活干。他曾经遇见一位道士，在市场上买药，放着一个口袋，有一百多斤重，希望雇一个能独力背动这口袋的人，可以加倍地给工钱。冯俊就请求前去，道士让他把口袋背到六合县，约好给工钱一千文，到那

取资。俊乃归告其妻而后从之。道士云："从我行，不必直至六合。今欲从水路往彼，得舟且随我舟行，亦不减汝直。"俊从之。遂入小舟，与俊并道士共载。出江口数里，道士曰："无风，上水不可至，吾施小术。"令二人皆伏舟中，道士独在船上，引帆持楫。二人在舟中，闻风浪声，度其船如在空中，惧不敢动。数食顷，遂令开船，召出，至一处，平湖渺然，前对山岭重叠。舟人久之方悟，乃是南湖庐山下星子湾也。道士上岸，令俊负药，船人即付船价，舟人敬惧不受。道士曰："知汝是浔阳人，要当时至，以此便相假，岂为辞耶。"舟人遂拜受之而去，实江州人也。遂引俊负药，于乱石间行五六里。将至山下，有一大石方数丈，道士以小石扣之数十下，大石分为二，有一童出于石间，喜曰："尊师归也。"道士遂引俊入石穴，初甚峻；下十丈余，旁行渐宽平；入数十步，其中洞明，有大石堂，道士数十，弈棋戏笑。见道士皆曰："何晚也？"敕俊舍药，命左右速遣来人归。前道士命左右曰："担人甚饥，与之饭食。"遂于瓷瓯盛胡麻饭与之食，又与一碗浆，甘滑如乳，不知何物也。道士遂送俊出，谓曰："劳汝远来，少有遗汝。"授与钱一千文，令系腰下，"至家解观之，自当有异耳。"又问家有几口，云："妻儿五口。"授以丹药可百余粒，曰："日食一粒，可百日不食。"俊辞曰："此归路远，何由可知？"道士曰："与汝图之。"遂引行乱石间，见一石卧如虎状，令俊骑上，以物蒙石头，

以后才给钱。冯俊回家告诉妻子后就跟道士走。道士说："跟着我走，不一定直接到六合县。现在想从水路到那儿去，要是雇到船，你就跟我坐船去，也不减少你的工钱。"冯俊同意了。就登上一条小船，小船载着冯俊和道士。驶出江口几里，道士说："没有风，往上游去到不了，我要施一点小法术。"道士让冯俊和船家两个人都趴在船舱中，自己独自在船上扯帆把桨。二人在船舱中，听着风浪声，估计那船如同在空中飞行，吓得不敢乱动。几顿饭的工夫之后，就让打开船舱，叫他们出来，来到一个地方，只见一片浩渺的湖面，对面是重叠的山岭。船家过了好久才看明白，原来这就是南湖庐山下的星子湾。道士上了岸，让冯俊背着药，自己给船家付船钱，船家又敬又怕不肯接受。道士说："我知道你是浔阳人，要按时到达，所以借你帮忙，哪能推辞呢？"船家于是就下拜收下，然后离去，他确实是江州人。道士就领着背着药的冯俊，在乱石之中走了五六里。快到山下的地方，有一块几丈见方的大石头，道士用一块小石头敲了几十下，大石头就一分为二，有一个小童从石间走出来，高兴地说："尊师回来啦！"道士就领着冯俊走进石洞，刚进去的时候很险峻；下去十丈多远，往旁边走，逐渐变得宽敞平坦；再深入几十步，里面十分明亮，出现了一个大石堂，堂中有几十个道士，正在下棋说笑。道士们见道士进来，都说："为什么晚了？"他们让冯俊放下药口袋，并让左右赶快打发来人回去。先前那个道士说："背药的人饿得厉害，给他弄点饭吃！"于是有人从一个瓷盆里盛胡麻饭给冯俊吃，又给他一碗浆汁，又甜又滑像乳汁，不知是什么东西。道士就送冯俊出来，对他说："有劳你大老远给送来，却没有多少钱给你。"交给他一千文钱，叫他系在腰上，"到家解下来看看，自然会出现奇迹。"道士又问冯俊家里有几口人，冯俊说："妻子儿女共五口。"道士送给他一百多粒丹药，说："一天吃一粒，可以一百天不吃饭。"冯俊告辞说："从这回去很远，怎么才能知道回去的路呢？"道士说："我给你想办法。"于是就领着他走到乱石中，看见一块石头像一头虎趴在那里，道士让冯俊骑上去，用东西把那石头蒙上，

俊执其末，如执辔焉。诫令闭目，候足著地即开。俊如言骑石，道士以鞭鞭石，遂觉此石举在空中而飞。时已向晚，如炊久，觉足蹑地。开目，已在广陵郭门矣，人家方始举烛。比至舍，妻儿犹惊其速。遂解腰下，皆金钱也。

自此不复为人佣工，广置田园，为富民焉。里人皆疑为盗也。后他处有盗发，里人意俊同之，遂絷以诣府。时节使杜公亚，重药术，好奇说。闻俊言，遂命取其金丹。丹至亚手，如坠地焉而失之，兼言郭外所乘之石犹在，遂舍之。亚由是精意于道，颇好烧炼，竟无所成。俊后寿终，子孙至富焉。出《原仙记》。

吕生

虞乡、永乐等县连接，其中道者往往而遇。有吕生者，居二邑间。为童儿时，不欲闻食气，因上山自劚黄精煮服之。十年之后，并饵生者，俗馔并不进。日觉轻健，耐风寒，行若飘风，见文字及人语更不忘。母令读书，遂欲应明经。日念数卷，实非用功也，自不忘耳。后母逼令飧饭，不肯。与诸妹旦夕劝解，悉不从。因于酒中置猪脂，自捧以饮之曰："我老矣，况酒，道家不禁。"吕曰："某自小不知味，实进不得。"乃逼于口鼻，嘘吸之际，一物自口中落，

让冯俊抓住那东西的末端，就像拽着马缰绳那样。道士叫他把眼闭上，等到脚着地再睁开。冯俊像道士说的那样骑到石头上，道士用鞭子打那石头，于是他就觉得石头升到空中飞起来了。时间已经到了傍晚，冯俊觉得像过了一顿饭的工夫，脚就踩到地上了。睁眼一看，自己已经回到广陵的城门了，居民家刚刚点上灯。等到了家，他的妻子儿女还惊讶他为什么如此迅速。于是他解下腰上系着的一千文钱，一看，全变成金钱了。

从此冯俊不再出卖劳动力，大量购置田园，成为富人。乡里的人都以为他是靠偷盗发家的。后来别的地方发生了盗窃案件，乡里人认为冯俊是同伙，就把他绑起来送到官府。当时的节度使是杜公亚，他很重视道术，喜欢奇异的传说。听了冯俊的说明之后，就让他把金丹拿来。金丹一到杜公亚手中，就像掉到地里似的消失了，冯俊还告诉杜公亚，城外他骑过的那块石头还在那里，于是杜公亚就放了他。杜公亚从此对道术精心钻研，非常喜欢炼丹，最终却没有什么成就。冯俊后来寿终正寝，子孙都特别富有。出自《原仙记》。

吕　生

虞乡、永乐等县地域相连，这一带常常遇见修道的人。有一个叫吕生的人，住在这两个县之间。他还是小孩的时候，就不想闻饭食的气味，于是就自己上山挖一些黄精煮着吃。十年之后，连生黄精也吃，俗人的饭菜全都不吃。他一天天觉得自己身轻体健，不怕风寒，走起路来像一阵疾风，看见什么文字以及听人讲过什么话，就再也不忘。母亲让他读书，于是他就想去参加明经考试。他每天念几卷书，实际并没有多用功，只是自然读了就不忘而已。后来，他的母亲逼他吃饭，他不肯吃。母亲就和他的妹妹们从早到晚地劝他，他全都不听。于是母亲就在酒中放了猪油，自己捧着给他喝，说："我老了，何况道家也不禁止喝酒！"吕生说："我从小不知道饭味，实在吃不下去。"于是母亲就硬把酒饭送到他口鼻之下，他呼吸的时候，有一个东西从他口中掉落，

长二寸余。众共视之,乃黄金人子也。吕生乃僵卧不起,惟言困惫。其妹以香汤洗之,结于吕衣带中,移时方起。先是吕生年虽近六十,须发漆黑,及是皓首。母始悔之,却取金人,结处如旧,已不见之矣。吕生恨悄垂泣,再拜母出门去,云往茅山,更无其踪。出《逸史》。

张李二公

唐开元中,有张李二公,同志相与,于泰山学道。久之,李以皇枝,思仕宦,辞而归。张曰:“人各有志,为官其君志也,何怍焉?”天宝末,李仕至大理丞。属安禄山之乱,携其家累,自武关出而归襄阳寓居。寻奉使至扬州,途觌张子,衣服泽弊,佯若自失。李氏有哀恤之意,求与同宿。张曰:“我主人颇有生计。”邀李同去。既至,门庭宏壮,侯从璀璨,状若贵人。李甚愕之曰:“焉得如此!”张戒无言,且为所笑。既而极备珍膳。食毕,命诸杂伎女乐五人,悉持本乐。中有持筝者,酷似李之妻。李视之尤切,饮中而凝睇者数四。张问其故,李指筝者:“是似吾室,能不眷?”张笑曰:“天下有相似人。”及将散,张呼持筝妇,以林檎系裙带上,然后使回去。谓李曰:“君欲几多钱而遂其愿。”李云:“得三百千,当办己事。”张有故席帽,谓李曰:“可持此诣药铺,问王老家:‘张三令持此取三百千贯钱。’彼当与

那个东西有二寸多长。众人一看，原来是一个黄金小人。吕生便僵卧在那里不起来了，只是说自己很困乏疲惫。他妹妹用香汤把那黄金小人洗了洗，系在他的衣带里，过了一段时间，他才起来。原先，这吕生虽然年近六十，胡须和头发都是漆黑漆黑的，到这时却白了头。母亲这才后悔，回头来取那黄金小人，系的地方还跟原来一样，黄金小人却不见了。吕生痛恨惋惜，垂头哭泣，后来又拜了拜母亲，出门而去，说是到茅山去，之后再也没见到他的踪迹。出自《逸史》。

张李二公

唐朝开元年间，有张、李二公，志同道合，一起在泰山学道。过了好久，李公因为是皇族支脉，想当大官，就告辞要回去。张公说："人各有志，当官是你的志向，有什么可惭愧的呢！"天宝末年，李公做官做到大理丞。赶上安禄山之乱，他携带着家眷，从武关出来，回到襄阳居住。不久他奉命出差来到扬州，在路上遇见张公，张公的衣服油亮破旧，又装出一副失意的样子。李公有可怜他的想法，请他和自己同宿。张公说："我的主人很有谋生的办法。"他邀请李公和他一块去。到了之后，只见门庭宏大壮观，仆从的穿戴光彩夺目，样子很像富贵人家。李公非常惊讶地说："怎么能这样呢？"张公警告他不要说话，不然将被人家笑话。然后准备了极丰盛的饭食款待他。吃完饭后，又让五位杂伎女乐工，全都拿着自己的乐器奏乐。其中有一个抱着筝的，特别像李公的妻子。李公看得非常真切，喝酒的过程中，多次凝目看她。张公问他为什么这样，李公指着抱筝的女人说："这个人像我的妻子，哪能不眷恋呢？"张公笑道："天下相似的人有的是。"要散去的时候，张公喊来那抱筝的女子，将一枚花红果系在她的裙带上，然后让她回去。张公对李公说："你要有多少钱才能满足心愿呢？"李公说："能得到三百千，就能把我自己的事情办好。"张公有一项旧席帽，他对李公说："你可以拿着这顶帽子到药铺去，对王老家说：'张三让我拿这顶帽子来取三百千贯钱。'他们就会给

君也。"遂各散去。明日,李至其门,亭馆荒秽,扃钥久闭,至复无有人行踪。乃询傍舍求张三,邻人曰:"此刘道玄宅也,十余年无居者。"李叹讶良久,遂持帽诣王家求钱。王老令送帽问家人,审是张老帽否。其女云:"前所缀绿线犹在。"李问张是何人,王云:"是五十年前来茯苓主顾,今有二千余贯钱在药行中。"李领钱而回,重求,终不见矣。寻还襄阳,试索其妻裙带上,果得林檎。问其故,云:"昨夕梦见五六人追,云是张仙唤挡筝。临别,以林檎系裙带上。"方知张已得仙矣。出《广异记》。

你。"于是各自散去。第二天，李公又到了张公邀他去的那家门前，只见亭馆很荒芜，门关久闭，甚至连人的行踪都没有。他就到旁边的人家去打听张三，邻人说："这是刘道玄的住宅，十多年没人住了。"李公惊叹了好久，于是又拿着帽子到王家去要钱。王老让人把帽子送到家里去问问家人，查看一下是不是张老的帽子。王老的女儿说："以前我在帽子上缝的绿线还在上面。"李公问张三是什么人，王老说："这是五十年前常来买卖茯苓的老主顾，现在还有两千多贯钱存在药铺里。"李公领到钱回去，重新去找张公，始终没有再见到他。不久，李公回到襄阳，试着在妻子的裙带上寻找，果然找到了一枚花红果。他问妻子这是怎么回事，妻子说："前些天梦见五六个人找我，说是一位姓张的神仙叫我去弹筝。临别的时候，他把一枚花红果系在我的裙带上。"李公这才知道张公已经成仙了。出自《广异记》。

卷第二十四
神仙二十四

许宣平　　刘清真　　张　殖　　萧静之　　朱孺子

许宣平

　　许宣平,新安歙人也。唐睿宗景云中,隐于城阳山南坞,结庵以居。不知其服饵,但见不食。颜色若四十许人,行如奔马。时或负薪以卖,担常挂一花瓢及曲竹杖,每醉腾腾拄之以归,独吟曰:"负薪朝出卖,沽酒日西归。路人莫问归何处,穿入白云行翠微。"尔来三十余年,或拯人悬危,或救人疾苦。城市人多访之,不见,但览庵壁题诗云:"隐居三十载,石室南山巅。静夜玩明月,明朝饮碧泉。樵人歌垅上,谷鸟戏岩前。乐矣不知老,都忘甲子年。"好事者多咏其诗。有时行长安,于驿路洛阳同华间传舍是处题之。天宝中,李白自翰林出,东游经传舍,览诗吟之,嗟叹曰:"此仙诗也。"乃诘之于人,得宣平之实。白于是游及新安,涉溪登山,累访之不得,乃题其庵壁曰:"我吟传舍诗,来访真人居。烟岭迷高迹,云林隔太虚。窥庭但萧索,倚柱空踟蹰。应化辽天鹤,归当千岁余。"是冬野火燎其庵,

许宣平

许宣平是新安歙县人。唐睿宗景云年间，他隐居在城阳山的南坞，盖了一所小草房居住。不知他服食什么药物，只知他不吃饭。他的脸色像四十来岁的人，走起路来像奔跑的马。他有时担着柴到城里去卖，柴担上常常挂着一只花葫芦和一根弯竹杖，常常醉醺醺地挂着竹杖回山，独自吟唱道："负薪朝出卖，沽酒日西归。路人莫问归何处，穿入白云行翠微。"三十多年来，他或是把人从危难中拯救出来，或是救济那些患病困苦的人。很多城里人都去拜访他，但都见不到他，只看见他住的小草房的墙壁上题着诗说："隐居三十载，石室南山巅。静夜玩明月，明朝饮碧泉。樵人歌垅上，谷鸟戏岩前。乐矣不知老，都忘甲子年。"许多好事者都诵读他的诗。有时他去长安，在官道上从洛阳到同华之间的传舍里，到处题着他的诗。天宝年间，李白从翰林院出来，向东游历路过传舍时，看了他的诗吟咏之后，感叹地说："这是神仙的诗啊！"于是就向别人打听这是谁写的诗，得知了许宣平的情况。于是李白就到新安游历，涉水翻山，多次求访也没有找到许宣平，就在他的小草房的墙壁上题诗道："我吟传舍诗，来访真人居。烟岭迷高迹，云林隔太虚。窥庭但萧索，倚柱空踟躇。应化辽天鹤，归当千岁余。"这年冬天，野火烧了他的草房，

莫知宣平踪迹。百余年后，咸通七年，郡人许明奴家有姬。常逐伴入山采樵，独于南山中见一人坐石上，方食桃，甚大。问姬曰："汝许明奴家人也？我明奴之祖宣平。"姬言："常闻已得仙矣。"曰："汝归，为我语明奴，言我在此山中。与汝一桃食之，不可将出。山虎狼甚多，山神惜此桃。"姬乃食桃，甚美，顷之而尽。宣平遣姬随樵人归家言之，明奴之族甚异之，传闻于郡人。其后姬却食，日渐童颜，轻健愈常。中和年已后，兵荒相继，居人不安。明奴徙家避难，姬入山不归。今人采樵，或有见其姬，身衣藤叶，行疾如飞。逐之，升林木而去。出《续仙传》。

刘清真

唐天宝中，有刘清真者，与其徒二十人于寿州作茶，人致一驮为货。至陈留遇贼，或有人导之令去魏郡，清真等复往。又遇一老僧，导往五台。清真等畏其劳苦，五台寺尚远，因邀清真等还兰若宿。清真等私议，疑老僧是文殊师利菩萨，乃随僧还。行数里，方至兰若。殿宇严净，悉怀敬肃，僧为说法，大启方便。清真等并发心出家，随其住持。积二十余年，僧忽谓清真等曰："有大魔起，汝辈必罹其患，宜先为之防；不尔，则当败人法事。"因令清真等长跪，僧乃含水遍喷，口诵密法。清真等悉变成石，心甚了悟，而不移动。须臾之间，代州吏卒数十人，诣台有所收捕，

没有人知道许宣平的行踪。一百多年以后，咸通七年，郡中人许明奴家有一位老妇人。她经常与人结伴进山打柴，独自在南山中看见一个人坐在石头上，正在吃桃，桃子很大。那人问老妇人说："你是许明奴家的人吧？我是许明奴的祖先许宣平。"老妇人说："曾经听说他已经成仙了。"他说："你回去以后，替我告诉许明奴，说我在这山里头。我给你一个桃吃，不能拿出去。这山里虎狼很多，山神很珍惜这桃子。"老妇人就把桃子吃了，味道很美，不一会儿就吃完了。许宣平打发老妇人跟着打柴的人一起回家说了此事，许明奴的族人觉得此事非常奇异，全郡的人都听说了此事。后来老妇人就不爱吃饭，一天天变得年轻，比常人更加轻捷健壮。唐僖宗中和年间以后，连连发生兵乱，百姓不安。许明奴搬家避难，老妇人进山就不再回来了。现在有人进山打柴，还有见到那位老妇人的，她身穿藤叶，行走如飞。追赶她，她就升到林木之上离去。出自《续仙传》。

刘清真

唐代天宝年间，有一个叫刘清真的人，与他的同伴们共二十人在寿州做茶叶生意，每人赶着一匹马驮货物。走到陈留时遇上贼寇，有人引导他们去魏郡，刘清真等人便又往魏郡去。路上又遇到一位老和尚，引导他们去五台山。刘清真等人害怕劳苦，因为离五台山还很远，于是老和尚请他们回寺里住下。刘清真等人私下议论，怀疑老和尚是文殊师利菩萨，就跟着和尚回去。走了几里，才来到寺里。寺里的殿宇庄严洁净，他们都肃然起敬，老和尚为他们说法，大开方便之门。刘清真等人都有了出家的念头，跟着在老和尚住持的寺里修行。过了二十多年，老和尚忽然对刘清真等人说："有一个大魔王出现，你们一定会遭到它的祸害，应该先为你们预防一下；不然，就会败坏人们的法事。"于是他让刘清真等人跪下，他口中含着水逐个喷他们，口中还念着秘诀。刘清真等人全变成了石头，他们心中明白，却不能移动。没过多久，代州的几十个吏卒就到五台山来抓什么人，

至清真所居,但见荒草及石,乃各罢去。日晚,老僧又来,以水噀清真等成人。清真等悟其神灵,知遇菩萨,悉兢精进。后一月余,僧云:"今复将魔起,必大索汝,其如之何,吾欲远送汝,汝俱往否?"清真等受教。僧悉令闭目,戒云:"第一无窃视,败若大事。但觉至地,即当开目。若至山中,见大树,宜共庇之。树有药出,亦宜哺之。"遂各与药一丸云:"食此便不复饥,但当思惟圣道,为出世津梁也。"言讫作礼,礼毕闭目,冉冉上升,身在虚空。可半日许,足遂至地。开目,见大山林。

或遇樵者,问其地号,乃庐山也。行十余里,见大藤树,周回可五六围,翠阴蔽日。清真等喜云:"大师所言奇树,必是此也。"各薙草而坐。数日后,树出白菌,鲜丽光泽,恒飘飘而动。众相谓曰:"此即大师所云灵药。"采共分食之。中有一人,绐而先食尽。徒侣莫不愠怒,诟责云:"违我大师之教。"然业已如是,不能殴击。久之,忽失所在,仰视在树杪安坐。清真等复云:"君以吞药故能升高。"其人竟不下。经七日,通身生绿毛,忽有鹤翱翔其上,因谓十九人云:"我诚负汝,然今已得道,将舍汝,谒帝于此天之上。宜各自勉,以成至真耳。"清真等邀其下树执别,仙者不顾,遂乘云上升,久久方灭。清真等失药,因各散还人间。中山张伦,亲闻清真等说云然耳。出《广异记》。

走到刘清真等人住的地方，只看见了荒草和石头，就各自作罢离去。到晚上，老和尚又来了，用水把他们喷成人。刘清真等人这才知道他是神灵，知道自己遇上了菩萨，全都争先恐后地力求精进。一个多月以后，老和尚说："现在又将有一个大魔王出现，一定会大肆搜捕你们，那该怎么办呢？我想把你们送到一个很远的地方去，你们全都愿意去吗？"刘清真等人都愿意接受老和尚的指教。老和尚让他们全都闭上眼睛，警告说："第一是不要偷看，免得败坏了你们的大事。只要觉得到了地面，就可以睁开眼睛。如果到了山中，看到一棵大树，应该共同在树下躲避。树上有药长出来，也应该吃了它。"于是分别给他们每人一丸药，说："吃了这药就不会再觉得饥饿，应该想只有圣道才是超脱尘世的渡口桥梁。"说完他们就行礼，行完礼就闭上眼睛，然后就觉得自己在冉冉上升，身体飘在虚空之中。大约半天左右，脚就碰到地面。睁开眼，就看见一片大山林。

有人遇上砍柴的，问那地方的名称，原来是庐山。走了十几里，看见一棵大藤树，有五六围粗，绿荫遮住了太阳。刘清真等高兴地说："大师说的那棵奇树，一定是这棵树！"各自拔草坐到树下。几天后，大树上长出白菌，色泽光鲜亮丽，总是轻飘飘地在动。众人互相说："这就是大师说的那灵药。"便采下来共同分着吃。其中有一个人，欺骗了大家，自己先把那菌吃光了。伙伴们没有不生气的，斥骂道："你违背了大师对我们的教导！"但是已经如此了，也不能打他。过了很久，那人忽然不见了，抬头一看，见他在树梢上安安稳稳地坐着。刘清真等又说："你因为吞了药，所以才能升高。"那人始终不肯下来。过了七天，那人通身长出绿毛，忽然有一只仙鹤翔翔在他的头上，于是他对十九个人说："我实在是对不起大家，但是现在已经成仙了，将要离开大家，到天上去拜见玉帝。各位应该各自勤勉努力，成为一个真仙。"刘清真等请他下来与大家握手告别，他看也不看，就乘着云朵上升，好长时间才消失。刘清真等人因为失去灵药，就只好各自散开回到人间。中山的张伦，亲耳听到刘清真等人讲述这件事。出自《广异记》。

张　殖

张殖,彭州导江人也。遇道士姜玄辨,以六丁驱役之术授之。大历中,西川节度使崔宁,尝有密切之事差人走马入奏。发已三日,忽于案上文籍之中,见所奏表净本犹在;其函中所封,乃表草耳。计人马之力,不可复追,忧惶不已,莫知其计。知殖术,召而语之。殖曰:"此易耳,不足忧也。"乃炷香一炉,以所写净表置香烟上,忽然飞去。食顷,得所封表草坠于殖前。及使回问之,并不觉。进表之时,封题印署如故。崔公深异之,礼敬殊常。问其所受道之由,云:"某师姜玄辨,至德中,于九龙观舍力焚香数岁,因拾得残缺经四五纸,是太上役使六丁法,咒术备足。乃选深山幽谷无人迹处,依法作坛持咒,昼夜精勤。本经云一十四日,玄辨为九日而应。忽有黑风暴雨,惊骇于人,视之雨下,而坛场不湿。又有雷电霹雳,亦不为惊惧。良久,见奇形异状鬼神绕之,亦不为畏。须臾,有铁甲兵士数千,金甲兵士数千,瞰噪而下,亦不惊怖。久之,神兵行列,如有所候。即有天女,著绣履绣衣,大冠佩剑立,向玄辨曰:'既有呼召,有何所求?'玄辨以术数为请。六丁兵仗,一时隐去。自此每日有一丁侍之,凡所征求,无不立应。以术授殖,谓曰:'术之与道,相须而行。道非术无以自致,术非道无以延长。若得术而不得道,亦如欲适万里而足不行也。

张 殖

张殖是彭州导江人。他遇到了道士姜玄辨,姜玄辨就把六丁驱役的法术传授给他。大历年间,西川节度使崔宁,曾经有秘密紧急的事,派人骑马到京中奏报。那人已经出发三日,崔宁忽然在桌案上的文籍当中,发现要奏报的奏章誊清本还在,而函中密封的是奏章的草稿而已。计算一下人马的速度,不可能再追上了,崔宁又愁又怕,坐卧不安,不知道该怎么办。他知道张殖会法术,就把他找来告诉他这个情况。张殖说:"这很容易,不必发愁。"于是他点燃一炉香,把誊清的奏章放在香烟上,奏章忽然就飞走了。过了一顿饭的时间,那密封的奏章草稿就落到张殖面前。等到使者回来一问,使者并没发觉。递上奏章的时候,封函上的题字印章都和原来一样。崔宁深感惊异,因而对张殖非常敬重。他问张殖是怎样学会道术的,张殖说:"我的老师是姜玄辨,至德年间,他在九龙观下力气烧了几年香,拾到四五页残缺的经书纸片,上面写的是太上役使六丁的法术,咒语法术很完备。于是他就到深山幽谷中选了一个没有人迹的地方,依照那上面叙述的方法建造法坛,持念咒语,不分昼夜地精心研究,勤奋练习。本来经文上说要十四天才能见效,而老师姜玄辨做了九天就应验了。忽然出现了黑风暴雨,令人害怕,看起来下雨了,但是坛场并没被浇湿。又有雷电霹雳,他也不惊慌。过了许久,便有奇形怪状的鬼神围绕着他,他也不害怕。一会儿,有几千名铁甲兵士,几千名金甲兵士,向下看着,吵嚷着降落下来,他还是不怕。又过了很久,只见神兵站成排,好像在等候什么人。当即就有一位天女,穿着绣花鞋绣花衣,戴着高大的帽子,佩带宝剑,站在那里,对姜玄辨说:'既然有招呼,你有什么要求吗?'姜玄辨便要求教他道术。这时再看,神兵、武器,一时全都不见了。从此,每天都有一名神兵侍候他,只要他提出要求,没有不立刻响应的。后来他又把道术传授给了我,对我说:'术和道,是相辅相成的。道没有术不能自己成功,术没有道不能维持长久。如果得术而不得道,那就像想要到达万里之地而脚不走路。

术者虽万端隐见，未除死箓，固当栖心妙域，注念丹华，立功以助其外，炼魄以存其内，内外齐一，然后可适道，可以长存也。峨眉山中，神仙万余人，自皇人统领，置宫府，分曹属，以度于人。吾与汝观道之纤芥，未造其玄微。龙蛇之交，与汝入洞府，朝真师，庶可以讲长生之旨也。'师玄辨隐去二十余岁。此年龙蛇之交，当随师登峨眉，入洞天，不久往矣。"是年大历十二年丁巳，殒与玄辨隐去，不复见。出《仙传拾遗》。

萧静之

兰陵萧静之，举进士不第。性颇好道，委书策，绝粒炼气。结庐漳水之上，十余年而颜貌枯悴，齿发凋落。一旦引镜而怒，因迁居郧下，逐市人求什一之利。数年而资用丰足，乃置地葺居。掘得一物，类人手，肥而且润，其色微红。叹曰："岂非太岁之神，将为祟耶？"即烹而食之，美。既食尽，逾月而齿发再生，力壮貌少，而莫知其由也。偶游郧都，值一道士，顾静之骇而言曰："子神气若是，必尝饵仙药也。"求诊其脉焉，乃曰："子所食者肉芝也。生于地，类人手，肥润而红。得食者寿同龟鹤矣。然当深隐山林，更期至道，不可自混于臭浊之间。"静之如其言，舍家云水，竟不知所之。出《神仙感遇传》。

术,尽管它变化万端,时隐时现,但只要自己的名字还没从死册上除去,就一定要潜心到妙境中,一心想着炼丹,建立功德作为身外的辅助,修养心神来保存内在的境界,内外一致,才可以得道,才能长生不死。峨眉山中,有一万多名神人,自有天帝统领,还设置宫府,分立官署,用来超度人们。我和你见到的道术还是微不足道的,还未到达那玄妙精微的境地。在龙年和蛇年交替的时候,我和你一块入洞府,去拜见一位真正的仙师,希望可以给咱讲讲长生的要旨吧!'老师姜玄辨隐去二十多年了。今年正是龙蛇交会的时候,我要跟着老师登峨眉山,进洞天,不能久住了。"这一年是大历十二年丁巳岁,张殖和姜玄辨都隐去了,不再出现在人间。出自《仙传拾遗》。

萧静之

兰陵的萧静之,参加进士考试没有考中。他生性很喜欢道术,就扔掉了书本,不吃饭,专心炼气。他在漳水边上盖了一间草庐,修炼了十几年之后,他的容颜变得枯干憔悴,牙齿和头发全都掉了。一天早晨,他一照镜子就生气了,便迁居到邺下,跟随着商人们去求取那十分之一的利润。过了几年就衣食丰足,吃穿不愁了,于是他就买地盖房子。盖房子的时候,从地里挖出来一样东西,那东西样子像人手,肥胖而且光润,颜色微红。萧静之叹道:"难道这是太岁神?它要作祟吗?"他就把那东西煮着吃了,味道很美。吃完之后,过了一个月,他的牙齿和头发又长出来了,精力也旺盛了,相貌也年轻了,没人知道这是为什么。他偶然到邺都一游,遇上一位道士,道士看着他吃惊地说:"你的气色这样好,一定是曾经吃过仙药!"请求给他把一把脉,然后说:"你吃的是肉芝。肉芝这东西生在地下,像人手,肥实光润而且发红。能吃到肉芝的人,就和龟、鹤一样长寿了。但是应当隐居到深山老林之中,去修炼更高的道术,不能自己混杂在世俗的腥臭浑浊之地。"萧静之就按道士说的那样去做,舍家做了游方道士,后来就不知他到哪儿去了。出自《神仙感遇传》。

朱孺子

朱孺子，永嘉安国人也。幼而事道士王玄真，居大箬岩。深慕仙道，常登山岭，采黄精服饵。一日，就溪濯蔬，忽见岸侧有二小花犬相趁。孺子异之，乃寻逐入枸杞丛下。归语玄真，讶之，遂与孺子俱往伺之，复见二犬戏跃。逼之，又入枸杞下。玄真与孺子共寻掘，乃得二枸杞根，形状如花犬，坚若石。洗挈归以煮之。而孺子益薪看火，三日昼夜，不离灶侧。试尝汁味，取吃不已。及见根烂，告玄真来共取，始食之。俄倾而孺子忽飞升在前峰上。玄真惊异久之。孺子谢别玄真，升云而去。到今俗呼其峰为童子峰。玄真后饵其根尽，不知年寿，亦隐于岩之西陶山。有采捕者，时或见之。出《续神仙传》。

朱孺子

　　朱孺子是永嘉安国人。他从小就侍奉道士王玄真，住在大箬岩。他很羡慕成仙得道，经常登上山岭，采黄精服用。有一天，他在溪边洗菜，忽然看见岸边有两只小花狗互相追逐。他觉得那狗很奇怪，就去寻找追赶，追到枸杞丛下狗就不见了。他回来将这事告诉了王玄真，王玄真也感到惊讶，就和朱孺子一块去等候，又看见两只小花狗嬉戏跳跃。他们逼近小狗，小狗又跑进枸杞丛下不见了。王玄真和朱孺子一起寻找、挖掘，终于挖到了两条枸杞根，那根的形状像花狗，坚硬如石。他们把根洗干净后带回去煮。朱孺子添柴看火，整整三个昼夜没离开灶边。他试尝那汤汁的味道，不断地尝，不断地吃。等到发现两条根煮烂了，就告诉王玄真来一块往外拿，然后开始吃。不一会儿，朱孺子忽然飞升到前面的山峰上。王玄真惊奇了很久。朱孺子谢别了王玄真，升空驾云而去。到现在当地人还叫那山峰为童子峰。王玄真后来把那根全吃完了，不知他活了多大岁数，也隐居在大箬岩西面的陶山。有些采药打猎的人，有时能见到他。出自《续神仙传》。

卷第二十五
神仙二十五

采药民　　元柳二公

采药民

唐高宗显庆中,有蜀郡青城民,不得姓名。尝采药于青城山下,遇一大薯药,劚之深数丈,其根渐大如瓮。此人劚之不已,渐深五六丈,而地陷不止,至十丈余。此人堕中,无由而出。仰视穴口,大如星焉,分必死矣。忽旁见一穴,既入,稍大,渐渐匍匐,可数十步,前视,如有明状。寻之而行,一里余,此穴渐高。绕穴行可一里许,乃出一洞口。洞上有水,阔数十步。岸上见有数十人家村落,桑柘花物草木,如二三月中。有人,男女衣服,不似今人。耕夫钓童,往往相遇。一人惊问得来之由,遂告所以。乃将小舠子渡之。民告之曰:"不食已经三日矣。"遂食以胡麻饭、柏子汤、诸蓝。止可数日,此民觉身渐轻,问其主人:"此是何所?"兼求还蜀之路。其人相与笑曰:"汝世人,不知此

采药民

唐高宗显庆年间，蜀郡青城有一个人，不知他叫什么名字。这个人曾经在青城山下采药，遇到一棵大薯药，往下挖了几丈深，发现它的根渐渐粗大，像瓮那么粗。这个人不停地往下挖，渐渐挖到五六丈深，土就不停地往下陷，一直到十丈多深。这个人掉到坑里，没有办法出来。他仰视洞口，觉得好像只有星星那么大，他觉得这回必死无疑了。忽然他发现旁边有一个洞，进去之后，发现那洞逐渐变得宽敞，他慢慢地爬着往里走，走了几十步，往前看，好像有亮光。他寻着那亮光往前走，走了一里多路，这个洞穴渐渐变高。在洞中又绕着走了一里多路，就走出了一个洞口。洞上边有一条河，河面有几十步宽。岸上有一个几十户人家的村落，村落里有桑柘花草树木，景色像二三月的样子。村里有人，从男男女女的衣服上看，不像现在的人。耕地的农夫和钓鱼的儿童，常常相遇。有一个人吃惊地问他是怎么来的，于是他就把来的经过告诉了那人。那人便用一条小船把他渡了过去。他告诉那人："已经三天没吃东西了。"那人就拿胡麻饭、柏子汤以及各种腌菜给他吃。住了几天之后，他觉得自己的身体渐渐变轻，就问那人："这是什么地方？"他还向那人打听回蜀郡的道路。那里的人一起笑着说："你是人世间的人，不知道这里

仙镜。汝得至此，当是合有仙分。可且留此，吾当引汝谒玉皇。"又其中相呼云："明日上巳也，可往朝谒。"遂将此人往。其民或乘云气，或驾龙鹤。此人亦在云中徒步。须臾，至一城，皆金玉为饰。其中宫阙，皆是金宝。诸人皆以次入谒，独留此人于宫门外。门侧有一大牛，赤色，形状甚异，闭目吐涎沫。主人令此民礼拜其牛，求乞仙道。如牛吐宝物，即便吞之。此民如言拜乞。少顷，此牛吐一赤珠，大逾径寸。民方欲捧接，忽有一赤衣童子拾之而去。民再求，得青珠，又为青衣童子所取。又有黄者白者，皆有童子夺之。民遂急以手捧牛口，须臾得黑珠，遽自吞之。黑衣童子至，无所见而空去。

主人遂引谒玉皇。玉皇居殿，如王者之像，侍者七人，冠剑列左右，玉女数百，侍卫殿庭。奇异花果，馨香非世所有。玉皇遂问民，具以实对，而民贪顾左右玉女。玉皇曰："汝既悦此侍卫之美乎？"民俯伏请罪。玉皇曰："汝但勤心妙道，自有此等；但汝修行未到，须有功用，不可轻致。"敕左右，以玉盘盛仙果，其果绀赤，绝大如拳，状若世之林檎而芳香无比，以示民曰："恣汝以手捧之，所得之数，即侍女之数也。"自度尽拱可得十余，遂以手捧之，唯得三枚而已。玉皇曰："此汝分也。"初至未有位次，且令前主人领往彼处。敕令三女充侍，别给一屋居之。令诸道侣，导以修行。此人遂却至前处，诸道流传授真经，服药用气，洗涤尘念。而三侍女亦授以道术。

是仙境。你能到这个地方来,应当说是与神仙有缘分。可以暂且留在这里,我将领你去拜见玉皇。"村中又有人喊道:"明天是三月三,可以去拜见玉皇。"于是大家带着他前往。他们有的乘驾着云气,有的乘驾着龙鹤。他也在云中徒步走。不多时,他们来到一座城市,全都是用金玉装饰的。其中的宫殿楼阁,全都是金银珠宝。那些人都按照一定的次序进去拜谒,唯独把他留在宫门外。门边有一头赤红色的大牛,形状很奇特,正闭着眼睛吐涎沫。那人让他去参拜这牛,乞求成仙之道。如果牛吐出什么宝物,就立即把它吞下。他就按那人说的去拜牛乞求。不一会儿,这牛吐出一颗赤色珠子,直径超过一寸。他刚要去捧接,忽然有一个穿红衣服的童子拾起宝珠就离开了。他再乞求,得到一颗青色珍珠,又被一个穿青色衣服的童子取去。再乞求,又有黄珍珠白珍珠,也都被童子夺去。他于是急忙用手捧住牛嘴,不一会儿接到一颗黑珠子,急忙吞了下去。黑衣童子来到之后,没看到什么就空手回去了。

那人于是就领他去拜见玉皇。玉皇坐在殿上,样子像国王,七个侍卫戴冠佩剑站在左右,还有几百名玉女,侍卫在庭院里。庭院里到处是奇花异草,那香气是人间所没有的。玉皇就问他话,他都如实地回答,他还贪婪地看着左右那些玉女,玉皇说:"你很喜欢这些侍卫的美女吗?"他趴在地上请罪。玉皇说:"只要你勤奋地用心修道,自然会有这些;只是你的修行还不到家,你必须努力用功,不可能轻易就得到这些。"玉皇让左右用玉盘端来仙果,那果青红色,像拳头那么大,样子像人世间的花红果,芳香无比,玉皇把仙果给他看,说:"你尽力用手捧,能捧几个仙果,就给你几个侍女。"他自己估计最多能捧起十几个,就伸手去捧,只捧起三颗而已。玉皇说:"这就是你的本分了。"因为他刚来,宫中没有他的位置,就让原先的主人领他回到村里。又命三名侍女侍奉他,另外给他一所房子居住。还让同伴们指导他修行。于是他就回到原来那个地方,道友们向他传授真经,让他服药炼气,洗涤尘俗之念。三名侍女也向他传授道术。

后数朝谒，每见玉皇，必勉其至意。其地草木，常如三月中，无荣落寒暑之变。度如人间，可一岁余。民自谓仙道已成，忽中夜而叹。左右问，曰："吾今虽得道，本偶来此耳，来时妻产一女，才经数日，家贫，不知复如何，思往一省之。"玉女曰："君离世已久，妻子等已当亡，岂可复寻。盖为尘念未祛，至此误想。"民曰："今可一岁矣，妻亦当无恙，要明其事耳。"玉女遂以告诸邻，诸邻共嗟叹之，复白玉皇，玉皇命遣归。诸仙等于水上作歌乐饮馔以送之。其三玉女又与之别，各遗以黄金一铤，曰："恐至人世，归求无得，以此为费耳。"中女曰："君至彼，倘无所见，思归，吾有药在金铤中，取而吞之，可以归矣。"小女谓曰："恐君为尘念侵，不复有仙，金中有药，恐不固耳。吾知君家已无处寻，唯舍东一捣练石尚在，吾已将药置石下。如金中无，但取此服可矣。"言讫，见一群鸿鹄，天际飞过，众谓民曰："汝见此否，但从之而去。"众捧民举之，民亦腾身而上，便至鹄群。鹄亦不相惊扰，与飞空。回顾，犹见岸上人挥手相送，可百来人。

乃至一城中，人物甚众。问其地，乃临海县也，去蜀已甚远矣。遂鬻其金为资粮，经岁乃至蜀。时开元末年，问其家，无人知者。有一人年九十余，云："吾祖父往年因采药，不知所之，至今九十年矣。"乃民之孙也，相持而泣，云："姑叔父皆已亡矣。时所生女适人身死，其孙已年五十余矣。"

后来他又多次拜见玉皇，每次见到玉皇，玉皇一定会勉力他全心全意地修行。那地方的草木，总像三月间，没有荣枯寒暑的变化。估计就像人间过了一年多，他自己认为仙道已成，忽然半夜里叹气。左右问他为什么叹气，他说："我现在虽然得道成仙，但是我本来是偶然来到这地方的，来的时候妻子生了一个女孩，才几天我就离开了，我家里穷，不知现在怎么样了，我想回去看看。"玉女说："你离开人世已经很久了，妻儿等应该已经死去，哪能再找到！大概因为你尘念未了，所以有此胡思乱想。"他说："现在刚过了一年，妻子应该没什么变化，我只是想弄明白是怎么回事罢了。"玉女于是告诉了邻居们，邻居们都感叹，又告诉了玉皇，玉皇让人送他回去。神仙们在水上作歌奏乐置办宴席为他送行。那三名玉女也和他告别，每人送给他一根金条，说："恐怕到了人世间，回家什么也找不到，用这些黄金作费用吧！"中玉女说："你到了那里，如果什么也没见到，想回来，我有药放在金条中，你取出来吞下去，就可以回来了。"小玉女说："怕你被尘念侵害，不再有仙气，金条里虽预备了药，只怕金条中的药不太保险。我知道你家已无处可寻，只有屋东头一块槌衣石还在，我已经把药放在那石头下边了。如果不能从金条中取药，只要到石下取药吃下就行了。"说完，只见一群鸿鹄从天际飞过，大伙对他说："你看到那些鸿鹄了吗？只要跟着它们飞去就行了。"众人把他抬起来，他也腾身往上一跃，便来到鸿鹄群中。鸿鹄也不害怕，和他共同在空中飞。他回头看，还能望见岸上的人们挥手送他，约有一百来人。

于是他来到一座城中，城里人很多。他一打听，才知道这地方是临海县，离蜀郡已经很远了。于是他就卖掉那金条作盘缠，经过一年才到蜀地。那时正是唐玄宗开元末年，他向人打听他的家，没有人知道。有一个九十多岁的人说："我祖父从前因为采药，不知到哪去了，到现在九十年了。"原来这人就是他的孙子，祖孙俩抱头痛哭，孙子说："姑母、叔父全都已经亡故了。他离家时生的那个女儿出嫁以后也死了，她的孙子都五十多岁了。"

相寻故居，皆为瓦砾荒榛，唯故砧尚在。民乃毁金求药，将吞之，忽失药所在。遂举石，得一玉合，有金丹在焉，即吞之。而心中明了，却记去路。此民虽仙洞得道，而本庸人，都不能详问其事。时罗天师在蜀，见民说其去处，乃云："是第五洞宝仙九室之天。玉皇即天皇也，大牛乃驮龙也。所吐珠，赤者吞之，寿与天地齐；青者五万岁；黄者三万岁；白者一万岁；黑者五千岁；此民吞黑者，虽不能学道，但于人世上亦得五千岁耳。玉皇前立七人，北斗七星也。"民得药，服却入山，不知所之，盖去归洞天矣。出《原仙记》。

元柳二公

元和初，有元彻、柳实者，居于衡山。二公俱有从父为官浙右，李庶人连累，各窜于骧、爱州。二公共结行李而往省焉。至于廉州合浦县，登舟而欲越海，将抵交趾。舣舟于合浦岸，夜有村人飨神，箫鼓喧哗。舟人与二公仆吏齐往看焉。夜将午，俄飓风欻起，断缆漂舟，入于大海，莫知所适。胃长鲸之鬐，抢巨鳌之背。浪浮雪峤，日涌火轮。触蛟室而梭停，撞蜃楼而瓦解。摆簸数四，几欲倾沉，然后抵孤岛而风止。二公愁闷而陟焉，见天王尊像，莹然于岭所，有金炉香烬，而别无一物。二公周览之次，忽睹海面上有巨兽，出首四顾，若有察听。牙森剑戟，目闪电光，良久而没。

祖孙俩一起去寻找故居，发现故居满是瓦砾和荒草，只有旧时的槌衣石还在。于是他砸碎金条找仙药，正要吃的时候，仙药忽然不见了。于是他又把槌衣石抬起来，从石下找到一个玉盒，盒中有金丹，就把它吞下。他心里很明白，还记得回去的路。他虽然在洞中成仙得道，但他本是平庸之人，都不能向他详细打听成仙的事。当时罗公远在蜀地，他听见这人说的那地方，便说："这是第五洞宝仙九室之天。玉皇就是天皇，大牛就是駮龙。牛所吐的珠子，吞了红色的，寿命与天地一样；吞了青色的，能活五万岁；黄的三万岁；白的一万岁；黑的五千岁。这人吞了黑的，虽然不能学道术，但是在人世上也能活五千年了。玉皇跟前站着的七个人，是北斗七星。"这人找到仙药服下之后，就进了青城山，不知到哪儿去了，大概是回到洞天去了。出自《原仙记》。

元柳二公

唐宪宗元和初年，元彻、柳实两个人居住在衡山。二人都有叔伯在浙西做官，受到犯罪被杀害的浙西观察使李琦连累，各自流放到骥州和爱州。元柳二人便打点了行李，前往骥州、爱州去省亲。走到廉州合浦县，他们就上了船准备渡海到交趾去。船停在合浦的岸边，夜里听到有村民祭神，鼓声箫声喧哗。船夫和元柳二人的仆人们全去看热闹。快到午夜的时候，突然刮起了大风，刮断了缆绳，把船漂进大海，不知漂到了什么地方。船一会儿被挂到大鲸鱼的鬐须上，一会儿又被撞到大乌龟的背上。大浪起伏，像波动的雪山；红日涌动，像跃动的火球。有时碰到蛟人居住的房屋，使屋里的织布梭都停了；有时又撞到海市蜃楼，使海市蜃楼瞬间便消散了。大船摆动颠簸多次，差一点儿就要沉没，最后抵达一个孤岛，而风也停了。元柳二人愁闷地上了岛，看见一座天王尊像，闪着光亮立在一个山岭上，除了金香炉和香灰，再没有别的东西。二人向周围巡视，忽然望见海面上有一头巨兽，探出头来向四处看，好像在察看倾听什么。那巨兽的牙齿像林立的剑戟，眼睛闪着电光，过了许久，又沉下去了。

逶巡，复有紫云自海面涌出，漫衍数百步。中有五色大芙蓉，高百余尺，叶叶而绽。内有帐幄，若绣绮错杂，耀夺人眼。又见虹桥忽展，直抵于岛上。

俄有双鬟侍女，捧玉合，持金炉，自莲叶而来天尊所，易其残烬，炷以异香。二公见之，前告叩头，辞理哀酸，求返人世。双鬟不答。二公请益良久，女曰："子是何人，而遽至此。"二公具以实白之。女曰："少顷有玉虚尊师当降此岛，与南溟夫人会约。子但坚请之，将有所遂。"言讫，有道士乘白鹿，驭彩霞，直降于岛上。二公并拜而泣告，尊师悯之曰："子可随此女而谒南溟夫人，当有归期，可无碍矣。"尊师语双鬟曰："余暂修真毕，当诣彼。"二子受教，至帐前行拜谒之礼。见一女未笄，衣五色文彩，皓玉凝肌，红流腻艳。神澄沆瀣，气肃沧溟。二子告以姓字，夫人哂之曰："昔时天台有刘晨，今有柳实；昔有阮肇，今有元彻；昔时有刘阮，今有元柳：莫非天也。"设二榻而坐。

俄顷尊师至，夫人迎拜，遂还坐。有仙娥数辈，奏笙簧箫笛，旁列鸾凤之歌舞，雅合节奏。二子恍惚，若梦于钧天，即人世罕闻见矣。遂命飞觞。忽有玄鹤，衔彩笺自空而至曰："安期生知尊师赴南溟会，暂请枉驾。"尊师读之，谓玄鹤曰："寻当至彼。"尊师语夫人曰："与安期生间阔千年，不值南游，无因访话。"夫人遂促侍女进馔，

不一会儿，又有紫云从海面上涌起，弥漫了方圆几百步的地方。其中有一棵五色大芙蓉，高一百多尺，一叶一叶地绽放开来。花内有帐幔，像绣锦那样丰富多采，耀眼夺目。又看见有一座虹桥忽然展开，直伸到岛上来。

不一会儿，有一位扎着双鬟的侍女，捧着玉盒，拿着金炉，从莲叶上来到立天尊像的地方，换掉那些香灰，点上异香。元柳二人看见了她，上前去叩头，话说得很哀痛酸楚，请求帮他们返回人间。双鬟侍女没有回答。二人又请求了好久，侍女说："你们是什么人？为什么忽然来到这里？"二人详细地把实情告诉了侍女。侍女说："过一会儿有一位玉虚尊师会降临这个岛上，他是来与南溟夫人约会的。你们只要坚决地向他请求，就能如愿。"刚说完，就有一位道士骑着白鹿，驾着彩霞，直接降到岛上。二人一齐上前参拜，哭着将事情告诉尊师，尊师可怜他们说："你二人可以跟着这位侍女去拜见南溟夫人，会有回去的时候，不会有什么障碍。"尊师对扎双鬟的侍女说："我暂且在这里修炼，完事之后，也到那去。"元柳二人接受了尊师的指教，跟着侍女来到南溟夫人帐前行拜谒之礼。只见一位没有簪头的女子，穿着五颜六色的衣服，肌肤洁白如玉，美艳无比。她的神气，能让流水澄清，能使大海肃静。二人把姓名告诉了她，她取笑说："以前天台山有一个叫刘晨的，现在有一个柳实；以前有一个叫阮肇的，如今有一个元彻；以前有'刘阮'，如今有'元柳'，都是天意啊！"摆了两个坐榻让二人坐下。

不多时尊师也来了，夫人上前迎拜，随后回到座位上。有几位仙女，奏响了笙、簧、箫、笛等乐器，旁边排列着鸾凤的歌舞，很合节奏。二人恍恍惚惚，仿佛做梦到了天宫，这些是人间很难看见听到的。于是南溟夫人令人摆酒传杯。忽然有一只黑色仙鹤，衔着一封彩信从空中落下来，对尊师说："安期生知道尊师到南溟相会，请您屈驾去一趟。"尊师读信后，对黑色仙鹤说："我待会就到那去！"尊师对夫人说："我和安期生阔别一千多年了，不遇上南游，也没有机会去拜访他。"于是夫人就催促侍女献上食物，

玉器光洁。夫人对食,而二子不得饷。尊师曰:"二子虽未合饷,然为求人间之食而饷之。"夫人曰:"然。"即别进馔,乃人间味也。尊师食毕,怀中出丹篆一卷而授夫人,夫人拜而受之,遂告去。回顾二子曰:"子有道骨,归乃不难。然邂逅相遇,合有灵药相贶。子但宿分自有师,吾不当为子师耳。"二子拜。尊师遂去。

俄海上有武夫,长数丈,衣金甲,仗剑而进曰:"奉使天真清道不谨,法当显戮,今已行刑。"遂趋而没。夫人命侍女紫衣凤冠者曰:"可送客去。而所乘者何?"侍女曰:"有百花桥可驭二子。"二子感谢拜别。夫人赠以玉壶一枚,高尺余。夫人命笔题玉壶诗赠曰:"来从一叶舟中来,去向百花桥上去。若到人间扣玉壶,鸳鸯自解分明语。"俄有桥长数百步,栏槛之上,皆有异花。二子于花间潜窥,见千龙万蛇,遽相交绕为桥之柱。又见昔海上兽,已身首异处,浮于波上。二子因诘使者,使者曰:"此兽为不知二君故也。"使者曰:"我不当为使而送子,盖有深意欲奉托,强为此行。"遂襟带间解一琥珀合子,中有物隐隐若蜘蛛形状,谓二子曰:"吾辈水仙也。水仙阴也,而无男子。吾昔遇番禺少年,情之至而有子,未三岁,合弃之。夫人命与南岳神为子,其来久矣。闻南岳回雁峰使者,有事于水府。返日,凭寄吾子所弄玉环往,而使者隐之,吾颇为恨。望二君子为

装食物的玉器光彩夺目，十分雅洁。夫人与尊师对坐着吃饭，但是元柳二人没有得到吃的。尊师说："这两个人虽然不应当和我们一起吃饭，但是也应该找些人间的食物给他吃。"夫人说："说得是！"于是就另外给元柳二人端来了食物，是人间的味道。尊师吃完饭，从怀里取出一卷红色篆书交给夫人，夫人跪拜着接了过来，于是尊师告辞要走。他回头看看元柳二人说："你们二人有道骨，回去是不难的。但是我们不期而遇，是应该有灵药相赠的。只是你们前世注定自有老师，我不适合做你们的老师罢了。"元柳二人一齐下拜。尊师就走了。

不一会儿，海上出现一位武夫，有几丈高，穿着金甲，拿着宝剑，上前说："奉使天真在路上警戒不谨慎，依法应该处决示众，现在已经处决完了。"于是就快步沉下去了。夫人对一个穿紫衣戴凤冠的侍女说："可以送两位客人走了。让他乘坐什么东西呢？"侍女说："有一座百花桥可以给他们两个用。"元柳二人对此表示感谢，下拜告别。夫人送给他们一把玉壶，壶高一尺多。夫人拿起笔来在壶上题诗相赠说："来从一叶舟中来，去向百花桥上去。若到人间扣玉壶，鸳鸯自解分明语。"顷刻间，有一座几百步长的桥出现在水面上，桥的栏杆上，全都是奇花异草。元柳二人从花草间偷偷窥视，只见千万条龙蛇，迅速地互相盘缠在一起成为桥的柱子。又看见之前见到的那头海上巨兽，已经身首异处，漂在水面上。元柳二人就问使者这是怎么回事，使者说："这兽是因为不知道你们二人来了才被杀的。"使者又说："我不应该作为使者来送你们，只因有个重要的心愿要拜托你们，勉强来了。"于是使者从襟带之间解下一个琥珀盒子，盒子里有一个隐隐约约像蜘蛛的东西，使者对二人说："我们是水仙。水仙都是阴性的，没有男的。我以前遇见过一位番禺县的青年，我们因为感情极好而生了个孩子，孩子不到三岁，理当舍弃。夫人让送给南岳神当儿子，到现在很久了。之前听说南岳回雁峰有一个使者，有事到水府来。返回时，我请他把我儿子玩弄的一个玉环捎去，而他竟然把玉环昧下了，我很愤恨。希望你们二位替我

持此合子至回雁峰下，访使者庙而投之，当有异变。倘得玉环，为送吾子。吾子亦自当有报效耳。慎勿启之。"二子受之，谓使者曰："夫人诗云：'若到人间扣玉壶，鸳鸯自解分明语。'何也？"曰："子归有事，但扣玉壶，当有鸳鸯应之，事无不从矣。"又曰："玉虚尊师云，吾辈自有师，师复是谁？"曰："南岳太极先生耳，当自遇之。"遂与使者告别。

桥之尽所，即昔日合浦之维舟处，回视已无桥矣。二子询之，时已一十二年。骦、爱二州亲属，已殒谢矣。问道将归衡山，中途因馁而扣壶，遂有鸳鸯语曰："若欲饮食，前行自遇耳。"俄而道左有盘馔丰备，二子食之，而数日不思他味。寻即达家。昔日童稚，已弱冠矣。然二子妻各谢世已三昼，家人辈悲喜不胜，曰："人云郎君亡没大海，服阕已九秋矣。"二子厌人世，体以清虚，睹妻子丧，不甚悲感。遂相与直抵回雁峰，访使者庙，以合子投之。倏有黑龙长数丈，激风喷电，折树揭屋，霹雳一声而庙立碎。二子战栗，不敢熟视。空中乃有掷玉环者。二子取之而送南岳庙。及归，有黄衣少年，持二金合子，各到二子家曰："郎君令持此药，曰还魂膏，而报二君子。家有毙者，虽一甲子，犹能涂顶而活。"受之而使者不见，二子遂以活妻室。后共寻云水，访太极先生，而曾无影响，闷却归。因大雪，见大叟负樵而鬶，二子哀其衰迈，饮之以酒。睹樵担上有"太极"字，

拿着这个盒子到回雁峰下,找到那使者的庙,把这个盒子扔进去,应该有一个不寻常的变化。如果找到了那玉环,请代我送给我儿子。我儿子自然也会报答你们。千万不要打开这个盒子!"元柳二人接过盒子,问使者说:"夫人的诗说:'若到人间扣玉壶,鸳鸯自解分明语。'是什么意思?"使者说:"你们回去之后,如果有事,只要敲一下玉壶,就会有一对鸳鸯答应,叫它们干什么没有不顺从的。"又问:"玉虚尊师说:我们自己会有老师,我们的老师又是谁呢?"使者说:"是南岳的太极先生,你们会自己遇上的。"于是元柳二人与使者告别。

桥的尽头,就是以前在合浦县海岸停船的地方,回头一看,已经没有桥了。二人一打听,时间已经过去了十二年。骥州、爱州的亲属,已经死去了。他们打听道路,准备回衡山,半路上因为饿了就敲壶,于是就有鸳鸯说:"如果想得到饮食,往前走自然就会遇上。"不久,道边有一桌丰盛的饭菜,二人便饱餐一顿,之后几天都不再想吃东西了。不久便回到家中。以前的儿童,已经长成大人了。然而二人的妻子,都已经死去三天了,家人们又悲又喜,说:"人家说郎君死在大海里,服丧三年之后,又已经九年了。"元柳二人对人世已经厌倦,又体悟了清虚之道,见了妻子的丧事,也不怎么悲伤。于是他们一起来到回雁峰,打听使者庙,把盒子扔了进去。突然有一条几丈长的黑龙,激起大风,喷吐电光,折断树木,掀翻房屋,只听一声霹雳,庙立刻就碎了。二人吓得浑身战栗,不敢仔细看。这时空中有人将一只玉环扔了下来。二人拾起玉环,送到南岳庙。等到回家后,有一个穿黄衣服的年轻人,拿着两个金盒子,分别到二人家里说:"我家主人让我拿着这药,名叫还魂膏,特来报答二位君子。家里有死了的人,即使是六十年了,也可以把药膏涂到头顶上救活他。"接下药膏之后,使者就不见了,于是二人分别用药膏救活了妻子。后来又一起云游寻找太极先生,都没有找到太极先生的踪影,就闷闷不乐地回来了。当时正下大雪,二人见一位老汉担柴卖,可怜老汉年老体衰,就拿酒给老汉喝。看到柴担上有"太极"字样,

遂礼之为师，以玉壶告之。叟曰："吾贮玉液者，亡来数十甲子，甚喜再见。"二子因随诣祝融峰，自此而得道，不重见耳。出《续仙传》。

二人便拜老汉为老师,把玉壶的事告诉了他。老汉说:"这是我用来装酒的壶,丢了几十个甲子了,再见到它真是太高兴了。"元柳二人于是跟随老汉到祝融峰去了,从此二人得道成仙,不再出现在人世间。出自《续仙传》。

卷第二十六
神仙二十六

叶法善　　邢和璞

叶法善

　　叶法善字道元,本出南阳叶邑,今居处州松阳县。四代修道,皆以阴功密行及劾召之术救物济人。母刘,因昼寐,梦流星入口,吞之乃孕,十五月而生。年七岁,溺于江中,三年不还。父母问其故,曰:"青童引我,饮以云浆,故少留耳。"亦言青童引朝太上,太上额而留之。弱冠身长九尺,额有二午。性淳和洁白,不茹荤辛。常独处幽室,或游林泽,或访云泉。自仙府归还,已有役使之术矣,遂入居卯酉山。其门近山,巨石当路,每环回为径以避之。师投符起石,须臾飞去,路乃平坦。众共惊异。常游括苍白马山,石室内遇三神人,皆锦衣宝冠,谓师曰:"我奉太上命,以密旨告子。子本太极紫微左仙卿,以校录不勤,谪于人世。速宜立功济人,佐国功满,当复旧任。以正一三五之法,令授于子。又勤行助化,宜勉之焉。"言讫而去。自是诛荡精怪,扫馘凶袄,所在经行,以救人为志。

叶法善

叶法善字道元，家本在南阳的叶邑，现在住在处州松阳县。叶家四代修道，都凭着做好事积阴德以及召唤神灵、降伏鬼魅的法术济物救人。他母亲姓刘，一次白天睡觉，梦见流星进入口中，吞下之后便怀了孕，怀孕十五个月才生下他。他七岁那年，在江中溺水失踪，三年后才回来。父母问他其中缘故，他说："一个仙童领着我，给我仙酒喝，所以我就逗留了一会儿。"又说仙童领他去见太上，太上答应留下他。他成年之后身高九尺，额头上有两个"午"字。他性情淳和，品行清白，不吃荤腥辛辣之物。常常独居幽室之中，有时云游林泽，有时寻访云泉。从仙府回来，他已经有役使鬼神的道术了，于是住进卯酉山。他的屋门离山很近，当路有一块巨石，常常要绕着走避开它。他扔出一道符搬起那巨石，巨石顷刻间便飞走了，路就平坦了。众人都感到惊奇。他曾经到括苍白马山游览，在一所石室内遇见三位神人，都穿着锦衣，戴着宝冠，对自己说："我们奉太上的命令，把密旨告诉你。你本来是太极紫微左仙卿，因为校录工作不勤勉，被贬谪到人世上来。你应该赶快立功，救济世人，辅佐国家，功满之后，就会再恢复旧职。太上还让我把正一三五之法传授给你。你还要勤于修行，帮助众生，好好地努力吧。"神人说完便离去了。从此，叶法善诛除鬼怪，斩杀凶妖，他所到之处，都是以救人为目的。

　　叔祖靖能，颇有神术，高宗时，入直翰林，为国子祭酒。武后监国，南迁而终。初高宗征师至京，拜上卿，不就，请度为道士，出入禁内。乃欲告成中岳，扈从者多疾，凡噀咒，病皆愈。二京受道箓者，文武中外男女子弟千余人。所得金帛，并修宫观，恤孤贫，无爱惜。久之，辞归松阳。经过之地，救人无数。蜀川张尉之妻死而再生，复为夫妇。师识之曰："尸媚之疾也，不速除之，张死矣。"师投符而化为黑气焉。相国姚崇已终之女，钟念弥深，投符起之。钱塘江常有巨蜃，时为人害，沦溺舟楫，行旅苦之。投符江中，使神人斩之。除害殄凶，玄功遐被，各具本传。于四海六合，名山洞天，咸所周历。师年十五，中毒殆死，见青童曰："天台苗君，飞印相救。"于是获苏。又师青城山赵元阳，受遁甲；与嵩阳韦善俊传八史；东入蒙山，神人授书；诣嵩山，神仙授剑。常行涉大水，忽沉波中，谓已溺死，七日复出，衣履不濡。云："暂与河伯游蓬莱。"则天征至神都，请于诸名岳投奠龙璧。中宗复位，武三思尚秉国权。师以频察祆祥，保护中宗、相王及玄宗，为三思所忌，窜于南海。广州人庶，夙仰其名，北向候之。师乘白鹿，自海上而至，止于龙兴新观。远近礼敬，舍施丰多，尽修观宇焉。岁余，入洪州西山，养神修道。

他的叔祖父叶靖能，很有神术，高宗的时候，在翰林院任职，为国子祭酒。武则天代理国政，把他贬到南方，死在那里。当初高宗把叶法善征召到京城，拜他做上卿，他不干，请求度他做道士，出入在禁宫内。等到武则天要去中岳嵩山祭告天地的时候，随从中许多都病了。经过他喷水念咒治疗，病都好了。长安、洛阳二京之中接受道家符箓的，文的武的、宫内的宫外的、男的女的共有弟子一千多人。他所得到的金银财物，全都用来修宫观，救济孤寡穷人，毫不吝惜。过了挺长时间，他辞官回到松阳县。他经过的地方，有无数人得到救助。蜀地张尉的妻子死而复生，二人又重新做了夫妻。叶法善识破她是妖孽，说："这是一种死尸媚病，不赶快除掉它，张尉就会死了。"他投出一道符，把她化成一股黑烟。相国姚崇的女儿已经死了，但是相国思念女儿的心情依然十分强烈，叶法善就投一道符把她救活了。钱塘江里有一只大蛤蜊，时常害人，把船弄翻，把人淹死，行旅之人都很害怕。叶法善把符投到江中，让神人把大蛤蜊斩了。他除害灭凶，道术远近闻名，各种事迹都记载在他本人的传里。四海八方的名山洞天，他都游历过。叶法善十五岁那年，曾经中毒几乎要死了，他见到一位仙童，童子对他说："天台山上的苗君，会以飞印救你。"于是他就复苏了。他又拜青城山的赵元阳为师，学到了遁甲术；向嵩阳的韦善俊学习八史；东入蒙山，神人传授给他天书；又到嵩山去，神仙传授他剑术。他曾经步行过大河，忽然沉到水中，人们以为他被淹死了，七天之后他又出来了，衣服鞋子都没湿。他说："刚和河伯游了一趟蓬莱仙岛。"武则天把他召到洛阳，他请求在各大名山上投放龙璧祭祀。中宗复位以后，武三思还继续掌权。叶法善因为多次察觉吉凶，保护了中宗、相王和玄宗，被武三思所忌恨，流放到南海。广州的百姓，一向仰慕他的名声，面向着北方等候着他。他骑着白鹿，从海上来到，住在龙兴新观。远近的人们都来礼拜致敬，施舍的钱物极多，他把这些钱物全都用来修道观了。一年多以后，他到洪州的西山里，养神修道。

景龙四年辛亥三月九日，括苍三神人又降，传太上之命："汝当辅我睿宗及开元圣帝，未可隐迹山岩，以旷委任。"言讫而去。时二帝未立，而庙号年号，皆以先知。其年八月，果有诏征入京。迨后平韦后，立相王睿宗，玄宗承祚继统，师于上京，佐佑圣主。凡吉凶动静，必预奏闻。会吐蕃遣使进宝函封，曰："请陛下自开，无令他人知机密。"朝廷默然，唯法善曰："此是凶函，请陛下勿开，宜令蕃使自开。"玄宗从之。及令蕃使自开，函中弩发，中番使死，果如法善言。俄授银青光禄大夫、鸿胪卿、越国公、景龙观主。祖重，精于术数，明于考召，有功于江湖间，谥有道先生，自有传。父慧明，赠歙州刺史。师请以松阳宅为观，赐号淳和，御制碑书额，以荣乡里。明年正月二十七日，忽有云鹤数百，行列北来，翔集故山，徘徊三日，瑞云五色，覆其所居。是岁庚申六月三日甲申，告化于上都景龙观。弟子既齐物、尹愔，睹真仙下降之事，秘而不言。二十一日，诏赠金紫光禄大夫、越州都督。春秋百有七岁。所居院异香芬郁，仙乐缤纷，有青烟直上烛天，竟日方灭。师请归葬故乡。敕度其侄润州司马仲容为道士，与中使监护，葬于松阳。诏衢、婺、括三州助葬，供给所须。发引日，敕官缟衣祖送于国门之外。

开元初，正月望夜，玄宗移仗于上阳宫以观灯。尚方

景龙四年三月九日,括苍山的三位神人再次降临,传达太上的命令说:"你应当辅佐我们的睿宗皇帝和开元圣帝,不可隐居在山中,而耽误了对你的委任。"说完就离去了。当时这两位皇帝还没有登位,而他们的庙号和年号,叶法善全都事先知道了。那年八月,果然有诏书召叶法善入京。等到后来平定了韦皇后之乱,相王李旦成为睿宗皇帝,后来玄宗又继承了帝位,叶法善在京城,辅佐保佑圣主。凡有吉凶动静,他都能预先向皇上奏明。正赶上吐蕃派使者来进献宝匣一个,使者说:"请陛下自己打开,不要让别人知道其中的机密。"朝堂上安静无声,只有叶法善说:"这是个凶匣子,请陛下不要开,应该让吐蕃使者自己打开。"玄宗听了他的话。等让吐蕃使者自己打开,匣子里的暗箭射出来,一下子把使者射死了,果然像叶法善说的那样。不久,皇帝封他为银青光禄大夫、鸿胪卿、越国公、景龙观主。他的祖父叶重,很精通道术,善于考察吉凶、呼唤鬼神,在江湖之间很有功绩,谥号有道先生,另有传。叶法善的父亲叫叶慧明,被追赠为歙州刺史。叶法善请求把松阳县老家的宅子作为道观,皇帝赠号为淳和观,并亲自为其立碑、书写碑额,使叶家在乡里之间更显得光荣。第二年的正月二十七日,忽然有几百只仙鹤,排成行列从北边飞来,飞翔聚集在叶法善的故乡,仙鹤徘徊了三天,五色的祥云覆盖了他的住处。这一年六月三日,叶法善在京都景龙观去世。他的弟子既齐物、尹愔,亲眼目睹了神仙降临的事,但是他们都保密,不往外讲。二十一日,皇帝下诏书,追赠他金紫光禄大夫、越州都督之职。他活了一百零七岁。他所住的那个院子里,异香浓郁,仙乐声声,有一股青烟直上云天,整整一天才消失。叶法善死前曾请求归葬故乡。皇上下令把他的侄子润州司马叶仲容度为道士,派宫中使者一块儿护送着他的灵柩,葬到松阳县。并且诏令衢、婺、括三州协助操办葬礼,供给所需要的钱物。出殡的那天,皇上又敕令官员们穿上白色的丧服在城门外送灵。

　　开元初年,正月十五夜晚,唐玄宗移驾上阳宫观灯。尚方署

匠毛顺心,结构彩楼三十余间,金翠珠玉,间厕其内。楼高百五十尺,微风所触,锵然成韵。以灯为龙、凤、螭、豹腾踯之状,似非人力。玄宗见大悦,促召师观于楼下,人莫知之。师曰:"灯影之盛,固无比矣;然西凉府今夕之灯,亦亚于此。"玄宗曰:"师顷尝游乎?"曰:"适自彼来,便蒙急召。"玄宗异其言,曰:"今欲一往,得乎?"曰:"此易耳。"于是令玄宗闭目,约曰:"必不得妄视,若误有所视,必有非常惊骇。"如其言,闭目距跃,已在霄汉。俄而足已及地。曰:"可以观矣!"既睹影灯,连亘数十里,车马骈阗,士女纷委。玄宗称其盛者久之。乃请回,复闭目腾空而上,顷之已在楼下,而歌舞之曲未终。玄宗于凉州,以镂铁如意质酒。翌日命中使,托以他事,使于凉州,因求如意以还,验之非谬。又尝因八月望夜,师与玄宗游月宫,聆月中天乐。问其曲名,曰:"《紫云曲》。"玄宗素晓音律,默记其声,归传其音,名之曰《霓裳羽衣》。自月宫还,过潞州城上,俯视城郭悄然,而月光如昼。师因请玄宗以玉笛奏曲。时玉笛在寝殿中,师命人取,顷之而至。奏曲既,投金钱于城中而还。旬日,潞州奏八月望夜,有天乐临城,兼获金钱以进。玄宗累与近臣试师道术,不可殚尽,而所验显然,皆非幻妄,故特加礼敬。其余追岳神,致风雨,烹龙肉,祛妖伪,灵效之事,具在本传,此不备录。

的工匠毛顺心，搭建了三十多间彩楼，还将金翠珠玉杂放在彩楼中。楼高一百五十尺，微风吹来，锵然有声，很有韵味。用灯做成龙、凤、螭、豹跳跃的样子，好像不是人力所能完成的。唐玄宗看了非常高兴，派人把叶法善找来在楼下看，别人都不知道。叶法善说："彩灯的盛况，固然是无比的；但是西凉府今夜的灯，也比这里差不了多少。"玄宗说："法师曾去游玩过吗？"叶法善说："我刚从那儿回来，就受到陛下的紧急召见。"玄宗对他的话感到奇怪，说道："现在我也想去，行吗？"叶法善说："这很容易。"于是他让玄宗闭上眼睛，约定说："一定不要随便乱看，如果误看了什么，一定会受到不寻常的惊吓。"玄宗照他说的那样做，闭着眼睛用力一跳，已跃上高空。不一会儿就觉得脚已触到地面。叶法善说："可以睁眼看了！"玄宗见灯火辉映，连绵几十里，有接连不断的车马，又有众多的男男女女。玄宗对这里的盛况赞叹了好久。看了一会儿，叶法善请玄宗回去，于是又闭上眼睛腾空而上，一会儿便已经回到彩楼之下了，而歌舞的曲子还没有结束。玄宗到凉州的时候，用镂铁如意换了酒喝。第二天他派出一位使者，以办别的事为名到凉州去，找到了镂铁如意带了回来，证明叶法善带他去凉州的事不假。又曾经在八月十五夜里，叶法善和唐玄宗到月宫去游览，听了月宫演奏的天乐。玄宗打听曲子叫什么名，人家告诉他："是《紫云曲》。"玄宗一向精通音乐，暗中记下它的声调，回来写出曲谱流传开来，起名《霓裳羽衣》。从月宫回来的时候，路过潞州城上，俯看城中一片寂静，而月光照如白昼。叶法善就请玄宗用玉笛演奏曲子。当时玉笛放在寝殿里，叶法善派人去取，顷刻间就取回来了。奏完曲，将一把金钱扔到城里就回来了。十天后，潞州上奏，八月十五夜里，有天乐降临潞州城，而且还在城中拾到金钱，以献给皇上。唐玄宗屡次与近臣们试验叶法善的道术，他的道术无穷无尽，而且所试验的都很灵验，都不是虚幻的，所以对他尤其尊敬。其余诸如追赶岳神、呼风唤雨、烹煮龙肉、剪除妖伪等灵验之事，全都在他的传记里，这里不详细记录。

又燕国公张说尝诣观谒，师命酒。说曰："既无他客？"师曰："此有麴处士者，久隐山林，性谨而讷，颇耽于酒，钟石可也。"说请召之，斯须而至。其形不及三尺，而腰带数围。使坐于下，拜揖之礼，颇亦鲁朴。酒至，杯盂皆尽，而神色不动。燕公将去，师忽奋剑叱麴生曰："曾无高谈广论，唯沉湎于酒，亦何用哉！"因斩之，乃巨榼而已。尝谓门人曰："百六十年后，当有术过我者，来居卯酉山矣。"初，师居四明之下，在天台之东。数年，忽于五月一日，有老叟诣门，号泣求救。门人谓其有疾也。师引而问之，曰："某东海龙也。天帝所敕，主八海之宝，一千年一更其任，无过者超证仙品。某已九百七十年矣，微绩垂成，有婆罗门逞其幻法，住于海峰，昼夜禁咒，积三十年矣。其法将成，海水如云，卷在天半，五月五日，海将竭矣。统天镇海之宝，上帝制灵之物，必为幻僧所取。五日午时，乞赐丹符垂救。"至期，师敕丹符，飞往救之，海水复旧。其僧愧恨，赴海而死。明日，龙辇宝货珍奇以来报。师拒曰："林野之中，栖神之所，不以珠玑宝货为用。"一无所受，因谓龙曰："此厓石之上，去水且远，但致一清泉，即为惠也。"是夕，闻风雨之声，及明，绕山麓四面，成一道石渠，泉水流注，经冬不竭。至今谓之天师渠。

此外，燕国公张说曾经到观中拜见叶法善，叶法善摆酒款待他。张说说："没有别的客人吗？"叶法善说："这地方有一位姓麹的处士，长期在山林里隐居，性情谨慎，不善言谈，很喜欢喝酒，能喝一石甚至一钟。"张说请叶法善把麹处士找来，很快就来了。麹处士的身材不足三尺高，而腰带却有几围长。叶法善让麹处士坐在下首，麹处士行揖拜之礼，显得很粗鲁。酒端上来之后，麹处士把杯子里的全喝光了，神色却一点没变。张说要离开的时候，叶法善忽然拔出剑斥责麹处士说："你居然什么高谈阔论也没有，只知道喝酒，还有什么用呢？"于是就斩杀了他，原来这位麹处士只是一个盛酒的器具变的罢了。叶法善曾经对弟子们说："一百六十年以后，会有一个道术比我强的人，到卯酉山来居住。"当初，叶法善住在四明山下，四明山在天台山之东。住了几年，忽然在五月一日这一天，有个老头上门求见，号哭着向他求救。弟子以为这老头有病。叶法善领过老头问他怎么了，老头说："我是东海的一条龙。天帝命令我掌管八海之宝，职位一千年更换一次，这一千年中没有过错的，就能超度成仙了。我已经干了九百七十年了，功绩不大但也快成功了。可是有个婆罗门僧人肆意施展他的幻术，住在海边山峰上，昼夜念咒，已经三十年了。他的法术将要炼成，炼成之后，海水将像云一样被卷到空中，五月五日，海将枯干。那么，统天镇海之宝，上帝号令神灵之物，一定会被这妖僧夺去。五月五日的午时，乞求您赐一道丹符救救我。"到了五月五日，叶法善命令一道丹符飞到东海去救那龙，海水便恢复了原样。那僧人又愧又恨，跳进大海自杀了。第二天，那龙用车拉着珍奇宝贝来报答叶法善。叶法善拒绝接受，说道："山林旷野之中，是神仙的住所，不认为珍奇宝货有什么用。"他什么也没接受，只是对龙说："这里的崖石之上，离水源很远，只要你在这上面留下一眼清泉，就是对我的报答了。"这天晚上，人们听到了风雨之声，等到天明，围绕着山根的四面，出现一道石渠，泉水流淌，一个冬天也不干。到现在这渠还叫天师渠。

　　又一说云，显庆中，法善奉命修黄箓斋于天台山，道由广陵，明晨将济瓜州。是日，江干渡人舣舟而候。时方春暮，浦溆晴暖，忽有黄白二叟相谓曰："乘间可以围棋为适乎？"即向空召冥儿。俄有丱童擘波而出，衣无沾湿。一叟曰："挈棋局与席偕来。"须臾，丱童如命，设席沙上。对坐约曰："赌胜者食明日北来道士。"因大笑而下子。良久，白衣叟曰："卿北矣！幸无以味美见侵也。"旷望逡巡，徐步凌波，远远而没。舟人知其将害法善也，惶惑不宁。及旦，则有内官驰马前至，督备舟楫。舟人则以昨日之所见具列焉。内官惊骇不悦。法善寻续而来，内官复以舟人之辞以启法善。法善微哂曰："有是乎？幸无挂意。"时法善符术神验，贤愚共知，然内官泪舟人从行之辈，忧轸靡遑。法善知之而促解缆，发岸咫尺，而暴风狂浪，天日昏晦。舟中之人，相顾失色。法善徐谓侍者曰："取我黑符，投之鹢首。"既投而波流静谧，有顷既济。法善顾舟人曰："尔可广召宗侣，沿流十里之间，或芦洲菼渚，有巨鳞在焉，尔可取之，当大获其资矣！"舟人承教，不数里，果有白鱼长百尺许，周三十余围，僵暴沙上。就而视，脑有穴嵌然流膏。舟人因脔割载归，左近村间，食鱼累月。出《集异记》及《仙传拾遗》。

还有一个传说，显庆年间，叶法善奉命在天台山上做黄箓道场，路上经过广陵，第二天早晨将从瓜州渡江。这一天，江岸上的摆渡人已将船停靠在岸边等候。当时正是暮春，水边又晴又暖，忽然有黄衣、白衣两个老头互相说："趁此机会可以下一盘棋来取乐吗？"于是他们向着空中呼唤仙童。不一会儿，有一个小童劈波而出，他的衣服居然没有沾湿。一个老头说："把棋盘和坐席一块拿来。"一会儿，小童遵命办到，把坐席放到沙地上。两个老头相对而坐，约定说："谁下赢了谁就吃掉明天从北边来的那个道士。"于是二人大笑着开始下棋。下了好长时间，白衣老头说："你败了！希望你不要因为那道士味道好就来抢。"两个老头向远处望了一会儿，慢慢地走上水面，远远地消逝了。摆船人知道他们要害叶法善，惶惑不安。等到第二天早晨，就有宫中的太监骑着马来到，督促准备船只。摆船人就把昨天见到的情形详细向太监说了。那太监大吃一惊，心中不快。随后叶法善也到了，太监又把摆船人说的话告诉了叶法善。叶法善微笑道："有这样的事吗？请不要在意。"当时叶法善的符术十分灵验，无论贤者愚者全都知道，但是从宫中太监到摆船人，以及其他随从人员，此时都忧虑不安。叶法善知道大家的心情，就催促解缆开船，刚开船离岸不远，暴风狂浪大作，天色昏暗。船里的人面面相觑，大惊失色。叶法善慢吞吞地对侍者说："拿出我的黑符，扔到船头上。"扔了黑符之后，江上立即风平浪静，不多时就到了对岸。叶法善看着摆船人说："你可以多找一些同族的人来，沿江十里之间，也许是在长有水草的小岛上，有大鱼在那里边，你可以拿回去，就能发一笔大财了！"摆船人按照叶法善教的去做，寻了不几里，果然有一条长百尺左右、粗三十多围的大鱼，僵卧在沙滩上。走近一看，鱼头上有一个洞往外流着脑浆。摆船人于是把大鱼割成一块一块的肉载运回去。邻近村子里的人，全都吃了好几个月的鱼。出自《集异记》及《仙传拾遗》。

邢和璞

邢先生名和璞,善方术,常携竹算数计,算长六寸。人有请者,到则布算为卦,纵横布列,动用算数百,布之满床。布数已,乃告家之休咎,言其人年命长短及官禄,如神。先生貌清羸,服气,时饵少药。人亦不详所生。唐开元二十年至都,朝贵候之,其门如市。能增人算寿,又能活其死者。先生尝至白马坂下,过友人。友人已死信宿,其母哭而求之。和璞乃出亡人置于床,引其衾,解衣同寝。令闭户,眠熟。良久起,具汤,而友人犹死。和璞长叹曰:"大人与我约而妄,何也?"复令闭户,又寝。俄而起曰:"活矣!"母入视之,其子已苏矣。母问之,其子曰:"被篆在牢禁系,栲讯正苦,忽闻外曰:'王唤其人!'官不肯,曰:'讯未毕,不使去!'少顷,又惊走至者曰:'邢仙人自来唤其人!'官吏出迎,再拜恐惧。遂令从仙人归,故生。"又有纳少妾,妾善歌舞而暴死者,请和璞活之。和璞墨书一符,使置妾卧处。俄而言曰:"墨符无益。"又朱书一符,复命置于床。俄而又曰:"此山神取之,可令追之。"又书一大符焚之。俄而妾活。言曰:"为一胡神领从者数百人拘去,闭宫门,作乐酺饮。忽有排户者曰:'五道大使呼歌者。'神不应。顷又曰:'罗大王使召歌者。'方骇,仍曰:'且留少时。'须臾,数百骑

邢和璞

邢先生的名字叫和璞,他擅长方术,常携带着竹算筹用来推算,算筹长六寸。如果有人请他算命,他到了便用算筹摆成卦形,纵横排列,一共要动用几百根,摆满一床。布筹运算之后,就告诉人家是吉是凶,说出那人的寿命长短及官位俸禄什么的,都料事如神。邢先生面相清瘦,他吐纳养生,有时候吃一点药物。人们也不知他是在什么地方出生的。唐朝开元二十年他来到京城,朝中的权贵都等着请他算命,他家门庭若市。他能帮人增寿,又能把死人救活。有一次他到白马坂去看望一个友人。那友人已经死去两夜了,友人的母亲哭着求他。他便把死人抬出来放在床上,拽过友人的被子,脱了衣服和友人睡到一起。他让人把门关上,就熟睡过去了。睡了好久他才起来,准备好了热水,但是友人还是死的。邢和璞长叹一声说:"大人和我约好了却又胡乱失约,为什么呢?"他又让人关上门,又睡下了。不一会儿他起来说:"活了!"友人母亲进去一看,她的儿子已经苏醒了。母亲问儿子是怎么回事,儿子说:"我被关押在牢房里囚禁着,拷问得正苦的时候,忽听外面喊道:'大王叫这个人!'负责拷问的官吏不肯放我,说:'审讯没完,不能去!'过了一会儿,又有一个惊慌跑来的人说:'邢仙人亲自来叫这个人!'那官吏出去迎接,连连下拜,显出很害怕的样子。于是就让我跟着邢仙人回来了,所以又活了。"另外有一个人娶了一个年轻的小老婆,小老婆能歌善舞却突然死了,这个人就请邢和璞救活他的小老婆。邢和璞用墨写了一道符,让他放在小老婆躺着的地方。过了片刻又说:"这道墨符没用处。"又用朱砂写了一道符,又让那人放到床上。过了片刻又说:"她被山神捉去了,可以写符追她。"于是又写了一道大符烧了。不一会儿小老婆活了。她说道:"我被一个胡神带领着几百名随从捉了去,关上宫门,一起畅饮作乐。忽然有人推门进来说:'五道大使叫唱歌的女子。'胡神不理睬。过了片刻又有人说:'罗大王派人来叫唱歌的女子。'胡神这才害怕,但他仍然说:'再稍微待上一会儿。'不一会儿,几百名骑兵

驰入宫中,大呼曰:'天帝诏,何敢辄取歌人?'"令曳神下,杖一百,仍放歌人还。于是遂生。"和璞此事至多,后不知所适。出《纪闻》。

奔入宫中,大声喊道:'天帝下诏,你胆敢擅自捉拿唱歌女子?'下令把胡神拉下来,打了一百大板,并命令放唱歌的女子回去。于是我就又活了。"邢和璞这类事极多,后来不知他到哪儿去了。

出自《纪闻》。

卷第二十七
神仙二十七

唐若山　　司命君　　玄真子　　刘白云

唐若山

　　唐若山，鲁郡人也。唐先天中，历官尚书郎，连典剧郡。开元中，出为润州，颇有惠政，远近称之。若山尝好长生之道。弟若水，为衡岳道士，得胎元谷神之要。尝征入内殿，寻恳求归山。诏许之。若山素好方术，所至之处，必会炉鼎之客，虽术用无取者，皆礼而接之。家财迨尽，俸禄所入，未尝有余。金石所费，不知纪极。晚岁尤笃志焉。润之府库官钱，亦以市药。宾佐骨肉，每加切谏，若山俱不听纳。

　　一日，有老叟，形容赢瘠，状貌枯槁，诣款谒。自言有长生之道，见者皆笑其衰迈。若山见之，尽礼加敬，留止月余。所论皆非丹石之要。若山博采方诀，歌诵图记，无不研究。问叟所长，皆蔑如也。复好肥鲜美酒，珍馔品膳。虽瘦削老叟，而所食敌三四人。若山敬奉承事，曾无倦色。

唐若山

唐若山是鲁郡人。唐朝先天年间,他做过尚书郎,连续掌管过大郡。开元年间,他出任润州刺史,颇有仁政,远近都称颂他。唐若山喜欢长生不老之术。他的弟弟唐若水是衡山的道士,掌握了道家胎元、谷神等修炼要旨。他曾经应召进入皇宫,不久又恳求退隐山林。皇帝下诏允许他回去。唐若山平常喜欢道教的方术,他走到哪里,一定要会见一下那里的炼丹人士,即使是道术上没有可取之处的,他也全都以礼相待。他的家财几乎用尽,他的俸禄收入,也不曾有过剩余。炼丹的费用,不计其数。到了晚年,他对长生之道更加笃信。润州府库里的公款,他也用来买药炼丹。宾客僚属和骨肉亲人,常常恳切地劝他不要这样,他全都不听。

一天,有个形体瘦弱、面容憔悴的老头前来拜见。他自称有长生不老之术,见到的人都笑这老头衰朽老迈。唐若山见了他却非常尊敬,留他住了一个多月。老头谈论的全都不是炼丹的要旨。唐若山广泛搜集丹方,用歌诀和绘图的形式记录下来,无不用心研究。他问老头擅长什么,老头所说的也没有什么了不起的。又喜欢鱼肉美酒,美味饭食。虽然是个枯瘦的老头,吃起饭来却能赶上三四个人。唐若山恭敬地侍奉他,毫无厌倦之色。

一夕，从容谓若山曰：“君家百口，所给常若不足。贵为方伯，力尚多阙，一旦居闲，何以为赡？况帑藏钱帛，颇有侵用。诚为君忧之。”若山惊曰：“某理此且久，将有交代，亦常为忧，而计无所出。若缘此受谴，固所甘心，但虑一家有冻馁之苦耳。”叟曰：“无多虑也。”促命酒，连举数杯。若山饮酒素少，是日亦把三四爵，殊不觉醉，心甚异之。是夜月甚明朗，徐步庭下。良久谓若山曰：“可命一仆，运铛釜铁器辈数事于药室间，使仆布席垒炉。”曰：“鼎铛之属为二聚，炽炭加之，烘然如窑，不可向视。”叟于腰间解小瓠，出二丹丸，各投其一，阖扉而出。谓若山曰：“子有道骨，法当度世，加以笃尚正直，性无忿恚，仙家尤重此行。吾太上真人也，游观人间，以度有心之士。悯子勤志，故来相度耳。吾所化黄白之物，一以留遗子孙，旁济贫乏；一以支纳帑藏，无贻后忧。便可命棹游江，为去世之计。翌日相待于中流也。”言讫，失其所在。若山凌晨开阅，所化之物，烂然照屋。复扃闭之，即与宾客三五人，整棹浮江，将游金山寺。既及中流，江雾晦冥，咫尺不辨。若山独见老叟，棹渔舟，直抵舫侧，揖若山入渔舟中，超然而去。久之，风波稍定，昏雾开霁。已失若山矣。

郡中几案间，得若山诀别之书，指挥家事。又得遗表，因

一天晚上，老头从容地对唐若山说："你家有一百来口人，资财的供应好像常常不足。你贵为一方的长官，财力尚且差这么多，一旦罢官闲居，用什么来赡养家庭呢？何况府库里的银两钱帛，你也侵用了许多。我实在是为你担忧。"唐若山吃惊地说："我治理这个地方已经很久了，很快就要被别人接替职务，我也常常为此发愁，但也想不出来好办法。如果因此受到惩罚，本来也是心甘情愿的，只是担心一家人要有挨饿受冻之苦了。"老头说："你不必过于担心。"老头催他快摆上酒来，连饮了几杯。唐若山平时喝酒一向很少，这一天也干了三四杯，竟不觉得有醉意，心里很是惊奇。这天夜里月光很明亮，两个人漫步在院子里。许久，老头对唐若山说："可派一个仆人，把锅等铁器运到药室里去，派仆人在药室布置坐席，砌起炉灶。"老头又说："铁锅之类分为两处，锅底下放上燃烧的火炭，把铁锅烘烤得就像砖窑一样，不可朝着它看。"这时老头从腰间解下一个小葫芦，从葫芦里取出两丸丹药，往两口铁锅里各扔了一丸，便关门出来。老头对唐若山说："你有道骨，理应度你超脱人世，加上你诚实正直，生性不爱发怒，仙家特别看重这样的品行。我是太上真人，到人间来游历观览，以便超度那些有心之人。我同情你志趣勤勉，所以就来超度你。我所点化的黄金白银，一部分用来留给你的子孙，也可以救济别的穷人；一部分用来支付你侵用的府库里的银两，不要留下后患。这样你就可以驾船游江，作为使自己摆脱世俗的计策了。明天我在江心等着你。"说完，老头就不见了。凌晨，唐若山打开药室一看，昨天所点化的东西，光灿灿地把屋子照得通亮。他又关上门，就和三五位宾客一起驾着船漂游在江面上，要到金山寺去游览。到了江心之后，江上大雾弥漫，咫尺之间也看不清东西。只有唐若山看到了那个老头，老头驾着一条渔船，径直来到唐若山的船旁，请唐若山到渔船上，超然而去。过了很久，风波稍微平静下来，大雾散去，人们才发现唐若山不见了。

在郡中的几案之间，人们找到了唐若山诀别的书信，那上面写的全都是如何处理家事。又找到了一份遗表，人们于是

以奏闻。其大旨："以世禄暂荣，浮生难保，惟登真脱屣，可以后天为期。昔范丞相泛舟五湖，是知其主不堪同乐也；张留侯去师四皓，是畏其主不可久存也。二子之去，与臣不同。臣运属休明，累叨荣爵，早悟升沉之理，深知止足之规，栖心玄关，偶得丹诀。黄金可作，信淮王之昔言；白日可延，察真经之妙用。既得之矣，余复何求？是用挥手红尘，腾神碧海，扶桑在望，蓬岛非遥。遐瞻帝阍，不胜犬马恋主之至。"唐玄宗省表异之，遽命优恤其家。促召唐若水，与内臣赍诏，于江表海滨寻访，杳无音尘矣。

其后二十年，有若山旧吏自浙西奉使淮南，于鱼市中见若山鬻鱼于肆，混同常人。睨其吏而延之入陋巷中，萦回数百步，乃及华第。止吏与食，哀其久贫，命市铁二十梃。明日复与相遇，已化金矣，尽以遗之。吏姓刘，今刘子孙世居金陵，亦有修道者。

又相国李绅，字公垂，常习业于华山，山斋粮尽，徒步出谷，求粮于远方。迨暮方还，忽暴雨至，避于巨岩之下，雨之所沾若浣焉。既及岩下，见一道士，舣舟于石上，一村童拥楫而立。与之揖，道士笑曰："公垂在此耶！"言语若深交，而素未相识。因问绅曰："颇知唐若山乎？"对曰："常览国史，见若山得道之事，每景仰焉。"道士曰：

把遗表上奏给皇上。奏章的大意是："因为世间的荣华富贵是转瞬即逝的，人生是难以长久的，只有脱离世俗，成为神仙，才可与天地同期。以前丞相范蠡驾船游于五湖之间，是知道他的主子不能和他同乐；留侯张良师从商山四皓而隐去，是怕不能和他的主子长久共存下去。这二人的离去，和我是不一样的。我适逢清明盛世，连连受到皇上恩赐的爵位，早就悟出了进退的道理，深深懂得知止知足的规矩，我潜心于道门，偶然得到了炼丹的秘诀。我相信淮南王以前说过的话，黄金是可以做出来的；察看真经的妙用，寿命可以延长。我已经明白了这些道理，其余的还追求什么呢？因此我挥手告别尘世，在碧海里神游，可望见扶桑，离蓬莱仙岛也不远了。我遥望皇上的宫门，心中不禁产生犬马留恋主人的感情。"唐玄宗看了他的遗表后感到奇怪，急忙下令丰厚地抚恤唐若山的家属。催人把唐若水找来，让唐若水和内臣们一起，拿着皇帝的诏令，在江边海滨到处寻访唐若山，但是杳无音信。

此后二十年，有个唐若山的旧部下从浙西出使到淮南去，在鱼市上见到唐若山正在鱼肆里卖鱼，和常人一样。唐若山看见了他的属下，把属下请到一条简陋的巷子中，曲曲折折走了几百步，来到一所漂亮的府第。他让属下在此休息，并给属下饭吃，他可怜属下长期受穷，让属下买了二十根铁棒。第二天，属下又遇到他，铁已经全都变成金子了，他把这些金子全赠给属下。这个属下姓刘，现在他的子孙世代居住在金陵，也有修道的。

另外，相国李绅，字公垂，曾经在华山研习学业，山中居室的粮食吃光了，他就徒步走出山谷，到远处寻找粮食。天将黑的时候才回来，忽然下起了暴雨，他就在一块巨石下避雨，雨所沾湿的地方水流如注。到了岩下之后，他见到一位道士，那道士把船停靠在石头上，一位村童拿着桨立在船头。李绅向道士一拜，道士笑道："公垂在这里吗？"话说得像老朋友似的，但是他们从来不相识。于是道士问李绅："你知道唐若山吗？"李绅回答说："我曾经在史书里看过他得道成仙的事迹，常常景仰他。"道士说：

"余即若山也。将游蓬莱，偶值江雾，维舟于此。与公垂曩昔之分，得暂相遇，讵忘之耶？"乃携绅登舟。江雾已霁，山峰如昼，月光皎然。其舟凌空泛泛而行，俄顷已达蓬岛。金楼玉堂，森列天表。神仙数人，皆旧友也。将留连之。中有一人曰："公垂方欲佐国理务，数毕乃还耳。"绅亦务经济之志，未欲栖止。众仙复命若山送归华山。后果入相，连秉旄钺。去世之后，亦将复登仙品矣。出《仙传拾遗》。

司命君

司命君者，常生于民间。幼小之时，与唐元璀同学。元璀云：君家世奉道，晨夕香烛，持《高上消灾经》《老君枕中经》，累有祥异，奇香瑞云，生于庭宇。母因梦天人满空，皆长丈余，麾旆旄盖，荫其居宅。有黄光照其身，若金色，因孕之而生。生即张目开口，若笑之容。幼而颖悟，诵习诗书，元璀所不及。十五六岁，忽不知所之，盖游天下寻师访道矣。不知师何人，得神仙之诀。宝应二年，元璀为御史，充河南道采访使，至郑州郊外，忽与君相见。君衣服蓝缕，容貌憔悴。元璀深悯之，与语叙旧，问其所学。曰："相别之后，但修真而已。"邀元璀过其家，留骑从于旅次相候。君与元璀同往，引入市侧，门巷低小，从者一两人。才入，外门便闭，从者不得入。第二门稍宽广。又入一门，屋宇甚大。揖元璀于门下，先入为席，良久出迎。元璀见

"我就是唐若山。我要去游蓬莱，恰巧遇上江雾，把船停在这里。我和你以前有过一段缘分，得以暂时相遇，难道你忘了吗?"于是拉着李绅上船。这时候江雾已散去，山峰像白天一样，月光皎洁明亮。那船在半空中浮游行驶，不一会儿已经来到蓬莱岛。金碧辉煌的楼堂殿阁，林立在天上。有几位神仙，都是老朋友。他们想留住李绅。其中有一个神仙说:"李公垂正要辅佐国家参理政事，命中注定要做完这些事才能回来。"李绅也确实有以经国济民为务的大志，不想留在这里。众神仙又让唐若山把李绅送回华山。后来李绅果然做了宰相，连续多年执掌军政大权。去世之后，他也将登上仙品。出自《仙传拾遗》。

司命君

司命君曾经生活在民间。他幼年的时候，与唐元璹是同学。唐元璹说:司命君家世代信奉道教，早晚都要点香和蜡烛，持念《高上消灾经》和《老君枕中经》，经常有祥瑞的异象出现，异香祥云出现在庭院殿宇之间。他的母亲做梦梦见满天空都是一丈多高的仙人，旌旗伞盖遮蔽了他们家的宅院。有一道黄色的光照在她身上，像金子的颜色，于是她怀了孕生下司命君。司命君生下来就睁着眼、张着口，像要笑的样子。他自幼聪颖，诵读诗书，元璹比不上他。他十五六岁的时候，忽然不知到哪儿去了，大概是周游天下寻师问道去了。不知道他的老师是谁，但他得到了成仙得道的秘诀。宝应二年，元璹为御史，充任河南道采访使，来到郑州的郊外，忽然与司命君相遇。司命君衣服很破烂，脸色很憔悴。元璹很可怜他，和他说话叙旧，问他学的是什么。他说:"相别之后，我只是修道而已。"他请元璹到他家里去，把骑马的随从留在客栈里等候。司命君陪元璹一起前往，他把元璹领到街市的一侧，来到一户低矮的门前，随从只有一两个人。二人刚走进门，外边的门便关上了，随从不能进入。第二道门略加宽广。又进了一门，有一所很大的屋子。司令君在门外向元璹行礼，自己先进去摆放坐席，老半天才出来迎接元璹。元璹发现

其容状伟烁，可年二十许，云冠霞衣，左右玉童侍女三五十辈，皆非世所有。元璹莫之测。相引升堂，所设馔食珍美，器皿瑰异，虽王者宴赐，亦所不及。彻馔命酒。君与妻同坐，乃曰："不可令侍御独坐。"即召一人，坐于元璹之侧。元璹视之，乃其妻也。奏乐酬饮，既醉各散，终不及相问言情。迟明告别，君赠元璹金尺玉鞭。出门行数里，因使人访其处，无复踪迹矣。及还京，问其妻："曾有异事乎？"具言："某日昏然思睡，有黑衣人来，称司命君召，某便随去。既至司命宫中，见与君同饮。"所见历然皆同，不谬。

　　后十年，元璹奉使江岭，又于江西泊舟，见君在岸上。邀入一草堂，又到仙境。留连饮馔，但音乐侍卫，稍多于前，皆非旧人矣。及散，赠元璹一饮器，如玉非玉，不言其名。自此叙别，不复再见。亦不知司命所主何事，所修何道，品位仙秩，定何高卑，复何姓字耳。一日，有胡商诣东都所居，谓元璹曰："宅中有奇宝之气，愿得一见。"元璹以家物示之，皆非也。乃出司命所赠饮器与商。起敬而后跪接之，捧而顿首曰："此天帝流华宝爵耳！致于日中，则白气连天；承以玉盘，则红光照室。"即与元璹就日试之，白气如云，郁勃径上，与天相接。日夜更试之，此不谬也。"此宝太上西北库中镇中华二十四宝也，顷年已旋降。今此第二十二宝，亦不久留于人间，即当飞去。得此宝者，受福七世，

司命君的容貌变得光彩焕发,有二十来岁的样子,戴云冠,披霞衣,他身边的玉童侍女有三五十名,都不是人世间所能有的。元瓛不知这是怎么回事。司命君把元瓛领到正堂,摆设上来的山珍海味和瑰丽奇异的器皿,即使是帝王家的宴席也比不上。撤掉饭食让人摆上美酒。司命君与自己的妻子坐在一起,他说:"不能让御史独自坐着。"就叫来一个人坐在元瓛的身边。元瓛一看,竟是自己的妻子。于是奏乐畅饮,大醉之后各自散去,到底没来得及述说旧情。天将亮的时候告别,司命君送给元瓛一把金尺和一根玉鞭。出门走了几里,元瓛就让人打听刚才的那个地方,那地方已经没有踪迹了。等到回到京城,他问妻子:"曾经有过异常的事吗?"妻子说:"有一天我昏沉沉地想睡觉,来了一个穿黑衣服的人,说司命君让我去,我就跟着他去了。到了司命君宫中之后,看见他和你一块儿喝酒。"她所见到的和元瓛见到的一样,毫无差谬。

十年之后,元瓛奉命出使江岭,又在江西停船,看到司命君在岸上。司命君请他来到一所草堂,又来到了仙境。司命君留他吃饭,只是乐伎和侍卫略多于前一次,全都不是前一次的那些人。散了席,司命君赠给元瓛一件饮器,质地像玉却不是玉,他也不说这东西叫什么。从此分别,再没相见。也不知他主管的是什么事,修的是什么道,也不知他在仙界的品级高低,更不知他姓什么叫什么。有一天,一位胡商到东都元瓛的住所里来,说:"你府中有奇宝的气象,希望能让我见识见识。"元瓛把家里的东西拿出来给胡商看,全都不是。于是他把司命君赠他的饮器拿出来给胡商看。胡商肃然起敬,跪下之后把饮器接过去,捧着饮器叩头说:"这是天帝的流华宝爵啊!放到日光下,就有白气连天;放到玉盘里,就能红光照室。"胡商就和元瓛对着日光试验,白气像云那样蒸蒸而上,与天相连。日夜交替着试验,说明这不是假的。胡商说:"这件宝物是太上西北库中镇中华二十四宝之一,近年来已降回到人间。现在这第二十二宝,也不会在人间久留的,很快就该飞回去了。得到这个宝贝的人,七代受到福佑,

敬之哉！"元璚以玉盘承之，夜视红光满室。出《仙传拾遗》。

玄真子

玄真子姓张，名志和，会稽山阴人也。博学能文，擢进士第。善书，饮酒三斗不醉。守真养气，卧雪不寒，入水不濡。天下山水，皆所游览。鲁国公颜真卿与之友善。真卿为湖州刺史，与门客会饮，乃唱和为《渔父》词，其首唱即志和之词，曰："西塞山边白鸟飞，桃花流水鳜鱼肥。青箬笠，绿蓑衣，斜风细雨不须归。"真卿与陆鸿渐、徐士衡、李成矩，共和二十五首，递相夸赏。而志和命丹青剪素，写景夹词，须臾五本。花木禽鱼，山水景像，奇绝踪迹，今古无伦。而真卿与诸客传玩，叹服不已。其后真卿东游平望驿，志和酒酣，为水戏，铺席于水上独坐，饮酌笑咏。其席来去迟速，如刺舟声。复有云鹤随覆其上。真卿亲宾参佐观者，莫不惊异。寻于水上挥手，以谢真卿，上升而去。今犹有宝传其画在人间。出《续仙传》。

刘白云

刘白云者，扬州江都人也。家富好义，有财帛，多以济人，亦不知有阴功修行之事。忽在江都，遇一道士，自称为乐子长，家寓海陵。曰："子有仙箓天骨，而流浪尘土中，何也？"因出袖中两卷书与之。白云捧书，开视篇目，方欲致谢，子长叹曰："子先得变化，而后受道。此前定也。"

一定要敬重它啊!"元璝把它盛在玉盘里,夜间一看,满室都是红光。_{出自《仙传拾遗》。}

玄真子

　　玄真子姓张,名志和,是会稽山阴人。他博学多才,写一手好文章,进士及第。又善于书画,喝三斗酒也不醉。他守本性养真气,躺在雪地上不冷,跳到水里去不沾湿。天下的山水,他全都游览过。鲁国公颜真卿和他是好朋友。颜真卿在湖州任刺史时,和门客们一起喝酒,就一唱一和地作《渔父》词,头一首唱的就是张志和的词,词是:"西塞山边白鸟飞,桃花流水鳜鱼肥。青箬笠,绿蓑衣,斜风细雨不须归。"颜真卿与陆鸿渐、徐士衡、李成矩,一共和了二十五首,互相夸赏。张志和让人拿来颜料,剪裁白绢,一边画景物一边写词,不一会儿就画出来五幅。花鸟鱼虫,山水景象,笔法奇绝,今古无比。颜真卿和客人们传着他的画玩赏,赞不绝口。后来颜真卿东游平望驿,张志和喝酒喝到酣畅时,作水上游戏,把坐席铺在水面上,独自坐在上面饮酒吟唱。那坐席的来去快慢,就像划船的声音。又有仙鹤跟随在他的头顶上。颜真卿与亲戚、宾客、下属这些在岸上观看的人们,没有不感到惊异的。不多时,张志和在水上挥手,向颜真卿表示谢意,然后便上升飞去。至今民间还留传着他的画,被视为珍宝。_{出自《续仙传》。}

刘白云

　　刘白云是扬州江都人。他家里富足,又十分侠义,有了钱财,多用来救济穷人,其实他并不知道有阴德修行的事。忽然有一天他在江都遇见一位道士,自称乐子长,家住海陵。道士对他说:"你有仙风道骨,却流落在尘世之中,为什么呢?"于是从袖中取出两卷书交给他。他捧着书,翻开看那篇目,刚要致谢,乐子长感叹道:"你得先学变化,然后才能得道,这是前世定的。"

乃指摘次第教之。良久,失子长所在。依而行之,能役致风雨,变化万物。乃于襄州隔江一小山上化兵士数千人,于其中结紫云帐幄,天人侍卫,连月不散。节度使于頔疑其妖幻,使兵马使李西华引兵攻之。帐幄侍卫渐高,弓矢不能及。判官窦处约曰:"此幻术也,秽之即散。"乃取尸秽焚于其下,果然兵卫散去。白云乘马,与从者四十余人走于汉水之上,蹙波起尘,如履平地,追之不得。谓追者曰:"我刘白云也。"后于江西湖南,人多见之,弥更少年洁白。时湖南刺史王逊好道,白云时来郡中。忽一日别去,谓逊曰:"将往洪州,即于锺陵相见。"一揖而行。初不晓其旨。辰发灵川,午时已在湘潭。人多识者,验其所行,顷刻七百里矣。旬日,王逊果除洪州。到任后,白云亦来相访。复于江都值乐真人。曰:"尔周游人间,固有年矣。金液九丹之经,太上所敕,令授于尔,可选名岳福地炼而服之,千日之外,可以登云天矣。"乾符中,犹在长安市卖药。人有识之者,但不可亲炙,无由师匠耳。出《仙传拾遗》。

于是乐子长就按照次序教他。过了好长时间,乐子长忽然不见了。他按照乐子长教的办法去做,能呼风唤雨,变化万物。于是他在襄州江对岸的一个小山上变化出几千名兵士来,在那里建了紫云帐,由神仙侍卫,连月不散。节度使于頔怀疑这是妖术,派兵马使李西华领兵攻打。紫云帐和侍卫渐渐升高,用弓箭都射不到。判官窦处约说:"这是幻术,用污秽的东西可以把它驱散。"于是取来尸体等污秽之物在那下边焚烧,果然兵卫们散去了。刘白云骑着马,和四十多名随从跑到汉水之上,踢波踏浪,卷起风尘,就像奔跑在平地上,追也追不上。他对追的人说:"我是刘白云。"后来在江西、湖南,很多人见过他,见他更年轻白净了。当时湖南刺史王逊喜欢道术,刘白云时常到郡中来。忽然有一天他告别离去,对王逊说:"我要到洪州去,咱们将在锺陵相见。"说完他作了一揖便走了。起初王逊不明白他的意思。他辰时从灵川出发,午时已到了湘潭。很多人认识他,查验一下他走的路,顷刻之间就是七百里了。十天之后,王逊果然改任洪州刺史。到任后,刘白云也来拜访。刘白云又在江都遇到乐真人。乐真人说:"你周游人间,已经有年头了。金液九丹的经书,是太上赐给的,让我交给你,你可以选一个名山福地把丹炼出来吃下去,一千天之后便可以升天做神仙了。"乾符年间,刘白云还在长安市上卖药。有人认识他,但不能亲自接受他的教诲,没有机会拜他为师。出自《仙传拾遗》。

卷第二十八
神仙二十八

郗　鉴　　僧契虚

郗　鉴

荥阳郑曙，著作郎郑虔之弟也。博学多能，好奇任侠。尝因会客，言及人间奇事。曙曰："诸公颇读《晋书》乎？见太尉郗鉴事迹否？《晋书》虽言其人死，今则存。"坐客惊曰："愿闻其说。"曙曰："某所善武威段敳，为定襄令。敳有子曰硙，少好清虚慕道，不食酒肉。年十六，请于父曰：'愿寻名山，访异人求道。'敳许之，赐钱十万，从其志。段子天宝五载，行过魏郡，舍于逆旅。逆旅有客焉，自驾一驴，市药数十斤，皆养生辟谷之物也。而其药有难求未备者，日日于市邸谒胡商觅之。硙视此客，七十余矣，雪眉霜须，而貌如桃花，亦不食谷。硙知是道者，大喜，伺其休暇，市珍果美膳，药食醇醪，荐之。客甚惊，谓硙曰：'吾山叟，市药来此，不愿世人知，子何得觉吾而致此耶？'硙曰：'某虽幼龄，性好虚静，见翁所为，必是道者，故愿欢会。'客悦为饮。

郗　鉴

　　荥阳的郑曙,是著作郎郑虔的弟弟。他博学多能,好闻奇事又行侠仗义。曾经在会客时,谈到人间的一件奇事。郑曙说:"各位读过《晋书》吧?看过太尉郗鉴的事迹吗?《晋书》上虽然说他死了,但他到现在还活着。"座中的客人惊奇地说:"很想听听他的故事。"郑曙说:"我有位朋友,是武威的段歘,他在定襄做县令。段歘有个儿子叫段翋,从小喜欢清净淡泊,向往道术,不吃酒肉。十六岁那年,他向父亲请求说:'儿想寻访名山大川,向世外高人请教道术。'段歘答应了,给了他十万钱,随了他的心愿。天宝五载,段翋路过魏郡,住在客栈。客栈里有位客人,骑一头小驴,买了几十斤药,全是养生辟谷的那些东西。而那些难找还没买全的药,他天天都到市上向胡商寻觅。段翋见这个客人已经七十多岁了,眉毛胡须白得如霜似雪,但是脸色却像桃花,也不吃谷物。段翋知道这是一位得道之人,非常高兴,等那人有了闲暇,就买些珍贵的果品和味美的食物,以及药品美酒送给他。那客人很吃惊,对段翋说:'我是山里的一个老头,买药来到这里,不想让世人知道,你为什么能发觉我而这样做呢?'段翋说:'我虽然年幼,但是我生性喜欢虚静,见了您的所作所为,知道您一定是个修道的人,所以愿意一会。'那客人高兴地和他一起喝酒。

至夕，因同宿。数日事毕将去，谓翌曰：'吾姓孟，名期思，居在恒山，于行唐县西北九十里。子欲知吾名氏如此。'翌又为祖饯，叩头诚祈，愿至山中，咨受道要。叟曰：'若然者，观子志坚，可与居矣。然山中居甚苦，须忍饥寒。故学道之人，多生退志。又山中有耆宿，当须启白。子熟计之。'翌又固请。叟知其有志，乃谓之曰：'前至八月二十日，当赴行唐，可于西北行三十里，有一孤姥庄，庄内孤姥，甚是奇人。汝当谒之，因言行意，坐以须我。'翌再拜受约。

"至期而往，果得此孤庄。老姥出问之，翌具以告姥。姥抚背言曰：'小子年幼若此，而能好道，美哉！'因纳其囊装于柜中，坐翌于堂前阁内。姥家甚富，给翌所须甚厚。居二十日而孟先生至，顾翌言曰：'本谓率语耳，宁期果来。然吾有事到恒州，汝且居此，数日当返。'如言却到，又谓翌曰：'吾更启白耆宿，当与君俱往。'数日复来。令姥尽收掌翌资装，而使翌持随身衣衾往。翌于是从先生入。

"初行三十里，大艰险，犹能践履；又三十里，即手扪藤葛，足履嵌岩，魂竦汗出，而仅能至。其所居也，则东向南向，尽崇山巨石，林木森翠。北面差平，即诸陵岭。西面悬下，层溪千仞，而有良田，山人颇种植。其中有瓦屋六间，前后数架。在其北，诸先生居之。东厢有厨灶，飞泉檐间落地，以代汲井。其北户内，西二间为一室，闭其门。

喝到晚上，又住在了一起。几天后，老头事情办完要离开了，对段嶅说："我姓孟，名叫期思，住在恒山，在行唐县西北九十里。你想要知道我的姓名，就是这样。'段嶅又为他饯行，诚恳地叩头请求，愿意随老头到山中，向他请教道术。老头说："如果是这样，我见你志向挺坚定，可以和你同住。但是住在山里是很苦的，必须忍受饥寒。所以学道的人，大多都知难而退了。另外山中有老前辈，我也得先向他禀报，你好好想想。'段嶅又坚决地请求。老头知道他有志向，就对他说："等到八月二十日，你到行唐县来，可以向西北走三十里，有一个孤姥庄，庄里有位孤姥，是一位了不起的奇人。你应该去拜见她，向她说明来意，待在那里等我。'段嶅连连下拜，接受约定。

"他到了日期前往，果然找到了这个孤姥庄。一位老太太出来问他，他把来意详细地告诉了她。老太太抚摸着他的后背说："这小子这么年轻，却能喜欢道术，好啊!'于是把他的行李收到柜子里，让他住在堂前的阁子里。老太太家里很富足，给段嶅的各种用品很丰厚。在此住了二十天，孟先生到了，他看着段嶅说道："我本来是随便一说，哪想到你果真来了。但是我有事要到恒州去，你暂且住在这里，我几天就能回来。'果然孟先生像他说的那样，到时候就回来了，又对段嶅说："我还要去向老前辈说明情况，然后带你一块儿去。'过几天就又回来了。孟先生让老太太把段嶅的行李全都保存起来，让段嶅只带着随身的衣服和被子前往。段嶅于是跟着孟先生进山。

"开始走的三十里路，很艰险，但还可以行走;又走了三十里，就要用手拽着藤蔓，用脚蹬着凹陷的岩石，段嶅吓得魂惊汗出，勉强才能走到。这住处的东面和南面，全是高山巨石，林木茂密苍翠。北面稍微平坦，就是些丘陵。西面陡悬向下，层层山谷有千仞深，而谷中有良田，一些山民正在耕种。其中有六间瓦房，分前后几栋。那北面，是众先生的住所。东厢有厨房，飞泉从檐间落下，以代替井水。北门之内，西面两间是一个屋室，关着门。

东西间为二室，有先生六人居之。其室前庑下，有数架书，三二千卷。谷千石，药物至多，醇酒常有数石。翌既谒诸先生，先生告曰：'夫居山异于人间，亦大辛苦，须忍饥馁，食药饵。能甘此，乃可居，子能之乎？'翌曰：'能。'于是留止。凡五日，孟先生曰：'今日盍谒老先生？'于是启西室，室中有石堂，堂北开，直下临眺川谷。而老先生据绳床，北面而斋心焉。翌敬谒拜老先生，先生良久开目，谓孟叟曰：'是尔所言者耶？此儿佳矣，便与汝充弟子。'于是辞出，又闭户。其庭前临西涧，有松树十株，皆长数仞。其下磐石，可坐百人，则于石中镌局，诸先生休暇，常对棋而饮酒焉。翌为侍者，睹先生棋，皆不工也，因教其形势。诸先生曰：'汝亦晓棋，可坐。'因与诸叟对，叟皆不敌。于是老先生命开户出，植杖临崖而立，西望移时，因顾谓叟：'可对棋。'孟期思曰：'诸人皆不敌此小子。'老先生笑，因坐召翌：'与尔对之。'既而先生棋少劣于翌。又微笑谓翌曰：'欲习何艺乎？'翌幼年，不识求方术，而但言愿且受《周易》。老先生诏孟叟受之。老先生又归室，闭其门。翌习《易》逾年而日晓，占候布卦，言事若神。翌在山四年，前后见老先生出户，不过五六度。但于室内端坐绳床，正心禅观，动则三百二百日不出。老先生常不多开目，貌有童颜，体至肥充，都不复食。每出禅时，或饮少药汁，亦不识其药名。后老先生忽云：'吾与南岳诸葛仙家为期，今到矣，须去。'翌在山久，忽思家，因请还家省觐，即却还。孟先生怒曰：'归即归矣，何却还之有！'因白老先生。先生让孟叟曰：

东西间是两个屋室,有六位先生住着。那屋前的廊下,有几书架书,有两三千卷。有谷物上千石,药物极多,好酒有几石。段嵣拜见诸位先生后,先生们告诉他说:'住在深山中和住在人间不同,是很苦的,必须忍受饥饿,吃草药。能甘心如此,才可以居住,你能吗?'段嵣说:'我能。'于是留他住下了。五天后,孟先生说:'今天何不拜见拜见老先生?'于是打开了西屋,屋中有一个石堂,堂朝北开,可以直接向下眺望山谷。老先生坐在绳床上,面朝北静坐养心。段嵣恭敬地拜见老先生,老先生许久才睁开眼睛,对孟先生说:'这就是你说的那个人吗?这小子不错,就给你当弟子吧。'于是告辞出来,又关了门。那院子面临西涧,有十棵松树,都有几仞高。松下有一磐石,能坐百人,在这块石头上刻着棋盘,先生们闲暇时,常在这上边下棋饮酒。段嵣是侍者,看先生们下棋,先生们的棋艺都不精,段嵣就教他们布局,先生们说:'你也懂得下棋,可以坐下来。'于是他就坐下来和几个老头下棋,都下不过他。于是老先生让人把门打开,走了出来,挂着手杖临崖而立,向西望了许久,回头看着老头们说:'可以和他下。'孟期思说:'大家都下不过这小子。'老先生笑了,于是坐下叫段嵣:'我来和你下。'开局后,老先生局势比段嵣的稍差一些。老先生又笑着对段嵣说:'你想学什么技艺呢?'段嵣年幼,不懂得求方术,只说愿学《周易》。老先生便让孟先生教他。老先生又回到屋里,关了门。段嵣学《周易》超过一年,一天比一天明白,占卜算卦,料事如神。他在山上四年,前后看见老先生出门不过五六次。老先生只在屋里端坐在绳床上,专心参禅,经常二三百天不出屋。老先生平常睁眼的时候不多,有儿童那样的容貌,身体肥胖,从不吃东西。每次参禅完毕,只喝一点药汁,也不知那药是什么名。后来老先生忽然说:'我和南岳诸葛仙人约好期限,现在到了,得去一趟。'段嵣在山上很久,忽然想家,就请求回家看看,马上就回来。孟先生生气地说:'回去就是回去了,还回来干什么!'于是向老先生报告。老先生责备孟先生说:

'知此人不终,何与来也?'于是使归。归后一岁,又却寻诸先生。至则室屋如故,门户封闭,遂无一人。下山问孤庄老姥,姥曰:'诸先生不来,尚一年矣。'罄因悔恨殆死。罄在山间,常问孟叟老先生何姓名,叟取《晋书·郗鉴传》令读之,谓曰:'欲识老先生,即郗太尉也!'"出《记闻》。

僧契虚

有僧契虚者,本姑臧李氏子。其父为御史于玄宗时。契虚自孩提好浮图氏法。年二十,髡发衣褐,居长安佛寺中。及禄山破潼关,玄宗西幸蜀门,契虚遁入太白山,采柏叶而食之,自是绝粒。尝一日,有道士乔君,貌清瘦,须鬓尽白,来诣契虚,谓契虚曰:"师神骨甚孤秀,后当遨游仙都中矣。"契虚曰:"吾尘俗之人,安能诣仙都乎?"乔君曰:"仙都甚近,师可力去也。"契虚因请乔君导其径。乔君曰:"师可备食于商山逆旅中,遇挈子,音奉,即荷竹囊而贩也。即犒于商山而馈焉。或有问师所诣者,但言愿游稚川,当有挈子导师而去矣。"契虚闻其言,喜且甚。

及禄山败,上自蜀门还长安,天下无事。契虚即往商山,舍逆旅中。备甘洁,以伺挈子而馈焉。仅数月,遇挈子百余,俱食毕而去。契虚意稍怠,且谓乔君见欺,将归长安。既治装,是夕,一挈子年甚少,谓契虚曰:"吾师安所诣乎?"契虚曰:"吾愿游稚川有年矣。"挈子惊曰:"稚川仙府也,

'早知道这个人不能坚持到底，何必让他来？'于是就让段碧回去了。回来一年之后，段碧又回去找那几位先生。到了之后，见屋室如旧，门户关闭，却不见有一个人。下山来问孤姥庄的老太太，老太太说：'先生们将近一年没来了。'段碧于是悔恨得要死。段碧在山上的时候，曾经向孟先生打听老先生的姓名，孟先生取过《晋书·郗鉴传》让他读，对他说：'要知道老先生，他就是郗太尉啊！'"出自《记闻》。

僧契虚

有一个叫契虚的和尚，本是姑臧李家的儿子。他父亲是唐玄宗时期的御史。契虚从孩提时代就喜欢佛法。二十岁的时候，他剃光了头发，穿上粗布衣服，住进长安的佛寺中。等到安禄山反叛攻破潼关，唐玄宗向西逃到蜀地，契虚便躲进了太白山，采柏树叶吃，从此就不再吃粮食了。有一天，有一位面相清瘦，须发皆白的道士乔君，来拜访契虚，对契虚说："你的仙骨很是与众不同，以后应该能遨游在仙都之中了。"契虚说："我是世间俗人，怎么能到仙都去呢？"乔君说："仙都离这里很近，你可以努力前去的。"契虚就请乔君告诉他去仙都的路。乔君说："你可以在商山的客栈里准备好饭食，遇见商贩，稤音奉，就是背着竹筐卖东西。就在商山里请他吃饭。他要是问你到哪儿去，你只要说想到稚川去游览，就会有商贩领着你去了。"契虚听了乔君的话，非常高兴。

等到安禄山失败，唐玄宗从蜀地回到长安，天下太平无事。契虚就去到商山，住在客栈里。备好了甜美洁净的饭食，等待着商贩的到来好请他吃。仅仅过了几个月，就遇见商贩一百多个，他们全都是吃完了就走。契虚心中有些懈怠了，以为乔君欺骗了他，打算回到长安去。已经准备好行装，这天晚上，来了一个很年轻的商贩，他对契虚说："您要到哪儿去呢？"契虚说："我想到稚川去游览，已经有年头了。"商贩吃惊地说："稚川是仙府啊，

吾师安得而至乎?"契虚对曰:"吾始自孩提好神仙,常遇至
人,劝我游稚川,路几何耳?"挈子曰:"稚川甚近,师真能偕
我而去乎?"契虚曰:"诚能游稚川,死不悔。"于是挈子与
契虚俱至蓝田上,治具,其夕即登玉山。涉危险,逾岩巇,
且八十里,至一洞,水出洞中。挈子与契虚共挈石填洞口,
以壅其流。三日,洞水方绝。二人俱入洞中,昏晦不可辨。
见一门在数十里外,遂望门而去。既出洞外,风日恬煦,山
水清丽,真神仙都也。又行百余里,登一高山。其山攒峰
迥拔,石径危峻。契虚眩惑不敢登。挈子曰:"仙都且近,
何为彷徨耶?"即挈手而去。既至山顶,其上坦平,下视川
原,邈然不可见矣。又行百余里,入一洞中。及出,见积水
无穷,水中有石径,横尺余,纵且百里余。挈子引契虚蹑石
径而去。至山下,前有巨木,烟影繁茂,高数千寻。挈子登
木长啸久之,忽有秋风起于林杪。俄见巨绳系一行囊,自
山顶而缒。

挈子命契虚瞑目坐囊中,仅半日,挈子曰:"师可寤而
视矣。"契虚既望,已在山顶,见有城邑宫阙,玑玉交映,在
云物之外。挈子指语:"此稚川也。"于是相与诣其所。见
仙童百辈,罗列前后。有一仙人谓挈子曰:"此僧何为者?
岂非人间人乎?"挈子曰:"此僧常愿游稚川,故挈而至此。"
已而至一殿上,有具簪冕者,貌甚伟,凭玉几而坐。侍卫环
列,呵禁极严。挈子命契虚谒拜,且曰:"此稚川真君也。"
契虚拜,真君召契虚上,讯曰:"尔绝三彭之仇乎?"不能对。
真君曰:"真不可留于此。"因命挈子登翠霞亭。其亭亘空,

您怎么能去得成呢?"契虚回答说:"我从孩提时代就喜欢神仙,曾经遇到一位得道之人,他劝我到稚川一游,路有多远呢?"商贩说:"稚川非常近,你真能和我一块儿去吗?"契虚说:"如果确实能到稚川去,死了也不后悔。"于是商贩和契虚一块儿到了蓝田,准备行装,那天晚上就登上玉山。他们涉历危险,翻过山岩,走了将近八十里,来到一个山洞,水从洞中流出来。商贩和契虚一起搬石头填洞口,堵那流水。三天之后,才把水堵住。二人一起进入洞中,洞中昏暗看不清东西。望见几十里外有一个门,二人便向那洞门走去。走出洞门之后,风和日丽,山青水秀,果真是神仙的都市。又走了一百多里,登上一座高山。这山峰峦挺拔,石头小道十分险峻。契虚眩晕得不敢往上登。商贩说:"仙都快到了,你怎么又犹豫了呢?"于是拽着契虚的手登上去。到了山顶,那上面很平坦,往下望山川原野,远远地什么也看不清了。又走了一百多里,走进一个洞中。等到从洞中出来,出现了一片无边无际的积水,水上有一条石头小路,一尺来宽,长有一百多里。商贩领着契虚沿着石径向前走。来到山下,前面有一棵大树,烟云缭绕,枝叶繁茂,有几千寻高。商贩爬到树上长啸了半天,忽然树梢上起了秋风。一会儿看见一根大绳子系着一个行囊,从山顶上放下来。

　　商贩让契虚闭上眼坐在一个布袋中,只半天,商贩说:"你可以睁眼看了。"契虚一看,已经来到山顶,他见到了城邑宫阙,珠玑宝玉交相辉映,立在云外。商贩用手指着说:"这就是稚川。"于是二人共同到城中去。见前前后后有一百多位仙童。有一位仙人对商贩说:"这个和尚是干什么的? 难道不是人间的人吗?"商贩说:"这个和尚常常想游稚川,所以就把他带来了。"然后他们来到一座大殿上,有个戴簪花帽子的人,相貌堂堂,凭靠玉几而坐,侍卫们环绕在四周,大声喝令着,保卫得很严。商贩让契虚拜见这人,说道:"这是稚川真君。"契虚下拜,真君叫他上殿来,问道:"你断绝三彭的侵扰了吗?"契虚不能回答。真君说:"绝不能留在这里。"于是让商贩领契虚登翠霞亭。这亭子横贯天空,

居槛云蠹。见一人袒而瞬目，发长数十尺，凝腻黯黑，洞莹心目。捧子谓契虚曰："尔可谒而拜。"契虚既拜，且问："此人为谁？何瞬目乎？"捧子曰："此人杨外郎也。外郎隋氏宗室，为外郎于南宫。属隋末，天下分磔，兵甲大扰，因避地居山，今已得道。此非瞬目，乃彻视者。夫彻视者，寓目于人世耳。"契虚曰："请瘳其目可乎？"捧子即面请外郎。忽瘳而四视，其光益著，若日月之照。契虚悸然背汗，毛发尽劲。又见一人卧石壁之下。捧子曰："此人姓乙，支润其名，亦人间之人，得道而至此。"已而捧子引契虚归，其道途皆前时之涉历。契虚因问捧子曰："吾向者谒见真君，真君问我'三彭之仇'，我不能对。"曰："彭者三尸之姓，常居人中，伺察其罪。每至庚申日，籍于上帝。故学仙者当先绝其三尸，如是则神仙可得；不然，虽苦其心无补也。"契虚悟其事。自是而归，因庐于太白山，绝粒吸气，未尝以稚川之事语于人。

贞元中，徙居华山下。有荥阳郑绅，与吴兴沈聿，俱自长安东出关，行至华山下，会天暮大雨，二人遂止。契虚以绝粒故，不致庖爨。郑君异其不食，而骨状丰秀，因征其实。契虚乃以稚川之事告于郑。郑好奇者，既闻其事，且叹且惊。及自关东回，重至契虚舍，其契虚已遁去，竟不知所在。郑君常传其事，谓之《稚川记》。出《宣室志》。

檐槛矗立在云层之上。他们见到一个人，此人袒露着身体，还在那里眨眼，头发有几十尺长，皮肤细腻黝黑，眼睛却透明莹澈。商贩对契虚说："你可以上前拜见这个人。"契虚拜完了就问："这个人是谁？他为什么总眨着眼睛？"商贩说："这人是杨外郎。他是隋朝的宗室，在南宫做外郎。恰值隋末，天下分裂，兵慌马乱，于是他避处山中，现在已经得道成仙。他这不是眨眼睛，而是彻视。所谓彻视，就是洞察人世。"契虚说："可以让他睁开眼睛吗？"于是商贩当面请求杨外郎睁开眼睛。杨外郎忽然睁眼往四处看，那目光更明亮了，像日月的照射。契虚吓得后背出汗，毛发悚然。他们又看到一个人躺在石壁下。商贩说："这个人姓乙，支润是他的名字，他也是人间的人，得道成仙而来到这里。"然后商贩领契虚回来，那道路全是刚才走过的。契虚于是问商贩道："我刚才去拜见真君，真君问我'三彭之仇'，我回答不上来。"商贩说："彭是三尸的姓，三尸平常在人的身体中，监视人的犯罪行为。每到庚申日，就去向上帝汇报人的罪过。所以学道成仙的人应当先断绝他的三尸，这样便可以得道成仙；不然，即使再费心思也是没用的。"契虚明白了其中的道理。从此他就回去了，在太白山下盖了个草房，不吃粮食，只吸食天气之精气，没有把去过稚川的事告诉别人。

贞元年间，他搬到华山下居住。有一个荥阳人叫郑绅，和吴兴人沈聿，一块儿从长安向东出关，走到华山下，赶上天黑又下了大雨，两个人便住了下来。契虚因为不吃粮食，没有准备饭食。郑绅对他不吃饭却身体健壮丰满感到奇怪，就问他是怎么回事。契虚就把稚川的事告诉了郑绅。郑绅是个好奇的人，听了这事以后，又是惊奇，又是嗟叹。等到他从关东回来，又来到契虚的住处，契虚已经走了，也不知他去了哪里。郑绅曾经把契虚的事写成传记，叫《稚川记》。出自《宣室志》。

卷第二十九
神仙二十九

九天使者　十仙子　二十七仙　　姚　泓　　李卫公

九天使者

唐开元中，玄宗梦神仙羽卫，千乘万骑，集于空中。有一人朱衣金冠，乘车而下，谒帝曰："我九天采访，巡纠人间，欲于庐山西北，置一下宫，自有木石基址，但须工力而已。"帝即遣中使，诣山西北，果有基迹宛然。信宿有巨木数千段自然而至，非人所运。堂殿廊宇，随类致木，皆得足用。或云，此木昔九江王所采，拟作宫殿，沉在江州溢浦，至是神人运来，以供所用。庙西长廊，柱础架虚，在巨涧之上。其下汩流奔响，泓窅不测，久历年岁，曾无危垫。初作庙时，材木并至，一夕巨万，皆有水痕。门殿廊宇之基，自然化出，非人版筑。常有五色神光，照烛庙所，常如昼日。挥斤运工，略无余暇，人力忘倦，旬日告成。毕工之际，中使梦神人曰："赭垩丹绿，庙北地中，寻之自得，勿须远求。"于是访之，采以充用，略无所阙。既而建昌渡有灵官

九天使者

　　唐朝开元年间,唐玄宗梦见了神仙的仪仗队,千乘万骑会集在空中。有一个人穿着红色衣服,戴着金色帽子,从车上下来,拜见唐玄宗说:"我是九天采访使,到人间来巡察探访,想要在庐山的西北面盖一所下宫,木石基址已经有了,只是还需要人力。"唐玄宗就派使者到庐山西北去看,那里果然有清晰的基址的痕迹。过了两宿,又有几千根大木头自然地到来,不是人所运来的。按照殿堂廊宇的不同需要,分别弄来不同的木料,都足够使用。有人说,这些木头是以前九江王采伐的,打算建造宫殿,沉没在江州溢水岸边,现如今由神仙运来以供使用。庙西的长廊,柱子架在空中,在大山涧的上面。它下面有奔流轰响的江水,深不可测,已经好多年了,从来没有危险发生。当初盖庙的时候,木材是一齐来的,一天晚上就来了上万根,根根都有水痕。门殿廊宇的地基,是自然变化出来的,并不是人筑造的。曾经有五色的神光,照耀着要盖庙的地方,常常像白天一样。盖庙的时候,人们挥斧做工,一点不闲着,谁也不知疲倦,十来天就把庙盖了起来。完工的时候,使者梦见一个神仙对他说:"赤、白、红、绿各种颜料,庙北的地下就有,找一找就能找到,不必到很远的地方去找。"于是到那里去寻找,挖回来使用,一点也不缺。后来建昌渡有仙官

五百余人，若衣道士服者，皆言诣使者庙。今图像存焉。初玄宗梦神人日，因召天台道士司马承祯。以访其事。承祯奏曰："今名山岳渎血食之神，以主祭祠，太上虑其妄作威福，以害蒸黎，分命上真，监莅川岳。有五岳真君焉，又青城丈人为五岳之长。潜山九天司命主九天生籍，庐山九天使者执三天之符，弹劾万神。皆为五岳上司，盍各置庙，以斋食为飨？"玄宗从之。是岁五岳三山各置庙焉。出《录异记》。

十仙子

唐玄宗尝梦仙子十余辈，御卿云而下列于庭，各执乐器而奏之。其度曲清越，真仙府之音也。及乐阕，有一仙人前而言曰："陛下知此乐乎？此神仙《紫云曲》也。今愿传授陛下，为圣唐正始音。与夫《咸池》《大夏》，固不同矣。"玄宗喜甚，即传受焉。俄而寤，其余响犹若在听。玄宗遽命玉笛吹而习之，尽得其节奏，然嘿不泄。及晓，听政于紫宸殿，宰臣姚崇、宋璟入，奏事于御前，玄宗俯若不闻。二相惧，又奏之。玄宗即起，卒不顾二相。二相益恐，趋出。时高力士侍于玄宗，即奏曰："宰相请事，陛下宜面决可否。向者崇、璟所言，皆军国大政，而陛下卒不顾，岂二相有罪乎？"玄宗笑曰："我昨夕梦仙人奏乐曰《紫云曲》，因以授我。我失其节奏，由是嘿而习之，故不暇听二相奏事。"即于衣中出玉笛，以示力士。是日力士至中书，以事语于二相，

五百多名，好像穿着道士服，都说要到使者庙来。现在那些仙官图像还存在。当初唐玄宗梦见神仙的那天，就找来了天台山的道士司马承祯，向他打听这事。司马承祯奏道："现在名山大川中享受人间牲牢供奉的众神，都是把他们当作一方之主来祭祀的。太上老君担心他们作威作福而为害黎民百姓，就分别派来上界的仙人，到名山大川监督他们。其中有五岳真君，又有青城丈人为五岳之长。潜山的九天司命主管九天的生死簿籍，庐山的九天使者执掌清微天、禹余天、大赤天的令符，可弹劾所有的神仙。他们都是五岳的上司，何不各为他们建造庙宇，用斋食祭祀他们呢？"唐玄宗听了他的话。这一年五岳三山都盖起了庙宇。出自《录异记》。

十仙子

唐玄宗曾经梦见十多个仙子，驾着祥云降临，排列在庭院里，各自拿着乐器演奏。那乐曲清雅优美，真是仙府里的声音。等到音乐停止，有一位仙人上前说道："陛下知道这是什么音乐吗？这是神仙的《紫云曲》。现在愿意传授给陛下，作为大唐的雅乐。这和那《咸池》《大夏》等乐曲是根本不同的。"唐玄宗特别高兴，于是得到传授。不一会儿，他醒了，那余音好像还在耳中。他忙让人取玉笛吹奏演习，完全掌握了那乐曲的节奏，但他默默记在心里，没向别人泄露。等到天亮，他在紫宸殿听政，宰相姚崇、宋璟进来，向他奏报事情，他低着头好像根本没听见。二位宰相害怕了，又奏报一遍。玄宗站了起来，但他到底没理睬二相。二相更加害怕，急忙小步退了出去。当时高力士侍奉在玄宗身旁，立即奏道："宰相请示事情，陛下应当面决定是否可行。方才姚崇和宋璟说的，都是军政大事，而您始终不理，难道二相有罪吗？"玄宗笑道："我昨天夜里梦见仙人奏乐，曲名叫《紫云曲》，他们就把曲子传授给我。我有点忘了它的节奏，因此默默地在心里练习，所以没顾上听二位宰相奏事。"于是他从衣服里取出玉笛给高力士看。这天高力士来到中书省，把事情对二相讲了，

二相惧少解。曲后传于乐府。出《神仙感遇传》。

二十七仙

唐开元中,玄宗皇帝昼景宴居,昏然思寐,梦二十七仙人云:"我等二十八宿也,一人寓直,在天不下。我等寄罗底间三年矣,与陛下镇护国界,不令戎虏侵边。众仙每易形混迹游处耳。"既寤,敕天下山川郡县,有"罗底"字处访之,竟不能得。他夕又梦云:"有音乐处是也。"再诏访焉。于宁州东南五里,有地名罗川,川上有县,县以川名。有罗州山,相传有洞穴,而翳荟不通。樵牧者闻音乐之声,诏使寻之,久而不见。忽有白兔出于林中,径入崖下。寻所入而得嵌窦焉。石室宽博,中有石像二十七真,得之以进。乃于内殿设位,晨夕焚香,躬自瞻谒。命夹纻工作二十七像,送于本洞。于其处置通圣观,改县为真宁以旌之。赐宝香及炉,炉今犹在。乡里之人言:昔年有底老者,不知所来,庞眉皓发,异于他叟。或出或处,乡俗咸敬之。于山下卖酒,常有异人来饮。或药童樵父,来往其家。一旦众异人谓底老曰:"加其酝,更一饮,不复来矣!"如其言,加酿以待焉。酿熟,群仙果至。饮酣,居下者一人,与坐云:"我请刻众仙之形,以留于世。"乃取石二十七片,刻成二十七人。俄顷之间,备得众仙真容,置于洞中,依饮时列坐。皆志仙之名氏于其背,安讫而散去。底老亦不复知所之,时人咸

二相的畏惧稍微消解了。这支曲子后来传到了乐府。出自《神仙感遇传》。

二十七仙

　　唐开元年间，玄宗皇帝白天闲居无事，昏昏欲睡，梦见二十七位仙人对他说："我们是天上的二十八宿，一个人因为值班，在天上不能下来。我们寄居在罗底间三年了，一直给陛下镇守国界，不让外寇侵扰边疆。众神仙常常改换形貌混迹在人群中到处游玩。"醒了之后，他就下令各郡县，寻找有"罗底"二字的地方，但始终没找到。改天夜里又梦见二十八宿对他说："在一个有音乐的地方。"于是又下令寻找。在宁州东南五里处，有个地方叫罗川，川中有县，县是以川名命名的。有个罗州山，相传山中有洞穴，但被草木遮蔽而不通。打柴放牧的听到里边有音乐声，唐玄宗就下令派人寻访这个地方，很久也没找到。忽然有一只白兔从林中跑出来，径直跑进一座山崖下边。寻着兔子跑入的地方找到一个洞口。洞里是一个宽敞的石室，里边有二十七尊石像，于是就把这些石像进献给皇帝。在殿内为它们设了位置，早晚烧香，皇帝亲自来瞻仰拜谒。皇帝又让塑像工匠造了二十七尊神像，送回原来的洞里。在那地方盖起了通圣观，改罗川县为真宁县，用来表彰这个地方。又赐了宝香和香炉，香炉至今还在。当地人说：往年有一位底老，不知从什么地方来，他眉毛花白，头发雪白，与其他老头不同。有时外出，有时静处，乡里人都敬重他。他在山下卖酒，常常有些奇异的人来喝酒。有时药童和樵夫，也来往于他家。一天早晨那些奇异的人对他说："加酒啊，再喝一回，以后不再来了！"底老照他们说的，加酒招待他们。酒烫好之后，群仙果然来了。喝到酣畅的时候，在下首的一个人来到座间说："我请求刻下众仙人的像，留于后世。"于是他取出二十七块石片，刻成了二十七个人。顷刻间，就完全刻出了众仙人的真容，放在洞中，按照喝酒时的座次排列。全都在背面记上仙人的名字，安放完了便散去。底老也不知去了哪里，当时人们都

谓仙举也。底老者,疑其氏宿耳。后著作郎东门诰,为赞序以纪之。出《神仙感遇传》。

姚 泓

唐太宗年,有禅师行道精高,居于南岳。忽一日,见一物人行而来,直至僧前,绿毛覆体。禅师惧,谓为枭之属也,细视面目,即如人也。僧乃问曰:"檀越为山神耶? 野兽耶? 复乃何事而特至此? 贫道禅居此地,不扰生灵,神有知,无相恼也。"良久,其物合掌而言曰:"今是何代?"僧曰:"大唐也。"又曰:"和尚知晋宋乎? 自尔至是复几载?"僧曰:"从晋至今,向四百年矣。"其物乃曰:"和尚博古知今,宁自不知有姚泓乎?"僧曰:"知之。"物曰:"我即泓也。"僧曰:"吾览晋史,言姚泓为刘裕所执,迁姚宗于江南,而斩泓于建康市。据其所记,泓则死矣,何至今日,子复称为姚泓耶!"泓曰:"当尔之时,我国实为裕所灭,送我于建康市,以徇天下。奈何未及肆刑,我乃脱身逃匿。裕既求我不得,遂假一人貌类我者,斩之,以立威声,示其后耳。我则实泓之本身也。"僧因留坐,语之曰:"史之说岂虚言哉?"泓笑曰:"和尚岂不闻汉有淮南王刘安乎? 其实升仙,而迁、固状以叛逆伏诛。汉史之妄,岂复逾于后史耶? 斯则史氏妄言之证也。我自逃窜山野,肆意游行,福地静庐,无不探讨。既绝火食,远陟此峰,乐道逍遥,唯餐松柏之叶。年深代久,遍身生此绿毛,已得长生不死之道矣。"僧又曰:"食松柏之叶,何至生毛若是乎?"泓曰:"昔秦宫人遭乱避世,

认为他飞升成仙了。那位底老,人们怀疑他是二十八宿中的氏宿。后来担任著作郎的东门诰,写了赞序记下了二十七仙的事。
出自《神仙感遇传》。

姚　泓

　　唐太宗年间,有一位禅师道行高妙,住在南岳。忽然有一天,他看见一个东西像人那样走来,直接来到他的面前,那东西一身绿毛遮盖着身体。禅师很害怕,以为是猫头鹰一类的动物,仔细看了看面目,又像人。禅师就问道:"施主是山神呢? 还是野兽呢? 你又是为了何事来到这里? 贫僧住在此地,不打扰生灵,为神所知,神不会怨恨我。"许久,那怪物合掌说道:"现在是什么朝代?"禅师说:"是唐朝。"怪物又说:"和尚你知道晋朝和刘宋吗? 从那时到现在是多少年了?"禅师说:"从晋朝到现在,将近四百年了。"怪物就说:"和尚你博古知今,难道不知道有个姚泓吗?"禅师说:"知道。"怪物说:"我就是姚泓。"禅师说:"我看晋史,上面说姚泓被刘裕捉住,把姚氏宗族迁移到江南,而在建康闹市把姚泓斩了。根据这记载,姚泓已经死了,为什么到了今天,你还说自己是姚泓呢?"姚泓说:"那时候,我们国家确实被刘裕所灭,把我送到建康闹市,向天下示众。他们哪知道未到行刑,我就逃跑藏起来了。刘裕既然找不到我,就找了一个相貌像我的人杀掉,以树立自己的威名,给其他人看罢了。我确实是姚泓本人。"禅师于是留他坐下,对他说:"史书上说的,难道是假话吗?"姚泓笑道:"和尚你难道不知道汉朝有个淮南王刘安吗? 他其实已经飞升成仙,司马迁和班固却说他因谋反被杀。汉史的荒谬之处,难道还能超过后来的史书吗? 这就是史学家说错话的证据。我自从逃进山野,肆意地游玩,福地静舍,没有不去探索的。断绝烟火饭食之后,远来登上这座山峰,乐于修道,日日逍遥,只吃松柏树的叶子。年长日久,满身长出了绿毛,已经得到长生不死的道术了。"禅师又说:"吃松柏的叶子,怎么至于长出这样多的绿毛呢?"姚泓说:"以前秦朝有个宫女为躲避世间战乱,

入太华之峰，饵其松柏，岁祀浸久，体生碧毛尺余。或逢世人，人自惊异，至今谓之毛女峰。且上人颇信古，岂不详信之乎？"僧因问请须所食。泓言："吾不食世间之味久矣，唯饮茶一瓯。"仍为僧陈晋宋历代之事，如指诸掌，更有史氏阙而不书者，泓悉备言之。既而辞僧告去，竟不复见耳。

出《逸史》。

李卫公

苏州常熟县元阳观单尊师，法名以清。大历中，常往嘉兴。入船中，闻香气颇甚，疑有异人。遍目舟中客，皆贾贩之徒，唯船头一人，颜色颇殊，旨趣恬静。单君至中路，告船人，令易席座船头，就与言也。既并席之后，香气亦甚。单君因从容问之，答曰："某本此地人也，少染大风，眉发皆落，自恶不已，遂私逃于深山，意任虎豹所食。数日山路转深，都无人迹，忽遇一老人问曰：'子何人也？远入山谷？'某具述本意。老人哀之，视曰：'汝疾得吾，今能差矣。可随吾行。'因随老人行，入山十余里，至一涧，过水十余步，豁然广阔，有草堂数间。老人曰：'汝未可便入，且于此堂中待一月日，后吾自来看汝。'因遗丸药一裹，令服之。又云：'此堂中有黄精、百合、茯苓、薯蓣、枣、栗、苏、蜜之类，恣汝所食。'某入堂居，老人遂行，更入深去。某服药后，亦不饥渴，但觉身轻。如是凡经两月日，老人方至。见其人笑曰：'尔尚在焉，不亦有心哉！汝疾已差，知乎？'

逃进了太华山,吃那里的松柏叶子,时间渐久,她身上长出了一尺多长的绿毛。有时候她遇上世间的人,人们自然都感到惊奇,那地方至今还叫毛女峰。况且上人你很相信古人,难道不相信这件事吗?"禅师于是就问姚泓想要吃点什么。姚泓说:"我不吃人世间的食物已经很久了,只喝一杯茶。"他又给禅师讲晋朝和刘宋等历代王朝的事,都了如指掌,还有一些史家缺漏没写的,他全都讲得很详细。然后姚泓就向禅师告别,以后就没有再见到他。出自《逸史》。

李卫公

苏州常熟县元阳观有一位单尊师,法名以清。大历年间,他曾到嘉兴去。走进船中,闻到一股很大的香气,怀疑船中有奇异的人。他逐个打量船上的人,全都是商贩之类的人物,只有船头上的一个人,模样很是与众不同,举止很沉静。单尊师走到半路上,告诉船家,把他的座席换到船头上去,想靠近那个人说话。二人的座席靠近之后,闻到更大的香气。单尊师于是找机会问那个人,那个人回答说:"我本来就是这地方人,小时候得了麻风病,眉毛头发全掉了,自己也很厌恶自己,就私自逃进深山,打算任凭虎豹吃掉算了。走了几天,山路渐渐转深,一点人迹都没有了,忽然遇上一位老人问我说:'你是什么人?为什么大老远跑到山里来?'我详细地说明了本意。老人可怜地看着我说:'你的病遇上我,现在就可以好了。你可以跟着我走。'于是我跟着老人走,进山十里,来到一处山涧,渡过涧水十几步,面前豁然开朗,出现几间草房。老人说:'你不能马上就进去,暂且在这草房里住上一个来月,以后我自然会来看你。'于是老人送给我一包丸药,让我服用。他又说:'这草房里有黄精、百合、茯苓、山药、枣、栗子、苏子、蜂蜜等东西,你随便吃。'我进屋住下,老人就走了,向更深的山中走去。我吃了药之后,也不觉饥渴,只觉得身体很轻。如此过了两个来月,老人才来。他见了我便笑道:'你还在这儿,这不也是很有恒心嘛!你的病已经好了,知道吗?'

曰：'不知。'老人曰：'于水照之。'鬓眉皆生矣，色倍少好。老人曰：'汝未合久居此。既服吾药，不但祛疾，可长生人间矣！且修行道术，与汝二十年后为期。'因令却归人间。临别，某拜辞曰：'不审仙圣复何姓名，愿垂告示。'老人曰：'子不闻唐初卫公李靖否？即吾身是也。'乃辞出山。今以所修恐未合圣旨，年限将及，再入山寻师耳。"单君因记其事，为人说之。出《原仙记》。

我说：'不知道。'老人说：'到水边上照照。'我去一照，见头发眉毛全长出来了，面色倍加年轻漂亮。老人说：'你不应该长住在这里。吃了我的药之后，不只治病，还能长生不老呢！你要好好修行道术，二十年之后再和你相见。'于是他让我回到人间。临别的时候，我拜辞说：'不知道老神仙的姓名，希望老神仙告诉我。'老人说：'你没听说过唐朝初期的卫国公李靖吗？那就是我。'于是我辞别他出山而来。现在我的修行恐怕不符合老神仙的旨意，年限要到了，就再进山寻找师父。"单尊师于是记录下了此事，对人们讲说。出自《原仙记》。

卷第三十
神仙三十

张　果　　翟乾祐　　凡八兄

张　果

　　张果者，隐于恒州条山，常往来汾晋间。时人传有长年秘术。耆老云："为儿童时见之，自言数百岁矣。"唐太宗、高宗累征之不起。则天召之出山，佯死于妒女庙前。时方盛热，须臾臭烂生虫。闻于则天，信其死矣。后有人于恒州山中复见之。果常乘一白驴，日行数万里，休则重叠之，其厚如纸，置于巾箱中；乘则以水噀之，还成驴矣。

　　开元二十三年，玄宗遣通事舍人裴晤，驰驿于恒州迎之。果对晤气绝而死。晤乃焚香启请，宣天子求道之意。俄顷渐苏。晤不敢逼，驰还奏之。乃命中书舍人徐峤赍玺书迎之。果随峤到东都，于集贤院安置，肩舆入宫，备加礼敬。玄宗因从容谓曰："先生得道者也，何齿发之衰耶？"果曰："衰朽之岁，无道术可凭，故使之然，良足耻也。今若尽除，不犹愈乎？"因于御前拔去鬓发，击落牙齿，流血溢口。

张 果

张果，隐居在恒州条山，经常往来于汾晋之间。当时的人们传说他有长寿的秘术。老辈人讲："我还是孩子的时候见过他，他说自己已经几百岁了。"唐太宗、唐高宗多次征召他，他都不答应。武则天召请他出山，他装死在妒女庙前。当时正是大热天，尸体不一会儿便臭烂生蛆。武则天听说之后，相信他死了。后来有人在恒州山中又见到了他。张果经常骑着一头白驴，一天走几万里，休息的时候就把驴叠起来，就像纸那么厚，放到衣箱中；要骑的时候就用水喷一下，它就又变成驴了。

开元二十三年，唐玄宗派通事舍人裴晤，乘驿马到恒州迎接张果。张果在裴晤面前气绝而死。裴晤就烧香请他起来，向他宣叙天子求道的诚意。不多时他渐渐醒了。裴晤不敢强迫他，驰马回来向皇上报告。皇上就让中书舍人徐峤带着皇帝的诏书去迎接他。张果跟着徐峤来到东都，徐峤把他安置在集贤院，然后用轿子把他抬进宫中，对他非常尊敬。唐玄宗就在闲暇时问他说："先生是成仙得道的人，为什么牙齿头发如此衰老呢？"张果说："已经到了衰朽的年岁，没有什么道术可以依靠，所以才这样，真是让人感到羞耻。现在如果把它们全去掉，不是更好一些吗？"于是他在皇帝面前拔掉鬓发，打落牙齿，血从口中流出来。

玄宗甚惊，谓曰："先生休舍，少选晤语。"俄顷召之，青鬓
皓齿，愈于壮年。一日，秘书监王迥质、太常少卿萧华尝同
造焉。时玄宗欲令尚主，果未之知也，忽笑谓二人曰："娶
妇得公主，甚可畏也！"迥质与华，相顾未谕其言。俄顷有
中使至，谓果曰："上以玉真公主早岁好道，欲降于先生。"
果大笑，竟不承诏。二人方悟向来之言。是时公卿多往候
谒，或问以方外之事，皆诡对之。每云："余是尧时丙子年
人。"时莫能测也。又云："尧时为侍中。"善于胎息，累日不
食，食时但进美酒及三黄丸。玄宗留之内殿，赐之酒。辞
以山臣饮不过二升。有一弟子，饮可一斗。玄宗闻之喜，
令召之。俄一小道士自殿檐飞下，年可十六七，美姿容，旨
趣雅淡。谒见上，言词清爽，礼貌臻备。玄宗命坐，果曰：
"弟子常侍立于侧，未宜赐坐。"玄宗目之愈喜，遂赐之酒。
饮及一斗，不辞。果辞曰："不可更赐，过度必有所失，致龙
颜一笑耳。"玄宗又逼赐之。酒忽从顶涌出，冠子落地，化
为一榼。玄宗及嫔御皆惊笑，视之，已失道士矣，但见一金
榼在地，覆之，榼盛一斗。验之，乃集贤院中榼也。累试仙
术，不可穷纪。

有师夜光者善视鬼，玄宗常召果坐于前，而敕夜光视
之。夜光至御前奏曰："不知张果安在乎，愿视察也。"而
果在御前久矣，夜光卒不能见。又有邢和璞者，有算术。

唐玄宗很吃惊，对他说："先生先回去休息休息，一会儿咱们再谈。"过了一会儿召见他，他居然一头黑发，满口白牙，胜过壮年人。有一天，秘书监王迥质、太常少卿萧华一同去拜访他。当时唐玄宗想让他娶公主，他还不知道，他忽然笑着对二人说："娶公主做老婆，很可怕呀！"王迥质和萧华你看我，我看你，不明白他的话是什么意思。不一会儿宫中太监来到，对张果说："皇上因为玉真公主从小喜欢道教，想要把她嫁给你。"张果大笑，最终也没有接受诏令。王迥质和萧华二人才明白他刚才那话的意思。当时许多公卿都来拜访他，有的人向他打听世外的事，他总是用虚假的言词回答。常常说："我是尧帝时丙子年生的人。"当时人无法推断真假。又说："尧帝时我是侍中。"张果擅长胎息术，可以几日不吃东西，吃饭的时候只喝美酒，服三粒黄丸。唐玄宗把他留在内殿，赐他美酒。他推辞说自己连二升也喝不了。他有一个弟子，能喝一斗。唐玄宗听说之后很高兴，让人把这个弟子叫来。不大一会儿，一个小道士从大殿的屋檐上飞下来，年纪十六七岁，姿容美丽，举止雅淡。小道士上前来拜见皇上，言词清爽，很有礼貌。唐玄宗让他坐，张果说："我这弟子常常站在我身边侍候，不应该赐他坐下。"唐玄宗看过之后，更加喜欢这位小道士，就赐酒给他。小道士喝够一斗也没有推辞。张果推辞说："不能再赐了，喝多了一定会有过失的，那要让皇上见笑了。"唐玄宗又硬逼小道士喝。酒忽然从小道士的头顶上涌出来，帽子掉到地上，变成了一个盛酒器。唐玄宗和嫔妃侍女都吃惊大笑，一看，小道士已经不见了，只见一个金色的酒器扣在地上，正好能盛一斗。经过查验，原来是集贤院中的酒器。唐玄宗多次试验张果的仙术，无法全部记下来。

有一位叫夜光的法师善于查看鬼神，唐玄宗曾经把张果找来，让张果坐在自己面前，让夜光法师看着张果。夜光法师来到唐玄宗面前奏道："不知张果现在在什么地方，我愿意去查看一番。"其实张果已经坐在唐玄宗面前好长时间了，夜光法师却始终不能看见他。另外，有一个叫邢和璞的人，有算命的法术。

每视人,则布筹于前。未几,已能详其名氏、穷达、善恶、夭寿。前后所算计千数,未常不析其苛细,玄宗奇之久矣。及命算果,则运筹移时,意竭神沮,终不能定其甲子。玄宗谓中贵人高力士曰:"我闻神仙之人,寒燠不能瘵其体,外物不能浼其中。今张果善算者莫得究其年,视鬼者莫得见其状。神仙倏忽,岂非真者耶?然常闻谨斟饮之者死,若非仙人,必败其质,可试以饮之。"会天大雪,寒甚,玄宗命进谨斟赐果。果遂举饮,尽三巵,醺然有醉色,顾谓左右曰:"此酒非佳味也!"即偃而寝,食顷方寤。忽览镜视其齿,皆斑然焦黑,遽命侍童取铁如意,击其齿尽,随收于衣带中。徐解衣,出药一贴,色微红光莹。果以傅诸齿穴中,已而又寝,久之忽寤,再引镜自视,其齿已生矣,其坚然光白,愈于前也。玄宗方信其灵异,谓力士曰:"得非真仙乎?"遂下诏曰:"恒州张果先生,游方之外者也,迹先高尚,心入窅冥。久混光尘,应召赴阙。莫知甲子之数,且谓羲皇上人。问以道枢,尽会宗极。今则将行朝礼,爰申宠命,可授银青光禄大夫,仍赐号通玄先生。"

未几,玄宗狩于咸阳,获一大鹿,稍异常者。庖人方馔,果见之曰:"此仙鹿也,已满千岁。昔汉武元狩五年,臣曾侍从畋于上林。时生获此鹿,既而放之。"玄宗曰:

他每次给人算命,就把一些算筹摆放在面前。不一会儿,就能详细地知道那人的姓名是什么,是穷困还是显达,是好还是坏,是短命还是长寿。他前后给一千多人算命,没有不分析到细微之处的,唐玄宗感到惊奇已经好久了。等到唐玄宗让他给张果算命,却摆弄了老半天算筹,想法枯竭,神色沮丧,始终不能确定张果的年龄。唐玄宗对大宦官高力士说:"我听说成了神仙的人,寒冷和炎热都不能使他的身体生病,外物也不污染他的内心。现在的张果,善算命的人都算不出他的年龄,善视鬼神的人都看不到他的形貌。神仙的行动是倏忽不定的,莫非真有那么回事吧?然而我听说喝了堇斟(当作"堇斟",一种毒汁。)的人会死,如果他不是神仙,喝了就一定会败坏他的身体,可以让他喝一下试试。"正赶上天下大雪,十分寒冷,唐玄宗就让人把堇斟拿来赐给张果。张果举杯就喝,喝了三杯之后,醉醺醺地看着身边的人说:"这酒不是好味!"于是他就倒在地上睡了,一顿饭的时间他才醒。忽然对着镜子看他的牙齿,他的牙齿全都变得斑驳焦黑,他急忙让侍童取来铁如意,把牙齿全打掉,收放到衣带里。他慢慢地解开衣带,取出一帖药来,这药颜色微红,光亮晶莹。张果把药敷到牙床上,接着再睡,睡一会儿忽然又醒,再拿镜子自己看看,他的牙齿已经长出来了,这牙齿的坚硬洁白,比以前还强。唐玄宗这才相信他的神奇,对高力士说:"他莫非是真正的神仙吧?"于是唐玄宗下诏书说:"恒州张果先生,是云游的世外仙人,他形迹高尚,心能深入幽冥之中。他长久地混迹于世俗之中,应召进宫来。却不知道他有多大岁数,自己说是伏羲时的仙人。向他请教道术,他的道术已达到极高深完满的程度。现在就要举行朝礼,申明这加恩特赐的任命,授他银青光禄大夫之职,并赐号通玄先生。"

不久,唐玄宗到咸阳打猎,打到一头大鹿,与平常的鹿略有不同。厨师正要杀鹿做菜,张果见了便说:"这是仙鹿,已经活了一千多年。以前汉武帝元狩五年时,我作为侍从跟汉武帝在上林苑打猎。当时活捉了这头鹿,然后又把它放了。"唐玄宗说:

"鹿多矣,时迁代变,岂不为猎者所获乎?"果曰:"武帝舍鹿之时,以铜牌志于左角下。"遂命验之,果获铜牌二寸许,但文字凋暗耳。玄宗又谓果曰:"元狩是何甲子? 至此凡几年矣?"果曰:"是岁癸亥,武帝始开昆明池。今甲戌岁,八百五十二年矣。"玄宗命太史氏校其长历,略无差焉。玄宗愈奇之。时又有道士叶法善,亦多术。玄宗问曰:"果何人耶?"答曰:"臣知之,然臣言讫即死,故不敢言。若陛下免冠跣足救,臣即得活。"玄宗许之。法善曰:"此混沌初分白蝙蝠精。"言讫,七窍流血,僵仆于地。玄宗遽诣果所,免冠跣足,自称其罪。果徐曰:"此儿多口过,不谪之,恐败天地间事耳!"玄宗复哀请久之。果以水噀其面,法善即时复生。其后累陈老病,乞归恒州。诏给驿送到恒州。天宝初,玄宗又遣征召。果闻之,忽卒,弟子葬之。后发棺,空棺而已。出《明皇杂录》《宣室志》《续神仙传》。

翟乾祐

翟乾祐,云安人也。庞眉广颡,巨目方颐,身长六尺,手大尺余,每揖人,手过胸前。常于黄鹤山师事来天师,尽得其道。能行气丹篆,陆制虎豹,水伏蛟龙,卧常虚枕。往往言将来之事,言无不验。因入夔州市,谓人曰:"今夜有八人过此,宜善待之。"是夕火烧百余家。晓之者云:"'八人'乃'火'字也。"每入山,群虎随之。曾于江上与十许人玩月,

"鹿多了，时代又变换了，那头鹿难道不会被猎人打去吗？"张果说："汉武帝放鹿的时候，把一块铜牌放在鹿的左角下作为记号。"于是唐玄宗让检验那鹿，果然找到一块二寸大小的铜牌，只是文字已经模糊了。唐玄宗又对张果说："元狩年是什么年？到现在有多少年了？"张果说："那一年是癸亥年，汉武帝开始开凿昆明池。今年是甲戌年，已经八百五十二年了。"唐玄宗让史官核对年历，一点没有差错。唐玄宗更加惊奇。当时又有一个叫叶法善的道士，也善道术。唐玄宗问他道："张果是什么人？"他回答说："我知道，但是我说完就得死，所以不敢说。如果陛下能脱去帽子、光着脚去救我，我就能活。"唐玄宗答应了他。叶法善说："张果是混沌初分时的一只白蝙蝠精。"说完，他七窍流血，僵卧在地上。唐玄宗急忙跑到张果那里，脱去帽子和鞋子，自己说自己有罪。张果慢慢地说："这小子多有言语过失，不惩罚他，恐怕他坏了天地间的大事呢！"唐玄宗又哀求了好久。张果用水喷了叶法善的脸，叶法善当时就活了过来。这以后，张果多次说自己年老多病，请求回恒州去。唐玄宗派驿站车马把他送到恒州。天宝初年，唐玄宗又派人征召张果。张果听了之后，忽然死去，弟子们把他埋葬了。后来打开棺材一看，只是一口空棺罢了。

出自《明皇杂录》《宣室志》《续神仙传》。

翟乾祐

翟乾祐是云安人。他眉毛重额头宽，眼睛大下巴方，身高六尺，手有一尺多大，每次向人作揖时，手都超过胸前。他曾经在黄鹤山拜来天师为师，完全学到了来天师的道术。他会呼吸吐纳之法，能用朱砂书写篆符，在陆地上能治服虎豹，在水里边能治服蛟龙，卧着的时候，他的头常常悬空而枕。他常常谈论将来的事情，说的没有不应验的。一次他来到夔州街市上，对人说："今天夜里有八人经过这里，应该很好地招待他们。"这天夜里大火烧了一百多家。懂的人说："'八人'就是个'火'字。"他每次入山，都有一群虎跟着他。他曾经在江上和十几个人一起赏月，

或问曰："月中竟何所有？"乾祐笑曰："可随我手看之。"乃见月规半天，琼楼金阙满焉，良久乃隐。云安井，自大江溯别派，凡三十里。近井十五里，澄清如镜，舟楫无虞。近江十五里，皆滩石险恶，难于沿溯。乾祐念商旅之劳，于汉城山上结坛考召，追命群龙，凡一十四处，皆化为老人，应召而至。乾祐谕以滩波之险，害物劳人，使皆平之。一夕之间，风雷震击，一十四里，尽为平潭矣。唯一滩仍旧，龙亦不至。乾祐复严敕神吏追之。又三日，有一女子至焉。因责其不伏应召之意，女子曰："某所以不来者，欲助天师广济物之功耳。且富商大贾，力皆有余，而佣力负运者，力皆不足。云安之贫民，自江口负财货至近井潭，以给衣食者众矣。今若轻舟利涉，平江无虞，即邑之贫民，无佣负之所，绝衣食之路，所困者多矣。余宁险滩波以赡佣负，不可利舟楫以安富商。所不至者，理在此也。"乾祐善其言，因使诸龙各复其故。风雷顷刻，而长滩如旧。

唐天宝中，诏赴上京，恩遇隆厚。岁余还故山，寻得道而去。先是，蜀有道士佯狂，俗号为"灰袋"，即乾祐晚年弟子也。乾祐每戒其徒曰："勿欺此人，吾所不及。"常大雪中，衣布裙，入青城山，暮投兰若求僧寄宿。僧曰："贫僧一衲而已，天寒，此恐不能相活。"道者但云："容一床足矣。"至夜半，雪深风起，僧虑道者已死，就视之，去床数尺，

有人问道："月亮里到底有什么呢？"瞿乾祐笑道："随着我的手看看。"于是人们便看到月亮有半个天那么大，那上面全是琼楼金阙，好久才隐去。云安盐井，坐落在长江的一条支流逆水而上三十里的地方。离井十五里这一段，江水像镜子一样清澈，船只往来平安。但是离江十五里这一段，全都是险恶的滩石，很难顺流而下或逆流而上。瞿乾祐考虑到商旅的劳苦，就在汉城山上筑了一个法坛，施法召唤群龙前来，一共十四个地方的龙，都变成老人来到这里。瞿乾祐就把滩石如何艰险、如何让人劳苦对他们说明，让他们全给弄平坦。一夜之间，风雷大作，有十四里水路全都变成平静的水面。只有一处险滩没变，龙也没到。瞿乾祐又严命神吏去追查。又过了三天，来了一位女子。瞿乾祐就责备她不应召，女子说："我之所以不来，是想要帮助您，使您救人疾苦的功劳更大些而已。那些大富商，个个都财力有余，而那些出卖劳力搬运东西的人，财力都不足。云安的贫民，从江口背着东西运到靠近盐井的江潭，以此赚钱维持生活的人很多。现在如果行船畅通，江流平缓没有任何危险，那么这里的贫民就没有地方帮工赚钱，就断了他们的衣食之路，陷入困窘的人就多了。我宁肯让险滩险浪养活出卖劳力搬运货物的穷人，也不能让它有利于船只而保护富商。我之所以不来，道理就在这儿。"瞿乾祐认为她说得好，因此让龙们各自把险滩恢复成原样。顷刻间风雷大作，长滩又变回原样了。

唐朝天宝年间，皇帝诏令瞿乾祐到京城去，恩宠优厚。一年多以后，他又回到了故乡，不久便得道成仙而去了。在这以前，蜀地有一个装疯的道士，俗号叫"灰袋"，他就是瞿乾祐晚年的弟子。瞿乾祐常常警告其他弟子们说："你们不要欺负这个人，他的本事是我所不及的。"疯道士曾经在一个大雪天，穿着布裙走进青城山，天黑的时候来到一座寺庙求和尚让他借住一宿。和尚说："贫僧只有一件僧衣，天气寒冷，此处恐怕不能保你活命。"疯道士只说："能让我有一张床就足够了。"到了半夜，风大雪深，和尚担心道士已经冻死了，靠近去看，在离床几尺的地方，

气蒸如炉，流汗祖寝。僧始知其异人。未明，不辞而去。多住村落，每住人愈信之。曾病口疮，不食数月，状若将死。村人素神之，因为设道斋。斋散，忽起就枕，谓众人曰："试窥吾口中，有何物也？"乃张口如箕，五脏悉露。同类惊异，作礼问之。唯曰："此足恶！此足恶！"后不知所终。出《酉阳杂俎》《仙传拾遗》。

凡八兄

凡八兄者，不知仙籍之中何品位也。隋太子勇之孙，名德祖，仕唐为尚辇奉御。性颇好道，以金丹延生为务。炉鼎所费，家无余财，宫散俸薄，往往阙于饘粥。稍有百金，即输于炭药之直矣。凡八兄忽诣其家，谈玄虚，论方术。以为金丹之制不足为劳，黄白变化咳唾可致。德祖愈加尊敬。而凡之刚躁喧杂，嗜酒贪饕，殊不可耐；昼出夜还，不畏街禁；肥鲜醇酎，非时即须。德祖了谙其性，委曲预备，必副所求。由是淹留数月。一日，令德祖取鼎釜铧鏊辈陈于药房中，凡自击碎之，垒铁加炭，烈火以煅焉。投散药十七于其上，反扃其室，背灯壁隅。乃与德祖庭中步月。中夜谓德祖曰："我太极仙人也，以子栖心至道，抗节不回，故来相教耳。明月良夜，能远游乎？"德祖诺。遂相与出门，及反顾，扃钥如旧。徐行若三二十里，路颇平。憩一山顶，德祖觉倦。八兄曰："此去长安千里矣，当甚劳乎？"

蒸气如炉,疯道士光着身子睡觉还淌汗。和尚这才知道道士是位高人。天不亮他就不辞而别。他常住在村里,每次住过人们就更信服他。他曾生过口疮,几个月没吃饭,样子像要死似的。村里人一向敬他如神,就为他设了道家的斋供。斋散,他忽然起来枕到枕头上,对众人说:"你们看看我嘴里有什么东西?"于是他张开簸箕般的大口,五脏全都露了出来。人们大吃一惊,行礼问他是怎么回事。他只是说:"这东西实在可恶!这东西实在可恶!"后来不知他到底怎样了。出自《酉阳杂俎》《仙传拾遗》。

凡八兄

凡八兄,不知在仙籍中是什么位次。隋太子杨勇的孙子名叫杨德祖,在唐朝做官,任尚辇奉御。他很喜欢道教,把炼丹延寿作为要务。炼丹的费用很大,以至于他家里没有多余的资财,宫中发放的俸禄很少,他常常连稀饭都吃不上。稍微有些钱,他就用在买药买炭上边了。凡八兄忽然来到他家,与他谈论玄妙虚无的道和采药炼丹之术。凡八兄认为炼制金丹不怎么费事,黄金白银的点化就像咳嗽一声或吐口唾沫那么容易。杨德祖更加尊敬他。但是凡八兄刚烈急躁,吵闹喧哗,又嗜酒贪吃,令人极不可忍受;他白天出去,夜里回来,不怕宵禁;鱼肉美酒,他不一定什么时候就需要。杨德祖了解他的性情,细致周到地为他预备了各种东西,一定满足他的需求。由此,他逗留了几个月。有一天,他让杨德祖把鼎、锅等炊器弄到药房里来,他亲自把这些东西打碎,把碎铁垒起来加上炭,用烈火煅烧。并在上面投放了十匙的散药,然后反锁了门,把灯放在墙角。于是他就和杨德祖在院子里的月下散步。半夜,他对杨德祖说:"我是太极仙人,因为你专心于大道,坚持高尚的志节而不回头,所以我来教你。现在正是明月良宵,能跟我到远处游一游吗?"杨德祖答应了。于是二人一起出了门,等到回头一看,门上的锁照常锁着。慢慢走了大约二三十里,路很平。在一个山顶上休息,杨德祖觉得困倦。凡八兄说:"从这到长安已经有一千里了,你觉得挺累吗?"

德祖惊其且远，亦以行倦为对。八兄长笑一声，逡巡，有白兽至焉，命德祖乘之，其行迅疾，渐觉弥远。因问长安里数。八兄曰："此八万里矣。"德祖悄然，忽念未别家小，白兽屹然不行。八兄笑曰："果有尘俗之念，去世未得如术。"遽命白兽送德祖诣云宫，谒解空法师。俄顷已至。法师延坐，使青童以金丹饲之。德祖捧接，但见毒螫之物，不可取食；又以玉液饮之，复闻其臭，亦不可饮。法师令白兽送德祖还其家。凡八兄不复见矣。至其家，灯烛宛然，夜未央矣。明晨视其所化，黄白灿然。虽资货有余，而八兄仙仪，杳不可睹。一日，忽见凡八兄之仆，携筐箮而过其门，问凡君所止。"在仙府矣，使我暂至人寰，若见奉御，亦令同来可也。"自是德祖随凡君仙仆而去，不复还矣。出《仙传拾遗》。

杨德祖吃惊已经走了这么远,也告诉他走得有一些疲倦。凡八
兄大笑一声,不一会儿,有一头白兽来到,他让杨德祖骑上去,白
兽走得很快,渐渐觉得更远了。杨德祖就问离长安多远了。凡
八兄说:"此处已经八万里了。"杨德祖默然不语,忽然想到没有
和家小告别,白兽就站在那里不动了。凡八兄笑着说:"你果然
还有尘俗杂念,我也不能用现在的法术带你成仙。"他就让白兽
送杨德祖到云宫去,拜谒解空法师。片刻已到。解空法师请他
坐下,让一位青衣童子把一粒金丹给杨德祖吃。杨德祖捧接过
来一看,只见一个毒虫一样的东西,不能吃;又给他玉液喝,又闻
到了它的臭味,也喝不下去。解空法师就让白兽送杨德祖回自
己家。凡八兄不知到何处去了。到了家,灯烛还在燃烧,夜还未
过半。第二天早晨看那些点化的东西,黄金白银灿然发光。杨
德祖虽然不缺钱财了,但是凡八兄却消失不见了。有一天他见
到了凡八兄的仆人,那仆人带着竹筐来到他家,他问仆人凡八兄
在哪儿。仆人说:"他已经在仙府了,让我暂时到人间,如果遇到
你,带你同去就可以。"从此,杨德祖跟着凡八兄的仆人离去,不
再回来了。出自《仙传拾遗》。

卷第三十一
神仙三十一

李遐周　　　许老翁　　　李珏　　　章全素

李遐周

　　李遐周者,颇有道术。唐开元中,尝召入禁中。后求出住玄都观。唐宰相李林甫,尝往谒之。遐周谓曰:"公存则家泰,殁则家亡。"林甫拜泣,求其救解。笑而不答,曰:"戏之耳。"天宝末,禄山豪横跋扈,远近忧之,而上意未寤。一旦遐周隐去,不知所之,但于其所居壁上,题诗数章,言禄山僭窃及幸蜀之事。时人莫晓,后方验之。其末篇曰:"燕市人皆去,函关马不归。若逢山下鬼,环上系罗衣。""燕市人皆去",禄山悉幽蓟之众而起也;"函关马不归"者,哥舒翰潼关之败,匹马不还也;"若逢山下鬼"者,马嵬蜀中驿名也;"环上系罗衣"者,贵妃小字玉环,马嵬时,高力士以罗巾缢之也。其所先见,皆此类矣。出《明皇杂录》。

许老翁

　　许老翁者,不知何许人也。隐于峨嵋山,不知年代。唐天宝中,益州士曹柳某妻李氏,容色绝代。时节度使

李遐周

李遐周很有道术。唐开元年间,他曾被召入宫中。后来他请求出宫住进玄都观。宰相李林甫曾经前去拜访过他。他对李林甫说:"你在,你的家就安全;你亡,你的家也亡。"李林甫流泪叩拜,求他解救。李遐周笑而不答,只是说:"开句玩笑罢了。"天宝末年,安禄山强横跋扈,远近之人都很担忧,但是皇上还没有醒悟。有一天李遐周隐去,不知他到哪儿去了。他只在住处的墙上题了几首诗,记的是安禄山窃国和唐玄宗到蜀地避难的事。当时的人谁也看不明白,后来才验证了。其中最后一首是:"燕市人皆去,函关马不归。若逢山下鬼,环上系罗衣。""燕市人皆去",是说安禄山倾起幽州、蓟州之兵造反;"函关马不归",是说哥舒翰潼关兵败,全军覆没匹马不还;"若逢山下鬼",是说马嵬是蜀中驿站的名字;"环上系罗衣",是说杨贵妃小字玉环,唐玄宗到蜀地避难,走到马嵬坡,高力士用罗巾把她勒死。李遐周的先见之明,都和这事相类似。出自《明皇杂录》。

许老翁

许老翁,不知是哪里人。他隐居峨嵋山,也不知那是什么年代。唐天宝年间,益州士曹柳某之妻李氏,容貌绝世。当时节度使

　　章仇兼琼新得吐番安戎城，差柳送物至城所，三岁不复命。李在官舍，重门未启。忽有裴兵曹诣门，云是李之中表丈人。李云："无裴家亲。"门不令启。裴因言李小名，兼说其中外氏族。李方令开门致拜，因欲餐。裴人质甚雅，因问柳郎去几时。答云："已三载矣。"裴云："三载义绝，古人所言，今欲如何？且丈人与子，业因合为伉俪，愿无拒此。"而竟为裴丈所迷，似不由人可否也。裴兵曹者，亦既娶矣。而章仇公闻李姿美，欲窥觇之，乃令夫人特设筵会，屈府县之妻，罔不毕集。唯李以夫婿在远辞焉。章仇妻以须必见，乃云："但来，无苦推辞。"李惧责遂行。着黄罗银泥裙，五晕罗银泥衫子，单丝罗红地银泥帔子，盖益都之盛服也。裴顾衣而叹曰："世间之服，华丽止此耳！"回谓小仆："可归开箱，取第三衣来。"李云："不与第一而与第三，何也？"裴曰："第三已非人世所有矣。"须臾衣至，异香满室。裴再视，笑谓小仆曰："衣服当须尔耶？若章仇何知，但恐许老翁知耳。"乃登车诣节度家。既入，夫人并座客，悉皆降阶致礼。李既服天衣，貌更殊异，观者爱之。坐定，夫人令白章仇曰："士曹之妻，容饰绝代。"章仇径来入院，戒众勿起。见李服色，叹息数四，乃借帔观之，则知非人间物。

章仇兼琼新夺取了吐蕃的安戎城,派柳某到安戎城去送东西,过了三年柳某也没有回来复命。李氏住在官舍,足不出户,没有开过院门。忽然有一个姓裴的兵曹来到她家叫门,自称是李氏的表叔。李氏说:"我家没有姓裴的亲戚。"她不让给姓裴的开门。于是姓裴的就叫出了李氏的小名,同时说出她家内外亲族的姓名。李氏这才让开门,并向姓裴的下拜,准备做饭给姓裴的吃。姓裴的很文雅,问柳郎离家多久了。李氏回答说:"他离家已经三年了。"姓裴的说:"三年情义已经断绝,这是古人说的,现在你打算怎么办呢?况且我和你,有缘应该成为夫妻,希望你不要拒绝这件事。"李氏到底被这位姓裴的表叔迷住了,这好像不是她自己能决定的。这位裴兵曹,也已经娶过妻了。而章仇兼琼听说李氏姿色美丽,想要见一见,就让他的夫人特意操办了一个宴会,邀请所有府县官员的妻子,全都请来了。只有李氏因为丈夫身在远地而推辞了。章仇兼琼的妻子因为非要见到李氏不可,便对李氏说:"你只管来,不要苦苦地推辞。"李氏怕受到责备,就去了。她穿的是黄罗银泥裙、五晕罗银泥衫子、单丝罗红地银泥披肩,大概都是成都最华丽的衣服。裴兵曹见了她的衣服感叹道:"人世间的衣服,再华丽也只能到这种程度了吧!"他回头对仆人说:"你回去把我的衣箱打开,从里边把第三套衣服拿来。"李氏说:"不给我第一套,而给我第三套,这是为什么?"裴兵曹说:"这第三套衣服已经不是人世间有的了。"不一会儿衣服取来了,满屋飘起了异香。裴兵曹看了又看,笑着对仆人说:"衣服就应当如此吧?像章仇兼琼这种人是不能知道什么的,只是怕许老翁知道而已。"于是李氏就登上车子来到了节度使家。李氏进门之后,章仇夫人以及所有的座中客人,全都走下台阶来行礼迎接她。李氏穿了仙衣之后,容貌更加美得出众,见到的人都非常喜欢她。坐定之后,章仇夫人让人向章仇兼琼禀报说:"柳士曹妻子的容貌和服饰都是绝世无双的。"章仇兼琼径直走进院来,告诉大家不要站起来。他见到李氏的衣服样式,再三地赞叹,就把李氏的披肩借来观赏,一看就知道这不是人间的东西。

试之水火,亦不焚污。因留诘之。李具陈本末。使人至裴居处,则不见矣。兼琼乃易其衣而进,并奏许老翁之事,敕令以计须求许老。章仇意疑仙者往来,必在药肆,因令药师候其出处,居四日得之。

初有小童诣肆市药,药师意是其徒,乃以恶药与之。小童往而复来,且嘱云:"大人怒药不佳,欲见捶挞。"因问大人为谁,童子云:"许老翁也。"药师甚喜,引童白府。章仇令劲健百人,卒吏五十人,随童诣山,且申敕令。山峰巉绝,众莫能上。童乃自下大呼。须臾,老翁出石壁上,问何故领尔许人来。童具白其事。老翁问:"童曷不来?童曷不来?"童遂冉冉蹑虚而上。诸吏叩头求哀云:"大夫之暴,翁所知也。"老翁乃许行。谓诸吏曰:"君但返府,我随至。"及吏卒至府未久,而翁亦至焉。章仇见之,再拜俯伏。翁无敬色。因问娶李者是谁,翁曰:"此是上元夫人衣库之官,俗情未尽耳。"章仇求老翁诣帝,许云:"往亦不难。"乃与奏事者克期至长安。先期而至,有诏引见。玄宗致礼甚恭。既坐,问云:"库官有罪,天上知否?"翁云:"已被流作人间一国主矣。"又问:"衣竟何如?"许云:"设席施衣于清净之所,当有人来取。"上敕人如其言。初不见人,但有旋风卷衣入云,顾盼之间,亦失许翁所在矣。出《仙传拾遗》。

又一说云:天宝中,有士人崔姓者,尉于巴蜀,才至成都而卒。时连帅章仇兼琼,哀其妻少而无所投止,

把它放到水里和火上试验，也不着火也不污染。于是章仇兼琼就把李氏留下盘问。李氏详细地陈述了事情的始末。章仇兼琼派人去裴兵曹的住处，裴兵曹却不见了。章仇兼琼就把李氏的衣服换下来，送到皇宫里，并且向皇上奏报了许老翁的事，皇上下令让他设法找到许老翁。章仇兼琼觉得仙人往来，一定在药店，于是他就让药师等候着许老翁的出现，等了四天就等到了。

　　一开始有位小童到药店来买药，药师认为这是许老翁的弟子，就把不好的药卖给他。小童去而复返，并说："我家大人见药不好很生气，要打我。"于是问他家大人是谁，童子说："是许老翁。"药师非常高兴，领着小童来向章仇兼琼报告。章仇兼琼派出一百名健壮勇士，还有五十名卒吏，跟着小童进山，要去传达皇帝的诏令。山峰陡峭险绝，众人没有能上去的。小童就在山下大声喊。片刻间，老翁出现在石壁上，问为什么领来这么多人。小童详细说了这件事。老翁问："小童为什么不上来？小童为什么不上来？"小童就慢慢地踩着空中升上去。卒吏们叩头哀求道："我们大人的粗暴，老翁是知道的。"老翁这才答应走一趟。老翁对卒吏们说："你们只管先回府，我马上就到。"等到吏卒们回到府中不一会儿，老翁也到了。章仇兼琼见了老翁，连连下拜俯身恭伏。老翁脸上却毫无敬色。于是章仇兼琼问老翁娶李氏的人是谁，老翁说："那个人是上元夫人的衣库官，俗情未了罢了。"章仇兼琼求老翁去进见皇帝，许老翁说："去也不难。"于是他就和要到京城奏事的人约定了到达长安的日期。他提前到了，皇上下令让人领他来见。唐玄宗对他很恭敬。坐下之后，唐玄宗问："库官有罪，天上知道吗？"许老翁说："已被流放到人间当了一国之主了。"又问："那衣服究竟如何处置？"许老翁说："在清静的地方设席，把那衣服放到席上，就会有人来取。"皇上下令按许老翁说的去做。起初不见有人来，只有旋风把衣服卷入云中，大家正顾盼的时候，许老翁也不见了。出自《仙传拾遗》。

　　另有一说：天宝年间有位姓崔的读书人，到巴蜀一带做县尉，刚走到成都就死了。节度使章仇兼琼可怜他妻子年少无依，

因于青城山下置一别墅。又以其色美,有聘纳之意。计无所出,因谓其夫人曰:"贵为诸侯妻,何不盛陈盘筵,邀召女客?五百里内,尽可迎致。"夫人甚悦。兼琼因命衙官,遍报五百里内女郎,克日会成都,意欲因会便留亡尉妻也,不谓已为族舅卢生纳之矣。卢舅密知兼琼意,令尉妻辞疾不行。兼琼大怒,促左右百骑往收捕。卢舅时方食,兵骑绕宅已合。卢谈笑自若,殊不介怀。食讫,谓妻曰:"兼琼意可知矣,夫人不可不行。少顷,即当送素色衣来,便可服之而往。"言讫,乘骡出门。兵骑前揽不得,徐徐而去,追不能及。俄使一小童捧箱,内有故青裙、白衫子、绿帔子、绯罗、縠、绢素,皆非世人所有。尉妻服之至成都。诸女郎皆先期而至。兼琼觇于帷下。及尉妻入,光彩绕身,美色傍射,不可正视。坐者皆摄气,不觉起拜。会讫归,三日而卒。兼琼大骇,具状奏闻。玄宗问张果,果云:"知之,不敢言。请问青城王老。"玄宗即诏兼琼,求访王老进之。兼琼搜索青城山前后,并无此人,唯草市药肆云:"常有二人,日来卖药,称王老所使。"二人至,兼琼即令衙官随之。入山数里,至一草堂。王老皤然鬓发,隐几危坐。衙官随入,遂宣诏,兼致兼琼意。王老曰:"此必多言小儿张果也。"因与兼琼克期到京师。令先发表,不肯乘传,兼琼从之。

就在青城山下为她盖了一所别墅。又因为她姿色很美,有纳她做妾的意思。但是章仇兼琼想不出来好办法,于是就对自己的夫人说:"你贵为地方大员的妻子,何不操办一个盛大的宴会,邀请女客来玩玩? 方圆五百里之内的女客,全可以请过来。"夫人非常高兴。章仇兼琼于是就让衙门里的官吏,遍邀方圆五百里内的年轻女子,按照约定的日期到成都赴会,想要趁宴会时把亡故县尉的妻子留下,没想到那女人已被舅舅卢生娶了去。卢生暗中得知章仇兼琼的意图,就让县尉的遗孀托病不去。章仇兼琼非常生气,派手下一百名骑兵去抓捕。当时卢生正在吃饭,骑兵已包围了他的住宅。卢生谈笑自如,很不在乎。吃完饭,他对妻子说:"章仇兼琼的用意很清楚了,夫人不能不去。过一会儿,就会有人给你送素色衣服来,你就可以穿上那衣服去了。"说完,他骑上骡子出了门。骑兵们上前捉他却捉不住,他慢慢地前行,也追不上他。不多时他让一个小童捧来一个箱子,箱内有一件旧青裙,一件白衫子,一件绿披肩,还有绯罗、縠、绢素等丝织品,全都不是人世间所有的。县尉的遗孀穿上这套衣服来到成都。其他女客们已经提前到了。章仇兼琼在帷帐后窥视。当县尉的遗孀走进来时,只见她光彩绕身,美色焕然,都不能正眼看她。在座的人都屏住呼吸,不由自主地起身下拜。等到宴会结束回去,三天后她就死了。章仇兼琼大吃一惊,写奏章报告了皇帝。唐玄宗问张果,张果说:"我知道怎么回事,但是不敢说。请陛下问青城山的王老。"唐玄宗就下诏让章仇兼琼求访王老并送到宫里来。章仇兼琼搜索青城山的前后,并没有王老这个人,只有草市上药店的主人说:"常有两个人,每天都来卖药,自称是王老派来的。"等那两个人又来,章仇兼琼就让衙中的官吏跟着他们去找王老。进山几里,来到一所草堂。只见王老鬒发雪白,在几案后正襟危坐。官吏们跟着走进去,立即宣读了诏书,还传达了章仇兼琼的意思。王老说:"这一定是那个多嘴多舌的小子张果说的。"于是他和章仇兼琼约定日期到京城去。他让章仇兼琼先送去奏章,自己不肯乘坐驿站的车马,章仇兼琼听从了他。

使才至银台，王老亦到。玄宗即召问之。时张果犹在玄宗侧，见王老，惶恐再拜。王老叱果曰："小子何不言之，又遣远取吾来！"果言："小仙不敢，专候仙伯言耳。"王老乃奏曰："卢二舅即太元夫人库子，因假下游，以亡尉妻微有仙骨，故纳为媵。无何，盗太元夫人衣服与着，已受谪至重，今为郁单天子矣。亡尉妻以衣太元夫人衣服，堕无间狱矣。"奏讫，苦不愿留。玄宗命放还，后不知所在。出《玄怪录》。

李　珏

李珏，广陵江阳人也。世居城市，贩粜自业。而珏性端谨，异于常辈。年十五时，父适他行，以珏专贩事。人有粜者，与粜，珏即授以升斗，俾令自量。不计时之贵贱，一斗只求两文利，以资父母。岁月既深，衣食甚丰。父怪而问之，具以实对。父曰："吾之所业，同流中无不用出入升斗，出轻入重，以规厚利。虽官司以春秋较攉，终莫断其弊。吾但以升斗出入皆用之，自以为无偏久矣。汝今更出入任之自量，吾不可及也。然衣食丰给，岂非神明之助耶！"后父母殁，及珏年八十余，不改其业。

适李珏出相，节制淮南。珏以新节度使同姓名，极用自惊，乃改名宽。李珏下车后数月，修道斋次。夜梦入洞府中，

使者刚到银台门，王老也到了。唐玄宗立刻就召见他，向他请教。当时张果还在唐玄宗身边，见了王老后，惶恐地连连下拜。王老呵斥张果说："你小子为什么不直接把事情解释清楚，还打发人大老远把我找来！"张果说："小仙不敢，专门等着仙伯来说呢。"王老于是对唐玄宗说："卢二舅就是给太元夫人管库的人，趁着假期下界来游玩，因为死亡县尉的妻子有仙骨，所以纳她为妾。没过多久，他偷了太元夫人的衣服给她穿，已经受到极重的惩罚，现在已经是郁单天子了。死亡县尉的妻子因为穿了太元夫人的衣服，被堕入无间地狱了。"说完，王老苦苦请求，不肯留下。唐玄宗下令放他回山，后来不知他到什么地方去了。出自《玄怪录》。

李 珏

李珏是广陵江阳人。他家世代住在城里，以买卖粮食为职业。李珏的性格端庄谨慎，和一般人不一样。他十五岁的时候，父亲刚好到别的地方去，就把贩卖粮食的事交给李珏专管。有人来买粮，李珏就让他们买，并把升和斗交给他们，让他们自己量。不按当时粮食的贵贱计价，一斗粮只赚两文钱的利，用来资助父母。时间长了，他家的衣食却很丰足。他的父亲感到奇怪，就问他是怎么回事，他全都如实告诉父亲。父亲说："我做粮食生意的时候，同行中都是用两种升斗买进卖出，卖的时候用小斗，买的时候用大斗，用来赚取大利。虽然官府年年春秋两季都要检查校正升斗，但是始终不能制止弊病。我只是用同一种升和斗买卖，时间已经很久了，自以为没有什么偏差了。你现在改为买卖都让人家自己量，我不如你。这样还能衣食丰足，难道有神明帮助吗？"后来，他的父母都亡故了，直到他活到八十多岁，也没改变职业。

恰巧宰相李珏出京，做淮南节度使。李珏因为与新节度使同名同姓，自己感到非常吃惊，就改名叫李宽。李珏到任后几个月，在斋戒的地方修道。一天夜里，他梦见自己进入一个洞府中，

见景色正春，烟花烂熳，翔鸾舞鹤，彩云瑞霞，楼阁连延。珏独步其下，见石壁光莹，填金书字，列人姓名。似有李珏，字长二尺余。珏视之极喜，自谓生于明代，久历显官，又升宰辅，能无功德及于天下？今洞府有名，我必仙人也。再三为喜。方喜之际，有二仙童自石壁左右出。珏问："此何所也？"曰："华阳洞天。此姓名非相公也。"珏惊，复问："非珏何人也？"仙童曰："此相公江阳部民也。"珏及晓，历记前事，益自惊叹。问于道士，无有知者。复思试召江阳官属诘之，亦莫知也。乃令府城内求访同姓名者。数日，军营里巷相推，乃得李宽旧名珏，遂闻于珏。乃以车舆迎之，置于静室，斋沐拜谒，谓为道兄。一家敬事，朝夕参礼。李情景恬憺，道貌秀异，须长尺余，皓然可爱。年六十时，曾有道士教其胎息，亦久不食。珏愈敬之。及月余，乃问曰："道兄平生得何道术？服炼何药？珏曾梦入洞府，见石壁姓名，仙童所指，是以迎请师事，愿以相授。"宽辞以不知道术服炼之事。珏复虔拜，因问宽所修何术。宽辞以愚民不知所修，遂具贩籴以对。珏再三审问，咨嗟曰："此常人之难事，阴功不可及也！"复曰："乃知世之动静食息，莫不有报。苟积德，虽在贫贱，神明护祐，名书仙籍，以警尘俗。"又问胎息不食之由，具以对。珏师其胎息，亦不食。

见里面正是春天景色,烟花绚烂,鸾翔鹤舞,云霞祥瑞,楼阁连绵。李珏独自走在其中,见一块石壁上光亮晶莹,上面书写着金字,列着许多人的名字。其中好像有"李珏"二字,字长二尺多。李珏看了非常高兴,自己以为生在一个圣明的时代,长时间做过高官,又升为宰相,怎能对天下没有功德?现在洞府中有自己的名字,自己肯定会是神仙。他再三地感到高兴。正高兴的时候,有两个仙童从石壁左右走出来。李珏问:"这是什么地方?"二童子说:"这是华阳洞天。这里的'李珏'不是你。"李珏一惊,又问:"不是我是谁呢?"仙童说:"这个人是你江阳县的百姓。"李珏直到天亮,还清楚地记得梦中的事,更加惊叹不已。他去向道士打听,道士们没有知道的。又试着找来江阳县的官吏们询问,也没有知道的。于是他又让人在府城内寻找同姓名的人。几天之后,军营街巷到处查问,才知道有个李宽以前也叫李珏,就向李珏报告了。于是李珏就派车把李宽接来,安置在一个清静的屋子里,斋戒沐浴后去拜见,称李宽为道兄。李珏的全家都敬奉李宽,早晨晚上都参拜行礼。李宽的性情恬淡,道貌出众,胡须一尺多长,白白的十分可爱。他六十岁的时候,曾经有一个道士教给他胎息之术,也很久没有吃粮食了。李珏更加敬重他。到一个多月以后,李珏就问他:"道兄平常修得了什么道术?服用什么药?我曾经做梦进入一个洞府,看到了石壁上有道兄的姓名,是仙童告诉了我,所以把您请来以师礼相待,希望能把道术传授给我。"李宽推辞说自己不知道道术以及服食炼丹的事。李珏又虔诚地参拜,接着又问李宽修习什么道术。李宽推辞说自己是愚民,不知道修习什么,就把自己如何做粮食生意详细地告诉了李珏。李珏仔细地问了多次,慨叹说:"这是一般人难以做到的事,你积的阴德别人都比不了啊!"又说:"我这才知道人世间的动、静、食、息各个方面,全都有报应。一个人如果积德,尽管是贫贱之身,神明也保佑他,也能把名字写在仙籍上,以警戒尘世间的人们。"他还向李宽询问修习胎息术和不吃饭的办法,李宽详细地告诉了他。他就向李宽学习胎息术,也不吃饭。

宽年百余岁,轻健异常。忽告子孙曰:"吾寄世多年,虽自养气,亦无益汝辈。"一夕而卒。三日棺裂声,视之,衣带不解,如蝉蜕,已尸解矣。出《续仙传》。

章全素

吴郡蒋生,好神仙。弱岁弃家,隐四明山下。尝从道士学炼丹,遂葺炉鼎,爨薪鼓鞲,积十年,而炼丹卒不成。其后寓游荆门,见有行乞于市者,肤甚悴,裸然而病,且寒噤不能语。生怜其穷困,解裘衣之,因命执侍左右。征其家,对曰:"楚人章氏子,全素其名,家于南昌,有沃田数百亩。属年饥,流徙荆江间,且十年矣。田归于官,身病不能自振,幸君子怜而容焉。"于是与蒋生同归四明山下。而全素甚惰,常旦寐自逸。蒋生恶骂而捶者不可计。生有石砚在几上,忽一日,全素白蒋生曰:"先生好神仙者,学炼丹且久矣。夫仙丹食之,则骨化为金,如是安有不长生耶?今先生神丹,能化石砚为金乎?若然者,吾为先生有道术士。"生自度不果,心甚惭,而以他词拒之曰:"汝佣者,岂能知神仙事乎!若妄言,自速笞骂之辱!"全素笑而去。后月余,全素于衣中出一瓢甚小,顾谓蒋生曰:"此瓢中有仙丹,能化石为金。愿得先生石砚,以一刀圭傅其上,可乎?"蒋生性轻果,且以为诞妄,诟骂曰:"吾学炼丹十年矣,尚未能穷其妙,佣者何敢与吾喋喋议语耶!"全素佯惧不对。明日,蒋生独行山水间,命全素守舍,于是键其门而去。

李宽活到一百多岁,身体非常轻捷强健。一天他忽然对子孙们说:"我活在世上多年,虽然自己修养真气,对你们也没有好处。"一天晚上他就死了。三天后棺材有裂开的声音,一看,他衣带没解,像蝉蜕一样,已经脱离肉体飞升成仙去了。出自《续仙传》。

章全素

　　吴郡的蒋生,喜欢神仙。二十岁的时候离开家,隐居在四明山下。他曾经跟道士学习炼丹,于是他就修炉灶,置铁锅,拉风箱,烧薪柴,一干就是十年,但是他最终也没有炼出丹来。后来他出游到了荆门,在街市上看到一个要饭的,肤色很憔悴,裸着身子,还有病,而且打着寒战不能说话。蒋生可怜他穷困,就脱下自己的皮衣给他穿,又让他随侍左右。蒋生打听他的家,要饭的回答说:"我是楚人,姓章,名全素,家住南昌,有几百亩肥沃的田地。因为赶上闹饥荒,流落在荆江一带,将近十年了。田产归了官,身体有病不能自己救助,多亏您可怜我收留我。"于是章全素和蒋生一起回到四明山下。章全素很懒,常常白天睡懒觉,贪图安逸。为了这事,蒋生恶言骂他,打他不知多少次。蒋生有一块石砚放在几案上,忽然有一天,章全素对蒋生说:"先生是好神仙的人,学习炼丹已经很长时间了。吃了仙丹,就可以化骨为金,这样哪有不长生的呢? 现在先生的神丹,能把这块石砚变成金子吗? 如果能这样,我才认为先生是一位有道之士。"蒋生自己估计办不到,心里很惭愧,却用别的话拒绝他说:"你是一个仆人,哪能知道神仙的事呢? 你要是胡说八道,就是自己来讨打骂了!"章全素笑着离开了。一个多月以后,章全素从衣服里取出一个很小的瓢来,看着蒋生说道:"这个瓢里有仙丹,能把石头变成金子。我希望得到先生的石砚,把一刀圭的仙丹放在那上面,可以吗?"蒋生生性轻率急躁,以为这是胡扯,就骂道:"我学炼丹十年了,还不能彻底弄清它的奥妙,你一个仆人怎么敢和我喋喋不休地大讲特讲呢?"章全素假装害怕不回答。第二天,蒋生要到山水间独自出游,让章全素看家,于是就锁上门走了。

至晚归，则见全素已卒矣。生乃以簀蔽其尸，将命棺而瘗于野。及彻其簀，而全素尸已亡去，徒有冠带衣履存焉。生大异，且以为神仙得道者，即于几上视石砚，亦亡矣。生益异之。后一日，蒋生见药鼎下有光，生曰："岂非吾仙丹乎？"即于烬中探之，得石砚，其上寸余，化为紫金，光甚莹彻，盖全素仙丹之所化也。生始悟全素果仙人，独恨不能识，益自惭恚。其后蒋生学炼丹卒不成，竟死于四明山。出《宣室志》。

到了晚上回来,却看到章全素已经死了。蒋生就用竹席盖上他的尸体,要用棺材把他葬到野外。等到撤掉席子,发现章全素的尸体已经不见了,只有帽子、腰带、衣服和鞋留在那里。蒋生非常奇怪,以为他是得道的神仙,立即看几案上的石砚,也没有了。蒋生更奇怪了。一天之后,蒋生发现药锅的下边有光亮,便说:"这不是我的仙丹吗?"他就到灰烬里寻找,找到了石砚,石砚上一寸多的地方,变成了紫金,光芒莹澈,大概是章全素的仙丹所点化的。蒋生这才明白章全素果然是位仙人,只恨当初不知道,更加惭愧悔恨。后来蒋生学炼丹到底也没成功,最终死在四明山。出自《宣室志》。

卷第三十二
神仙三十二

王　贾　　颜真卿

王　贾

　　婺州参军王贾，本太原人，移家覃怀，而先人之垄，在于临汝。贾少而聪颖，未尝有过，沉静少言。年十四，忽谓诸兄曰："不出三日，家中当恐，且有大丧。"居二日，宅中火，延烧堂室，祖母年老震惊，自投于床而卒。兄以贾言闻诸父，诸父讯贾，贾曰："卜筮而知。"后又白诸父曰："太行南，泌河湾澳内，有两龙居之，欲识真龙，请同观之。"诸父怒曰："小子好诡言骇物，当笞之！"贾跪曰："实有，故请观之。"诸父怒曰："小子好诡！"与同行。贾请具雨衣。于是至泌河浦深处。贾入水，以鞭画之，水为之分。下有大石，二龙盘绕之，一白一黑，各长数丈，见人冲天。诸父大惊，良久瞻视。贾曰："既见矣，将复还。"因以鞭挥之，水合如旧。则云雾昼昏，雷电且至。贾曰："诸父驶去。"因驰，未里余，飞雨大注。方知非常人也。

王　贾

　　婺州参军王贾，本是太原人，他搬家到覃怀，而他祖先的坟墓在临汝。王贾小时候很聪明，不曾有什么过错，性情沉静，话语很少。十四岁那年，他忽然对哥哥们说："不出三天，家里会发生一件吓人的事，而且还会有丧事。"过了两天，家里起了火，火蔓延烧了堂屋，他祖母年老受惊，自己掉到床下死了。他哥哥就把他的话告诉了叔叔伯伯们，叔叔伯伯们便问他是怎么知道的，他说："是占卜知道的。"后来他又告诉叔叔伯伯们说："太行山南面，沁河河湾里，住着两条龙，想要认识真龙，可以和我一起去看。"叔叔伯伯们生气地说："你小子可真能胡说八道吓唬人，得揍你了！"他跪下说："确实有龙，所以才请叔叔伯伯们去看。"叔叔伯伯们生气地说："这小子好胡说！"于是和他一起去看。他让大家都带上雨衣。于是来到了沁河岸边深处。他走进水里，用鞭子一画，水就分开了。下面有块大石头，两条龙盘绕在上面，一条白，一条黑，各有几丈长，见了人便冲天而去。叔叔伯伯们很惊讶，看了好久。王贾说："已经看见了，应该回去了。"就用鞭子一挥，水合拢成原来的样子。这时候却云雾密布，天色昏暗，雷电将至。王贾说："叔叔伯伯们赶快离开吧。"于是大家赶快飞奔，跑了不到一里，大雨倾盆而下。大家这才知道王贾不是常人。

　　贾年十七,诣京举孝廉,既擢第,乃娶清河崔氏。后选授婺州参军,还过东都。贾母之表妹,死已经年,常于灵帐发言,处置家事。儿女僮妾,不敢为非。每索饮食衣服,有不应求,即加笞骂。亲戚咸怪之。贾曰:"此必妖异。"因造姨宅,唁姨诸子。先是姨谓诸子曰:"明日王家外甥来,必莫令进,此小子大罪过人。"贾既至门,不得进。贾令召老苍头谓曰:"宅内言者,非汝主母,乃妖魅耳。汝但私语汝主,令引我入,当为除去之。"家人素病之,乃潜言于诸郎,诸郎亦悟,邀贾入。贾拜吊已,因向灵言曰:"闻姨亡来大有神,言语如旧,今故谒姨,何不与贾言也?"不应。贾又邀之曰:"今故来谒,姨若不言,终不去矣,当止于此。"魅知不免,乃帐中言曰:"甥比佳乎? 何期别后,生死遂隔。汝不忘吾,犹能相访,愧不可言。"因涕泣言语,皆姨平生声也。诸子闻之号泣。姨令具馔,坐贾于前,命酒相对,殷勤不已。醉后,贾因请曰:"姨既神异,何不令贾见形?"姨曰:"幽明道殊,何要相见?"贾曰:"姨不能全出,请露半面;不然,呈一手一足,令贾见之。如不相示,亦终不去。"魅既被邀苦至,因见左手,于手指宛然,又姨之手也。诸子又号泣。贾因前执其手,姨惊呼诸子曰:"外甥无礼,何不举手?"诸子未进,贾遂引其手,扑之于地,尚犹哀叫。

王贾十七岁的时候,进京参加孝廉科考试,考中之后,他娶了清河的崔氏为妻。后来他经选官被授为婺州参军,回来的时候路过东都。他母亲的表妹死了已经一年多了,却常常在灵帐里讲话,处理家务事。她的儿女和家中的仆人们,不敢不按她的要求去做。她常常索要饮食和衣服,如果没按照她的要求送来,她就大加打骂。亲戚们都感到奇怪。王贾说:"这一定是妖怪。"于是他来到姨母家,向姨母的儿子们表示慰问。在这以前姨母对儿子们说:"明天王家外甥到咱们家来,一定不要让他进来,这小子是个有大罪过的人。"王贾到了门前,家人不让他进屋。王贾就对一位老奴仆说:"在宅子里说话的那个人,不是你家主人的母亲,是个妖怪罢了。你只要偷偷地告诉你家主人,让我进去,我就能为你们把妖怪除掉。"家人们平常被她弄得很难受,就偷偷告诉了儿子们,儿子们也醒悟了,就请王贾进来。王贾拜祭完了,就对着灵帐说:"听说姨母死了之后很神异,说话和原先一样,今天我特意来拜见姨母,姨母为什么不和我说话呢?"灵帐里没有动静。王贾又请求说:"我今天是特意来拜见的,姨母要是不说话,我就不走了,在这里住定了。"妖怪知道不能回避,就在灵帐中说道:"外甥你近来好吗?哪里想到分别之后,就生死相隔了。你没有忘了我,还能来看我,我惭愧的心情简直没法表达。"于是她便哭泣着述说,那声音全都是姨母的声音。儿子们听了也都大哭起来。姨母让准备饮食,让王贾坐在面前,斟上酒与她相对而饮,十分殷勤。喝醉之后,王贾就请求说:"姨母既然十分神异,为什么不让我看看你的样子呢?"姨母说:"阴间和阳间的道路不一样,为什么要见我呢?"王贾说:"姨母如果不能露出全身,就请露出半张脸来;不然的话,露出一只手一只脚也可以,让我看看。如果不让我看看,我也是坚决不离开。"妖怪被逼得实在没有办法,就伸出了左手,那手指十分真切,还是姨母的手。儿子们又是一阵号泣。王贾就上前握住那只手,姨母对儿子们惊叫道:"外甥如此不礼貌,你们为什么还不动手?"未等儿子们上前,王贾就用力拉她的手,她便扑倒在地上,还哀叫着。

扑之数四,即死,乃老狐也。形既见,体裸无毛。命火焚之,灵语遂绝。

贾至婺州,以事到东阳。令有女,病魅数年,医不能愈。令邀贾到宅,置茗馔而不敢有言。贾知之,谓令曰:"闻君有女病魅,当为去之。"因为桃符,令置所卧床前。女见符泣而骂,须臾眠熟。有大狸腰斩,死于床下,疾乃止。时杜暹为婺州参军,与贾同列,相得甚欢。与暹同部领,使于洛阳。过钱塘江,登罗刹山,观浙江潮。谓暹曰:"大禹真圣者,当理水时,所有金柜玉符,以镇川渎。若此杭州城不镇压,寻当陷矣。"暹曰:"何以知之?"贾曰:"此石下是,相与观焉。"因令暹闭目,执其手,令暹跳下。暹忽闭目,已至水底。其空处如堂,有大石柜,高丈余,镮之。贾手开其镮,去其盖,引暹手登之,因同入柜中。又有金柜,可高三尺,金镮锁之。贾曰:"玉符在中,然世人不合见。"暹观之既已,又接其手,令腾出。暹距跃则至岸矣。既与暹交熟,乃告暹曰:"君有宰相禄,当自保爱。"因示其拜官历任,及于年寿,周细语之。暹后迁拜,一如其说。

既而至吴郡停船,而女子夭死,生五年矣。母抚之哀恸,而贾不哭。暹重贾,各见妻子,如一家。于是对其妻谓暹曰:"吾第三天人也,有罪,谪为世人二十五年,今已满矣,后日当行。此女亦非吾子也,所以早夭。妻崔氏亦非

王贾扑打了她几次便把她打死了,原来是一只老狐狸。它已经现了原形,浑身赤裸没有毛。王贾让人用火把它烧了,灵帐中的说话声再也没有了。

王贾到了婺州,因事来到东阳县。县令有个女儿,患了鬼魅作祟的病多年了,怎么治也治不好。县令把王贾请到家中,摆上茶饭招待他,但是不敢明说。王贾知道,就对县令说:“听说你有个女儿得了鬼魅作祟的病,我可以为你除掉它。”于是王贾做了桃符,让他们把桃符放到女儿的床前。女儿见了桃符又哭又骂,不大一会儿就睡熟了。有一只大狸猫被拦腰斩断,死在床下,于是病就好了。当时杜暹是婺州参军,和王贾是同僚,相处得很好。王贾和杜暹为同部所管,到洛阳出差。路过钱塘江,登上罗刹山,观浙江潮。王贾对杜暹说:“大禹是真正的圣人,当年他治水时,所有的金柜玉符都用来镇压河川沟渠了。如果这杭州城不镇压,不久就得淹没。”杜暹说:“你怎么知道?”王贾说:“这石头下就是,咱们去看看。”于是他让杜暹闭上眼睛,拉着杜暹的手,让杜暹跳下。杜暹刚闭上眼睛,就已经来到水底了。那空处就像一间堂屋,有一个大石柜,高一丈多,锁着。王贾用手打开那锁,去掉柜盖,拉着杜暹的手登上去,一同进到柜子里。柜子里又有一个金柜,约三尺高,用金锁锁着。王贾说:“玉符在这里边,但是世上凡人不应该看见它。”杜暹看完之后,王贾又拉住他的手,让他跳出来。杜暹一跳便来到岸上了。等到二人的交情深了,王贾就对杜暹说:“你有当宰相的禄数,应当自己保重珍爱。”于是把将来都能当什么官,以及寿命,都详细地告诉了杜暹。杜暹后来做官的情况,和他讲的完全一样。

后来他们一起来到吴郡,停泊船只,王贾的女儿夭折了,年仅五岁。做母亲的抚摸着女儿悲伤地痛哭,但是王贾不哭。杜暹很敬重王贾,逐个地和他的妻子儿女相见,亲如一家。于是王贾当着妻子的面对杜暹说:“我是第三重天上的人,因为犯了罪,才被谪贬为凡人二十五年,现在已经期满,后天就得走了。这个女孩也不是我的孩子,所以她早早就死了。妻子崔氏也不是

吾妻，即吉州别驾李乙妻也，缘时岁未到，乙未合娶。以世人亦合有室，故司命权以妻吾。吾今期尽，妻即当过李氏。李氏三品禄数任，生五子。世人不知，何为妄哭？"妻久知其夫灵异，因辍哭请曰："吾方年盛，君何忍见舍？且暑月在途，零丁如此，请送至洛，得遂栖息。行路之人，犹合矜愍，况室家之好，而忽遗弃耶？"贾笑而不答。因令造棺器，纳亡女其中，置之船下。又嘱暹以身后事曰："吾卒后，为素棺，漆其缝，将至先茔，与女子皆祔于墓。殡后即发。使至宋州，崔氏伯任宋州别驾，当留其侄，听之。至冬初，李乙必充计入京，与崔氏伯相见，即伯之故人，因求婚。崔别驾以侄妻之，事已定矣。"暹然之。其妻日夜涕泣，请其少留。终不答。至日沐浴，衣新衣，暮时召暹，相对言谈。顷而卧，遂卒。暹哭之恸，为制朋友之服，如其言殡之。行及宋州，崔别驾果留其侄。暹至临汝，乃厚葬贾及其女。其冬，李乙至宋州，求婚其妻，崔别驾以妻之。暹后作相，历中外，皆如其语。出《纪闻》。

颜真卿

颜真卿字清臣，琅琊临沂人也，北齐黄门侍郎之推五代孙。幼而勤学，举进士，累登甲科。真卿年十八九时，卧疾百余日，医不能愈。有道士过其家，自称北山君。

我的妻子，她是吉州别驾李乙的妻子，因为时候未到，李乙没能娶她。因为凡人也应该有妻室，所以司命神暂且把她嫁给我为妻。现在我在人间的期限已经到了，妻子应该嫁给李乙。李乙有做三品官的禄命，而且可以做好几任，将有五个孩子。世人是不知道这些的，何必要乱哭呢？"他的妻子早知丈夫的神奇，就止住哭声请求道："我正年轻，你怎么能忍心抛弃我？况且大热天走在路上，如此孤单，请把我送到洛阳，就能有地方住下歇息。路人之间还应该互相怜悯，何况我们是结发夫妻，你为什么忽然就要遗弃我呢？"王贾笑而不答。于是他让人做了棺材，把死了的女儿装到棺材里，放到船上。又把自己的身后事嘱托给杜暹说："我死后，做一个素棺，漆好中间的缝隙，送到祖先的坟地，和女儿一起合葬到坟墓里。装入棺材就出发。如果到了宋州，崔氏的伯父在宋州任别驾，要留下他的侄女，就听从他。到了冬初，李乙一定会因为官吏考核到京城来，和崔氏的伯父相见，他是崔氏伯父的老朋友，因而就会求婚。崔别驾就会把侄女嫁给李乙为妻，这事已经定了。"杜暹答应了下来。王贾的妻子日夜哭泣，请求他多留些日子再走。他始终不答应。到了这一天，他沐浴净身，换了新衣服，天将黑的时候，他把杜暹找来，面对面地交谈。过了一会儿他躺下，于是就死了。杜暹哭得很伤心，为他穿了朋友的孝服，按照他的要求装殓了他。走到宋州，崔别驾果然留他的侄女住下。杜暹来到临汝，厚葬了王贾和他的女儿。那年冬天，李乙来到宋州，请求娶崔氏为妻，崔别驾就把侄女嫁给了他。杜暹后来当了宰相，在朝廷和地方做官的情形，全都像王贾预言的那样。出自《纪闻》。

颜真卿

颜真卿字清臣，是琅琊临沂人，他是北齐时黄门侍郎颜之推的第五代孙子。颜真卿很小的时候就勤奋学习，参加进士科考试，屡次考中甲科。他十八九岁的时候，曾经躺在床上病了一百多天，治也治不好。有一个道士来到他家里，自称是北山君。

出丹砂粟许救之，顷刻即愈。谓之曰："子有清简之名，已志金台，可以度世，上补仙官，不宜自沉于名宦之海；若不能摆脱尘网，去世之日，可以尔之形炼神阴景，然后得道也。"复以丹一粒授之，戒之曰："抗节辅主，勤俭致身。百年外，吾期尔于伊洛之间矣。"真卿亦自负才器，将俟大用，而吟阅之暇，常留心仙道。既中科第，四命为监察御史，充河西陇左军城覆屯交兵使。五原有冤狱，久不决。真卿至，辨之。天时方旱，狱决乃雨，郡人呼为御史雨。河东有郑延祚者，母卒二十九年，殡于僧舍壖垣地。真卿劾奏之，兄弟三十年不齿，天下耸动。迁殿中侍御史、武部员外。杨国忠怒其不附己，出为平原太守。安禄山逆节颇著，真卿托以霖雨，修城浚壕，阴料丁壮，实储廪。佯命文士泛舟，饮酒赋诗。禄山密侦之，以为书生，不足虞也。

无几，禄山反，河朔尽陷，唯平原城有备焉，乃使司兵参军驰奏。玄宗喜曰："河北二十四郡，唯真卿一人而已！朕恨未识其形状耳。"禄山既陷洛阳，杀留守李憕，以其首招降河北。真卿恐摇人心，杀其使者，乃谓诸将曰："我识李憕，此首非真也。"久之为冠饰，以草续支体，棺而葬之。禄山以兵守土门。真卿兄杲卿，为常山太守，共破土门。十七郡同日归顺，推真卿为帅，得兵二十万，横绝燕赵。诏加户部侍郎、平原太守。时清河郡客李萼，谒于军前，

北山君拿出几颗米粒大小的丹砂来救他，他顷刻之间就痊愈了。道士对他说："你有清正简朴的美名，已经记录在黄金台上，可以超脱尘世，到天上去做仙官，不应该自己沉沦在名声与官位的世界里；如果你不能摆脱尘世的大网，去世的那天，可以用你的形骸在阴影下炼神，然后得道成仙。"道士又交给他一粒丹药，告诫他说："坚守节操辅佐君主，持身要勤勉节俭。等你去世之后，我在伊洛之间等着你。"颜真卿也自负其才，等待着自己被重用，他学习的余暇，也常常留心仙道。他考中进士之后，经四次任命成为监察御史，充任河西陇左军城覆屯交兵使。五原有一起冤案，久久不能判决。颜真卿来到五原，查明了这起冤案。当时天气正旱，冤案洗清之后天就下了雨，郡中人都称这雨为御史雨。河东有一个叫郑延祚的人，他母亲死了二十九年了，埋葬在寺庙外面的墙下。颜真卿向皇帝检举了郑延祚的罪状，郑家兄弟三十年不被录用，天下为之震动。后来他升任殿中侍御史、武部员外。杨国忠恨他不依附自己，把他排挤出京城当了平原太守。安禄山叛逆大唐的野心很明显，颜真卿以连连下雨为借口，修城墙，挖沟壕，暗中挑选丁壮，储备粮草。他假意与文士泛舟水上，饮酒赋诗。安禄山秘密地侦察他，认为他是一介书生，不足为忧。

不久，安禄山造反，黄河以北全部沦陷，只有平原城有所准备，颜真卿便派司兵参军驰入京城报告。唐玄宗高兴地说："黄河以北二十四郡，只有颜真卿这么一个有用的人！我真恨自己不认识这个人。"安禄山攻下洛阳后，杀了留守李憕，用李憕的首级招降河北地区。颜真卿怕动摇人心，杀了安禄山派来的使者，对将领们说："我认识李憕，这个首级不是真的。"过些时候他为李憕弄来帽子饰物，用草做一个假肢体，装到棺材里埋葬了。安禄山派兵守住土门。颜真卿的哥哥颜杲卿是常山太守，他和颜真卿共同攻破了土门。十七个郡同一天归顺了大唐，推举颜真卿做统帅，得到军队二十万人，纵横燕赵一带。皇帝下诏书加封颜真卿为户部侍郎、平原太守。当时清河郡的李萼，到军前拜谒，

真卿与之经略,共破禄山党二万余人于堂邑。肃宗幸灵武,诏授工部尚书、御史大夫。真卿间道朝于凤翔,拜宪部尚书,寻加御史大夫。弹奏黜陟,朝纲大举。连典蒲州、同州,皆有遗爱。为御史唐实所构,宰臣所忌,贬饶州刺史,复拜昇州浙西节度使,征为刑部尚书。又为李辅国所谮,贬蓬州长史。代宗嗣位,拜利州刺史,入为户部侍郎、荆南节度使,寻除右丞,封鲁郡公。宰相元载私树朋党,惧朝臣言其长短,奏令百官凡欲论事,皆先白长官,长官白宰相,然后上闻。真卿奏疏极言之乃止。后因摄祭太庙,以祭器不修言于朝。元载以为诽谤时政,贬硖州别驾。复为抚州、湖州刺史。元载伏诛,拜刑部尚书。代宗崩,为礼仪使。又以高祖已下七圣谥号繁多,上议请取初谥为定,为宰相杨炎所忌,不行。改太子少傅,潜夺其权。又改太子太师。

时李希烈陷汝州,宰相卢杞素忌其刚正,将中害之。奏以真卿重德,四方所瞻,使往谕希烈,可不血刃而平大寇矣,上从之。事行,朝野失色。李勉闻之,以为失一国老,贻朝廷羞,密表请留。又遣人逆之于路,不及。既见希烈,方宣诏旨,希烈养子千余人,雪刃争前欲杀之。丛绕诟骂,神色不动。希烈以身蔽之,乃就馆舍。希烈因宴其党,召真卿坐观之。使倡优谑朝政以为戏,真卿怒曰:"相公人臣也,

颜真卿与他共同谋划，一起在堂邑打败了安禄山的两万多人。唐肃宗逃到灵武，下令任命他为工部尚书、御史大夫。颜真卿走偏僻的小道到凤翔朝见天子，天子又拜他为宪部尚书，不久又加封御史大夫。他每每弹劾票奏，使不称职的被贬，使有才干的升职，于是朝纲大振。他连续担任蒲州、同州刺史，都有功绩恩德留于后世。后来他被御史唐实陷害，又受到宰相的忌妒，被贬为饶州刺史，又被任命为昇州浙西节度使，征召入朝任刑部尚书。后来又被李辅国诽谤，贬为蓬州长史。唐代宗继位，他被任命为利州刺史，回京做了户部侍郎，又出任荆南节度使，不久又做了尚书右丞，封为鲁郡公。宰相元载私立朋党，他怕朝臣们揭发他的问题，就向皇帝奏请，文武百官凡是要向皇上汇报事情的，都要先向自己的长官说明，长官再向宰相说明，然后再奏明皇上。颜真卿上疏坚决反对元载的主张，元载才没有得逞。后来颜真卿主持太庙祭祀，因祭器残损不整而上言。元载认为这是诽谤朝政，贬他为硖州别驾。后来又做了抚州、湖州刺史。元载被诛杀之后，颜真卿又被任命为刑部尚书。代宗驾崩的时候，颜真卿是礼仪使。又因为唐高祖以下的七位皇帝谥号繁多，他上疏议请以最初所上谥号为准，被宰相杨炎忌恨，没被采纳。改任太子少傅，暗中夺了他的权。后来又改任太子太师。

当时李希烈攻陷了汝州，宰相卢杞平常就忌恨颜真卿的刚正，要趁机陷害他。卢杞就上奏说颜真卿德高望重，四方敬仰，让他去说服李希烈，可以不动刀枪不流血而平定强敌，皇上听了卢杞的话。事情开始推行，朝野人士全部大惊失色。李勉听说这件事后，认为将会失去一位国家重臣，给朝廷带来耻辱，秘密地上奏章请求留下颜真卿。又派人到路上去截住颜真卿，也没能赶上。颜真卿见了李希烈之后，正宣读诏书，李希烈的养子等一千多人就亮出兵刃争相上前要杀他。这些人围绕在四周骂他，但他神色不动。李希烈用身体蔽护他，才把他安置到馆舍。李希烈宴请朋党，让颜真卿坐在那里观看。李希烈让歌舞艺人攻击朝政以为戏乐，颜真卿愤怒地说："相公你也是人臣，

奈何使小辈如此!"遂起。希烈使人问仪制于真卿,答曰:
"老夫耄矣,曾掌国礼,所记者诸侯朝觐礼耳。"其后希烈使
积薪庭中,以油沃之,令人谓曰:"不能屈节,当须自烧。"真
卿投身赴火。其逆党救之。真卿乃自作遗表、墓志、祭文,
示以必死。贼党使缢之,兴元元年八月三日也,年七十七。
朝廷闻之,辍朝五日,谥文忠公。

真卿四朝重德,正直敢言,老而弥壮。为卢杞所排,身
殁于贼,天下冤之。《别传》云,真卿将缢,解金带以遗使者
曰:"吾尝修道,以形全为先。吾死之后,但割吾支节血,为
吾吮血以给之,则吾死无所恨矣。"缢者如其言。既死,复
收瘗之。贼平,真卿家迁丧上京。启殡视之,棺朽败而尸
形俨然,肌肉如生,手足柔软,髭发青黑,握拳不开,爪透手
背。远近惊异焉。行及中路,旅榇渐轻,后达葬所,空棺而
已。《开天传信记》详而载焉。《别传》又云,真卿将往蔡州,
谓其子曰:"吾与元载俱服上药,彼为酒色所败,故不及吾。
此去蔡州,必为逆贼所害,尔后可迎吾丧于华阴,开棺视
之,必异于众。"及是开棺,果睹其异。道士邢和璞曰:
"此谓形仙者也。虽藏于铁石之中,炼形数满,自当擘裂
飞去矣。"

其后十余年,颜氏之家自雍遣家仆往郑州,征庄租,回
及洛京,此仆偶到同德寺,见鲁公衣长白衫,张盖,在佛殿
上坐。此仆遽欲近前拜之,公遂转身去。仰观佛壁,亦左右
随之,终不令仆见其面。乃下佛殿,出寺去。仆亦步随之,

怎么能让低贱的人这样!"于是站了起来。李希烈让人向颜真卿问朝廷的礼仪制度,颜真卿回答说:"我老了,虽然曾经掌管国礼,但是所记的都是诸侯朝见天子的礼仪。"后来,李希烈让人在院子堆积了柴薪,浇上油,让人对颜真卿说:"你不投降,就自己跳进火里。"颜真卿真就自己跳到火里去。那些叛贼把他救出来。颜真卿于是自己写下遗表、墓志和祭文,用来表示自己必死的决心。叛贼就把他勒死了,那天是兴元元年八月三日,享年七十七岁。朝廷听到消息后,停止上朝五天,追谥他为文忠公。

颜真卿是四朝元老,德高望重,正直敢言,老当益壮。他被卢杞排挤,死在叛贼之手,天下人都为他感到冤屈。《别传》说,颜真卿将要被勒死的时候,解下金带送给使者说:"我曾经修炼道术,以保全躯体为先。我死之后,只割取我四肢中的血,假装作为颈上的血,这样我就死而无恨了。"勒他的人按他的话做了。勒死之后又埋葬了他。叛贼被平定后,颜真卿家把他迁葬京城。打开灵柩一看,棺材朽烂了,但他的躯体还是原来那样,肌肉像活人,手脚很柔软,胡须头发青黑,拳头握着,手指甲透过手背。远近的人都感到惊奇。走在半路上,感到棺木越来越轻,后来到了下葬的地方,只剩了一口空棺而已。《开天传信记》详细地记载了这件事。《别传》又说,颜真卿要到蔡州去时,对他儿子说:"我和元载都服用天药,他的药力被酒色破坏了,所以不如我。我这次去蔡州,一定会被逆贼杀害,你以后可以把我接回来埋葬到华阴,打开棺材看看,肯定与众不同。"等到打开棺材一看,果然与众不同。道士邢和璞说:"这就是所谓的形仙啊。即使藏在铁石之中,但是炼形的时日已满,也自然会劈裂而飞去。"

十几年之后,颜真卿家从雍州派一个仆人到郑州去收地租,回来的时候走到洛阳,这个仆人偶然来到同德寺,见颜真卿穿着白色的长衫,张着伞盖,坐在佛殿上。这个仆人急忙想要上前去参拜,颜真卿却转身离开了。他仰着头看佛寺的墙壁,仆人就或左或右地跟在他后边,但他始终不让仆人看到他的脸。过一会儿颜真卿就走下佛殿,出门而去。仆人也一步一步地跟着他,

径归城东北隅荒菜园中。有两间破屋，门上悬箔子。公便揭箔而入，仆遂隔箔子唱喏。公曰："何人？"仆对以名。公曰："入来。"仆既入拜，辄拟哭。公遽止之，遂略问一二儿侄了。公探怀中，出金十两付仆，以救家费，仍遣速去。"归勿与人说，后家内阙，即再来。"仆还雍，其家大惊。货其金，乃真金也。颜氏子便市鞍马，与向仆疾来省觐。复至前处，但满眼榛芜，一无所有。时人皆称鲁公尸解得道焉。出《仙传拾遗》及《戎幕闲谭》《玉堂闲话》。

径直回到城东北角的荒莱园中。园中有两间破屋，门上悬挂着帘子。颜真卿便挑帘走了进去，仆人就隔着帘子行礼，并出声致敬。颜真卿说："什么人？"仆人说出了自己的名字。颜真卿说："进来吧。"仆人进去下拜，然后就想哭。颜真卿急忙制止了他，大略问了问儿子侄儿的情况。他从怀中掏出十两黄金交给仆人，让仆人带回去补助一下家用，还打发仆人赶快离开。"回去之后不要对别人讲，以后家里有困难，可以再来。"仆人回到雍州，颜家全家大惊。去卖那黄金，竟然是真正的黄金。颜氏子孙便买了鞍马，和那个仆人一起飞驰而来探望。又到了以前那个地方，却只剩下了满眼的荒芜，其余什么也没有。当时的人们都说颜真卿尸解成仙了。出自《仙传拾遗》及《戎幕闲谭》《玉堂闲话》。

卷第三十三
神仙三十三

韦弇　　申元之　　马自然　　张巨君

韦　弇

韦弇字景照。开元中,举进士下第,游蜀。时将春暮,胜景尚多,与其友寻花访异,日为游宴。忽一旦有请者曰:"郡南十里许,有郑氏林亭,花卉方茂,有出尘之胜,愿偕游焉。"弇喜,遂与俱。果南十里,得郑氏亭焉。端室巍巍,横然四峙。山门花辟,曲径烟蔼。眙而望之,不暇他视,真尘外景也。俄而延弇升巨亭之上。回廊环构,饰以珠玉,殆非人世所有。即引见仙子十数,左右侍卫,华裾靓妆,亦非常世所睹。中有一人与弇语,弇遍拜且诘之。美人曰:"闻吾子西游蜀都,历访佳景,春煦将尽,花卉芳妍,愿聊奉一醉,无以延款为疑也。"既坐,即张乐饮酒。其陈设肴膳,奇味珍果,既非世之所尝;金石丝竹,雅音清唱,又非世之所闻。弇乘间问曰:"某自上国历二京,至于帝宅尊严,侯家繁盛,

韦弇

　　韦弇,字景照。开元年间,他参加进士考试没有考中,就到蜀地闲游。当时快到暮春了,美景还有不少,他便和朋友们寻花访胜,天天游乐饮宴。忽然有一天有人来请他说:"郡南十里左右,有一座郑氏林亭,花草正茂盛,有超出尘世的美景,我想和你一块儿去游一游。"韦弇很高兴,就和他一块儿去了。果然,向南走了十里,看到郑氏亭子。那亭子正屋很高,屋檐横在空中,四个屋角相对耸立着。山门开在花丛之中,有弯弯的小路,直直的炊烟。一眼望去,无暇看别处,果真是尘世之外的美景。接着那人请韦弇到巨亭上去。走廊屋舍回环曲折,用珠玉装饰着,几乎不是人间能有的。那人就领他去见十几个仙女,站立在左右的侍者,衣着华丽,妆扮漂亮,也不是人世间常可见到的。其中有一位美人和韦弇说话,韦弇逐个拜见她们,并且向她们问话。美人说:"听说你向西游览了蜀都,遍访美景,阳春即将过去,花草吐芳争妍,愿意暂且陪你喝杯酒,希望你不要对这盛情款待有什么疑虑。"落座之后,就开始奏乐喝酒。那餐桌上的佳肴美膳、奇珍异果,不是人间所能尝到的;那美妙的音乐,清雅的歌声,也不是人间所能听到的。韦弇找了一个机会问道:"我在大唐游历过长安、洛阳二京,皇宫的尊贵庄严,公侯之家的繁盛,

莫不见之。今之所睹,固不可偕矣。然女郎何为若此之贵耶?"美人曰:"余非人间人,此盖玉清仙府也。适欲奉召,假以郑氏之亭耳。余有新曲,名曰《紫云》,今天子奉尚神仙之道,余以此乐授于吾子,而贡于圣唐之君。以此相托,可乎?"弇曰:"某一儒生耳,在长安中,区区于九陌,以干一名,望天子门不可见。又非知音者,若将贡新曲,固不可为也。"美人曰:"君既不能,余当寓梦而授于天子。然子已至此,亦道分使然,愿以三宝为赠。子其售之,可毕世之富也。"饮毕,命侍者出一杯,谓之碧瑶杯,光莹洞彻。又出一枕,谓之红蕤枕,似玉而栗,其文微红,而光彩莹朗。又出一紫玉函,似布,光彩甚于玉。俱授于弇。拜而谢之,即别去。行未及一里,回顾失向亭台,但荒榛而已。遂挈宝入长安。

明年复下第,东游广陵。胡商诣弇,以访其宝。出而示之,胡人拜而言曰:"此玉清真人之宝,千万年人无见者,信天下之奇货矣!"以数十万金易而求之。弇以大富,因筑室江都,竟不求闻达,亦不知所终焉。后数年,玄宗梦神仙十余人,持乐器集于庭,奏曲以授,请为中原正始之音,曲名《紫云》。既晨兴,即以玉笛吹而习之,传于乐府。此乃符弇之所遇,欲使弇上奏之曲也。出《神仙感遇传》。

我没有没见过的。但是和今天所见到的相比，根本不能相提并论了。然而仙女你为什么如此富贵呢？"美人说："我不是人间的人，这里是玉清仙府。刚才想要叫你来，假说这里是郑家的亭子罢了。我有一支新乐曲，名叫《紫云》，当今的天子崇尚神仙之道，我把这支乐曲教给你，你进呈给唐朝天子。把这事托付给你，可以吗？"韦弇说："我只是一个书生罢了，在长安城中，只是繁华街市上的一个小人物，以这样的条件求取一点功名，想望天子的门都不可能望见。而且我又不是个懂音乐的人，如果想把新乐曲送到宫中去，根本是做不到的。"美人说："你既然办不到，我会托梦传授给天子。但是你既然来到这里，这也是缘分使然，我愿把三样宝物送给你。你把这三样东西卖了，可以过一辈子富贵日子。"喝完酒，美人让侍者拿出来一只杯子，叫做碧瑶杯，这杯子光亮晶莹，玲珑别透。又拿出来一个枕头，叫做红蕤枕，这枕头像是玉的，栗子色，它的花纹微红，也晶莹明亮。又拿出来一个紫色的玉匣，像布，光彩比玉石还强。美人把三样东西全交给韦弇。韦弇下拜表示谢意，就告别离开了。走了不到一里地，回头一看，刚才的亭台全都不见了，只有荒草荆榛而已。于是韦弇拿着三样宝贝去了长安。

　　第二年，他又没考中，就向东到广陵游历。有一位胡商来见韦弇，是来访求那些宝贝的。韦弇拿出来给胡商看，胡商下拜说："这是玉清真人的宝物，千万年来，没有人看到，的确是天下的奇宝了！"胡商用几十万金买了去。韦弇因此成为巨富，于是他在江都盖了房子，从此不再求取功名，也不知他最终如何。几年后，唐玄宗梦见十几个仙女，拿着乐器会集在庭院里，演奏一支乐曲传授给他，请求把这支曲子作为中原王朝正统的音乐，曲名叫《紫云》。早晨醒来之后，唐玄宗就用笛子吹奏练习，并传授给乐府。这正是韦弇遇到的，要让韦弇进呈给皇上的那支曲子。

出自《神仙感遇传》。

申元之

申元之，不知何许人也。游历名山，博采方术，有修真度世之志。开元中，征至，止开元观，恩渥愈厚。时又有邢和璞、罗公远、叶法善、吴筠、尹愔、何思达、史崇、尹崇、祕希言，佐佑玄风，翼戴圣主。清净无为之教，昭灼万宇，虽汉武、元魏之崇道，未足比方也。帝游温泉，幸东洛，元之常扈从焉。时善谭玄虚之旨，或留连论道，动移晷刻。惟贵妃与赵云容宫嫔三五人，同侍宸御，得聆其事。命赵云容侍茶药。元之愍其恭恪，乘间乞药，少希延生。元之曰："我无所惜，但尔不久处世耳。"恳拜乞之不已，曰："朝闻道，夕死可矣。况侍奉大仙，不得度世，如索手出于宝窟也。惟天师哀之。"元之念其志切，与绛雪丹一粒，曰："汝服此丹，死必不坏。可大其棺，广其穴，含以真玉，疏而有风，魂不荡散，魄不溃坏，百年后还得复生。此太阴炼形之道，即为地仙。复百年，迁居洞天矣。"云容从幸东都，病于兰昌宫。贵妃怜之，因以此事白于贵妃。及卒后，宦者徐玄造如其所请而瘗之。元和末百年矣，容果再生。元之尚来往人间，自号田先生。识者云："元之魏时人，已数百岁矣。"出《仙传拾遗》。

马自然

马湘字自然，杭州盐官人也。世为县小吏，而湘独好

申元之

申元之，不知道是什么地方人。他游历名山，广泛学习采药炼丹之术，有修道成仙的志愿。开元年间，皇帝把他征召到京城，让他住在开元观，对他的恩宠赏赐十分丰厚。当时又有邢和璞、罗公远、叶法善、吴筠、尹愔、何思达、史崇、尹崇、祕希言等人，他们领导着道家的义理风尚，辅佐拥戴着圣明君主。这一时期的道教，显赫于天下，即使是汉武帝和后魏那样的推崇道教，也不能与这时候相比。皇帝到温泉游览，驾幸东都洛阳，申元之常常作为随从一块儿去。那时他善于谈论玄妙虚无的道旨，有时候谈论起来就流连忘返，动不动就过了时辰。只有杨贵妃、赵云容等三五个嫔妃，同时侍奉在皇帝身边，能够听到他讲的这些事。皇上让赵云容为申元之奉上茶和药。申元之见她对自己很恭敬谨慎，就很怜悯她，她趁机向申元之求药，希望稍微延长些寿命。申元之说："我没有什么舍不得的，只是你不能长久地活在世上了。"赵云容一个劲地叩拜恳求，她说："早晨闻道，晚上死了也值得。况且我侍奉你这位大仙，如果不能度世成仙，那就像空着手从宝窟里走出来一样。希望天师可怜可怜我。"申元之念她心情迫切，就给她一粒绛雪丸，对她说："你吃了这粒丹药，死后尸体一定不会腐烂。可以做一口大棺材，挖一个大墓穴，口中衔一块美玉，让穴中宽敞而通风，这样你的魂魄就不会荡散溃坏，一百年之后还能复活。这是太阴炼形的道术，可成为地仙。再过一百年，就可以迁居洞天仙府了。"赵云容陪伴皇帝到东都去，在兰昌宫得了重病。杨贵妃很可怜她，于是她就把这事告诉了杨贵妃。等到她死后，太监徐玄造按照她说的那样埋葬了她。到元和末年满一百年了，赵云容果然又活了。申元之此时还往来于人间，自号田先生。认识他的人说："申元之是魏时的人，已经活了几百岁了。"出自《仙传拾遗》。

马自然

马湘字自然，杭州盐官人。他家世代为县吏，只有马湘喜欢

经史,攻文学,治道术,遍游天下。后归江南,而尝醉于湖州,坠雪溪,经日方出,衣不沾湿。坐于水上而言曰:"适为项羽相召饮酒,欲大醉,方返。"溪滨观者如堵。酒气犹冲人,状若风狂,路人多随看之。又时复以拳入鼻,及出拳,鼻如故。又指溪水,令逆流食顷;指柳树,令随溪水来去;指桥,令断复续。后游常州,会唐宰相马植谪官,量移常州刺史。素闻湘名,乃邀相见,延礼甚异之。植问曰:"幸与道兄同姓,欲为兄弟,冀师道术可乎?"湘曰:"相公何望?"植曰:"扶风。"湘曰:"相公扶风,马湘则风马牛。但且相知,无征同姓。"亦言与植风马牛不相及也。植留之郡斋,益敬之。或饮食次,植请见小术。乃于席上,以瓷器盛土种瓜,须臾引蔓,生花结实。取食众宾,皆称香美,异于常瓜。又于遍身及袜上摸钱,所出钱不知多少,掷之皆青铜钱,撒投井中,呼之一一飞出。人有收取,顷之复失。又植言此城中鼠极多,湘书一符,令人帖于南壁下,以箸击盘长啸,鼠成群而来,走就符下俯伏。湘乃呼鼠,有一大者近阶前,湘曰:"汝毛虫微物,天与粒食,何得穿墙穴屋,昼夜扰于相公?且以慈悯为心,未能尽杀,汝宜便相率离此。"大鼠乃回,群鼠皆前,若叩搕谢罪。遂作队莫知其数,出城门去。自后城内更绝鼠。

后南游越州,经洞岩禅院。僧三百方斋,而湘与婺州永康县牧马岩道士王知微及弟子王延叟同行。僧见湘,

经史典籍,钻研文学,研究道术,遍游天下。后来他回到江南,曾在湖州喝醉了掉到雪溪里,经过一天才出来,衣服却没湿。他坐在水上说:"刚才我被项羽叫去喝酒,要喝醉的时候才回来。"溪边围观的人像堵墙一样多。他酒气熏天,样子像疯子一样,路上的人都跟着看他。他又时不时地把拳头探进鼻子里,等到把拳头拽出来,鼻子和原来一样。他又指着溪水,让水倒流了一顿饭的工夫;指着一棵柳树,让柳树随溪水流去;指着桥,让桥断了再接上。后来他到常州游览,赶上宰相马植贬官,遇赦调到常州做刺史。马植向来听闻马自然的名声,就邀请他相见,迎接他的礼仪很不平常。马植问:"我有幸和你同姓,想和你结为兄弟,希望向你学习道术,可以吗?"马自然说:"相公郡望是哪里?"马植说:"扶风。"马自然说:"你是扶风人,我和你就风马牛不相及了。但只要相识,不是同姓也一样。"也是说和马植是风马牛不相及。马植把马自然留在郡守房中住下,对他更敬重了。有时候吃饭时,马植就请他露一手看看。他就在坐席上,用瓷器装上土种瓜,不一会儿,瓜就长出蔓来,开花结果。把这瓜拿给宾客吃,都说味道香美,和平常的瓜不一样。他又在全身和袜子上摸钱,摸出来的钱不知有多少,往地上一扔,全是青铜钱,撒到井里,一声呼唤,钱就一枚一枚地飞出来。有的人捡到那钱,不大一会儿就又失去了。另外,马植说这城里老鼠特别多,马自然就写了一道符,让人贴在南墙下,用筷子敲着盘子大叫,老鼠就成群地走来,走到符下趴在那里。马自然于是呼叫老鼠,有一只大的走到台阶前面来,马自然说:"你们是毛虫一样的小动物,天给你们粮食吃,怎么能穿墙打洞,昼夜打扰马相公呢?暂且以慈悲为怀,不全杀掉你们,你们应该立即一起离开这里。"大老鼠就退了回去,群鼠都走上前来,好像来叩拜谢罪。于是,不计其数的老鼠站成队出城门而去。从此以后城里再没有老鼠了。

后来马自然向南到越州游览,途中经过洞岩禅院。有三百名和尚正在禅院里吃斋饭,而马自然是和婺州永康县牧马岩道士王知微及弟子王延叟一块儿来的。和尚们见了马自然,

单侨箕踞而食，略无揖者。但资以饭，湘不食。促知微、延叟急食而去。僧斋未毕，乃出门，又促速行。到诸暨县南店中，约去禅院七十余里。深夜，闻寻道士声。主人遽应："此有三人。"外面极喜，请于主人，愿见道士。及入乃二僧，但礼拜哀鸣云："禅僧不识道者，昨失迎奉，致贻谴责，三百僧到今下床不得。某二僧主事不坐，所以得来。固乞舍之。"湘唯睡而不对。知微、延叟但笑之。僧愈哀乞，湘乃曰："此后无以轻慢为意。回去入门，坐僧当能下床。"僧回果如其言。

湘翌日又南行。时方春，见一家好菘菜，求之不能得，仍闻恶言，命延叟取纸笔。知微遂言："求菜见阻，诚无讼理；况在道门，讵宜施之？"湘笑曰："我非讼者也，作小戏耳。"于是延叟授纸笔。湘画一白鹭，以水噀之，飞入菜畦中啄菜。其主赶起，又飞下再三。湘又画一猧子，走赶捉白鹭，共践其菜，一时碎尽止。其主见道士嘻笑，曾求菜致此，虑复为他术，遂来哀乞。湘曰："非求菜也，故相戏耳。"于是呼鹭及犬，皆飞走投入湘怀中。视菜如故，悉无所损。又南游霍桐山，入长溪县界，夜投旅舍宿。舍少而行旅已多，主人戏言："无宿处，道士能壁上睡，即相容。"已逼日暮，知微、延叟切于止宿，湘曰："尔但于俗旅中睡。"而湘跃身梁上，以一脚挂梁倒睡。适主人夜起，烛火照见，

单腿翘着傲慢不敬地坐在那里吃饭，没有一个相让的。只给他们饭吃，马自然不吃。他催促王知微和王延叟快吃完离开。这时候和尚们还没有吃完，他就走出门来，又催促王知微和王延叟快走。三人来到诸暨县南的客栈，大约离开禅院已经七十多里。深夜，听到有人找道士的声音。主人急忙答应："这里有三个道士。"外面的人很高兴，向主人请求，要见一见三位道士。等到进屋一看，原来是两个和尚，两个和尚只顾礼拜哀告说："禅院的和尚不认识道士，昨天没有好好迎接，以致遭到了责罚，三百个和尚到现在还下不了床。我们两个是主事，当时没有同他们在一起，所以能来。恳请把那些和尚放了。"马自然只睡觉不回答。王知微、王延叟只是笑。和尚更加哀求，马自然说："以后不要有轻慢待人的念头。你二人回去，一进门那些和尚就能下地了。"两个和尚回去，果然像马自然说的那样。

　　马自然第二天又往南走。当时正是春天，看到一家种着一片好菘菜，他向人家要人家没给他，还对他说了一些不好听的话，马自然就让王延叟取来纸笔。王知微就说："要菜人家不给，实在没有责备的道理；况且咱们身处道门，哪能用这样的办法？"马自然笑着说："我不是要责备他们，开个小玩笑罢了。"于是王延叟给他纸笔。他画了一只白鹭，用水一喷，白鹭就飞进菜田里啄菜。菜园主人把白鹭赶跑，它又多次飞回来。马自然又画了一只小狗，小狗跑着追赶捉拿那白鹭，共同践踏那些菜，一时间全都踩碎了。菜主见道士们嬉笑，来要菜竟闹到这种地步，担心他们还有别的道术，就走过来哀求。马自然说："不是要菜，故意开玩笑罢了。"于是他就呼叫那白鹭和小狗，白鹭和小狗都投入他的怀中。再看那菜，完全和原来一样，一点也没有损坏。后来他们又向南游历霍桐山，走进长溪县境内，夜里到旅店里投宿。房间少，旅客多，店主人开玩笑说："没地方住了，如果道士能在墙上睡，就可以收留。"将近日暮，王知微、王延叟急于住宿，马自然说："你们去和普通客人睡吧。"而马自然跳到梁上去，把一只脚挂在梁上，倒挂着睡。恰巧店主人夜里起来，用烛火照见了他，

大惊异。湘曰："梁上犹能，壁上何难？"俄而入壁，久之不出。主人拜谢，移知微、延叟入家内净处安宿。及旦，主人留连，忽失所在。知微、延叟前行数里，寻求已在路傍。

自霍桐回永康县东天宝观驻泊，观有大枯松，湘指之曰："此松已三千余年，即化为石。"自后松果化为石。忽大风雷震，石倒山侧，作数截。会阳发自广州节度，责授婺州，发性尚奇异，乃徙两截就郡斋，两截致之龙兴寺九松院，各高六七尺，径三尺余。其石松皮鳞皴，今犹存焉。或人有疾告者。湘无药，但以竹拄杖打痛处，腹内及身上百病，以竹杖指之，口吹杖头如雷鸣，便愈。有患腰脚驼曲，拄杖而来者，亦以竹拄杖打之，令放拄杖，应手便伸展。时有以财帛与湘者，推让不受；固与之，复散与贫人。所游行处，或宫观岩洞，多题诗句。其《登杭州秦望山》诗曰："太乙初分何处寻，空留历数变人心。九天日月移朝暮，万里山川换古今。风动水光吞远峤，雨添岚气没高林。秦皇谩作驱山计，沧海茫茫转更深。"复归故乡省兄。适兄出，嫂侄喜叔归。湘告曰："我与兄共此宅。归来要明此地，我唯爱东园耳。"嫂异之曰："小叔久离家，归来兄犹未相面，何言分地？骨肉之情，必不忍如此。"驻留三日，嫂侄讶不食，但饮酒而已。待兄不归，及夜遽卒。明日兄归，问其故。妻子具以实对。兄感恸，乃曰："弟学道多年，非归要分宅，

非常惊奇。马自然说:"在梁上我都能睡,在墙上睡又有什么难的?"说着,他走进墙壁里,老半天不出来。店主人立即下拜道歉,把王知微和王延叟请进家中安置在清净的地方睡下。等到天亮,店主人挽留他们,马自然却忽然不知哪儿去了。王知微、王延叟往前走了几里,一寻找,他已经等在路边了。

他们从霍桐山回到永康县东天宝观住下,观中有一棵大枯松,马自然指着枯松说:"这棵松树已经三千多年了,很快就要变成石头了。"后来,这棵松树果然变成了石头。忽然来了一阵大风和雷电,把石头震倒在山侧,摔成几截。赶上阳发从广州节度使降职改任婺州,阳发好闻奇事,就运回郡守府第里两截,还有两截弄到了龙兴寺的九松院,各都有六七尺高,直径三尺多。那石头像松树皮那样布满鱼鳞般的褶皱,至今还在那里。有的病人来求马自然治病。马自然没有药,只用竹子拐杖击打痛处,腹内和身上的各种病,用竹子拐杖指着,用口吹拐杖的一头,发出雷鸣般的响声,便治好了。有患腰腿弯曲病的,拄着拐杖来求他,他也是用竹子拐杖击打,然后,让人家放下拐杖,当时便能把腰脚伸展开来。时常有人送财物给马自然,他总是推让不肯接受;如果硬给他,他就把这些财物再散发给穷人。他所游历过的地方,或者是宫观,或者是岩洞,都题了许多诗句。他的《登杭州秦望山》诗说:"太乙初分何处寻,空留历数变人心。九天日月移朝暮,万里山川换古今。风动水光吞远峤,雨添岚气没高林。秦皇谩作驱山计,沧海茫茫转更深。"后来马自然又回故乡探望他的哥哥。恰巧哥哥出门不在家,嫂子和侄儿见他回来很高兴。他告诉嫂子说:"我和哥哥共有这个宅院。我回来是要分清宅地,我只喜欢东园而已。"嫂子奇怪地说:"你离家这么久,回来还没见到你哥的面,怎么就说分家的事?骨肉亲情是一定不会忍心这样做的。"他在家住了三天,嫂子和侄儿都对他只喝酒不吃饭感到惊讶。等哥哥,哥哥没回来,到了晚上他就突然死了。第二天哥哥回来了,问他是怎么死的。嫂子便详细地告诉了哥哥。哥哥又感动又悲痛,就说:"弟弟修道多年,回来不是要分宅子,

是归托化于我，以绝思望耳。"乃棺敛。其夕棺䡄然有声，一家惊异，乃窆瘗于园中。时大中十年也。明年，东川奏剑州梓桐县道士马自然，白日上升。湘于东川谓人曰："我盐官人也。"敕浙西道杭州覆视之。发冢视棺，乃一竹枝而已。出《续仙传》。

张巨君

张巨君者，不知何许人也。时有许季山，得病不愈，清斋祭泰山请命，昼夜祈诉。忽有神人来问曰："汝是何人？何事苦告幽冥？天使我来问汝，可以实对。"季山曰："仆是东南平舆许季山，抱病三年，不知罪之所在，故到灵山，请决死生。"神人曰："我是仙人张巨君，吾有《易》道，可以知汝祸祟所从。"季山因再拜请曰："幸神仙迁降，愿垂告示。"巨君为筮卦，遇《震》之《恒》，初九、六二、六三，三爻有变。巨君曰："汝是无状之人，病安得愈？"季山曰："愿为发之。"巨君曰："汝曾将客行，为父报仇，于道杀客，纳空井中，大石盖其上。此人诉天府，以此病谪汝者。"季山曰："实有此罪。"巨君曰："何尔耶？"季山曰："父昔为人所抟，耻蒙此以终身。时与客报之未能，客欲告怨主，所以害之。"巨君曰："冥理难欺，汝自勤修。吾还山请命。"季山渐愈。巨君传季山筮，季山遂善于《易》，但不知求巨君度世之方，惜哉！出《洞仙传》。

是要在我面前化形而去，来断绝我对他的思念罢了。"于是就把他的尸体装进棺材。那天晚上，棺材訇訇作响，全家人都感到惊异，就在园中挖了墓穴把他埋葬了。当时是大中十年。第二年，东川向皇帝奏报说，剑州梓桐县道士马自然，大白天飞升成仙。马自然在东川对人说："我是盐官人。"皇上下令让浙西道杭州府调查这件事。杭州官府派人挖开马自然的坟墓，打开棺材一看，棺材里只有一根竹枝而已。出自《续仙传》。

张巨君

　　张巨君，不知道是什么地方人。当时有一个叫许季山的人，得了病治不好，就清心斋戒祭祀泰山求命，不分昼夜地祷告。忽然有一位神人来问道："你是谁？为什么事情苦苦地祷告幽冥？天派我来问你，你可以如实地回答。"许季山说："我是东南平舆的许季山，有病三年了也没治好，不知犯了什么罪，所以来到灵验的泰山，请求决定我的死活。"神人说："我是仙人张巨君，我明白《周易》卦理，可以知道你的灾祸是从哪里来的。"许季山于是连连下拜请求说："多亏神仙屈尊降临，望有所训示。"张巨君为许季山算卦，遇上震卦变成恒卦，初九、六二、六三这三爻有变化。张巨君说："你是一个凶恶的人，病怎么能好？"许季山说："请为我说明。"张巨君说："你曾经和一位客人一起出行，为父报仇，在道上把那客人杀了，扔在井里，井口盖了一块大石头。这个人上天府告了你，天府就用这病来惩罚你。"许季山说："我确实有这样的罪行。"张巨君说："为什么这样呢？"许季山说："我父亲以前被人欺负过，他终身以此为耻辱。当时我要和那客人一起报仇，客人不干，还要告诉我的仇人，所以我就杀了他。"张巨君说："幽冥间的情理是很难欺骗的，你要自己勤奋修炼。我回去替你求情。"许季山的病渐渐好了。张巨君把卜筮的技艺传给许季山，许季山便通晓《周易》了，只是没有不知向张巨君求教度世成仙的秘方，可惜啊！出自《洞仙传》。

卷第三十四
神仙三十四

裴氏子　崔　炜

裴氏子

唐开元中,长安裴氏子,于延平门外庄居。兄弟三人未仕,以孝义闻,虽贫好施惠。常有一老父过之求浆,衣服颜色稍异。裴子待之甚谨,问其所事,云:"以卖药为业。"问其族,曰:"不必言也。"因是往来憩宿于裴舍,积数年而无倦色。一日谓裴曰:"观君兄弟至婪,而常能恭己不倦于客,君实长者,积德如是,必有大福。吾亦厚君之惠,今为君致少财物,以备数年之储。"裴敬谢之。老父遂命求炭数斤,坎地为炉,炽火。少顷,命取小砖瓦如手指大者数枚,烧之,少顷皆赤。怀中取少药投之,乃生紫烟,食顷变为金矣。约重百两,以授裴子,谓裴曰:"此价倍于常者,度君家事三年之蓄矣。吾自此去,候君家罄尽,当复来耳。"裴氏兄弟益敬老父,拜之,因问其居,曰:"后当相示焉。"诀别而去。

裴氏子

唐朝开元年间,长安有一个姓裴的人,在延平门外的庄园中居住。他兄弟三人都没有做官,因为孝顺老人和为人重义而闻名,他家虽然贫困,但是喜欢施舍。有一回一个老头来到他家要水喝,这老头的衣服、面色与常人略有不同。姓裴的对他很恭敬周到,问老头是干什么的,老头说:"我以卖药为业。"他又问老头的家族如何,老头说:"不必讲了。"于是,这位老头来来往往经常住在裴家,好几年之后裴家也没有厌烦的表现。有一天,老头对姓裴的说:"我见你们兄弟都极其贫困,而对客人能长期不疲倦地恭敬照顾,你实在是一位长者,积德如此,一定会有大福的。我也受到你很多恩惠,现在给你弄一点财物来,用来作为今后几年的储备。"姓裴的表示感谢。老头于是让人找来几斤炭,在地上挖了个坑当炉灶,点上火。不一会儿,又让人拿来几块手指大小的砖瓦,放在火里烧,片刻之间全都烧红。老头从怀里取出一点药来投到里边,火上冒出来一股紫烟,一顿饭的时间砖块就变成金子了。金子的重量大约有一百两,老头全给了姓裴的,对姓裴的说:"这些金子的价格是一般金子的一倍,估计够你家花用三年了。我现在要离开这里,等到你家的金子用光了,我再来。"姓裴的兄弟们更加敬重老头,他们拜他,问他住在哪里,老头说:"以后我会让你们知道的。"说完,老头就告别而去。

裴氏乃货其金而积粮。明年遇水旱，独免其灾。后三年，老父复至，又烧金以遗之。裴氏兄弟一人愿从学，老父遂将西去，数里至大白山西岩下，一大盘石，左有石壁。老父以杖叩之，须臾开，乃一洞天。有黄冠及小童迎接。老父引裴生入洞，初觉暗黑，渐即明朗，乃见城郭人物。内有宫阙堂殿，如世之寺观焉。道士玉童仙女无数，相迎入，盛歌乐。诸道士或琴棋讽诵言论。老父引裴氏礼谒，谓诸人曰："此城中主人也。"遂留一宿，食以胡麻饭、麟脯、仙酒。裴告归，相与诀别。老父复送出洞，遗以金宝遣之，谓裴曰："君今未合久住，且归。后二十年，天下当乱。此是太白左掩洞，君至此时，可还来此，吾当迎接。"裴子拜别。比至安史乱，裴氏全家而去，隐于洞中数年。居处仙境，咸受道术，乱定复出。兄弟数人，皆至大官。一家良贱，亦蒙寿考焉。出《原化记》。

崔　炜

贞元中，有崔炜者，故监察向之子也。向有诗名于人间，终于南海从事。炜居南海，意豁然也，不事家产，多尚豪侠。不数年，财业殚尽，多栖止佛舍。时中元日，番禺人多陈设珍异于佛庙，集百戏于开元寺。炜因窥之，见乞食老姬，因蹶而覆人之酒瓮，当垆者殴之。计其直仅一缗耳。炜怜之，脱衣为偿其所直。姬不谢而去。异日又来

姓裴的就卖了黄金,买了许多粮食积存起来。第二年遇上水灾旱灾,只有他家没有挨饿。三年后,老头又来了,又烧了些金子送给他们。裴氏兄弟中有一个愿意跟着老头学道,老头就领着他往西去了,走了几里来到太白山的西岩下,这里有一块大磐石,左边有石壁。老头用拐杖敲了敲,磐石立刻就移开了,原来这是一个洞府。有道士和小童出来迎接。老头领裴生走进洞中,一开始觉得黑暗,渐渐地变得明亮,就看到了城郭和人物。这里面有殿堂宫阙,和人世间的寺观差不多。这里边的道士、玉童、仙女不计其数,裴生被迎了进去,歌声乐声大作。道士们有的弹琴,有的下棋,有的读书,有的谈论。老头领着裴生见礼,对人们说:"这是长安城中留宿我的主人。"于是就留裴生住了一宿,拿胡麻饭、麟脯给他吃,还给他仙酒喝。裴生要回家,大家和他告别。老头把他送出洞来,送给他一些金银珠宝让他上路,对他说:"你不应该久住于此,暂且回去。二十年之后,天下将会大乱。这是太白山左掩洞,你到了那个时候,可以再来这里,我会迎接你的。"裴生拜谢告别。等到了安史之乱,裴家全家都去了,隐居在洞中好几年。住在仙境中,全都学到了道术,叛乱平定之后他们又出来居住。兄弟几人都做了大官。这一家人,不管主人与仆人,全都得以长寿。出自《原化记》。

崔 炜

贞元年间,有一个叫崔炜的人,是以前的监察御史崔向的儿子。崔向善于作诗,在世间挺有名气,死在南海从事的任上。崔炜住在南海,性情豁达,不管理家产,很崇尚豪士侠客。不几年,他家的财产全都用光,就经常住在寺庙里。当时正是中元节,番禺人大多都在庙里陈设珍肴异味,在开元寺中表演各种乐舞杂戏。崔炜于是就去看热闹,他看到一位要饭的老太太,因为跌倒,碰倒了人家的酒缸,卖酒的人打了老太太。计算一下酒的价钱,仅仅一千钱而已。崔炜可怜那老太太,脱下衣服作价来替老太太偿还。老太太没有表示感谢就走了。有一天老太太又来

告炜曰:"谢子为脱吾难。吾善灸赘疣,今有越井冈艾少许奉子,每遇疣赘,只一炷耳,不独愈苦,兼获美艳。"炜笑而受之。妪倏亦不见。后数日,因游海光寺,遇老僧赘于耳,炜因出艾试灸之,而如其说。僧感之甚,谓炜曰:"贫道无以奉酬,但转经以资郎君之福祐耳。此山下有一任翁者,藏镪巨万,亦有斯疾,君子能疗之,当有厚报。请为书导之。"炜曰:"然。"任翁一闻喜跃,礼请甚谨。炜因出艾,一爇而愈。任翁告炜曰:"谢君子瘳我所苦,无以厚酬,有钱十万奉子。幸从容,无草草而去。"炜因留彼。

炜善丝竹之妙,闻主人堂前弹琴声,诘家童。对曰:"主人之爱女也。"因请其琴而弹之。女潜听而有意焉。时任翁家事鬼曰独脚神,每三岁必杀一人飨之。时已逼矣,求人不获。任翁俄负心,召其子计之曰:"门下客既不来,无血属,可以为飨。吾闻大恩尚不报,况愈小疾耳。"遂令具神馔。夜将半,拟杀炜,已潜扃炜所处之室,而炜莫觉。女密知之,潜持刀于窗隙间,告炜曰:"吾家事鬼,今夜当杀汝而祭之。汝可持此破窗遁去,不然者,少顷死矣。此刀亦望持去,无相累也。"炜恐悸汗流,挥刃携艾,断窗棂跃出,拔键而走。任翁俄觉,率家僮十余辈,持刀秉炬

告诉崔炜说:"感谢你替我摆脱困难处境。我善于灸治肉瘤,现在我有一些越井冈的艾草送给你,以后你每次遇上长肿瘤的人,只用一炷就可以治好,不光能给人治好病痛,还能使你得到美女。"崔炜笑着接了过来。老太太忽然就不见了。几天后,崔炜到海光寺游览,遇见一位老和尚耳朵上长了一个瘤,崔炜就拿出艾草来试着给他灸治,果然就像老太太说的那样。老和尚非常感激,对崔炜说:"贫僧没有什么可以酬谢你的,只能念经求神仙保佑你多福了。这山下有一个姓任的老头,家里非常有钱,他也有这种病,你要能给他治好,他一定会有丰厚的回报。请让我写封信给你推荐一下。"崔炜说:"好。"姓任的老头一听说崔炜是来给他治病的,乐得直蹦高儿,对崔炜以礼相请,非常恭敬谨慎。崔炜就拿出艾草来,烧了一炷就治好了。姓任的老头对崔炜说:"感谢你治好了我的病痛,没有什么优厚的酬谢,只有十万钱送给你。请在这儿待上一段时间,不要急急忙忙地离去。"崔炜于是留在了姓任的老头那里。

崔炜精通乐器,听到主人堂前有弹琴声,就询问家童。家童说:"是主人的女儿弹的。"于是崔炜就把她的琴借来弹奏一番。那女子暗暗听了崔炜的琴声,就对他产生了爱慕之心。当时任老头家里供奉着一个叫独脚神的鬼,每隔三年,必须杀一个人给这个鬼上供。时间已经迫近了,却还没找到一个可以杀的人。姓任的老头突然负了心,叫来他儿子核计道:"家里这位客人没过来,他和我们没有血缘关系,可以杀他给鬼上供。我听说大恩都可以不报,何况他只给我治好了一点小病。"于是任老头下令给鬼准备饭食。快到半夜时,打算杀掉崔炜,任老头暗中把崔炜那屋的门锁了,而崔炜并没发觉。任老头的女儿暗中得知此事,悄悄地拿一把刀从窗缝递给崔炜说:"我家供奉着一个鬼,今夜要杀你祭鬼。你可以用这把刀划破窗子逃跑,不然,一会儿你就死了。这把刀你也拿走,不要连累了我。"崔炜吓了一身冷汗,挥动着刀,带着艾草,砍断了窗棂跳了出去,拔开门闩就跑了。任老头很快就发觉了,率领着十几个家童,拿着刀枪举着火把

追之六七里，几及之。炜因迷道，失足坠于大枯井中。追者失踪而返。炜虽坠井，为槁叶所藉而无伤。及晓视之，乃一巨穴，深百余丈，无计可出。四旁嵌空宛转，可容千人。中有一白蛇盘屈，可长数丈。前有石臼，岩上有物滴下，如饴蜜，注臼中，蛇就饮之。炜察蛇有异，乃叩首祝之曰："龙王，某不幸，坠于此，愿王悯之，幸不相害。"因饮其余，亦不饥渴。细视蛇之唇吻，亦有疣焉。炜感蛇之见悯，欲为灸之，奈无从得火。既久，有遥火飘入于穴。炜乃燃艾，启蛇而灸之，是赘应手坠地。蛇之饮食久妨碍，及去，颇以为便，遂吐径寸珠酬炜。炜不受而启蛇曰："龙王能施云雨，阴阳莫测，神变由心，行藏在己，必能有道，拯援沉沦。傥赐挈维，得还人世，则死生感激，铭在肌肤。但得一归，不愿怀宝。"蛇遂咽珠，蜿蜒将有所适。炜遂载拜，跨蛇而去。不由穴口，只于洞中行，可数十里。其中幽暗若漆，但蛇之光烛两壁。时见绘画古丈夫，咸有冠带。最后触一石门，门有金兽啮环，洞然明朗。蛇低首不进，而卸下炜，炜将谓已达人世矣。

入户，但见一室，空阔可百余步，穴之四壁，皆镌为房室，当中有锦绣帏帐数间，垂金泥紫，更饰以珠翠，炫晃如明星之连缀。帐前有金炉，炉上有蛟龙鸾凤、龟蛇鸾雀，

追出六七里，差不远就要追上了。崔炜却因为迷失道路，一失足掉进一口大枯井中。追赶的人因为找不到崔炜的踪迹，就回去了。崔炜虽然掉到井里，但是掉在干树叶上，没有受伤。等到天亮一看，原来是一个深坑，有一百多丈深，没法出去。坑的四边凹凸曲折，能装下一千人。有一条几丈长的白蛇盘曲在中间。前边有一个石臼，岩石上有一种像糖稀或蜂蜜似的东西滴下来，流进石臼中，那蛇就上前把这些东西喝掉。崔炜见那蛇与众不同，就叩头祷告说："龙王，我很不幸，掉到这里边来了，希望龙王可怜可怜我，不要害我。"于是他喝掉蛇喝剩下的那些，也就不觉得饥渴了。他仔细看那蛇的嘴唇上，也长了一个肉瘤。崔炜感激蛇可怜他，想要为它灸治，怎奈没地方弄火。过了一会儿，远处有火飘到洞里来。崔炜就用这火点燃了艾草，告诉那蛇并为它灸治，那肉瘤应手掉到地上。蛇的饮食长期以来一直受到这肉瘤的妨碍，等到除去，觉得方便多了，于是蛇就吐出一颗直径一寸的大珍珠酬谢崔炜。崔炜没有接受，他对蛇说："您能呼风唤雨，天阴天晴别人没法猜测，神色的变化由内心决定，行藏动静全由自己说了算，您一定能有办法援救危难之人。如果能帮助我回到人世，我就永生难忘，铭刻在肌肤上。只求能回去，不想要珠宝。"蛇就把珍珠咽下去，蠕动身子，要到什么地方去的样子。崔炜于是拜了拜，跨到蛇身上随它而去。没有经过洞口，只在洞中行走，走了约几十里。洞里头漆黑一片，只有蛇身上的光亮照亮两壁。不时能看清墙壁上画着的古代男子，帽子和衣带全都有。最后触到一个石门，门上有金兽咬着的门环，打开门之后豁然明亮。蛇低着头不再向前走，它把崔炜放了下来，崔炜以为已经到达人世了。

他走近门，只见一间石室，十分空阔，有一百多步宽，石室的四壁上，都凿刻成一间一间的小屋子，正中间的几间屋子里有锦绣的帷帐，垂挂着金色的东西，用紫色粉刷墙壁，还用珠翠装饰着，闪闪烁烁的，就像许多明亮的星星穿连在一起似的。帐前有一个金色香炉，香炉上有蛟龙、鸾凤、龟、蛇、鸟雀等形象，

皆张口喷出香烟,芳芬蓊郁。傍有小池,砌以金璧,贮以水银凫鹥之类,皆琢以琼瑶而泛之。四壁有床,咸饰以犀象,上有琴瑟笙篁、鼗鼓柷敔,不可胜记。炜细视,手泽尚新。炜乃恍然,莫测是何洞府也。良久,取琴试弹之,四壁户牖咸启。有小青衣出而笑曰:"玉京子已送崔家郎君至矣。"遂却走入。须臾,有四女,皆古环髻,曳霓裳之衣,谓炜曰:"何崔子擅入皇帝玄宫耶?"炜乃舍琴再拜。女亦酬拜。炜曰:"既是皇帝玄宫,皇帝何在?"曰:"暂赴祝融宴尔。"遂命炜就榻鼓琴,炜乃弹《胡笳》。女曰:"何曲也?"曰:"《胡笳》也。"曰:"何为《胡笳》? 吾不晓也。"炜曰:"汉蔡文姬,即中郎邕之女也,没于胡中,及归,感胡中故事,因抚琴而成斯弄,像胡中吹笳哀咽之韵。"女皆怡然曰:"大是新曲。"遂命酌醴传觞。炜乃叩首,求归之意颇切。女曰:"崔子既来,皆是宿分,何必匆遽,幸且淹驻。羊城使者少倾当来,可以随往。"谓崔子曰:"皇帝已许田夫人奉箕帚,便可相见。"崔子莫测端倪,不敢应答。遂命侍女召田夫人。夫人不肯至,曰:"未奉皇帝诏,不敢见崔家郎也。"再命不至。谓炜曰:"田夫人淑德美丽,世无俦匹。愿君子善奉之,亦宿业耳。夫人即齐王女也。"崔子曰:"齐王何人也?"女曰:"王讳横,昔汉初亡齐而居海岛者。"逡巡,有日影入照坐中。炜因举首,上见一穴,隐隐然睹人间天汉耳。四女曰:"羊城使者至矣。"遂有一白羊,自空冉冉而下,须臾至座。

全都张着口喷出香烟来,芳香浓郁。旁边有一个小水池,是用黄金和璧玉砌成的,池里装的是水银和野鸭鸥鸟之类,野鸭鸥鸟都是用美玉雕成浮在水银上的。四壁下有床,都饰有犀角象牙,床上有琴瑟、笙管、摇鼓、枳敔等不可胜数的乐器。崔炜仔细一看,乐器上的手印还是新的。崔炜这才恍然大悟,不知道这是什么仙人的洞府。过了好长一会儿,他拿过琴来试着弹奏,四壁的门窗全都打开了。有一位小婢女走出来笑着说:"玉京子已经把崔家郎君送来了。"说完她就跑了回去。一会儿,有四位女子,全都梳着古人环形的发髻,拖着霓裳仙服,来对崔炜说:"为什么崔公子擅自来到皇帝的玄宫呢?"崔炜于是放下琴连连下拜。四位女子也回拜。崔炜说:"既然是皇帝的玄宫,皇帝在哪?"女子回答说:"刚参加祝融的宴会去了。"于是她们让崔炜坐在床榻上弹琴,崔炜就弹了一曲《胡笳》。女子问:"这是什么曲子?"崔炜说:"这是《胡笳》。"女子说:"什么是《胡笳》? 我们不懂。"崔炜说:"汉朝时,中郎将蔡邕的女儿蔡文姬流落在胡地,等到回来,她感叹自己在胡地的往事,就弹琴奏出了这支曲子,像胡地吹笳那种哀怨幽咽的声音。"四位女子都高兴地说:"这确实是一支新曲子。"于是让人摆下美酒开始宴饮。崔炜叩头,恳切地要求回家。女子说:"崔公子既然来了,这都是注定的缘分,何必这么匆忙,请暂且住上几天。羊城使者不久就会来,你可以跟着他回去。"又对崔炜说:"皇帝已许田夫人做你的妻子,你这就可以见她。"崔炜不知道是怎么回事,不敢答应。于是就让侍女把田夫人请来。田夫人不肯来,说:"没有得到皇帝的诏令,不敢见崔家郎君。"再三让她来,她也没来。四位女子便对崔炜说:"田夫人又贤淑又美丽,举世无双。希望你好好待她,这也是前定的。田夫人就是齐王的女儿。"崔炜说:"齐王是什么人?"女子说:"齐王叫田横,以前汉朝初年齐国灭亡后住到海岛上去的那个人。"过了一会儿,有日光照到座位中来。崔炜抬头一看,见上边有一个孔穴,隐隐约约能看见人间的星空了。四女子说:"羊城使者来了。"于是有一头白羊,从空中慢慢地下来,一会儿就来到座间。

背有一丈夫,衣冠俨然,执大笔,兼封一青竹简,上有篆字,进于香几上。四女命侍女读之曰:"广州刺史徐绅死,安南都护赵昌充替。"女酌醴饮使者曰:"崔子欲归番禺,愿为挈往。"使者唱喏。回谓炜曰:"他日须与使者易服缉宇,以相酬劳。"炜但唯唯。四女曰:"皇帝有敕,令与郎君国宝阳燧珠,将往至彼,当有胡人具十万缗而易之。"遂命侍女开玉函,取珠授炜。炜载拜捧受,谓四女曰:"炜不曾朝谒皇帝,又非亲族,何遽贶遗如是?"女曰:"郎君先人有诗于越台,感悟徐绅,遂见修缉。皇帝愧之,亦有诗继和。贲珠之意,已露诗中,不假仆说,郎君岂不晓耶?"炜曰:"不识皇帝何诗?"女命侍女书题于羊城使者笔管上云:"千岁荒台隳路隅,一烦太守重椒涂。感君拂拭意何极,报尔美妇与明珠。"炜曰:"皇帝原何姓字?"女曰:"已后当自知耳。"女谓炜曰:"中元日,须具美酒丰馔于广州蒲涧寺静室,吾辈当送田夫人往。"炜遂再拜告去。欲蹑使者之羊背,女曰:"知有鲍姑艾,可留少许。"炜但留艾,即不知鲍姑是何人也,遂留之。瞬息而出穴,履于平地,遂失使者与羊所在。望星汉,时已五更矣。

俄闻蒲涧寺钟声,遂抵寺。僧人以早麋见饷,遂归广州。崔子先有舍税居,至日往舍询之,曰已三年矣。主人谓崔炜曰:"子何所适?而三秋不返?"炜不实告。开其户,尘榻俨然,颇怀凄怆。问刺史,则徐绅果死而赵昌替矣。乃抵波斯邸,潜鬻是珠。有老胡人一见,遂匍匐礼手曰:

羊背上有一位男子，衣服帽子很整齐，拿着一支大笔，还有一封青色竹简，上面写着篆字，他把竹简放到香案上。四女子让一位侍女读那竹简："广州刺史徐绅死，安南都护赵昌接替。"女子给使者斟酒，并说："崔公子要回番禺，请你给带回去。"使者答应下来。女子又回头对崔炜说："改日你要替使者更换衣服修缮屋宇，用来酬谢他。"崔炜连连答应。四女子说："皇帝有诏令，让把国宝阳燧珠给你，你拿到世上之后，会有一个胡人拿十万缗钱买它。"于是让一位侍女打开一个玉匣，取出阳燧珠交给崔炜。崔炜连连拜谢之后捧接过来，对四女子说："我不曾拜见过皇帝，又不是皇帝的亲属，为什么要赠给我如此贵重的礼物？"女子说："你的先人在越台上留有诗篇，那诗篇感悟了徐绅，徐绅就修缮了越台。皇帝很感动，也写了相和的诗。赠给你阳燧珠的意思，已显露在诗里，不通过我们告诉你，你难道就不知道吗？"崔炜说："不知道皇帝写的是什么诗？"女子让一位侍女在羊城使者的笔管上写道："千岁荒台隳路隔，一烦太守重椒涂。感君拂拭意何极，报尔美姝与明珠。"崔炜说："皇帝本来叫什么？"女子说："以后自然会知道的。"女子对崔炜说："中元节那天，你要在广州蒲涧寺的静室里，准备美酒和丰盛的饭菜，我们将把田夫人送去。"崔炜就连连下拜告别。他刚想要骑到羊背上，女子说："知道你有鲍姑的艾草，可以留下一点。"崔炜只管留下艾草，却不知鲍姑是何人，就把艾草留下了。他们瞬息之间就出了洞穴，两脚刚踩到平地上，使者和羊就不见了。望星空河汉，已经是五更天了。

　　不一会儿，崔炜听到了蒲涧寺的钟声，他就来到寺中。寺里的和尚把早晨的粥食给他吃了，于是他回到了广州。崔炜以前租了一所房子住，到家的这天他去打听，人家告诉他，他已经离家三年了。房子主人对崔炜说："你到哪儿去了？为什么三年不回来？"崔炜并没有实说。打开门一看，积满灰尘的床榻还是老样子，他心里很悲怆。他打听刺史的情况，果然是徐绅死了，由赵昌接替了。于是崔炜来到波斯旅店，偷偷地卖那颗阳燧珠。有一位老胡人一见了这颗珠子，立刻就匍匐在地上行礼说：

"郎君的入南越王赵佗墓中来,不然者,不合得斯宝。"盖赵佗以珠为殉故也。崔子乃具实告,方知皇帝是赵佗,佗亦曾称南越武帝故耳。遂具十万缗易之。崔子诘胡人曰:"何以辨之?"曰:"我大食国宝阳燧珠也。昔汉初,赵佗使异人梯山航海,盗归番禺,今仅千载矣。我国有能玄象者,言来岁国宝当归。故我王召我,具大舶重资,抵番禺而搜索,今日果有所获矣。"遂出玉液而洗之,光鉴一室。胡人遽泛舶归大食去。

炜得金,遂具家产,然访羊城使者,竟无影响。后有事于城隍庙,忽见神像有类使者,又睹神笔上有细字,乃侍女所题也,方具酒脯而奠之,兼重粉绩,及广其宇。是知羊城即广州城,庙有五羊焉。又征任翁之室,则村老云:"南越尉任嚣之墓耳。"又登越王殿台,睹先人诗云:"越井冈头松柏老,越王台上生秋草。古墓多年无子孙,野人踏践成官道。"兼越王继和诗,踪迹颇异,乃询主者。主者曰:"徐大夫绅因登此台,感崔侍御诗,故重粉饰台殿,所以焕爀耳。"后将及中元日,遂丰洁香馔甘醴,留蒲涧寺僧室。夜将半,果四女伴田夫人至。容仪艳逸,言旨雅澹。四女与崔生进觞谐谑,将晓告去。崔子遂再拜讫,致书达于越王,卑辞厚礼,敬荷而已。遂与夫人归室。炜诘夫人曰:"既是齐王女,何以配南越人?"夫人曰:"某国破家亡,遭越王所虏为嫔御。王崩,因以为殉。乃不知今是几时也?看烹郦生,如昨日耳。每忆故事,辄一潸然。"炜问曰:"四女何人?"

"你显然是进入南越王赵佗的墓中又出来的，不然，你不该得到这一宝贝。"因为赵佗是用这颗珍珠陪葬的。崔炜就如实地告诉了他，这才知道皇帝是赵佗，因为赵佗也曾被称为南越武帝。于是老胡人用十万缗钱把珍珠买了去。崔炜问胡人道："你怎么认出它的？"胡人说："这是我大食国的国宝阳燧珠。以前在汉朝初年，赵佗派一个有异才的人登山航海，把这颗珠子偷到番禺来，到现在将近一千年。我国有个懂得天象的人说，来年国宝应当回归。所以我国国王把我找去，给我准备大船和大量资金，到番禺来搜索此宝，今天果然得到了。"于是老胡人拿出玉液把珍珠洗了洗，光照满屋。胡人于是乘开船回大食国去了。

崔炜得到钱，就置办了家产，然而他寻访羊城使者却没有消息。后来他到城隍庙祭神，忽然发现有一个神像很像羊城使者，又见那神笔上有小字，原来是那侍女题的字，他这才准备了酒和干肉来祭奠，又重新装修和粉饰了神像，扩建了庙宇。这才知道羊城就是广州城，庙里有五只羊。崔炜又寻找姓任的老头住在哪里，村里的老人告诉他说："那只不过是南越尉任嚣的坟墓罢了。"他又登上越王的殿台，看先人的诗，诗是这样的："越井冈头松柏老，越王台上生秋草。古墓多年无子孙，野人踏践成官道。"又有越王的和诗，字迹很怪，他就向主管的人打听。主管的人说："徐绅大夫因为登上此台，被崔侍御的诗感动，所以重新粉刷了台殿，使台殿焕然一新。"后来要到中元节了，崔炜就准备了丰盛洁净的美食和美酒，留住在蒲涧寺的僧室里。将到半夜的时候，果然四位女子陪着田夫人来了。田夫人姿色美艳，言谈文雅。四女子和崔炜饮酒说笑，天将亮时才告别。崔炜连连拜谢后，给越王写了信，言辞很谦虚，礼节很周到，表示尊敬而已。于是就和田夫人回到屋里。崔炜问田夫人说："你既然是齐王的女儿，为什么要嫁给南越人？"夫人说："我国破家亡，被越王掳去做了嫔妃。越王死了，就用我殉葬了。我竟然不知道现在是什么时代。看田广烹杀郦食其的情景，就像发生在昨天。每次想起往事，就泪流满面。"崔炜问道："那四位女子都是谁？"

曰："其二瓯越王摇所献，其二闽越王无诸所进，俱为殉者。"又问曰："昔四女云鲍姑，何人也？"曰："鲍靓女，葛洪妻也。多行灸于南海。"炜方叹骇昔日之妪耳。又曰："呼蛇为玉京子，何也？"曰："昔安期生长跨斯龙而朝玉京，故号之玉京子。"炜因在穴饮龙余沫，肌肤少嫩，筋力轻健。后居南海十余载，遂散金破产，栖心道门，乃挈室往罗浮，访鲍姑。后竟不知所适。出《传奇》。

夫人说："有两个是瓯越王摇献来的，另两个是闽越王无诸献来的，都是殉葬的。"崔炜又问道："以前四女子说的那位鲍姑是谁?"夫人说："是鲍靓女，也就是葛洪的妻子。她常在南海灸治病人。"崔炜这才惊叹昔日那个老太太。他又问："为什么叫蛇玉京子?"夫人说："以前安期生经常骑着这条龙去玉京朝见，所以叫它玉京子。"崔炜因为在洞中喝过龙余沫，肌肤显得年轻细嫩，身体轻健有力。后来他在南海住了十几年，就散尽家产，专心修道，竟带着妻室到罗浮山去寻访鲍姑。后来不知他究竟到哪儿去了。出自《传奇》。

卷第三十五
神仙三十五

成真人　　柏叶仙人　　齐　映　　王四郎　　韦　丹
冯大亮

成真人

　　成真人者，不知其名，亦不知所自。唐开元末，有中使
自岭外回，谒金天庙，奠祝既毕，戏问巫曰："大王在否？"
对曰："不在。"中使讶其所答，乃诘之曰："大王何往而云
不在？"巫曰："关外三十里迎成真人耳。"中使遽令人于关
候之。有一道士，弊衣负布囊，自关外来。问之姓成，延于
传舍，问以所习，皆不对。以驿骑载之到京，馆于私第，密
以其事奏焉。玄宗大异之，召入内殿，馆于蓬莱院，诏问道
术及所修之事，皆拱默不能对，沉真朴略而已。半岁余，恳
求归山。既无所访问，亦听其所适。自内殿挈布囊徐行而
去，见者咸笑焉。所司扫洒其居，改张帏幕，见壁上题曰：
"蜀路南行，燕师北至。本拟白日升天，且看黑龙饮渭。"

成真人

　　有一位成真人，不知道他的真实姓名叫什么，也不知道他是从哪里来的。唐朝开元末年，有一位宫中使者从岭南回来，到金天庙拜谒，所有祭祀祷告都完毕之后，他和巫师开玩笑说："大王在不在？"巫师说："不在。"使者对他的回答感到奇怪，就问他说："大王到哪儿去了，你就说不在？"巫师说："到关外三十里的地方去迎接成真人了。"使者立刻派人到关前等候。有一个道士，穿着破旧的衣服，背着一个布口袋，从关外走来。一问道人姓成，就把他接进驿馆，问他修习的是什么道术，他全都不回答。使者让他骑着驿站的马来到京城，住进自己的宅第里，并秘密地把道士的事奏明了皇帝。唐玄宗非常惊奇，把道士召入宫内，让他住进蓬莱院，问他有什么道术以及修习方面的事，他全都只拱手沉默不作回答，他这是隐蔽真相，质朴不张扬罢了。半年多之后，他请求归隐山林。既然不能从他那里问出什么，皇上也就任他到愿意去的地方。他从内殿带着布口袋慢慢地离去，见到的人全都笑他。负责洒扫的人收拾他住过的屋子，更换帷帐的时候，见墙壁上题写道："沿着蜀路往南走，燕地的军队从北面来。本打算白天就成仙飞去，暂且留下来看看黑龙喝渭水。"

其字刮洗愈明。以事上闻，上默然良久，颇亦追思之。其后禄山起燕，圣驾幸蜀，皆如其谶。出《仙传拾遗》。

柏叶仙人

柏叶仙人田鸾，家居长安。世有冠冕，至鸾家富。而兄弟五六人，皆年未至三十而夭。鸾年二十五，母忧甚，鸾亦自惧。常闻道者有长生术，遂入华山，求问真侣，心愿恳至。至山下数十里，见黄冠自山而出，鸾遂礼谒，祈问隐诀。黄冠举头指柏树示之曰："此即长生药也，何必深远？但问志何如尔。"鸾遂披寻仙方。云："侧柏服之久而不已，可以长生。"乃取柏叶曝干，为末服之，稍节荤味，心志专一，服可至六七十日，未有他益，但觉时时烦热，而服终不辍。至二年余，病热，头目如裂，举身生疮。其母泣曰："本为延年，今返为药所杀。"而鸾意终不舍，尚服之。至七八年，热疾益甚，其身如火，人不可近。皆闻柏叶气，诸疮溃烂，黄水遍身如胶。母亦意其死。忽自云："体今小可，须一沐浴。"遂命置一斛温水于室，数人舁卧斛中。自病来十余日不寝，忽若思寝，乃令左右掩户勿惊，遂于斛中寝。三日方悟，呼人起之，身上诸疮，皆已扫去，光彩明白，眉须绀绿，顿觉耳目鲜明。自云："初寝，梦黄冠数人，持旌节导引，谒上清，遍礼古来列仙，皆相谓曰：'柏叶仙人来此。'

那些字越刮洗越清晰。把这事奏明皇上，皇上沉默了好久，仍十分追念他。后来安禄山从燕地起兵，皇帝去了蜀地，全都与道士的预言相符合。出自《仙传拾遗》。

柏叶仙人

柏叶仙人田鸾，家住长安。他家世代做官，到田鸾时，家中很富。田鸾有兄弟五六个，全都不到三十岁就死了。田鸾二十五岁的时候，母亲非常忧愁，他自己也很害怕。他曾经听说修道的人有长生不老的道术，就进了华山，打听寻找仙人道士，心愿十分诚恳。走到山下几十里的地方，遇见一位道士从山里来，于是田鸾就上前拜见，向道士打听长生的秘诀。道士抬头指着柏树对他说："这就是长生不老药，何必到更深更远的地方去？只问你自己意志如何罢了。"田鸾就从书籍中查阅仙药的配方。书上说："侧柏的树叶长期不间断地服用，就能长生。"于是把柏叶晒干，加工成粉末服用，逐渐控制吃鱼肉，心志专一，田鸾服用了约有六七十天，没有别的效果，只觉得时时烦躁发热，但他依然坚持服用不间断。到两年多后，他开始发烧，头和眼睛疼痛欲裂，全身生疮。他母亲哭泣着说："本来是为了延寿，现在反倒被药害死了。"但是田鸾始终不放弃，还是照吃不误。到了七八年，发烧的病更厉害了，身上就像着火一般，别人不能接近他。谁都能闻到他身上的一股柏叶气味，身上的疮全都溃烂，黄水流遍全身，像胶一样。母亲也认为他要死了。忽然有一天他自己说："身体今天稍好了一些，要洗个澡。"于是让人在屋里放了一大盆温水，几个人把他抬到大盆里。从有病以来，他十几天没有睡觉，现在他忽然想睡，于是就让左右的人把门掩上，不要弄出声响惊扰他，他就泡在盆里睡着了。三天之后他才睡醒，喊人把他扶起来，他身上的那些疮，全都一扫而光，精神焕发，皮肤白净，眉毛胡须也变得深青透红，还突然觉得耳聪目明。他说："我刚睡着的时候，梦见几个道士拿着旌旗符节带着我去上清仙界拜谒，一一拜见自古以来的列位神仙，他们都互相说：'柏叶仙人到这儿来了。'

遂授以仙术，勒其名于玉牌金字，藏于上清。谓曰：'且止于人世修行，后有位次，当相召也。'复引而归。"鸾自此绝谷，并不思饮食，隐于嵩阳。至贞元中，已年百二十三岁矣，常有少容。忽告门人，无疾而终，颜色不改，盖尸解也。临终异香满室，空中闻音乐声，乃造青都，赴仙约耳。出《原化记》。

齐　映

　　齐相公映，应进士举，至省访消息。歇礼部南院，遇雨未食，傍徨不知所之，徐步墙下。有一老人，白衣策杖，二小奴从。揖齐公曰："日已高，公应未餐，某居处不远，能暂往否？"映愧谢，相随至门外。老人曰："某先去，留一奴引郎君。"跃上白驴如飞。齐公乃行至西市北，入一静坊新宅，门曲严洁。良久，老人复出。侍婢十余，皆有所执。至中堂坐，华洁侈盛。良久，因铺设于楼，酒馔丰异。逡巡，人报有送钱百千者。老人曰："此是酒肆所入，某以一丸药作一瓮酒。"及晚请去。老人曰："郎君有奇表，要作宰相耶？白日上升耶？"齐公思之良久，云："宰相。"老人笑曰："明年必及第，此官一定。"赠帛数十匹，云："慎不得言于人。有暇即一来。"齐公拜谢。自后数往，皆有恤赉。至春果及第。同年见其车服修整，乘醉诘之，不觉尽言。偕二十余人，期约俱诣就谒。老人闻之甚悔。至则以废疾托谢不见，

于是就教给我仙术，把我的名字在玉牌上刻成金字，收藏在上清仙界。他们对我说：'你暂且在人世间修行，以后有了位置就叫你来。'就又领我回来。"田鸾从此不再吃粮食，并不觉得饥渴，隐居在嵩阳。到贞元年间，他已经一百二十三岁了，还总是很年轻的样子。忽然有一天他在告诉弟子之后，没病就死了，面色没变，大概是尸解仙去了。他临终时异香满室，空中有音乐的声音，这是他造访青都，赴神仙的约会去了。出自《原化记》。

齐　映

　　宰相齐映考进士时，曾到尚书省打听消息。他在礼部南院休息，遇上雨不能出去吃饭，心里犹豫，不知到什么地方去，就慢慢走在墙下。有一位老人，穿白色衣服，拄着拐杖，两个小仆人跟在他身后。老人向齐映行礼说："日头已经升高，你大概还没吃饭，我家离此不远，能到我家去吗？"齐映道谢，跟着老人来到门外。老人说："我先回去，留一个仆人领着你。"说完，老人骑上一头白驴，飞一样驰去。齐映就走到西市北侧，来到一所位于清净街区的新宅子，门庭曲折，整齐干净。很久，老人才出来。有十几位婢女跟随，婢女们手中都拿着东西。来到中堂落座，见中堂里的摆设华丽洁净，奢侈丰盛。过了一会儿，就在楼上摆设宴席，美酒佳肴丰盛珍异。正在这时，有人报告说有一个人送来一百千钱。老人说："这是酒肆送来的，我用一丸药给他们做了一坛酒。"到了晚上，齐映请求回去。老人说："你有奇特的仪表，你是要做宰相呢？还是做神仙呢？"齐映想了很久，说："我想做宰相。"老人笑着说："明年你一定能考中，这个宰相你做定了。"老人赠给他几十匹帛，对他说："千万不要对别人讲这事。有空闲就再来一坐。"齐映拜谢老人。后来他又来过几次，每次都有馈赠。等到第二年春天，他果然考中了。与他同年考中的举子们见他车马衣服都很讲究，趁他喝醉了问他，他不知不觉全讲了出来。他和二十多人，约好一起到老人那里去拜谒。老人听说了非常后悔。齐映领人来到，老人则以身体残疾为托辞不见他们，

各奉一缣，独召公入，责之曰："尔何乃轻泄也？比者升仙之事亦得，今不果矣。"公哀谢负罪，出门去。旬日复来，宅已货讫，不知所诣。出《逸史》。

王四郎

洛阳尉王琚，有孽侄小名四郎。孩提之岁，其母他适，因随去。自后或十年五年至琚家，而王氏不复录矣。唐元和中，琚因常调，自郑入京。道出东都，方过天津桥，四郎忽于马前跪拜，布衣草履，形貌山野。琚不识。因自言其名。琚哀愍久之。乃曰："叔今赴选，费用固多，少物奉献，以助其费。"即于怀中出金，可五两许，色如鸡冠。因曰："此不可与常者等价也。到京，但于金市访张蓬子付之，当得二百千。"琚异之，即谓曰："尔顷在何处？今复何适？"对曰："向居王屋山下洞，今将往峨嵋山。知叔到此，故候拜觐。"琚又曰："尔今停泊在何处？"对曰："中桥逆旅席氏之家。"时方小雨，会琚不赍雨衣，遽去曰："吾即至尔居。"四郎又拜曰："行李有期，恐不获祗候。"琚径归，易服而往，则已行矣。因询之席氏，乃曰："妻妾四五人，皆有殊色；至于衣服鞍马，华侈非常。其王处士肩舆先行，云往剑南。"琚私奇之，然未信也。及至上都，时物翔贵，财用颇乏，因谓家奴吉儿曰："尔将四郎所留者一访之。"果有张蓬子。

赠给他们每人一匹绢,只把齐映叫了进来,责备他说:"你为什么轻易地把事情泄露出去?最近升天做神仙的事本来是可以实现的,可现在不行了。"齐映哀痛地向老人谢罪,出门而去。十天后他又来,然而老人已把房屋卖给了别人,不知去到哪里了。出自《逸史》。

王四郎

洛阳县尉王琚,有个妾生的侄子,小名叫四郎。还是小孩子的时候,他母亲改嫁他人,他就随母亲一块儿去了。从此以后,王四郎或者十年或者五年到王琚家来一趟,王氏家族就不再把他看作本家成员。唐朝元和年间,王琚按例选调官职,从郑州来到京城。从东都走出来,刚过了天津桥,王四郎忽然在马前跪拜,穿着布衣草鞋,一副山野人的样子。王琚不认识他。于是他自己说出了自己的名字。王琚哀叹怜悯了半天。王四郎便说:"叔叔现在去听候选官,所需费用很多,今献上少许财物,做你的花费。"于是他从怀里取出一块金子,大约有五两,颜色像鸡冠。他对王琚说:"这块金子不能和常见的金子一样价钱。到了京城,只要在金市上找到张蓬子交给他,就能获得二百千钱。"王琚感到惊异,就对他说:"你最近住在哪里?现在又要到什么地方去?"王四郎回答说:"以前住在王屋山下的一个洞中,现在要到峨嵋山去。知道叔叔到这里来,所以等在这里拜见。"王琚又说:"你现在在什么地方住宿?"王四郎说:"在中桥的席氏客栈里。"当时正下着小雨,赶上王琚没带雨衣,马上就要离去,说道:"我这就到你住的地方去。"王四郎又拜谢说:"我的行程是有期限的,恐怕不能恭候您。"王琚径直回去,换了衣服就来到席氏客栈,而王四郎已经走了。于是王琚就问席氏,席氏说:"王处士妻妾四五个,都有美色;至于衣服车马,更是非常奢华。王处士坐着轿子先走了,说是到剑南去。"王琚心里奇怪,并没有相信他的话。等到了京城,当时物价飞涨,费用很缺乏,于是对家仆吉儿说:"你把四郎留的那块金子拿去打听打听。"一打听,果然有个张蓬子。

乃出金示之，蓬子惊喜，捧而叩颡曰："何从得此？所要几
缗？"吉儿即曰："二百千耳。"蓬子遂置酒食，宴吉儿，即依
请而付。又曰："若更有，可以再来。"吉儿以钱归。琚大异
之，明日自诣蓬子。蓬子曰："此王四郎所货化金也。西域
商胡，专此伺买，且无定价，但四郎本约多少耳，逾则不必
受也。"琚遂更不取焉。自后留心访问，冀一会遇。终不复
见之。出《集异记》。

韦　丹

　　韦丹大夫及第后，历任西台御史。每常好道，未曾有
遇。京国有道者，与丹交游岁久，忽一日谓丹曰："子好道
心坚，大抵骨格不成。某不能尽知其事，可自往徐州问黑
老耳。"丹乃求假出，往徐州。经数日，问之，皆云无黑老。
召一衙吏问之曰："此州城有黑老，家在何处？"其吏曰："此
城郭内并无。去此五里瓜园中，有一人姓陈，黑瘦贫寒，为
人佣作，赁半间茅屋而住。此州人见其黑瘦，众皆呼为黑
老。"韦公曰："可为某邀取来。"吏人至瓜园中唤之，黑老终
不肯来，乃驱迫之至驿。韦公已具公服，在门首祗候。韦公
一见，便再拜。黑老曰："某佣作求食，不知有何罪，今被捉
来，愿得生回。"又复怖畏惊恐，欲走出门，为吏人等遮拦不
放。自辰及酉，韦公礼貌益恭，黑老惊惶转甚。略请上厅，
终不能得。至二更来，方上阶，不肯正坐。韦公再拜谘请，
叩问不已。至三更，黑老忽然倒卧于床上，鼻息如雷。韦
公兢兢床前而立，久因困极，不觉兼公服亦倒卧在床前地
上睡。至五更，黑老起来，以手抚韦公背云："汝起，汝起。

吉儿就拿出金子来给他看，张蓬子又惊又喜，捧着金子叩头说："从哪里弄来的？想要多少钱？"吉儿就说："要二百千。"张蓬子就置办酒食，宴请吉儿，并立即如数付了钱。又说："如果还有，可以再拿来。"吉儿把钱带回来。王琚非常惊奇，第二天亲自去见张蓬子。张蓬子说："这是王四郎卖的变化出来的金子。西域的胡商，专门在这里等着购买，而且没有定价，只要王四郎原本约定多少就是多少，多给他就不一定接受了。"王琚于是再不要了。此后他留心访问，希望再遇见王四郎。但是终究没有再见到他。出自《集异记》。

韦 丹

韦丹大夫考中科举后，做过西台御史。他向来慕道，只是不曾遇到异人。京城里有一位修道的，和韦丹相识已久，忽然有一天对韦丹说："你喜欢道术的意志很坚定，大概是骨骼不行。我不能完全知道是怎么回事，你可以自己到徐州去问问黑老。"韦丹就请假出京，来到徐州。经过几天，问谁都说没有黑老。他找来一位衙吏问道："这州城里有个叫黑老的人，他家住在哪？"那个衙吏说："这个城中没有。离此五里的瓜园，有一个人姓陈，又黑又瘦，很穷，给人做工，租了半间草房居住。州城的人见他又黑又瘦，都叫他黑老。"韦丹说："你替我把他请来。"衙吏到瓜园叫黑老，黑老始终不肯来，衙吏就硬把他赶到驿站。韦丹已穿好官服，在门口恭候。韦丹一见到黑老，就连连下拜。黑老说："我给人做工挣饭吃，不知有什么罪，现在被捉来，希望能让我活着回去。"黑老惊恐万状，想要跑出门去，被衙吏们拦住了。从辰时到酉时，韦丹更加恭敬，黑老却更加惊惧。韦丹请黑老到大厅，黑老始终不去。到了二更左右，黑老才走上台阶，却不肯坐在正座上。韦丹再三下拜，不停地请求叩问。到了三更，黑老忽然倒在床上，鼻息如雷地睡了。韦丹小心谨慎地站在床前，时间长了因太困乏，不知不觉也穿着官服倒在床前的地上睡着了。到了五更，黑老起来，用手抚摸着韦丹的后背说："你起来，你起来。

汝似好道，吾亦爱之。大抵骨格不成就，且须向人间富贵。待合得时，吾当来迎汝；不然，恐汝失路耳。初秋日，可再来此，当为汝尽话。"言讫，倏已不见。韦公却归。至立秋前一日晚，至徐州，黑老已辰时死矣。韦公惆怅，埋之而去。自后寂绝，二十年不知信息。韦公官江西观察使，到郡二年，忽一日，有一叟谓阍人曰："尔报公，可道黑老来也。"公闻之，倒屣相迎。公明日无疾，忽然卒。皆言黑老迎韦公上仙矣。出《会昌解颐录》。

冯大亮

冯大亮者，导江人也。家贫好道，亦无所修习。每道士方术之人过其门，必留连延接。唯一牛拽步磨以自给，一旦牛死，其妻对泣，叹曰："衣食所给，在此牛尔。牛既死矣，何以资口食乎？"慈母山道士，每过其家，即憩歇累日。是时道士复来，夫妇以此语之。道士曰："皮角在乎？"曰："在。"即取皮挛缀如牛形，斫木为脚，以绳系其口，驱之遂起，肥健如常。曰："此牛不复饮食，但昼夜使之可也，慎勿解其口。尔以此牛拽磨，为倍于常。"道士亦不复来。数年盛暑，牛喘甚急。牧童怜之，因解其口，遽成皮骨而已。然其家已渐富，改置酒肆。常以奉道祈感遇仙人，仍力行救物，好宾客。有樵叟三五人，诣其家饮酒，常不言钱，礼而接之，虽数益敬。忽一人曰："我辈八人，明日具来，共谋一醉，

你好像好道,我也喜欢。大概是骨骼不成全你,暂且要面对人间的富贵。等到应该得道的时候,我就来接你;不然,恐怕你会迷路。初秋时,可再到这儿来,那时我就全都告诉你。"说完,忽然不见了。韦丹就回去了。到了立秋前一天的晚上,他又来到徐州,黑老已经在辰时的时候死了。韦丹很惆怅,把他埋葬后便走了。从此以后两相寂绝,二十年不知音信。韦丹任江西观察使,到任二年,忽然有一天,有一个老头对守门人说:"你去告诉韦公,就说黑老来了。"韦丹听说后,慌慌忙忙地鞋都穿倒了就跑出来迎接。第二天,本来没病的韦丹忽然死了。人们都说黑老接韦丹上天做神仙去了。出自《会昌解颐录》。

冯大亮

冯大亮是导江人。他家里贫穷,喜欢道术,但也没有修习什么。每当有道士或有方术的人从他家门前路过,他一定会挽留并接待人家。他家只有一头牛用来拉磨赚钱维持生活,有一天牛死了,妻子对他哭泣,叹道:"全家人的衣食供给,全靠这头牛。牛已经死了,靠什么吃饭呢?"慈母山有位道士,每次路过他家,都要在他家休息几天。这个时候道士又来了,夫妻二人就把牛死了的事告诉了道士。道士说:"牛皮和牛角还在吗?"回答说:"在。"道士就把牛皮联结成牛的形状,砍四根木头做牛腿,用绳子系住它的嘴,一驱赶它就活过来了,和往日一样肥实健壮。道士说:"这头牛不再吃喝,只管让它白天黑夜地干活就行了,但千万不要解开它的口绳。你用这头牛拉磨,它的力气是一般牛的一倍。"道士就不再来了。几年之后,在一个酷暑天里,牛喘得很急。牧童可怜它,就解开了它的口绳,它立刻变成了一堆皮和骨头。但是冯大亮家已经渐渐富起来,改为经营酒馆。他常常通过尊奉道法祈求感遇仙人,还努力去做救人济物的事,喜欢与宾客交游。有三五个打柴的老头,到他家里来喝酒,他常常不谈钱,以礼相待,虽然白喝了多次,他却更加尊敬他们。忽然其中有人说:"我们八个人,明天全都来,一起喝个一醉方休,

无以人多为讶。"至时，樵叟八人偕至。客于袖中出楠木一枝，才五六寸，栽于庭中，便饮酒尽欢而去。曰："劳置美酒，无以为报。此树径尺，则家财百万。此时可贡助天子，垂名国史。十年后，会于岷岭巨人宫，当授以飞仙之道。"言讫而去。旬日而树已凌空，高十余丈，大已径尺。其家金玉自至，宝货自积，殷富弥甚。虽王孙、糜竺之家，不能及也。五年，玄宗幸蜀，大亮贡钱三十万贯，以资国用。出《仙传拾遗》。

你不要因为人多感到惊讶。"到了第二天，八个砍柴的老头一块儿来了。有一人从袖子里取出一棵小楠木，才五六寸高，栽在院子里，然后就饮酒直到尽兴才准备离去。那人说："有劳你为我们置办美酒，没有什么报答你的。这棵树长到一尺粗的时候，你就家财万贯了。那时候，你可以进献财物以帮助天子，在国史上留名。十年后，咱们到岷岭巨人宫相会，会教给你成仙的道术的。"说完他们就走了。十天之后，那棵小树已经长入高天，十几丈高，粗已够一尺。他家里有黄金美玉自己飞来，宝物也自己堆积，非常富有。即使是卓王孙、糜竺这样的大富人家，也不如他家。五年后，唐玄宗到蜀地避难，冯大亮进献了三十万贯钱，用来资助国家。出自《仙传拾遗》。

卷第三十六
神仙三十六

徐佐卿　　拓跋大郎　　魏方进弟　　李　清

徐佐卿

　　唐玄宗天宝十三载重阳日猎于沙苑。时云间有孤鹤徊翔，玄宗亲御弧矢中之。其鹤即带箭徐坠，将及地丈许，欻然矫翼，西南而逝。万众极目，良久乃灭。益州城西十五里，有道观焉，依山临水，松桂深寂。道流非修习精悫者莫得而居之。观之东廊第一院尤为幽寂。有自称青城山道士徐佐卿者，清粹高古，一岁率三四至焉。观之耆旧，因虚其院之正堂，以俟其来。而佐卿至则栖焉，或三五日，或旬朔，言归青城。甚为道流所倾仰。一日忽自外至，神彩不怡，谓院中人曰："吾行山中，偶为飞矢所加，寻已无恙矣。然此箭非人间所有，吾留之于壁，后年箭主到此，即宜付之，慎无坠失。"仍援毫记壁云："留箭之时，则十三载九月九日也。"及玄宗避乱幸蜀，暇日命驾行游，偶至斯观，乐其嘉境，因遍幸道室。既入此堂，忽睹其箭，命侍臣取而玩之，盖御箭也。深异之，因询观之道士。具以实对。

徐佐卿

　　唐玄宗在天宝十三年重阳节那天到沙苑打猎。当时云中有一只孤鹤在来回飞翔，唐玄宗亲自拉弓放箭把鹤射中了。那鹤就带着箭慢慢掉下来，离地还有一丈来高的时候，突然一振翅膀，向西南飞去了。众人都望着它，好久才消逝。益州城西十五里，有一个道观，这道观依山傍水，松树桂树成片，山深林静。道士之中，如果不是精心勤勉地进行修炼的人是不能住到这里的。这个观的东廊第一院尤其幽静。有一个自称是青城山道士徐佐卿的人，样子清正高古，一年大概能来三四趟。观中的老年人，因此总是空着那院的正堂，等着徐佐卿来。而徐佐卿一来就住在这里，或三五日，或十天半月，才说回青城。道流中人都很仰慕他。有一天他忽然从外面走来，神色不怎么高兴，对院子里的人说："我在山里走，偶然被飞箭射中，不一会儿就没事了。但是这箭不是普通人所有的，我把这支箭留在墙壁上，后年箭的主人到这里来，就把箭交给他，一定不要弄丢了。"他还拿笔在墙壁上记道："留箭的时间，是天宝十三年九月九日。"等到唐玄宗避难来到蜀地，闲暇之日坐着车游玩，偶然来到这个道观，很喜欢这里的优美风景，就遍游所有的道室。走进这个院的正堂之后，偶然看到了那支箭，让侍臣拿过来玩赏，看出这是一支御用的箭。他非常惊奇，就询问观里的道士。道士全都如实回答了。

即视佐卿所题，乃前岁沙苑从田之箭也，佐卿盖中箭孤鹤耳。究其题，乃沙苑翻飞，当日而集于斯欤？玄宗大奇之，因收其箭而宝焉。自后蜀人亦无复有遇佐卿者。出《广德神异录》。

拓跋大郎

天宝中，有扶风令者，家本权贵，恃势轻物，宾客寒素者无因趋谒。由是谤议盈路。时主簿李、尉裴者，好宾客。裴颇好道，亦常隐于名山，又好施与，时亦补令之阙。常因暇日，会宴邑中，客皆通贵，裴尉疾不赴。宾客方集，忽有一客，广颡，长七尺余，策杖携帽，神色高古，谓谒者曰："拓拔大郎要见府君。"谒者曰："长官方食，不可通谒。请俟罢宴。"客怒曰："是何小子，辄尔拒客？吾将自入。"谒者惧，走以白令。令不得已，命邀之升阶。令意不悦，而客亦不平。既而宴会，率不谦让。及终宴，皆不乐。客不揖去，令亦长揖而已。客色怒甚，流言而出。时李主簿疑为异人。李归，召裴尉而告之云："宴不乐，为此客耳。观其状，恐是侠者，惧且为害。吾当召而谢之。"遂与裴共俟，命吏邀客，客亦不让而至。时已向夜，李见甚敬。裴尉见之，忽趋避他室。李揖客坐定，复起问裴。裴色兢惧甚，谓李曰：

唐玄宗就去看徐佐卿题的字，原来是前年在沙苑打猎射出的那支箭，徐佐卿正是中箭的那只孤鹤。细究那题字，是说它在沙苑中箭之后翩翩飞翔，当日就飞到这里了吗？唐玄宗非常惊奇，就收藏了那支箭，作为一件宝物。以后蜀地人也没有再遇到过徐佐卿的。出自《广德神异录》。

拓跋大郎

　　天宝年间，有个扶风县令，出身于权贵家庭，依仗权势轻视他人，门第寒微的宾客就没有机会去拜访他。因此人们对他有许多抨击和议论。当时有一个姓李的主簿和一个姓裴的县尉，这两个人都喜欢结交宾客。裴县尉很喜欢道教，也曾经在名山里隐居过，还喜欢施舍，有时也补正县令的过失。县令曾经趁闲暇在城里举办宴会，前来赴宴的宾客都是通达显贵的人，裴县尉因病没有出席。宾客们刚到齐，忽然又来了一位客人，额头挺宽，身高七尺有余，挂着拐杖，托着帽子，神色清高古朴，对负责通报的官吏说："拓跋大郎要见府君。"负责通报的官吏说："长官们正在吃饭，不能通报。请等到宴会结束再通报。"来客生气地说："你小子是什么东西，竟敢如此拒绝客人？不通报我就自己闯进去。"负责通报的人害怕了，赶忙跑去告诉县令。县令没办法，只好让人把那客人请到堂上来。县令心里不高兴，来客也不满意。接着开始宴会，那客人对其他人概不礼让。等到宴会结束，大家全都不高兴。那客人不告辞就要走，县令也仅仅作了一个长揖而已。客人的脸色非常愤怒，说着难听的话走了出去。当时李主簿怀疑这个人是个神异的人。李主簿回到家里，把裴县尉叫来对他说道："宴会不欢而散，都是因为这个客人。看他那样子，恐怕是个侠客，我担心会受到他的报复。我们应该把他找来向他认错。"于是李主簿和裴县尉一起等候，派人去找那客人，那客人也不谦让，就来了。当时已是傍晚，李主簿见了他，非常尊敬。而裴县尉见了他，急忙躲到别的屋去了。李主簿揖请客人坐下之后，又去问裴县尉。裴县尉神色惶惧，对李主簿说：

"此果异人,是峨嵋山人,道术至高者。曾师事数年,中路舍之而逃。今惧不可见。"李子因先为裴请,裴即衣公服趋入,鞠躬载拜而谢罪。客顾之良久,李又为言,方命坐。言议皆不相及。裴益敬肃,而李益加敬焉。兼言令之过,李为辞谢再三。仍宿于李厅,李夙夜省问,已失所在,而门户扃闭如故,益以奇之。比旦,吏人奔走报云:"令忽中恶,气将绝而心微暖。"诸寮相与省之,至食时而苏。令乃召李主簿入见,叩头谢之曰:"赖君免死耳!"李问故,云:"昨晚客,盖是神人。吾昨被录去,见拓拔据胡床坐,责吾之不接宾客,遂命折桑条鞭之,杖虽小而痛甚。吾无辞谢之。约鞭至数百,乃云:'赖主簿言之,不然死矣!'敕左右送归,方得苏耳。"举示杖痕犹在也。命驾往县北寻之,行三十里,果见大桑林,下有人马迹甚多,地有折桑条十余茎,血犹在地焉。令自是知惧,而拓拔从此不知所之。盖神仙也。出《原化记》。

魏方进弟

唐御史大夫魏方进,有弟年十五余,不能言,涕沫满身。兄弟亲戚皆目为痴人,无为恤养者。唯一姊悯怜之,给与衣食,令仆者与洗沐,略无倦色。一旦于门外曝日搔痒,其邻里见朱衣使者,领数十骑至,问曰:"仙师何在?"遂走到见搔痒者,鞠躬趋前,俯伏称谢。良久,忽高声

"这个人果然是神异之人,他是峨嵋山人,道术极高超。我曾拜他为师多年,中途离开他逃跑了。现在我害怕见到他。"于是李主簿先替裴县尉向客人求情,裴县尉就穿上官服小步快走进去,鞠着躬拜了又拜而谢罪。那客人看了裴县尉许久,李主簿又为裴县尉求情,客人这才让裴县尉坐下。言谈议论过程中,客人根本没提及裴县尉逃跑的事。裴县尉就更加肃然起敬,李主簿也更加尊敬他。客人又谈到了县令的过错,李主簿再三替县令认错。客人就住在李主簿的家里,李主簿早晚都去问候客人,客人却不见了,但是门窗仍然是关着的,李主簿更加奇怪。到了早晨,有个官吏跑来报告说:"县令忽然间得了暴病,气要断了而心还稍暖。"僚属们一块儿去看望他,到了吃饭的时候他苏醒了。县令就叫李主簿去见,李主簿去了,县令向他叩头致谢说:"全靠你救了我一命啊!"李主簿问原因,县令说:"昨天那位客人,大概是一位神人。我昨晚被捉去,看见拓跋大郎坐在一张胡床上,他责备我不交接宾客,就让人折桑树枝打我,树棍虽小却非常疼痛。我无话可说。大约打到几百下,他才说:'多亏李主簿为你讲情,不然你就死了!'于是让人把我送回来,我这才醒了。"县令抬起身子让大家看,被抽打的伤痕还在呢。他让准备车马立即到县北去寻找,走了三十里,果然看见一片大桑林,林下有很多人马的足迹,地上有十几根折断的桑树枝条,血迹也还留在地上。县令从此知道害怕了,而拓跋大郎从此却不知哪儿去了。他大概是个神仙。出自《原化记》。

魏方进弟

唐御史大夫魏方进,有个十五岁多的弟弟,不会说话,鼻涕口水流得满身。兄弟亲戚都把他当成傻子,没有抚养他的。只有他的一个姐姐可怜他,供他吃穿,让仆人给他洗澡,一点没有厌倦的表现。一天早晨,他在门外晒太阳挠痒痒,他的邻居看见一个红衣使者,领着好几十个骑马的到来,问道:"仙师在哪儿?"于是红衣使者走到他面前,鞠躬向前,俯身谢罪。许久,他忽然高声

叱曰:"来何迟?勾当事了未?"曰:"有次第。"又曰:"何不速了却?且去!"神彩洞彻,声韵朗畅,都无痴疾之状。朱衣辈既去,依前涕下至口,搔痒不已。其夜遂卒。魏公等虽惊其事,而不异其人,遂随事瘗埋。唯姊悲恸有加,潜具葬礼。至小殓之日,乃以一黄绣披袄子,平日所惜者,密置棺中。后魏公从驾至马嵬,其姊亦随去。禁兵乱,诛杨国忠,魏公亲也,与其族悉预祸焉。时其姊偶出在店外,闻难走,遗其男女三人,皆五六岁,已分为俎醢矣。及明早军发,试往店内寻之,僵尸相接,东北稍深一床上,若有衣服,就视之,儿女三人,悉在其中,所覆乃是葬痴弟黄绣袄子也,悲感恸哭。母子相与入山,俱免于难。出《逸史》。

李　清

李清,北海人也,代传染业。清少学道,多延齐鲁之术士道流,必诚敬接奉之,终无所遇,而勤求之意弥切。家富于财,素为州里之豪氓。子孙及内外姻族,近百数家,皆能游手射利于益都。每清生日,则争先馈遗,凡积百余万。清性仁俭,来则不拒,纳亦不散。如此相因,填累藏舍。年六十九,生日前一旬,忽召姻族,大陈酒食,已而谓曰:"吾赖尔辈勤力无过,各能生活,以是吾获优赡。然吾布衣蔬食,逾三十年矣,宁复有意于华侈哉!尔辈以吾老长行,

呵斥道:"为什么来晚了?事情办完了吗?"红衣使者说:"已经安排了。"他又说:"为什么不赶快了却?先去吧!"他神采奕奕,通达事理,声音爽朗通畅,完全没有痴傻的样子。红衣使者们走后,他又像先前那样,鼻涕流到口边,不停地搔痒了。那天夜里他就死了。魏方进等人虽然对这件事感到吃惊,却不认为这个人是个异人,于是想草草将他埋葬。只有那位姐姐非常悲痛,偷偷地举行了葬礼。到了入棺那天,就把平常爱惜的一件黄色绣花披袄偷偷地放到棺材里。后来魏方进随从皇帝来到马嵬坡,那姐姐也一块儿前去。禁兵叛乱,杀了杨国忠,杨国忠是魏方进的亲戚,魏方进和他的家族全都遭此大祸。当时他的姐姐偶然走出店来,听说发生了灾难就逃跑了,丢下了三个儿女,都五六岁,估计已被砍成肉酱了。等到第二天早晨军队出发,她到店里去寻找,见死尸满地,东北面稍远的一张床上,好像有衣服,走近一看,她的那三个儿女全在里面,盖的竟是葬傻弟弟时装进去的黄色绣花披袄,她感动得放声痛哭。于是母子四人一块儿逃入深山,全部免除了灾难。出自《逸史》。

李 清

李清是北海人,家里世代以染布为业。李清小时候修习道术,经常迎请齐鲁一带的术士、道士之流,而且一定虔诚恭敬地接待,虽然他始终没有遇上真正的仙人,但他勤苦求道的意志却更加坚定迫切。他家里很有钱,一向是当地的豪富之家。他的子孙及内外亲戚,有上百家,都能轻松地在益都赚大钱。每当李清过生日,亲戚们便争先恐后地送礼,使他共积累了一百多万家当。李清性情仁厚俭朴,凡送礼来的全都不拒绝,收了礼也不轻易用掉。如此只进不出积累起来的东西把库房装得满满的。六十九岁生日的前十天,他忽然叫来所有亲属,大摆酒宴,然后对大家说:"我依靠你们勤奋努力没有过错,各自都有生计,因此我才能够生活富足。然而我穿布衣,吃素食,已经三十多年了,难道我还能对豪华奢侈感兴趣吗?你们因为我年纪大辈份高,

每馈吾生日衣装玩具，侈亦至矣。然吾自以久所得，缄之一室，曾未阅视，徒损尔之给用，资吾之粪土，竟何为哉！幸天未录吾魂气，行将又及吾之生辰，吾固知尔辈又营续寿之礼，吾所以先期而会，盖止尔之常态耳。"子孙皆曰："续寿自远有之，非此将何以展卑下孝敬之心？愿无止绝，俾姻故之不安也。"清曰："苟尔辈志不可夺，则从吾所欲而致之，可乎？"皆曰："愿闻尊旨。"清曰："各能遗吾洪纤麻縻百尺，总而计之，是吾获数千百丈矣，以此为绍续吾寿，岂不延长哉！"皆曰："谨奉教。然尊旨必有所以，卑小敢问。"清笑谓曰："终亦须令尔辈知之。吾下界俗人，妄意求道，精神心力，夙夜勤劳，于今六十载矣，而曾无影响。吾年已老耄，朽蠹殆尽，自期筋骸不过三二年耳，欲乘视听步履之尚能，将行夙志。尔辈幸无吾阻。"先是，青州南十里有高山，俯压郡城，峰顶中裂，豁为关崖。州人家家坐对岚岫，归云过鸟，历历尽见。按《图经》云"云门山"，俗亦谓之"劈山"。而清蓄意多时，及是谓姻族曰："云门山，神仙之窟宅也，吾将往焉。吾生日坐大竹篑，以辘轳自缒而下，以纤縻为媒焉；脱不可前，吾当急引其媒，尔则出吾于媒末。设有所遇而能肆吾志，亦当复来归。"子孙姻族泣谏曰："冥寞深远，不测纪极，况山精木魅，蛇虺怪物，何类不储？忍以千金之身，自投于斯，岂久视永年之阶乎！"清曰："吾志也。汝辈必阻，则吾私行矣。是不获行竹篑洪縻之安也。"众知不可回，则共治其事。

每当我过生日都送给我一些衣服玩物，已经十分奢侈了。但是我把长期以来得到的，都封存在一个屋子里，一直没有仔细看过，白白损耗了你们的资财，在我这里却有如粪土，究竟是为了什么呢？有幸上天没有把我的魂捉去，马上又到我的生日了，我知道你们又要为我置办祝寿的礼物，我之所以提前把你们集合起来，就是要制止你们往常的做法而已。"子孙们都说："祝寿的事自古就有，不这样怎么能展示儿孙们的孝敬之心？请不要拒绝，让亲属们感到不安。"李清说："如果你们的想法不可改变，那就按照我的要求去准备，可以吗？"儿孙们都说："愿意聆听您的意旨。"李清说："你们各自送给我一百尺粗麻绳，总的计算，这样我就可以得到几千几百丈绳子了，用它来为我延寿，难道不会延长吗？"儿孙们都说："我们一定照办。但是您老的这种意思一定有原因，我们很想知道。"李清笑着说："到底也要让你们知道。我是凡间俗人，胡乱地追求道术，费尽精神心力，日夜地勤劳，到如今已经六十年了，却没有一点成就。我已经很老了，朽坏损耗将尽，自己预想筋骨用不上两三年了，我想趁着眼睛、耳朵、腿脚还好使，实现我早年的愿望。希望你们不要阻止我。"在这以前，青州城南十里有一座高山，这山俯压着郡城，峰顶从中间裂开，豁口成为关崖。青州人家家面对着峰峦，来往的云和鸟，全都看得清清楚楚。《图经》叫它"云门山"，民间又叫它"劈山"。李清对此山很早就有想法，到这时他才对亲属们讲："云门山是神仙的洞府，我要到那儿去。我过生日那天，坐在一个大竹筐里，用轮轴把自己放下去，就用细麻绳作媒介；如果不能进前，我就赶紧拉那绳子，你们就把我拽出来。假如能遇上仙人，了却我的心愿，我也能再回来。"子孙亲戚们哭着劝他说："幽僻深远的地方极难预测，况且山精树怪、牛鬼蛇神，什么东西没有？您怎么忍心把千金的身子，自动投到那里边，这哪是长寿的办法呢？"李清说："这是我的心愿。如果你们一定要阻拦，那我就自己去。这就不如用竹筐和大绳子那样安全。"众人知道他不能再回心转意，就共同筹办了这件事。

及期而姻族乡里，凡千百人，竞赍酒馔。迟明，大会于山椒。清乃挥手辞谢而入焉。良久及地，其中极暗，仰视天才如手掌。扪四壁，止容两席许。东南有穴，可俯偻而入，乃弃箕游焉。初甚狭细，前往则可伸腰。如此约行三十里，晃朗微明。俄及洞口，山川景象，云烟草树，宛非人世。旷望久之，惟东南十数里，隐映若有居人焉。因徐步诣之。至则陡绝一台，基级极峻，而南向可以登陟。遂虔诚而上，颇怀恐惧。及至，窥其堂宇甚严，中有道士四五人。清于是扣门。俄有青童应门问焉，答曰："青州染工李清。"青童如词以报。清闻中堂曰："李清伊来也？"乃令前。清惶怖趋拜。当轩一人遥语曰："未宜来，何即遽至？"因令遍拜诸贤。其时日已午，忽有白发翁自门而入，礼谒，启曰："蓬莱霞明观丁尊师新到，众圣令邀诸真登上清赴会。"于是列真偕行。谓清曰："汝且居此。"临出顾曰："慎无开北扉。"清巡视院宇，兼启东西门，情意飘飘然，自谓永栖真境。因至堂北，见北户斜掩，偶出顾望，下为青州，宛然在目。离思归心，良久方已。悔恨思返，诸真则已还矣。其中相谓曰："令其勿犯北门，竟尔自惑！信知仙界不可妄至也。"因与瓶中酒一瓯，其色浓白。既而谓曰："汝可且归。"清则叩头求哀，又云："无路却返。"众谓清曰："会当至此，但时限未耳。汝无苦无途，但闭目，足至地则到乡也。"

到了他生日那天，亲属邻居千百人，争抢着送来酒饭。天要亮的时候，大家全都汇聚在山顶上。李清就挥手辞别走进竹筐。好久他才到崖底，那里面很暗，抬头看天，天只有手掌那么大。用手摸一下四面的岩壁，大约只能容下两张席子。东南方向有一个洞，可以弯着腰走进去，于是李清扔掉竹筐走了进去。刚进去的时候挺狭窄，再往前走就可以直起腰来。如此走了约三十里，渐渐有些微弱的亮光。一会儿来到洞口，山川景色，云烟草木，好像不是人世间的风光。他眺望了好久，只有东南方向十几里的地方，隐隐约约好像有人居住。于是他就慢慢走过去。到那里却是一个陡峭的台子，台阶极险峻，从南面可以登上去。他就虔诚地走上去，心里非常害怕。等走到地方，见这里的殿堂屋宇很是庄严，其中有四五个道士。于是李清就敲门。不一会儿一个青衣童子来应门，问是谁叫门，李清回答说："我是青州的染工李清。"青衣童子照他说的回去禀报。李清听到堂上有人说："李清来了？"于是就让他走上前去。李清惶恐地小步走上去参拜。当窗的一个人远远地说："你还不该来，为什么就急急忙忙地来了？"于是让他逐个拜见仙人们。当时已经是正午，忽然有一个白发老头从门外走进来，见礼之后说道："蓬莱霞明观丁尊师刚来到这里，众上仙邀请诸位仙人到上清去赴会。"于是仙人们一起往外走。有人对李清说："你暂且待在这里。"要出门的时候又回头说："千万不要开北门。"李清在院子和屋里巡视，又打开了东西门，心情舒畅得意，自以为永远住进了仙境。于是来到堂北，见北门半掩着，便出去一望，见下面是青州，真真切切就在眼前。思念家乡的心情，好久才平静下来。他心中悔恨，有想回家的念头，而这时候众仙人已经回来了。其中有人互相说："让他不要开北门，他却自己迷惑自己！可见仙界是不可随便来的。"于是就把一个瓶子里的酒倒一碗给他，酒的颜色浓白。他喝完酒，人家对他说："你可以暂且回去。"李清就叩头哀求，还说："没有回去的路。"众仙对他说："你本应当到这儿来，只是时限没到而已。你不要怕没有路，只要闭上眼睛，脚一落地就到家了。"

清不得已，流涕辞行。或相谓曰："既遣其归，须令有以为生。"清心恃豪富，讶此语为不知己。一人顾清曰："汝于堂内阁上，取一轴书去。"清既得，谓清曰："脱归无倚，可以此书自给。"清遂闭目，觉身如飞鸟，但闻风水之声相激。

须臾履地，开目即青州之南门，其时才申末。城隍阡陌，彷佛如旧，至于屋室树木，人民服用，已尽变改。独行尽日，更无一人相识者。即诣故居，朝来之大宅宏门，改张新旧，曾无仿像。左侧有业染者，因投诣与之语。其人称姓李，自云："我本北海富家。"因指前间闬："此皆我祖先之故业。曾闻先祖于隋开皇四年生日，自缒南山，不知所终。因是家道沦破。"清悒怏久之。乃换姓氏，寓游城邑。因取所得书阅之，则疗小儿诸疾方也。其年青州小儿疠疫，清之所医，无不立愈。不旬月，财产复振。时高宗永徽元年，天下富庶，而北海往往有知清者，因是齐鲁人从而学道术者凡百千辈。至五年，乃谢门徒云："吾往泰山观封禅。"自此莫知所往。出《集异记》。

李清不得已，只好洒泪告别。有人互相说："既然打发他回去，应该让他有维持生计的办法。"李清仗着自己家里有钱，惊讶这话是不了解自己。一人看着李清说："你到堂内的阁子上，拿一轴书带走吧。"李清拿到书之后，那人又对他说："如果回去生活上没有依靠，可以凭这轴书谋生。"李清于是闭上眼睛，觉得身子像鸟在飞，只听到风声水声激荡。

　　不一会儿他就踩到了地面，睁眼一看，是青州的南门，当时只是申时的末了。城池道路，仿佛和原来一样，至于房屋树木、百姓的衣着器用，已经完全改变了。他独自走了一整天，却没有一个认识的人。于是他就回到故宅去，早晨出来时的大宅院大门楼，完全变了样子，竟和原来的一点也不像。左侧有做染布生意的，他就过去和人家说话。那人自称姓李，说："我家本来是北海的一个富户。"他指了指前面的街巷说："这都是我祖先的旧业。听说我先祖在隋朝开皇四年过生日那天，自己用绳子下到南山下，不知到底哪儿去了。因此家境衰败了。"李清闷闷不乐好长时间。于是他改换了姓名，流落在城中。他拿出那轴书来看，原来是治疗各种小孩疾病的药方。那一年青州的小孩得了瘟疫，李清医治的，没有不立即就好的。不到十天半月，家业重新振兴。当时是唐高宗永徽元年，天下富足，北海常常有认识李清的，因此齐鲁一带跟着李清学道术的有成百上千人。到了永徽五年，李清和门徒们告别说："我要到泰山去看封禅大典。"从此就不知他到哪儿去了。出自《集异记》。

卷第三十七
神仙三十七

韦仙翁　杨越公弟　阳平谪仙　卖药翁　　严士则

韦仙翁

唐代宗皇帝大历中,因昼寝,常梦一人谓曰:"西岳太华山中,有皇帝坛,何不遣人求访,封而拜之,当获大福。"即日诏遣监察御史韦君,驰驿诣山寻访。至山下,州县陈设一店,具饭店中,所有行客,悉令移之。有一老翁谓店主曰:"韦侍御一餐即过,吾老病不能远去,但于房中坐,得否?"店主从之。少顷韦君到店。良久,忽闻房中嗽声。韦问有何人在此,遣人视之。乃曰:"有一老父。"韦君访老父何姓。答曰:"姓韦。"韦君曰:"相与宗盟,合有继叙。"邀与同席。老父因访韦公祖父官讳,又访高祖为谁。韦君曰曾祖讳某,任某官;高祖奉道不仕,隋朝入此山中,不知所在。老父喟然叹曰:"吾即尔之高祖也。吾名集,有二子,尔即吾之小子曾孙也。岂知于此与尔相遇!"韦君涕泣载拜。老父止之,谓曰:"尔祖母见在,尔有二祖姑,亦在山中。今遇寒食,故入郭,与渠辈求少脂粉耳。有一布襆,襆内有

韦仙翁

　　唐代宗大历年间，皇帝在白天睡觉，曾梦见一个人对他说："西岳太华山中，有一个皇帝坛，你为什么不派人去寻访，而祭拜它呢，那样就能得到极大的福荫。"代宗当天就派监察御史韦君，骑驿马到太华山寻访。韦君来到山下，州县把山下一个客店摆设齐整，在店中准备了饭，其他客人全被赶走了。有一个老人对店主说："韦侍御吃一顿饭就走，我年老多病不能远去，只在屋里坐着不出来，可以吗？"店主答应了他。不多时韦君来到店中。过了一会儿，忽然听到屋里有咳嗽的声音。韦君便问有什么人在这里，并派人去看。看的人说："有一个老人。"韦君就问老头姓什么。老头说："姓韦。"韦君说："咱们是同一宗姓，应该能叙一叙辈份先后。"于是请老头和自己同席而坐。老头就问韦君的祖父叫什么名字，又问他的高祖是谁。韦君说出曾祖父叫什么名，做什么官；又说高祖信奉道教没有做官，隋朝时进到这山里，不知哪儿去了。老头感慨地叹道："我就是你的高祖。我叫韦集，有两个儿子，你就是我小儿子的重孙子。哪知道能在这儿与你相遇！"韦君泪流满面地连连下拜。老头制止他，对他说："你奶奶还在，你有两个姑奶奶也在山中。现在恰逢寒食节，所以我就进城，给她们弄点脂粉。我有一个布包裹，包裹里有

茯苓粉片，欲货此市买。"问韦君："尔今何之？"韦君曰："奉敕于此山中求真坛。州县及山中人，莫有知者，不审翁能知此处否？"老父曰："莲花中峰西南上，有一古坛，仿佛余址。此当是也，但不定耳。"遂与韦君同宿。老父绝粮不食，但饮少酒及人参茯苓汤。

明日，韦君将入山。老父曰："吾与尔同去。"韦君乃以乘马让之。老父曰："尔自骑，吾当杖策先去。"韦君乘马奔驰，竟不能及，常在马前三十步。至山足，道路崄阻，马不能进。韦君遂下，随老父入谷。行不里许，到室，见三妪。老父曰："此乃尔之祖母及尔之二祖姑也。"韦君悲涕载拜。祖母年可七八十，姑各四十余，俱垂发，皆以木叶为衣。相见甚喜，谓曰："年代迁变，一朝遂见玄孙！"欣慰久之。遂与老父上山访坛。登攀崄峻，韦君殆不可堪，老父行步若飞，回顾韦君而笑。直至中峰西南隅，果有一坛。韦君洒扫拜谒，立标记而回。却到老父石室，辞出谷。韦君曰："到京奏报毕，当请假却来请觐。"老父曰："努力，好事君主。"韦君遂下山，返到阙庭，具以事奏。代宗叹异，乃遣韦君赍手诏入山，令刺史以礼邀致。韦君到山中求觅，遂失旧路，数日寻访不获。访山下故老，皆云："自少年已来，三二年则见此老父一到城郭，颜状只如旧，不知其所居。"韦君望山恸哭而返。代宗怅恨，具以事迹宣付史馆。出《异闻集》。

杨越公弟

唐建中初，楚州司马杨集自京之任，至华阴宿。夜

茯苓粉片,想卖了这些茯苓片再买脂粉。"老头又问韦君:"你现在要到哪儿去?"韦君说:"我奉皇帝的诏令在这山里找一个坛场。州县和山里的人没有知道的,不知道您老人家是不是知道这个地方?"老头说:"莲花中峰西南边,有一个古坛,好像是个遗址。这应当就是坛场,只是不一定罢了。"于是老头就和韦君住在一起。老头不吃粮食,只喝少量的酒和人参茯苓汤。

第二天,韦君要进山。老头说:"我和你一块儿去。"韦君就把马让给老头骑。老头说:"你自己骑吧,我拄着拐杖先走。"韦君骑着马奔跑,竟追不上老头,老头总是在马前三十步的地方。到了山脚下,道路险阻,马不能行进了。韦君就下了马,跟着老头走进山谷。走了不到一里,来到一个屋里,看见三个老太太。老头说:"这就是你的奶奶和两个姑奶奶。"韦君洒泪连连下拜。他的奶奶有七八十岁,姑奶奶各都四十多岁的样子,都披散着头发,穿着用树叶做的衣服。她们见了韦君非常高兴,对他说:"年代变迁了,却一下见到了孙子!"她们高兴了许久。于是韦君与老头上山找坛场。攀登险山峻岭,韦君几乎支持不住,老头却行步如飞,回头看着韦君直笑。二人径直来到中峰西南角,果然有一个坛。韦君把坛洒扫一番,拜祭一番,立上标志就回来了。回到老头的石屋,告别走出山谷。韦君说:"到京城奏报完了,我就请假回来看您。"老头说:"你要努力,好好辅佐皇帝。"韦君就下了山,回到京城,详细地向皇帝奏报。代宗惊异感叹,就派韦君带着他的亲笔诏书入山,让刺史按照礼仪把老头请来。韦君到山里寻找,竟迷失了原来的道路,好几天也没有找到。访问山下的老人,老人们都说:"从我年轻的时候起,每隔二三年就看到这个老头进一趟城,相貌总是不变,不知他住在哪里。"韦君望着山峰痛哭一场就回来了。代宗怅惘悔恨,让史馆把这件事详细地记了下来。出自《异闻集》。

杨越公弟

唐建中初年,楚州司马杨集从京城赴任,走到华阴住宿。夜里

有老人,戴大帽,到店,就炉向火。杨君见其耆耄,因与酒食。问姓氏,曰:"姓杨。"又诘其祖先,云:"越公最近。"杨公乃越侄孙,复重问,曰:"为君所迫,我乃尽言。我是越公季弟也,遭兄亡命,遂遇道真。"集闻姓氏,再拜复坐。曰:"吾亦知汝过此,故来相看。祖母与姑数人悉在,汝欲见否?吾先报去。"少顷复至。明旦,与杨君入山,约里余,有大涧,阔数丈。老父超然而越,回首谓杨君曰:"当止此,吾与汝唤阿婆去。"逡巡间,老母及女与六七人,绕岩而至。杨君望拜,隔水与语。皆嗟叹,亦有泣者。良久曰:"且去,妨汝行役。"杨君乃拜,回数十步却望,犹有挥袖者。明日复来,深水高峰,并不见矣。出《逸史》。

阳平谪仙

阳平谪仙,不言姓氏。初,九陇人张守珪,仙君山有茶园,每岁召采茶人力百余人,男女佣功者杂处园中。有一少年,自言无亲族,赁为摘茶,甚勤愿且慧。守珪怜之,以为义儿。又一女子,年二十,亦云无亲族,愿为义儿之妻,孝义端恪,守珪甚善之。一旦山水泛溢,市井路隔,盐酪既阙,守珪甚忧之。新妇曰:"此可买耳。"取钱出门十数步,置钱于树下,以杖叩树,得盐酪而归。后或有所需,但令叩树取之,无不得者。其术夫亦能之。因与邻妇十数人,于塥口市相遇,为买酒一碗,与妇饮之,皆大醉,而碗中酒不减。远近传说,人皆异之。守珪问其术受于何人,少年曰:

有一个戴大帽子的老人来到店里,凑近火炉烤火。杨集见他老迈,就送给他酒饭。问他的姓名,他说:"姓杨。"又问他的祖先是谁,他说:"我和杨越公最近。"杨集是越公的叔伯孙子,就又继续问,老人说:"被你逼得没办法,我全告诉你吧。我是杨越公的小弟弟,赶上哥哥遭难逃命,就遇上了仙人。"杨集听说了姓名,连连下拜后才又坐下来。老人说:"我也知道你从此路过,所以来看看你。你的奶奶和姑姑几个人都在,你要见她们吗?我先去告诉她们。"不一会儿他又回来了。第二天,他和杨集入山,大约走了一里多,出现一条大山涧,有几丈宽。老头很轻松地跨了过去,回头对杨集说:"你先等在这儿,我给你喊你奶奶去。"不多时,一位老太太和女儿以及其他六七个人,从岩后绕过来。杨集望着她们下拜,隔着水和她们说话。大家都很慨叹,也有哭泣的。好久她们才说:"走吧,别耽误你赶路了。"杨集于是拜别,往回走了几十步再回头望,看见还有人挥手致意。第二天他又来了,深水高峰,什么都不见了。<small>出自《逸史》。</small>

阳平谪仙

阳平有位谪居世间的仙人,他没说过自己的姓氏。当初,九陇人张守珪在仙君山有座茶园,每年都要雇用百余名采茶人,男男女女受雇干活的人杂处在茶园里。有个年轻人,自称没有亲族,雇来采茶,很肯干也很聪明。张守珪很喜欢他,认他做了干儿子。又有个女子,二十岁,也说没有亲族,愿意嫁给干儿子为妻,这女子孝顺恭谨,张守珪对她很好。有一天山洪泛滥,街市上道路被隔断,盐和乳酪等吃的东西短缺,张守珪很担心。新媳妇说:"这能买到。"她拿着钱走出门十几步,把钱放到树下,用木棍敲树,得到盐和乳酪拿回来。后来如果要用什么,就让她敲树,没有得不到的。她的这种道术,她丈夫也会。一次他和十几个邻居的妇女在堋口市场上相遇,他就买了一碗酒给妇女们喝,她们都喝得大醉,而碗里的酒并没减少。这事远近都在传说,人们都感到惊奇。张守珪问他的道术是跟谁学的,年轻人说:

"我阳平洞中仙人耳。因有小过,谪于人间。不久当去。"守珪曰:"洞府大小与人间城阙相类否?"对曰:"二十四化,各有一大洞,或方千里、五百里、三百里。其中皆有日月飞精,谓之'伏晨之根',下照洞中,与世间无异。其中皆有仙王仙官、卿相辅佐,如世之职司。有得道之人,及积功迁神返生之士,皆居其中,以为民庶。每年三元大节,诸天各有上真,下游洞天,以观其所为善恶。人世生死兴废,水旱风雨,预关于洞中焉。龙神祠庙,血食之司,皆为洞府所统。二十四化之外,青城、峨嵋、益登、慈母、繁阳、嶓冢,皆亦有洞,不在十大洞天、三十六小洞天之数。洞中仙曹,如人间郡县聚落耳,不可一一详记也。"旬日之间,忽失其夫妇。

出《仙传拾遗》。

卖药翁

卖药翁,莫知其姓名。人或诘之,称只此是真姓名。有童稚见之,逮于暮齿,复见,其颜状不改。常提一大葫芦卖药,人告疾求药,得钱不得钱,皆与之无阻,药皆称有效。或无疾戏而求药者,得药,寻必失之。由是人不敢妄求,敬如神明。常醉于城市间,得钱亦与贫人。或戏问之:"有大还丹卖否?"曰:"有,一粒一千贯钱。"人皆笑之以为狂。多于城市笑骂人曰:"有钱不买药吃,尽作土馒头去!"人莫晓其意,益笑之。后于长安卖药,方买药者多,斗擞葫芦已空,内只有一丸出,极大光明。安于掌中,谓人曰:"百余年人间卖药,过却亿兆之人,无一人肯把钱买药吃,深可哀哉!

"我是阳平洞中的仙人。因为有一点小的过错,被贬谪到人间来。不久就得回去了。"张守珪说:"洞府的大小和人间的城郭差不多吗?"年轻人回答说:"洞府有二十四化,各有一个大洞,或方圆一千里,或方圆五百里,或方圆三百里。其中都有日月飞精,叫作'伏晨之根',向下照着洞中,和人世间没什么两样。洞中都有仙王仙官和辅佐的卿相,和人世间的官署职司一样。有得道成仙的人,以及积功德死而复生的人,都居住在洞府里面,作为这里的民众。每年上元、中元、下元三大节日,神界诸天都有真仙降临,游览各个洞府,来观察他们的所作所为是善的还是恶的。人世间的生死兴亡和水旱风雨,都事先就在洞中确定。龙神祠庙,祭祀之所,都受洞府统管。二十四化之外,青城山、峨嵋山、益登山、慈母山、繁阳山、嶓冢山,也都有洞,但不在十大洞天、三十六小洞天之数内。洞中的神仙官署,就像人间的郡县村落一样,不能一一详细记述。"十多天之后,忽然不见了这夫妻二人。出自《仙传拾遗》。

卖药翁

有一个卖药的老头,不知道他的姓名。有人问他,他说卖药老头就是他的真实姓名。有的人孩提时期见过他,到了老年又见到他,他的模样还没改变。他经常提着一只大葫芦卖药,有人到他那儿讨药治病,给钱不给钱他都给药,病人们都说药很有效。有的人没有病开玩笑求药拿回去,过一会儿肯定丢失。因此人们不敢胡乱向他求药,对他敬如神明。他常常喝醉在市肆中,得了钱也送给穷人。有的人和他开玩笑,问道:"有大还丹卖吗?"他说:"有,一粒一千贯钱。"人们都笑他,认为他癫狂。他常常在市肆间笑着骂别人说:"有钱不买药吃,都做土馒头去!"人们没有理解他的意思的,更笑他。后来他在长安卖药,当时有许多买药的,他抖了抖葫芦,已经空了,里面只有一丸倒出来,这丸药极大,有亮光。他把药放在掌上,对人说:"我在人间卖药一百多年,见过太多的人,没有一个人肯用钱买这药吃,太可悲啦!

今之自吃却。"药才入口，足下五色云生，风起飘飘，飞腾而去。出《续仙传》。

严士则

唐文宗末，建州刺史严士则，本穆宗朝为尚衣奉御，颇好真道。因午日，于终南山采药迷路，徘徊岩嶂之间。数日，所赍粮糗既尽，四望无居人。计其道路，去京不啻五六百里。然而林岫深僻，风景明丽。忽有茅屋数间，出于松竹之下，烟萝四合，才通小径。士则连扣其门，良久竟无出者。因窥篱隙内，见有一人，于石榻偃卧看书。士则推户，直造其前，方乃摄衣而起。士则拜罢，自陈行止。因遣坐于盘石之上，亦问京华近事，复问天子嗣位几年。云："自安史犯阙居此，迄至今日。"士则具陈奔驰涉历，资粮已绝，迫于枵腹，请以饮馔救之。隐者曰："自居山谷，且无烟爨，有一物可以疗饥。念君远来相过，自起于栋梁间。"脱纸囊，开启，其中有百余颗，如褊豆之形。俾于药室取铛，拾薪汲水，以一粒煮之良久，微有香气，视之已如掌大。曰："可以食矣。渴即取铛中余水饮之。"士则方啖其半，自觉丰饱。复曰："汝得至此，当由宿分。自兹三十年间，无复饥渴。俗虑尘情，将澹泊也。他时位至方伯，当与罗浮相近。傥能脱去尘华，兼获长生之道。辞家日久，可以还矣。"士则将欲告归，且恐迷失道路。曰："匆忧，去此三二里，与采薪者相值，可随之而去。此至国门不远。"既出，果有人采薪路侧，因问隐者姓名，竟返山无所对。才经信宿，

现在我自己吃掉它吧。"药刚入口,他脚下就生出五色云,风起飘飘,飞腾而去了。出自《续仙传》。

严士则

唐文宗末年,建州刺史严士则,本是穆宗朝的尚衣奉御,非常喜欢神仙道术。端午那天,他在终南山采药迷了路,徘徊在山岩之间。几天后,带来的干粮吃光了,四下望望没有居民。估计路程,离京城不少于五六百里。然而这里树林山峰幽僻,风景秀丽。忽然有几间茅屋出现在松竹之下,烟聚萝绕,曲径通幽。严士则连连敲门,很久竟然没人出来。于是他从篱笆空隙往院里窥视,看到有一个人仰卧在石床上看书。严士则推开门,直接来到他的面前,那人这才整整衣服起来。严士则行礼完毕,自己述说了事情的始末。于是那人让他坐在一块大石上,向他打听京城里的事,又问天子继位几年了。那人说:"我从安史叛军举兵入犯朝廷时来到这里,直到现在。"严士则详细陈述自己奔波跋涉的过程,说自己干粮用尽,正在挨饿,希望能给些吃的救助一下。那人说:"自从住进山谷,就没有生过火,有一种东西可以解饿。念你大老远来拜访不容易,自己从房梁上去取吧。"于是严士则解下一个纸袋,打开,里边有一百多颗扁豆形状的东西。他让严士则到药室拿来锅,拾柴打水,把一粒放在锅里煮了好久,略有香味,一看已经像手掌那样大了。那人说:"可以吃了。渴了就喝锅里的汤。"严士则刚吃一半,就觉得饱了。那人又说:"你能到这儿来,是由于缘分。从现在起三十年内,你不会再觉得饥渴。俗人的杂念,尘世的感情,也将逐渐淡泊。以后你的官位将到一方的长官,那地方离罗浮山很近。如果你能摆脱尘世的荣华,还能获得长生之道。你离开家很久了,可以回去了。"严士则想告别回家,却又怕迷失道路。那人说:"不要担心,离开这二三里,就能遇上打柴的,可以跟着他回去。这儿离京城不远。"出来后,路边果然有打柴的,于是他就向打柴的打听那隐士的姓名,打柴的却一路返回山中始终不作回答。才经过两宿,

已及樊川村野。既还辇毂，不喜更尝滋味，日觉气壮神清，有骖鸾驭鹤之意。衣褐杖藜，多依岩岫。唐川守卢仆射，耽味玄默，思睹异人。有道流具述其由，遂致之门下。及闻方伯之说，因以处士奏官。自梓州别驾，作牧建溪，时年已九十。到郡才周岁，即解印归罗浮。及韦宙相公出镇江南，使人访之，犹在山谷。大中十四年，之任建安，路由江表。时萧相公观风浙右，于桂楼开宴召之，唯饮酒数杯，他无所食矣。出《剧谈录》。

已经到了樊川的乡野间。严士则回到天子身边后，就不再喜欢吃东西，一天比一天觉得气壮神清，有驾驭鸾鹤、飞升成仙的念头。他穿粗布衣，拄着藜杖，经常依傍在岩崖边。唐川郡守卢仆射，专心研习道术，想见到神异之人。一位道士向卢仆射详细述说了严士则的事，卢仆射就把严士则请到门下。等到听说严士则还有做一方长官的说法，卢仆射便把他以处士的身份奏报到宫中。于是他从梓州别驾，做到建溪太守，当时他已经九十岁了。他到郡上任才一年，就辞官回到罗浮山。等到宰相韦宙出京镇守江南，派人寻访他，他还在山谷中。大中十四年，严士则到建安上任时，路过江南。当时萧相公正在浙西观察民情，在桂楼设宴招待他，他只喝了几杯酒，别的什么也没吃。出自《剧谈录》。

卷第三十八
神仙三十八

李　泌

李　泌

　　李泌字长源，赵郡中山人也。六代祖弼，唐太师。父承休，唐吴房令。休娶汝南周氏。初，周氏尚幼，有异僧僧伽泗上来，见而奇之，且曰："此女后当归李氏，而生三子，其最小者，慎勿以紫衣衣之。当起家金紫，为帝王师。"及周氏既娠泌，凡三周年，方寤而生。泌生而发至于眉。先是周每产，必累日困惫，唯娩泌独无恙，由是小字为"顺"。泌幼而聪敏，书一览必能诵，六七岁学属文。开元十六年，玄宗御楼大酺，夜于楼下置高坐，召三教讲论。泌姑子员俶，年九岁，潜求姑备儒服，夜升高坐，词辨锋起，谭者皆屈。玄宗奇之，召入楼中，问姓名，乃曰："半千之孙，宜其若是。"因问外更有奇童如儿者乎，对曰："舅子顺，年七岁，能赋敏捷。"问其宅居所在，命中人潜伺于门，抱之以入，

李　泌

李泌字长源，赵郡中山人。他的六世祖李弼，是唐朝的太师。他的父亲李承休，是唐朝吴房县的县令。李承休娶汝南周氏为妻。当初，周氏还小，有一位名叫僧伽的怪和尚从泗水来，见了她感到奇怪，并且说："这女孩儿以后得嫁给姓李的，能生三个儿子，那个最小的千万不要给他穿紫色衣服。这个孩子刚一做官就会授予金印紫绶，做帝王的老师。"等到周氏怀了李泌之后，怀胎三年，他才出生，出生时脚先出来的。李泌生下来头发就长到眼眉。在这以前，周氏每次生孩子，必定一连多日困乏疲惫，只有这次生李泌时没有毛病，因此他的小名叫"顺"。李泌从小就聪敏，书只看一遍就必定能背下来，六七岁就学习写文章。开元十六年，唐玄宗登楼大设酒宴，夜里在楼下设置讲席，召请儒、释、道三教登台讲演论辩。李泌姑母的儿子员俶，那年九岁，偷偷求母亲准备了儒生的衣服，趁夜登上讲席，词辩非常锋利，演讲的人都屈服了。唐玄宗认为他不一般，把他召入楼中，问清他的姓名之后便说："原来是员半千的孙子，应该如此。"于是唐玄宗就问宫外还有没有像他这样的奇童子，他回答说："我舅舅的儿子李顺，今年七岁，能赋诗，非常聪明。"唐玄宗问清李顺家的住处，派宦官偷偷等候在门外，把他抱进宫来，

戒勿令其家知。玄宗方与张说观棋，中人抱泌至。傲与刘晏，偕在帝侧。及玄宗见泌，谓说曰："后来者与前儿绝殊，仪状真国器也！"说曰："诚然。"遂命说试为诗。即令咏方圆动静。泌曰："愿闻其状。"说应曰："方如棋局，圆如棋子，动如棋生，静如棋死。"说以其幼，仍教之曰："但可以意虚作，不得更实道'棋'字。"泌曰："随意即甚易耳。"玄宗笑曰："精神全大于身。"泌乃言曰："方如行义，圆如用智，动如逞才，静如遂意。"说因贺曰："圣代嘉瑞也！"玄宗大悦，抱于怀，抚其头，命果饵啖之。遂送忠王院，两月方归。仍赐衣物及彩数十，且谕其家曰："年小，恐于儿有损，未能与官。当善视之，乃国器也。"由是张说邀至其宅，命其子均、垍，相与若师友，情义甚狎。张九龄、贺知章、张庭珪、韦虚心，一见皆倾心爱重。贺知章尝曰："此稚子目如秋水，必当拜卿相。"张说曰："昨者上欲官之，某言未可。盖惜之，待其成器耳。"

当其为儿童时，身轻，能于屏风上立，薰笼上行。道者云："年十五必白日升天。"父母保惜，亲族怜爱，闻之皆若有甚厄也。一旦空中有异香之气及音乐之声，李公之血属，必迎骂之。至其年八月十五日，笙歌在室，时有彩云挂于庭树。李公之亲爱，乃多捣蒜韭，至数斛，伺其异音奇香至，潜令人登屋，以巨杓飓浓蒜泼之，香乐遂散，自此更不复至。

告诫说不要让他家知道。唐玄宗当时正在和张说下棋，宦官抱着李泌来到。员俶和刘晏都在皇帝身边。等到唐玄宗见到李泌，对张说说："后来这个小孩与前边那个很不一样，从他的仪表相貌看，可真是国家的栋梁之材啊！"张说说："确实是这样。"于是唐玄宗就让张说考他作诗。张说让他咏方、圆、动、静。李泌说："请告诉我各是什么样子。"张说回答说："方就像棋盘，圆就像棋子，动就像棋活了，静就像棋死了。"张说因为李泌年幼，还教他说："只能按意思虚作，不能再实说出'棋'字来。"李泌说："按照意思作就太容易了。"唐玄宗笑道："这孩子的聪明才智大于他的实际年龄。"李泌就说道："方就像躬仁行义，圆就像运用智谋，动就像施展才能，静就像顺遂心意。"张说听罢就向唐玄宗祝贺说："这是太平盛世的祥瑞之事啊！"唐玄宗非常高兴，把李泌抱在怀里，摸着他的头，让人拿糖果饼子给他吃。于是就把他送到忠王府上，两个月以后才让他回家。还送给他衣物和几十匹彩色丝织品，并且告诉他家说："孩子太小，怕有害于孩子，所以没封他官。应该好好看待他，这是国家的栋梁之材。"从此，张说把李泌请到自己家里，让儿子张均、张埱和他在一起，就像师友那样，孩子们感情非常亲密。张九龄、贺知章、张庭珪、韦虚心等人，一见了李泌也都非常喜爱、看重他。贺知章曾经说："这孩子目如秋水，将来一定能做到公卿宰相。"张说说："当初皇上想封他官，我说不行。这是爱护他，等他成材罢了。"

他小时候，身体很轻，能在屏风上站立，能在熏炉上行走。有个道士说："这孩子十五岁一定会白日升天。"父母保护爱惜他，亲族疼爱他，听说会这样，都觉得像对他有很大的危险似的。于是互相约定，如果有一天空中真出现奇异的香味和音乐声，李泌的亲属，一定要迎上去大骂一顿。到了李泌十五岁那年的八月十五日，果然有乐曲歌声回响在室内，时时有彩云飘荡在院子里的树上。李泌的亲朋，就捣了很多蒜泥韭菜，有几大桶，等到异音和奇香来到，暗中让人登上屋顶，用大勺子扬洒蒜泥泼向那异音和奇香的来处，音乐和香味就散去了，从此不再来了。

后二年，赋《长歌行》曰："天覆吾，地载吾，天地生吾有意无？不然绝粒升天衢，不然鸣珂游帝都。焉能不贵复不去，空作昂藏一丈夫。一丈夫兮一丈夫，平生志气是良图。请君看取百年事，业就扁舟泛五湖。"诗成，传写之者莫不称赏。张九龄见，独诫之曰："早得美名，必有所折。宜自韬晦，斯尽善矣。藏器于身，古人所重，况童子耶！但当为诗以赏风景，咏古贤，勿自扬己为妙。"泌泣谢之。尔后为文，不复自言。九龄尤喜其有心，言前途不可量也。又尝以直言规讽九龄，九龄感之，遂呼为小友。

九龄出荆州，邀至郡经年，就于东都肄业。遂游衡山、嵩山，因遇神仙桓真人、羡门子、安期先生降之。羽车幢节，流云神光，照灼山谷，将曙乃去。仍授以长生羽化服饵之道，且戒之曰："太上有命，以国祚中危，朝廷多难，宜以文武之道，佐佑人主，功及生灵，然后可登真脱屣耳。"自是多绝粒咽气，修黄光谷神之要。及归京师，宁王延于第。玉真公主以弟呼之，特加敬异。常赋诗，必播于王公乐章。及丁父忧，绝食柴毁。服阕，复游嵩华终南，不顾名禄。天宝十载，玄宗访召入内，献《明堂九鼎议》，应制作《皇唐圣祚文》，多讲道谈经。肃宗为太子，敕与太子诸王为布衣交，为杨国忠所忌，以其所作《感遇诗》谤议时政，构而陷之，诏于蕲春郡安置。天宝十二载，母周亡，归家，太子诸王皆使吊祭。寻禄山陷潼关，玄宗、肃宗分道巡狩，

两年以后，李泌赋《长歌行》一首道："天覆吾，地载吾，天地生吾有意无？不然绝粒升天衢，不然鸣珂游帝都。焉能不贵复不去，空作昂藏一丈夫。一丈夫兮一丈夫，平生志气是良图。请君看取百年事，业就扁舟泛五湖。"诗写成之后，传抄的人没有不称赞欣赏的。只有张九龄见了之后警告他说："过早有了好名声，一定会带来损失。你应该自己注意隐藏才能，这样才能尽善尽美。把本领隐藏起来，是古人很重视的，何况你还是个小孩子呢！你只应该作诗赞赏风景，咏叹古代的贤人，不要自己表现自己才好。"李泌流泪表示感谢。后来再写的文章，他就不再言及自己。张九龄尤其喜欢李泌有心计，说他前途不可估量。他还曾经用忠直的话语规劝过张九龄，张九龄很感激他，于是就叫他小友。

　　张九龄出任荆州时，把他请到郡里住了一年多，他又到东都学习。于是他游历了衡山和嵩山，在那儿遇见神仙桓真人、美门子、安期先生降临。仙人的羽车和旌旗仪仗，流动的云朵和神奇的光彩，照耀着山谷，天将亮的时候才散去。神仙们还教给他长生成仙以及服食丹药的道术，并且告诫他说："太上有命令，因为国家有危险，朝廷多难，你应该以文武之道辅佐皇帝，让你的功德遍及天下民众，然后就可以得道成仙了。"从此，他常不吃粮食，服气吐纳，修习占气养生的要道。等到他回到京城，宁王把他请到王府。玉真公主叫他弟弟，对他格外敬重。他平常赋的诗，一定会被王公们配上乐章传播。等到父亲去世，他为父亲守孝，不吃食物骨瘦如柴。守孝期满脱了孝服，他又去嵩山、华山、终南山游历，根本不顾名声和利禄。天宝十年，唐玄宗寻访到他召入宫中，他献上了《明堂九鼎议》，应诏作了《皇唐圣祚文》，经常讲道谈经。唐肃宗是太子的时候，皇上诏令李泌和太子及王子们像普通百姓那样平等交往，被杨国忠所忌恨，以他所作的《感遇诗》是诽谤时政为名，设计陷害他，皇上诏令把他贬到蕲春郡。天宝十二年，他的母亲周氏死了，他回到家里，太子和王子们都派人去吊祭。不久安禄山攻破潼关，玄宗和肃宗分道逃亡，

泌尝窃赋诗,有匡复意。虢王巨为河洛节度使,使人求泌于嵩少间。会肃宗手札至,虢王备车马送至灵武。肃宗延于卧内,动静顾问,规画大计。遂复两都。泌与上寝则对榻,出则联镳。代宗时为广平王,领天下兵马元帅,诏授侍谋军国天下兵马元帅府行军长史,判行军事,仍于禁中安置。崔圆、房琯自蜀至,册肃宗为皇帝,并赐泌手诏衣马枕被等。既立大功,而幸臣李辅国害其能,将不利之,因表乞游衡岳。优诏许之,给以三品禄俸。山居累年,夜为寇所害,投之深谷中。及明,乃攀缘他径而出。为槁叶所藉,略无所损。

初,肃宗之在灵武也,常忧诸将李、郭等,皆已为三公宰相,崇重既极,虑收复后无以复为赏也。泌对曰:"前代爵以报功,官以任能。自尧舜以至三代,皆所不易。今收复后,若赏以茅土,不过二三百户一小州,岂难制乎?"肃宗曰:"甚善。"因曰:"若臣之所愿,则特与他人异。"肃宗曰:"何也?"泌曰:"臣绝粒无家,禄位与茅土,皆非所欲。为陛下帷幄运筹,收京师后,但枕天子膝睡一觉,使有司奏客星犯帝座,一动天文足矣。"肃宗大笑。及南幸扶风,每顿,必令泌领元帅兵先发,清行宫,收管钥,奏报,然后肃宗至。至保定郡,泌稍懈,先于本院寐。肃宗来入院,不令人惊之,登床,捧泌首置于膝。良久方觉。上曰:"天子膝已枕矣,克复之期,当在何时? 可促偿之。"泌遽起谢恩。

李泌曾经偷偷地作诗,有匡复国家的意思。虢王李巨担任河洛节度使,派人在嵩山、少室山一带找到李泌。正赶上唐肃宗的手书送到,虢王就备车马把李泌送到灵武。唐肃宗把李泌请到卧室内,有任何行动都向他询问,和他共同商讨大计。于是收复了两都。李泌与皇上睡觉则对榻而眠,出门则并马而行。代宗当时是广平王,任天下兵马元帅,肃宗下诏授予李泌侍谋军国天下兵马元帅府行军长史,署理军中事务,仍然把他安置在宫中。崔圆、房琯从蜀地回来,传达玄宗旨意册立肃宗当皇帝,玄宗并把手诏、衣服、马匹、枕被等东西赐给李泌。李泌立了大功,但宠臣李辅国忌妒他的才能,将要对他不利,李泌就上表请求到衡山游历。皇上下诏褒奖并批准了他的请求,给了他三品官的俸禄。他在山里居住了好几年,一天夜里他被贼寇加害,把他扔到深谷中。等到天亮,他就从别的路攀爬上来了。他被枯叶垫着,没有受一点伤。

　　当初,肃宗在灵武时,常担忧李光弼、郭子仪等将领,他们都已经是三公、宰相,已经尊贵到了极点,担心收复失地之后再没有什么高官可以奖赏他们了。李泌回答说:"以前的朝代,用封爵来表彰有功的人,用封官来任用有才能的人。从尧舜到夏商周三代,都是这样做的。如今收复失地后,若赏给他们土地,也不过二三百户的一个小州,难道这还不好控制吗?"肃宗说:"很好。"于是李泌说:"至于我所希望的,就和别人不一样。"肃宗说:"为什么呢?"李泌说:"我不吃粮食没有家,对官位和封地都没有欲望。我为陛下运筹帷幄,收复京城后,只要能枕在天子的膝上睡一觉,假使有关部门奏报客星侵犯帝星,我动一动天上星宿就满足了。"肃宗大笑。等到皇帝向南来到扶风,每次要住宿,一定让李泌率领部队先出发,清理行宫,收集钥匙,奏报之后,肃宗才到。走到保定郡,李泌稍有懈怠,事先在院子里睡着了。肃宗来到,走进院子,不让人惊动李泌,上床,把李泌的头捧到自己膝上。好长时间李泌才醒。皇上说:"天子的膝你已经枕了,克复两京的日子在什么时候?可要尽快酬报我。"李泌急忙起来谢恩。

肃宗持之不许。因对曰:"是行也,以臣观之,假九庙之灵,乘一人之威,当如郡名,必保定矣。"既达扶风,旬日而西域河陇之师皆会,江淮庸调亦相继而至,肃宗大悦。又肃宗尝夜坐,召颍王等三弟,同于地炉麴毯上食。以泌多绝粒,肃宗每自为烧二梨以赐泌。时颍王恃恩固求,肃宗不与,曰:"汝饱食肉,先生绝粒,何乃争此耶!"颍王曰:"臣等试大家心,何乃偏耶!不然,三弟共乞一颗。"肃宗亦不许,别命他果以赐之。王等又曰:"臣等以大家自烧故乞,他果何用?"因曰:"先生恩渥如此,臣等请联句,以为他年故事。"颍王曰:"先生年几许,颜色似童儿。"其次信王曰:"夜抱九仙骨,朝披一品衣。"其次益王曰:"不食千钟粟,唯餐两颗梨。"既而三王请成之。肃宗因曰:"天生此间气,助我化无为。"泌起谢。肃宗又不许曰:"汝之居山也,栖遁幽林,不交人事;居内也,密谋匡救,动合玄机,社稷之镇也。"

泌恩渥隆异,故元载、辅国之辈,嫉之若仇。代宗即位,累有颁锡,中使旁午于道,别号"天柱峰中岳先生",赐朝天玉简。已而征入翰林。元载奏以朝散大夫、检校秘书少监,为江西观察判官。载伏诛,追复京师,又为常衮所嫉,除楚州刺史。未行,改丰、朗二州团练使,兼御史中丞。又改授杭州,所至称理。兴元初,征赴行在,迁左散骑常侍,寻除陕府长史,充陕虢防御使。陈、许戍卒三千自京西

肃宗把着他不让他起来。于是李泌回答说："这次行动,在我看来,凭借着宗庙的神灵,乘着陛下的威严,应该像这个郡的名称一样,一定是保定了。"到达扶风之后,十天之内,西域、河西、陇右的军队都会集齐了,在江淮一带征调的布帛、银钱等物品也都送到了,肃宗十分高兴。还有一次,肃宗曾经在一个夜晚,叫来颍王等三个弟弟,一同坐在地毯上围着地炉吃东西。因为李泌经常不吃粮食,肃宗常常亲自烧两个梨送给他吃。当时颍王依仗皇上对他好,硬要那梨,肃宗不给,说:"你吃了一肚子肉,李先生不吃粮食,为什么争这点东西呢?"颍王说:"我们试一试皇上的心,为什么这样偏向他呢? 不然,我们三个共要一个梨也行。"肃宗还是不答应,另外让人拿来别的果品送给他们。三个弟弟又说:"我们因为那梨是皇上亲自烧的所以才要,给我们别的果品有什么用?"接着又说:"李先生受到如此恩宠,请允许我们轮流作诗,作为以后的故事。"颍王说:"先生年几许,颜色似童儿。"其次信王说:"夜抱九仙骨,朝披一品衣。"再次益王说:"不食千钟粟,唯餐两颗梨。"然后三个王子请皇上完成此诗。肃宗便说:"天生此间气,助我化无为。"李泌站起来拜谢。肃宗又不让,说:"你住在山上,隐居在幽林之中,不参与人间的事;你住在宫内,秘密地谋划救国大计,把握神妙的机宜,你是安定社稷的人。"

李泌受到的恩宠非常优厚,所以元载、李辅国等人嫉妒他就像仇人一样。唐代宗即位之后,对李泌也常有赏赐,宫中派出的宦官在通向李泌家的道上交错纷繁地往来,又赐号为"天柱峰中岳先生",赐给他朝天玉简。然后又把他召入翰林院。元载上奏,贬谪他为朝散大夫、检校秘书少监,做江西观察判官。元载被处死之后,李泌又被调回京城,又受到常衮的嫉妒,任楚州刺史。还没有赴任,改任丰、朗二州团练使,兼任御史中丞。后来他又被调到杭州任职,他无论到哪里为官,都能治理得很好。兴元初年,调他回到天子身旁任左散骑常侍,不久又被任命为陕府长史,充任陕虢防御使。陈州、许州的三千名戍边士卒从京西

逃归,至陕州界,泌潜师险隘,尽破之。又开三门陆运一十八里,漕米无砥柱之患,大济京师。二年六月,就拜中书侍郎平章事,加崇文馆大学士,修国史,封邺侯。时顺宗在春宫,妃萧氏母郜国公主,交通于外,上疑其有他志,连坐贬黜者数人,皇储危惧。泌周旋陈奏,德宗意乃解。颇有说正之风。五年春,德宗以二月一日为中和节。泌奏今有司上农书,献穜稑之种。王公戚里上春服,士庶乃各相问讯。泌又作中和酒,祭勾芒神,以祈年谷,至今行之。泌旷达敏辨,好大言。自出入中禁,累为权臣所挤,恒由智免,终以言论纵横,上悟圣主,以跻相位。是岁三月薨,赠太子太傅。是月中使林远,于蓝关逆旅遇泌。单骑常服,言暂往衡山,话四朝之重遇,惨然久之而别。远到长安,方闻其薨。德宗闻之,尤加怆异。曰:"先生自言,当匡佐四圣而复脱屣也,斯言验矣。"泌自丁家艰,无复名宦之冀,服气修道,周游名山,诣南岳张先生受录。德宗追谥张为玄和先生。又与明瓒禅师游,著《明心论》。明瓒,释徒谓之懒残。泌尝读书衡岳寺,异其所为,曰:"非凡人也。"听其中宵梵唱,响彻山林。泌颇知音,能辨休戚,谓懒残经音,先凄怆而后喜悦,必谪堕之人,时至将去矣。候中夜,潜往谒之。懒残命坐,

逃回，逃到陕州地界，李泌在险要处埋伏军队，把他们全都打败。他又开设了三门峡十八里陆地运输路线，使征运官粮的船只不再有碰上砥柱山的忧患，极大有利于京城的粮食供给。贞元二年六月，他被任命为中书侍郎平章事，加封崇文馆大学士，编修国史，封为邺侯。当时顺宗还是太子，太子妃萧氏的母亲郜国公主和外官交往，皇上怀疑她有不轨的企图，受她株连被罢官的有好几个人，皇太子也十分害怕。李泌经过一番周旋，向皇上陈述利害，德宗这才息怒。李泌很有正直的作风。贞元五年春天，德宗把二月一日定为中和节。李泌上奏现在有关官署献上一本农书，并且献来先种后熟和后种先熟两类谷物的种子。王公贵族和皇帝外戚们都换上了春装，士人和百姓互相问候。他又制作了中和酒，祭祀勾芒神，用来祈求全年的丰收，这种祭神的活动至今还流传。李泌旷达机敏善辩，喜欢正大的言论。自从他出入皇宫，多次遭到权臣排挤，他总是凭着自己的智慧免遭灾祸，最终因为谈论古今至理，感悟了圣主，当上了宰相。这年三月他死了，皇上追赠他太子太傅的官职。这个月有个叫林远的宦官，在蓝关旅舍中遇见了李泌。李泌独自骑马，穿着平常的衣服，说要到衡山去，他向林远述说自己辅佐四代帝王所得到的特殊礼遇，忧伤了许久才别去。林远回到长安，才听说他已经死了。德宗听说之后，尤其感到悲伤和惊奇。德宗说："李泌先生自己说，他得辅佐四个皇帝然后再登天做神仙，这话应验了。"李泌自从父母相继去世，再也没有去求名做官的愿望，所以他吐纳养生，修习道术，周游名山大川，到南岳张先生那里，被张先生收为弟子。德宗追谥张先生为玄和先生。李泌又和明瓒禅师交往，作《明心论》。明瓒禅师，他的佛教信徒都叫他懒残。李泌曾在衡岳寺中读书，对明瓒禅师的作品感到惊异，他说："这不是个一般人。"他听明瓒禅师夜半念经，响彻山林。李泌很懂音乐，能辨别声音的喜庆和悲哀，他认为懒残读经的音调是先悲怆而后喜悦，一定是个从天宫谪贬下界的人，到时候就会离去的。等到半夜，他偷偷地去拜见懒残。懒残让他坐下，

拨火出芋以馆之。谓泌曰："慎勿多言，领取十年宰相。"泌拜而退。

天宝八载，在表兄郑叔则家，已绝粒多岁，身轻，能自屏风上，引指使气，吹烛可灭。每导引，骨节皆珊然有声，时人谓之镊子骨。在郑家时，忽两日冥然不知人事。既寤，见身自顶踊出三二寸，傍有灵仙，挥手动目，如相勉助者。如是足将及顶，乃念言："大事未毕，复有庭闱之恋，愿终家事。"于是在傍者皆见一人，仪状甚巨，衣冠如帝王者，前有妇人，礼服而跪。如帝王者责曰："情之未得，因欲令来，使劳灵仙之重。"跪者对曰："不然，且教伊近天子。"于是遂寤。后二岁，为玄宗所召。后常有隐者八人，容服甚异，来过郑家，数自言仙法严备，事无不至。临去叹曰："俗缘竟未尽，可惜心与骨耳。"泌求随去。曰："不可！姑与他为却宰相耳。"出门不复见。因作《八公诗》叙之。复有隐者，携一男六七岁来过，云："有故，须南行，旬月当还。缘此男有痢疾，既同是道者，愿且寄之。"又留一函曰："若疾不起，望以此瘗之。"既许，乃问男曰："不骄留此得乎？"曰："可。"遂去。泌求药疗之，终不愈，八九日而殂。即以函盛，瘗庭中蔷薇架下。累月，其人竟不回。试发函视之，有一黑石，天然中方，上有字如锥画云："神真炼形年未足，化为我子功相续。丞相瘗之刻玄玉，仙路何长死何促。"

从火里拨出烧熟的山芋给他吃。懒残对李泌说:"千万不要多说话,这样你就能当十年宰相。"李泌参拜后便告退了。

　　天宝八年,李泌在表哥郑叔则家里,已经多年不吃粮食,身体很轻,能站在屏风上,用手指运气,可以吹灭烛火。每次导引运气,骨节都发出珊珊的响声,当时人们说他的骨头是镙子骨。他在郑家的时候,忽然有两天昏迷过去,不省人事了。等他醒来,他说看见自己的身体从头顶跳出有二三寸,旁边有一位仙人,挥着手,转动着眼睛,好像在帮助他,鼓励他。就这样,等到脚也升到头顶时,他就说:"我还有大事未了,还有家庭房闱的留恋,希望把家事办完。"这时在身旁的人都看见一个人,长得很高大,穿戴像帝王,前面有个妇人,身着礼服向他跪拜。像帝王的这个人责备说:"李泌情缘未断,就想接他升天,还劳烦了灵仙。"跪着的妇人说:"要是这样,还是先让他给皇帝做事吧。"然后他就醒来了。两年后,李泌被唐玄宗召入宫中。后来曾经有八个容颜服饰很奇特的隐士到郑家来过,几次说他们自己仙术齐备,没有办不到的事。他们临走的时候叹道:"你的俗缘始终没了,可惜你的心志和骨相了。"李泌要和他们一块儿去。他们说:"不行! 姑且给皇帝做完宰相吧。"那八个人一出门就不见了。于是李泌作了《八公诗》记叙这件事。又有一位隐士,带来一个六七岁的小男孩,对他说:"我有事要到南方去,十天半月就能回来。因为这男孩有痫疾,既然咱们都是修道之人,我想把他暂且寄放在你这里。"隐士又留下一个匣子,说:"如果男孩的病治不好,希望你用这个匣子把他埋葬了吧。"李泌答应之后,隐士才问那男孩:"你留在这里能行吗?"男孩说:"能行。"于是隐士就走了。李泌找药给男孩治病,始终没治好,八九天之后男孩就死了。于是他就把男孩的尸体装在匣子里,埋在院子里的蔷薇花架下。几个月过去了,那位隐士始终没回来。李泌试着把匣子挖出来打开一看,里边有一颗黑石,天生的方形,上面有锥刻般的字:"神真炼形年未足,化为我子功相续。丞相瘗之刻玄玉,仙路何长死何促。"

泌每访隐选异，采怪木蟠枝，持以隐居，号曰养和。人至今效而为之。乃作《养和篇》，以献肃宗。泌去三四载，二圣登遐，代宗践祚，乃诏追至阙，舍于蓬莱殿延喜阁。由给事以上及方镇除降，代宗必令商量。军国大事，亦皆泌参决。因语及建宁王灵武之功，请加赠太子。代宗感悼久之，云："吾弟之功，非先生则世人不知，岂止赠太子也！"即敕于彭原迎丧，赠承天皇帝，葬齐陵。引至城门，奏以龙辀不动，代宗自蓬莱院谓曰："吾弟似欲见先生。宜速往酹祝，兼宣朕意。且吾弟定策大功，追加大号，时人未知，可作一文，以传不朽，用慰玄魂。"泌曰："已发引矣。他文不及作，挽歌词可乎？"代宗曰："可。"即于御前制之，词甚凄怆。代宗览之而泣，命中人驰授挽者。泌至，宣代宗命祝酹，歌此二章。于是龙辀行疾如风，都人观之，莫不感涕。先是，建宁王倓有艰难定策之功，于代宗为弟。人或潜于肃宗，云有图嗣害兄之心，遂遇害。及肃宗追悟倓无罪，泌虑复及诸王，因事言曰："昔高宗有子八人，皇祖睿宗最幼，武后生者，自为行第，故皇祖第四。长曰孝敬皇帝，监国而仁明，为武后所忌而鸩之。次曰雍王贤，为太子，中宗、睿宗常所不安。晨夕忧惧，虽父母之前，无由敢言，乃作《黄台摘词》，令乐人歌之，欲微悟父母之意，冀天皇天后闻之。歌曰：'种瓜黄台下，瓜熟子离离。一摘使瓜好，再摘令瓜稀。三摘犹尚可，四摘抱蔓归。'然太子竟亦流废，终于黔州。

李泌常常访问隐士和神异之人，采一些形状奇怪的树干和盘曲的树枝，带回自己的居处，管这叫做养和。人们至今还效仿他做的这种事情。他写了《养和篇》，献给了唐肃宗。李泌离开朝廷三四年之后，二位皇帝先后驾崩，代宗即位，就又下诏把李泌调回宫中，让他住在蓬莱殿延喜阁。从给事中以上的官职到节度使的任免，代宗一定要与他商量。军国大事，也都让李泌参加决断。期间说到建宁王在灵武立的功劳，李泌请求追赠他为太子。代宗感叹哀悼了好久，说："我弟弟的功劳，如果不是先生你为他请功，世人是不会知道的，哪里仅仅赠为太子呢？"于是代宗下令在彭原迎回他的灵柩，追赠他为承天皇帝，把他葬在齐陵。灵柩拉到城门的时候，有人来奏报说，拉灵柩的车不动了，代宗在蓬莱院对李泌说："我弟弟好像想要见见你。你应该赶快去祭奠祷告一番，并且说明我的旨意。而且，我弟弟有拥立先皇的大功，追封了大号，人们还不知道，你可以作一篇文章，以便永远留传，用来慰藉亡灵。"李泌说："灵车已经出发。别的文章来不及作，作一首挽歌词可以吗？"代宗说："可以。"于是他就在代宗面前作了挽歌词，词意很悲怆。代宗读了便哭了，立即派宦官骑马送给拉灵车的人。李泌赶到，宣布代宗让他来祭奠，唱了这两章挽歌。于是灵车快速如风地走动了，京城人见了，没有不感动得落泪的。当初，建宁王李倓在艰难时刻拥立肃宗的功劳，他是代宗的弟弟。有人在肃宗面前说他的坏话，说他有夺皇位害兄长的念头，于是他就遇害了。等到肃宗意识到李倓无罪，李泌担心再殃及各王，就进言说："以前高宗有八个儿子，皇祖睿宗最年幼，是武后生的，自己排行，所以皇祖排第四。老大是孝敬皇帝，监理国事，仁义圣明，被武后猜忌而毒死。老二是雍王李贤，他被立为太子，中宗和睿宗常常感到不安。李贤一天到晚担心害怕，即便在父母面前，也不敢说，就作了《黄台摘词》，让乐工唱，想让父母有所感悟，希望天皇天后能听到。那歌是：'种瓜黄台下，瓜熟子离离。一摘使瓜好，再摘令瓜稀。三摘犹尚可，四摘抱蔓归。'然而太子终究还是被流放贬逐，死在了黔州。

建宁之事，已一摘矣，慎无再摘。"肃宗曰："先生忠于宗社，忧朕家事，言皆为国龟镜，岂可暂离朕耶？"时玄宗有诰，只要剑南一道自奉，未议北回。泌请肃宗奉表，请归东宫。次作功臣表，述马嵬灵武之事，请上皇还京。初肃宗表至，玄宗徘徊未决。及功臣表至，乃大喜曰："吾方得为天子父。"下诰定行日，且曰："必李泌也。"肃宗召泌，且泣且喜曰："上皇已下诏还京，皆卿力也。"

又天宝末，员外郎窦庭芝分司洛邑，常敬事卜者葫芦生。每言吉凶，无不中者。一旦凌晨，生至窦门，颇甚嗟叹。庭芝请问，良久乃言："君家大祸将成！"举家啼泣，请问求生之路。生曰："若非遇中黄君，但见鬼谷子，亦可无患矣。"生乃具述形貌服饰，仍戒以浃旬求之。于是与昆弟群从奴仆，晓夕求访，殆遍洛下。时泌居于河清，因省亲友，策蹇入洛，至中桥，遇京尹避道。所乘骡忽惊轶而走，径入庭芝所居。与仆者共造其门，车马罗列将出，忽见泌，皆惊愕而退。俄有人云："分司窦员外宅，所失骡收在马厩，请客入座，主人当愿修谒。"泌不得已就其厅。庭芝既出，降阶载拜，延接殷勤，遂至信宿。至于妻子，咸备家人之礼。数日告去，赠遗殊厚，但云："遭遇之辰，愿以一家奉托。"时泌居于河清，信使旁午于道。庭芝初与泌相值，葫芦生适在其家，云："既遇斯人，无复忧矣。"及朱泚构逆，

建宁王的事,已经是'一摘'了,千万不要再摘。"肃宗说:"先生忠于宗庙社稷,为我的家事操心,你的话都可以作为国家的借鉴,你怎么能离开我片刻呢?"当时唐玄宗有命令,只要剑南一道的租税来供养自己,没谈北回京都的事。李泌请求肃宗给玄宗上表章,让他回东宫继续当太子。然后作了功臣表记述马嵬坡和灵武的事,请太上皇回京。起初,肃宗的表章送到,玄宗犹豫不决。等到功臣表送到,玄宗就非常高兴地说:"这样我才能做天子的父亲。"玄宗下令定下起程的日期,还说:"一定是李泌的主意。"肃宗把李泌找来,边哭泣边高兴地说:"太上皇已经下令回京,这全都是你的作用啊!"

另外,天宝末年,员外郎窦庭芝分管洛阳,他曾经对会占卜的人葫芦生很敬重。葫芦生常常谈论吉凶,没有说不准的。一天清晨,葫芦生来到窦家门前,一个劲地慨叹。窦庭芝问他叹什么,老半天他才说:"你家要有大祸!"窦家全家啼哭,问他有什么求生的办法。葫芦生说:"如果不能遇上中黄君,只要能见到鬼谷子,也就可以没有祸患了。"葫芦生就详细地描述鬼谷子的样貌和服饰,还告诫他必须在十天内找到。于是窦庭芝和兄弟及奴仆们,不分昼夜地求访,几乎找遍了洛阳。当时李泌住在河清,因为探望亲友,骑着跛脚的骡子到洛阳去,走到中桥,遇到京兆尹的车马而回避。他骑的骡子忽然惊跑了,径直跑到了窦庭芝家里。李泌和仆人一起来到窦家门前,窦家车马列队将要出门,忽然看到李泌,都惊愕地退了回去。不一会儿有人上前说:"这里是分管官窦员外的家,你丢失的骡子在马棚里,请客人进来坐坐,主人应该是希望见到您的。"李泌不得已来到厅中。窦庭芝出来之后,站在阶下连连参拜,接待得非常殷勤,于是李泌住了两宿。窦庭芝的妻子儿女全都以家人的礼节拜见李泌。李泌住了几天告别要走,窦家赠送的礼物非常丰厚,只是说:"遭遇大祸的时候,我想把一家的安危托付给您。"当时李泌住在河清,使者往还不断。窦庭芝当初和李泌相逢,葫芦生正好在他家,葫芦生说:"既然遇到这个人,就不用再担心了。"等到朱泚叛乱,

庭芝方廉察陕西。车驾出幸奉天，遂于贼庭归款。銮舆反正，德宗首令诛之。时泌自南岳征还行在，便为宰相。因第臣僚罪状，遂请庭芝减死。德宗意不解，云："卿以为宁王姻懿耶？宁王以庭芝妹为妃，以此论之，尤为不可。然莫有他事，俾其全否？卿但言之。"于是具以前事闻。由是特原其罪。泌始奏，上密遣中使乘传，于陕问之，庭芝录奏其事。德宗曰："言中黄君，盖指朕耶？未知呼卿为鬼谷子，何也？"或曰："泌先茔在河清谷前鬼谷，恐以此言之也。"贞元四年二月，德宗谓泌曰："朕即位以来，宰相皆须姑息，不得与其较量理道。自用卿以来，方豁朕意，是乃天授卿于朕耳。虽夷吾骐骥，傅说霖雨，何可以及兹！"其军谋相业，载如国史。事迹终始，具《邺侯传》。泌有集二十卷，行于世。出《邺侯外传》。

窦庭芝正在陕西任观察使。皇帝到了奉天，窦庭芝就归顺了朱泚。皇帝回京复位后，德宗首先下令杀窦庭芝。当时李泌从南岳调回皇帝身边，做了宰相。李泌排列了官员的罪状，请求皇上不要杀窦庭芝。德宗心里很不理解，说："你因为他是宁王的亲戚才替他求情的吗？宁王娶窦庭芝的妹妹为王妃，因为这个原因为他求情，更不可以。那莫非还有别的原因保全他的性命吗？你只管说出来。"于是李泌详细地把以前的事讲给皇上听。因此，皇上特别宽恕了窦庭芝的罪。李泌刚奏明的时候，皇上秘密派使者骑驿马到陕西去问，窦庭芝把那件事笔录下来报给皇上。德宗对李泌说："葫芦生说的中黄君，大概是我吧？不知叫你鬼谷子是为什么？"有人说："李泌祖先的坟地在河清谷前的鬼谷，恐怕是因为这才这样称呼他。"贞元四年二月，德宗对李泌说："我即位以来，宰相都需要我无原则地原谅宽容，不能和他们争辩道理。自从任用了你，才让我的心情开朗，这是天把你交给我的。即使管夷吾那样的俊才，傅说那样济世泽民的好宰相，怎么能比上你呢？"李泌的军事谋略和为相的业绩，就像国史记载的那样。事迹的始末都记在《邺侯传》中。李泌有文集二十卷流传在世上。出自《邺侯外传》。

卷第三十九
神仙三十九

刘　晏　　崔希真　　韦老师　　麻阳村人　　慈心仙人

刘　晏

　　唐宰相刘晏，少好道术，精恳不倦，而无所遇。常闻异人多在市肆间，以其喧杂，可混迹也。后游长安，遂至一药铺，偶问。云："常有三四老人，纱帽拄杖来取酒，饮讫即去。或兼觅药看，亦不多买。其亦非凡俗者。"刘公曰："早晚当至？"曰："明日合来。"刘公平旦往，少顷果有道流三人到，引满饮酒，谈谑极欢，旁若无人。良久曰："世间还有得似我辈否？"一人曰："王十八。"遂去。自后每忆之，不可寻求。及作刺史，往南中，过衡山县。时春初，风景和暖，吃冷淘一盘，香菜茵陈之类，甚为芳洁。刘公异之，告邮史曰："侧近莫有衣冠居否？此菜何所得？"答曰："县有官园子王十八能种，所以馆中常有此蔬菜。"刘公忽惊记所遇道者之说，乃曰："园近远？行去得否？"曰："即馆后。"

刘 晏

　　唐朝宰相刘晏，年轻的时候喜欢道术，精心钻研，坚持不懈，但是没遇上什么异人。他曾经听说异人大多在闹市间，因为这种地方喧哗嘈杂，可以把行踪混杂在常人之中。后来他来到长安，走进一家药铺，偶然问起异人的事。药铺主人说："曾经有三四位老人，戴着纱帽、拄着拐杖来喝酒，喝完就走。有时候他们也要药看看，也不多买。看样子他们不是凡俗之人。"刘晏说："他们什么时候能来？"回答说："明天应该来。"第二天，刘晏天亮的时候就来到药铺，不多时果然有三个道士来到这里，把酒打满就开始喝，又说又笑，十分高兴，旁若无人。好久才有个人说："世上还有像我们这样的人吗？"另一个人说："还有王十八。"喝完他们就走了。从此之后，刘晏常常想起这件事，却不能找到那些人。等到他做了刺史，至南方去上任，路过衡山县。当时正是初春，风和日暖，他便吃了一碗冷面，冷面里的香菜、茵陈蒿等，味道又香又干净。刘晏感到奇怪，就对驿官说："附近莫非有官宦人家居住吗？这菜是从哪儿弄来的？"回答说："县里有个管菜园子的人叫王十八善于种菜，所以驿馆里常常有这样的菜。"刘晏忽然惊奇地想起所遇到的道士们讲过的话，就说："菜园离这儿多远？走着去可以吗？"驿官说："就在驿馆后边。"

遂往。见王十八，衣犊鼻灌畦，状貌山野，望刘公趋拜战栗。渐与同坐，问其乡里家属，曰："蓬飘不省，亦无亲族。"刘公异疑之，命坐，索酒与饮，固不肯。却归，晏乃诣县，自请同往南中。县令都不喻，当时发遣。王十八亦不甚拒，破衣草履，登舟而行。刘公渐与之熟，令妻子见拜之，同坐茶饭。形容衣服，日益秽弊，家人并窃恶之。夫人曰："岂兹有异？何为如此？"刘公不懈。去所诣数百里，患痢，朝夕困极。舟船隘窄，不离刘公之所，左右掩鼻罢食，不胜其苦。刘公都无厌怠之色，但忧惨而已。劝就汤粥，数日遂毙。刘公嗟叹涕泣，送终之礼，无不精备，乃葬于路隅。

后一年，官替归朝。至衡山县，令郊迎。既坐曰："使君所将园子，去寻却回，乃应是不堪驱使。"刘公惊问何时归，曰："后月余日即归，云奉处分放回。"刘公大骇，当时步至园中，茅屋虽存，都无所睹。邻人云："王十八昨暮去矣。"怨恨加甚，向屋再拜，泣涕而返。审其到县之日，乃途中疾卒之辰也。遣人往发其墓，空存衣服而已。

数月至京城，官居朝列，偶得重疾，将至属纩。家人妻子，围视号叫。俄闻叩门甚急，阍者走呼曰："有人称王十八，令报！"一家皆欢跃迎拜。王十八微笑而入其卧所，疾已不知人久矣。乃尽令去障蔽等及汤药，自于腰间取一葫芦

于是刘晏就去了。看到了王十八，他围着围裙正在浇菜，像山野人的模样，见了刘晏赶忙小步走上来参拜，害怕得打着哆嗦。他渐渐敢与刘晏坐到一起，问他是什么地方人，家里有什么人，他说："飘游不定，也没有亲族。"刘晏又奇怪又怀疑，让他坐下，要酒和他一起喝，他坚决不喝。回去之后，刘晏就到县里，请求让王十八和自己一起到南方去。县令一点也不理解，当时就打发王十八上路。王十八也不怎么拒绝，穿着破衣草鞋，上船就走。刘晏渐渐和王十八熟了，就让妻子儿女拜见他，和他坐到一起喝茶用饭。王十八的脸和衣服，一天比一天脏，家里人都暗暗地讨厌他。夫人说："这个人哪有神异之处？我们为何要如此？"刘晏坚持不懈。离要去的地方还有几百里，王十八得了痢疾，一天到晚极为困乏。船上的地方拥挤狭窄，他又不肯离开刘晏的身边，左右的人都捂着鼻子吃不下饭去，不堪忍受。刘晏却丝毫没有厌倦的表现，只是忧愁痛苦而已。他劝王十八喝点汤粥，可几天之后，王十八就死了。刘晏叹息哭泣，为王十八送终的礼仪，没有不完备的地方，便把他葬在路边。

一年后，刘晏因官职调动而回朝。又到衡山县，县令在郊外迎接他。坐下后县令说："使君带走的那个种菜的，去了不久又回来了，应该是他不听使唤吧。"刘晏吃惊地问什么时候回来的，县令说："走后一个多月就回来了，说是你吩咐放回来的。"刘晏非常惊骇，当时就走到菜园里，茅屋虽然还在，却没见到王十八。邻人说："王十八昨晚走了。"刘晏更加悔恨，对着茅屋连连下拜，哭着返回来。细推算王十八到县的日期，正是他在途中病死的那天。刘晏派人去打开王十八的坟墓，空留有衣服罢了。

刘晏几个月以后回到京城，在朝中做官，忽然得了重病，快要断气了。全家人围着他哭叫。忽然听到急促的敲门声，看门的跑进来喊道："有个人自称是王十八，让我进来通报！"全家人都高兴地跳起来迎接拜见王十八。王十八微笑着来到刘晏躺着的地方，刘晏已经病得好长时间不认人了。王十八就让人把所有的盖的挡的东西和汤药全都拿走，自己从腰间取出一个葫芦

开之，泻出药三丸，如小豆大，用苇筒引水半瓯，灌而摇之。少顷腹中如雷鸣。逡巡开眼，蹶然而起，都不似先有疾状。夫人曰："王十八在此。"晏乃涕泗交下，牵衣再拜，若不胜情。妻女及仆使并泣。王十八凄然曰："奉酬旧情，故来相救。此药一丸，可延十岁，至期某却来自取。"啜茶一碗而去。刘公固请少淹留，不可。又欲与之金帛，复大笑。后刘公拜相，兼领盐铁，坐事贬忠州，三十年矣。一旦有疾，王十八复来曰："要见相公。"刘公感叹颇极，延入阁中，又恳求。王十八曰："所疾即愈，且还其药。"遂以盐一两，投水令饮。饮讫大吐，吐中有药三丸，颜色与三十年前服者无异。王十八索香汤洗之。刘公堂侄，侍疾在侧，遂攫其二丸吞之。王十八熟视笑曰："汝有道气，我固知为汝掠也。"趋出而去，不复言别。刘公寻痊复。数月有诏至，乃卒。出《逸史》。

崔希真

大历初，钟陵客崔希真，家于郡西。善鼓琴，工绘事，好修养之术。二年十月初朔夜大雪，希真晨出门，见一老人，衣蓑戴笠，避雪门下。崔异之，请入。既去蓑笠，见神色毛骨，非常人也。益敬之。问曰："家有大麦面，聊以充饭，叟能是乎？"老父曰："大麦受四时气，谷之善者也。能沃以豉汁，则弥佳。"崔因命家人具之，间又献松花酒。老父曰："花涩无味。某野人也，能令其醇美。"乃于怀中

打开，倒出来三丸小豆大小的药来，用苇筒接了半碗水，把药灌进刘晏的口中，并摇动他的身体。过一会儿刘晏肚子里有如雷鸣。再过一会儿他便睁开眼，一下子坐起来，完全不像原先有病的样子。夫人说："王十八在这里。"刘晏便涕泪交流，拉着王十八的衣服叩拜不已，不胜感激的样子。妻子儿女及仆人也都哭了。王十八悲伤地说："我为了报答旧情，所以来救你。这药一丸可延寿十年，到时候我再回来拿。"王十八喝了一碗茶就要走。刘晏坚决请他再留一会儿，他不答应。又想要给他金帛，他便大笑起来。后来刘晏做了宰相，兼管盐铁事务，因事获罪被贬到忠州，已经三十年了。忽然一天又得了病，王十八又来了，说："要见刘相公。"刘晏万分感叹，把王十八迎进屋，又恳求他。王十八说："你的病马上就好，把那药还回来吧。"于是他把一两盐扔到水里让刘晏喝。刘晏喝完了就大吐不止，吐出来的东西里有三丸药，药的颜色和三十年前吃的时候没什么两样。王十八要来香汤把三丸药洗了。刘晏的一个堂侄，此时正在刘晏身边照顾，他就抓了两丸吞了下去。王十八仔细看了看他笑着说："你有道气，我本就知道会被你抢去。"王十八快步走出去，并没有告别。刘晏不久就康复了。几个月以后，皇帝的诏书到来，刘晏便遇害了。出自《逸史》。

崔希真

大历初年，钟陵郡西住着一个叫崔希真的人。他善于弹琴，精于绘画，又喜欢修炼道术。大历二年十月初一夜里下大雪，崔希真早晨出门，见一位老人，穿着蓑衣，戴着斗笠，在门下避雪。崔希真很奇怪，就请他进来。老人脱去蓑衣斗笠，看他的精神和骨骼容貌，不是个平常人。崔希真对老人更敬重了。他问老人说："我家里有大麦面，姑且可以当饭吃，您能吃这种东西吗？"老头说："大麦受四时之气，是谷物中的佳品。能浇上豉汁，就更好了。"崔希真就让家人备饭，其间又献上松花酒。老头说："松花涩而无味。我是乡下人，能让它变得醇美。"于是从怀里

取一丸药,色黄而坚。老人以石碎之,置于酒中,则顿甘美矣。复以数丸遗希真,希真请问,老父笑而不答。崔入宅,于窗窥之,见老父于帏幄前所挂素上,如有所涂,瞬息而罢。崔少顷具馔献,受而不辞。崔后入内,出已去矣。遂践雪寻迹。数里至江,入芦洲中,见一大船,船中数人,状貌皆奇,而樵客在侧。其人顾笑曰:"葛三乃见逼于伊人!"回谓崔曰:"尊道严师之礼,不必然也。"崔拜而谢之。归视幄中,得图焉,有三人、二树、一白鹿、一药笈。其二人盖方外之状,手执玄芝采药者,一仙;树似柏,皆断;笈为风雨所败。枯槁之状,根相连属,皆非常意所及。后将图并丸药,诣茅山,问李涵光天师。天师曰:"此真人葛洪第三子所画也。"李君又曰:"写神人形状于朽木之下,意若得道者寿过松柏也。其药乃千岁松胶也。"出《原化记》。

韦老师

嵩山道士韦老师者,性沉默少语,不知以何术得仙。常养一犬,多毛黄色,每以自随。或独坐山林,或宿雨雪中,或三日五日至岳寺,求斋余而食,人不能知也。唐开元末岁,牵犬至岳寺求食,僧徒争竞怒,问何故复来。老师云:"求食以与犬耳。"僧发怒慢骂,令奴盛残食,与乞食老道士食,老师悉以与犬。僧之壮勇者,又慢骂,欲殴之。

取出一丸黄色的、挺坚硬的药来。老人用石头把它捣碎，放到酒里，酒就立时变得甜美了。他又把几丸药送给崔希真，崔希真打听这是什么药，老人笑而不答。崔希真进到屋里，从窗子偷偷地看，见老人在帏帐前挂的白绢上，好像在涂抹什么，很快就结束了。不一会儿崔希真准备好了饭食给老人吃，老人没有推辞就吃了起来。崔希真后来又进到屋里，再出来的时候老人已经走了。于是崔希真踏着雪去寻找老人的踪迹。走了几里，来到江边，走进长满芦苇的江心小洲，看见一条大船，船上有几个人，相貌都很奇特，有个打柴的站在一边。那人回头笑着说："葛三竟然被这个人逼住了！"又回身对崔希真说："就是再尊师重道的礼节，也不必这样。"崔希真下拜致谢。他回去到帏帐中一看，得到一张图，图上有三个人、两棵树、一只白鹿、一个药箱。其中两个人像是世外高人的样子，还有一个手拿玄芝的采药人，是一位仙人；画上的树像柏树，枝干全都折断；药箱被风雨吹打破坏。树木枯槁的样子，树根连在一起，都不是一般人能想到的。后来崔希真拿着图和丸药到茅山，向李涵光天师请教。天师说："这是仙人葛洪的三儿子画的。"李天师又说："在朽木下画神仙的形象，意思是得道成仙的人寿命比松柏还长。那药就是千年松的松脂。"出自《原化记》。

韦老师

嵩山道士韦老师，性情沉默，少言寡语，不知他凭着什么样的道术成了神仙。他曾经养了一只狗，是黄色的，毛很多，常常让它跟在自己身边。他有时候独自坐在山林里，有时候在雨雪之中过夜，有时候每隔三天五天就到嵩山上的寺庙里去，要剩下的斋饭吃，人们都不知道他是神仙。唐朝开元末年，他牵着狗到山上的寺庙里要饭吃，和尚们生气地和他争吵，责问他为什么又来了。韦老师说："我要饭喂狗而已。"和尚生气地辱骂他，让奴仆盛了一些剩饭，给这个要饭的老道士吃，韦老师把这些剩饭全都喂了狗。有一个健壮胆大的和尚又大骂，想打韦老师。

犬视僧色怒，老师抚其首。久之，众僧稍引去。老师乃出，于殿前池上洗犬。俄有五色云遍满溪谷。僧骇视之，云悉飞集池上。顷刻之间，其犬长数丈，成一大龙。老师亦自洗濯，服绡衣，骑龙坐定，五色云捧足，冉冉升天而去。僧寺作礼忏悔，已无及矣。出《惊听录》。

麻阳村人

辰州麻阳县村人，有猪食禾，人怒，持弓矢伺之。后一日复出，人射中猪。猪走数里，入大门。门中见室宇壮丽，有一老人，雪鬓持杖，青衣童子随后，问人何得至此。人云："猪食禾，因射中之，随逐而来。"老人云："牵牛蹊人之田而夺之牛，不亦甚乎！"命一童子令与人酒饮。前行数十步，至大厅，见群仙。羽衣乌帻，或樗蒲，或奕棋，或饮酒。童子至饮所，传教云："公令与此人一杯酒。"饮毕不饥。又至一所，有数十床，床上各坐一人，持书，状如听讲。久之却至公所。公责守门童子曰："何以开门，令猪得出入而不能知？"乃谓人曰："此非真猪，君宜出去。"因命向童子送出。人问老翁为谁，童子云："此所谓河上公，上帝使为诸仙讲《易》耳。"又问君复是谁，童子云："我王辅嗣也，受《易》已来，向五百岁，而未能通精义，故被罚守门。"人去后，童子蹴一大石遮门，遂不复见。出《广异记》。

那狗见了和尚的表现也生气了，韦老师抚摸着它的头。过了一会儿，和尚们渐渐走了。韦老师这才从寺里出来，在大殿前的水池边洗那只狗。顷刻间有五色云布满山谷。和尚们吃惊地看着这些云，云彩全都飞来集中在水池之上。顷刻之间，那只狗长成几丈长，成为一条大龙。韦老师也自己洗净身体，穿薄纱衣服，骑到龙背上坐好，五色云捧着龙足，慢慢地升到天上去了。寺庙里举行仪式表示忏悔，已经来不及了。出自《惊听录》。

麻阳村人

　　辰州麻阳县有一位村民，因为有一头猪吃了他家的庄稼，他很生气，就拿着弓箭等在那里。后来有一天猪又来了，这人射中了那猪。猪跑出几里，走进一座大门。门里的屋宇很壮丽，有一位老人迎出来，胡须雪白，拄着拐杖，青衣童子跟在他身后，他问村民为什么到这里来。村民说："猪吃了我的庄稼，我射中了猪，追猪追到这里来。"老人说："有人牵牛走路踩了别人的庄稼，就把人家的牛抢去，这不是太过分了吗？"老人让一个童子给这个人酒喝。往前走了几十步，来到一个大厅，看到一群仙人。仙人们穿着羽毛衣服，戴着黑色头巾，有的在玩樗蒲游戏，有的在下棋，有的在喝酒。童子走到喝酒的地方，说道："老人让给这个人一杯酒喝。"这个人喝了一杯酒之后，就不觉得饥渴了。又来到一个地方，有几十张坐榻，每张坐榻上都坐着一个人，每人拿着书，样子像在听讲。过了一会儿，又回到老人那地方。老人责备守门的童子说："你为什么开门，让猪跑进跑出还不知道？"于是对村民说："这不是真猪，你应该出去了。"于是就让刚才的童子把村民送出去。村民问那老人是谁，童子说："这就是世上所说的河上公，上帝派他来给神仙们讲《易经》。"又问童子是谁，童子说："我叫王辅嗣，学习《易经》快五百年了，还没能理解它精深微妙的义理，所以被罚在这里守门。"村民走后，童子踢一块大石头挡上门，就再也看不见猪来吃庄稼了。出自《广异记》。

慈心仙人

唐广德二年，临海县贼袁晁寇永嘉。其船遇风，东漂数千里，遥望一山，青翠森然，有城壁，五色照曜。回舵就泊，见精舍，琉璃为瓦，玳瑁为墙。既入房廊，寂不见人。房中唯有胡猱子二十余枚，器物悉是黄金，无诸杂类。又有衾茵，亦甚炳焕，多是异蜀重锦。又有金城一所，余碎金成堆，不可胜数。贼等观不见人，乃竞取物。忽见妇人从金城出，可长六尺，身衣锦绣上服紫绡裙。谓贼曰："汝非袁晁党耶？何得至此？此器物须尔何与，辄敢取之！向见猱子，汝谓此为狗乎？非也，是龙耳！汝等所将之物，吾诚不惜，但恐诸龙蓄怒，前引汝船，死在须臾耳！宜速还之。"贼等列拜，各送物归本处。因问此是何处，妇人曰："此是镜湖山慈心仙人修道处。汝等无故与袁晁作贼，不出十日，当有大祸，宜深慎之。"贼党因乞便风，还海岸。妇人回头处分，寻而风起。群贼拜别，因便扬帆，数日至临海。船上沙涂不得下，为官军格死，唯妇人六七人获存。浙东押衙谢诠之配得一婢，名曲叶，亲说其事。出《广异记》。

慈心仙人

唐朝广德二年,临海县有一个叫袁晁的贼寇去劫掠永嘉。他的船遇上大风,向东漂出几千里,远远望见一座山,山上的树木青翠茂密,还有五色闪耀的城墙。他便转舵停船,见到一座精舍,用琉璃做的瓦,用玟瑁砌的墙。走进屋子,寂静无人。屋里只有二十多只小狗崽,器物全是用黄金做的,没有各种杂物。又有被褥,也很华丽,大多是西蜀出产的贵重织锦。还有一座金子城,多余的碎金子一堆一堆的,数不胜数。贼人们见屋里没人,就争抢着拿东西。忽然发现一位妇人从金子城里走出来,她约有六尺高,身上穿着锦绣上衣,紫色纱裙。她对贼人们说:"你们不是袁晁的同伙吗?怎么能到这里来?这些东西与你们有什么相干,你们就敢拿?刚才见到的小狗,你们以为是狗吗?不是的,那是龙啊!你们拿走的东西,我实在不珍惜,只怕那些龙压不住怒火,前去拉你们的船,你们就死在旦夕了!你们应该马上把东西放回去。"贼人们站成一排下拜,各把东西送回原处。于是就问这是什么地方,妇人说:"这是镜湖山慈心仙人修道的地方。你们无缘无故就跟着袁晁做贼,不出十天,就得有一场大祸,应该特别小心。"贼人们于是乞求妇人刮一阵顺风,让他们回到海岸。妇人回头布置了一下,不一会儿就起了风。贼人们下拜告别,于是就扬帆起程,几天就回到临海县。船搁浅在泥沙之中走不脱,贼寇全被官兵击杀,只剩下六七个妇人活了下来。浙东押衙谢诠之分到一个婢女,名字叫曲叶,是她亲口讲的这件事。出自《广异记》。

卷第四十
神仙四十

巴邛人

有巴邛人，不知姓。家有橘园，因霜后，诸橘尽收。余有二大橘，如三四斗盎。巴人异之，即令攀摘。轻重亦如常橘，剖开，每橘有二老叟，须眉皤然，肌体红润，皆相对象戏，身仅尺余，谈笑自若。剖开后，亦不惊怖，但与决赌。赌讫，叟曰："君输我海龙神第七女发十两，智琼额黄十二枚，紫绢帔一副，绛台山霞实散二庾，瀛洲玉尘九斛，阿母疗髓凝酒四钟，阿母女态盈娘子跻虚龙缟袜八緉。后日于王先生青城草堂还我耳。"又有一叟曰："王先生许来，竟待不得。橘中之乐，不减商山；但不得深根固蒂，为摘下耳。"又一叟曰："仆饥矣，须龙根脯食之。"即于袖中抽出一草根，方圆径寸，形状宛转如龙，毫厘罔不周悉。因削食之，随削随满。食讫，以水噀之，化为一龙。四叟共乘之，足下泄泄云起，须臾风雨晦冥，不知所在。巴人相传云：

巴邛人

　　巴邛一带有个人，不知姓什么。他家有座橘园，下霜之后，其他橘子都收下来了，还剩下两个很大的橘子，有三四个斗盎那么大。他觉得这两个橘子很奇怪，便让人上去摘下来。它们的重量也和平常的橘子一样，剖开来，每个橘子里都有两个老头儿，胡须眉毛都是白色的，全身肌肤红润，都面对面下象棋，身高只有一尺多，谈笑自如。橘子剖开之后，他们也不惊慌，照样和对方赌胜负。赌完之后，一个老头儿说："你输给我海龙神第七个女儿的头发十两、仙女智琼的额黄涂饰十二枚、紫色绢披肩一副、绛台山的霞实散二庾、瀛洲的玉屑九斛、阿母疗髓凝酒四盅、阿母女态盈娘子脐虚龙白袜八双。后天在王先生青城草堂给我吧。"又有一个老头儿说："王先生答应来，竟还是没等来。桔中的乐趣，与商山相比并不逊色；只是不能深根固蒂，还是让人家给摘下来了。"又一个老头儿说："我饿了，需要吃龙根脯了。"说完就在衣袖中抽出一个草根，粗细一寸左右，形状盘曲像龙一样，头尾具备丝毫不差。老头儿就削着它吃，那草根却边削边长。老头吃完，口含清水喷它，就变成一条龙。四个老头儿一起骑上，龙的爪下排出云雾，从容不迫地飞了起来，片刻之间风雨茫茫，天昏地暗，四个老头儿和龙不知哪里去了。巴人们相传：

百五十年已来如此，似在隋唐之间，但不知指的年号耳。
出《玄怪录》。

章仇兼琼

章仇兼琼尚书镇西川，常令左右搜访道术士。有一鬻酒者，酒胜其党，又不急于利，赊贷甚众。每有纱帽藜杖四人来饮酒，皆至数斗，积债十余石，即并还之。谈谐笑谑，酣畅而去。其话言爱说孙思邈，又云："此小儿有何所会？"或报章仇公。乃遣亲吏候其半醉，前拜言曰："尚书令传语：'某苦心修学，知仙官在此，欲候起居，不知俯赐许否？'"四人不顾，酣乐如旧。逡巡，问酒家曰："适饮酒几斗？"曰："一石。"皆拍掌笑："太多！"言讫，不离席上，已不见矣。使者具报章仇公，公遂专令探伺。自后月余不至。一日又来，章仇公遂潜驾往诣，从者三四人。公服至前，跃出载拜。公自称姓名。相顾徐起，唯柴烬四枚，在于坐前，不复见矣。时玄宗好道，章仇公遂奏其事，诏召孙公问之。公曰："此太白酒星耳，仙格绝高，每游人间饮酒，处处皆至，尤乐蜀中。"自后更令寻访，绝无踪迹。 出《逸史》。

石巨

石巨者，胡人也，居幽州，性好服食。大历中，遇疾

一百五十年来这个故事一直这样流传着,此事好像是在隋唐之间,只是不知道具体年号罢了。出自《玄怪录》。

章仇兼琼

　　章仇兼琼尚书镇守西川时,经常派他的手下人察访有道术的人。有一个卖酒的人,他的酒好,胜过同行,他又不着急赚钱,所以赊欠他酒钱的人很多。经常有四个戴着纱帽、拄着藜茎拐杖的人来饮酒,他们的酒量都有好几斗,积累的酒债达到十多石,然后再一起还给酒家。他们总是谈笑诙谐,饮至尽兴才离去。他们谈话的时候喜欢谈论孙思邈,还说:"这个小子会些什么?"有人把此事报告给章仇兼琼。章仇兼琼就派他的亲信小吏前去,等到他们四人喝到半醉,上前拜见说:"章仇尚书让我传他的话:'我苦心修行学道,知道仙人们在这里,想来拜见问候各位,不知各位能否屈尊应允?'"那四个人不予理睬,照样尽兴饮酒作乐。过了一会儿,他们问酒家说:"刚才我们喝几斗酒了?"酒家回答说:"喝了一石了。"他们都拍掌大笑说:"太多了!"说完,没见他们离开席位,就已经不见了。派去的人把所见都报告给了章仇兼琼,章仇兼琼于是派专人去打探他们的消息。从这以后,他们一个月没来。有一天又来了,章仇兼琼听到报告后就秘密地亲自前往,有三四个人跟随。他穿着官服来到他们跟前,快速上前拜了又拜。他还说出了自己的姓名。那四个人相互看了看慢慢地站起来,只有四块烧剩下的柴炭立在座位之前,人已经不见了。当时玄宗皇帝喜好道术,章仇兼琼就向玄宗皇帝奏明了这件事,玄宗下诏召见孙公询问此事。孙公说:"这是太白酒星,仙品极高,常常漫游到人间饮酒,各处都去,尤其喜欢蜀中。"从此以后玄宗皇帝又派人四处寻访,但却没有一点踪迹。出自《逸史》。

石　巨

　　石巨是胡人,住在幽州,喜好服食丹药。大历年间,他得病

百余日,形体羸瘦,而神气不衰。忽谓其子曰:"河桥有卜人,可暂屈致问之。"子还云:"初无卜人,但一老姥尔。"巨云:"正此可召。"子延之至舍。巨卧堂前纸楄中。姥径造巨所,言甚细密。巨子在外听之,不闻。良久姥去。后数日,旦有白鹤从空中下,穿巨纸楄,入巨所,和鸣食顷。俄升空中,化一白鹤飞去。巨子往视之,不复见巨。子便随鹤而去,至城东大墩上,见大白鹤数十,相随上天,冉冉而灭。长史李怀仙召其子问其事,具答云然。怀仙不信,谓其子曰:"此是妖讹事,必汝父得仙,吾境内苦旱,当为致雨,不雨杀汝。"子归,焚香上陈。怀仙使金参军赍酒脯,至巨宅致祭。其日大雨,远近皆足。怀仙以所求灵验,乃于巨宅立庙,岁时享祀焉。出《广异记》。

李山人

李中丞汶,在朝日,好术士。时李山人寓居门馆,汶敬之。汶有子数人,其长曰元允,先与襄阳韦氏结婚,乃自京之襄阳,远就嘉会。发后,山人白汶曰:"贤郎有厄,某能相救,只要少时不交人事,以图静处。"汶许之。山人别居,良久出曰:"贤郎厄已过,然所乘马死,从者毙其一。身少见血,余无大损。"汶疑信半之,乃使人至襄州,沿路侦候。

一百多天，身体虽然消瘦，但精神不减。有一天，他忽然对他的儿子说："河桥有个卜卦的人，可以去把他请来问一问。"他的儿子回来说："并没有什么卜卦的人，只有一个老妇人而已。"石巨说："正是这个人，可以请来。"儿子便邀请老妇人到家里。石巨躺在正屋前的榻扇里。老妇人径直到石巨的住处去，同石巨说话的声音很细很小。石巨的儿子在外面听他们说话，但听不见。过了好长时间，老妇人才离开。几天后，早晨有许多白鹤从空中飞来，穿过石巨的榻扇，进入石巨的住处，互相应和着鸣叫了大约有一顿饭的工夫。过了一会儿，石巨便升到空中，变成一只白鹤飞走了。他的儿子去看他，已经不见了。儿子便追随白鹤而去，到了城东的大土堆上，看见几十只大白鹤，互相跟随着飞上天，慢慢飞远消失了。长史李怀仙找来石巨的儿子询问那件事，他一五一十地回答了。但李怀仙不信，对石巨的儿子说："这是妖妄之事，你父亲如果真是得道成仙了，我们境内大旱，你父亲就应该给我们送雨来，如果天不下雨就杀了你。"石巨的儿子回来，焚香上告苍天。李怀仙派金参军拿着酒肉，到石巨家来进行祭祀。那天下了大雨，远近的雨水都很充足。李怀仙因为所求很灵验，就在石巨家立了一座庙，每年都按时节进行祭祀。出自《广异记》。

李山人

御史中丞李汶，在朝为官时，喜爱术士。当时李山人寄居在李汶门下，李汶很敬重他。李汶有好几个儿子，长子名叫元允，先前和襄阳韦氏定亲，于是从京城到襄阳，离家远行去完婚。出发以后，李山人告诉李汶说："你的儿子路上有灾难，我能相救，只是需要暂时不与别人交际应酬，因此我希望能有一个清静的环境。"李汶答应了他。李山人就另居别处，过了好长时间，李山人出来对李汶说："你儿子的灾难已经过去了，但是他所骑的马死了，跟随的仆人死了一个。他身上流了一点血，其余没有大的损失。"李汶对此半信半疑，就派人到襄州去，沿路探查验证。

使回得信云:"中道过大桥,桥坏,马死奴毙。身为横木决破颐颔间,少许出血,寻即平复。"公叹异之。后忽辞云:"某久此为客,将有没化之期。但益怅然。"汝曰:"何忽若是?"曰:"运数且尔,亦当委顺。"汝曰:"然可少留乎?"曰:"可。"汝固留之。月余又云:"欲遂前期。"汝又留半月,曰:"此须去矣。"乃晨起,与汝诀别。其后诸相识人家,皆云同日见李山人来告别。初别时曰:"某有少事,欲言之于第三郎君。"问何事,乃云:"十五年后,于昆明池边,见人家小儿颊有疵者,即某身也。"乃行。其后亦不知所之。出《原化记》。

陶尹二君

唐大中初,有陶太白、尹子虚二老人,相契为友。多游嵩华二峰,采松脂茯苓为业。二人因携酿醑,陟芙蓉峰,寻异境。憩于大松林下,因倾壶饮,闻松稍有二人抚掌笑声。二公起而问曰:"莫非神仙乎?岂不能下降而饮斯一爵?"笑者曰:"吾二人非山精木魅。仆是秦之役夫,彼即秦宫女子。闻君酒馨,颇思一醉。但形体改易,毛发怪异,恐子悸栗,未能便降。子但安心徐待,吾当返穴易衣而至,幸无遽舍我去。"二公曰:"敬闻命矣。"遂久伺之。

忽松下见一丈夫,古服俨雅;一女子,鬌髻彩衣。俱至。

使者回来，李汶得到儿子的信说："中途过大桥，桥坏了，骑的马死了，跟随的奴仆也死了。我的面颊和下巴之间被横木划破，流了一点血，不久就痊愈了。"李汶惊叹诧异。后来李山人忽然向李汶辞别说："我长久在这里做客，将要到死亡的期限了。留在这里只会增加你的惆怅。"李汶说："怎么忽然至于这样啊？"李山人说："运数使然，也应当顺从。"李汶又说："还可以少留一段时间吗？"李山人说："可以。"李汶因此留下了他。过了一个多月，李山人又说："要履行之前的约定。"李汶又留了他半个月，李山人说："这回必须离开了。"于是他早晨起来，与李汶辞别。那以后许多与李山人相识的人家，都说同是那一天看见李山人来到自己家告别。李山人最初在李汶家告别时说："我有点小事，要告诉给三公子。"问他什么事，却说："十五年后，在昆明池边，看见人家小孩面颊有个小疤痕的，就是我。"说完就走了。以后也不知他到什么地方去了。出自《原化记》。

陶尹二君

唐大中初年，有陶太白、尹子虚二位老人，相交深厚，成为要好的朋友。他们经常游览嵩山和华山，以采集松脂和茯苓为业。一次他们携带着酿造的好酒，登上芙蓉峰，去寻找奇异的地方。他们在大松树林里休息，顺便倒出酒壶中的酒来喝，忽然听到松树梢上有两个人拍掌大笑。陶、尹二公站起身来发问说："莫非你们是神仙吗？能不能落下来饮一杯酒？"大笑的人说："我们二人不是山精木怪。我是秦朝的役夫，她是秦朝宫中的宫女。闻到你们酒的香气，很想一醉。只是因为我们的形体改变，毛发怪异，唯恐你们害怕，就没能随便落下去。你们只需安心地稍等片刻，我们回洞换了衣服就来，希望不要匆忙地舍弃我们而去。"陶、尹二公说："我们敬听仙人之命。"于是一直在那里等待他们。

忽然松树下出现一个男子，身上穿着古服，庄重雅致；还有一个女子，头梳环形发髻，身上穿着彩衣。两个人一起来了。

二公拜谒，忻然还坐。顷之，陶君启："神仙何代人？何以至此？既获拜侍，愿怯未悟。"古丈夫曰："余秦之役夫也，家本秦人。及稍成童，值始皇帝好神仙术，求不死药。因为徐福所惑，搜童男童女千人，将之海岛。余为童子，乃在其选。但见鲸涛蹙雪，蜃阁排空，石桥之柱欹危，蓬岫之烟杳渺。恐葬鱼腹，犹贪雀生，于难厄之中，遂出奇计，因脱斯祸。归而易姓业儒。不数年中，又遭始皇煨烬典坟，坑杀儒士。搢绅泣血，簪绂悲号。余当此时，复是其数。时于危惧之中，又出奇计，乃脱斯苦。又改姓氏为板筑夫，又遭秦皇欻信妖妄，遂筑长城，西起临洮，东之海曲。陇雁悲昼，塞云咽空。乡关之思魂飘，砂碛之劳力竭。堕趾伤骨，陷雪触冰。余为役夫，复在其数。遂于辛勤之中，又出奇计，得脱斯难。又改姓氏而业工，乃属秦皇帝崩，穿凿骊山，大修茔域，玉墀金砌，珠树琼枝，绮殿锦宫，云楼霞阁。工人匠石，尽闭幽隧。念为工匠，复在数中，又出奇谋，得脱斯苦。凡四设权奇之计，俱脱大祸。知不遇世，遂逃此山，食松脂木实，乃得延龄耳。此毛女者，乃秦之宫人，同为殉者。余乃同与脱骊山之祸，共匿于此。不知于今经几甲子耶？"二子曰："秦于今世，继正统者九代千余年。兴亡之事，不可历数。"二公遂俱稽颡曰："余二小子，幸遇大仙。

陶、尹二公起身参拜，他们愉快地围坐在一起。过了一会儿，陶公问："二位神仙是什么朝代人？因为什么到了这里？既然我们能得到拜识神仙的机会，请帮我们弄通还未领悟的道理。"古男子说："我是秦朝的役夫，本是秦地人。等到稍微长大一点，碰上始皇帝好神仙术，寻找长生不死药。因而被徐福煽惑，搜寻童男童女一千人，将送到海岛上去。我是童子，于是在挑选之列。只见海上惊涛骇浪，簇聚在一起有如堆雪，海市蜃楼耸立在空中，看见石桥的柱石将要倾倒，蓬莱峰峦云雾渺茫。由于害怕葬身鱼腹，还贪恋人生，我就在危难之中，想出一条奇计，于是逃脱了这场灾祸。回来以后就更名改姓，以儒学为业。不几年，又遇到秦始皇焚烧典籍文献，活埋杀害儒生。当时的读书人泣泪成血，哭天喊地。我在这个时候，又正好是那行列中的一个。当时在危险恐惧之中，又想出一条奇计，才逃脱了这场苦难。之后，我又更名改姓当筑造泥墙的苦工，又遇上秦始皇帝忽然听信妖言妄说，于是修筑长城，西起临洮，东到海边。当时陇西的鸿雁白昼悲鸣，边塞的愁云密布天空。思乡之情使人魂魄飘散，大漠戈壁的劳苦使人精疲力竭。毁落脚趾，损伤骨骼，趴冰卧雪，苦不堪言。我是役夫，又正好在这个行列之中。就在辛苦的劳役中，我又想出一条奇计，才摆脱了这场灾难。之后，我又改名换姓当工匠，却赶上秦始皇帝死了，大兴土木，穿凿骊山，广修墓地，玉铺台阶，金砌平地，珍珠做树，美玉为枝，楼台殿阁，豪华绮丽。而工人石匠，全都被活埋在幽冥般的墓道之中。考虑到自己是个工匠，又在这个行列中，就又想出一个奇谋，才摆脱了这场苦难。总共四次想出奇特的计谋，都逃脱了大祸。我知道自己生不逢时，于是逃到这座山中，吃松脂和树木果实，才得以延年益寿。这个毛女，是秦朝的宫女，和我一样，也是殉葬的人。我和她一起逃脱了骊山的灾祸，共同隐藏在这里。不知秦朝到现在经过了多少甲子了？"陶、尹二公说："秦到现在，继承正统的有九个朝代，长达一千多年。其中兴衰更替的事，数不胜数。"陶、尹二公于是都以额碰地参拜说："我们两个小辈，有幸遇见大仙。

多劫因依，使今谐遇，金丹大药，可得闻乎？朽骨腐肌，实翼麻荫。"古丈夫曰："余本凡人，但能绝其世虑，因食木实，乃得凌虚。岁久日深，毛发绀绿，不觉生之与死，俗之与仙。鸟兽为邻，猿狖同乐。飞腾自在，云气相随，亡形得形，无性无情。不知金丹大药为何物也。"二公曰："大仙食木实之法，可得闻乎？"曰："余初饵柏子，后食松脂，遍体疮疡，肠中痛楚。不及旬朔，肌肤莹滑，毛发泽润。未经数年，凌虚若有梯，步险如履地。飘飘然顺风而翔，皓皓然随云而升。渐混合虚无，潜孚造化。彼之与我，视无二物。凝神而神爽，养气而气清。保守胎根，含藏命带。天地尚能覆载，云气尚能郁蒸，日月尚能晦明，川岳尚能融结。即余之体，莫能败坏矣。"二公拜曰："敬闻命矣。"

饮将尽，古丈夫折松枝，叩玉壶而吟曰："饵柏身轻叠嶂间，是非无意到尘寰。冠裳暂备论浮世，一饷云游碧落间。"毛女继和曰："谁知古是与今非，闲蹑青霞远翠微。箫管秦楼应寂寂，彩云空惹薜萝衣。"古丈夫曰："吾与子邂逅相遇，那无恋恋耶？吾有万岁松脂、千秋柏子少许，汝可各分饵之，亦应出世。"二公捧授拜荷，以酒吞之。二仙曰："吾当去矣！善自道养，无令漏泄伐性，使神气暴露于窟舍耳。"二公拜别，但觉超然，莫知其踪去矣。旋见所衣之衣，因风化为花片蝶翅，而扬空中。陶尹二公今巢居莲花峰上，颜脸微红，毛发尽绿，言语而芳馨满口，履步而尘埃去身。

这也是多少劫的因缘，我们才能在此相遇，金丹仙药之事，可以告诉我们吗？我们是俗骨凡胎，腐朽不堪，确实需要庇荫保护。"古男子说："我本来是凡人，只是能够断绝那些俗念，又吃树木的果实，才得以凌虚踏空。年深日久，毛发变得深青透红，不知道生和死、俗和仙。与鸟兽为邻，和猿猴同乐。飞腾自由自在，云气相随，忘记了形体得失，没有性也没有情。不知道金丹仙药是什么东西。"陶、尹二公说："大仙吃树木果实的方法，可以告诉我们吗？"古男子说："我开始吃柏树子，后来吃松脂，全身长满了脓疮，腹中疼痛。但不到一个月，皮肤明亮光滑了，毛发也油润有了光泽。没经过几年，凌虚踏空就像有梯子一样，走险路就像走平地一样。轻飘飘地好像浮在空中顺风飞翔，在广阔无边的天空中随云而升。慢慢地和虚无融为一体，与造化同在。你和我，在我看来，没有什么不同。集中精神就精神爽朗，静心养气就元气清爽。保守住胎根，含藏住命带。只要天地还能够覆载万物，云气还能够凝聚蒸腾，日月还能够显示黑夜白昼，山川还能够融合凝聚，我的身体就不会败坏。"陶、尹二公拜谢说："敬听仙人之命。"

　　酒将要喝完的时候，古男子折下一根松枝，敲打玉壶并吟诗道："饵柏身轻叠嶂间，是非无意到尘寰。冠裳暂备论浮世，一饷云游碧落间。"毛女接着和诗道："谁知今是与今非，闲蹑青霞远翠微。箫管秦楼应寂寂，彩云空惹薜萝衣。"古男子说："我和你们邂逅相遇，哪能不留恋呢？我这里有一点儿万年的松脂和千年的柏子，你们可以各分一半把它吃了，这样你们也会超脱尘世的。"陶、尹二公双手接过并拜谢，就用酒吞吃了。二位仙人说："我们该走了！你们自己要好好地修真养性，不要泄漏元阳败坏身体，让元气暴露于身体之外。"陶、尹二公与二位仙人拜别，只觉得二位仙人超然飞升，却不见他们的踪迹了。不久看他们所穿的衣服，被风一吹都变成了花瓣蝶翅，飞扬在空中。陶、尹二公现在隐居在莲花峰上，二人的脸色微微发红，毛发全变成了绿色，说话时满口喷出芬芳的气味，迈步走路时尘土却不沾身体。

云台观道士往往遇之，亦时细话得道之来由尔。出《传奇》。

许 碏

许碏，自称高阳人也。少为进士，累举不第。晚学道于王屋山，周游五岳名山洞府。后从峨眉山经两京，复自襄汴，来抵江淮，茅山天台，四明仙都，委羽武夷，霍桐罗浮，无不遍历。到处皆于石厓峭壁人不及处题云："许碏自峨眉山寻偃月子到此。"睹笔踪者，莫不叹其神异，竟莫详偃月子也。后多游芦江间，常醉吟曰："阆苑花前是醉乡，踏翻王母九霞觞。群仙拍手嫌轻薄，谪向人间作酒狂。"好事者或诘之。曰："我天仙也，方在昆仑就宴，失仪见谪。"人皆笑之，以为风狂。后当春景，插花满头，把花作舞，上酒家楼醉歌，升云飞去。出《续神仙传》。

杨云外

唐乾宁中，云安县汉城宫道士杨云外，常以酒自晦，而行止异常。前进士钱若愚甚敬之。一旦斋沐诣其山观，宿于道斋。翌日虔诚敛衽而白之曰："师丈，小子凡鄙，神仙之事，虽聆其说，果有之乎？"杨曰："有之，我即其人也。若示以飞空蹑虚，履水蹈火，即日有千万人就我，不亦烦亵乎！"因腾跃上升，冉冉在空中，良久而下。若愚稽颡，自是信有神仙矣。出《北梦琐言》。

云台观的道士经常遇见他们，他们也时常细致地述说他们得道的原因。出自《传奇》。

许碏

许碏，自称是高阳人。年轻时参加进士科考试，但是屡次应举都没考中。晚年在王屋山学道，周游过五岳名山洞府。后来又从峨眉山经两京，又由襄州、汴州来到江淮一带，茅山、天台山、四明山、仙都山、委羽山、武夷山、霍桐山、罗浮山，没有不游遍的。所到之处，都在悬崖峭壁、人上不去的地方题字说："许碏从峨眉山寻偓佺子到此。"看见他笔迹的人，没有不赞叹他的神异的，但终究不知道偓佺子是谁。许碏后来常漫游在芦江一带，他曾经酒醉吟诗说："阆苑花前是醉乡，踏翻王母九霞觞。群仙拍手嫌轻薄，谪向人间作酒狂。"好事的人问他这首诗是什么意思。他说："我是天仙，方才在昆仑山上参加宴会，因为有失礼仪被贬谪下界。"人们都笑他，认为他是疯子。后来正值春天，他满头插着鲜花，手握花束起舞，到酒楼上去醉酒作歌，升上彩云飞走了。出自《续神仙传》。

杨云外

唐乾宁年间，云安县汉城宫的道士杨云外，经常用喝酒隐藏自己的才能，然而言行举止不同常人。有个尚未授官的进士钱若愚非常敬重他。一天，钱若愚斋戒沐浴后到杨云外的道观，晚上住在道观的斋房里。第二天，他整一整衣襟虔诚地对杨云外说："师丈，晚辈凡俗浅陋，关于神仙的事，虽然听了他们的一些传说，果真有这种事情吗？"杨云外回答说："有这种事情，我就是传说的那种人。如果显示出飞空凌虚、赴水蹈火的本领，那样每天就会有成千上万的人来找我，不是使人厌烦吗？"说完，杨云外就飞跃腾空，慢慢地在空中上升，很长时间才下来。钱若愚以额碰地叩拜，从这以后就相信有神仙了。出自《北梦琐言》。

杜　惊

　　杜邠公惊，为小儿时，常至昭应观与群儿戏于野。忽有一道士，独呼惊，以手摩挲曰："郎君勤读书，勿与诸儿戏。"指其观曰："吾居此，颇能相访否？"既去。惊即诣之。但见荒凉，他无所有。独一殿巍然存焉，内有老君像。初道士半面紫黑色，至是详视其像，颇类向所见道士。乃半面为漏雨所淋故也。出《玉泉子》。

南岳真君

　　南岳道士秦保言，勤于焚修。曾白真君云："上仙何以须纸钱？有所未谕。"既而夜梦真君曰："纸钱即冥吏所藉，我又何须此！"由是岳中益信重之。出《北梦琐言》。

杜悰

邠国公杜悰,小时候常到昭应观和很多孩子在观外野地里玩。忽然有一个道士,只招呼杜悰,用手抚摩他说:"公子应该勤奋读书,不要和那些小孩子玩。"道士又指着那道观说:"我住在这儿,你能不能去看望我?"道士说完就离开了。杜悰就到观内去看望道士。进观之后,只见一片荒凉,别的什么都没有。只有一座宫殿巍然耸立在那里,内有老君的塑像。方才看见那个道士的半边脸是紫黑色的,到这儿详细看那老君塑像,很像方才他看见的那个道士。这是塑像的半边脸被漏雨所淋的缘故。出自《玉泉子》。

南岳真君

南岳衡山的道士秦保言,在焚香修行方面很勤奋。他曾经问南岳真君说:"上仙为什么需要纸钱呢?我有些不理解。"不久秦保言夜里梦见真君说:"纸钱是阴间的官吏要人进贡的,我怎么需要这个?"由于这个原因,南岳山中更加尊信南岳真君了。出自《北梦琐言》。

卷第四十一
神仙四十一

薛尊师　　王　老　　黑　叟　　刘无名

薛尊师

　　薛尊师者，家世荣显。则天末，兄弟数人，皆至二千石。身为阳翟令。而数年间，兄弟沦丧都尽。遂精心归道，弃官入山，妻儿悉弃。召同志者，唯有邑小胥唐臣，愿从之。杖策负囊，往嵩山口。忽遇一人，自山而出。自云求道之人，姓陈，云知近有仙境。薛遂求问其路。陈曰："吾有小事诣都，约三日而回，回当奉导。君且于此相待。"薛与唐子止于路口。陈至期而至。陈曰："但止于此，吾当入山求之，知所诣，即来相报。"期以五日，既而过期，十日不至。薛曰："陈生岂相绐乎？吾当自往。"遂缘磴入谷三四十里。忽于路侧见一死人，虎食其半，乃陈山人也。唐子谓尊师曰："本入山为求长生，今反为虎狼之餐。陈山人尚如此，我独何人？不如归人世以终天年耳。"尊师曰：

薛尊师

　　有位薛尊师,家世荣耀显贵。武则天统治末年,他们兄弟几人,俸禄都达到两千石。他自己也官居阳翟县令。但几年之间,他的兄弟们死的死亡的亡,都不在了。于是他决心皈依道教,放弃官职进入深山,连妻子儿女都抛弃了。他招集志趣相同的人,但只有县里的小吏唐臣,愿意跟随他。他们拄着拐杖,背着行囊,向嵩山山口走去。路上忽然遇见一个人,从山里面出来。这人自己说是求道的,姓陈,并说他知道附近有仙境。薛尊师就问他去仙境的道路。姓陈的说:"我有点小事要到都城去,大约三天就回来了,回来后就给你们作向导。你们暂且在这里等候。"薛尊师和唐臣就停在路口。姓陈的到约定的日子就回来了。他说:"你们先留在这里,我先进山寻找那个地方,知道了要去的地方,立刻回来相告。"当时他们约定以五天为期限,可已经过了期限,十天那个姓陈的还没来。薛尊师说:"陈生难道是欺骗我们吗? 我们应当自己去。"于是他们沿着石头台阶进入山谷,走了有三四十里。忽然在路旁看见一个死人,已经被虎吃了一半,这个人正是陈山人。唐臣对薛尊师说:"本来入山是为了寻求长生不死的,现在反倒成为虎狼的食物。陈山人尚且如此,我们算什么人呢? 不如回到人世间以终天年罢了。"薛尊师说:

"吾闻嵩岳本灵仙之地，岂为此害？盖陈山人所以激吾志也。汝归，吾当终至。必也不幸而死，终无恨焉。"言讫直往。唐亦决意从之。夜即宿于石岩之下，昼则缘磴而行。

数日，忽见一岩下，长松数百株，中有道士六人，如修药之状。薛遂顶礼求诸，道士曰："吾虽至此，自服药耳。亦无术可以授君。"俄睹一禅室中，有一老僧。又礼拜求问，僧亦无言。忽于僧床下见藤蔓缘壁出户，僧指蔓视。薛遂寻蔓出户，其蔓傍岩壁不绝，经两日犹未尽。忽至流泉，石室中有道士数人，围棋饮酒。其陈山人亦在。笑谓薛曰："何忽而至？子之志可教也。"遂指授道要。亦见俗人于此伐薪采药不绝。问其所，云："终南山紫阁峰下，去长安城七十里。"尊师道成后入京，居于昊天观，玄风益振。时唐玄宗皇帝奉道，数召入内礼谒。开元末，时已百余岁，忽告门人曰："天帝召我为八威观主。"无病而坐亡，颜色不变。遂于本院中造塔，不塞塔户。每至夜，辄召弟子唐君，告以修行之术。后以俗人礼谒烦杂，遂救塞其塔户。唐君后亦为国师焉。出《原化记》。

王　老

有王老者，常于西京卖药，累世见之。李司仓者，家在胜业里，知是术士，心恒敬异，待之有加。故王老往来依止李氏，且十余载。李后求随入山，王亦相招。遂仆御数人，

"我听说嵩山本是神仙居住的地方，怎么会受这种伤害？大概是陈山人用这个激励我们的意志。你回去吧，我一定要坚持到底。若真的不幸而死，那也不遗憾了。"说完一直往前走去。唐臣也决定跟他去。夜晚就住在石壁下面，白天就沿着石阶向上走。

过了几天，忽然看见一块岩石下面，长了几百株松树，松林中有六个道士，像会炼制丹药的样子。薛尊师就顶礼叩拜请求各位道士，道士说："我们虽然修炼到了这个境界，不过自己服药罢了。也没有什么道术可以传授给你。"一会儿，看见一个禅室中有个老和尚。薛尊师又向和尚叩拜求教，和尚也不说话。这时在和尚床下看见一条藤蔓沿着墙壁出了门，和尚指着藤蔓让他们看。薛尊师于是寻着藤蔓的去向出了门，藤蔓靠着石壁连绵不断，经过两天还没到尽头。忽然遇到一处流泉，旁边有一石室，石室中有几个道士，一边下棋一边饮酒。那个陈山人也在。他笑着对薛尊师说："怎么这么快就来了？你的志向坚定可以教诲。"于是向薛尊师传授道术要领。薛尊师还看见普通百姓在这里砍柴采药，络绎不绝。问他们这是什么地方，他们说："这是终南山紫阁峰下，距离长安城七十里。"薛尊师学成道术之后进入京师，居住在昊天观，从此京师道教更加振兴了。当时唐玄宗皇帝信奉道教，几次召薛尊师入宫以礼拜见。开元末年，薛尊师已经一百多岁了，忽然有一天告诉弟子说："天帝召我去做八威观主。"于是无病端坐死去，脸色不变。就在本院给他建造一座墓塔，不砌死塔门。每到夜里，他就召见弟子唐臣，告诉他修行的方法。后来因为普通人前来参拜的太多，十分烦乱，就敕命砌死塔门。唐臣后来也成为国师了。出自《原化记》。

王　老

有位王老，常在西京卖药，好几代人都见过他。有个姓李的仓库官，家住胜业里，知道王老是个术士，心里一直很敬重他，招待他十分周到。所以王老来往就回在李家，有十多年。李仓官后来请求随他入山学道，王老也欣然相邀。于是他带了几个仆人，

骑马俱去。可行百余里,峰峦高峭,攀藤缘树,直上数里,非人迹所至。王云:"与子偕行,犹恐不达神仙之境,非仆御所至,悉宜遣之。"李如其言,与王至峰顶。田畴平坦,药畦石泉,佳景差次。须臾,又至林口,道士数人,来问王老,知邀嘉宾,故复相候。李随至其居,茅屋竹亭,潇洒可望。中有学生数十人,见李,各来问其亲戚。或不言,或惆怅者。云:"先生不在,今宜少留。"具厨饭蔬菜,不异人间也。为李设食。经数日,有五色云霞覆地,有三白鹤随云而下。于是书生各出,如迎候状。有顷云:"先生至。"见一老人,须发鹤素,从云际来。王老携李迎拜道左。先生问王老:"何以将他人来此?"诸生拜谒讫,各就房,李亦入一室。时颇炎热,李出寻泉,将欲洗浴。行百余步,至一石泉,见白鹤数十,从岩岭下,来至石上,罗列成行。俄而奏乐,音响清亮,非人间所有。李卑伏听其妙音。乐毕飞去。李还说其事,先生问:"得无犯仙官否?"答云:"不敢。"先生谓李公曰:"君有官禄,未合住此。待仕官毕,方可来耳。"因命王老送李出,曰:"山中要牛两头,君可送至藤下。"李买牛送讫,遂无复见路耳。出《广异记》。

黑 叟

唐宝应中,越州观察使皇甫政妻陆氏,有姿容而无子息。州有寺名宝林,中有魔母神堂,越中士女求男女者,

骑马一起跟去了。走了有一百多里,只见峰峦叠嶂,高耸入云,他们攀藤爬树,向上爬了几里,都不是人所能到的地方。王老说:"和你一块儿走,恐怕还不能到达神仙住的地方,就更不是仆人所能到的了,应该全遣散他们。"李仓官依照他的话做了,遣散了跟随的仆人,和王老一起到了峰顶。峰顶土地平坦,有药田和泉水,美景众多。不一会儿,又来到一片树林边,有几个道士来问候王老,知道他邀请了嘉宾,所以在此相候。李仓官跟随王老到他的住处,可以望见茅屋竹亭,幽雅洁净。里面有学生几十人,看见李仓官,各自来问候自己亲戚的情况。听完后,有的什么也不说,有的很伤感。他们说:"因为先生不在,现在你还要停留一些时候。"这里准备的饭菜,和人间没有什么不同。于是给李仓官摆上饮食。过了几天,有五色云霞遮盖大地,有三只白鹤随云而下。于是书生各自出来,像迎候宾客的样子。过了一会儿,有人说:"先生到了。"李仓官看见一位老人,须发雪白,从云中走来。王老带李仓官在路旁迎拜。先生问王老:"为什么带别人来这里?"众书生叩拜完毕,各自回房,李仓官也进了一室。当时天气很炎热,李仓官出来寻找泉水,想要洗澡。走了一百多步,来到一个石泉,看见几十只白鹤从石峰上飞下来,来到石上,排列成行。一会儿开始奏乐,乐声清脆响亮,是人间所没有的。李仓官伏下身去听那美妙的音乐。音乐结束白鹤都飞走了。李仓官返回来说那件事,先生问:"有没有触犯仙官?"他回答说:"学生不敢。"先生对他说:"你命里有官运,不应当住在这里。等到仕宦生涯结束了,才可以来。"说完,就命令王老送他出来,并对他说:"山中要两头牛,你可以送到藤下。"李仓官买了牛送去,就再也不见他走过的路了。出自《广异记》。

黑叟

唐朝宝应年间,越州观察使皇甫政的妻子陆氏,容貌很美丽,但没有儿子。越州有一座寺院,名叫宝林寺,寺院里有一座魔母神堂,越州城中的男男女女,凡是来许愿祈求生下儿女的,

必报验焉。政暇日,率妻孥入寺,至魔母堂,捻香祝曰:"祈一男,请以俸钱百万贯缔构堂宇。"陆氏又曰:"傥遂所愿,亦以脂粉钱百万,别绘神仙。"既而寺中游,薄暮方还。两月余,妻孕,果生男。政大喜,构堂三间,穷极华丽。陆氏于寺门外筑钱百万,募画工。自汴、滑、徐、泗、杨、润、潭、洪及天下画者,日有至焉。但以其偿过多,皆不敢措手。忽一人不说姓名,称剑南来,且言善画,泊寺中月余。一日视其堂壁,数点头。主事僧曰:"何不速成其事耶?"其人笑曰:"请备灯油,将夜缉其事。"僧从其言。至平明,灿烂光明,俨然一壁,画人已不见矣。

政大设斋,富商来集。政又择日,率军吏州民大陈伎乐。至午时,有一人形容丑黑,身长八尺,荷笠莎衣,荷锄而至。阍者拒之,政令召入。直上魔母堂,举手锄以刬其面,壁乃颓。百万之众,鼎沸惊闹。左右武士欲擒杀之,叟无怖色。政问之曰:"尔颠痫耶?"叟曰:"无。""尔善画耶?"叟曰:"无。"曰:"缘何事而刬此也?"叟曰:"恨画工之罔上也。夫人与上官舍二百万,图写神仙,今比生人,尚不逮矣!"政怒而叱之。叟抚掌笑曰:"如其不信,田舍老妻,足为验耳。"政问曰:"尔妻何在?"叟曰:"住处过湖南三二里。"

必定灵验。皇甫政在空闲的日子，领着妻子和仆人进入宝林寺，到魔母神堂，拿着香祝祷说："向魔母祈求一个男孩，若果然如愿，请神灵允许我用俸禄钱一百万贯为您建造堂宇。"陆氏接着又说："倘若遂了我们的心愿，我也用脂粉钱一百万贯，另画神仙的像。"接着皇甫政夫妇在寺院四处游览，到了傍晚才回家。过了两个多月，皇甫政的妻子怀孕了，后来果然生了一个男孩。皇甫政大喜，建造了三间堂宇，极其富丽堂皇。他的妻子陆氏在寺院门外堆了一百万贯钱，招募画工。从汴、滑、徐、泗、杨、润、潭、洪等州到全国各地的画工，天天都有来到的。只是因为她的赏钱太多，都不敢动手。忽然有一天，有一个人不说姓名，自己说是从剑南来的，并说善于绘画，一连在寺里住了一个多月。一天，他看着那堂宇的墙壁，不住地点头。主事的和尚说："你为什么不快点完成那画像的事呢？"那人笑着说："请你给我准备灯油，我将要在夜里完成那件事。"主事的和尚按他的话做了。到天亮的时候，屋里光明灿烂，整整齐齐画满了一墙壁，但是绘画的人已经不见了。

皇甫政大设斋祭，很多富商都聚集到这里来。皇甫政又选择了吉日，率领军吏州民大排歌舞宴席。到中午时分，有一个容貌黑丑的人，身高八尺，戴着荷叶斗笠，穿着蓑衣，扛着锄头而来。看守大门的人拒绝他进门，但是皇甫政却让人招唤他进来。那人进入寺院后，直接上了魔母堂，举起手中的锄头来砍那画像的脸，墙壁都倒塌了。大家全都惊骇叫喊。周围的武士想要把他抓住并杀了他，但是那黑丑的老头儿毫无惧色。皇甫政问他说："你是疯颠吗？"老头儿说："不是。"皇甫政又问："你是善于绘画吗？"老头儿又说："不是。"皇甫政说："那你为什么来砍这画像呢？"老头儿回答说："恨那画工蒙蔽上官。夫人和上官施舍二百万贯钱，描画神仙，可是现在他画的和真人相比，尚且比不了呢！"皇甫政大怒并呵斥他。老头儿拍掌大笑说："如果你不信，我在乡间的老妻，足够验证的了。"皇甫政问他说："你的妻子在什么地方？"老头儿说："就住在湖南面二三里的地方。"

政令十人随叟召之。叟自苇庵间,引一女子,年十五六,薄傅粉黛,服不甚奢,艳态媚人,光华动众。顷刻之间,到宝林寺。百万之众,引颈骇观,皆言所画神母,果不及耳。引至阶前,陆氏为之失色。政曰:"尔一贱夫,乃蓄此妇,当进于天子。"叟曰:"待归与田舍亲诀别也。"政遣卒五十,侍女十人,同诣其家。至江欲渡,叟独在小游艇中,卫卒、侍女、叟妻同一大船。将过江,不觉叟妻于急流之处,忽然飞入游艇中。人皆惶怖,疾棹趋之。夫妻已出,携手而行。又追之,二人俱化为白鹤,冲天而去。出《会昌解颐》及《河东记》。

刘无名

刘无名,成都人也,本蜀先主之后,居于蜀焉。生而聪悟。八九岁,道士过其家,见而叹曰:"此儿若学道,当长生神仙矣。"自是好道探玄,不乐名利。弱冠,阅道经,学咽气朝拜,存真内修之术。常以庚申日守三尸,存神默咒,服黄精、白术,志希延生。或见古方,言草木之药,但愈疾微效,见火辄为灰烬,自不能固,岂有延年之力哉?乃涉历山川,访师求道。数年入雾中山,尝遇人教其服饵雄黄,三十余年。一旦有二人,赤巾朱服,径诣其室。刘问其何人也,何以及此。对曰:"我泰山直符,追摄子耳。不知子以何术,顶有黄光。至三日矣,冥期迫促,而无计近子。将恐阴符遣责,

皇甫政便派十个人跟着老头儿去叫他的妻子。老头儿从草屋里领出一个女子，年纪有十五六岁的样子，脸上略微化了点妆，衣着也不奢华，美艳的姿态却十分动人。不一会儿，他们到了宝林寺。众人都伸长脖子吃惊地观看，都说所画的神母像，果然是不如她。把她领到台阶前，陆氏见了她的美貌也大惊失色。皇甫政对老头儿说："你是一个地位卑微的人，却蓄养了这样一个美丽的妇人，应当把她进献给天子。"老头儿说："等我们回去和村里的亲人告别一下再走吧。"皇甫政就派士卒五十人、侍女十人，一起到他们家。到了江边要过江，老头儿单独在小游艇中，士卒、侍女和老头儿的妻子同乘一条大船。将要过江，不知不觉中老头儿的妻子在急流处忽然飞入游艇中。人们都惊惶恐惧起来，急忙划船去追赶他们。但他们夫妻二人已经走出游艇，上岸携手而行了。又追他们，二人却都化为白鹤，冲上天空飞去了。

出自《会昌解颐》及《河东记》。

刘无名

刘无名是成都人，本是三国时西蜀先主的后代，居住在蜀地。他生来就很聪明。八九岁时，有道士来到他家，看见他就感叹地说："这个小孩如果学道，能成为长生不老的神仙。"从这以后刘无名开始喜好道术，研究玄理，不喜欢名利。二十岁时，阅读道教典籍，学习吐纳朝拜、存真内修之术。常在庚申日守三尸神，保存精神默念咒语，吃黄精、白术，志向是希望延长寿命。有时看见古代药方上说的草木之类的药，但是药力甚微，遇见火就成灰烬，自己都不能稳固，怎么能有延年益寿的效果呢？于是他跋山涉水，访师求道。几年后进入雾中山，曾遇到一个人，教他服食雄黄，达三十多年。一天有两个包红头巾穿红衣服的人，径直来到他的居室。刘无名问他们是什么人，为什么到他这儿来。那两人回答说："我们是泰山直符使者，是来追捕你的。但不知你用的什么法术，头顶上有黄光。我们到这里三天了，阴曹地府的期限紧迫，却没有办法靠近你。我们害怕阴府怪罪谴责，

以稽延获罪，故见形相问耳。"刘曰："余无他术，但冥心至道，不视声利，静处幽山，志希度世而已。"二使曰："子之黄光，照灼于顶，迢高数丈，得非雄黄之功？然吾闻一阴一阳之谓道，一金一石之谓丹。子但服其石，未饵其金，但得其阳，未知其阴，将何以超生死之难，期升腾之道乎？其次广施阴功，救人济物，柔和雅静，无欲无为，至孝至忠，内修密行，功满三千，然后黑籍落名，青华定箓。制御神鬼，驱驾云龙，而上补仙官，永除地简。九祖超炼，七玄生天。如此则不为冥官所追捕耳。今子虽三尸已去，而积功未著，大限既尽，将及死期，岂可苟免也？"刘闻其语，心魂丧越，忧迫震惧，不知所为。二使徐谓之曰："岷峨青城，神仙之府，可以求诣真师，访寻道要。我闻铅汞朱髓，可致冲天，此非高真上仙，莫得修炼之旨。我为子求姓名同，年寿尽者，以代于子。子勉而勤修，无至中怠也。"刘致谢二使，二使乃隐。

刘如其言，入峨眉岷山，登陟峭险，探求洞穴，历年不遇。复入青城山，北崖之下得一洞。行数里，忽觉平博，殆非人世。遇神仙居其间，云青城真人。刘祈叩不已，具述所值鬼使追摄之由，愿示道要，以拯拔沉沦，赐度生死之苦。真人指一岩室，使栖止其中。复令斋心七日。乃示其阳垆阴鼎，柔金炼化水玉之方，伏汞炼铅朱髓之诀。谓之曰："胡刚子、阴长生皆得此道。亦名金液九丹之经。丹分三品，以铅为君，以汞为臣，八石为使，黄芽为苗。君臣相得，

因为延误期限要获罪，所以现出身形向你询问。"刘无名说："我没有别的法术，只是潜心修道，不追求名声利禄，安静地置身深山，希望度世成仙罢了。"二位使者说："你的黄光，照耀在头顶上，高过几丈，恐怕是雄黄的作用吧？然而我听说一阴一阳谓之道，一金一石叫做丹。你只服那石，不吃那金，只能得到阳，却不了解阴，又如何能超脱生死的难关，达到升仙飞腾的目的呢？其次，要广泛地积累阴德，救人济物，温和雅静，无欲无为，尽孝尽忠，内心秘密修行，功德满了三千，然后才能从黑籍中除去名字，定在青华帝君的名册中。能控制神鬼，驾驭云龙，补进天上仙官的行列，从阴曹地府的名册中永远除去名字。九代祖宗七代子孙，都能超度成仙。像这样就不会被冥官追捕了。现在你虽然三尸已去，但积累的功德还不显著，寿数已经没有了，将要到死期，怎么可以苟且求免呢？"刘无名听了他的话，丧魂落魄，震惊恐惧，不知所措。二位使者慢慢对他说："岷山、峨眉山、青城山，都是神仙的洞府，可以到那里去寻找仙师，访寻道术要领。我听说铅汞朱髓，可以冲天，不是得道的上仙，不能得到修炼的真义。我为你寻找和你姓名相同、寿数已尽的人，用他来代替你。你要努力勤奋修行，不要中途懈怠呀。"刘无名拜谢了二位使者，二位使者就隐去身形不见了。

刘无名按照他们的话，进入峨眉山、岷山，攀登险崖峭壁，探寻洞穴，可经过几年也没遇到。又进入青城山，在北崖的下面找到一个洞。进去后走了几里，忽然觉得平坦宽阔，大概不是人世。他遇到居住在那里的神仙，说是青城真人。刘无名祈求叩拜不已，详细述说了被鬼使追捕的原由，希望青城真人指示道术要领，把他从苦难中拯救出来，赐予超越生死之苦的方法。青城真人指着一个岩石屋子，让他在里面居住休息。又让他凝神静心地斋戒七天。之后，才告诉他阳垆阴鼎，柔金炼化水玉的方法，伏汞炼铅朱髓的诀窍。并对他说："胡刚子，阴长生都学得了这种道术。它还有个名字，叫做金液九丹之经。丹分为三品，用铅做君，用汞做臣，八石做使者，黄芽做民众。君臣相投合，

运火功全，七日为轻汞，二七日变紫锋，三七日五彩具，内赤外黄，状如窗尘。复运火二年，日周六百，再经四时，重履长至。初则十月离其胞胎，已成初品，即能干汞成银，丸而服之，可以祛疾。三年之外，服者延年益算，发白反黑。三年之后，服之刀圭，游散名山，周游四海，初品地仙；服之半剂，变化万端，坐在立亡，驾驭飞龙，白日升天。大都此药，经十六节，已为中品，便能使人长生。药成之日，五金八石，黄芽诸物，与君臣二药，不相杂乱矣。千日功毕，名上品还丹。谨而藏之，勿示非人。世有其人，视彼形气，功行合道，依法传之。"刘授丹诀，还于雾中山，筑室修炼，三年乃成。开成二年，犹驻于蜀，自述《无名传》，以示后人。入青城去，不知所终。出《仙传拾遗》。

运用火候，功效完全了，七天成为轻汞，十四天变成紫锋，二十一天五彩具备，里面红外面黄，样子像窗户上的灰尘。再运火烧制二年，六百个整天，经过两个四季，经过两个夏至。开始时十个月离开它的胞胎，已经成为初品，马上能把汞炼干成为银，做成丸吃它，可以除去疾病。烧制三年的金丹，吃的人可以延年益寿，白发可以变黑。三年之后，吃一刀圭，游览名山，云游四海，就能成为初级地仙；吃它半剂，则可变化万端，坐立之间无影无踪，驾驭飞龙，白日飞升。大体这种药，经过十六个季节，已经成为中品，就能使人长生。药成之日，五金八石，黄芽诸物，和君臣二药，不再相互混杂。一千天功成，名字就叫上品还丹。要谨慎保存它，不要轻易给人看。世上如果有人，形貌气质和功德行为都合乎道，就把此丹术传给他。"刘无名接受炼丹诀窍，回到雾中山，筑室修炼，三年就成功了。开成二年，刘无名还住在蜀地，自作《无名传》，传给后人。后来他进入青城山，就不知道下落了。

出自《仙传拾遗》。

卷第四十二
神仙四十二

贺知章　　萧颖士　　李仙人　　何　讽　　黄尊师
裴　老　　李　虞　　夏侯隐者　权同休

贺知章

　　贺知章,西京宣平坊有宅。对门有小板门,常见一老人乘驴出入其间。积五六年,视老人颜色衣服如故,亦不见家属。询问里巷,皆云是西市卖钱贯王老,更无他业。察其非凡也,常因暇日造之。老人迎接甚恭谨,唯有童子为所使耳。贺则问其业,老人随意回答。因与往来,渐加礼敬,言论渐密,遂云善黄白之术。贺素信重,愿接事之。后与夫人持一明珠,自云在乡日得此珠,保惜多时,特上老人,求说道法。老人即以明珠付童子,令市饼来。童子以珠易得三十余胡饼,遂延贺。贺私念宝珠特以轻用,意甚不快。老人曰:"夫道者可以心得,岂在力争? 悭惜未止,术无由成。当须深山穷谷,勤求致之,非市朝所授也。"

贺知章

贺知章在西京宣平坊有住宅。他家对门有一扇木板制成的小门，经常看见一个老人骑着驴从那里出入。过了五六年，再看那老人的脸色衣服还和原来一样没有变化，也看不到他的家属。贺知章询问巷中的邻里，都说他是西市卖穿钱绳子的王老，再没有别的职业。经观察，贺知章看出他是一个不寻常的人，就经常在空闲日子到王老那里去。老人接待他十分恭敬谨慎，家里只有一个使唤童子。贺知章就问他的职业，老人很随便地回答。贺知章于是和他往来增多，逐渐地对他更加尊敬，言谈也逐渐多起来，老人就在言谈中说他擅长炼丹之术。贺知章平时尊信道教，愿意事奉老人。后来贺知章和夫人拿了一颗明珠，自己说是在家乡的时候得到的，已经珍藏了多年，特地敬献给老人，请求老人给讲授道法。老人接过之后就把明珠交给童子，让他买饼来。童子用明珠换来三十多个烧饼，并请贺知章吃。贺章自己心想，这样一颗宝珠，可老人却如此轻易地用掉了，心里很不愉快。老人说："道术可以心得，哪里在于力争呢？吝惜之心不停止，道术就没有办法获得。应当到深山幽谷中，勤奋地探索寻取它，不是市场和朝廷这样的追名逐利之地所能传授的。"

贺意颇悟，谢之而去。数日失老人所在。贺因求致仕，入道还乡。出《原化记》。

萧颖士

功曹萧颖士，常密游，于陈留逆旅。方食之次，忽见老翁，须鬓皓然，眉目尤异。至门，目萧久之，微有叹息，又似相识。萧疑其意，遂起揖问。老人曰："观郎君状貌，有似一人，不觉怆然耳。"萧问似何人。老人曰："郎君一似齐鄱阳王。"王即萧八代祖。遂惊问曰："王即某八代祖，因何识之？"老人泣曰："某姓左，昔为鄱阳书佐，偏蒙宠遇。遭李明之难，遂尔逃亡，苟免患耳。因入山修道，遂得度世。适惊郎君，乃不知是王孙也。"遂相与泣。萧敬异之，问其年，乃三百二十七年矣。良久乃别。今在灊山，时出人间，后不知所之。出《原化记》。

李仙人

洛阳高五娘者，美于色，再嫁李仙人。李仙人即天上谪仙也，自与高氏结好，恒居洛阳，以黄白自业。高氏能传其法。开元末，高李之睦，已五六载。后一夕五鼓后，闻空中呼李一声。披衣出门，语毕，还谓高氏曰："我天仙也，顷以微罪，谴在人间耳。今责尽，天上所由来唤。既不得住，多年缱绻，能不怆然？我去之后，君宜以黄白自给，慎勿传人，不得为人广有点炼，非特损汝，亦恐尚不利前人。"

贺知章听了颇有心得，拜谢老人就离开了。过了几天老人不见了。贺知章于是请求辞官，回乡皈依道教。出自《原化记》。

萧颖士

功曹萧颖士，曾私行出游，住在陈留的客店。他正在吃饭时，忽然看见一个老头儿，须发雪白，眉毛和眼睛异于常人。他来到门口，看了萧颖士很长时间，发出轻微的叹息声，又好像和萧颖士相识。萧颖士不知他是什么意思，于是起身拱手相问。老人说："我看公子的身形相貌，有些像一个人，不觉地悲伤罢了。"萧颖士问像什么人。老人说："公子像齐鄱阳王。"齐鄱阳王就是萧颖士的八代祖先。萧颖士于是惊讶地问老人说："齐鄱阳王就是我的八代祖先，你为什么会认识他？"老人哭泣着说："我姓左，过去是鄱阳王的佐吏，备受宠信礼遇。遭遇李明之难，我就逃走了，才苟且免除了祸患。我就进入深山修行道术，于是超脱尘世成仙。方才看见公子感到吃惊，竟不知是齐鄱阳王的子孙。"于是他们相对而泣。萧颖士对他很敬重，问他的年龄，竟然三百二十七岁了。过了好长时间他们才分别。老人现在住在灊山，时常出山到人世间，后来不知他去什么地方了。出自《原化记》。

李仙人

洛阳高五娘，姿色很美，再婚嫁给了李仙人。李仙人是天上贬谪到人间的神仙，自从和高五娘结婚后，长期居住在洛阳，以炼制丹药点化金银为业。高五娘也学会了他的法术。开元末年，高五娘和李仙人结为夫妻已有五六年了。有一天夜里五更之后，听空中呼唤李仙人一声。李仙人穿上衣服出了门，和人说完话，回来对高五娘说："我是天上的神仙，以前因小的罪过，贬谪在人间了。现在对我的责罚已经完了，天上来唤我回去。我已经不能再住下去了，多年夫妻和睦，难舍难分，能不悲伤吗？我走以后，你应当炼制金银自给自足，千万不可传授给别人，也不能给别人多炼，否则不只是损害你自己，也恐怕会不利于我。"

言讫飞去。高氏初依其言，后卖银居多，为坊司所告。时河南少尹李齐知其事，释而不问，密使人召之。前后为烧十余床银器。李以转闻朝要。不一年，李及高皆卒。时人以为天罚焉。出《广异记》。

何　讽

　　唐建中末，书生何讽尝买得黄纸古书一卷。读之，卷中得发卷，规四寸，如环无端。讽因绝之，断处两头滴水升余，烧之作发气。讽尝言于道者，道者曰："吁！君固俗骨，遇此不能羽化，命也！据仙经曰：'蠹鱼三食"神仙"字，则化为此物，名曰脉望。'夜以规映当天中星，星使立降。可求还丹，取此水和而服之，即时换骨上升。"因取古书阅之，数处蠹漏，寻义读之，皆"神仙"字。讽方叹伏。出《原化记》。

黄尊师

　　黄尊师居茅山，道术精妙。有贩薪者，于岩洞间得古书十数纸，自谓仙书，因诣黄君，恳请师事。黄君纳其书，不语，日遣斫柴五十束，稍迟并数不足，呵骂及棰击之，亦无怨色。一日，见两道士于山石上棋，看之不觉日暮，遂空返。黄生大怒骂叱，杖二十，问其故，乃具言之。曰："深山无人，何处得有棋道士？果是谩语。"遂叩头曰：

李仙人说完就飞升而去了。高五娘最初还按照他的话做，但后来卖的银子太多，被管理街市的坊司告发。当时河南少尹李齐知道了她的事，对高五娘不予追究就释放了，过后却秘密地派人把高五娘找去。高五娘前前后后共给李齐烧制了十多套银器。李齐把这事转告给当朝的显要。不到一年，李齐和高五娘都死了。当时人们都认为这是上天惩罚他们。出自《广异记》。

何　讽

唐建中末年，书生何讽曾经买到黄纸古书一卷。何讽读它时，在书卷中找到一个头发卷，周长约四寸，像一个环而没有接头。何讽就随意地弄断了它，断处两头滴出水有一升多，用火一烧有头发的气味。何讽曾把这事告诉一个道人，道人说："唉！你本是俗骨凡胎，遇到此物不能飞升成仙，这是命啊！据仙经说：'蛀虫几次吃到书页上的"神仙"二字，就变化成了这种东西，名叫脉望。'夜里用这个东西映照天空中运行至中天南方的星宿，星使立刻就会降临。可以求得仙丹，取你弄断脉望时流出的水一起服下，当时就能脱胎换骨，飞升成仙。"何讽听了之后，就取来那古书查阅，有几处蛀虫咬坏的地方，前后对照文义，都是"神仙"二字。何讽这才赞叹信服。出自《原化记》。

黄尊师

黄尊师住在茅山，道术精深玄妙。有个卖柴的，在岩洞中拾到古书十几页，自认为是仙书，于是到黄尊师那里，恳求拜黄尊师为师。黄尊师收下了他的书，但没有说什么，只是每天派他去砍柴五十捆，如果回来稍晚或数量不够，就大声喝骂，还用棍子打他，但他也没有怨恨的表情。一天，他看见两个道士在山石上下棋，他只顾看他们下棋，不知不觉就天黑了，于是只得空手回来。黄尊师大怒，高声叱骂，还打了他二十棍子，问他是什么原因没有砍柴，他就都如实说了。黄尊师说："深山里没有人，哪里会有下棋的道士呢？果然是说的假话。"他就叩头说道：

"实,明日便捉来。"及去,又见棋次,乃佯前看,因而擒捉。二道士并局,腾于空中上高树,唯得棋子数枚。道士笑谓曰:"传语仙师,从与受却法箓。"因以棋子归,悉言其事。黄公大笑,乃遣沐浴,尽传法箓。受讫辞去,不知其终。出《逸史》。

裴 老

唐大历中,有王员外好道术,虽居朝列,布衣山客,日与周旋。一旦道侣数人在厅事,王君方甚谈谐拊掌,会除溷裴老,携秽具至王君给使,因闻诸客言,窃笑之。王君仆使皆怪。少顷,裴老受佣事毕,王君将登溷,遇于户内。整衣,似有所白。因问何事。渐前曰:"员外大好道?"王惊曰:"某实留心于此。"曰:"知员外酷好,然无所遇。适厅中两客,大是凡流,但诳员外希酒食耳。"王君竦异良久。其妻呼骂曰:"身为朝官,乃与此秽汉结交,遣人逐之!"王君曰:"天真道流,不择所处。"裴老请去。王君恳邀从容。久方许诺。曰:"明日来得否?"曰:"不得,外后日来。"至期,王君洁净别室以候。妻呼曰:"安有与除厕人亲狎如此!"王君曰:"尚惧不肯顾我。"少顷至,布袍曳杖,颇有隐逸之风。王君坐语,茶酒更进。裴老清言间发,殊无荷秽之姿状。

"我说的确实是真的，明天我就把那两个道士捉回来。"等到第二天去了，又看见那两个道士在那里下棋，他就假装上前去看下棋，趁机去擒捉。两个道士丢下棋盘，飞腾到空中上了高树，他只得到了几枚棋子。两个道士笑着对他说："传话给黄仙师，由他给你传授丹书符箓。"于是他拿着棋子回来，详细地说了他经历的事。黄尊师听完大笑，就令他去沐浴更衣，向他传授了所有的丹书符箓。卖柴人学完了就告别而去，不知道他以后怎么样了。出自《逸史》。

裴 老

唐大历年间，有个王员外喜好道术，虽然在朝为官，却天天与普通百姓和隐士打交道。一天，道界的几个朋友在客厅，王员外正和他们说笑拍掌，相谈甚欢，恰巧打扫厕所的裴老携带除厕器具到王员外这里供派遣，顺便听到几位客人的谈话，听了之后偷偷地笑话他们。王员外的仆役都很奇怪。不一会儿，裴老干完了活，王员外要上厕所，在门内与裴老相遇。裴老整理衣服，好像有什么话要说。于是王员外问裴老有什么事。裴老慢慢地走上前说："员外很喜好道术吧？"王员外惊讶地说："我确实在这方面很留心。"裴老接着说："我知道员外很爱好道术，但是没有遇到所需要的人。刚才客厅中有两位客人，实在是平庸之辈，只是诓骗员外想要点酒食罢了。"王员外听后惊异很久。这时，他的妻子高声斥骂说："身为朝廷命官，竟然和这种干脏活的人结交，快让人赶走他！"王员外回答说："神仙道士，是不会在意所居处的环境的。"裴老请求离去。王员外诚恳地请求裴老留下。裴老考虑了很久才答应了。王员外说："您明天能来吗？"裴老说："不能，大后天来。"到约定那天，王员外在打扫干净的另一间屋子里等候裴老。他的妻子大声呼喊说："哪有和扫厕所的人这样亲热的！"王员外说："我还怕他不肯来找我呢。"一会儿，裴老来了，身穿布袍，手持拐杖，很有隐士的风度。王员外请裴老坐下说话，茶酒频频进献。裴老时有妙语，一点不像掏粪的粗汉。

曰："员外非真好道，乃是爱药耳。亦有少分。某既来，莫要炉火之验否？"王君叩头曰："小生酷嗜，不敢便有祈请。"裴指铁盒可二斤余，曰："员外剩取火至。"以盒分两片，置于其中，复以火覆之。须臾色赤，裴老于布袍角解一小囊，取药两丸，如麻粟。除少炭，捻散盒上，却堆火烧之。食顷，裴老曰："成矣。"令王君仆使之壮者，以火箸持出，掷于地。逡巡，乃上上金盒矣，色如鸡冠。王君降阶再拜，搉头陈谢。裴老曰："此金一两，敌常者三两，然员外不用留，转将布施也。"别去曰："从此亦无复来矣。"王君拜乞曰："末学俗士，愿沥丹恳，须至仙伯山居中，具起居礼。"裴老曰："何用此？"乃约更三日，于兰陵坊西大菜园后相觅。王君亦复及期往，至则果见小门，扣之，黄头奴出问曰："莫是王员外否？"遂将一胡床来，令于中门外坐。少顷引入，有小堂甚清净，裴老道服降阶。侍女童十人，皆有姿色。延上劳问，风仪质状，并与前时不同，若四十余人矣。茶酒果实甚珍异，屋室严洁，服用精华。至晚王君去，裴老送出门。旬日复来，其宅已为他人所赁，裴老不知所去也。出《逸史》。

李 虞

信州李员外虞，尝与秀才杨稜游华山，穷搜岩谷。时李公未仕，及杨君俱有栖遁之志，每遇幽赏，即吟咏移时。俄至一小洞，巉高数尺，不三四步，甚高，路极平易。

裴老说："员外不是真的爱好道术，仅仅是喜欢丹药罢了。我这儿也有少许。我既然来了，要不要用炉火来验证一下效果呢？"王员外叩头说："小生很喜欢，但不敢随便就提出请求。"裴老指着大约有二斤的铁盒说："员外多取火到这儿。"裴老用铁盒把火分成两半，把盒放在火中，再用火盖上它。不一会儿，铁盒烧成红色，裴老在布袍一角解下来一个小口袋，从里面取出两粒药丸，像芝麻粒一样。除去了铁盒上一些炭火，把药丸捻碎撒在盒上，又堆上火烧它。大约过了一顿饭的工夫，裴老说："成了。"让王员外仆人中有力气的，用火筷子夹出，扔在地上。不一会儿，就变成最上等的金盒了，颜色像鸡冠一样。王员外走下台阶连连叩拜，磕头称谢。裴老说："这金子一两，可抵上平常金子三两，然而员外不用留它，转手把它施舍了吧。"裴老告别离去的时候说："我从此也不再来了。"王员外叩拜乞求说："末学俗士，情愿献出一片诚心，到仙伯山中的居所，早晚侍候您。"裴老说："何必这样呢？"于是约定再过三天，到兰陵坊西大菜园后面去找他。王员外到期再次前往，到那儿果然看见一个小门，前去叩门，一个小童出来询问说："你是不是王员外？"就拿了一个马扎来，让他在中门外坐下。过了一会儿，领王员外入内，内有小堂很清净，裴老身穿道袍下阶相迎。侍奉的女童十人，都有姿色。裴老把王员外请上堂来慰劳问候，风度仪容，气质状貌，都和以前不同，好像是四十多岁人的样子。所用的茶酒果品很珍贵奇异，屋内整洁干净，服饰用器精致华丽。到了晚上王员外离去，裴老送出了门。过了十天王员外又来了，那间住宅已被他人租赁，裴老也不知去什么地方了。出自《逸史》。

李 虞

信州员外李虞，曾和秀才杨棱游览华山，遍访山岩峡谷。当时李虞还没做官，他和杨棱都有隐居的志向，每次遇到风景清幽之处，就作诗吟咏一会儿。他们在华山时，不久遇到一个小洞，洞口险峻，仅数尺高，进洞才三四步，忽然变高，路很平坦。

二人欲穷其迹。约行四五里,拟回又不可,且相勉而进。更二三里,稍明。少顷至洞口,时已申酉之际。川岩草树,不似人间,亦有耕者。耕者睹二人颇有惊异,曰:"郎君何得到此?"乃具言之。更二里余,有佛堂,数人方饮茶次。李公等因往求宿,内一人曰:"须报洞主。"逡巡见有紫衣,乘小马,从者四五,呵路而至。拜起甚雅,曰:"得到此何也?"一人备述。曰:"此处偏陋,请至某居处。"遂同步而往。到一府署,多竹堂,屋坐甚洁,人吏数十。因自言曰:"某姓杜,名子华,逢乱避世,遇仙侣,居此已数百年矣。"因止宿,饮馔皆甚精丰,内有驼苹,其状如牛。昼夜论语,因问朝廷之事。留连累日,各遗银器数事,遣使者导之而返。曰:"此可隐逸,颇能住否?"二子色难。子华笑,执手而别,且请无漏于人。后杨君复往寻其洞穴,不可见矣。杨君改名俭,官至御史,谪番禺而卒。李公终亦流荡。真仙灵境,非所实好,不可依名而往之也。后君子诚之哉! 出《逸史》。

夏侯隐者

夏侯隐者,不知何许人也。大中末,游茅山天台间,常携布囊竹杖而已。饮食同常人,而独居一室,不杂于众。

李、杨二人想要探个究竟。大约走了四五里路，打算回去又回不去，就姑且相互勉励着往前行进。又走了二三里，稍微有些光亮了。不一会儿到了洞的出口，这会儿已经到申时、酉时左右了。看这里的山川草木，不像是人世间，还有耕作的人。耕作的人看见李、杨二人，很惊异地说："两位公子怎么会来到这里？"他们就说了进来的全部经过。他们又走了二里多路，看见有一座佛堂，佛堂里有几个人正在喝茶。二人于是上前请求留宿。其中有一个人说："这需要报告给洞主。"不一会儿，看见有一个穿着紫色衣服的人，骑着一匹小马，有四五个随从仆役跟着，喝令着开路而来。紫衣人行礼十分文雅，他问道："这两个人到这里来是因为什么？"有一个人把情况述说了一遍。紫衣人对李、杨二人说："这里偏僻简陋，请到我的住处去。"于是和两个人一起前往。他们来到一座府第，这里有许多用竹子建造的堂舍，房屋坐席都很干净，吏役有几十人。紫衣人自我介绍说："我姓杜，名子华，因遭遇战乱而避开人世，遇到了神仙，在这儿居住已经有几百年了。"就留李、杨二人在这里住宿，饮食都很精美丰盛，这里面有驼芊，它的样子像牛。子华和二人昼夜谈论，顺便也问问朝廷里的事。二人在这里停留了多日，子华各赠送给他们几件银器，然后派使者引导他们返回。子华说："这里可以隐居，二位还能住吗？"二人面有难色。子华笑了，和他们握手告别，并且请他们不要把这里泄漏给世人。后来杨稜又前去寻找那个洞穴，却不见了。此后杨稜改名杨俭，做官做到御史，被贬谪到番禺，死在那里。李虞最终也是四外飘荡。真仙灵境，如果不是实心实意地向往，可不要慕名贸然前去。以后的人们应以此为戒啊！出自《逸史》。

夏侯隐者

有一位姓夏侯的隐士，不知道是什么地方人。大中末年，他漫游在茅山和天台山之间，经常只带着布囊和竹杖而已。他的饮食和平常人一样，但却独自居住在一个房间，不与众人杂处。

或露宿坛中，草间树下。人窥觇之，但见云气蓊郁，不见其身。每游三十五十里，登山渡水，而闭目善睡。同行者闻其鼻鼾之声，而步不差跌，足无蹶碍。至所止即觉，时号作睡仙。后不知所终。出《神仙拾遗传》。

权同休

秀才权同休，元和中落第，旅游苏湖间。遇疾贫窘。走使者本村墅人，顾已一年矣。疾中思甘豆汤，令其市甘草。顾者久而不去，但具汤火来。秀才且意其怠于祗承。复见折树枝盈握，仍再三搓之，微近火上，忽成甘草。秀才心大异之，且意必道者。良久，取粗沙数坏，挼捋已成豆矣。及汤成，与常无异。疾亦渐差。秀才谓曰："予贫迫若此，无以寸进。"因褫垢衣授之："可以此办少酒肉，将会村老，丐少道路资也。"顾者微笑曰："此固不足办，某当营之。"乃斫一枯桑树，成数筐扎，聚于盘上，噀之，遂成牛肉。复汲数瓶水，倾之，乃旨酒也。村老皆醉饱，获束缣五十。秀才惭谢顾者曰："某本骄稚，不识道者，今返请为仆。"顾者曰："予固异人，有少失，谪于下贱，合役于秀才。若限不足，复须力于他人。请秀才勿变常，庶卒某事也。"秀才虽诺之，每呼指，色上面戚戚不安。顾者乃辞曰："秀才若此，果妨某事也。"因谈秀才修短穷达之数，且言万物皆可化者，

他有时露宿在坛台上，有时睡在草间树下。人们窥视他，只见浓密的云气，不见他的身体。他每游览三五十里，登山渡水时，总是闭目睡觉。和他同行的人可以听到他打鼾的声音，然而他行进的步伐却不乱，脚也不会被绊。一到达目的地立即就醒，当时号称睡仙。后来便不知他的下落。出自《神仙拾遗传》。

权同休

　　秀才权同休，元和年间科举考试不中，漫游在苏州、湖州一带。旅途中因为生病，弄得贫穷窘困。供他支使的人是本村的村民，已经雇佣一年多了。权同休在病中想喝甘豆汤，就让他去买甘草。仆人很久都不去买，只准备开水和火来。权秀才想他可能侍候自己有些倦怠了。又见他折了一大把树枝，并反复揉搓，稍微靠近火上，忽然就变成了甘草。权秀才感到很奇怪，认为他一定是有道之人。过了很久，又见他取来几捧粗沙，揉搓之后已经成为豆了。等到甘豆汤做成了，与平常的甘豆汤没有什么不同。病也渐渐好了。权秀才对仆人说："我贫穷窘迫成这个样子，没法再给你什么了。"于是他脱下脏衣服送给他说："可用这件衣服换些钱，置办一点酒肉，用它来招待村中老辈，乞求一点路费。"仆人微笑说："这的确不够备办酒肉，我自会筹划这件事情。"于是砍来一棵枯干的桑树，劈成几筐木片，集中在盘子里，把水喷在上面，就变成了牛肉。又打来几瓶水，把它倒出来，就成甘美的酒了。村中老辈都酒足饭饱，秀才获得了五十匹细绢。权秀才惭愧地拜谢仆人说："我原本骄傲幼稚，有眼无珠，没看出你是个有道之人，现在调过来，请求让我做你的仆人。"仆人说："我的确不是普通人，因为一点过失，被贬谪在下贱之列，正应该被秀才役使。如果时限不到，还需要到别人那里去效力。所以请秀才不要改变往常的规矩，让我把事情做完。"秀才虽然答应了，但每当使唤他时，脸上总会有忧虑不安的表情。仆人于是辞别说："秀才这个样子，果然要妨碍了我的事。"于是谈起权秀才的年寿长短和仕途穷达，并且说万物都是可以用药力化解的，

唯淤泥中朱漆箸及发，药力不能化。因不知所之。_{出《酉阳杂俎》。}

唯有淤泥中的朱漆筷子和头发，药力不能化解。以后就不知他
到什么地方去了。出自《酉阳杂俎》。

卷第四十三
神仙四十三

尹真人　　卢山人　　薛玄真　　于　涛

尹真人

犍为郡东十余里,有道观在深岩中,石壁四壅,有颜道士居之。观殿有石函,长三尺余,其上鏊出鸟兽花卉,文理纤妙,邻于鬼工,而缄镝极固,泯然无毫缕之隙。里人相传,云是尹喜石函。真人事迹,显于纪传详矣。真人将上升,以石函付门弟子,约之曰:"此函中有符箓,慎不得启之,必有大祸。"于是郡人尽敬之。大历中,有青河崔君,为犍为守。崔君素以刚果自恃,既至郡,闻有尹真人函,笑谓属官曰:"新垣平之诈见矣。"即诣之,且命破镝。颜道士曰:"此尹真人石函,真人有遗教曰:'启吾函者有大祸。'幸君侯无犯仙官之约。"崔君怒曰:"尹真人死千岁,安得独有石函在乎?吾不信。"颜道士确其词,而崔君固不从,于是命破其镝,久之而坚然不可动。崔君怒,又以巨绠系函鼻,用数十牛拽其绠,鞭而驱之。仅半日,石函遂开。

尹真人

　　犍为郡东十多里,有一座道观座落在深山岩穴中,石壁四面堵塞,有位颜道士居住在那里。道观的大殿内有个石匣子,长三尺多,上面雕刻出鸟兽花卉,花纹纤细巧妙,近似于鬼斧神工,并且封锁得非常牢固,没有丝毫的缝隙。当地人相传,说这是尹喜的石匣子。关于尹真人的事迹,在史书传记里记录得很详尽。尹真人将要升仙的时候,把石匣子交给本门弟子,并约束他们说:"这个匣子中有符箓,要慎重小心,不能打开它,否则必有大祸。"于是郡里的人都很尊敬它。大历年间,青河有一位崔君,做犍为郡太守。崔君向来凭着刚强果敢而十分自负,他到犍为郡上任后,听说了有关尹真人石匣子的事,就笑着对属下官员说:"新垣平式的骗局又出现了。"于是他到道观去,并且命令打破那锁。颜道士对崔君说:"这是尹真人的石匣子,尹真人曾有遗教说:'开我匣子的人必有大祸。'希望君侯不要违犯仙官的规定。"崔君发怒说:"尹真人已经死了上千年了,怎么能单独有石匣子存在呢?我不相信。"颜道士说确实有那些话,但是崔君坚决不听从,于是命令打破石匣子的锁,弄了好长时间,锁很坚固,不可开启。崔君大怒,又用粗绳索拴住石匣子的孔隙,用几十头牛拽那绳索,并用鞭子赶牛。将近半天的时间,石匣子终于开了。

中有符箓数十轴,以黄缣为幅,丹书其文,皆炳然如新。崔君既观毕,顾谓颜道士曰:"吾向者意函中有奇宝,故开而阅之。今徒有符箓而已。"于是令缄镳如旧。既归郡,是夕,令忽暴卒,后三日而悟。其官属将吏辈,悉诣崔君问之,且讯焉。崔君曰:"吾甚戆,未尝闻神仙事,前者偶开尹真人石函,果为冥官追摄。初见一人,衣紫衣,至寝,谓吾曰:'我吏于冥司者也,今奉命召君。固不可拒,拒则祸益大矣,宜疾去。'吾始闻忧,欲以辞免,然不觉与使者俱出郡城,仅行五十里,至冥司。其官即故相吕公也。谓吾曰:'子何为开尹真人石函乎?奉上帝命,且削君之禄寿,果如何哉!'已而召掾吏至,令按吾禄寿之籍。掾吏白吕公曰:'崔君有官五任,有寿十七年。今奉上帝符,尽夺五任官,又削十五年寿。今独有二年任矣。'"于是听崔君还。后二年果卒。出《宣室志》。

卢山人

唐宝历中,荆州卢山人,常贩烧朴石灰,往来于白洑南草市。时时微露奇迹,人不之测。贾人赵元卿好事,将从之游。乃频市其所货,设果茗,访其息利之术。卢觉,谓曰:"观子意似不在所市,意何也?"赵乃言:"窃知长者埋形隐德,洞过蓍龟,愿垂一言。"卢笑曰:"今日且验。君主人午时有非常之祸,若信吾言,当免。子可告之:将午,当有匠者负囊而至,囊中有银二两余,必非意相干也。可闭关,

石匣子中有符箓几十轴,用黄色的细绢装裱,用丹砂书写的文字,都光鲜明显,像新的一样。崔君看完后,回过头来对颜道士说:"我先前猜想石匣子里有奇宝,所以要打开看。现在只是有符箓罢了。"于是命令封锁如旧。回郡后,这天晚上,郡守突然死了,三天后又醒过来。他手下的官属将吏等,全到他家问候他,并且打听是怎么回事。崔君说:"我很愚蠢,未曾听过神仙的事,之前偶然打开了尹真人的石匣子,果然被阴间的官吏追捕。起初我看见一个人,穿着紫色的衣服,到我的寝室,对我说:'我在阴间为吏,现在奉命来招唤你。你一定不要抗拒,如果抗拒,祸就更大了,应当快去。'我刚听说时很发愁,想要找借口推辞掉,然而却不知不觉地和使者一起出了郡城,走了才五十里,就到了阴间。那里的官就是原来的相国吕公。吕公对我说:'你为什么要开尹真人的石匣子呢?奉上帝命令,将要削减你的官职和寿数。你看怎么办?'然后吕公呼唤他的属吏来,让属吏查看记载我官职和寿数的簿册。属吏告诉吕公说:'崔君还有官五任,寿命十七年。现在奉上帝的命令,夺去全部五任官,再削去十五年寿命。现在他只能活两年了。'"于是判崔君还阳。两年后崔君果然死了。出自《宣室志》。

卢山人

唐宝历年间,荆州卢山人,经常贩卖烧制石灰,往来于白洑南边的集市。他时常微微露出奇异的行迹,人们无从猜测。商人赵元卿喜欢多事,想跟他交游。于是就多次买他所卖的货物,请他喝茶吃点心,问他获利的方法。卢山人发觉了赵元卿的意图,对他说:"我看你的意图好像不在我的货物上,那你的意图是什么呢?"赵元卿这才说:"我了解到先生隐藏身份和品行,您的明察超过占卜,愿聆听长者垂训。"卢山人笑着说:"今天将可验证。你的房东中午时将有不寻常的灾祸,假如相信我的话,必定能免灾。你可以告诉他:将近中午时,会有一个工匠背着口袋到来,口袋里有银子二两多,他必然会来无故挑衅。可以闭门,

妻孥勿轻应对。及午，必极骂，须尽家临水避之。若尔，徒费钱三千四百。"时赵停于百姓张家，即遽归告之。张亦素神卢生，乃闭门伺之。欲午，果有人状如卢所言，叩门求籴，怒其不应，因蹴其门，张重簪捍之。少顷聚人数百。张乃由后门，与妻子回避。才差午，其人乃去，行数百步，忽蹶倒而死。其妻至，众人具告其所为，妻痛哭，乃适张家，诬其夫死有因。官不能评。众具言张闭户逃避之状。理者谓张曰："汝固无罪，可为办其送死。"张欣然从断，其妻亦喜。及市槽僦舁，正当三千四百文。因是人赴之如市。

卢意以为烦，潜逝至复州界，维舟于陆奇秀才庄门。或语陆："卢山人非常人也。"陆乃请之。陆时将入京投相知，因请决疑。卢曰："君今年不动，忧旦夕祸作。君所居堂后，有钱一瓻，覆以板，非君有也，钱主今始三岁。君其勿用一钱，用必成祸。能从吾戒乎？"陆矍然谢之。及卢生去，水波未定，陆笑谓妻曰："卢生言如是，吾更何求乎？"乃命家童掘地，未数尺，果遇板，彻之，有巨瓮，散钱满焉。陆喜甚，妻亦搬运。纫草贯之，将及一万。儿女忽暴头痛不可忍。陆曰："岂卢生言将征乎？"因奔马追及，谢违戒。卢生怒曰："君用之，必祸骨肉。骨肉与利轻重，君自度也！"

让他的妻子儿女不要轻意应付答对。到中午，那个人必然使劲大骂，需要全家到水边去避开他。如果这样，仅仅花费三千四百钱就行了。"当时赵元卿寄住在平民张家，他立即回去告诉他。张氏也一向觉得卢山人很神奇，就闭门等候。将要到中午的时候，果然有一个样子如卢山人所说的人，叩门要买米，生气张家不应门，就踢他家的门，张氏加上两层竹席封住门。不一会儿，聚集了几百人。张氏就和妻儿由后门出去躲避。马上到中午了，那个人就离去了，走了几百步，忽然跌倒死了。死者的妻子来到这里，众人一五一十地告诉她他在这里的所作所为，他的妻子痛哭，就到张家去，诬赖她丈夫的死与张家有关。官府不能评判。众人详细地向官府述说了张家闭门逃避的情形。审理此案的官吏对张氏说："你确实没有什么罪，但可以给他办一办丧事。"张氏欣然服从判决，那人的妻子也满意。等到买了棺材、雇车运送、抬埋完毕，刚好花费了三千四百文。因为这件事，人们竞相去卢山人那儿，弄得他家如同市场一样。

卢山人觉得这样很烦，就偷偷地离去，到了复州地界，在陆奇秀才的庄门外停船。有人告诉陆秀才说："卢山人不是一个平常人。"陆秀才就去邀请他。陆秀才当时将要入京去投奔朋友，于是请求他帮助决断。卢山人说："你今年不要行动，恐怕不久就会有灾祸发生。你所居住的正屋后面，有一大缸钱，上面用板盖着，这钱不是你的，钱主现在才三岁。你不要用他的一文钱，用了必然有祸。能听从我的告诫吗？"陆秀才左右惊顾着，并向卢山人道谢。等到卢山人走了，船桨打击的水波还未平静，陆秀才就笑着对妻子说："假如真像卢山人说的这样，我还求什么呢？"说完就命令家童掘地，没有几尺，果然遇到一块板，撤去板，有一个大缸，装满了零散的钱币。陆秀才很欢喜，他的妻子也来搬运。搓草绳穿起来，将近一万。结果他们的孩子突然头痛难忍。陆秀才说："难道卢山人的话要应验了吗？"于是骑快马追赶上卢山人，为自己违返约定而道歉。卢山人生气地说："你用它，必然祸害你的儿女。儿女与钱财哪个轻哪个重，你自己揣度吧！"

棹舟去之不顾。陆驰归，醮而瘥焉，儿女乃愈。卢生到复州，又常与数人闲行，途遇六七人盛服，俱带酒气逆鼻。卢生忽叱之曰："汝等所为不悛，性命无几！"其人悉罗拜尘中曰："不敢，不敢。"其侣讶之。卢曰："此辈尽劫贼也。"其异如此。元卿言："卢卿状貌，老少不常，亦不常见其饮食。常语赵生曰：'世间刺客隐形者不少，道者得隐形术，能不试，二十年可以化形，名曰脱离。后二十年，名籍于地仙矣。'又言：'刺客之死，尸亦不见。'所论多奇怪，盖神仙之流也。"出《酉阳杂俎》。

薛玄真

薛玄真者，唐给事中伯高之高祖也。少好道，不嗜名宦，遨游云泉，得长生之道。常于五岭间栖憩，每遇人曰："九疑五岭，神仙之墟，山水幽奇，烟霞胜异。如阳朔之峰峦挺拔，博罗之洞府清虚，不可忘也。所以祝融栖神于衡皋，虞舜登仙于苍梧，赫胥耀迹于潜峰，黄帝飞轮于鼎湖。其余高真列仙，人臣辅相，腾骞逍遥者，无山无之。其故何哉？山幽而灵，水深而清，松竹交映，云萝杳冥，固非凡骨尘心之所爱也；况邃洞之中，别开天地，琼膏滴乳，灵草秀芝，岂尘目能窥，凡屣可履也？得延年之道，而优游其地，信为乐哉！"贞元末，郑余庆谪郴州长史，门吏有自远省余庆者，未至郴十余里，店中驻歇，与玄真相遇。状貌如二十三四，神彩俊迈，词多稽古，时语及开元、麟德间事，

卢山人说完就划船走了，连头都没回。陆秀才飞快地跑回来，设坛祭祀并把钱重新埋起，小孩的病才好了。卢山人到了复州，又曾经和几个人在一起闲走，路上遇到六七个人，穿戴奢华，全都带着扑鼻的酒气。卢山人忽然叱责他们说："你们几个作恶不肯悔改，生命没有几天了！"那些人都围着卢山人不停地下拜，并说："不敢，不敢。"他的同行人对此很惊讶。卢山人说："这些人都是盗贼。"他的神奇就是如此。赵元卿曾说："卢山人的身形相貌，或老或少不是固定的，也不见他经常吃东西。他经常对我说：'人世中刺客和隐蔽真形的人是不少的，修道者获得隐形术，如果能够不试用此术，二十年后就可以变化形态，名叫脱离。再过二十年，名字就列入地仙了。'又说：'刺客死了，也不见尸体。'他所谈论的大都是神奇怪异的事，他大概是神仙一类的人物吧。"出自《酉阳杂俎》。

薛玄真

薛玄真是唐朝给事中薛伯高的高祖。他年少时爱好道术，不追求名声官位，遨游在云泉间，获得了长生的道术。他常在五岭间居住休息，每次遇到人就说："九疑山和五岭是神仙的汇聚地，那里山水幽雅奇特，云霞优美奇异。像阳朔的峰峦那样挺拔高耸，像博罗的洞府那样清虚幽静，让人难以忘怀。所以，祝融在衡山栖神，虞舜在苍梧登仙，赫胥在潜峰显灵，黄帝在鼎湖飞升。其余的得道诸仙，人臣辅相，飞腾逍遥的，每座名山都有。原因是什么呢？山幽而灵气现，水深而清静生，松树竹林交相辉映，藤萝缠绕深邃杳渺，这本来不是凡骨尘心之人所喜爱的；何况深洞中，又是另一种天地，琼膏滴乳，灵芝秀草，怎么能是凡夫的眼睛可能窥视，凡夫的鞋可以践踏的呢？获得延寿的道术，悠闲地游览那些地方，实在是个乐趣啊！"贞元末年，郑余庆被贬为郴州长史，他有个下属从远方来探望他，在离郴州十多里的店中住下歇息，与薛玄真相遇。薛玄真的样貌像二十三四岁，神采奕奕，豪迈俊秀，言谈多考古之辞，经常说到开元、麟德年间的事，

有如目睹。又言明年二月,余庆当复归朝。余言皆神异。问其姓氏,再三不答。恳诘之,云:"某有志林泉,久弃乡国,不欲骨肉知此行止。姓薛,名玄真。"门吏话于余庆。令人访寻,无复踪迹。明年二月,余庆征还,及到长安,语及异事,给事中薛伯高流涕对曰:"某高祖,自左常侍,弃官入道,隐终南,不知所终,是矣。"出《仙传拾遗》。

于 涛

于涛者,唐宰相琮之侄也。琮南迁,途经平望驿,维舟方食,有一叟自门而进,直抵厅侧小阁子,以诣涛焉。叟之来也,驿吏疑从相国而行,不之问;相国疑是驿中人,又不之诘。既及涛所憩,涛问叟何人也,对曰:"曹老儿。"问其所来,对曰:"郎君极有好官职,此行不用忧。"涛方将远陟,深抱忧虑,闻其言,欣然迎待,揖之即席。涛与表弟前秘书省薛校书,俱与之语,问其所能。云:"老叟无解,但见郎君此后官职高显,不可一一叙之。请濡毫执笔,随语记录之也。"如是涛随叟所授数章,词多隐密,迨若谣谶,亦叙相国牵复之事。因问薛校书如何,叟曰:"千里之外,遇西则止。其有官职,虽非真刺史,亦作假郡守。"涛又问:"某京中宅内事,可以知否?"叟俯首良久曰:"京宅甚安。今日堂前有某夫人、某尼。"宾客名字,一一审识。"某廊下有小童某,牵一铜龟子驰戏。"涛亦审其谛实,皆书于编上。茬苒所载,已是数幅。相顾笑语,即将昏暝。涛因指薛芸香姬者,

有如亲眼所见一样。又说明年二月，郑余庆会回朝做官。其余的话也都十分神奇。那个下属问他的姓氏，他三番五次都不予回答。后来恳切地追问他，他才说："我有志于山林，抛弃家国都已经很久了，不想让子孙知道我的行踪。我姓薛，名玄真。"下属把所见告诉给郑余庆。郑余庆派人寻访，却不再有他的踪迹了。明年二月，郑余庆应召还朝，到达长安，说到这奇异的事，给事中薛伯高流着泪对郑余庆说："薛玄真是我的高祖，从左常侍弃官皈依道门，隐居终南山，此后就不知道他的下落，看来你说的就是他了。"出自《仙传拾遗》。

于　涛

　　于涛是唐宰相于琮的侄儿。于琮被贬到南方，中途经过平望驿，拴上船将要吃饭，有一个老头儿进门来，直接来到厅侧小阁子，去找于涛。老头儿的到来，驿站的官吏以为他是跟随于相国来的，没有问他；相国以为他是驿站中的人，也没有问他。到了于涛休息的地方，于涛问老头儿是什么人，老头儿回答说："曹老儿。"问他来干什么，他回答说："公子会得到好官职，此行不用忧虑。"于涛当时正要远行，十分忧虑，听了老头儿的话，欣然迎接招待他，拱手请他入席。于涛和表弟前秘书省薛校书，都和他在一起谈话，问他擅长什么。他说："老头子我不懂得什么，只知道公子以后官职高贵显荣，不可一一叙说。请持笔蘸墨，随着我的话记录一下吧。"就这样，于涛随着老头儿所说的记录了几篇，言词大都很隐密，好像歌谣谶语，也说了些相国回朝当官的事。顺便询问薛校书怎么样，老头儿说："千里之外，遇到西就停止。那里有你的官职，即使不是真刺史，也是假郡守。"于涛又问："我京城家里的事情，是否可知？"老头儿低头很久说："京城家里很平安。今天正屋前有某夫人、某尼姑。"宾客的名字，一一详细知道。"某廊下有一个小孩某某，牵一个铜龟子跑着玩。"于涛也知道他说的是真的，就都记录下来。渐渐记载，已经有几幅了。他们相视说笑，马上就要天黑了。于涛指着薛校书的歌妓芸香，

谓叟曰："此人如何？"对曰："极好，三千里外亦得好官。"涛初随语书事，心志锐信。及闻此姬亦有好官，讶其疏诞，意亦中怠矣。

时涛表弟杜孺休给事，刺湖州。寄箬下酒一壶，可五斗。因问叟颇好酒否，叟忻然为请。即以银盂授之，令自酌饮。顷之酒尽，已昏晦矣，遂以银盂枕首而睡。时蚊蚋盛，无有近叟者。及旦失叟，唯银盂在焉。方惊问访求，莫知所止。人或云："此即曹休博士也。"曹休，魏之宗室，仕晋为史官，齐梁间或处朝列，得神仙之道，多游江湖间，往来贾贩，常拯救人，以阴功及物。人多有见之，受其遗者。涛自后授泗州防御使、歙州刺史，佐淮南吴王杨公行密为副使。相国寻亦北归。薛校书佐江西宾幕，知袁州军务。值用军之际，挈家之闽，至一小邑，姬者俄以疾终。山中无求闶器之所，托一村翁，辍其寿棺而瘗。斯棺装漆金彩，颇甚珍华。既瘗之后，方验"得好棺"之言。及京宅是日宾客、小童牵铜龟游戏之事，无不验者。出《神仙感应传》。

对老头儿说:"这个人怎么样?"老头儿回答说:"很好,三千里外也能得到好官。"于涛最初随着老头的话记录这些事,心里很相信。等到听说这个女人也会得到好官,惊讶他的迂阔荒诞,心中也就懈怠了。

当时于涛的表弟给事中杜孺休,任湖州刺史。寄来箬下酒一壶,约有五斗。于是于涛问老头儿是不是喜欢喝酒,老头儿欣然同意。于涛就用银盂装酒给他,让他自酌自饮。不一会儿酒喝尽了,这时天已经黑了,老头儿就用银盂当枕头倒头便睡。当时蚊子很多,却没有靠近老头儿的。到第二天早晨老头儿失踪了,只有银盂在那里。于涛这才惊讶地四处寻找,却不知道老头儿究竟到哪里去了。有人说:"这个老头儿就是曹休博士。"曹休是魏国的宗室,仕晋后做史官,齐梁时期可能还在朝为官,获得神仙的道术之后,常游荡江湖,做商贾往来贩卖,经常援助他人,靠积阴德恩及万物。有很多人都见过他,受他的馈赠。于涛后来任泗州防御使、歙州刺史,又当过淮南吴王杨行密的副使。于相国不久也北归。薛校书当过江西道的幕宾,主持袁州军务。遇到用军之际,他带领家属到福建,在一个小镇上,歌妓得病死了。山中找不到做棺材的店铺,得求一个村翁的寿棺才埋葬了她。这棺材金漆彩绘,很是珍贵华丽。埋完之后,才验证了曹老儿所说的"得一好棺"之言。说到京城家中这天宾客以及小孩牵铜龟游戏之事,没有不应验的。出自《神仙感应传》。

卷第四十四
神仙四十四

田先生　　穆将符　　房　建　　萧洞玄

田先生

　　田先生者，九华洞中大仙也。元和中，隐于饶州鄱亭村，作小学以教村童十数人，人不知其神仙矣。饶州牧齐推，嫁女与进士李生，数月而孕。李生赴举长安，其孕妇将产于州之后堂，梦鬼神责其腥秽，斥逐之。推常不信鬼神，不敢言，未暇移居，既产为鬼所恶害，耳鼻流血而卒。殡于官道侧，以俟罢郡，迁之北归。

　　明年，李生下第归饶，日晚，于野中见其妻，诉以鬼神所害之事，乃曰："可诣鄱亭村学中，告田先生，求其神力，或可再生耳。"李如其言，诣村学见先生，膝行而前，首体投地，哀告其事，愿大仙哀而救之。先生初亦坚拒，李叩告不已，涕泗滂沱，自早及夜，终不就坐。学徒既散，先生曰："诚恳如此，吾亦何所隐耶？但不早相告，屋舍已坏矣，诚为作一处置。"即从舍出百余步桑林中。夜已昏瞑，忽光明如昼，化为大府崇门，仪卫森列。先生宝冠紫帔，

田先生

　　田先生是九华洞中的大仙。元和年间,他隐居在饶州鄱亭村,办乡塾教十几个村中的小孩,人们都不知道他是神仙。饶州刺史齐推,把女儿嫁给了进士李生,几个月后就怀孕了。李生去长安参加科举,他怀孕的妻子将要在州衙的后堂生产,夜里梦见鬼神责备她有腥臭气,赶她走。因为齐推平常不信鬼神,孕妇不敢说,还没来得及搬走,就在生产后被鬼所害,耳鼻流血死去。灵柩停在官道旁边,以等待齐推任职期满,迁葬回北方去。

　　第二年,李生科举考试失利返回饶州,天晚了,在荒野中看见他的妻子,妻子诉说了被鬼神害死的事情,于是说:"可到鄱亭村的村塾中去,告诉田先生,请求他神力的帮助,或许可以再生。"李生按照她的话做了,到村塾中去见田先生,跪在地上爬到田先生跟前,五体投地,哀告他妻子被害的事,希望大仙哀怜并救救他妻子。田先生最初坚决拒绝,但李生叩拜请求不止,眼泪鼻涕如同雨下,从早到晚始终不就坐。学生已经散了,田先生说:"你这么诚恳,我又有什么隐瞒的呢?只是没早点告诉我,你妻子的躯体已经腐烂,确实得给她处置一下。"于是从屋里出来,到一百多步外的桑林中。天色已经昏暗,忽然光明得像白天一样,出现一座大府高门,仪仗侍卫森严排列。田先生戴宝冠披紫帔,

据案而坐,拟于王者。乃传声呼地界,俄有十余队,各拥百余骑,奔走而至,皆长丈余。谒者呼名通入曰:"庐山江滨彭蠡等神到。"先生曰:"刺史女因产为暴鬼所杀事,闻之何不申理?"对曰:"狱讼无主,未果发谪。今贼是鄱阳王吴芮,刺史宅是其所居,怒其生产腥秽,遂肆凶暴;寻又擒吴芮,牒天曹而诛戮之。勘云:'李氏妻算命尚有三十二年,合生二男三女。'"先生曰:"屋舍已坏,如何?"有一老吏曰:"昔东晋邺下,有一人误死,屋宅已坏,又合还生,与此事同。其时葛仙君断令具魂为身,与本无异,但寿尽之日无形尔。"先生许之,即时追李妻魂魄,合为一体,以神胶涂之,大王发遣却生,即便生矣。见有七八女人,与李妻相似,吏引而至,推而合之,有药如稀饧,以涂其身。

顷刻官吏皆散,李生及妻、田先生在桑林间。李生夫妻恳谢之。先生曰:"但云自得再生,勿多言也。"遂失先生所在。李与妻还家,其后年寿所生男女,皆如所言。出《仙传拾遗》。

穆将符

穆将符者,唐给事中仁裕之侄也。幼而好学,不慕声利,不规世禄,而深入玄关,纵逸自放,不知师匠何人,已得吐纳内修之道。好饮酒,高闲傲睨,人莫能测之。长安东市酒肆姚生与其友善,时往来其家,则饮酒话道,弥日累夕。姚忽暴卒,举家惶骇,使人奔访将符。际夜方至,姚已

坐在桌案后,类似于帝王。于是传声招唤土地神,一会儿有十多队人马,各簇拥着一百多骑士,奔跑而来,他们的身高都有一丈多。报告的人叫着名字进去通报说:"庐山、江滨、彭蠡等神到。"田先生问诸位神说:"刺史的女儿因为生产被暴鬼所杀的事,各位听说了为什么不替受屈的人申辩?"回答说:"诉讼案件没有主人,还没有发落。现在已知贼是鄱阳王吴芮,刺史的住宅是他的居所,气不过那个妇人生产时的腥臭气,就肆行凶暴;不久又擒住吴芮,上报天庭后就杀了他。判词说:'李生妻子寿命还有三十二年,应当生二男三女。'"田先生说:"她的躯体已腐烂,怎么办?"有一个老吏说:"过去东晋邺城,有一个人被误杀而死,躯体已经腐坏,又应当还生,与这件事相同。当时葛仙君裁断让其还魂再生,和原来没有区别,只是寿尽再死去时尸体也同时消失。"田先生允许这样做,于是马上追索李妻魂魄,合成一体,用神胶涂抹,大王发送她还生,于是就活了。又看见有七八个女人,和李生妻子相似,由官吏领来,把她们推在一起合为一人,有药像糖稀一样,用它涂抹那个合成的躯体。

不一会儿官吏都不见了,只有李生夫妇和田先生在桑林间。李生夫妇诚恳地拜谢田先生。田先生说:"你们只说是自己活过来的,不要多说别的。"随后田先生就消失了。李生和妻子回到家,从那以后李生妻子的年寿和所生男女,都像所说的那样。出自《仙传拾遗》。

穆将符

穆将符是唐给事中穆仁裕的侄儿。幼年的时候非常好学,不追慕名声和金钱,不谋求世代享受官爵俸禄,却深入道门,放荡不羁,不知道他的师父是什么人,却已经获得了吐纳内修的道术。他喜好饮酒,性格清高孤傲,谁也无法猜度他。长安东市酒铺的姚生和他友善,时常到他家里来,一起饮酒谈论道术,昼夜不息。有一天姚生突然死了,全家惶恐惊骇,派人飞奔到穆家去找穆将符。接近夜晚的时候穆将符才来到他家,姚生已经

奄然，无复喘息。将符方醉，其家人哀号告之。笑曰："可救也，无遽忧怖。"遂解衣与姚同衾而卧。戒其家，令作人参汤稀粥以候之，勿得悲泣惊呼，待唤即应。灭烛而寝。悄然中夜，方命烛视之，姚已起坐矣。少以人参汤注之，良久，乃以粥助之。乃能言曰："适为黄衣使者三四人以马载去，西行甚速，道途蒙昧，如微月之中。逡巡，有赤色光，如日出之状，照其行路。黄衣者促辔尤急，即闻传呼云：'太乙有敕，使天兵遣回。'乃顾见骑乘旌旗，森然成列。所乘马及黄衣者，奔迸不知所之。别有朱衣一人，引而归之。"自是姚生平复如初。将符遁去，不知所适。罗浮轩辕先生，有道之士也。大中年，征入关，至京，即使人访之。将符以遁去。先生曰："穆处士隐仙者也，名位列于九清之上矣。勿以其嗜酒昏醉为短，真和光混俗尔。"淮浙间颇显其异迹，接于闻见，若左元放、葛孝先之流也。出《神仙拾遗》。

房　建

清河公房建，居于含山郡，性尚奇，好玄元之教。常从道士授六甲符及《九章真箓》，积二十年。后南游衡山，遇一道士，风骨明秀。与建语，述上清仙都及蓬莱方丈灵异之事，一一皆若涉历。建奇之。后旬余，建自衡山适南海。道士谓建曰："吾尝客于南海，迨今十年矣，将有寺官李侯者护其军。李侯以玉簪遗我，我以簪赐君，君宜宝之。"

奄奄一息，不再喘气。穆将符当时正喝得大醉，姚生家人哀号着告诉他姚生的死讯。穆将符笑着说："可以救活，你们不要恐惧忧虑。"于是解开衣服和姚生合盖一条被子躺在床上。又告诉他的家人，让他们做人参汤和稀粥等候，不得悲泣惊呼，等呼唤他们了就立即答应。说完吹灭蜡烛就睡觉了。悄悄地一直到半夜，穆将符才让他们点着蜡烛看姚生，姚生已经起来坐着了。先给他灌了少量的人参汤，过了好久，才给他喝稀粥。姚生这才说话，他说："刚才被三四个黄衣使者用马载去，往西走得很快，道路生疏昏暗，好像是在微弱的月光之中行走。不一会儿，有红色的光出现，像日出的样子，照着走的路。黄衣使者急促地赶着马，这时听见传呼声说：'太乙有命令，让天兵遣送回去。'就看见车马旌旗，威武森严，排列成行。我所乘坐的马和黄衣使者，也不知道逃散到什么地方去了。另有一个穿着红色衣服的人，引导我回来。"从这以后姚生恢复如初。穆将符于是隐去，不知到什么地方去了。罗浮山的轩辕先生，是个有道之士。大中年间，他被征召入关，到了京城，就派人寻访穆将符。穆将符早已隐遁了。轩辕先生说："穆处士是一位隐仙，名位列在九天之上。不要认为他好酒昏醉是短处，他是真的不露锋芒、与世无争啊。"淮浙一带颇为流传他的奇异事迹，从人们耳闻目见来看，他是像左元放、葛孝先一类的人。出自《神仙拾遗》。

房　建

　　清河公房建，居住在含山郡，生性崇尚奇异，信奉道教。他曾经跟随道士学习六甲符和《九章真箓》，累计有二十年。后来他往南去游衡山，在那里遇见一个道士，风骨清秀。他和房建谈话，述说上清仙都和蓬莱方丈灵验奇异的事情，每一件都像他亲身经历过一样。房建感到这个道士很奇异。过了十多天，房建要从衡山到南海去。那个道士对房建说："我曾经客居在南海，到现在已经十年了，有个寺官叫李侯，在南海领兵。李侯把一支玉簪赠送给我，我把这玉簪转送给你，你要把它当作宝物。"

建得其簪，喜且甚，因而别去。是岁秋，建至南海。尝一日独游开元观，观之北轩，有砖涂为真人状者二焉。其位于东者左玄真人，及视左玄之状，果衡山所遇道士也。奇而叹者且久。及睹左玄之冠，已亡簪矣。时有观居道士数辈在焉，建具以事言，次出玉簪示之。道士惊曰："往岁有寺官李侯，护兵于南海。尝以二玉簪饰左右真人，迨今且十年。其左玄之簪，亡之十年。今君所获果是焉。"建奇之，因以玉簪归道士。出《宣室志》。

萧洞玄

王屋灵都观道士萧洞玄，志心学炼神丹。积数年，卒无所就。无何，遇神人授以大还秘诀曰："法尽此耳。然更须得一同心者，相为表里，然后可成。盍求诸乎？"洞玄遂周游天下，历五岳四渎，名山异境，都城聚落，人迹所辖，罔不毕至。经十余年，不得其人。

至贞元中，洞玄自浙东抵扬州，至废亭埭，维舟于逆旅主人。于时舳舻万艘，隘于河次。堰开争路，上下众船，相轧者移时，舟人尽力挤之。见一人船顿，蹙其右臂且折。观者为之寒栗，其人颜色不变，亦无呻吟之声，徐归船中，饮食自若。洞玄深嗟异之，私喜曰："此岂非天佑我乎？"问其姓名，则曰："终无为。"因与交结，话道欣然，遂不相舍，即俱之王屋。洞玄出还丹秘诀示之，无为相与揣摩。

房建得到那个玉簪,非常高兴,于是就和道士告别去往南海。这年的秋天,房建到了南海。曾有一天独自游览开元观,观的北边长廊,有涂饰着真人形象的两块砖。那位于东侧的是左玄真人,他一看左玄的样貌,果真就是在衡山遇到的那个道士。房建惊奇赞叹了许久。等到他看左玄的帽子时,发现簪子已经没有了。当时有在观里居住的几个道士,房建把衡山的事详细地对他们说了,并把玉簪拿出来给他们看。道士们惊奇地说:"往年有个寺官叫李侯,在南海领兵。曾拿两支玉簪装饰左右真人,到现在快要十年了。那左玄真人的玉簪,丢失了也快十年了。现在你获得的这支玉簪果然就是丢失的那个。"房建对此感到惊奇,于是把玉簪归还给道士了。出自《宣室志》。

萧洞玄

王屋山灵都观道士萧洞玄,立志学习烧炼神丹。过了几年,始终没有什么成就。不久,遇到一个神人授给他大还丹秘诀说:"法术全部在这里了。然而还需有一个志同道合的人,互为表里,然后才可以成功。何不去寻求呢?"萧洞玄于是周游天下,游历五岳四渎,名山异境,都市村落,凡是人迹所聚集的地方,没有不到的。经过十多年,仍然没有找到那个志同道合的人。

到贞元年间,萧洞玄从浙东到扬州去,走到废亭埭,在一家旅馆停船休息。当时有大船万艘,阻塞在狭窄的河道中。拦河坝开放,船都争路前行,上行和下行的船只相互挤轧碰撞历时不休,船家都尽力拥挤前行。萧洞玄看见一个人的船被冲撞,船挤了他的右臂,几乎骨折。观看的人都为他不寒而栗,但那个人脸不变色,也没有呻吟的声音,慢慢地回到船中,饮食自若。萧洞玄觉得这个人很奇异,赞叹不已,暗自高兴地说:"这难道不是上天在佑助我吗?"萧洞玄问他姓名,他就说:"终无为。"二人由此结识交往,谈论道术投机,都很高兴,于是谁也离不开谁了,就都到王屋山去。萧洞玄取出大还丹秘诀给终无为看,终无为与他一起研究。

更终二三年，修行备至。洞玄谒无为曰："将行道之夕，我当作法护持，君当谨守丹灶，但至五更无言，则携手上升矣。"无为曰："我虽无他术，至于忍断不言，君所知也。"遂十日设坛场，焚金炉，饰丹灶。洞玄绕坛行道步虚，无为于药灶前，端拱而坐，心誓死不言。一更后，忽见两道士自天而降，谓无为曰："上帝使问尔，要成道否？"无为不应。须臾，又见群仙，自称王乔、安期等，谓曰："适来上帝使左右问尔所谓，何得不对？"无为亦不言。有顷，见一女人，年可二八，容华端丽，音韵幽闲，绮罗缤纷，薰灼动地。盘旋良久，调戏无为，无为亦不顾。俄然有虎狼猛兽十余种类，哮叫腾掷，张口向无为，无为亦不动。有顷，见其祖考父母先亡眷属等，并在其前，谓曰："汝见我，何得无言？"无为涕泪交下，而终不言。俄见一夜叉，身长三丈，目如电㸌，口赤如血，朱发植竿，锯牙钩爪，直冲无为，无为不动。既而有黄衫人，领二手力至，谓无为曰："大王追，不愿行，但言其故即免。"无为不言。黄衫人即叱二手力可拽去，无为不得已而随之。须臾至一府署，云是平等王。南面凭几，威仪甚严，厉声谓无为曰："尔未合至此，若能一言自辨，即放尔回。"无为不对。平等王又令引向狱中，看诸受罪者，惨毒痛楚，万状千名。既回，仍谓之曰："尔若不言，便入此中矣。"无为心虽恐惧，终亦不言。平等王曰："即令别受生，不得放归本处。"

又经过两三年,二人已经修行得很完备。萧洞玄告诉终无为说:"将要修道的那天晚上,我来负责做法护持,你就谨慎地守丹灶,只要到五更一直不说话,我们就一起得道升天了。"终无为说:"我虽然没有别的道术,但至于抑制自己绝对不说话,这你是知道的,我能够做到。"于是花十天时间准备坛场,点燃金炉,修整丹灶。到那天晚上,萧洞玄绕坛做法诵经,终无为在药灶前面,端正拱手而坐,心里发誓死也不说话。一更以后,忽然看见两个道士从天而降,对终无为说:"上帝派我们来问你,要不要得道成仙?"终无为不回答。过了一会儿,又看见一群神仙来了,自称是王乔、安期等,对终无为说:"刚才上帝派他亲近的人来,问你的意思,你为什么不回答?"终无为还是不说话。过了一会儿,看见一个女人,年龄十六岁左右,容貌端正美丽,说话声音幽雅娴静,衣服五彩缤纷,浓郁的香气感染着周围处所。她留连了很久,然后去调戏终无为,终无为也不看她。忽然又有虎狼猛兽十余种,奔腾咆哮,张着大口扑向终无为,终无为也不动。过了一会儿,看见他的祖先、父母等早已死去的亲人,都站在他的面前,对他说:"你看见我们,为什么不说话?"终无为涕泪交流,但始终不说话。不久见一个夜叉,身长三丈,目如闪电,口似血盆,红发直立,牙如锯齿,手爪如钩,直冲向终无为,终无为还是不动。不久有一个身穿黄衫的人,领两个差役来到,对终无为说:"大王召你,你如果不愿意去,只要说明其中的原因就可以。"终无为不说话。穿黄衫的人就呼喝两个差役将他拽去,终无为不得已,只得跟随他们走。不一会儿到了一所官府衙门,说是平等王的府衙。平等王面南凭靠着桌案坐着,仪仗护卫森严,他厉声对终无为说:"你不应该到这里,如果能够说句话为自己辩解,就放你回去。"终无为不回答。平等王又命令人把终无为领进狱中,看众多受罪的人,荼毒凄惨,苦不堪言,受罪的方法也是多种多样。看完了回来,仍旧对终无为说:"你如果不说,便进入这些人当中去。"终无为心里虽然很恐惧,但始终不说话。平等王说:"让他到别处托生,不能放归本处。"

　　无为自此心迷，寂无所知。俄然复觉，其身托生于长安贵人王氏家。初在母胎，犹记宿誓不言；既生，相貌具足，唯不解啼。三日、满月，其家大会亲宾，广张声乐。乳母抱儿出，众中递相怜抚。父母相谓曰："我儿他日必是贵人。"因名曰贵郎。聪慧日甚，只不解啼。才及三岁便行，弱不好弄。至五六岁，虽不能言，所为雅有高致。十岁操笔，即成文章，动静嬉游，必盈纸墨。既及弱冠，仪形甚都，举止雍雍，可为人表。然自以喑痖，不肯入仕。其家富比王室，金玉满堂，婢妾歌钟，极于奢侈。年二十六，父母为之娶妻。妻亦豪家，又绝代姿容，工巧伎乐，无不妙绝。贵郎官名慎微，一生自矜快乐，娶妻一年，生一男，端敏惠黠，略无伦比。慎微爱念，复过常情。一旦妻及慎微，俱在春庭游戏，庭中有盘石，可为十人之坐，妻抱其子在上，忽谓慎微曰："观君于我，恩爱甚深，今日若不为我发言，便当扑杀君儿。"慎微争其子不胜，妻举手向石扑之，脑髓迸出。慎微痛惜抚膺，不觉失声惊骇，恍然而寤，则在丹灶之前。而向之盘石，乃丹灶也。时洞玄坛上法事方毕，天欲晓矣，俄闻无为叹息之声，忽失丹灶所在。二人相与恸哭，即更炼心修行。后亦不知所终。出《河东记》。

终无为从此心中迷惑,头脑空廓一无所知。突然又醒悟了,他的身子已经托生在长安一个姓王的富贵人家中。初在母胎的时候,还记得以前发誓不说话;出生后,他的五官相貌都很好,只是不会啼哭。出生后第三天以及满月时,他家大会亲友宾朋,大张鼓乐。乳母抱着小儿出来,在众人中相互传递,爱怜抚摸。父母互相说:"我儿他日一定是贵人。"于是起名叫贵郎。贵郎一天比一天聪明,只是不会啼哭。才三岁就会走,但身体柔弱不愿意玩耍。到五六岁,虽然不能说话,但爱好文雅高尚。十岁时拿笔就能写成文章,动静嬉戏,都用笔墨来表达。等到了二十岁,仪表形体非常漂亮,举止雍容典雅,可做人的表率。然而自己因为口不能言,不肯去做官。他家的富有可以和王室相比,金银财宝极多,婢妾成群,编钟歌舞,极其奢华。贵郎二十六岁时,父母给他娶妻。妻子也是豪富之家的女儿,又有绝代姿容,女工技巧,音乐舞蹈,没有一样不精通。贵郎的大名叫慎微,一生自得其乐,娶妻一年,生一男孩,端正聪慧,大概没有能和他匹敌的。慎微对孩子的疼爱,超过常情。一天妻子及慎微,一起在春庭游玩,庭院中有一块大石,可以坐十个人,妻子抱着儿子坐在上面,忽然对慎微说:"看你对我,恩爱非常深,今天你如果不给我开口说话,我就摔死你的儿子。"慎微争夺他的儿子没有争夺过来,妻子举起儿子向大石摔去,脑浆迸裂。慎微悲痛惋惜,顿足拍胸,不觉失声惊叫,恍然醒悟,却是在丹灶的前面。而之前那块大石,就是丹灶。当时萧洞玄坛上的法事刚刚完毕,天要亮了,不一会儿他听到终无为的叹息声,忽然丹灶就不见了。二人一起痛哭,马上重新炼心修道。后来也不知究竟修成没有。出自《河东记》。

卷第四十五
神仙四十五

贾　耽　　丁　约　　瞿道士　　王　卿　　衡山隐者
梅真君

贾　耽

　　唐相国贾耽，滑州节度使，常令造鹿皮衣一副。既成，选一趫捷官健，操书缄付之曰："汝往某山中，但荆棘深处即行，觅张尊师送此书，任汝远近。"使者受命，挈粮而去，甚惶惑。入山约行百余里，荆棘深险，无不备历。至一峰，半腰中石壁耸拔，见二道流棋次。使者遂拜道流曰："贾相公使来。"开书大笑，遂作报书一曰："传语相公早归，何故如此贪着富贵！"使者赍书而返。贾公极喜，厚赏之。亦不知其故也。又尝令一健卒，入枯井中取文书，果得数轴，皆道书也。遂遣十余人写，才毕，有道士突入，呼贾公姓名叫骂曰："争敢偷书！"贾公逊谢。道士曰："复持去。"郑州仆射陂东有一浮图，乃遣使赍牒牒州，于此浮图内取一白鸦，遂令掩之。果得，以笼送，亦不知何故。贾公谪仙，事甚众，此三篇尤明显者也。出《逸史》。

贾 耽

唐朝的相国贾耽,在任滑州节度使的时候,曾经让人做了鹿皮衣服一套。做成之后,挑选一名矫健敏捷的士兵,拿出一封书信交给他说:"你去某山中,专挑荆棘密布的地方走,寻找张尊师送这封信,不管你走多远。"使者接受了命令,提着干粮走了,心里很疑惑害怕。进山后大约走了一百多里,荆棘深险的地方,都经历过了。最后来到一座山峰,半山腰石壁高耸挺拔,看见两个道士正在那里下棋。使者就拜见道士说:"贾相公派我来送信。"道士打开信,看后大笑,于是写了一封回信,并说:"传话给贾相公,让他早归,为什么还这样贪恋富贵?"使者带着书信返回。贾公非常高兴,厚赏了使者。使者也不知道其中的缘故。贾公又曾经派一个军卒,下到枯井中取文书,果然找到了几轴,都是道家典籍。于是派十多个人抄写,刚刚完毕,有一个道士突然闯入,喊着贾公姓名叫骂说:"你怎么敢偷书?"贾公谦逊地道歉。道士说:"再放回去。"郑州仆射陂的东边有一座佛塔,贾公就派遣使者带着公文通牒郑州,在这座佛塔内取一只白鸦,取后把佛塔封闭。果然找到了,用笼子送给贾公,也不知道是什么缘故。贾公是被贬谪的仙人,他的事迹很多,这三件事是尤其明显的。出自《逸史》。

丁　约

唐大历中,有韦行式为西州采访使。有侄曰子威,年及弱冠,聪敏温克,耽玩道书,溺惑神仙修炼之术。有步卒丁约者,执厮役于部下。周旋恪勤,未尝少怠,子威颇私之。一日辞气惨栗,云欲他适。子威怒曰:"籍在军中,焉容自便?"丁曰:"去计已果,不可留也。然某肃勤左右,二载于兹,未能忘情,思有以报。某非碌碌求食者,尚萦俗间耳。有药一粒,愿以赠别。此非能长生,限内无他恙矣。"因褫衣带内,得药类粟,以奉子威。又谓曰:"郎君道情深厚,不欺暗室,终当弃俗,尚隔两尘。"子威曰:"何谓两尘?"对曰:"儒谓之世,释谓之劫,道谓之尘。善坚此心,亦复遐寿。五十年近京相遇,此际无相讶也。"言讫而出。子威惊愕,遽命追之,已不及矣。主将以逃亡上状,请落兵籍。尔后子威行思坐念,留意寻访,竟亡其踪。后擢明经第,调数邑宰。及从心之岁,毛发皆鹤。时元和十三年也。

将还京辇,夕于骊山旅舍,闻通衢甚喧,询其由。曰:"刘悟执逆贼李师道下将校至阙下。"步出视之,则兵仗严卫,桎梏累累。其中一人,乃丁约也。反接双臂,长驱而西,齿发强壮,无异昔日。子威大奇之。百千人中,惊认之际,

丁　约

　　唐大历年间,有个叫韦行式的人做西州采访使。他有一个侄儿叫子威,年纪二十岁左右,聪明机敏,温和谦敬,专心研习道教典籍,沉迷于神仙修炼之术。有一个叫丁约的士兵,在他的手下当仆役。丁约在子威周围侍奉,谨慎勤劳,不曾有一点懈怠,所以子威很偏爱他。一天,丁约语气凄惨悲伤地对子威说要到别的地方去。子威怒道:“你是有军籍的,怎么能容你自己随便?”丁约说:“我要离开这里已经定了,不可能留下我的。然而我恭敬勤劳地在你左右侍候,至今已经两年了,不能忘了我们之间的感情,想有所报答。我可不是庸庸碌碌地乞求吃喝的人,但目前还有些世俗中的牵绊。我有药一粒,愿意用它赠别。这药不能长生,但吃了它,在寿命期限之内不会有别的病。”于是解开衣带,从里面拿出一粒药,类似谷粒,把它献给子威。又对子威说:“公子和道的情缘深厚,心地光明,暗中不做坏事,最终应当抛弃尘俗,但还相隔两尘。”子威说:“什么叫两尘?”丁约回答说:“儒家说它是世,佛教说它是劫,道教说它是尘。好好坚持向道之心,也是可以长寿的。五十年后我们在京城附近相遇,到那时候再见了可不要惊讶。”说完就走了。子威十分惊愕,急忙命人去追赶他,已经追不上了。主将以逃亡之名向上级报告,请求削去他的军籍。从此以后,子威对丁约是走路思考,坐下想念,留意寻访,终究还是没有他的踪迹。后来子威考上明经,几次调迁,做过几个县的县令。等到了七十岁,眉毛头发都白了。当时是元和十三年。

　　子威将要回京城,一天晚上住在骊山的旅馆中,听到大街上非常喧哗,就询问店家是什么原因。店家说:“刘悟捉拿逆贼李师道部下的将校送到朝廷去。”子威走出店门到街上去看,就见士兵拿着武器防护森严,用镣铐锁着的罪犯连续不断。其中有一个人,竟然是丁约。他双臂被反绑在背后,一直往西走去,他头发不白,牙齿不掉,和过去相比没有什么不同。子威对此感到十分奇怪。就在子威于千百人中,惊奇地认出丁约的时候,

丁已见矣。微笑遥谓曰：“尚记临邛别否？一瞬五十年矣，幸今相见，请送至前驿。”须臾到滋水驿，则散縶于廊舍，开一窍以给食物。子威窥之，俄见脱置桎梏，覆之以席。跃自窦出，与子威携手上旗亭。话阔别之恨，且叹子威之衰耄。子威谓曰：“仙兄既有先见之明，圣朝奄宅天下，何为私叛臣耶？”丁曰：“言之久矣，何逃哉！蜀国暌辞，岂不云近京相遇，慎勿多讶乎？”又问曰：“果就刑否？”对曰：“道中有尸解、兵解、水解、火解，寔繁有徒。嵇康、郭璞皆受戕害，我以此委蜕耳，异韩彭与粪壤并也。某或思避，自此而逃，孰能追也？”他问不对，唯云须笔。子威搜书囊而进，亦愧领之。威曰：“明晨法场寓目，岂蜕于此乎？”丁曰：“未也。夕当甚雨，不克行刑，两昼雨止，国有小故。十九日天限方及。君于此时，幸一访别。”言讫还馆，复自穴入，荷校以坐。

子威却往温泉，日已晡矣，风埃忽起，夜中果大雨澍。迟明，泥及骭。诏改日行刑。雨宿方霁，则王姬有薨于外馆者，复三日不视朝。果至十九日，方献庙巡郦，始行大戮。子威是日饭仆饱马，诘旦往棘围候焉。亭午间，方号令，回观者不啻亿兆众矣，面语不辨，寸步相失。俘囚才至，丁已志焉，遥目子威，笑领三四。及挥刃之际，子威独见断笔，霜锋倏忽之次，丁因跃出，而广众之中，蹑足以进。又登酒肆，其言如蜀。脱衣换觞，与威对饮。云：“某自此

丁约已经看见子威了。他远远地微笑着对子威说："还记得临邛相别吗？转眼之间五十年了，很幸运我们今天能够相见，请你送我到前面的驿站。"不一会儿，到了滋水驿，就把丁约等分散拘禁在厅堂周围的屋子里，只开一个小洞来送食物。子威窥视丁约，只见他脱去脚镣手铐放在一边，用席子盖上。从小洞跳出，和子威手拉手上了一座酒楼。叙说久别思念之情，并且叹息子威的衰老。子威对丁约说："仙兄既然有先见之明，圣朝统治天下，为什么偏要投靠叛臣呢？"丁约说："我早就说过了，有什么可逃的呢？在蜀地告别时，不是说了在靠近京师的地方相遇，千万不要惊讶吗？"子威又问他说："你果真打算服刑吗？"丁约回答说："道中有尸解、兵解、水解、火解，通过这些方法解脱得道的人很多。嵇康、郭璞都被杀害，我用这个方法解脱得道罢了，不同于韩信、彭越死后有如粪土。我若想躲开，从这里逃走，谁能追上我呀？"子威再问别的，他都不回答，只说需要笔。子威从书袋中找出笔给他，他愧谢着接受了。子威说："明天早晨去法场看你，你就在那儿脱掉肉体吗？"丁约说："不是。今天晚上必定下大雨，明天不能行刑，过了两天大雨停止，朝廷又会有小的变故。十九日那天上天规定的限期才到。到那个时候，希望你去看望告别。"说完回到馆舍，又从小洞进去，戴上刑具而坐。

子威回到温泉，太阳已经西下，忽然刮起大风，夜里果然大雨如注。天快亮时，泥水淹到小腿。下诏改日行刑。两天后雨过天晴，但又有一位公主死在了宫外，皇帝又三天不上朝。果然到十九日，才将犯人献于祖庙、游行街市，准备执行死刑。子威这天让仆人吃饱了饭，喂饱了马，一大早就去法场外等候。正午时，将要行刑，围观的人何止成千上万，面对面说话都听不清，离得很近也会失散。囚犯刚到，丁约就认出了子威，他遥望子威，笑着点了三四次头。等到刽子手挥刀砍杀时，子威只见一支断笔，在刀锋闪烁之际，丁约就跳出来了，在大庭广众之下，抬脚往前走。他们又登上酒楼，说的话还像在蜀地时说的那样。丁约脱掉衣服换来大杯，与子威相对畅饮。丁约说："我从此

游适矣,勉于奉道,犹隔两尘,当奉候于昆仑石室矣。"言讫,下旗亭,冉冉西去,数步而灭。出《广异记》。

瞿道士

黄尊师修道于茅山,法箓绝高,灵应非一。弟子瞿道士,年少,不甚精恳,屡为黄师所笞。草堂东有一小洞,高八尺,荒蔓蒙蔽,似蛇虺所伏。一日瞿生又怠惰,为师所棰,逡巡避杖,遂入此洞。黄公惊异,遣去草搜索,一无所见。食顷方出,持一棋子,曰:"适观棋时人留餐见遗,此秦人棋子也。"黄公方怪之,尚意其狐狸所魅,亦不甚信。茅山世传仙府,学道者数百千,皆宗黄公,悉以为德业阶品,寻合上升。每至良辰,无不瞻望云鹤。明年八月望夜,天气晴肃,月光如昼。中宵云雾大起,其云五色,集于窗牖间,仙乐满庭,复有步虚之声。弟子皆以为黄公上仙之期至矣,遽备香火。黄公沐浴朝服,以候真侣。将晓,氛烟渐散,见瞿生乘五色云,自东方出在庭中,灵乐鸾鹤,弥漫空际,于云间再拜黄公曰:"尊师即当来,更务修造,亦不久矣。"复与诸徒诀别,乘风遂去,渐远不见,隐隐犹闻众乐之音。金陵父老,每传此事。出《逸史》。

王 卿

唐贞元年中,郢中有酒肆王卿者,店近南郭。每至节日,常有一道士过之,饮讫出郭而去。如是数年。后因道士

就要痛快地游荡了，望你勤勉奉道，再过两世，我在昆仑山的石室恭候你。"说完，丁约下了酒楼，渐渐向西走去，走了不几步就消逝不见了。出自《广异记》。

瞿道士

黄尊师在茅山修道，法术符咒非常高超，灵验的事不止一桩。他的徒弟瞿道士，年纪轻，不太精心诚恳，多次被黄尊师责打。草堂东面有一个小洞，洞高八尺，被荒草藤蔓遮蔽，好像是蛇隐藏的地方。一天瞿生又懒惰，被黄师用鞭子打了，为了躲避挨打，就东躲西藏进了这个洞。黄师惊奇诧异，派人清除草蔓进去搜索，什么也没有看见。大约过了吃顿饭的工夫瞿道士从里面出来了，手里拿着一个棋子，并说："刚才看下棋的时候人家留我吃饭赠送给我的，这是秦人的棋子。"黄公十分奇怪这件事，还怀疑他是被狐狸精迷惑了，也不太信。世人传说茅山是仙府，学道的人成百上千，都尊奉黄尊师，全都认为黄尊师的德业境界很高，不久应当上天成仙。所以每到良辰吉日，没有不抬头远望云鹤的。第二年的八月十五日夜晚，天气晴朗，月光照耀如同白天。半夜云雾大起，那云是五色的，聚集在窗户之间，仙乐充满庭院，又有诵经之声。弟子都认为黄尊师升仙的期限到了，急忙准备香火。黄尊师沐浴，穿上礼服，来等候仙侣。将要天亮时，云雾渐渐散去，只见瞿道士乘五色云，从东方出现在庭院中，仙乐鸾鹤，弥漫天空，他在云间连连参拜黄公说："尊师即将成仙，望继续努力修炼，也用不了太久了。"又和诸弟子告别，就乘风离去了，渐渐走远以至不见，但隐隐约约还能听到各种音乐的声音。金陵的父老乡亲，常常传说这件事。出自《逸史》。

王　卿

唐朝贞元年间，楚地有一个酒店的主人叫王卿，他的酒店靠近南边的城墙。每到过节的时候，经常有一个道士到他酒店里来，喝完酒就出城离开。就这样过了好几年。后来有一次道士

复来,卿遂结束潜行。寻之数里,道士顾见,大惊曰:"何来?"卿乃礼拜,愿神人许为仆使。道士固辞,卿固随之。每过涧壑,或高阔丈余,道士逾越,轻举而过。卿轻踽之,亦能渡也。行数十里,一岩高百余丈。道士腾身而起。卿不能登,遂哀求礼拜。道士自上谓曰:"汝何苦从我?自速归,不尔,坐受困踬也。"卿曰:"前所渡险阻,皆赖尊师命;今却归无路,必死矣。愿见救护。"道士垂手岩下,令卿举手闭目,跃身翕飞,已至岩上。上则平旷烟景,不类人间。又从行十余里,至道士舍,门庭整肃。止卿于舍外草间,谓曰:"汝且止此,吾为汝送饭食,候便令汝得见天师。"卿潜草间。道士三日每送饭食,亦皆充足。

后一日,忽见天师出门,杖策,道士四五人侍从。天师形状瑰伟,眉目疏朗。道士私招卿,令于道左礼谒。天师惊曰:"汝何因得至此?"卿方谓说,诸道士曰:"此人谨厚,恐堪役使,可且令守灶。"天师令且收之,遂延卿入院。至厨下,见一大灶,下燃火,上有铁筒,闭盖数重。道士令卿守灶,专看之,不得妄视,令失坠。余道士四人,或汲水采药,蒸曝造食,以供天师。夜亦令卿卧厨下守火。经六七日,都不见人来看视釜中物者。后一日,卿无何窃开窥药。忽见一白兔,从铁筒中走出,骁然有声。道士曰:"药已失矣!"竞来窥看,惶惧失色。须臾,天师大怒曰:"何忽引

又来了,王卿就装束打扮了一下,偷偷地跟在道士后边。走了几里,道士回头看见了王卿,很震惊地说:"你为什么跟来?"王卿于是行礼参拜,并希望道士能允许他当仆人。道士坚决推辞,王卿坚持跟随他。每逢过山涧沟壑,有的高和宽都一丈多,道士越过时,轻轻一跳就过去了。王卿也轻轻地随着他跳,也能渡过去。走了几十里,遇到一个山崖,高有一百多丈。道士腾身而起上去了。王卿登不上去,于是行礼参拜,苦苦哀求。道士从上面对王卿说:"你何必这样辛苦地跟随我?你快回去,不然,就会白白遭受困厄。"王卿说:"前面所渡过的艰难险阻,都依靠尊师的命令;现在退回去没有路可走,我必定得死了。希望尊师救我。"道士把手伸到岩下,让王卿举起手,闭上眼睛,王卿只觉得纵身一跃,就飞到石崖上了。石崖上面平坦空旷,一派云雾苍茫的景色,不像是人世间。又跟道士走了十多里,来到道士的居处,门庭整洁肃穆。道士让王卿待在房舍外的草丛间,并且对他说:"你暂且住在这儿,我给你送饭,等方便的时候,让你见天师。"王卿藏在草丛里,道士每逢三天送一次饭食,也都很充足。

后来有一天,王卿忽然看见天师出门,手持拐杖,有四五个道士跟从侍候。天师身材魁梧雄壮,眉毛疏展双目明朗。道士偷偷地招呼王卿出来,让他在道路旁边以礼拜见天师。天师吃惊地说:"你为什么能到这里来呢?"王卿刚要解释,诸位道士说:"这个人谨慎厚道,应该能够役使,可以暂且让他看守药灶。"天师命令暂且收下他,于是领着王卿进入院内。来到厨房,王卿看见一个大灶,灶下正烧着火,灶上面有一个铁筒,盖了好几层。道士让王卿守灶,专门看着它,但不能胡乱打开看,使锅里的东西丢掉。其余四个道士,有的打水采药,有的蒸晒做饭,来供应天师。夜里也让王卿躺在厨房看守火。过了六七天之后,都不见有人来看视锅中的东西。后来有一天,王卿没有什么事,就偷偷地开筒看药。忽然看见一只白兔,从铁筒中跑出来,有像刀劈开东西的声音。道士说:"药已经丢失了!"其他的道士都争相来看,个个惶惧失色。不一会儿,天师大怒说:"为什么忽然领

俗人来，令失药。"俄召前道士责辱，欲鞭之。道士叩头，请却擒觅。道士数人，于庭施香禹步。道士二人，变成白鹤，冲天而飞。食顷，鹤已擒得白兔来，令投釜中，固济炼之。天师令速逐俗人遣归。道士遂领出曰："卿几误我，卿心未坚，可且归去。"遂引送至高岩下，执手而别："后二十年，于汾州市中相见耳。"卿复寻路归，数日方至郭，已经年。遂为道士。十余年后，游太原，竟不知当有所遇否。出《原化记》。

衡山隐者

衡山隐者，不知姓名。数因卖药，往来岳寺寄宿。或时四五日无所食，僧徒怪之。复卖药至僧所，寺众见不食，知是异人，敬接甚厚。会乐人将女诣寺，其女有色，众欲取之。父母求五百千，莫不引退。隐者闻女嫁，邀僧往看。喜欲取之，仍将黄金两挺，正二百两，谓女父曰："此金直七百贯，今亦不论。"付金毕将去，乐师时充官，便仓卒使别。隐者示其所居，云："去此四十余里，但至山当知也。"女父母事毕忆女，乃往访之。正见朱门崇丽，扣门，隐者与女俱出迎接。初至一食，便不复饥。留连五六日，亦不思食。父母将还，隐者以五色箱，盛黄金五挺赠送，谓父母曰："此间深邃，不复人居，此后无烦更求也。"其后父母重往，但见山草，无复人居，方知神仙之窟。出《广异记》。

俗人来，让他弄丢了药。"于是找来以前那个道士，责备辱骂，要用鞭子打他。道士叩头，请求把药找回来。几个道士，在庭院中焚香禹步做法事。两个道士变成白鹤，冲天飞去。过了大约一顿饭的工夫，鹤已经擒获白兔归来，让人把它投进锅中，好好密封后继续炼。天师命令快赶走王卿，派人送他回去。道士于是领着王卿出来说："你几乎误了我，你的心并不坚定，可以暂且回去。"就领王卿到山崖下，拉着手告别："二十年后，在汾州街市上相见。"王卿又寻路回来，几天后才到城下，却发现已经过了一年了。于是王卿就当了道士。十多年以后，他游太原，最终也不知到底遇到了什么没有。出自《原化记》。

衡山隐者

衡山有位隐士，不知道姓名。因为他多次卖药，往来都在山寺住宿。有时他四五天也不吃什么，寺里的僧人都觉得他很奇怪。后来他又卖药到僧人们那里，寺里众人见他仍不吃饭，知道他并非常人，就十分恭敬周到地招待他。恰巧有个乐师带着女儿也到寺里来，他女儿很有姿色，不少人都想娶她。他的父母要求得钱五百千，众人听了，没有不知难而退的。衡山隐士听说乐师的女儿要嫁人，便邀请僧人一同去看。衡山隐士看了很喜欢，要娶她，于是送了黄金两根，正好是二百两，并对女儿的父亲说："这些金子值七百贯，现在也不论多少了。"衡山隐士付完金子就要领着她女儿离去，乐师当时正在做官，不能停留，便仓促分别了。临别前衡山隐士告诉乐师他的住处说："离这儿四十多里，只要遇到山就知道了。"女儿的父母办完事，想念女儿，就前去看望她。看见红漆大门高耸华丽，上前扣门，衡山隐士和女儿都出来迎接。开始到这里吃了一顿饭，就不再饿。待了五六天，也不想吃饭。女儿的父母将要回去，衡山隐士用五色箱，盛黄金五根赠送，并对岳父母说："这里遥远幽深，不适合人居住，以后就不要再来了。"那以后女儿的父母又去了，只见山和草，不再有人居住，才知道这里是神仙居住的洞穴。出自《广异记》。

梅真君

汝阴人崔景唐，家甚富。尝有道士，自言姓梅，来访崔。崔客之数月。景唐市得玉鞍，将之寿春，以献节度使高审思。谓梅曰："先生但居此，吾将诣寿春，旬月而还，使儿侄辈奉事，无所忧也。"梅曰："吾乃寿春人也，将此访一亲知，比将还矣。君其先往也。久居于此，思有以奉报。君家有水银乎？"曰："有。"即以十两奉之。梅乃置鼎中，以水银炼之，少久即成白银矣。因以与景唐曰："以此为路粮。君至寿春，可于城东访吾家也。"即与景唐分路而去。景唐至寿春，即诣城东，访梅氏，数日不得。村人皆曰："此中无梅家，亦无为道士者，唯淮南岳庙中，有梅真君像，得非此耶？"如其言访之，果梅真君矣。自后竟不复遇。出《稽神录》。

梅真君

　　汝阴人崔景唐，家里非常富有。曾经有一个道士，自称姓梅，来拜访崔景唐。崔景唐像客人一样招待他长达几个月。一天崔景唐买得一个玉马鞍，将要到寿春去，把它献给节度使高审思。他对梅君说："先生只管在这儿住下去，我要到寿春去，十天半月就回来，让儿侄辈来侍奉你，不要有什么忧虑。"梅君说："我就是寿春人，到这里来拜访一个朋友，也就要回去了。你先去吧。我长期居住在这儿，总想有所报答。你家有水银吗？"崔景唐回答说："有。"于是拿了十两给梅君。梅君就放在鼎中，来炼这水银，不久就成白银了。于是把它送与崔景唐说："用这些做路费。你到寿春，可在城东寻访我家。"说完后就与崔景唐分路而行。崔景唐到寿春，就到城东寻访梅家，寻访了几天也没找到。村人都说："这里没有梅家，也没有当道士的，只有淮南岳庙中，有梅真君像，会不会是这个呢？"崔景唐按照村人的话去寻找，果然是梅真君。从这以后竟没有再相遇。出自《稽神录》。

卷第四十六
神仙四十六

白幽求　　王太虚　　王子芝　　刘　商

白幽求

唐贞元十一年,秀才白幽求频年下第。其年失志,后乃从新罗王子过海,于大谢公岛,夜遭风,与徒侣数十人为风所飘,南驰两日两夜,不知几千万里。风稍定,徐行,见有山林,乃整棹望之。及前到,山高万仞,南面半腹,有城壁,台阁门宇甚壮丽。维舟而升,至城一二里,皆龙虎列坐于道两边。见幽求,乃耽耽而视幽求。幽求进路甚恐惧,欲求从者,失声彷徨,次于大树。枝为风相磨,如人言诵诗声。幽求谛听之,乃曰:"玉幢亘碧虚,此乃真人居。徘徊仍未进,邪省犹难除。"幽求犹疑未敢前。俄有朱衣人自城门而出,传敕曰:"西岳真君来游。"诸龙虎皆俯伏曰:"未到。"幽求因趋走前,见朱衣人不顾而入。幽求进退不得,左右诸龙虎时时目幽求。盘旋次,门中数十人出,龙虎奔走,人皆乘之下山。

白幽求

唐贞元十一年,秀才白幽求多年赴试都没有考中。这年考试又落了榜,后来就跟着新罗王子过海游览,在大谢公岛,夜里遇上大风,他和几十个同伴一起被风吹走,他们所乘的船在海里向南疾行了两天两夜,也不知走了几千几万里。风稍稳定,船走得慢了,他们看见有山林,就调整船的航向向那里驶去。等船到它的跟前一看,山高万仞,南面半山腰有城墙,台阁楼宇都很壮观华丽。白幽求拴好船往上攀登,到了离城还有一二里的地方,看见有龙虎列队坐在道路两边。它们见了白幽求,就凶狠严肃地注视着他。白幽求前进的道路令人恐惧,想请求跟随的人帮助,于是不自主地叫出声来,盘桓不敢上前,就停在一棵大树下。树枝被风吹动,相互磨擦发出的声音,像人说话朗诵诗歌的声音。白幽求仔细听它说的是什么,是说:"玉幢亘碧虚,此乃真人居。徘徊仍未进,邪省犹难除。"白幽求听了之后,还是犹疑不敢向前。一会儿有一个穿红衣服的人从城门出来,传达命令说:"西岳真君来游。"众龙虎都俯身伏在地上说:"还没到。"白幽求趁机小步走上前去,只见穿红色衣服的人头也不回就进去了。白幽求进退不得,左右众龙虎又一刻不停地盯着他。正在徘徊之际,门里出来几十个人,龙虎都跑过来,那些人就都骑上它们下山去了。

幽求亦随之。至维舟处，诸骑龙虎人皆履海面而行，须臾没于远碧中。

幽求未知所适。舟中具馔次，忽见从西旗节队伍，仅千人；鸾鹤青鸟，飞引于路；骑龙控虎，乘龟乘鱼。有乘朱鬣马人，衣紫云日月衣，上张翠盖，如风而至。幽求但俯伏而已。乃入城门，幽求又随觇之。诸龙虎等依前列位，与树木花药鸟雀等，皆应节盘回如舞。幽求身亦不觉足之蹈之。食顷，朱衣人持一牒出，谓龙虎曰："使水府真君。"龙虎未前。朱衣人乃顾幽求授牒。幽求未知所适，朱衣曰："使水府。"以手指之。幽求随指，而身如乘风，下山入海底。虽入水而不知为水，朦胧如日中行，亦有树木花卉，触之珊珊然有声。须臾至一城，宫室甚伟。门人惊顾，俯伏于路。俄而有数十人，皆龙头鳞身，执旗杖，引幽求入水府。真君于殿下北面授符牒，拜起，乃出门。已有龙虎骑从，俨然遂行，瞬息到旧所。幽求至门，又不敢入。虽未食，亦不觉馁。少顷，有觅水府使者，幽求应唯而入。殿前拜，引于西廊下，接诸使下坐，饭食非人间之味。徐问诸使中："此何处也？"对曰："诸真君游春台也，主人是东岳真君。春夏秋冬各有位，各在诸方，主人亦各随地分也。"其殿东廊下，列玉女数百人，奏乐。白鹤孔雀，皆举翅动足，更应玄歌，日晚乃出殿。于山东面为迎月殿，又有一宫观望日。

白幽求也跟着他们。到白幽求拴船的地方,那些骑龙虎的人都踩着海面往前走,不一会儿消失在远方碧绿的海面上。

白幽求不知道到什么地方去好。正在船中吃饭时,忽然看见从西面来了一队打着旌旗仪仗的队伍,将近有一千人;有鸾鹤青鸟飞行引路;这些人有的骑龙骑虎,有的驾龟驾鱼。其中有一个人驾着红鬃马,穿紫云日月衣,头上张开一顶翠羽华盖,像风一样快地来到。白幽求只得俯身伏在地上而已。来的大队人马进入城门,白幽求又跟在后面偷看他们。众龙虎按照以前的位置列队,和树木、花草、鸟雀等一起,都和着节拍盘旋进退,像跳舞一样。白幽求也身不由己地跟着手舞足蹈起来。过了吃顿饭的工夫,红衣人手拿一份公文出来,对龙虎说:“出使到水府真君那里去。”龙虎没有上前。红衣人于是看着白幽求,示意他接过公文。白幽求不知所措,红衣人说:“出使水府。”于是用手指着前方。白幽求随着红衣人所指,身子像乘风一样,就下山进入海底。虽然进入水中却感觉不到有水,朦胧之中好像是在空中行走,也有树木花卉,碰它们就发出玉佩碰撞之声。一会儿到了一座城,宫室很雄伟。守城门的人吃惊地看着,然后俯身伏在路旁。不一会儿有几十个人,都是龙头,身上长满了鳞,手里握着旌旗仪仗,引导白幽求进入水府。真君在大殿下面朝北接受符牒,参拜完,白幽求就出了门。这时已有龙虎随从,庄重整齐地前进,眨眼之间就回到了原来的地方。白幽求到了门口,还不敢进去。他虽然没吃什么,但也不觉得饥饿。一会儿,有人寻找水府使者,白幽求一边答应一边走了进去。先到殿前参拜,后被领到西廊下,挨着众使者坐下,所用饭食都不是世间俗人能吃到的。白幽求问众使者中的人:“这是什么地方?”回答说:“这是各位真君的游春台,主人是东岳真君。春夏秋冬有彼此不同的位置,分布在不同的地方,主人也随着季节的变化而变化。”那大殿的东廊下,排列仙女几百人,奏着乐。白鹤孔雀都抬起翅膀,挪动足爪,应和着玄妙的歌曲翩翩起舞,天晚了才出殿。在山的东面是迎月殿,还有一个宫观是望日用的。

　　至申时，明月出矣。诸真君各为迎月诗。其一真君诗曰："日落烟水黯，骊珠色岂昏。寒光射万里，霜缟遍千门。"又一真君诗曰："玉魄东方开，嫦娥逐影来。洗心兼涤目，光影游春台。"又一真君诗曰："清波滔碧乌，天藏黯黮连。二仪不辨处，忽吐清光圆。"又一真君诗曰："乌沉海西岸，蟾吐天东头。"忘下句，其余诗并忘之矣。赋诗罢，一真君乃命夜戏。须臾，童儿玉女三十余人，或坐空虚，或行海面，笙箫众乐，更唱迭和。有唱《步虚歌》者，数十百辈。幽求记其一焉，词曰："凤凰三十六，碧天高太清。元君夫人蹑云语，冷风飒飒吹鹅笙。"至四更，有绯衣人走入，鞠躬屈膝白："天欲曙。"唯而趋出。诸君命驾各辞。

　　次日，昨朱衣人屈膝言曰："白幽求已充水府使，有劳绩。"诸真君议曰："便与游春台洒扫。"幽求恓惶，拜乞却归故乡。一真君曰："卿在何处？"对曰："在秦中。"又曰："汝归乡何恋恋也？"幽求未答。又曰："使随吾来。"朱衣人指随西岳真君。诸真君亦各下山，并自有龙、虎、鸾、凤、朱鬣马、龟、鱼、幡节、羽旄等。每真君有千余人，履海面而行。幽求亦操舟随西岳真君后，自有便风，迅速如电。平明至一岛，见真君上飞而去。幽求舟为所限，乃离舟上岛，目送真君，犹见旗节隐隐而渐没。幽求方悔恨恸哭，而迢迤上岛行，乃望有人烟，渐前就问，云是明州，又却喜归旧国。幽求自是休粮，常服茯苓，好游山水，多在五岳，永绝宦情矣。出《博异志》。

到了申时，月亮出来了。各位真君各作迎月诗。其中一个真君的诗说："日落烟水黯，骊珠色岂昏。寒光射万里，霜缟遍千门。"又一个真君的诗说："玉魄东方开，嫦娥逐影来。洗心兼涤目，光影游春台。"又一个真君的诗说："清波滔碧乌，天藏黯黜连。二仪不辨处，忽吐清光圆。"又一个真君的诗说："乌沉海西岸，蟾吐天东头。"忘掉了诗的下一句，其余的诗也都忘掉了。赋诗结束，一个真君就命令表演夜戏。一会儿，童男玉女三十多人，有的坐在半空中，有的走在海面上，笙箫管弦鸣，互相唱和。唱《步虚歌》的，有几十到上百人。白幽求记得其中有一首歌，歌词说："凤凰三十六，碧天高太清。元君夫人蹑云语，冷风飒飒吹鹅笙。"到了四更天，有一个穿红衣服的人走进来，鞠躬下跪说："天要亮了。"白幽求一边答应一边小步退出。众真君命令起驾，各自告别离去。

第二天，昨日那个穿红衣服的人下跪对众真君说："白幽求已经充当了水府使，有功劳。"众真君商议说："就授予他游春台洒扫一职。"白幽求烦恼不安，叩拜乞求回归故乡。一个真君说："你家在什么地方？"白幽求回答说："在关中。"真君又说："你为什么恋恋不舍地要回故乡呢？"白幽求没有回答。真君又说："让他跟我来。"穿红衣服的人指着西岳真君，让白幽求跟着他走。众真君也各自下山，都自己有龙、虎、鸾、凤、红鬃马、龟、鱼和各种旌旗仪仗等。每个真君都有一千多人跟随，踩着海面行走。白幽求也驾着船跟随在西岳真君后面，自有风相助，速度快如闪电。天大亮的时候到了一个岛屿，只见西岳真君忽然飞上天走了。白幽求因为受船限制不能飞升，于是离开船上了岛，目送西岳真君，还可以隐隐约约看见旌旗仪仗，直至渐渐消失。白幽求这才悔恨大哭，因而只得沿着遥远曲折的路往岛上走，竟看见有人烟，慢慢地走上前去询问这是什么地方，人家说是明州，白幽求又高兴起来，因为毕竟回到了故国。白幽求从这以后停止吃粮食，经常吃茯苓，好游山玩水，常在五岳活动，根本不再想做官了。出自《博异志》。

王太虚

东极真人王太虚,隐居王屋山中。咸通壬辰岁,王屋令王琢,夙志崇道,常念《黄庭经》。每欲自为注解,而未了深玄之理,但日诵五六千遍。闻王屋小有洞天,神仙之府,求为王屋令,欲结庐于其中,冀时得游礼耳。罢官,乃绝粒咽气数月,稍觉神旺身轻。入洞屋,誓不复返。初行三二十里,或宽广明朗,或幽暗泥黑。扪壁俯行,经三五日,忽坦然平阔,峭崖倚空,直拔万仞。下有嵌室,可坐数百人,石床案几,俨若有人居之。案上古经一轴,未敢遂取,稽首载拜言曰:"下土贱臣,形浊气秽,辄慕长生之道,幸入洞天,仰窥灵府,是万劫良会。今睹上天遗迹,玉案玄经,不敢辄取。愿真仙鉴祐,许尘目一披篇卷,则受罔极之恩。"良久叩头,乞报应之兆。忽有一人坐于案侧曰:"子其忘乎?猴氏仙裔,聿能好道,可以名列青简矣。吾东极真人,子之同姓也。此《黄庭》宝经,吾之所注,使授于子。"复赠以桃,得数斗。曰:"此食之者白日飞行;此核磨而服之,不唯愈疾,亦可延算。子虽有志,未可居此,二十年期于兹山矣。勉而勤之,得道也。"言讫,不复见。琢亦不敢久住,携桃核与经而归。磨服桃核,身康无疾,颜状益少。人间因有传写东极真人所注《黄庭经》本矣。出《仙传拾遗》。

王太虚

东极真人王太虚,隐居在王屋山中。咸通壬辰年,王屋县令王玙,平时就一心崇尚道术,经常念《黄庭经》。常常想自己给《黄庭经》作注解,然而他并没有了解《黄庭经》深奥玄妙的道理,只是每天念诵五六千遍而已。他听说王屋山中有一些洞天福地,是神仙居住的洞府,就请求去做王屋县令,想要盖间房子住在那里,希望经常能够游览参拜。王玙辞了官,不吃粮食,吐纳养生,一连几个月,渐渐觉得精力旺盛,身体轻健。他就进入洞中,并发誓不再返回。最初走了二三十里,其中有的地方宽广明朗,有的地方幽暗漆黑。摸着洞壁弯着腰走,经过三五天,忽然眼前宽阔平坦,悬崖峭壁直入天空,高高拔起可达万仞。下面有一个石室,可以坐几百人,还有石床几案,好像有人居住似的。几案上有古经一轴,王玙没敢去拿,而是跪下连连叩拜说:"下土的贱臣,形貌混浊,气质污秽,但总是羡慕长生之道,非常幸运进入神仙的洞府,瞻仰神灵的府第,这是万劫之中的良好机会。现在看见上天的遗迹,玉石几案上深奥玄妙的经书,不敢擅取。希望真仙明察庇佑,允许俗眼翻阅经卷,那么我就受到了无穷的恩惠。"他长时间地叩头,乞求神仙的回应。忽然有一个人坐在书案的旁边说:"你难道忘了吗?你是仙人王子乔的后裔,能够爱好道术,就可以名列青史了。我是东极真人,和你同姓。这《黄庭》宝经,是我作的注解,现在就传授给你。"又赠给他桃子,有好几斗。东极真人说:"这桃子,吃了它白日可以飞行;这桃核,辗成粉末服用,不仅能够治好病,还可以延寿。你虽然有志向,但不可以居住在这儿,二十年后在这个山上相会吧。只要勤勉努力,会得道的。"说完,他就不见了。王玙也不敢久留,携带着东极真人赠送的桃核和《黄庭经》回来。把桃核辗成粉末服用,身体健康没有疾病,容貌也越来越年轻。人世间于是就有了东极真人所注的《黄庭经》传抄本了。出自《仙传拾遗》。

王子芝

王子芝字仙苗，自云河南缑氏人。常游京洛间。耆老云：五十年来见之，状貌恒如四十许人，莫知其甲子也。好养气而嗜酒。故蒲帅琅琊公重盈作镇之初年，仙苗居于紫极宫，王令待之甚厚。又闻其嗜酒，日以三榼饷之。间日仙苗出，遇一樵者，荷担于宫门，貌非常，意甚异焉。因市其薪，厚偿厥直。樵者得金，亦不让而去。子芝潜令人蹑其后，以伺之。樵者径趋酒肆，尽饮以归。他日复来。子芝谓曰："知子好酒，吾有中令所饷醇醪，偿子薪价，可乎？"曰："可。"乃饮之数盂，因谓子芝："是酒佳矣！然殊不及解县石氏之酝也。余适自彼来，恨向者无侣，不果尽于斯酌。"子芝因降阶执手，与之拥炉。祈于樵者曰："石氏芳醪可致否？"樵者颔之。因命丹笔，书一符，置于火上，烟未绝，有一小竖立于前。樵者敕之："尔领尊师之仆，挈此二榼，但往石家取酒。吾待与尊师一醉。"时既昏夜，门已扃禁。小竖谓芝仆曰："可闭其目。"因搭其头，人与酒壶偕出自门隙，已及解县，携酒而还，因与子芝共倾焉。其甘醇郁烈，非世所俦。中宵，樵者谓子芝曰："已醉矣。余召一客伴子饮，可乎？"子芝曰："诺。"复书一朱符，置火上，瞬息闻异香满室。有一人来，堂堂美须眉，拖紫秉简，揖樵者而坐。引满两巡，二壶且竭。樵者烧一铁箸，以烁紫衣者，云："可去。"时东方明矣，遂各执别。樵者因谓子芝曰："识向来人否？

王子芝

　　王子芝,字仙苗,自称是河南缑氏人。经常游览于洛阳一带。上年纪的人说:五十多年来,看他总不见老,身形相貌总像四十岁左右的人,不知道他究竟多大年纪。他喜好炼气养生并且喜欢喝酒。原来的蒲帅琅琊公王重盈到任初年,王仙苗居住在紫极宫,王重盈对他很好。又听说他喜欢喝酒,每天送给他三瓮酒。有一天王仙苗外出,遇见一个樵夫,在紫极宫门前挑着担子,相貌异常,王仙苗觉得很奇怪。于是买了他的柴,厚偿了木柴的价值。樵夫得到钱,也不推让就走了。王子芝派人暗中跟随在他的后面窥伺他。樵夫直接来到酒店,开怀畅饮,尽兴而归。过了几天又来了。王子芝对他说:"我知道你好喝酒,我有王大人送给我的味道醇厚的酒,用酒抵柴价,可以吗?"樵夫说:"可以。"于是樵夫饮了几盏,就对王子芝说:"这酒好啊! 不过,还远远赶不上解县石氏酿的酒。我刚从那里来,遗憾的是刚才没有饮酒的伴侣,不能尽兴地品尝。"王子芝于是走下台阶握着樵夫的手,和他一起围着火炉饮酒。王子芝向樵夫乞求说:"石氏的美酒可以弄得来吗?"樵夫点头。就让取来朱笔,书写一符,放在火上,烟还没有散,有一个小童站在面前。樵夫嘱咐他:"你领着王尊师的仆人,提着这两个酒瓮,只管往石家去取酒。我要和王尊师尽兴一醉。"当时已经天黑了,门已经上了闩。小童对王子芝的仆人说:"你可以闭上眼睛。"于是手搭他的头,人和酒壶都从门缝出去了,眨眼间已经到了解县,带着酒返回,于是就和王子芝一起把酒倒出来。这酒醇香浓郁,不是世间的酒能比的。半夜,樵夫对王子芝说:"我已经醉了。我招呼一个客人陪伴你喝酒,可以吗?"王子芝说:"行。"樵夫又用朱笔写了一道符,放在火上,眨眼之间满屋异香。随后有一个人进来,仪表堂堂,眉清目秀,腰间戴着紫色绶带,手里拿着书简,向樵夫揖拜后就坐下了。酒过两巡之后,两个酒壶的酒快要没了。樵夫烧了一副铁筷子,烙了穿紫衣服的人一下说:"可以走了。"当时东方已经天亮了,于是拱手告别。樵夫对王子芝说:"认识刚才来的人吗?

少顷，可造河渎庙视之。"子芝送樵者讫，因过庙所，睹夜来共饮者，乃神耳，铁箸之验宛然。

赵均郎中时在幕府，目验此事。弘文馆校书郎苏悦亦寓于中条，甚熟踪迹。其后子芝再遇樵仙，别传修炼之诀，且为地仙矣。出《神仙感遇录》。

刘 商

刘商，彭城人也，家于长安。少好学强记，精思攻文，有《胡笳十八拍》盛行于世，儿童妇女，咸悉诵之。进士擢第，历台省为郎。性耽道术，逢道士即师资之，炼丹服气，靡不勤切。每叹光阴甚促，筋骸渐衰，朝驰暮止，但自劳苦，浮荣世官，何益于己？古贤皆隳官以求道，多得度世。幸毕婚嫁，不为俗累，岂劣于许远游哉！由是以病免官，道服东游。入广陵，于城街逢一道士，方卖药，聚众极多。所卖药，人言颇有灵效。众中见商，目之相异，乃罢药，携手登楼，以酒为劝。道士所谈，自秦汉历代事，皆如目睹。商惊异，师敬之。复言神仙道术不可得也。及暮，商归侨止。道士下楼，闪然不见，商益讶之。商翌日又于城街访之。道士仍卖药，见商愈喜，复挈上酒楼，剧谈劝醉，出一小药囊赠商，并戏吟曰："无事到扬州，相携上酒楼。药囊为赠别，千载更何求。"商记其吟，暮乃别去。后商累寻之，

一会儿，可以到河神庙去看一看。"王子芝送走樵夫，就到庙中，看见了夜里来一起喝酒的人，竟然是庙中的神，铁筷子的烙印还清晰可见。

赵均郎中当时在帅府，亲眼看见了此事。弘文馆校书郎苏悦当时也寄居在中条山，非常熟悉事情的来龙去脉。那以后，王子芝又遇到樵仙，另外向王子芝传授了修炼的秘诀，王子芝就成为地仙了。出自《神仙感遇录》。

刘 商

刘商是彭城人，家在长安。年轻时很好学，善于记忆，又精于思考，深入钻研诗文，有《胡笳十八拍》在世上流传，儿童妇女，全都能背诵它。刘商进士考试登第，选到台省机构做郎官。但他十分喜好道术，每遇见道士，就拜他做老师，自己炼丹、吐纳修行，没有不努力勤勉的地方。常常叹息光阴太短促，身体渐渐衰老，早晨开始就如车马疾行，晚上方能停止，只是让自己劳累辛苦，虚浮的荣耀和世间的官位，对自己有什么好处呢？古代的贤人都弃官而去寻求道术，大多都能出世成仙。有幸已经完成了儿女的婚姻嫁娶，不再被世俗所累，难道会比许远游差吗？由于这样想，刘商就借口有病请求辞官，穿上道服东游。他来到广陵，在城内街市上遇到一个道士，正在卖药，聚集的人非常多。道士卖的药，人们都说很有效。道士在众人当中看见刘商，觉得他和常人不同，就停止卖药，拉着刘商的手登上酒楼，对刘商殷勤劝酒。道士谈论的内容，从秦汉以来历代的事，都像亲眼所见一样。刘商很惊讶，像对待老师那样尊敬他。道士又说神仙道术很难学得。等到晚上，刘商到客店休息。道士下楼，一闪就不见了，刘商更加惊奇。第二天，刘商又在城内街市上寻访他。道士仍然在卖药，看见刘商越发高兴，又领着他上了酒楼，一起畅谈酬饮，拿出一个小药囊赠给刘商，并开着玩笑吟诵道："无事到扬州，相携上酒楼。药囊为赠别，千载更何求。"刘商记住了他吟诵的诗句，天黑了才告别离去。后来刘商屡次寻找道士，

不复见也。乃开囊视，重纸裹一葫芦子，得九粒药，如麻粟。依道士口诀吞之，顿觉神爽不饥，身轻醒然。过江游茅山，久之，复往宜兴张公洞。当游之时，爱罨画溪之景，遂于胡父渚葺居，隐于山中，近樵者犹见之。曰："我刘郎中也。"而莫知所止。已为地仙矣。出《续仙传》。

却再也没有见到。刘商就打开药囊看,里面用几层纸包了一个小葫芦,葫芦里有九粒药,像芝麻粒。刘商按照道士的口诀吞下了药,立刻觉得精神清爽,也不饥饿,身体轻健,头脑清醒。他过江游茅山,过了好久,又去宜兴张公洞。刘商游张公洞的时候,喜爱罨画溪的景色,就在胡父渚用茅草盖屋居住,隐居在山中,附近的樵夫还看见过他。他说:"我是刘郎中。"然而,谁也不知道他居住的地方。他已经成为地仙了。出自《续仙传》。

卷第四十七
神仙四十七

唐宪宗皇帝　　李　球　　宋玄白　　许栖岩　　韦善俊

唐宪宗皇帝

　　唐宪宗好神仙不死之术。元和五年,内给事张惟则自新罗国回,云:于海中泊山岛间,忽闻鸡犬鸣吠,似有烟火。遂乘月闲步,约及一二里,则见花木楼台殿阁,金户银关。其中有数公子,戴章甫冠,衣紫霞衣,吟啸自若。惟则知其异,遂请谒。公子曰:"汝何所从来?"惟则具言其故。公子曰:"唐皇帝乃吾友也,当汝旋去,愿为传语。"俄而命一青衣,捧出金龟印,以授惟则,乃置之于宝匣。复谓惟则曰:"致意皇帝。"惟则遂持之还舟中,回顾旧路,悉无踪迹。金龟印长五寸,上负黄金玉印,面方一寸八分,其篆曰:"凤芝龙木,受命无疆。"惟则至京师,即具以事上进。宪宗曰:"朕前生岂非仙人乎?"乃览金龟印,叹异良久,但不能谕其文耳。因缄以紫泥玉镶,置于帐内。其后往往见五色光,可长丈余。是月,寝殿前连理树上生灵芝二株,宛如龙凤。宪宗因叹曰:"凤芝龙木,宁非此兆乎?"

唐宪宗皇帝

　　唐宪宗喜好神仙的长生不死之术。元和五年，内给事张惟则从新罗国回来，说：在大海中，船停泊在一个海岛，忽然听见鸡鸣狗吠的声音，好像岛上住有人家。他就乘着月光到岛上去散步，大约走了一二里，就见花草树木、楼台殿阁，银门金户。里面有几个公子，戴着礼帽，穿着紫霞衣，吟咏歌啸，神态自然。张惟则知道他们是神异的人，就去拜见。公子说："你从什么地方来？"张惟则便说了他出使新罗国的事。公子说："唐朝皇帝是我的朋友，你回去以后，请替我传话给皇帝。"一会儿，命令一个青衣童子捧出金龟印，把它放在宝匣里，交给张惟则。又对张惟则说："请替我向皇帝致意。"张惟则于是捧着宝匣返回船中，回头再看自己走过的路，没有一点踪迹。金龟印长五寸，上有黄金玉印，印面有一寸八分，它上面的篆文是："凤芝龙木，受命无疆。"张惟则到了京师，就把全部事情上奏了。宪宗皇帝说："我前生难道就是仙人吗？"等看到金龟印，惊奇赞叹了很长时间，然而不能明白它文字的含意。于是就用紫泥玉锁把它封闭起来，放置在帐内。那以后常常出现五色光，约有一丈多长。这个月，寝殿前面的连理树上生出灵芝二株，仿佛龙凤一样。宪宗皇帝因此赞叹说："凤芝龙木，不就是这个征兆吗？"

　　时又有处士伊祁玄解,缜发童颜,气息香洁。常乘一黄牝马,才三尺高,不啮刍粟,但饮醇酎,不施缰辔,惟以青毡籍其背。常游历青兖间。若与人款曲,话千百年事,皆如目击。帝知其异人,遂令密诏入宫内,馆于九华之室,设紫茭之席,饮龙膏之酒。紫茭席类茭叶,光软香静,夏凉冬温。龙膏酒黑如纯漆,饮之令人神爽。此本乌弋山离国所献也。乌弋山离国,已见班固《西京传》也。帝每日亲自访问,颇加敬仰,而玄解鲁朴,未尝闲人臣礼。帝因问之曰:"先生春秋高而颜色不老,何也?"玄解曰:"臣家于海上,种灵草食之,故得然也。"即于衣间出三等药实,为帝种于殿前。一曰双麟芝,二曰六合葵,三曰万根藤。双麟芝色褐,一茎两穗,穗形如麟,头尾悉具,其中有子,如瑟瑟焉。六合葵色红,而叶类于茇葵,始生六茎,其上合为一株,共生十二叶,内出二十四花,花如桃花,而一朵千叶,一叶六影,其成实如相思子。万根藤子,一子而生万根,枝叶皆碧,钩连盘屈,荫一亩。其状类芍药,而蕊色殷红,细如丝发,可长五六寸。一朵之内,不啻千茎,亦谓之绛心藤。灵草既成,人乃莫见。而玄解请帝自采饵之,颇觉神验,由是益加礼重焉。

　　遇西域有进美玉者,一圆一方,径各五寸,光彩凝冷,可鉴毛发。时玄解方座于帝前,熟视之曰:"此一龙玉也,一虎玉也。"惊而问曰:"何谓龙玉、虎玉也?"玄解曰:"圆者龙也,生于水中,为龙所宝,若投之于水,必有霓虹出焉;方者虎也,生于岩谷,为虎所宝,若以虎毛拂之,紫光迸逸,

当时又有一个隐士叫伊祁玄解，头发乌黑浓密，面如童颜，呼吸时气息清香洁净。经常骑着一匹黄色的母马，才有三尺高，不吃草料，只喝醇酒，不用缰绳和辔头，只用青色毡毯垫在它的背上。他经常在青州和兖州一带游览。如果和别人交往，说起千百年来的事，都像亲眼看见一样。宪宗皇帝知道他是一个神异的人，于是就让人秘密地把他召入宫内，让他住在九华室，铺设紫芝席，喝龙膏酒。紫芝席类似芝叶，光滑柔软，清新洁净，夏天凉爽，冬天温暖。龙膏酒颜色如黑漆，喝了它使人精神清爽。这酒本来是乌弋山离国进献的。乌弋山离国，早已在班固的《西京传》里叙述过。宪宗皇帝每天都亲自来访问，对他十分敬重仰慕，但是玄解却愚钝淳朴，不熟悉人臣的礼节。宪宗皇帝问玄解说："先生的年岁很高，但是容颜却不老，这是为什么？"玄解说："我的家在海上，种有灵草来吃，所以能够这样。"说完就在衣袋里取出三样药的种子，给宪宗皇帝种在殿前。第一种叫双麟芝，第二种叫六合葵，第三种叫万根藤。双麟芝是褐色的，一根茎两个穗，穗的形状像麒麟，头尾都齐全，它的中间有子，像碧绿色的宝石一样。六合葵是红色的，叶子类似荬葵，开始生六个茎，到上面合成一株，共生十二个叶子，里面长出二十四朵花，花如桃花，一朵花一千个花瓣，一个瓣有六个影，它成熟的果实像相思子。万根藤子，一子生万根，枝叶都是碧绿色，相互连接缠绕，能遮盖一亩地。它的形状类似芍药，花蕊的颜色深红，细如发丝，约长五六寸。一朵之内，不止千根，也叫它绛心藤。灵草已经成熟，人却看不见。玄解请宪宗皇帝自己采它吃，宪宗皇帝吃后觉得很灵验，因此对玄解更加礼敬尊重了。

正好西域有人进献美玉，一圆一方，直径各为五寸，光芒冷森森的，可以照出毛发的影。当时玄解正坐在宪宗皇帝身旁，仔细看那美玉后说："它们一块是龙玉，一块是虎玉。"宪宗皇帝惊讶地问道："什么叫龙玉、虎玉？"玄解说："圆的是龙玉，生在水中，是龙的宝物，如果把它投在水中，必然有彩虹出现；方的是虎玉，生在岩谷中，是虎的宝物，如果用虎毛拂拭它，就会放射紫光，

而百兽慑服。”帝异其言，遂令尝之，各如所说。询得玉之由，使人曰：“一自渔者得，一自猎者获。”帝因命取龙虎二玉，以锦囊盛之于内府。玄解将还东海，亟请于帝，未许之。遇宫中刻木作海上三山，丝绘华丽，间以珠玉。帝元日与玄解观之，帝指蓬莱曰：“若非上仙，朕无由得及是境。”玄解笑曰：“三岛咫尺，谁曰难及？臣虽无能，试为陛下一游，以探物象妍丑。”即踊体于空中，渐觉微小，俄而入于金银阙内左侧。连声呼之，竟不复有所见。帝追思叹恨，近成羸疹。因号其山为藏真岛。每诘旦，于岛前焚凤脑香，以崇礼敬。后旬日，青州奏云：“玄解乘黄牝马过海矣。”

李　球

李球者，燕人也。宝历二年，与其友刘生游五台山。山有风穴，游人稍或喧呼，及投物击触，即大风震发，揭屋拔木，必为物害。故登山之时，互相戒救不敢触。球至穴口，戏投巨石于穴中。良久，石声方绝。果有奔风迅发，有一木如柱，随风飞出。球性轩悍，无所顾忌，遂力扳其木，却坠入穴中。球为木所载，亦不得出。良久至地，见一人形如狮子而人语，引球入洞中斋内，见二道士弈棋。道士见球喜，问球所修之道。球素不知通修行之事，默然无以为对。二仙责引者曰：“吾至道之要，当授有骨相之士、

百兽看见都会畏惧屈服。"宪宗皇帝觉得他的话很神奇,于是就让人试一试,果然都如玄解所说。询问玉是怎么得到的,使者说:"一块从渔夫那里获得,一块从猎人那里获得。"宪宗皇帝于是命令把龙虎二玉用锦囊装起来,放在内府收藏。玄解要回东海,屡次向宪宗皇帝请求,宪宗皇帝没有答应他。又恰逢宫中用木头雕刻海上三山,绣画并作,十分华丽,还镶嵌珠玉。宪宗皇帝正月初一那天和玄解一起观看木雕,皇帝指着蓬莱岛说:"如果不是上仙,我无从到达这样的仙境。"玄解笑着说:"三岛很近,谁说难到?我虽然没什么能力,但愿意试着替陛下一游,来探寻物象的美丑。"说完就跳到空中,逐渐变小,一会儿,便从木雕金银阙内左侧钻了进去。宪宗皇帝连声呼叫他,但再也看不见了。皇帝追思感叹,竟然积累成病,就给那山取名叫藏真岛。每天早晨,他都在岛前焚凤脑香,来表示崇拜礼敬。过了十天,青州奏报说:"玄解骑着黄色母马过海了。"

李　球

　　李球是燕地人。宝历二年,他和朋友刘生一起游览五台山。五台山有一个风穴,游人稍微有些喧哗呼叫或投掷触碰,就会大风骤起,掀走屋盖,拔出大树,必然造成破坏。所以人们登山的时候,总是互相嘱咐告诫,都不敢去触动它。李球到了风穴口,持一种嬉戏的态度,把一块大石头扔进洞穴中。过了好长时间,石头撞击洞壁的声音才消失。果然有像骏马奔驰似的大风非常迅速地乱起来,有一根木头像大柱子一样,随着风飞出来。李球性情轩昂勇猛,什么也不顾忌,于是用力扳住那根木头,但却坠入了洞穴中。李球被木头载着,也不能出来。过了好长时间,他才落到地上,看见一个人样子像狮子,却说人话,他领着李球进入洞中的书房里,看见两个道士正在下棋。道士看见李球很高兴,问李球修行的道术。李球平时不知道,也不懂得有关修行的事,所以默默无言,不知道怎样回答。二位仙人责备那个引导李球进来的人说:"我们道术的精要,应当授予骨相出众的人、

习道之人。汝何妄引凡庸，入吾仙府耶！速引去之。"因以一杯水遗令饮，谓之曰："汝虽凡流，得睹吾洞府，践吾真境，将亦有少道分矣。所恨素不习道，不可语汝修行之要耳。但去，苟有希生之心，出世之志，他日可复来也。饮此神浆，亦延年寿矣。"

球饮水拜谢讫，引者将球至向来洞侧，示以别路曰："此山道家紫府洞也。五峰之上，皆籍四海奇宝以镇峰顶。亦如茅山洞，镇以安息金墉城之宝。春山杂玉，环水香琼，以固上真之宅。此山东峰有离岳火球，西峰有丽农瑶室，南峰有洞光珠树，北峰有玉涧琼芝，中峰有自明之金、环光之璧。每积阴将散，久暑将雨，即众宝交光，照灼岩岭。春晓秋旦，则九色之气属天，光辉烁乎云表。太帝命韩司少卿、东方君与紫府先生，统六年仙寮、神王、力士以镇于此，故谓神仙之府也。洞有三门：一径西通昆仑，一径出此岩之下，一向来风穴，是洞之端门也。皆有龙蛇守之。先生有敕曰：'有巨石投于洞门，中吾柱者，是世间将有得道之人，受事于此。'即使我引进。我亦久远学道，当证仙品，而积功之外，口业不除，以宿功所荫，得守此洞穴之口。后三百年，亦当超升矣。以口业之故，假此形耳。我守先生之命，适门投石中柱，依教引子，诚不知子戏投石耳。然数百年来，投石者少，亦未尝中柱。神仙之宫，不易一至，子亦将有所得于玄妙之津矣。此有北岩之径，可使子得速还人间。"因衣带解药三丸，贯一槁枝之末，谓球曰："路侧如见异物，以药指之不为害。此药食之，可以无病。"

学习道术的人。你为什么胡乱领来凡俗之人，进入我仙府啊！快领他出去。"顺便把一杯水给李球让他喝，并对他说："你虽然是凡俗之流，但能看我洞府，脚踩我仙境，也就有一点修道的缘分了。所遗憾的是你平素不习道术，不可以告诉你修行的要领。你暂且离开这里，如果确有希望长生之心，出世成仙之志，以后可以再来。喝了这神浆，也可以延年益寿。"

李球喝完水，拜谢完毕，引路的人领李球到来时的洞旁边，指给他另外的路说："这山是道家的紫府洞。在五峰的上面，搜集来天下的各种奇宝，用来镇住峰顶。就像茅山洞，用安息国全塘城的宝物镇住它。山间水旁，杂放着各种珠宝玉石，来坚固上仙的住所。这山的东峰有离岳火球，西峰有丽农瑶室，南峰有洞光珠树，北峰有玉涧琼芝，中峰有自明之金、环光之璧。每到久阴将散，久热将雨，众宝就会交相发光，照耀山岭。春秋的早晨，有九色的气连接上天，光辉闪烁云霞之上。太帝命令韩司少卿、东方君和紫府先生，率领六年仙寮、神王、力士在这里镇守，所以叫神仙之府。这洞有三个门：一条路西通昆仑山，一条路在这岩石下面，一条路通向来时的风穴，这是洞的正门。各门都有龙蛇把守。先生有命令说：'有大石头投入洞门，击中我柱的，是人世间将要有获得道术的人，在这里接受道术。'如果碰到了就让我领进来。我也是学习了很长时间的道术，应当获得仙品，虽然积蓄很多功力，但口业还没消除，由于此前积累的功业的庇荫，才能够把守这洞穴的口。过了三百年，也应当上升天界了。由于口业的缘故，借用这狮子的外形罢了。我遵守先生的命令，恰好有人投石击中柱子，依照先生教导领你进来，确实不知道你是嬉戏投石。然而几百年来，投石头的人很少，就是有，也没有击中柱子的。神仙的住宅，不容易来一次，你将来也会有获得玄妙之道的机会了。这里有北岩的小路，可以让你很快地回到人间。"说完就解开衣带取出三丸药，穿到一根枯枝的梢上，对李球说："路旁如果看见有奇怪的东西，用药指它就不会被伤害。这药吃了它，可以不得病。"

　　球持此药,行于洞中黑处,药有光如火。数有巨蛇,张口向球,以药指之,伏不敢动。因出洞门,门外古树半朽,洞欲埋塞。球摧壤土朽树,久方得出,已在寺门之外矣。先是,刘生既失球,子方执诬刘生,疑害其父,欲讼于官。寺有大斋,未得便去。既见球还,众皆忻喜。具话所见之异。因以三丸药,与刘及子各饵一丸。乾符中,进士司徒铁与球相别三十年,别时球年六十,须已垂白,于河东见球,年九十余,容状如三十许人。话所遇之事,云:"服药至今,老而复壮,性不食。"其子亦如三十岁许,锐志修道。与其子入王屋山去。出《仙传拾遗》。

宋玄白

　　宋玄白,不知何许人也,为道士。身长七尺余,眉目如画,端美肥白,且秀丽,人见皆爱之。有道术,多游名山,自茅山出润州希玄观,复游括苍仙都。辟谷服气,然嗜酒,或食彘肉五斤。以蒜齑一盆,手撮肉吃毕,即饮酒二斗,用一白梅。人有求得其一片蒜食之者,言不作蒜气,味有加异,有终日在齿舌间香不歇。人间得蒜食者颇多,而毕身无病,寿皆八九十。玄白到处,住则以金帛求置三二美妾,行则舍之。人皆以为有老彭补脑还元之术。

　　又游越州,适大旱,方暴尪禜龙以祈雨,涉旬,亢阳愈甚。玄白见之,以为凡所降雨,须俟天命,非上奏无以致之。

李球拿着这药，走到洞中黑暗处，药有光，像火一样。路上有许多大蛇，张大口向着李球，李球用药指它们，大蛇就伏在地上不敢动。李球于是出了洞门，门外的古树已经半朽，洞口都要被塞住了。李球推开填塞在洞口的土和枯树，很久才出来，已在寺门的外面了。在此之前，刘生找不到李球，李球的儿子正准备诬告刘生，怀疑刘生害了他的父亲，想要向官府诉讼。因为寺里正大设斋会，没有能够马上去。看见李球回来了，大家都很高兴。李球说了他所看见的奇怪的事。他于是便把三丸药，分给刘生和自己的儿子各吃一丸。乾符年间，进士司徒铁与李球相别已三十年，相别时李球六十岁，胡须已经白了，垂在胸前，在河东看见李球时，李球已经九十多岁了，可是容貌身形却像三十几岁的人。他说起所遇到的奇事，说："从服药到现在，身体越老越强健了，不喜欢吃东西。"他的儿子也像三十岁左右，决心修道。李球便和他的儿子一起进入王屋山去了。出自《仙传拾遗》。

宋玄白

宋玄白，不知道是什么地方的人，是个道士。他身高七尺多，眉目像画的一样，相貌端正美丽，又胖又白，并且十分秀丽，人们见了他都很喜爱。宋玄白有道术，常游名山，从茅山出来到润州希玄观，又游括苍仙都。他不吃五谷杂粮，吐纳养生，然而好喝酒，有时能吃五斤猪肉。用蒜泥一盆，用手抓肉沾蒜泥吃，吃完，马上喝酒二斗，再吃一颗腌梅子。有人求得他一片蒜吃，吃完说没有大蒜的味道，这味道有些奇怪，整日在嘴里香味不断。人世间得到他蒜吃的人有很多，他们终身没有病，寿命都是八九十岁。宋玄白所到的地方，如果住下就用金帛寻找购置两三个美妾，走了就抛弃她们。人们都认为他有老聃、彭祖补脑还元的法术。

宋玄白又游越州，恰逢大旱，当地正在暴晒骨骼畸形的人，并祭祀龙王来祈雨，过了十天，旱灾却越发厉害。宋玄白见了，认为凡是降雨，必须等待天帝的命令，不上奏天帝就无法下雨。

遂于所止玄真观，焚香上祝。经夕大澍，雨告足，越人极神异之。复南游到抚州，又逢天旱祈祷。有道士知玄白能致雨，州人请之。遽作术飞钉城隍神双目。刺史韦德邻，怪其贮妇女复钉城神，此类狂也，将加责辱。健步辈欲向之，手脚皆不能动，悉自仆倒，枷杖亦自摧折。玄白笑谓德邻曰："使君干忤刘根，欲见诛罚祖祢耶？"德邻方惧祈谢。须臾致雨，礼而遣之。其灵术屡施，不可备录。后之南城县，白日上升而去。出《续神仙传》。

许栖岩

许栖岩，岐阳人也。举进士，习业于昊天观。每晨夕，必瞻仰真像，朝祝灵仙，以希长生之福。时南康韦皋太尉镇蜀，延接宾客，远近慕义，游蜀者甚多。岩将为入蜀之计，欲市一马而力不甚丰，自入西市访之。有蕃人牵一马，瘦削而价不高，因市之而归。以其将远涉道途，日加刍秣，而肌肤益削。疑其不达前所，试诣卜肆筮之，得乾卦九五。道流曰："此龙马也，宜善宝之。"洎登蜀道危栈，栖岩与马俱坠崖下，积叶承之，幸无所损。仰不见顶，四面路绝。计无所出，乃解鞍去御，任马所往。于槁叶中得栗如拳，栖岩食之，亦不饥矣。寻其崖下，见一洞穴，行而乘之，或下

于是在他所住的玄真观，焚香向天帝祈祷。过了一个晚上就下了大雨，雨水已告充足，越州人认为他非常神异。宋玄白又南游到抚州，又遇上天旱，人们祈祷下雨。有一个道士知道宋玄白能祈求到雨，州里的人于是请他。宋玄白急速施法术用飞钉射了城隍神的双目。抚州刺史韦德邻，责怪他收置妇女，又钉了城隍神，简直是疯了，于是准备对宋玄白责罚羞辱。军健们刚要奔向宋玄白，手脚却不能动，全都自己仆倒在地，枷锁棍棒也自己折断。宋玄白笑着对韦德邻说："使君冒犯了仙士刘根，想要看我诛杀你的祖先吗？"韦德邻这才害怕，向宋玄白乞求谢罪。不一会儿，雨来了，韦德邻对宋玄白以礼相待送走了他。宋玄白的神灵法术多次施行，无法详细记载。后来，他到了南城县，大白天升仙而去。 出自《续神仙传》。

许栖岩

许栖岩是岐阳人。进士及第，在昊天观读书学习。每天早晨和晚上，他必定恭敬地看着观内的神像，祭拜神灵，希望求得长生的福分。当时南康郡王韦皋太尉正镇守蜀地，接待宾客，远近各方人士都很敬慕他的义气，所以到蜀地游览的人很多。许栖岩也打算入蜀，他想买一匹马，然而财力不怎么充足，就自己到西市去寻找。看见有一个外国人牵着一匹马，长得瘦小单薄，价钱不高，许栖岩就把它买了回来。因为将要长途跋涉，所以许栖岩每天都给它增加草料，但是这匹马却更瘦了。许栖岩怀疑它到达不了要去的地方，就试着到算卦的地方给它占卜了一卦，得到乾卦九五。算卦的道士说："这匹马是龙马，应该像对待宝物那样爱惜。"等到登上入蜀栈道的时候，一不小心，许栖岩和马都摔到悬崖下面去了，由于有积累的落叶接住他们，很幸运没有受伤。但是，这里仰视看不到顶，四面又没有路。许栖岩想不出一点办法，就解下了马鞍，去掉辔头，让马随便走。他在枯干的落叶中拾到一个栗子，像拳头那样大，吃了它，也不觉得饿了。许栖岩在那崖下寻找，发现一个洞穴，往前走进了洞，有时下坡

或高，约十余里，忽尔及平川。花木秀异，池沼澄澈。有一道士卧于石上，二女侍之。岩进而求见，问二玉女，云是太乙真君。岩即以行止告玉女，玉女悯之，白于真君。曰："尔于人世，亦好道乎？"曰："读《庄》《老》《黄庭》而已。"曰："三景之中，得何句也？"答曰："《老子》云：'其精甚真。'《庄子》云：'息之以踵。'《黄庭》云：'但思一部寿无穷。'"笑曰："去道近矣，可教也。"命坐，酌小杯以饮之曰："此石髓也，嵇康不能得近，尔得之矣。"乃邀入别室。

　　有道士，云是颍阳尊师，为真君布算，言今夕当东游十万里。岩熟视之，乃卜马道士也。是夕，岩与颍阳从太乙君，登东海西龙山石桥之上，以赴群真之会。座内仙客有东黄君，见栖岩喜曰："许长史孙也，有仙相矣！"及明，复从太乙君归太白洞中。居半月，思家求还。太乙曰："汝饮石髓，已寿千岁，无输泄，无荒淫，复此来再相见也。"以所乘马送之。将行，谓曰："此马吾洞中龙也，以作怒伤稼，谪其负荷。子有仙骨，故得值之。不然，此太白洞天，瑶华上宫，何由而至也？到人间，放之渭曲，任其所适，勿复留之。"既别，逡巡已达虢县，则无复故居矣。问乡人，年代已六十年。出洞时，二玉女托买虢县田婆针。乃市之，扠系马鞍上，解鞍放之，化龙而去。栖岩幼在乡里，已见田婆，至此惟田婆容状如旧，盖亦仙人也。栖岩大中末年，复入太白山去。出《传奇》。

有时登高，大约走了十多里，忽然到了平地。这里花草树木秀美奇异，池沼水清如镜。有一个道士卧在石上，两个玉女随侍。许栖岩上前求见，询问两个玉女道士是谁，玉女说是太乙真君。许栖岩就把自己所遭遇的事告诉了玉女，玉女怜悯他，把他的情况告诉给太乙真君。太乙真君问他说："你在人世间，也很喜好道术吗？"许栖岩回答说："我只是读一读《庄子》《老子》和《黄庭经》罢了。"太乙真君发问说："道界三景中，你对哪几句有心得呢？"许栖岩回答说："《老子》说：'那精气很真实。'《庄子》说：'呼吸用脚跟。'《黄庭经》说：'专心研习这一部就能够延年益寿。'"太乙真君笑着说："你离道术很近了，可以教。"太乙真君让许栖岩坐下，用小杯斟酒给他喝，并说："这是石髓，嵇康都没有机会得到，你却得到了。"于是邀请许栖岩进了另一间屋子。

里面有一个道士，说是颖阳尊师，给太乙真君排列算筹，进行推算，说今晚将要东游十万里。许栖岩仔细地看颖阳尊师，竟是给马算卦的道士。这天晚上，许栖岩和颖阳尊师跟随太乙真君，登上了东海西龙山的石桥，去参加众真君的宴会。在座的仙客中有东黄君，看见许栖岩高兴地说："是许长史的孙子，有仙相啊！"到天亮，又跟随太乙真君回到太白洞中。住了半个月，许栖岩想家，请求回去。太乙真君说："你喝了石髓，已经可以长寿千年，不要泄漏元气，不要沉迷女色，再来到这里，再相见吧。"又把他骑的那匹马送他。他要走了，太乙真君说："这匹马是我洞中的龙，因为发怒损坏了庄稼，罚他负重。你有仙骨，所以能遇到它。不然，这太白洞府，瑶华上宫，你怎么能来呢？回到人间以后，把它放到渭河转弯的地方，任凭它到什么地方去，不要再留它。"分别后，不一会儿他已经到达虢县，却找不到原来的住处。问乡人，说已经过了六十年了。出太白洞的时候，二玉女托他买虢县田婆的针。于是他买了针，把它拴在马鞍上，解下鞍放了马，马变成龙自己走了。许栖岩幼年在乡里的时候，已经见过田婆，到现在乡里只有田婆容貌身形像原来一样，大概也是仙人。许栖岩在大中末年，又进太白山去了。<small>出自《传奇》。</small>

韦善俊

韦善俊者,京兆杜陵人也。访道周游,遍寻名岳。遇神仙,授三皇檄召之文,得神化之道。或静栖林野,或醉卧道途。常携一犬,号之曰"乌龙"。所至之处,必分己食以饲之。犬复病疥,毛尽秃落,无不嫌恶之。其兄为僧,久居嵩寺,最为长老。善俊将欲升天,忽谓人曰:"我有少债未偿耳。"遂入山见兄。众僧以师长之弟,多年忽归,弥加敬奉。每升堂斋食,即牵犬于其侧,分食与之。众既恶之,白于长老。长老怒,召而责之,笞击十数,遣出寺。善俊礼谢曰:"某宿债已还,此去不复来矣。"更乞一浴,然后乃去。许之。及浴移时,牵犬而去。犬已长六七尺,行至殿前,犬化为龙,长数十丈。善俊乘龙升天,擎其殿角,踪迹犹在。出《仙传拾遗》。

韦善俊

　　韦善俊是京兆杜陵人。他周游各地寻访道士,寻遍了名山。遇到神仙,授予他三皇声讨征召的文书,获得了神仙变化的道术。韦善俊有时静静地栖息在山林荒野,有时喝醉了睡在道路上。他经常带着一条狗,称它"乌龙"。不管到什么地方,必定要把自己的食物分出来一部分喂狗。狗得了疥疮,毛都脱落了,人们见了没有不厌恶的。韦善俊的哥哥做了和尚,久居在嵩山寺庙,是位德高望重的长老。韦善俊将要成仙升天,忽然对别人说:"我有一点债没有偿还。"于是进入嵩山去见他的哥哥。众和尚都因为他是长老的弟弟,多年外出,忽然回来,所以对他十分尊敬,小心侍奉。每次来到斋堂吃饭,韦善俊都牵着狗在他旁边,分一部分食物给狗吃。众和尚都厌恶这狗,告诉给长老。长老大怒,找来韦善俊,叱责他,用鞭子打了他十几下,赶出寺庙。韦善俊行礼致谢说:"我过去的债已经还了,这回离去就不再来了。"又乞求洗一次澡,然后就离去。长老答应了他。洗了一会儿之后,韦善俊牵着狗出来。狗已经有六七尺长,走到大殿前面,变成了龙,长几十丈。韦善俊就骑上龙升天了,龙往天上飞的时候,撞坏了大殿的一角,痕迹至今还在。出自《仙传拾遗》。